시집살이 이야기 집성 2

파란만장, 소설 같은 삶

신동흔 김경섭 김경희 김귀옥 김명수 김아름
김영희 김예선 김정경 김정은 김종군 김효실
나주연 박경열 박현숙 서영숙 오정미 유효철
윤택림 은현정 이원영 조홍윤 최원오 황승업

도서출판 박이정

저자 소개

신동흔 : 건국대 국어국문학과 교수
김경섭 : 건국대 전임연구원
김귀옥 : 한성대 교양교직학부 교수
김아름 : 동국대 박사과정 수료
김예선 : 건국대 박사과정 수료
김정은 : 건국대 강사
김효실 : 건국대 강사
박경열 : 건국대 전임연구원
서영숙 : 한남대 국어교육과 교수
유효철 : 안양대 강사
은현정 : 건국대 박사과정 수료
조홍윤 : 건국대 박사과정
황승업 : 건국대 석사과정 수료
김경희 : 서울대 박사과정 수료
김명수 : 건국대 석사과정
김영희 : 연세대 강사
김정경 : 서강대 국어국문학과 대우교수
김종군 : 건국대 통일인문학사업단 HK교수
나주연 : 건국대 박사과정 수료
박현숙 : 건국대 강사
오정미 : 건국대 강사
윤택림 : 한국구술사연구소 소장
이원영 : 건국대 박사과정 수료
최원오 : 광주교대 국어교육과 교수

시집살이 이야기 집성 2
파란만장, 소설 같은 삶

초판 인쇄 2013년 2월 4일 | 초판 발행 2013년 2월 18일

저자 신동흔 외 | 펴낸이 박찬익
편집책임 김려생 | 책임편집 공혜정
펴낸곳 도서출판 **박이정**
주소 서울시 동대문구 용두동 129-162
전화 02) 922-1192~3 | 팩스 02) 928-4683
홈페이지 www.pijbook.com | 이메일 pijbook@naver.com
등록 1991년 3월 12일 제1-1182호

ISBN 978-89-6292-371-1 (세트)
ISBN 978-89-6292-373-5 (94810)

* 책값은 뒤표지에 있습니다.

이 책은 2008년도 정부재원(교육인적자원부 학술연구조성사업비)으로 한국학술진흥재단(현 한국연구재단)의 지원을 받아 연구되었음 (과제명 : 시집살이 이야기 조사 연구 - 현지조사를 통한 시집살이담 구술 자료의 집대성. 과제번호 : KRF-2008-322-A00068).

일러두기

1. 이 책은 2008년도 정부재원(교육인적자원부 학술연구조성사업비)으로 한국학술진흥재단(현 한국연구재단)의 지원을 받아 이루어졌다. 과제명은 "시집살이 이야기 조사 연구-현지조사를 통한 시집살이담 구술 자료의 집대성"이다. (과제번호 KRF-2008-322-A00068).

2. 본 자료집은 총 10권으로 구성되며 별도로 1권의 연구서가 출간된다. 함께 출간되는 연구서의 표제는 『시집살이 이야기 연구』(박이정, 2012. 6. 28)이다.

3. 본 자료집은 개별 구연자를 기본 단위로 하여 구성된다. 현지조사를 통해 자료를 수집한 200여 명의 구연자 가운데 자료적 가치가 높다고 판단되는 109명(공동구연 포함)의 구술 자료를 선별하여 주제유형 별로 각 권에 수록하였다.

4. 본 자료집의 표제는 '시집살이 이야기 집성'이지만 구술내용은 시집살이를 겪은 내용으로 한정되지 않는다. 시집생활을 축으로 삼는 가운데 여성의 생애 체험을 포괄하는 형태로 자료 조사를 수행했으며 그 구술 내용을 최대한 충실히 반영하는 방식으로 자료를 정리하였다.

5. 본 자료집에 이야기를 수록한 구연자들에게서 사전에 정보 공개 동의를 받았다. 구연자가 요청한 경우나 기타 필요하다고 판단되는 경우에는 구연자 성명을 가명으로 표기하고 사진을 생략하였다.

6. 자료 본문은 녹음된 내용을 그대로 받아 적었으며, 현장상황을 생생히 전하기 위해 조사자와 청중의 반응 부분을 함께 담았다. 이야기 구연의 맥락과 상관이 없는 대화나 언술을 조금씩 덜어낸 곳도 있다.

머리말

현장에서 만난 삶의 문학, 삶의 철학

그분들은 살아있는 철학자들이었다. 어떤 철학인가 하면 삶의 철학. 온몸으로 뼈저리게 삶을 감당해온 역정에서만 나올 수 있는, 절로 고개를 끄덕이게 하는 눈물과 감동의 언어들이 봇물 터지듯이 흘러나왔다. 겉으로 보기에 평범하기 그지없어 보이는, 거기 그들이 있는지조차 잘 눈에 띄지 않던 주름진 할머니들의 입에서 마음을 흔드는 삶의 언어들이 흘러나올 때, 우리들은 그 앞에서 작아질 수밖에 없었다. "그래, 이분들이 진짜로 인생을 사신 것이로구나!"

설화를 대상으로 한 현지조사를 수행하는 과정에서, 노인들이 당신들의 살아온 이야기를 하고 싶어 한다는 사실을 체감하곤 했었다. 설화 조사가 여의치 않을 때 간혹 그 방면 이야기를 청해 듣기도 했었다. 그 이야기들에는 설화와는 또 다른 힘이 있었다. 허구의 문학과 구별되는 '사실의 문학'이 지니는 힘. 언젠가 그 이야기들을 본격적으로 조사해서 수집하려고 마음먹은 지 오래였으나 실행에 옮기지 못하고 있었다. 살아온 이야기는 언제라도 들을 수 있는 터이니 급속히 사라져가는 설화를 빨리 수집해야 한다는 조급함이 컸다. 그러다가 문득 돌아보니 일제강점과 한국전쟁 등의 격변기를 거쳐온 어른들이 어느새 나이 여든을 넘겨 속속 세상을 떠나고 계셨다. 그렇게 우리네 역사의 한 장이 닫히고 있었다. 더 늦출 수 없는 상황임을 깨닫고서 조사팀을 꾸려 현장에 뛰어들었다. 우리 할머니 세대의 삶의 표상인 '시집살이'를 화두로 내건 전국 단위의 여성 생애담 조사 작업이었다. 다행히 결정적으로 늦지는 않아서 그 아프고 버겁던 삶의 역정을 생생하게 전해줄 많은 제보자들을 만날 수 있었다. 딸로서, 아내와 며느리, 어머니로서, 한 인간으로서 격변의 세월을 관통해온 역사의 주인공들을.

그간의 여성 생애담 조사는 구술사 쪽에서 많이 이루어졌었다. 그것은 많은 경우 보통사람보다는 특별한 삶을 산 제보자들을 대상으로 한 조사였으며, 생활사와 관련한 역사적 정보를 얻는 데 주안점을 둔 조사였다. 이에 대하여 우리는 처음부터 구비문학적인 방법론을 내걸고 현지조사를 추진하였다. 그 핵심은 바로 '이야기'였다. 삶의 경험들이란 이야기로 기억되고 재현되기 마련이거니와, 지난 삶의 경험들이 자연스레 이야기 형태로 흘러나와 형상적 총체성을 지닌 '삶의 문학'으로서 힘을 낼 수 있도록 했다. 할머니들을 만나면 다른 말 필요 없이 이야기를 해달라고 청했다. 시집살이 같은 거 하면서 살아오신 이야기를. 그러면 할머니들은 곧바로 알아듣고서 가슴 속에 담았던 사연을 줄줄 이야기로 풀어내셨다. 우리는 객관적 조사자나 냉철한 비평자보다는 마음을 나누는 동반자가 되어서 그 이야기에 함께 했다. 할머니들의 구술을 가능한 한 끊지 않았으며, 구연에 적극 장단을 맞추고 웃음과 탄성, 한숨과 눈물로 동조하기도 했다. 이야기란 그렇게 만들어지는 것이라는 게 우리의 믿음이었다.

할머니들의 살아온 이야기는 서사적 완결성을 갖춘 설화와 달리 하나의 딱 떨어지는 이야기로 갈무리되지는 않았다. 특정 상황에 대한 자세한 언술이 이어지는가 하면 단편적인 일화가 툭툭 튀어나오기도 했으며, 구술 사이사이에 현재의 처지에 대한 언술이나 세상살이에 관한 상념이 섞이기도 했다. 이야기를 하다 말고 조사자들한테 이것저것 묻는 경우도 많았다. 그 결과 구연자들의 구술은 시작과 끝이 다소 모호한 채 갖가지의 사연과 여러 형태의 언술이 섞인 복합적인 담화가 되었다. 우리는 이야기 단위로 자료를 정리하려던 애초의 계획을 바꾸어 한 번의 구술 전체를 하나의 텍스트로 삼아서 내용을 정리하기로 하였다. 얼핏 보면 구술 내용이 다소 어수선하게 보일지도 모르지만, 내용을 찬찬히 읽어 나가다 보면 할머니들의 생생한 목소리가 들려오면서 크고작은 여러 사연들이 마음속에 다가와 박히게 될 것이라고 믿는다. 사연을 음미함에 있어 중간중간에 배치한 소제목들이 좋은 길잡이가 되어줄 것이다.

우리의 시집살이담 자료조사는 조별 작업으로 수행되었다. 너댓 명씩 조를 이루어서 지역별로 제보자를 물색하고 조사를 진행하였다. 말 그대로 보통사람이면서도 남다른 시집생활 경험을 했고 이야기 구연능력도 있는 분들을 찾으려고 애썼다. 노인들의 세계에 갖추어져 있는 다양한 네트워크는 원하는 제보자를 찾는 데 큰 도움이 되었다. 본격적으로 시집살이 체험담을 구연한 화자가 총 200명 이상이었는데, 그 중 165명 분의 자료를 녹취하여 지역별로 1차 자료집을 완성하였다. 하지만 그 가운데는 자료 공개를 사절한 제보자도 있었고, 이야기 내용이 좀 산만하거나 사연이 서로 중복되는 경우도 있었으며, 발음 문제 등으로 녹취가 불완전한 경우도 있었다. 아쉬움을 무릅쓰고 50여명 분의 자료를 과감히 덜어낸 끝에 총 109명(공동구연 포함)의 제보자가 전해준 자료를 최종 출판대상으로 삼기로 결정하였다. 자료들을 전체적으로 검토한 결과 지역별 특성보다는 유형별 특성이 더 의미 있는 요소가 된다고 판단하여 주제유형 별로 자료를 분류하여 총 10권으로 나누어 실었다. 각 권별 구성을 간단히 소개하면 다음과 같다.

1권 - 이땅에 여성으로 산다는 것 : 살아온 사연을 길고 자세하게 전해준 대표 화자 가운데 '여성의 삶이란 어떤 것인가'를 생생하게 말해준다고 생각되는 사례를 선별하여 실었다.

2권 - 파란만장, 소설 같은 삶 : 대표 화자들 가운데 소설보다 더 소설 같다고 느껴질 정도의 기구한 사연을 전해준 할머니들의 구연 자료를 수록했다.

3권 - 아내의 자리와 남편의 자리 : 시집온 뒤로 특히 남편 때문에 고난과 설움을 겪었거나 잊지 못할 경험을 한 화자들의 사연을 담았다.

4권 - 이런 시어머니 저런 시아버지 : 시집생활에서 특히 어려운 존재인 시어머니와 시아버지에 대한 남다른 기억을 간직한 화자들의 이야기를 담았다.

5권 - 어려운 게 시부모뿐이랴 : 자식에 얽힌 애환을 담은 사연과 시누이, 시동생, 동서 등 여러 시댁 식구에 얽힌 사연을 전한 이야기들을 모았다.

6권 - 가난과 결핍 속의 애환 : 가난한 살림이나 병고(病苦), 외로움 등과 마주하면서 겪어야 했던 갖가지 희로애락의 사연들을 모았다.

7권 - 전쟁과 수난, 역사의 와중에서 : 6.25 한국전쟁 때의 특별한 사연이나 4.3사건, 빨치산 경험 등 역사적 사건에 얽힌 기억을 담은 자료들을 수록하였다.

8권 - 여성의 삶, 이런 사연들도 : 여성으로 살아오면서 겪어야 했던 가지각색의 특별한 우여곡절을 담은 사연들을 한데 모았다.

9권 - 나의 삶을 세우다 : 시집온 뒤에 기둥이 되어 집안을 일으킨 사연이나 소신껏 자신의 삶의 길을 찾아온 사연을 전하는 이야기들을 모았다.

10권 - 여성이라는 이름의 철학자들 : 집안의 주체이자 세상의 주인공으로 살아온 삶의 역정에서 우러난 인생철학이 짙게 배어 있는 이야기들을 수록하였다.

100명이 넘는 역사의 산 증인들이 펼쳐낸 생생한 삶의 이야기들은 설화와는 또 다른 측면에서 구술담화 연구의 의미 있는 자료가 되어줄 것이다. 이 자료집을 통해 허구적 담화와 사실적 담화를 아우르는 구술담화 체계를 온전히 이해할 수 있는 기초 자료의 한 축이 비로소 갖추어진 것으로 생각한다. 앞으로 구술담화에 대한 문학적 연구의 새롭고 의미 있는 확장이 이루어지기를 기대한다. 아울러, '산 역사'를 이야기 형태로 응축하고 있는 이 책의 자료들은 구비문학 외에 민속과 생활사, 여성사, 사회사 등의 여러 연구 분야에서 널리 기초자료로 활용될 수 있을 것이다. 꼭 연구뿐만이 아니다. 꾸민 것보다 더 기가 막힌 많은 사연들은 소설이나 드라마, 다큐멘터리 등 문화예술 창작에도 좋은 소재가 되어 줄 수 있을 것이다. 다른 무엇보다도, 많은 사람들이 이 책을 통해 지난 시절 우리네 삶의 진짜 모습과 만날 수 있게 되리라는 점을 강조하고 싶다.

이 책은 한국학술진흥재단(현 한국연구재단)의 기초학문 토대연구 지원 사업에 힘입어 진행되었다. 적시에 지원이 이루어져서 의미 깊은 조사사업을 차질 없이 수행하게 된 것을 다행으로 여기며 연구지원에 대하여 감사의 뜻을 밝힌다. 그 의미 깊은 사업을 실질적으로 맡아서 감당한 핵심 주역이 누구인가 하면 현지조사와 자료 정리의 실무를 맡아 수고해준 전임연구원과 연구보조원들이었다. 일련의 길고도 힘든 과정을 성실하게 수행해준 전임연구원 김경섭, 박경열, 김정경 박사와 박현숙, 김예선, 김정은, 김효실, 김영희, 김경희, 유효철, 오정미, 나주연, 김아름, 조홍윤, 은현정, 이원영, 황승업, 김명수 등 여러 젊은 연구원들의 노고에 큰 감사와 사랑의 마음을 전한다. 공동연구원으로서 현지조사와 연구작업을 적극 뒷받침해준 김종군, 최원오 교수와 서영숙, 윤택림, 김귀옥 교수께도 감사드린다. 까다롭고 복잡한 출판 작업을 기꺼이 맡아서 좋은 책을 만들어주신 박이정 출판의 박찬익 사장님과 편집자들께도 이 자리를 빌려 감사의 뜻을 전한다.

이 책은 다른 누구보다도 이야기를 들려주신 여러 할머니들에 의해 이루어진 것이다. 따뜻하게 손 내밀어 조사자들을 맞이해 주시고 가슴속에 무겁게 묻어두었던 이야기를 구구절절 풀어내 주신 여러 할머니들께 머리 숙여 감사드린다. "당신들이 계셔서 오늘의 우리가 있음을 가슴으로 깨달았습니다. 정말 감사합니다. 건강하고 행복하게 오래오래 사세요."

2012년 겨울에

저자를 대표하여 신 동 흔

차 례

• 최옥녀 : 의붓아버지, 투전꾼 남편, 신 내림 —— 11

"내가 그 수많은 가시성을 쌓고 넘고 나와서 인제 살아.
그때 안 죽었다는 게 너무 잘했다는 거."

• 박정애 : 재취로 들어가 겪은 파란만장 시집살이 —— 123

"온 마당 끌고 당기민서 내를 패놨으. 그래 참 신랑한텐
안 맞아 봐두, 시아바이한텐 마이 맞았으."

• 김영옥 : 서리 맞은 꿈, 남을 위해 산 인생 —— 205

"나는 입도 없으면 좋겠다고 내가 생각을 했어요.
나는 덤으로 사는 인생으로 생각하고"

• 신 씨 : 신령의 도움 속에 펼쳐 나온 삶 —— 319

"하늘을 치다보고 껄껄 웃었어. 내가 웃고서, 잘 되갔지.
잘했다. 이랬어. 그래서 마침 잘 됐어."

최옥녀

의붓아버지, 투전꾼 남편, 신 내림

"내가 그 수많은 가시성을 쌓고 넘고 나와서 인제 살아. 그때 안 죽었다는 게 너무 잘했다는 거."

자 료 명 : 20091017최옥녀(평창)
조 사 일 : 2009년 10월 17일
조사시간 : 4시간 18분(09:00-13:18)
구 연 자 : 최옥녀, 여·75세(1935년생)
조 사 자 : 박경열, 유효철, 나주연, 김아름
조사장소 : 강원도 평창군 대화면 대화리 (구연자의 집)

조사과정 및 구연상황

최옥녀와는 본래 전날 만나기로 약속이 되어 있었다. 하지만 갑작스레 딸 내외가 방문하는 바람에 부득이하게 일정을 하루 미뤘다. 최옥녀는 조사팀에게 아침을 대접해 주었고, 이런저런 이야기를 나누며 자연스럽게 이야기판이 펼쳐졌다. 집으로 두 차례 손님이 찾아왔으나, 최옥녀는 이야기를 풀어내는 일에 집중했다. 최옥녀는 지치지 않고 지나온 삶의 사연을 펼쳐냈고, 이야기판은 오랜 시간 지속되었다.

구연자 정보

최옥녀는 1935년생으로 어려서 아버지를 여의었다. 이후 어머니는 개가했고, 의붓아버지 밑에서 고생을 하며 자랐다. 그녀의 남편은 조실부모하고 부잣집 양아들로 들어갔으나, 일꾼이나 다름없는 존재였다. 쌀농사를 지으며 형편은 나아졌지만, 남편이 투전을 하는 바람에 빚을 많이 지게 되었다. 빚을 갚느라 장사를 해야 했고, 그 때문에 자식들을 학교에 제대로 보내지 못했다. 남편은 사고로 다쳤고, 10년을 앓다가 사망했다. 먹고 사는 일이 해결되자 몸이 아프기 시작했는데, 이후 내림굿을 받고 산신을 모시게 되었다. 산신을 모시며 홀로 살고 있다.

이야기 개요

최옥녀는 의붓아버지 아래서 자랐다. 중매로 결혼했는데 부잣집 아들이라던 남편은 수양아들로 집안의 일꾼과 한가지였다. 큰동서와 비슷한 시기에 출산을 하게 되자 시어머니는 한 집에서 아이를 낳으면 부정을 탄다며, 양계장 옆 허름한 방에서 출산하게 했다. 일 년 만에 분가했고, 열심히 농사를 지었다. 언젠가부터 남편은 투전을 했고, 이 때문에 빚을 많이 졌다. 차옥녀는 장사를 하며 빚을 갚았다. 남편은 일하던 도중 나무에 깔려 크게 다쳤지만, 보상을 받을 수 없었다. 이후 남편은 고생하다가 세상을 떠났고, 최옥녀는 갑작스레 몸이 아프기 시작했다. 결국 신내림을 받았다.

[주제어] 남편, 내림, 빚, 의붓아버지, 자식, 투전, 한

[1] 의붓아버지 밑에서 자라다.

그러니 어이없어서 어떡하나. 쌀 그만 부뚜막에 놓구는 어쩔 줄을 몰르고 섰으니까 빨리 아 업고 저 패들 따라 가라 하더래요. 그래서 나, 이제 해달아쳐 들쳐 업구는 할 수 없어서 가다 보이까 어느 집에, 쪼그만 한 오두막 살이, 그 거짓말, 중신애비 거짓말 하나도 아니고 오두막살이 집인데 거서 뭐 하마 말하자면 이제 잔치 준비를 다 했드라는 거야. 국수도 삶고 뭐 동네사람들 모이고 뭐, 아무개 장개간다 하민서 그렇게 사람들이 인제 많이 와서 복신대 드래잖아.

아뿔싸 내가 진짜 여기를 우째자고 이런 델 왔나 이런 생각이 들어가는 기, 아 내려놓고 뭐 젖 멕이고 싶지도 안하고 안고 싶지도 안하고 빠져나갈 궁리만 생각을 하고 있는데 빠져나갈 일이, 이전엔 다 걸어야 되잖애. 오밤중이래도 다 걸어야 되니까 그래서 빠져나갈 궁리를 하고 있는데 그러다보니까 이웃에 할머이가 하나 아를 업고 이제 슬슬 왔다가 와 보구는 가더래. 그 할머이

뒤에를 따라서 가가지고,

"나를 할머이, 오늘 저녁 할머이 주무시는 데 날 하룻밤만 좀 재워달라."고.

하니까,

"아이고, 난 모르겠소. 젊은 사람들이 알지 난 모르겠소."

이랬는데. 중신애비가 사람을 찾으니까 읎으니까 돌아댕겨 보구는 거 와서 등어리 아를 쑥 빼서 가주 가면서 뭔 얘기가 그렇게 많으냐고. 쑥 뺏어가매. 가주가더라잖애.

그래 아를 뺏겼으니 인제 이래도 저래도 못하고 인제 그 집 인제 그 홀애비 집에 인제 이렇게 인제 옛날에 뭐 이렇게 뜨럭이지 뭐 마룽이나 있나? 이러이깐 앉아서 젖을 멕이고 있다니까 해가 저뭇하니 다 가버리고 할 수 없이 인제 거서 날이 저무이 잤는데.

뭐, 이렇게 빙빙 돌아보니까 이런 동이에 숯구쌀이 한 댓 되 되게 있고 금방 보리를 인제 한 말 엽쳐서 갖다 이래 씨가주구 갖다 옛날에는 디딜방아로 문져서 빻잖애 그래, 쬐가주 이래 갖다 널어놓고, 먹을 기라곤 그거 백에 없더래요.

그래서 자고 인나 가지고,

"나는 도저히 이렇게는 못 살겠으니까 이런 식으로는 살 수 없고 내가 혼자도 아니고 애들이 여너댓 되는데 그 애들 다 먹여 살리자면 내가 잘하나 못하나 장사를 하고 있으니까 이만큼 살고 있지, 안되겠으니까 도저히 나는 지내가다 하룻밤에, 하숙했다 하고 당신은 지내가는 여자 하룻밤 같이 잤다는 생각하고 이렇게 이런 식으로 헤어지자."고.

나서니까,

"아, 그기 무슨 얘기냐."고.

붙드는 기 그 자리에서 그만 눌러서 평생을 해로 하고 돌아가셨지.

그 손에서, 그 의붓 손에서 내가 인제 그 친아버이는 얼굴을 몰르고 의붓아버지 인제, (조사자에게) 밥 더 드릴까? [조사자 : 에, 많이 먹었습니다.] 의붓아버지 손에서 그래 크고 자라왔는데. [조사자 : 그럼 그 아버지는 잘 해주셨어요?] 그래다보니까 뭐 아무래면 참 옛날 속담이 뭐 의붓아버이 아버일란가 뭐 의붓어머이 어머일란가. (웃음) 그런 속담이 내려오잖아.

그래 이 양반이 승질도 그 하고 뭐 자기 몸엔 하나도 없고 이제 우리 어머이가 인제 우리 육남매 데려간 게 인제 오빠들 둘을 남의 집에 보내고, 삼남매 인제 큰 이는 인제 또, 또 어드로 보내고 그래고는 인제 오빠가 둘째 오빠하고 셋째, 셋째 오빠하고 우리가 인제 여자 딸내미 두 성제하고 둘이서 인제 아버지 손에서 크는데 [조사자 : 사형제?] 육남매. 인제 스이 인제 딴 데로 나갔으니까 스이는 인제 이 아버지 손에서 크고 이래는데.

이 양반이 승질이 괄해가지고 한 번씩 참 가정 싸움을 할 적에 보면은 많이 자들어요. 저 마당으로 뭐 있는 살림 다 날아가지 뭐. 이래고. 그렇게. [조사자 : 던지시는 거예요?] 어, 그렇게 살림을 뭐 참 내부시고 이렇게 할 적엔 뭐, 뭐 화리고 뭐 옛날엔 불 땐 화리를 이렇게 담아 놓잖아? 다 날아가. 무조건 다 날아가요.

그러면 우리는 그냥 보고 벌벌 떨며 울기만 하고 우리는 그렇게 생활 해 내려오는데 그저 먹는 기, 굶주리는 기, 진짜 하루에 지금 이 아마 저, 공기밥 하나이면은 여덟 식구가 다 함께 먹을 정도로 그런 정도로 쌀을 인제, 지금 요즘 사람 그런 사람 없잖아.

옛날엔 그 시대엔 어렵게 사니까 그렇게 먹고 생활 하는 것도 나중에 인제 여름에는 그나마 인제 뭐 날새면 나는 아홉 살서부터 나가서 밭에 가서 밭 매고 논 매고. 열한 살서부터 오빠들 따라 댕기미 품앗이를 했어요.

그래 공부라는 건 일절 몰르고 학교라는 건 아주 그림자도 모르고 그 시대는 뭐 본래 또 학교가 어려운, 웬만한 부자 사람들이나 가르치지 어려운 사람 못 갈치니까. [조사자가 밥을 다 먹고 치우려고 했다.] (조사자에게) 그양 그양 놔두세요. 내가 인제 마서 덮어놓을 테니까.

[조사자 : 그럼 형제 중에 막내신 거죠?] 형제 중에 내가 막내, 여자로선 내가 막내고 또 아들로서는 우리 인제 어머이가 인제 그 재가한, 간 데서 아들이 또 형제는 하나 꺾고 하나 있는 기 지금 부산 살고 있어요. 그래 그렇게 살고 있어서 그 사람은 뭐 좀체 만나기도 어렵고. 이래 사는 기. 일생을 살아오는 기, 워떻게.

우리 전에 어른이 참 실물은 참 좋아요. 인물은 좋고 남이 보면은 훌륭하고 체레도 좋고 그런 사람인데 그 결혼해가지고 고생하는 기 클 적에도 그렇게 굶주리며 고생을 하고 그 우리 의붓아버지가 이렇게 우리가 밭을 인제 일꾼을 은어가지고 밭을 한 여남은씩 매나가다 보면은 그냥 무조건 움자리에 이 허리를 이게 호매이라면은 이렇게 둘러줘고는 막 헐금 지친단 말이야. 그럼 말을 하고,

"야, 너 왜 저걸 저렇게 하고 가나?"

이렇게 말을 하고 때려주면,

'그래 내가 잘못해서 맞는구나.'

하는데. 말 한 마디 없이 그냥 이 호매이 자루 가주 와서 헐금 지치니까 기절을 하고 놀래지. 벌떡 일어나서 돌아보면,

"저, 풀 왜 안 뽑고 가느냐!"

이런 식으로 야단하시고 그러면은 그날 일하는 기 (조사자에게) 여다 놓으셔. 그날 일하는 기 아주 종일 아주 참 오로지 죽고 싶은 그 생각 밖에 없고 그럼 또 쉴 참에는 쉬면 어른들이 쉬면 같이 쉬면 좋잖아? 쉬라 소리 안 하세요. 그냥 두 성제가 매면 그 인제 옆에 이웃에 으른들이,

"저 애들을 좀 쉬라 그러지 그냥 허리가 아픈데 저렇게 그냥 매라 그러면 애들이 일하는 게 힘든데 그러냐."고.

쉬, 좀 쉬키라고. 이럴라치면,

"아이, 으른은 허리가 아파 쉬지마는 애들이 뭐 허리가 생겼냐."고.

매라고. 그럼 점점, 점점 속이 올라오는 거야. 그 소외감이, 너무 힘든 소외감이 올라오는데 그냥 땅을 보고 매면서 둘이 눈물이 그냥 눈물방울이 땅에 뚝뚝뚝 떨어지며 매지 뭐.

그런 세월 겪고 의붓아버지 손에 커가민 배 고픈 세월을, 여름에는 그나마 인제 점심을 먹고 그때 시절엔 참이 없었어요. 아침, 점심, 저녁뿐이지 참이라는 건 없어. 암만 일을 해도. 그래 겨울게 인제 호미자루 놓고 이 농촌에 도리깨질, 전부 다 옛날에 도리깨로 두드려야 했거든.

그 놓고 나며는 점심이 없어요. 그냥 인제, 오빠들은 남구를 하니까 점심을

주지마는 여 신발 신은 채 감발 한 채 문턱에 발 놓고 화로에 밥 비벼주면, 드리면 그냥 잡숫고 나무하러 가고, 우리들은 삼을 삼아. 옛날에는 삼삼아 전부 저, 길쌈했잖아. 그저 삼을 삼으매 고뱅이 걷어놓고 후비대고 점심 없이 그냥 넘어가니까 배가 고파.

얼마나 배가 고프면 내가 맹세를 한 기,

'나는 이 담에 결혼을 해서 자식을 낳는다고 보면은 하다못해 남을 주기래도 쓰레기 범벅을 줘도 삼시 세 끼 숫갈 들린다.'

이거는 아주 결심을 했어요. 너무 힘들고 배가 고프고 그러면 저녁에 또 뭐 씨레기를 넣던지 뭐 김치를 쓸어 넣는다든지 아니면 콩나물 길궈서 콩나물 죽을 쑤든지 옥수수쌀 넣고 텀벙 갈으며는 아랫물 지는 거 한 그릇씩 먹구는 또 밤에 인제 밤 이슥하도록 삼 삼네.

삼 삼다가 잘라고 보며는 배가 고프고 속이 씨려 죽겠는데 먹을 게 있어? 아무 것도 먹을 게 없지. 찬장 문도 가 열고, 보고 이래 다녀보면 옥수수 몇 개 심궈서 인제 여물지 못하고 서리가 맞아요. 그럼 그놈 삶아서 인제 삶아야 인제 알이 되니까 이, 걸어놓으면. 그놈 따다가 인제 가마이 인제 이렇게 오득 오득 소리가 나잖아?

"아, 떼 안 먹고 저걸 떼에 안 처먹고 다 그냥 날 걸로 저렇게 처먹고 치운다."고.

또 소리를 지르고 야단하이 엎드려서 푹 엎어져가지고 옛날에 우리들 클 적에 이불도 없었어요. 왕골자리. 그 자리를 그 푹 덮고 잤었어요. [조사자 : 왕골자리?] 왕골자리. 부두자리, 왕골자리. 그래도 그 자리도 덮으면 안 덮은 거보다 나아요. 그래 그 자리를 덮고 엎드려서 이걸 움켜쥐고 그 뜯은 옥수수를 물은 기 먹다 그냥 잠이 들어 자요.

[2] 시어머니는 한집에서 둘이 출산하면 부정 탄다며 설움을 주다.

그런 식으로 커가지고 결혼을 해가지고 부잣집에 결혼한다고 한 기 가보니까 또 부잣집이니까 양아들을 삼아가지고 인제 저기 뭐이, 양아들이 아니라 일꾼이지. 한 마디로. 양아들이라고 인제 첨에 인제 양아들인 줄도 모르고 이래 쏙아서 갔는데.

가서 이래 살민서 보니까 뭐 하는 기 그 집 아들들 두 형제는, 삼 형젠데 인제 막내는 안직 이, 삽학년, 중학교고, 저, 국민학교에 댕기고 두 형제는 만날 옷을 쪽 빼입고 장갑 찌고 뽀얗게 해가주 나가는데 인제 우리 신랑은 만날 아침 먹으면, 자고 일어나면 소여물 끓여주고 신발 해가지고 나무 하러 가고 또 나무 해다 놓고 또 소여물 해주고,

'그래 이상하다. 어떻게 저렇게 차이나나?'

그래고 있다보이까 알게 되는데 인제 양아들인 거라.

그렇게 그 집에서 인제 일년 지내고 한 해 농사 지가지고 이년 만에 살림을 내는데 지금 우리 서울 큰 아가, 큰 딸이 오십 스이예요. 근데 그거를 거서 임신 돼가지고 인제 입덧을 하면 밥을 나는 입덧을 하면 한 이십일 거의 한 달은 밥을 못 먹어요.

그래도 아무리 못 먹여도 물 여다가 물이 멀어요, 물 여다가 밥 해줘야 되고

또 이 봄이며는 논, 농사를 논도 많이 짓고 밭도 많이 짓고 하는 뭐. 그러니까 머슴을 두고 이렇게 사는 기, 그 물 여다가 갈 꺾고 새벽같이 일어나가지고 새벽 세시, 네시 나가면, 이 이불을 내가 못 개 놓고 나가면 그 자리에 기양 들어와 둔눠야돼요.

그 정도로 그, 농사짓는 일을 뒷바라지를 해서 그래 농사를 짓고 그 해 가을에 구월, 팔월, 윤 팔월 그믐날 그날 큰 딸을 그때 놓고. 놓고 놓는 그 시간까짐도 일을 했어. 그래 타작을 그래도 올처럼 이렇게 일러가지고 타작을 하는데 밤에 자꾸 설거지 해 저녁을 채려는데 저녁을 못 채리고 부뚜막에 이래고 매달려 있으니까,

"새댁 왜 그래?"

나는 지금 배가 아퍼 허리가 절려서 일어서지를 못하겠다고 그래이까 그럼 얼렁 집에 가래. 그래 집에 와서 구부리고 기어드가서 엎드려 있으이까 좀 있다 인제 저녁 먹을라고, 옷 갈아입을라고 오더라고. 저 등잔에 기름이 없으니까 기름 좀 넣어다 놓고 가라 그래이까 그 인제 호롱을 주고 안방으로 들어가니 시영시어머이가 인제,

"왜 뭐, 안 좋다드나?"

이래이깐 인제 뭐,

"뭐 안 좋은가베요."

이래미 인제 기름을 넣어가주 갖다놓고 일하러 갔는데 아이, 연거푸 배가 아파 못 견디겠더라고. 그래 시어머이 나오더라고.

"야, 안 좋나?"

이래이까,

"배가 아파요."

이래이까 그 집 인제 그 할머이 인제 큰 아들이 이월 달에 이 집에서 애기를 낳았어. 그러니깐 인제,

"한 지붕 속에서 둘이 안 낳는다."고.

짐승도 사람도. 둘이 안 낳는다고 그래서 나가야 한다고 저 멀리 저 강가에 큰 강가에 아주 멀리 양계장을 하나 지어놨는데 거기 방이 한 칸 있어. 그리

나가자는 거야.

난 뭐 가는데 뭐 가다가 되게 틀고 못 배기겠으면 또 스고 가다가 죽을 지경이면 또 스고 그 세 번을 쉬어가지고 나가매 가서 기양 뭐 아, 여름 내내 뭐 가을 내내 뭐 불 안 때던 방인데 이런, 그때는 이런 장판도 아니고 종이로 장판 한 긴데, 어름장 같은 데 드가 엎드리면서 낳지 뭐. 낳으니깐 또 그 다른 게, 하도 일이 시고 먹는 건 못 먹고 이러이 아가 그냥 그 산파하는 할머이가 그때는 크는 걸 보고,

"너를 받아서 씻길 적에 손에 쥐키지 않아 씰 줄 몰르고. 그 정도드니 그래 많이 컸다."

이래미. (웃음)

[3] 살림을 나다.

그 정도로 아가 그래 크지 않고 낳아가지고 키워가지고 가 인제, 김장 다 해놓고 살림을 나는데 참 그야 말따나 남의 자식이라고 이, 숟갈이래도 몇 잎 주고 사발 그릇이래도 좀 주고 이랬으면 내가 한이 안 될 거야.

근데 뭐 잔치 하는데 뭐 제하고 뭐 제하고 다 제하고 인제 사경을 뭐 여섯 가마니, 일곱 가마니, 쌀 이렇게 매겨가지고 일을 씨겼는데 다 제하고는 쌀 두 가마니만 주더라고요. 쌀 두 가마니만 달래 주고 김치 해 넣어 놓고 뭐 그 부잣집이 장이 질질이 있는데 한 바가지 안 주고 숟갈 한 잎 안 주고 그냥 그 덮어자던, 여인숙을 해가지고 이부자리가 장농 꽉 찼었어요.

근데 덮고 자던 이부자리도 가주가 덮으라 소리 안하고 그냥 인제 우리 아버이 군대 갔다 제대 해오면서 그 담요, 그거 하나 가주 나온 거 그걸 끌어서 아를 업고 나와서 쌀 두 가마니만 갖다 놓고, 이웃에서 상수 어머니라고 하는 이가 우트게 형편을 알았는지 우트게 그걸 알았는지,

"내가 통노구를 하나 줄 테이까 갖다 걸고 우선 끌여먹으라."고.

이러는 거야. [조사자 : 뭐요? 할머니?] 통노구라고 이웃에 상수 어머이라고

하는 이웃의 아줌마가. [조사자 : 상수 어머니?] 에, 그 딸 이름이 상수야.

그래 인제 그때 그 아가 거의 한 이십 밑에 돼갔어요. 그런데 요만한 통노구를, 한 동우는 물이 한 동우는 될 거를 주더라고. 그래 무쇠솥에 그 인제 이웃에 사랑을 얻어가지고 부뚜막에 갖다 걸어놨는데 나가는 날 아를 업고 가서 가보니 인제 우리 주인 아버이가 쌀은 한 가마, 두 가마니 갖다 놓고 남굴 한 짐 갖다 놨는데 그래다 보이 점심을 해먹어야 되겠는데 한 개, 뭐 간은 고사놓고 지금은 뭐 아무것도 흔하지만 그때는 이, 고주 바가지 아니며는 솥을 풀 기 없었어요. 그러지 않으면 사발로 푸고.

아무 것도 없으니 뭐 우두카이 이래 팔짱을 끼고 섰다가 생각하이 안 되겠어. 그 옆에 그 인제 수영으로 아저씨 아주머이하고 고 옆에 계셔. 그래서 걸 갔지. 가서 보이까 이렇게 불을 때 담아 놓고 식사를 하시고 이래 화릿가 앉아 쉬드라고. 그래 안녕하시냐고 인사를 하고는,

"아주머이요, 아저씨, 저는 어려운 말씀 하러 왔어요."

이래이깐,

"뭔 어려운 얘기를 하나?"

이래서,

"저 오늘 이쪽에 사랑으로 이사를 해왔는데 아무 것도 없이, 저 상수 어머이가 솥을 하나 줘서 솥은 하나 부뚜막에 걸어놨는데 쌀은 두 가마니 갖다 놨는데 점심을 해먹어야 쉴 참인데 바가지가 없어 솥을 못 퍼요."

이러니까,

"거 가서 한 서너 쪽 갖다 줘."

아저씨가 그러드라고. 그래서 가시더니까 요만한 거 하나, 또 요거만한 거 하나, 요렇게 작은 거 하나, 세 조각 갖다주시더라고. 그걸 받아들고 나오는데 내가 지금의 나를 쌀 열 가마니 갖다 줘도 그렇게 안 반가워요. 얼마나 반갑고 고마운지 너무너무 반갑고 눈물이 나, 그냥 핑 돌면서,

"아주머이요, 아저씨요, 제가 점심 해놓을 테니까 반찬 없더래도 밥 잡수러 오세요."

이래미 나오니까,

"그래, 가 많이 해 놓게."

이제 그 아주머이가 그래. 그래 인제 그 바가지를 가져와서 뭐 바가지로 가 물 들어왔지 뭐 아무 것도 없는데 뭐 어쩔 거여 그러니 바가지로 인제 그래도 그 큰 바가지로 물을 떠다놓고 작은 바가지로 퍼서 씻고.

그래 쌀을 퍼다가 밥을 하니까 우리 내 우에 바로 언니 형부가, 그때는 웬만하면 다 못 사니깐 뭐. 사랑살이 하고 사는 주제에 그 집도 겨우 밥 받아먹을 그릇이겠지. 그러는 거 우리 형부가 사발 대접 두 벌, 술 잔 하나, 그래 하고 숟갈 세 이파리 하고 옛날에 놋박주. 그거 하고 이래서 인제 잘게다 담으니까.

우리 언니가, 그 나중에 이웃 사람이 이제 내 귀에 전달하는데, 한 집에서 지끔 뭐 누가 손님이 오면은 그릇이 없어 쩔쩔 매는 거 거서 파내간다고 막 야단, 자꾸 싸우더라는 거야. 그 이웃 사람이,

"뭔 언니가 저런 언니가 있냐?"고.

"당신이 그렇게 하면 형부가, 저, 신랑이 야단할 텐데 응? 신랑이 그래 처제 생각하고 그래 주고 하는데 어떻게 언니가 되고 그런 신랑을 야단하느냐?"고.

이래. 그런 소리가 오더라고. 그래 가주와도 그저 갖다놓이 그기 그렇게 또 고맙더라고. 받았더이만,

"형부 이게 뭐이래요?"

이래이깐,

"크게 볼 것도 없는 그릇 두 벌 가주 왔어요."

이래면서 가주 오더라고. 받아들민 그기 진짜 그래 고마울 수가 없지. 그런데 이 우리 의정부 지끔 살고 계셔. 구십, 구십 다섯인가 여섯 되는 제일 맏이야. 언니가. 지끔 살아계셔요.

그런데 그 분이 질동을 하나 옛날에는 오질동을, 질동을 이렇게 마커 옹기그릇을 썼지, 이런 뭐 스뎅 뭐 이런 거는 아예 이름도 몰랐잖애. 그런데 이런 질동을 하나 하고 아직 그 칼 있어요. 그 칼이 지금도 저 있어. 칼 하나 하고 남구 인제 쪽떼기용 칼더미하고 가주왔더라고. 그래 인제 그거 인제 그렇게 꿈같이 인제 생각도 못 했는데 가져오니 그렇게 반갑고 고마워 인제 받아놓고 인제 우선 거다 물에 퍼다붓고 이런데.

친정 어머이가 거서 또 꽤 멀리 계셔. 한, 여기서 말하자면 한 오리 먼 데 계시는데 이만한 물박에다가 김치를, 옛날에 뭐 양념이나 제대로 있나. 송송 썰어서 시퍼런 김치 해놓은 거 이만한 물박에다 한 물박 푸고 인제 무쇠 냄비가 이런 기 있는 거 그거 냄비 하고 물이래도 한 반돈 들어. 그런 무쇠 냄비하고. 그래 가져오셨더라고. 그래다보이까 우트게 그래도 뭐 그기 그래도 금방은 급한 건 면하게 되더라고.

그래 그래서 인제 점심에 밥이 다 됐는데 그거 인제 바가지 준 아주머이가 뭔 자배기를 이래 입고 오셔. 쫓아나가민 내가,

"아주머이 뭔 자배기를 뭘 그렇게 가져오세요?"

이러이깐,

"이 사람아, 내용물은 별로 볼 게 없네. 껍데기만 컸지."

이래민서 갖다 내려놓는데 이, 뚝배기에다 장을 하나 푸고 이런 바가지에다 인제 고주바가지에다 김치를 한 바가지 꺼내서 거다 앉혀놓고 그래가주 인제 그 위 안에다가 앉혀 놔가지고 이고 오신 거야. 그래 그기 그래, 그래 그렇게 저렇게 점심 먹게 되더라고. 밥 반찬 그래 김치 들어오고 장 들어오고 이래니까 먹게 되더라고. (기침)

이웃에서 모두,

"와 아무께네 살림난다."

소리를 듣고는 모두 와 디다보더니,

"우리집에 와 장 갖다 먹어, 우리 집에 와 김치 갖다 먹어, 우리 집에 건추 갖다 삶아 먹어."

뭐 전부 갖다 먹으래요. 그런데 고맙다고 인제,

"갖다먹어야죠, 아유 고마워요."

이래고 그렇게 점심을 먹고는 인제 그래다보니까 이웃에서 뭐 김치도 가져오고 장도 가져오고 모두 가져오셔. 있는대로 다 가져오는 대로 받아놓지. 불 데가 있나요? 아무 데도 그릇이 없으니까 그냥 부뚜막 이렇게 받아서는 널어놓는 거야. 내일이 인제 오늘 지내면 낼 모레 인제 그 안흥 저기 저, 안흥, 원주, 횡성 저짝 안흥. 거기를 인제 살고 있는데 그 장을 봐야돼. 그래 그 장을 가서,

'안 먹고 뭐 밥을 굶는 한이 있더래도 쌀을 서너 말 퍼가주 가서 천상 항아리는 채가주 와야 되겠다.'

싶은 생각이 들어서 아침에 쌀을 인제 서너 말 퍼서 농에다 넣어놓고 아침을 해먹고 앉았다 이 양반이 이틀 밤을 나가 밤새우고 쌀을 닷 말을 달라잖아. 노름을 그렇게 억시게 좋아했어요.

그래서 쌀 두 가마니 놓고 저기 지끔 겨울게 급하면은 겨울 되면 벌이가 아무도 없잖애. 급하면 거기, 그래도 거다 손대야 돈 되고 비싸든 싸든 거기 그기 돈도 되고 밥도 인제 겨울 인제 연명해 나갈 건데 어쩌자고 응? 이틀 밤 나가 세우고 쌀을 닷 말씩 달라느냐고 내가 인제 싸우다니까 인제 우리 친정 오빠하고 어머니하고 장엘 나오다, 넘어오다가 들려보고 이래 앉아 가만히 앉아 듣더라고. 밥을 아침이고 뭐이고 뭐 싸우다 인제 어떻게 그런 식으로 살림을 살라고 작정하느냐고 인제 그러다이까 이 양반이 듣다가 인제 할 말은 없고 염치는 없고 문을 콱 열다 콱 닫고 나가미,

"니 혼자 그 쌀 가지고 잘 먹고 잘 살아라."

나가더라고. 뭐 가거나 말거나 뭐 그야말따나 어이없는 짓을 하고 댕기는데. 오빠가 허허 웃으민,

"누 집이나 기집년이 가야 집안 꼴이 안 되지 하나는 가도 괜찮애. 지눔이 가면 얼매나 갈라고."

그래. 그래 인제 (기침) 그 쌀 서 말 꺼내놓은 걸 둘러미구 어머이하고 나하고는 아를 업고 이래 가서 겨울기 인제 가서 그 쌀 서 말을 팔아가지고 참 몇 푼 되겠나요? 지금이나 그때나. 그래서 광목 판데기. 옛날에 광목 광데기를 마 반을 끊었어. 아를 바람에 나가면 이렇게 덮어씌운다고. 그래고 사발 그릇을 두 벌을 더 사고 술잔도 하나 탱귀 하나 더 사고 숟갈 서너 잎 해서, 그래도 떼에 누가 오면은 그래도 그릇이 있어야 뭘 우트게 잡숴보라고 드리지.

그래 사고 항아리 인제 한 동우 좀 될까 그런 걸 두 개를 사고 이래고 나이까 아무것도 하나도 한 푼도 없더라고. 모자르지 뭐 우예. 모자르면 사정해 깎아서 이제 집에를 오니, 집에 와서 저녁을 할라고 방에 이렇게 들어가보이, 쌀 가마이 이렇게 푹 꺼부러지는 거여. (웃음) 그래서 아이, 그만 질겁을 하고.

이웃집 안방에 가서,

"아유, 누가 우리 집에 왔다 가는 거 봤어요?"

이러니까 아저씨가 저기, 뭐여, 신랑이 자기에다가 뭘 많이 퍼 줘고 나가더래. 그러니 한 가마니에서 닷 말 퍼가고 그 또 뭐, 점심해먹고 했으이까 얼마 떼 먹었을 티고 그이까 뭐 쌀이 한 말이 안 남지 뭐. 그러이까 털어서 이제 뭔 저기 보자기 같은 데다 이렇게 털어가지고 부어놓고는 묶어놓고는 저녁을 그 이웃에서 인제 건추 준 거 삶아 놨던 데다 장을 풀고는 죽을 쒔지 뭐. 쌀 그냥 오다가다 보이게 인제 건추죽이지 뭐. 그래 죽을 쒀놓고 왔더라고.

아유, 그렇게 먹고 겨울기 살아나는 기 아는 인제 지네 아버이 담, 이 저, 잠 하나 이렇게 덮어서 이렇게 놓고는 우린 인제 그 모포, 그거 하나 인제 이렇게 걸치고 이렇게 밤 인제 겨울글 나고 그래고는 설을 쇠고는 그 현촌 농토를, 배짱은 커가지고 아무것도 없는 맨주먹인 기 한 논과 밭을 한 몇 만평 얻어가지고는 두 동세끼리 농사를 짓는다고 정월 그믐께 거를 이사를 오는 거여.

그래 이사를 와가지고 그래 많이 얻으니, 농사를 그렇게 많이 얻으니 일꾼을 한 번 얻으면 한 사, 오십 명씩 은어대야 되는데 논, 논을 그렇게 많이 부치고 하는 기, 뭐이, 그렇게 살림 난 기장이 있나, 참 김치거리가 있나 그 시영집에 시영 어머이를 내가,

'당신이 부자면 얼마나 부자요, 얼매, 운제까짐 몇 대를 그렇게 살겠다고 응? 일년을 부려먹고 남자 세경 그렇게 알뜰히 다 제하고 쌀 두 가마니 내주고 여자는 응? 일년을 그냥 그렇게 밤새기 하다시피 일을 해도 십원 한 장, 겨우 입만 얻어먹고 나오는데 장 한 숟갈 응? 김치 한 숟갈 안 주고 당신들이 얼마나 잘 사는지 본다.'고.

내가 아주 이를 물었어요. 아주. 아주 그냥 내가 죽어도 저승가도 안 잊어, 싶은 생각이 드가는데 그렇게 이를 물고 나왔는데 시간이 가니까 뭐,

"김치 갖다 먹으라."고.

김치 갖다 먹으라고. 이제,

"경복 어머이요, 김치 갖다 먹으라 하던데."

이러면,

"가져 오지마. 소금을 먹어도 가져 오지마."

그래서 인제 안 가져오고, 나가던 날 한 동울 몰라, 한 바가지를 줘도 그날 다 줬으면 남 보기도 좋고 나도 그렇게 빼 매치지 않고. 그거 옛날 살림살이가 뭐가 없나요? 그 원주에서 여인숙하고 살던 사람인데. 그렇게 해서 그래 만내면 갖다 먹으라는데 나도 가져오고 싶지는 않는데. 이러니까 난 몰러. 그 한 날, 김치 갖다 먹으라고 자꾸 그래니 이웃에서 모두 주셔서 먹는 거는 걱정 안하고 먹고 있는데 갖다 먹으라고 수차 그랬으니까 왔어요.

이래이까 동우도 인제 이렇게 깨져서 주둥이를 철사로 동인 동이에다가 이렇게 주고 그날서 바가지 한 쪼가리 하고 밥 한 되 박대기하고 콩 한 되 박대기 하고 퍼주더라고. 이거나마 그날 줬으면은 내 맘이 그렇게 찢어지게 맺히지 않지. 이런 생각이 드가더라고.

그렇게 살고 나오는 그 동네 이웃에 아줌마들이 뭐 범벅 쪄먹으라고 옥수수 잔쌀 갖다 주고 뭐 그렇게 인제 갖다 주는데 그 온 놈을, 옥수수 잔쌀을 들어붓고 한 동인 되게 끓였어. 그래가지고는 그 장 모두 갖다준 걸 다 부어서 소금을 넣어서 멀겋게 이래 휘져놓고는 겨우내내 인제 이웃에서 건추 주는 거 그 삶아가지고 건추죽 쒀먹고 건추죽 끓여먹고 이래 그렇게 살아와가지고 그걸 논을 논밭을 많이 읃어가주 와가지고 한 번 일 할라믄 사람이 그래도 도둑질하는 거보다 훨씬 낫지 싶은 그런 인제 염채를 생각하는 거야.

염치 불구하고 우리가 오늘 일을 할라고 사람을 이렇게 얻어놨는데 뭐이 아무것도 없어. 감도 없고 양념도 없어요. 이래고 어디 가 얘기를 하면 그래도 뭐 간장도 좀 주고 장도 좀 주고 그래도 뭐 고추 잎가루 같은 거, 깨 같은 거 이래 조금씩 줘요.

[4] 먹고 살 궁리를 하다.

그렇게 한 해 생활을 하민 구걸 하다시피 그렇게 농사를 지가지고 농사를 짓는데 인제 우리 형부는 저짝 칸에 있고 난 이짝 칸에 있고, 저 우는 마당가 또 방 한 칸에 할머이가 하나 있고 뺑 돌아가매 셋 집 살림을 하는데, 예를 들어서 장내 강냉이를 한 가마이 내오면은 나는 서 말 먹고 우리 형부는 일곱 말을 잡숴. 그래도, 그래이깐 나는 노다지 죽이지 뭐. 아침 저녁 멀겋게 인제 밥을 넣고 죽을 쒀. 또 쌀을 한 가마이 내오면은 그 양반 일곱 말 먹으면 난 서말 백에 안 먹어.

그런데 그런 식으로 살다가 감자가 나고 옥수수가 나고는 난 하나도 안 먹는 거야. 이 양반은 난 감자 먹고 못 산다 하고 또 가 장내쌀을 내오는 거야. 그러니 그 양반은 밥을 난 죽 먹고 감자 먹고 안 된다는 거야, 그러미 삼 시 세 끼를 그렇게 잡숫고 지내고 나는 인제 아침엔 인제 일을 하니까 어쩔 수 없이 나물밥이든 감자밥이든 밥을 하는데 저녁이면 항시 죽을 쒀서 죽도 뭐 제대로 쌀이 드가나? 이렇게 쒀서 먹고 이래 생활하는데, 농사 지 가지고 가을에 가서 줄 거 다 주고는 모자래요.

그 장내쌀 내오고 내다 인제 이렇게 그때는 비료도 그렇게 쓸 데가 못되고 거의 뭐 이렇게 속씨를 심다시피 하고 그래도 비료 쪼끔씩 하긴 하지. 그런데 그거 다 이렇게 청산해서 인제 뭐 땅을 인제 도지 저거 하는 것도 있고 병작하는 것도, 병작은 반씩 넣어놓는 기 병작이야.

그렇게 하는데 임자가 땅, 논 임자가 이북측이야. 그래가지고 소문에 뭐 이 돌 뒷모거리까짐도 농군다 그러고 되로 논 거 다 되가 목, 목지께로 농군다 그러고 그렇게 심한 집 땅이란 말이야. 그래 참 뒷목까지 농구고 그런데 원래 뒷목은 이, 지주가 그거 손을 안대는 거거든.

그런데 뒷목까짐도 농군다 그러고 그런데. 그래 그 집 땅을 한 해 그래 지어 가지고, 그 자리에서 이 농사지은 거 다 청산하니 모자르는 거야. 그래 어떡해. 먹고 살아야지, 굶어죽지는 못하니까. 쌀 한 가마니 못 주고 눅혀 놓고, 그놈을 눅혀 놓고 그 담에 인제 우트게 또 뭐 저, 산판 같은 데 일하러 가미 돈을 벌어서 쪼끔씩 쓰고 이러민서 그 뭐 옥수수 알갱이하고 쌀하고 인제 겨울 그 살아나구.

가만히 겨울 살고 설을 쇠고 생각하니 금년에, 작년에 빚이 하나도 없이 살았어도 빚이 낫는데 이 양반 노름한 게 그때 그 당시에 인제 이 사람이 저짝

저 동네에서 빚 진 게 쌀이 여덟 말이 장리를 내서 팔아서 줬드라고. 그러다보이까 그때는 한 가마이며는 두 가마니를 해줘야 되고 곱장이야. 또 싸다는 집은 한 가마니며는 여덟 말을 해줘야 되고. 그렇게 장리가, 장리쌀을, 있는 사람이 그렇게 돈놀이를 하는데. 그렇게 빚을 갚다보니까 모자래.

그 해 설 쇠고는 생각해보이,

'도저히 이 빚을 놔두고 올 해 농사 또 지어봐야 인제는 갚지 못하고 도둑놈 소리 밖에 못 들을 텐데 농사를 짓지 말고 살림을 헤친다.'

그 궁리를 내가 인제 잠 못 자고 연구를 하는 거지. 그때가 내가 스물네다섯 될 때래요.

그래서 한날 인제 아침을 먹구는,

"올해는 살림을 헤치자."고.

하니까, 살림을 헤치자니까 남자들은 멍멍하이 살아요, 생각 없이 살아요 남자들이. 다는 안 그렇겠지마는 인제 옛날에 그양 배운 거 없이 뭐 그양 일만 없이 이렇게, 그렇게 이 양반도 참 내 부모 남 주고 이붓, 저, 내 부모 저승 일찍 가고 그 양반도 역시 아버지 얼굴을 몰르고 살아. 남의 손에 컸어요. 그래니 그 양반도 배운 것도 없고 그래다보이까 그렇게 멍멍하게 사는 기 살림 헤치자니까 눈이 똥그래가지고 어쩔라고 그러내.

"살림이 빚이 없이 시작했어도 지금 빚이 못 따라가갖고 눅혀 놓는데 고상은 죽도록 하고 아침에 그 많은 살림을 사람을 은어 대놓고 새벽에 못 찌러 가며는 일찍, 첫 새벽, 새벽에 국시라도 삶아서 새벽에 갖다줘야 인제 그 못 찐다."

말이야.

그래 새벽에 인제 남자들이 하나 지고 내가 인제 반찬거리 해가주 따라서 이고 가면 뭐 벌떼처럼 이 뚝방에 나와 앉으면 나는 이렇게 떠서 주기만 하지 당신들이 숟갈 챙겨서 들고 다 잡숫고 이래. 그래 갖다주고는 또 아침 해서 갖다주고 또 참 해서 갖다주고 점심 해다 주고, 그 한나질에 네 번을 재를 넘어서 댕기는데.

오리가 넘어요. 오리가 훨씬 넘는데 재를 이쪽으로 넘어가고 저쪽에서 올라오고 이렇게 재를 사이 두고 댕기민 집에 오면 아들이, 우리 언니 이월 달에 애기 낳았지, 난 그 전에 팔월 달에 낳았지, 둘 다 오면 젖 먹을라 하지, 계속 한날질에 네 번을 그 재를 넘어댕기고 나니 코에서 단내가 확 나더라고. 지녁 때는 아주 뭐 참 늘어질 정도야.

"그렇게 농사짓고 빚만 남으니까 올해는 당신은 당신 대로 가서 남의 집에 살던지, 수단 대로 벌고, 난 내 대로 내 아 하나 업구서 어떻게 내가 우트게 살아도 내가 내 입은 살 테니까 방법은 그 방법백에 없다."고.

이 빚을 놔두고 또 농사짓고 나면 도둑놈백에 안된다고. 마음이 나빠 도둑놈이 아니라 못 갚으니까. 갚지 못하면 남한테 도둑놈 되잖냐고. 그러니까 입맛을 쩍쩍 다시고 앉았더니 그날로 어디 가서 결정을 하고 왔더라고. 결정을 하고 온 기 일을 원래 잘 해요. 일은 잘 하는데 남의 말을 잘 듣고 노름을 좋아하고 이, 집에, 가정에 사는 거는 전혀 뭐 밥이 있는지 쌀이 있는지 남기 있는지 없는지 몰라요.

그래서 쌀을 여덟 가마니에 결정을 하고 왔는데 담배를 뭐 한 다섯단하고 뭐 논이 한 뭐 한 칠백평 한 뭐야, 칠십마지기, 논이 한 칠십마지기 되고 담배가 다섯단이라면 적은 집 일이 아니란 말이야. 그래 그렇게 인제 일을 하러 갔는데 그 얘기한 집이 우리 집에서 또 재를 넘어서 한 오리 가가지고 그 얘기한 집에 가면 그 인제 그 저렇게 앞잔대기 넘어가는 게 그 집에서 뻔히 봐. 거서 넘어가는 걸 보고 이, 산 집이 마룻, 툇마루 기둥을 안고 알 업고 서서 한없이 울고 눈물이 그냥 절로 생각 없이 쏟아지는 거야.

'사는 기 이런 거로구나.'

싶은 생각이 드는 기.

그래 그 집 주인 새댁이,

"아유, 벌어가지고 살라고 가는데 뭘 그렇게 우느냐."고.

이래민서 들어가자고 이래민 돌려 세워가지고 들어가서. 그때는 부잣집도 옥수수밥이지 쌀밥 먹는 사람이 드물었어요. (기침) 논 좀 많이 지어야 팔고 그저 쌀하고 그저 한 절반 앉혀 먹으면 잘 먹는 부자야. 그래 점심 밥을 볶아서 먹구는 집이를 인제 그 내가 살고 있는 집이를 오니 불 때 담아 놓고 우두카

니 앉아 생각하니 하연하길 짝이 없는데 그래도 또 인제 한 사람은 밥자리를
찾아갔지만 나는 또,

'내가 살 궁리를 생각해야지.'

싶은 생각이 들어.

[5] 장사를 시작하다.

연구를 해서 이제 어디 가 그때 돈 한, 그때 돈 이천원이라면 돈이 많아요. 이천원을 빚을 내가지고 뭐 일원, 이원 이렇게 쓸 때니까 일전, 이전, 삼전, 사, 이렇게 인제 십원짜리가 될라면 일전짜리가 열 개가 돼야 십원 하나에, 오원 하나에 되고 이런 쪽으로 사니까 이천원이라면 많다고. 그래 그걸 가지고 가서, 장엘 가서 뭐, 며르치니 뭐 이런 여러가지 뭐 성냥이니 비누니 뭐 이런 자질구리 한 거 인제 가정 소지품을 사서 사니까 내가 충분히 이고 내 힘에 일 만치 사겠더라고.

그래 사가지고 아를 업고 나서는데 부끄럽기가 그렇게 부끄러울 수가 없어요. 그렇게 부끄럽고 챙피한데 그 부끄러운 맘을 없애자고 내가 은어먹으러 댕기며는,

"얼굴이 멀쩡한 여자 왜 은어먹으러 댕겨요?"

할 거고 또, 도둑질을 하면,

"젊은 년이 왜 도둑질 해?"

할 거고.

'그래도 은어먹고 도둑질 하는 거 보다는 낫겠지. 이래도 장사를 해서 먹고 산다는 기 그래도 그기 낫겠지.'

이런 생각을 하고 그래다보이 뭐 참 잠 못자는 고생, 이루 말할 수 없지 뭐. 어데 가서 친척이 잘 살아 누구더러 도와달라고 할 거여?

이 집 양반은 몇 대 독잔지도 몰라요. 육이오 때 호적이 타가지고 삼대 독잔지 오대 독잔지 모르는 이 판국에 지금 야, 우리 아들이 또 하마 지네 아버이가

지 삼대 독자래요. 그렇게 되는 집이니까 뭐 어디 가서 말 한 마디, 사돈에 팔촌도 바랄 데가 없는 거야.

그래가지고 인제 보따리를 해 이고 이렇게 나서서 저 집을 바래보고 가가지고 그 집에서 하다못해 성냥 하나라도 팔아주면 들 부끄럽고 그양 나오는 집은 아주 등에다 불을 퍼붓는 것처럼 그렇게 부끄럽고 미안하고 뭐 아주 어쨀 줄을 몰라. 너무 챙피해서. 또 바꿔 생각하지.

'그래도 도둑년 소리 듣고, 은어먹는 거지 소리 듣는 거보담 낫겠지.'

또 바꿔서 생각을 하고 그렇게 댕기는 기 한 보름 댕기고 나니까 챙피한 게 없어집디다. 그래서 인제 부끄러운 걸, 챙피한 게 없어지더라고.

그래서 한 그 이구 댕기는 걸 한 오일 안짝에 한 파수 전에 그저 그거 다 판매 해. 그래 뭐 그래도 우트게 뭐, 옛날에는 집이나 뭐 옛날 산 넘에 등 넘에 하나씩 있는, 지금은 그런 덴 다 비고 있지마는 그렇게 살고 있는데 그래 댕기민 그래 팔고. 그래 그 다음 파서 또 하고 인제 그래다보이까 한 달을 하이까 그, 가져온 본전을 돌려주고 내가 가주 댕길 게 되더라고.

[조사자 : 한 달?] 한달이면은 지끔도 우리가 한 달, 두 달 이렇게 살잖아. 에, 그래 그래서 인제 옛날이나 지금이나 그래도 장사가 어두워요. 지끔도 장사가 잘하면 괜찮지만 잘못하면 뭐 크게 벌리다 보면 적자보고 부도나고 이러지만 쪼끄만큼 심에만 맞게 하면 괜찮은 거야.

그래서 장사를 하는데, 그 일 한 집에 가서 한 달을 일을 하고나니까 다음 달에 이월 달에 가 일을 하고 삼월 달에 군대 갔다 온 사람, 동원 훈련이라고 있어. 원주 가서 한 달을 동원 훈련을 받고 오니까 이 집에서 쌀을 두 가마니를 제치자고. 그래 두 가마이 재치고 여덟 가마니에서 여섯 가마니백에 안 준다고 하네. 그럼 난 그렇게 못 있겠다고.

"한 달 못 했는데 한 가마니 제치면 되지 왜 두 가마니 제치느냐?"

이래이 난 그렇게 못하겠다. 이래. 나온다 그래민 나왔어요.

나왔는데 얼마 안 있고 동네에서, 내가 사는 동네에서 저 아랫동네 마실에서 알고는 어떻게 알고는 인제 오라고 해서 불러서 가니 그 집에서 인제 그때까지 일꾼을 못 두고 있다가, 또 뭐 일꾼 하나 둔 기 또 덜렁거리기만 하고

술만 먹고 일을 잘 안 하니까,

"우리 집으로 내가 쌀 여섯 가마니를 줄 테니까 오라."고.

그래가지고 그 같은 여섯 가마니는. 그땐 사월 날이니까 삼월 한 달 제하고 인제 음력 사월 이란 말이야. 그러니까 시기가 하마 늦었으니까 여섯 가마니 그 집에를 갔는데 그 집에 있던 일꾼은 고 앞에 집이 그때까지 일꾼을 못 뒀어. 앞에 집으로 보내고, 그 집으로 가고.

우리 거 가 인제 그 집에서 댁네가 아저씨가 술장사하고 댁네가 사는 기고 해에 현천에 인제 둔내면 현천에 학교를 짓는다고 그러니까, 새로 짓는다고 인제 들었으니 그 집에서 그 학교 짓는 대목들을 다 밥을 해주는데, 날 오라는 거야, 모 짐는다고 연락이 왔어. 갔지. 논 맨다고 오라고 연락이 와 갔더니 논을 매는데 밥을 해주면 가기만 하면 아 쑥 빼 업고 당신은 나가 돌아댕기고 날 다 맽겨요. 아무 것도 뭐 이 집에 살림살이를, 뭐가 어떻게, 반찬도 안 거들어줘요. 아 쑥 빼 업고 당신은 나가 돌아댕기고 그래 내가 다 해주고 다 차려주고 이래.

그래고 집에 갈라면 못 오게 하는 거야. 가면 뭐 하느내. 가면 할 일이 뭐 있내. 그양 있으라는 거야. 그래이 그, 그, 목수들, 대목들 한 여남은 되는 거 밥해주라는 얘기지. 옛날에는 가마이에다 쌀을 담기 때문에 가마이에다 쏟았지, 그럼 그 가마이에 되루 쌀을 담아요. 쌀을 씨면 이, 누가, 가마이에서 누가 많애요. 한 떼, 한 됫 떼씩 밥하는 거 그 조리질하면 누를 다 조내비리매, 이렇게 조내비리매 밥을 해서 차려주고 이러는데, 그렇게 살아나오는데, 올라오기만 하면 뭐 또, 또 오라는 거야. 그래 가서 아매 반년을, 일년이면 반년을 그 집에 가 살다시피 했을 거야.

[6] 쌀 두 말로 여름을 나다.

그래는데 추석에, 이제 그러다보이 아가 세 살인데 내가 세 살에 예복을 시길라고 작정을 하는데. 이제 팔월 추석 명일 대목장에,

"저, 뭘, 순복 어머이 뭘 필요하냐?"

그래 나는 지끔 야를 올해 명절 대목에 예복을 시겨줄라고 한복을 사줄라 그런다니까 자기가 사준대. 자기가 사주고 나를 하얀 고무신 하나를 사주고 그 옛날에, 다 한복이거든 옛날에는. 바지저고리, 광목, 민영 그렇지 뭐. 그 해 두드려서 남, 그 남편 술장사 하고 댕기는 걸 다 해주고 간단지를 가보면 아주 매련없이 해놓고 살아요 여자가. 살림살이 그렇게, 다 그걸 내가 다독거려서 다 손질해 깨끗하게 해놓고 집에 와 며칠 있다 가보면 또 그렇게 하고 살아요.

그러는 여자 살림을 일년을 그렇게 살았는데 그렇게 해서 주고 내, 그 이듬, 그 이듬, 이제 시간이 가고 내가 거기서 이십년을 그 동네에서 그 해 그렇게 살고 있는데 우리 즈네 아버이 사촌이 동상벌 되는 기 군을 가가지고 이스트 제원을 해가지고는 글 만기를 안 채우고 나오민 우리 즈네 아버이더러서 빚 내달라고 지가 나오면 벌어 갚는다 해서 이 양반이 장리쌀도 한 가마니 내주고 강냉이도 두 가마니 내팔아 주고 이랬네? 그래가 이스트제대, 그거 지원한 거를 나왔어요, 그 돈 대고.

이놈의 새끼가 나와서, 신체는 참 좋아. 체격이 좋고 이런 기 일을 해서 돈을 안 벌고 우리 즈네 아버이 있는 그 집에 가서 밥 처먹고 만날 노네? 가을에 사전을 지치는데 그 사람 밥값을 닷 말을 재킵디다. 닷 말을 재키민서,

"당신 부지런히 돈 벌어서 정서방 돈 갚으라."고.

수족이 멀쩡하고 그 등치에 어? 고뱅이를 끊어 피가 동우로 없어지는 사람이 정서방 속고리 빼맞아가민 번 돈이라고, 왜 여기다가 새로 대느냐고. 부지런히 벌어 갚으라고. 난 이 정서방한테 안 받으면 받을 데가 없기 땜에 정서방한테 받는다고.

그래민 그 닷 말을 재키더라고. 그 닷 말 재킸지, 저 팔아준 거, 쌀도 한 서너 가마이 팔아가지고 그 다 물어줘야지, 겨우 쌀 두 가마니 가지고 또 겨울을 난 거야. 그렇게 살아가는데 남의 사랑을 얻어가지고 쌀 두 가마니 가지고 남 사랑을 얻어 겨울글 나는데.

그때에 우리 둘째 딸이 또 임신이 되는 거야. 그 사랑에서 이렇게 앉아보이

까 안방에서, 그때 시절엔 왜 모두 모이면 고스톱을 그렇게 치는지. 밤으로. 그래서 안에서 고스톱을 치니 밤참을 국수를 삶아서 먹느라고. 그런데 내가 그 국수가 입으로 들어가니 이제 입덧을 하니 밥을 못 먹는 그 참인데 아주 국수가 뭐 먹구수와 환장이 돼.

저 문구녁을 뚫버놓고 내다보민, 지금 같으면 나가 삶아주고 덜렁거리고 갔지. 그, 얻어먹었을 거야. 그때만 해도 그 집에 간지도 얼마 안 되고 어려워 가지고 못 나가고 그 이튿날 아침에 자고 세상, 가게 가서 요만한 거 한 묶음 외상을 얻어다가 삶아가주 먹고 그렇게 하다가 인제 한 서너 달 살고 나니까 이런 골, 저런 골, 높은 골짝에 외딴 집을 저 아래 한 집 있고 복판에 한 집 있고 저 꼭대기 집을 비어있는데 초가집인데 비어있는데 아래 웃방인데 옛날 나무 밥하고 이러던 집이니까 산 속에 그런 집인데 그거를 돈도 못 주고 외상으로 사가주 갔어.

외상으로 인제 가을게 돈을 주기로 하고 그 집을 얻어가주 가서 이 양반이 또 머슴같이 뭐 할, 다른 거 배운 기 없는데 뭐 할 기 있나. 그래 머슴을 가고 나는 그냥 거서 인제 서울 우리 지끔 큰 딸을 업구 인제 이 집에 가서도 뭘 좀 도와주고 저 집에 가서도 뭘 좀 도와주고 이러다 그게 이사를 갈 적에 쌀이 두 말이 안 되는 걸 가주고 걸 정월 그믐에 걸 갔거든?

근데 그걸 가주고 여름을 살아날라고 생각하니 내가 천치처럼 어둡게 살아 가지고 그래 고생을 했는데 지끔 생각해보면. 그 저, 머슴 갔는데 쌀 닷 말만 갖다 놓고 그래 배를 안 굶고 고생 안 한단 말이야. 어떻게 생각했냐 하면은 내가 들 먹고 줄여가지고 얼른 벌어가지고 남처럼 소라도 하나 사 멕혀 늘궈서 논이래도 좀 사가지고 남처럼 빨리 살아보겠다는 생각하고 하나도 가져오라 소리 안 했네.

그래곤 그 쌀 두 말 되는 거를 오던 날 그래도 한 서너 되 담궈가 빻아 가지고 또 좀 쩌먹고 이웃에서 오는 사람 점심 먹고 이래이 뭐 댓 대 달아났겠지. 그래 그 한 동우를 가지고 여름을 살라고 하는데 도저히 뭐 암만 아가 안 먹고 혼자 입이라 해도 쌀 두 말이 안 되는 거 가지고 그렇게 여름을 살라 하이 되나? 어디 가서 뭘 도와주니까 돈을, 그때 돈 삼백 원을 주더라고. 그걸 가지고 인제 좀 사는, 강냉이밥이래도 먹고 사는 집이 있어.

산골집에 가서,

"나를 이 돈을 가주 값어치대로 옥수수 좀 주세요."

이래니까 저, 옛날에 사발, 밥사발 골로 다섯 개를 주더라고. 그 집에서 까불러가지고 그 집 마룽에서 채려놓고 아주 한 서너 개씩 줘 넣어서 싹 갈아 아주 갈았지.

그래가지고 가주와서는 한 떼에 큰 숟갈로 두 숟갈씩은 되게 풀어. 인제 쌀뜨물처럼 풀고 거다 나무를 인제 짜서 이렇게 꼭 짜서 아 하나 데리고 혼자니까 국자, 인제 한 그릇, 뻰데기장 좀 떠다 넣고 이래 끓여가지고는 그 먹고 남고 그럼 남으면 아가 저녁에 그 아래 웃방으로 웃방 사이로 또 나보다 더 어려운 사람이 있었어. 또 웃방을 한 칸 주고 내가 아랫방을 한 칸 쓰고 이러니 웃방집엔 두 노인네가 아들 하나 데리고 둘이 인제 살고 난 언나 하나 데리고 아랫방 살고. 마당에 이래 같이 먹으면,

"엄마, 이건 아빠 줘."

남는 거 인제 그래,

"야, 니가 아빠 생각 참 되우 한다. 너네 아빠는 쌀밥에 먹는데 그게 뭐 눈에 보이겠나?" (웃음)

이래.

그렇게 살아가면서 감자를 누가 감자 눈까리를 아매 거의 지금 생각하면 한 말은 되게 줬을 거야. 심고 남은 거 준 긴데. 뭐 거름이 있나 만구에. 아무것도 없는데 기양 땅바닥에 인제 심궈났더니 이놈이 올라오는 기 노란 게 아주 그냥 뭐 같은 기 그렇게 거름기가 없으니까. 송아지를 하나 어머이더러 읃어달라 내놓고는 인제 아침에 인제 소곱빼이 들고 산으로 내려가면 소곱빼이 들고 낫들고 이래 가서 송아지 갖다 매놓고는 낫을 가지고 갈을 한 움큼 뜯어 외양간에 놓고 또 인제 한 열 시쯤 넘으면 뜸을 이고 나가민 또 인제 낫 들고 나가 또 갈 꺾어 가주 들찌고 외양간에 갖다 넣고.

그래 가지고 그놈을 인제 또 퍼내 져다가 인제 감자 옆에다 이렇게 놓고는 흙을 파서 이래 묻으맨 냈더니 그게 썩으미 인제 크니까 꺼무해지미 하지.

때 되니까 가 따니까 이렇게 인제 새알만큼 하고 큰 기래야 꿩알만큼 하고 이러드라고. 그놈을 많이 따면 한 열 개. 그래 따며는 가주와서 싹싹 빗어서 동전처럼 싹싹 빗어서 넣구는 장 좀 넣고 저 밭에 배차, 지금처럼 밭에 버렇게 안 해. 옥수수 그 새간에 갖다 그거 갖다 뽑아다가 뚝뚝 짤라 넣구는 또 국, 국처럼 죽처럼 이렇게 끓여가지고 그렇게 여름을 먹고 살아나고.

[7] 멍석을 매다.

이제 그러다 인제 그 강냉이라 하고 산 속에 또 심은 기 저, 방울 같은 그거나 뜯어먹고 이렇게 살아온 기. 그렇게 일년을 살고 나니까 겨울게 인제 가을에 쌀 두 가마니 집에 갖다 놓드라고. 이제 그때도 여덟 가마니 갔는데 그래고는 그 나머지는 안 가져와요. 그래서,

"왜 쌀을 안 가져오느냐?"고.

그럴라치면,

"뭐 방아를 못 찧어서 못 가져 온다."

그러고.

"섣달그믐께 찧으면 가져 온다."

그러고. 그러더니,

"그 다음에는 왜 섣달그믐께 가져 온다더이 안 가져 오냐?"

그러니까,

"설 쇠고 봄 방아 찧어 가지고 온다."는 거야.

그렇거니 하고 나는 집에서 인제 남의 소를 두 바리를 더 얻어내고 세 바리를 놓고 그래 외딴 데 가다 보면, 이 양반은 만날 그래도 뭐 그 방아 찧으러 댕긴다 하고 집에 뭐 어째다 한 번씩 들어오고 이러니까 이, 여물이, 소 쓸어주는 여물이 없으니 어떨 째는 서물어도 사람 구경을 못하니 도끼로 이놈을 짜서 한 산 산더미 해서 갖다 퍼, 물 끓여 해 퍼부어 주고.

그 이튿날 아침에 나무꾼 올라가는 거 기다렸다가 일부러 이래 내다보고

섰지. 그러다 나무꾼이 올라가면 붙잡아가지고 나 여물 좀 쓸어주고 가시라고 붙잡아가지고 한 서너 단씩 썰어놓으면 한 이틀 먹이고 이래. 그렇게 생활을 하민.

어느 날, 옛날에는 이, 지끔은 이렇게 좋은 시대지마는 갈자리고 짚자리고 이랬잖애. 내가 매지 않으면 맨바닥에 살아요. 그러지 않으면 가마니 대기를 깔고 자고. 지금은 가마니 안 치지만 그때는 가마니를 모두 쳤어요. 자리가 다 떨어졌는데 뭐 남자들이 그런걸 뭐 신경을 안 쓰니까 내가 어데 아를 업고 어느 날 갔다 보이까 왕골이 저렇게 달아, 매달렸어.

"아저씨요, 저 왕골을 저거 파실래요?"

이러니까,

"파는 거 보다가 아주머이 재주 있으면 가주가 매서 날 한 잎 주고 아주머이 한 잎 매슈. 깔으슈."

이래드라고. 당신이 인제 안식구가 죽고 나이까 손에 일이 안 걸리이까 그거 매기 싫은 거야. 그래서 인제 말하자면 병작이라. 한 잎 매달라 하니까. 그래 그놈을 갖다가 그전에 짚자리를 한 잎 매봤어. 짚자리부텀 먼저 매고 그다음에 인제 왕골을 쪼개서 아를 데리고 매보면 인제 쪄, 겨울게 뭐 그때 옥수수 갈아 밥 먹으민 소 거두민 이렇게 해보면 낮에는 요렇게 한 뼘 밖에 못, 욜로 하나뱎에 못 매요. 밤에 매면 인제 이렇게 한 뼘을 냄겨 매요.

그런 식으로 한 해 겨울게 자리 새 닢을 매민 인제 뭐 그때는 애들도 다 이렇게 뭐 꼬매서 지어서 이렇게 입히게 되니까 그거 해 입히미 이러다 보면 엄척 바빠요. 이웃 갈 시간이 없어. 이웃도 좀 멀리 가야되고 이런데.

그렇게 지내가주 내 손으로 자리를 매면서,

'이 갈자리 안석 깔고 멍석을 맨하고 멍석이나 매나?'

멍석을 매야 멍석 또 내서 하민 너무너무 그 강냉이 놓을 데가 없고 하도 답답고 뭐 담요니 뭐 이젠 퍼대기니 갖다 널고 그 피고 그러다가 그 또 멍석을 어느 해 내 손으로 새끼를 꽈가지고 조카가 하나 와 있으맨 같이 이래 시작해 가주 저, 첫조카도 지도 인제 날이 좋은 날은 지가 가 벌이 하고 날이 인제 오는 날은 인제 밥 얻어 먹으민 인제 그거 매주민 인제 그렇게 멍석을 한 잎 매고 이런데. 그렇게 살아오는 기 한, 하여튼 머슴 시작한 기 거의 한 십년을 넘기 머슴을 살았어요.

[8] 투전하는 남편에게 헤어지자고 말하다.

근데 이 양반이 노름을 안 하며는 쉽게 일어서는데 노름을 해가지고 그렇게 쌀을 그렇게 안 가져오는 그 정월달에 정초에 한 보름 쯤 돼서 이제 이 등강을 넘어서 마실을 가에 신작로 가에, 신작로 가에 이 집인데, 그 집에 사랑살이 살고 있는 집에 새댁이 들어가이 뭐 마루에서 쌀이 이렇게 쌓여 있더라고. 그 집에 뭔 쌀이 많구나. 그 집도 농사 없는 집이거든? 그러니까 남편이 노름 뒷놀이 하고 사는 사람이야. 그래 앉아서 얘길 하고 앉았다이까, 저기 집에 쌀이래.

그러이까 지금 내가 생각할 때 그 여자가 내가 불쌍한 생각이 들고 남자가 그렇게 사니까 그 외딴 데 들어앉아서 그렇게 사는 게 불쌍해 얘기해준 거 같아요. 저기 집에 쌀이래.

"우리 뭔 쌀이 있수?"

"아니야. 집에 저기 신랑이 그 머슴 산 사경 받아다 여기다 쌓아놓은 거야."

그럼 돈은 다 내 썼겠죠? 그통은 내가 얘길 안 들으면,

"얘기 안 들으나마나 자기 남편인데 거 갖다 쌓아놓을 째는 다 내 썼지."

"그래요?"

"그러며는 내가 한 가마니 가주 갈 거니까 자기 것 좀 빌려줄라우?"

그러이까 빌려주더라고. 둘이서 인제 쌀 한가미 벌떡 잡아채서 이렇게 세워 가지고는 바가지로 자루 인제 아구리 한정대로 퍼부었어. 퍼부어가지고는 그 바닥에서 이고 일어스며는 사뭇 이런 대대기를 올라와야 돼요. 한 귀퉁이도 내려간 데 없고 집에 올 때까짐 올라가야 돼요. 그러는 올라가는 등강을 넘어 산 속으로 가야 되는데 이짝 도로 마실로 가면 많이 도니까. 인제 글로 가면 좀 빨리 가고 이래이까.

그래서 아를 업고 거기를, 지금은 그걸 이고 가서 그야말따나 억만금을 줘도 일을 쉬지도 못해요. 아를 업고 그거 위에 올라가는데 아무리 목이, 이 등이 주저앉을 정도라도 내려놓으면 이질 못하니까. 그양 곧장 집에 가서 내려놓고 쏟아 붓고서 세 번을 퍼부니까 쌀 한 가마를 다 퍼왔어 인제.

세 번을 갖다놓고는 쌀 한 가마니를 다 퍼오고 한 가마니 더 가져올까 생각하니,

'저걸 분명히 돈을 다 내 썼을 틴데 다 퍼오고 나면, 한 가마니 더 퍼오고 나면 티가 나겠다.'

싶은 생각이 들어 안 가져오고는 인제 불을 이래 때 담아놓고 뭐 하늘 쳐다보고 시커먼 산속백에 보이는 거 없으니까, 때 담아놓고 앞산을 건너다보고 앉았다니까 고 지내가는 그 가서 술먹고 노름하고 들어앉아있는 집 아들이 술 통자, 그땐 통자이야 이렇게. 막걸리도 통자고 소주도 통자야. 쥐고 가는 거 보고,

"우리 아무께 아버이 거기 있어요?"

이래이까 있대.

"여기 여 아무께 집에 쌀 쌓아 놓은 거 내가 퍼간다고 얘기하세요."

이래이까,

"야."

이래. 그래 얘기, 올라가 얘길 했지. 어둑어둑한데 아주 뭐 솔직히 뭐 미친 사람처럼 올라오더라고. 올라올 적에, 우리집에서는 나갈 적 내려가지만 올 적엔 꼭 올라와야 돼요. 문을 확 잡아재키더니 그기 뉘 쌀이내.

"그기 뉘 쌀이냐?"고.

겁을 치더라고.

"그러면 뉘 쌀이 아니며는 아이, 누구를 멕여살리고 누구를 보조할라고 거기다가 쌓아놓고 집에 뭐가 무서워서 못 가져오느냐?"고.

어머이, 아버이 계시니 어머이 아버이 먹을까봐 못 가져오나, 어느 응? 형제가 있어 형제가 가주가까봐 못 가져오나? 들었다놨다 어? 눈까리 시커먼 기집아 하나 어? 여편네 하나 있는데 먹는 게 아까워 못 가져올 땐 뭐하러 버느냐

고. 그렇게 할 적에는 제가끔 살면 나도 편하고 당신도 편하지 않느냐고. 집 쌀이 아니라고 어? 거기서 집에 식구가 겁나서 못 가져오고 거 쌓아놀 적에는 의미가 있을 거 아니냐고. 누구 믹일라고 누구? 어떤 년을 좋은 일 씨길라고 거다 쌓아놨냐고.

막 퍼대니까 지금은 이렇게 얘길하지만 그때는 약이 오르고 약발이 바쳐서, 악이 바치기 때문에 그냥 눈물이 함박 같이 쏟아지매 내가 고상하는 게 너무 힘드니까 그렇게 함박 같이 쏟으면서 딜이퍼대니까 또 하는 소리가 문 콱 닫고 나가면서,

"그 쌀 잘 처먹고 잘 살으라."

하미 가더라고. (기침) 이래 나가보니 어디로 갔는지 안 보여. 가거나 말거나 컴컴히 어두운데 뭐 어쩔 거여. 들어와서 이래 하니까 또 인제 저녁 먹을 맘도 없고 이래고 앉았다니까 또 그러고 또 오더라고. 또 오더니 그때는 이놈도 없었어요. 그냥 이렇게 박스에다 옷 넣어놓고. 그렇게 살던 집에서 이부자리도 안 주는 집에 농 해주겠어?

그냥 이렇게 이렇게 그냥 박스에다 넣어뒀는디. 팍팍 뒤지는 거야.

"뭘, 뭐 찾느라 그러냐?"

이러니까,

"내 주민등록 내놓으라."고.

"주민등록? 주민등록 나도 지끔 내께 어디 가 있는지도 모른다."고.

지금 주민등록 교환한다, 소리 듣고 내 거도 지금 못 찾아가지고 생각하는 중이라고. 내가 남의 거 왜 간수하느냐고. 하니까 찾았는지 못 찾았는지 또 가더라고. 가만히 생각하니 저거 가게 놔둬 가지고는 안 되겠어.

허리 춤에 두 손 바짝 매달리면서 해결 짓고 가라고. 밤낮 나가서 갱변에 가서 일 재켜 놓고 고기 구워먹어가민 어? 닭 잡아 만두 해 먹고 가민 잘 먹고 잘 지내고 컴컴한 솔밭 속에서 하늘이나 보이고 어? 소남기나 보이는 이 산, 컴컴한 솔밭 속에서 내가 뭘 믿고 이 들어앉아 고생을 하냐고. 사람이 잘나고 잘났으며는 인물이 밥 먹여주냐고.

"아무것도 난 믿을 게 없고 바라볼 희망이 없으니까 아주 깨끗하게 돌아서

고 이집 불놓고 제가끔 헤어지자."고.

남굴 해주나? 남구 내가 해 떼가민 응? 내 몫은 내가 차라리 떠다니면 이런 고생 안한다고. 그러니까 아주 깨끗하게 정리하고 나가라고. 매달리니까. 할 말 없고, 답변이 안 하고 고만 주저앉아. 그렇게 살아오는 기 빚이 만날 짊어지고 노름빚을 지고 이런데 난 그 인제 소 세 바리 그래다보이 그렁저렁 시간이 흘르고 시월이 흘러서 소를 그, 멕여가지고 병작을 받아서 세 바리가 되다보이까 십년 세월이 넘었을 기라고.

근데 그 십년 세월이 넘어갔는데 소가 세 바리가 인제 큰 거, 작은 거, 새끼가 해가주 세 바리가 넘었는데 그래 또 마실을 한 번 가네. 마실도 두 달에 한 번 가기도 어려워요. 집에 밤낮 그 인제 그런가하고 소 멕이고 애 뭐 옥수수 갈아먹어야 애들 거두고 이러다보니까 나갈 시간이 없거든. 그 집에서 점심을 밥을 볶아서 먹고 하는 얘기가,

"집이는 빚이 많다."고.

사람들이,

"그, 아무께네는 빚이 그렇게 많은데 소를 세 바리씩 마당에 매놓고, 소 키우고 빚 늘궈 뭐하느냐?"고.

남들이 그랜다는 거야.

그 소리 들을 째 내가 깜짝 놀래고 그야말따나 가슴이 툭 떨어지는 거야. 그믄 만날 나가 번다고 댕기는 게 빚이 그렇게 있고 소 세 바리 출 적에는 하마 또 그만큼 빚이 늘었단 얘기야. 깜짝 놀래서 뭔 얘기냐고,

"나는 빚이 있는 걸 전혀 모르고 어, 빚이 없는 걸로 알고 있는데 어쩐 얘기냐?"

하니까,

"아이, 집에 빚이 많대. 남들이 그래."

이래고. 그게 정이 하나도 없이 인제 앉았다가 지녁 때 집에, 저녁에 온 거를 뭔 빚이 그렇게, 말을 안 해. 뭐 땜에 빚을 뭐, 뭐 땜에 진 게 아니라 인제 술 먹고 노름하고 그 빚이지. 그래 남이 그렇게 빚이 많다고 어? 빚 놔두고 소 세 바리씩 매놓고 빚 놔두고 뭐 하느냐 하고 할 적에는 당신이 그만큼

처신이 했기 때문에 빚이 그렇게 많이 있다는 얘기니까 왜 말을 안 하느냐고.

"빚이 얼마라는 얘기는 왜 말을 안 하느냐."

입맛만 다시지 대답을 안 해요.

어차피 남의 빚 안 갚고는 안 되고 안 갚고 떼먹으면 도둑놈 되고 하니까 팔아서 빚 갚고 아주 이참에 아주 헤어지자고. 나는 그때 아가 그러다보이 하마 스이야. 누나 둘 하고 지끔 사업하는 아들하고 스이가 됐는데 인제 하다가 머심아가 인제 세 번째고 인제 누나들 둘은 인제 컸는데, 터울이 내가 네 살 터울이래요.

네 살에 들어 네 살에 나고 이러니까 꼭 세 살 더 먹었는데, 그 아를 둘을 인제 하나는 어머이한테, 내 궁리로, 하나는 어머이한테 맽기고 하나는 인제 언니한테 맽기고 하나는 내가 업고 나가고 인제, 아주 떠날라고 각오를 하고.

"그래, 소 팔아서 빚 갚고, 읃어먹더라도 옷은 입어야 되니까 애들 옷이라도 한 벌씩 해 입히고 나도 한 벌 해 입고 아주 쾌쾌 떠나고, 떠나자."고.

결정을 지니까 그 답변은 안하고 그냥 듣고.

[9] 친정어머니를 찾아가다.

그리고 내가 속이 너무 상하니까 인제 어머이 집에 갔잖아. 어머이한테 가서 인제,

"엄마 나는 에, 야네 아버이가 저렇게 처신을 하니까 아무리 봐도 살림하고 장래에 번듯하게 살아보긴 힘들겠고 그니까 내가 아주 이참에 아주 소 팔아서 빚 갚아주고 도둑놈 소리 안 듣고 나는 나대로 가고 그 사람은 그 사람대로 살게 놔둘 테고 어머이가 하나 키워줘."

어머이가 작은 거 키워주고 큰 건 내가 언니더러 키워달라 할 테니까 난 이거 하나 업고 내가 어디 나가서 뭔 짓을 해도 먹고 살겠다고 내가 결심을 하고 나가야겠다고 하이까 어머이 가만히 앉았더니,

"그렇게 하고 나며는 그 사람 그 고집에 아주 곧바로 집 디다 보고 살 거냐?

니 맘에 살 거 같으냐? 그렇게 하고 떠나고 나면 너는 어디 가서 그래도 산다고 결심을 먹고 어떤…….”

내가 승질을 아니까 어머이가,

“어떤 방법을 찾아도 니가 살지마는 그 사람은 그렇게 되고 나며는 남이 챙피해서도 자살을 하지 살기 어려울 거다.”

이러는 거야. 그 소리를 들을 적에, 자살을 한다 소릴 들을 적에,

‘내가 나가서 나는 어디 가도 나는 먹고 살 노력을 하지마는 그러면 어떤 연관이 돼도 얘기를 듣고 소식을 듣다보면 그 자살했다 소리를 들으면 내 맘에 또 살고 싶은 생각이 들겠나?’

이런 생각이 들어, 그 어머이 그 말씀 하시는데 그게 또 읎어지고 어떡해야 되나 또 생각을 하는 거야. 내 혼자 속으로, 마음으로.

“그렇게 된다고 보며는 또 살아야 되는데 이 고상을 하고 또 살아야 되는데 또 살아봐야 가망 없는 살림살이, 이, 만날 나만 그양 가시밭을 매고, 헤매고 돌아가는데 어떻게 살으라고 어머이 또 그렇게 얘기하느냐?”고.

이러니까,

“니 생각해봐라. 그 사람이 곧바로 절색이고 아주 지문 건사하고 집 건사하고 살 것 같으냐?”

이래. 또 그래.

“그럼 어떻게 살아야 되나요?”

어머니 방법을 얘기해주시라고. 어떤 방법을 얘기를 해주시라고. 그래도 고생시루워도 애들을 데리고 그래도 니가 그래도 살아야 된다는 거야. 애들을 데리고 사니 이 조금 그래도 그 밤낮을 모르고 진날 갠날 이렇게 밤이나 낮이나 불을 써놓고 세우고 이렇게 살민서 이렇게 살아보겠다 노력을 하니 그기 다 허사로 이렇게 돌아가는데 살 희망이 없는데 어떻게 살아야 되느냐고. 그러니까 엄마 아 하나 맡기, 그거 해가지고 그러시는 거 아니냐고 하니까,

“그것도 그런데 그러이까 니가 고생을 더 하고 참고 살아봐라. 그래도 안죽 나이 좀 들면 낫겠지.”

이래민서 그래. 그래며는 저거 다 팔아 없애고 소래도 또 하나 멕여야 내가

거기다가 맘이래도 붙여야 되는데 어떻게 살아야 되느냐 하니까 소는 내가 얻어줄 테니까 그런 중 알고 맘을 진정하고 가라앉히라는 거야. 그래서 또 한숨을 훅 쉬고,

'또 살아야 되나?'

이런 생각이 또 인제 머리 속에 또 살아야 되나? 이래. 눈물이 또 촐촐 쏟아지매 그래고 하룻밤 자고 집엘 오네.

[10] 남편은 다시는 투전을 않겠다 약속하지만 지키지 못하다.

집엘 와서 또 저짝에서 인제 등강을 넘어서 또 집에를 와야 돼. 이쪽, 저쪽 맨 등강. 산속에 사니까. 오니까 소 세 바리가 하나도 없고 화난 거 아니야? 거서 중지 툭 떨어지는 거여. 세상에 아무리 판다 했기로서니 응? 이렇게 식구가 나가고 없는 순간에 소 세 바리를 다 끌어댄다는 기 이기 말이 되나 싶은 생각이 드가는 기, 앉아서 통곡을 해도 시원찮을 정도고 열이 있는 대로 난 기, 아랫동넬 갔네. 가서 그 잘 어울리는 집, 남자들 있는 집에 가니까 우리 소가 그 집 마장에 가 멕힌 거야. 그래 그 집에 들어가서,

"병렬 엄마, 여 집에 있나요?"

그러니까 있다고 들어오라고 그래.

"병렬 엄마, 우리 소가 여 와 멕혔네?"

"모르지 뭐 내야 뭐 남자들이 갖다 매 놓고 어쩌고 하는 거 뭐 내가 뭐 아나. 왜 멕혔는지, 왜 왔는지 아나."

이래. 아저씨들 말 안하면 모르지 뭐. 내가 빚 있다 소릴 듣고 팔아서 빚 갚아야 된다고 했더니 내가 저, 속이 상해서 어머이 집에 가 하룻밤 자고 오니까 아무리 판다 했어도 식구가 집에 있을 적에 보는데 눈에 보는데 끌고 나가면 어떡하냐고. 식구가 없는데 응?

나간 다음에 이렇게 화낌에 내가 집에 들어오니 툭 떨어지는 기 소가 저게 사람 새끼랑 똑같아요. 드가 있는 거 없는 거 다르고 그렇게 화전한 기 안

멕여 본 사람은 모르는데 이 소가 사람 하나 몫을 더 돼요. 그렇게 든든해요. 저렇게 저런 식으로 하니 내가 집에 들어오니 축 늘어지고 너무 너무 심들어 환장하겠다고. 그래서,

"아무리 팔아도 식구가 있을 때 같이 이렇게 파는 거 하고 없는데 끌어 나오는 거 하고 내 심정이 그거를 병렬 어머이 생각을 해봐. 그 얼매나 그 심정을, 마음이 아프겠나."

이래고,

"내가 저 소 끌어갈 거야. 병렬 어머이, 끌어간다고 병렬 아버이 오거든 그 아무께 아줌마가 와 끌어갔다고 얘기하세요."

이래고는 끌어다 집에 갖다 매놨지. 그래이 두 바리는 인제 어디루 갖다 놨는지 모르고 큰 거 한 마리만 그 집에 갖다 놓은 거 갖다, 집에 갖다 매놨다니까, 저녁 때 오더라고. 당신이 할 말이 있이 했어야 여자래도 보고 그 왜 가주왔냐고 하지.

하는 짓거리 꼭 그렇게 해놨으니까 할 말이 없잖아. 그래이 저녁에 들어와 보더니 암말도 안하고 그냥 소여물 해주고 저녁에 해서 한 술 먹고 불을 때 담고 앉었다이까 오더니 입맛을 쩍쩍 다시고 있더라고. 그래 그렇게 했다고 인제 또 한참 인제 내가 퍼댔네.

그랬더니 못 팔게는 안 한다고. 어차피 남의 빚 갚아야 살지, 못 팔게는 안 하는데 어쩌면 사람이 그런 식으로 어? 진날 갠날 내가 눈이 오나 비가 오나 그놈을 어? 소를 새끼를 내키두 내가 혼자 내키고 옛날에는 이렇게 큰 황소 이래 덩궈서 붙여 새끼 낳았지, 지금처럼 수의사가 없었어요. 그 덩구로 가도 내가 댕기매 덩구고.

"이렇게 에, 키운 소를 어쩌게 그렇게 혼자서 갖다 끌어다가 홀떡 팔아 없앨라고 작정을 하고 그런 식으로 하느냐."고.

하니까 암말도 안 하더라고. 그 다음 장날 가주가서 팔아서 마주 갚으라고.

그래고는,

"이제 앞으로 또 노름을 하고 또 그런 식으로 살겠으면 이 길로, 이 질로 아주 깨끗하게 나는 나 갈대로 가고 당신은 당신대로 당신은 내가 원수래서

이렇게 되지 나 없으면 말 할 사람 아무도 없으니까 말 하는 건 내 하나 뿐에 없으니까 내가 없어지고 나면 당신은 거침이 없을 거니까 그런 식으로 살자."

하니 다시 안 한대. 노름을 다시 안 한대. 그래 다시 안 할 거니까 인제 믿어보라는 거야. 안 하긴 뭘 안 해요. 이 그, 노름 안 한다는 기 맹세가 허사고 그렇게, 그렇게 살아오는 기 오십 좀 넘어서 여기를 내가 한 사십 정도 돼서 우리 막내이가 올해 서른네 살이고 내가 칠십 다섯이니까 여기를, 마, 마흔, 마흔하나에 여기 왔나?

그렇게 와가지고 장사를 내가 또 시작하는 기 인제 그전에는 보따리 장사를 이고 댕기민 했지만 여 와선 인제 시장이 좀 가차우니까 음식 장사를 시작하는 기, 올창묵. 여름에는 올창묵, 메밀묵, 감자부치기, 또 잼병, 찰옥수수 사가지고 인절미, 그렇게 인제 해가지고 나가면 오뎅은 시장 나가서 삶고 하여튼 뭘 하룻장에 다섯 가지는 꼭 대요. 메밀묵, 올창묵, 또 쟁변, 감자부치기, 오뎅, 다섯 가지 꼭 되게 장을 해가주 나가서.

그걸 해가주 나가자면 밤 홀딱 세우고 인제 해가주 나가고 이래 여다가 이 집 개량하기 전에 여 마당에다가 큰 가맬 하나 걸어놓고는 밀가루 한 반 포씩 쏟아서 이렇게 저어서 기장처럼 가마에다 쭉 펴놓고는 그걸 내가 어디 가 배웠나 하면 새댁 시절에 원주를 나가니까 그렇게 인제 해서 밀가루빵를 쪘는데 지금도 나와. 시장에 보면 더러. 쪄면 흙설탕 이렇게 홀홀 뿌려가지고 썩썩 끊어서 파는 거 그거 사먹어 보이까 그때 시절에 먹을 만하더라고.

그래서 아, 내가 이놈을 좀 해봐야 되겠구나. 그래 밀가루 한포를 반포를 해서 이게 집을 개량하기 전에 여기다가 인제 가매솥을 여기다가 걸어놓고 뜨럭이 여기 있었어요. 이거 이렇게 개조한 지가 올해 십삼 년째래요. 이거 개조한 지가. 그래 인제 그놈을 밤새도록 인제 풀어서 너더댓 가마씩 찌다보면 우리 막내이가 인제 어릴 적이니까 젖 멕이매 그래 찌다보면 날이 번하게 세면 올창묵 끌여야지, 감자 한 다라씩 해서 챙기고 빵 찌고 뭐 그 여러 가지 탄 불 피워서 만들고 실고 챙기다 보면 세상없이 짜도 다 실어요.

이웃에 할머니들 다 돌아가셨어 인제. 한 다라씩 여다줘요, 시장에. 여다주면 내가 또 그 대가를 하지. 그래 갖다놓으면 아를 인제, 우리 막내 그거를 해. 업고 나가서 리어카 끌고 나가 업고 나가서 그래 펼쳐놓고 그때 시절에는 배고픈 시대고 버스 타고 장 댕길 때니 오면 달라고 대드니 그저 싸줘야 되고 퍼줘야 되고 이거 먹어야 되고 아는 이제 업고 나가 밤새도록 해서 홀락 새우고 이거 맨입에 나간 기 뭔 젖 나오겠나요?

그냥 이 겨드랑이에 꾹 쩌서 여기다 젖꼭지 이렇게 물려서 찌고는 이 손으로는 다 해서 달라는 거 다 주고 채려주고 싸달라는 거 싸주고 감자도 그냥 이 손으로 이렇게 붙들고는 그냥 갈아서 붙여서 해 주고. 이렇게 그러다보며는 뭐 시간이 언제 갔는지 몰라. 배가 고픈지도 모르고 아도 지금 우리 막내이가 보면 그렇게 약하지 않아요. 든든해요.

그기 참 하느님이 도와주고 받들어줘 컸다고 난 생각해요. 그면 맨 속에 나가 좽일 그렇게 옆구리에 아를 찌고 있는데 그게 배가 안 고프겠나요? 울지도 않애요. 그냥 그대로 종일 그래고, 오후에 한 세 시나 네 시 쯤 돼야 나도 뭘 좀 먹고 아도 인제 좀 뭘 입에다 떠 넣어 주고 이래.

[11] 남편이 나무를 해주지 않아 고생하다.

그래고 인제 집에 인제 낼 또 떼야 되니까 예전에 고기 궤짝 이렇게 저기, 쭉데기로 해서 짜가주 나갔잖아. 지금은 다 뭐 저렇게 뭐 저기 스티로폼으로 많이 나오는데. 그 쭉데기 고기 궤짝 어디 팔고 내놓는 걸 다 사요. 몇 푼씩 주고 다 사가지고는 남편이 남구를 안 해줘. 난 나무 고상한 기 젤 억울해요.

그 젊어서 새댁 째부텀 내가 나무 해 떼고 남구를 안 해줘서 나무 고생한 기 그렇게 억울한데 난 저승가도 그 얘길 해요. 그놈의 쭉떼기를 사가지고 그양 가주올 수 있나? 실어야지. 암만 다 팔았어도 보기 싫어도 실어야지.

그놈을 인제 망치로 뚜드래 못을 빼가지고 이만큼, 한 다발씩 묶어서 양짝 리어카 치대에다 묶어야 집에를 오는데 뜯다보면 하늘에 별이 파랗지 뭐. 장꾼이 다 가고 없지. 저 우리 셋째 딸이 지끔 올해 마흔느인가 서울 있어요.

징징징징징 울민 남은 다 갔는데 우리만 장바닥에 있다고 눈물이 뚝뚝뚝뚝 떨어지민,

"남은 다 갔는데 엄마만, 우리만 장바닥에 있다."고.

그래. 그거 어떡하나 이걸 뜯어 실어야 가지.

그렇게 뜯어서 실고 집에 갖다 불 해 놓고 들어앉으며는 뭐 시간이 뭐 여름, 암만 여름이래도 아홉 시 좀 돼요. 그렇게 실고 겨울기며는 만두 해고 칼국수 하고 팥죽 쑤고 또 인제 잼병, 오뎅 그렇게 해가주 나가. 그래 인제 해가주 나가서 그 또 다 팔아대고. 장사는 다른 사람보다 손님은 희한하게 많이 옵디다. 그래서 지금 이래 생각할 적에 어쨌면 그때 그 사람들이 불쌍해 팔아줬나도 싶으구 또 나중에 이렇게 팔다보면,

"여, 여러분이 장사들이 많지만 아줌마 음식 솜씨가 젤 좋아요. 그래서 또 오고 또 와요."

그래. 그제사 얼굴 쳐다보지. 만날 이 하는 거 보고 싸주는 기 그기 바쁘지. 얼굴 쳐다볼 시간이 어디 있나요? 그래,

"어데 계시는데요, 자주 오세요."

이럴라치면,

"아이, 예, 원주 있는데 우리 처갓집이 여 뭐 친척들이 방임도 있고 평창도 있고 내가 이 도로를 자주 지내요. 그래서 댕기미 사먹어보는데 아주머이 음식이 젤 맛있어요."

이래민 먹구는 또 얼마치 싸 달라 그래 싸 가주 가고 그래.

"아, 그러세요?"

이래. 야, 손님을 낯선 손님이라고 절대 소홀하게 해가주는 안 되고 그 사람이 언제 와도 또 돌아오고 언제 봐도 만내도 또 만내고 다시 이, 저 노중에서 본 사람이라고 다시 소홀하게 할 건 아니고 언제 봐도 또 만내게 되고 죽은 이후에는 못 만나지만 죽기 전엔 또 만내요.

그래서 내가 그런 장사를 한 기 여기 와서 그 장사를 이십, 이십삼 년을 했고 서울서 이년 반을 했고 인제 그만 두고 아주 접어둔 기 올해 육십 스이에 그만뒀으니까. 십, 십 한 이년 되네. 그만 둔 지가. 그래 그 그렇게 육십 스이에

칠월 달쯤에 그만 두고 인제 안 하는지가 십 이년 되는데 이제는.

그럴 째는 농사도 하민, 장사도 하민, 만날 저, 이 가을이면 또 지금은 운동도 시시하잖아요? 우리 때는 아들이 보통 한 집에 네, 다섯 되니까 운동 할 째는 좌 재밌고 사람이 많으니까 볼 것도 많고 또 그 운동 대목을 보러 간다고 이런 빵통을 해 실고 연탄불도 피워놓고 그놈을 해 실고 저 평창운동도 가고 방임운동도 가고 안미운동도 가고 여 대화운동 보고 저 신리운동 보고 댕기매 그때는, 지금은 옷도 많애요. 애, 어른이 다. 내부터도 옷이 많애요.

그때는 입을 옷도 마땅치 않아 우리 막내이 아장아장 걷고 댕길 적에 낮에 가서 갖다 놓으면 아침에, 지끔 어제 왔던 넷째를, 고때 일곱 살 그 정도 될 적에 깨워서 앞세울라 하면 안 인날라고, 잠 잘라고 안 인날라고 하면 욕을 디리퍼대고 이래가지고 깨워서 앞세우면 그 뭐 아나 어른이나 마음이 속이 속이 아니지.

그래서 그 보따리 이고 들고 해서 리어카에다 실고는 저 방임도 리어카를 실고 가고 이 저 신리, 뭐 암리 이런 데 거의 리어카를 끌고가는 거야. 아를 업고. 그래 하나는 걸고 하나는 업고 이래 따라가 갖다 펴놓으면 하마 아들 밥 먹여야지. 맨 속에 데루갔으니. 밥 먹여 놓구는 내가 그 장사를 하면 그래도 장사가 잘 돼요. 오뎅도 잘 팔리고 뭐 빵도 잘 팔리고 그래.

이놈의 아들이 죙일 와서 여기 갖다 비비대면 저녁에 와서 옷을 빨아야 돼. 아들도 빨아야, 나도 빨아야, 다 빨아야 되는데 짜 널었다 그땐 짤순이도 없어요. 그냥 이렇게 널어놓으면 아침에 인나면 그냥 꾸덕꾸덕 해. 그 또 입고 나가야 돼요. 그런 식으로 먹고 벌어먹고 생활하맨 내가 이 터에 여기 올 적에 그야말따나 농사도 없이 맨땅에 여기 와서 앉아서 내가 없이 넉넉이 멕이지 못하고 제대로 입히지 못하고 남의 문턱에 가서 고개 달아매고 음식 끝에 바랠까봐 젤 그게 아주 우선 그기 먼저 걱정이 돼.

잠 못 이루고 그렇게 걱정을 하고. 그러다 인제 장사를 시작해서 내가 하루 삼천 원 벌이만 하면 천직으로 안다고 생각하고 장사를 시작했는데 그래도 어떤 날은 뭐 한 사, 오만원 되고 어떤 날은 돈 십만원도 되고 뭐 그래 되더라고 그래.

[12] 사는 것이 고생스러웠지만, 자식들 때문에 죽지 못하다.

그래서 그 생활하는 기 그래도 뭐든지 인제 햇곡이 나면 먼저 애들 사다가 주고 이러니까 인제 그 굶겨서 남의 집에 가서 음식 먹는 상 끝에 쳐다볼까봐 그 염려가 덜 되더라고. 그렇게 키우는 기 즈도 고상 많이 했지.

이제 철들면 그 뒷바라지 다 해줘야 되니까 올창묵을 끓이면 이 한 솥 앉히며는 두 시간 반, 세 시간 끓여야 돼요. 그 불이 확 끓이며는 누룽지 펄떡 뒤잡아지면 음식이 망신을 되면 못 팔아요. 몇 시나 하미 불을 떼미 두 시간 반, 세 시간 정도 끓여야 이게 끈이 쫄쫄 달리고 칠칠하게 고무질처럼 돌아가미 이 끓이는 데 달렸어요.

이, 보는 사람은 뭘 넣어서 그렇게 칠칠하나 이러는데 넣는 건 아니고 이게 물을 맞춰서 눕지고 되지도 말게 반죽을 잘 맞춰서 잘 끓여야만 이게 이렇게 건져들면 다 이렇게 쭉 올라오지. 들 끓으믄 히마리가 없구 그냥 민숭민숭 그래요. 그런 음식이야. 묵도 그렇고 올창묵도 그렇고. 그렇게 해서 저 강릉 단오장을 한 오일씩 볼 째는 사, 오일을 아주 그냥 홀락 세우지 뭐. 피로회복제 사먹고 잠을 못 자니까 피로회복제 사먹고 이래 차 대절해가주 댕기민 강릉 단오장을 보고.

그렇게 장살 하고 그렇게 열심히 살아오는 그 덕분에 육남매를 그래도 여게 올 적에 큰딸 하나는 결혼하고 열 왔고 사남매, 오남매 데리고 열 왔는데 빚 안지고 그래도 지금까지 남한테 꾸러 안 가고.

지금도 가진 거 없이 여 기둥만 내꺼고 땅은 도지여. 이 세 물어줘야 돼. 해마다 가을이면 도지 줘요 땅을. 요 지둥만 내꺼지. 그래 이거 여기 올적에 여기 처마물이 떨어지고 여다 수도를 파 썼고 이 지붕이 뭐 쓰레뜨가 다 뚫어져서 세서 비만 오면 뭐 방에도 부엌에도 여기도 뭐 맨 그릇 갖다 받쳐야 되고 그런 집을 이걸 삼천 원에 셋집으로 왔었어요. 처음 올 적에. 매달 삼천 원씩 주고 세를 왔다가 한 해 일년을 지내 그 이듬 사월 달에 십육만 원.

그때 돈 십육만 원을 주고 이걸 사가지고 저짝은 그냥 헛간이고 요거 아랫방이 방 두 칸이고 부엌 한 칸인 거 사가지고 내가 한, 십오년 살고 저 부엌을 좀 늘렸고 또 이십년을, 이십이년을 살고 이거 싹 뜯어서 지붕까지 싹 뜯어 그 세던 거를 다 인제 쓰레뜨까점 싹 홀락 추리고는 새로 수리하고 이기 여기 있던 거 인제 일로 내물리고 여기 인제 목욕탕으로 인제 새로 들이고 저짝방 저거 인제 새로 들여서 인제 다 추리했놓고.

그래가주 인제 인제는 그래도 쪼끔, 내가 인제, 그래도 지끔도 저 불 때는 부엌 다 고냥 놔뒀어요. 이짝에도 불 때고 이짝에도 불 때고 불 때는 부엌 고냥 다 놔두고. [조사자 : 아궁이?] 야, 아궁이 때, 때는 건 거다 다 때고 손님 올 적에 이짝 부엌에 때고 기름보일러 놓고 또 기름 값 비싸니까 이짝에 또 연탄 놨어요. 그 겸용으로. 그래놓고는 연탄만 때고 이쪽은 인제 기름은 안 돌려요. 요거 하고 이거 하고 둘만 기름 돌리고.

그래 인제 지저분한 건 뭐 나가는 거는 저, 깡통하고 병만 이제 쓰레기로 나가니까 다 부엌에 때버리고. 그래 이거 수리할 쨰 남들이 그거 마주 저거 마주 매꾸고 뭐여, 입식으로 하라는 걸 이, 내 땅도 아니고 이 집만 내 건데요 복판에서 쓰레기 같은 거 만날 태울라며는 이웃에 눈치 봐야 되고 동네 돌아가민 남의 소리 듣고 연기나면 연기난다 할 테고 도저히 이렇게 인제 놔두면 아궁지에 다 처리하이 편하잖아. 그래,

"모두 그 할 적에 하면, 나중에 내가 살다가 또 하더래도 지끔은 안 한다." 고.

이래니깐,

"아, 나중에 살다 어떻게 하냐."고.

지금 하는 게 편하지.

"아이고, 누가 뭐래도 내가 하고 싶은 대로 살 테니까 그냥 암말도 말라."고.

그래. 기름값이 되게 비싸니까 이 아궁지 안 없앤 거 잘 했다 그래요.

그래 인제 겨울게는 또 저 아들 인제 직원들이 겨울게는 크게 할 일이 없어 요샌 바쁘지마는 인제 남굴 해다줘요. 해다주면 아궁지에다 또 때고. 때면 또 뜨시게 잘 지내고 이래.

그래 지내고 살아오는 기 이제 육십 평생 다 살아, 칠십 평생까지 살아오는, 왔는데 가다가 가다가 참 사는 기 인생살이가 이렇게 힘들고 어렵고 끝이 없이 살아왔다는 걸 생각할 때에 이제는 내가 인제 말하자며는 절에 스님이 집을 짓고 탑을 쌓아서 탑이 완성을 했고 성공을 했다는 그런 평화가 왔다는 기분이 들어요.

그 왜 그 기분이 드냐 하며는, 내가 죽을라고도 많이 했고 여러번 죽을라고 노력도 많이 해봤고 참 갈라고도 많이 노력해봤는데 우리는 애들을, 이렇게 지끔 시대에 테레비를 봐도 그렇고 우리가 사는 이런 시국을 젊은 사람들 살아온 걸 봐도 그렇고 내가 갔어도 애들한테, 내가 가고 죽었다든지 갔다든지 해며는 걔들이 고아가 되니까.

고아가 돼서 커서 나중에 성장했을 적에는 내가 살아, 예를 들어서 내가 살아 있다면 지금 그 사람 인생, 저 인생 저거 찾는 거 보며는 즈 버리고 갔다고 안 만날라고 하고 그러는 걸 볼 때에 내가 그 수많은 가시성을 쌓고 넘고 나와서 인제 살아, 이 세상을 인제 칠십 평생을 넘겨 살아서 가들을 그래도 내 손에서 다 키워가지고 다 이렇게 사는 걸 볼 때에 내가 그때 안 가고 안 죽었다는 게 너무 잘했다는 거.

이제 그런 생각이 들고 젊은 사람들보고 내가 아무리 힘들고 어려워도 가정은 헤어지지 말으라는 걸 내가 꼭 얘길 하고 내한테 이렇게 오는 사람보고 가정은 헤어지지 말고 가정은 깨지 말아라, 얘길 하는데 안 됩디다, 안 됩디다. 그거 말로 해서 안 듣고 지가 나중에 뭐 살면서 후회를 하던지 뭐 또 살다 다시 재결합하는 사람도 있더라고. 그런데 재결합해서도 또 고생을 하더라고.

그래서 사람은 남녀 간에, 서로 간에, 인내심을 가지고 살아야 된다는 거. 인내심을 가지고 살민서 그 어려운 고비를 다 극복을 하고 살며는 끝에 가서 그래도 좋은 일도 있고 인제 아들이 인제 그만큼 우리 어머이가 그렇게 고생을 하고 살아왔다는 거 그렇게 인제 많이 그, 너무 인제 아들이 지끔 잘해요. 아들, 딸도 다 잘하고 있는데.

[13] 남편은 사고로 10년을 고생하다 세상을 떠나다.

중간에 양반이 육십 전에 마흔, 오십 한 네다섯 돼서 사고가 나가지고 저, 겨울게 섣달에 저, 산판에 일하러 가서 남굴 그 산판 남굴 이렇게 저기 이쪽 산에서 저짝 이 강을 건네서 저짝 지대에다 떨구는 그런 인제 철사줄을 이렇게 매놓고 이런 철사줄을 매놓고 거기다 달아서 넘기는데, 바람은 불고 그 엎드려서 이 매는 고리 끌르는데 남기 내려와서 이렇게 머리를 쳐가지고 그 자리에서 즉사를 안 한 게 천만다행이지 뭐.

근데 터지거나 깨지거나 이런 건 없어요. 내일이 대화 대목장이고 이제 낼 모레 글피쯤이면 섣달 대목인데 내가 인제 장볼라고 장 안보면 나는 하루 장 안보면 그때는 굶어죽는 거처럼 내 마음이 그렇게 들어갔으니까.

그 인제 두부를 해서 놓구는 이제 옷을 전부 뭐 옷이라는 건 인제 빨래 벗었으면 인제 섣달 대목이니까 싹 줍고 요만치 오는 옷을 인제 입구는 강가에 가서 빨래를 하다니까 고만 자가용이 하나 주루룩 들어오더니 다시 또 나와 그 강가에 스면서 불르는 거야. 그래서 쳐다보니까 불러.

"그래 왜 그러시냐?"

그러니까 급하니까 빨리 오라는 거야. 이제 고무장갑 이렇게 빼서 거다 놓고 빨래 이제 씻던 걸 부박에다 담아놓고 아, 빨리 오라고 소리를 쳐. 그 왜 그래나 하고 올라와 보이까 양반이 그 차에 앉은 기 여기다가 요만치 붕대 하나 요렇게 붙였드라고. 별 것도 아닌데 그러는구나 하고는 올라가 앉아, 앉으니까 목상이.

"왜서 어데가 아픈가 좀 물어보세요."

이래.

"뭐 어데가 아프냐고 뭐 그래냐고 물어도 대답을 안 하는데요?"

어디 바람이, 돌개바람이 부네.

"대답을 안 하는데요?"

이러니까,

"말도 못해요."

이래. 목상이.

"말도 못해요."

이래. 그런데 이 옷이 이, 저게, 잠마 이거를 왜 뺏겼는지 어데 터졌는지 볼라고 뺏겼는지 뺏겼는데 이걸 입혀주질 않았더라고. 근데 이기 자꾸 차에서 이래 일렁거리니까 자꾸 돌아가 내가 잡고 이렇게 잡아댕겨서 이래 걸쳐서 주고 이래는데 팔이 어떻게 히마리가 없는 거여. 그래서,

'이상하다.'

이래고 인제 그래 이래 해가주 내가 붙잡고 가는데 기독교 병원 앞에 가서 이렇게 저기 기독교 병원인데 요기 인젠 다 왔으니 내려야 한다고 하는데 그 때까지도 정신이 있어서 이, 신 찾을라고 이 발이 이렇게 나오드이 몸이 점점 무거워지는 거여. 붙들어보니까. 이제 그 같이 간 사람하고 나하고 둘이 이래 몸을 부축을 해 붙잡았는데 아, 정, 정지는 거야. 늘어지는 거야.

그때 인제 앉아서 그 안에서 보더니 구름을 가주 나와서 자기네가 얹어서 실고 드가드라고. 그 바로 인제 저렇게 촬영실에 들어가는데 의식이 없는 거야. 의식이 없어가지고 낫지도 안하고 그냥 왜 이렇게 큰 그 촬영실 있잖아 왜. 이 전체 그 저거 하는 거. 거를 이렇게 그냥 이렇게 쪽 디밀어서 눈만 싸매더구만.

얼굴만 이렇게 싸매고는 아주 죽은 상태니까 마취도 안하고 그냥 이렇게 드가더라고. 그런 거 보고는,

"아주머이 인제 나가라."

그러드라고. 그래 나갔는데 한, 십오분 냄기 그래 촬영을 하고는 중환자실에다 갖다 눕으면서,

"아주머이, 이 양반은 지끔 일로 아주 갈지도 모르, 일로 끝날 지도 모르고 또 수술을 해야 되는데."

지금 수술 시간이 급하다는 거야.

"급하게 수술을 해야 되는데 수술을 해서 올바른 사람이 된다고 생각을 못

하고 수술을 하다가 아주 갈 수도 있고 수술을 해도 이 사람이 반폐가 돼서 말을 못하고 이렇게 살 수도 있고 이러니까 각서를 써야 하니까 아줌마가 여기다."

"나는, 지금 저는 혼자 온 게 아니고 이 양반 일하는 그 산에서 다쳤는데 목상이 같이 왔는데 그분한테 이 상의를 해야 돼요."

이러니까,

"그러면 빨리 상의해요."

이 사람 지끔 시간이, 너무 시간이 없다는 거야. 그래서 목상을 찾아가서 그렇게,

"수술해야 한데요. 그래 지끔 나보고 읽어보라 하는 걸 나는 공부를 못한 사람이라 못 읽는다 하니까 갖다 뵈이라 그래요."

이랬는데,

"해야죠, 수술 해야죠."

이래.

그래 인제 목상이 수술실에 들여보내놓구는 사발라면은 가 하나씩 사가지고 물 붜서 자기 하나 먹, 들고 날 하나 주면서 잡수래. 해는 깜깜 어두워지지 소는 그때도 남의 소를 하나 얻었어. 저 남의 저 밭에 마장에다 매놨지.

아들은 그때 우리 막내이가 그때 몇, 네 살 됐나 요래고 뭐 여덟 살 정도 되고 셋째가 그때 한, 열, 열네 살인가 열세 살인가 집에 있는데 아유, 집 걱정도 되고 뭐, 막연한 거여 뭐. 내가 지끔 앞에 놓고 있는 사람도 가, 살아야

살아지고 집도 걱정되고 내 못 먹고 그래 울고 앉았으니까,

"잡숴야 돼요, 그래도 잡숴야 돼요."

"집에는 어떻게 됐는지 지끔……."

그때는 전화가 이 가정마당 없잖애. 그까,

"집에는 어떻게 됐는지 마소도 밖에 매놓고 왔고 애들이 지끔 불도 때고 있는지 걱정이 너무 돼요."

이러니까,

"내가 전화 했어요. 우리 형수한테다 전화를 해서 형수더러 좀 가보라고 그랬으니까 애들, 우리 형수가 가서 아마 잘 자라고 얘길 했을 거래요."

이래드라고. 그 캄캄소식으로 이제 그렇게만 얘기 듣고는 사발라면을 하나 먹고 수술실 앞에 가서 수술이 아마 한 너더댓 시간 걸렸을 거야. 이 수술실인데 여기 저만치 앉아가지고 내가 밤이 늦으니까 인제 앉아서 졸았던가봐. 그래 앉았다나니까 와서 이렇게 건드리면서 수술이 끝나서 중환자실에 갖다 놨으니까 이제 어디 가서 좀 쉴 궁리를 하라는 거야. 그 뭐 어디 가 쉴 궁리 뭐 어디 가서 어? 혼자가 있는 기 어디 가 의지를 하고 쉬나?

그래서 그래 거 그양 그래 벽에 기대 앉았다니까 어떤 새댁이 와서 하는데 어디서 오셨느내, 어디서 오셨는데, 그래이 옷도 그렇게 인제 대목 여기 오는 거 입었지, 옷이 아주 그양 집에서 빨래하러 나갔던 그 옷이니까 모르지 뭐. 솔직히 그지에 못 면하지. 그렇게 가서 앉았으이까 너무 초라하고 누가 가족도 하나 없고 고렇게 혼자 앉았으이까 좀 이상하니까 인제 어떤 새댁이 그때 그 새댁이 한 나이가 삼십 훌쩍 넘었겠더라고.

그런 새댁이 와서 어디서 오셨네. 그래서 평창서 왔는데, 평창군 대화면이라는 데서 왔는데 우트게 아저씨가 그렇게 다쳐가지고 중환자실에 지끔 수술하고 드가 있고 그냥 이렇게 앉아 대비를 하고 있느니라고 이래이까, 그러면 저 우리 오층에 있으이까 그래도 거 가 좀 편하니까 올라가자는 거야.

"우트게 여기서 이렇게 밤을 못 세우니까 그리 가자."

그래. 우린,

"그래 아줌마는 어서 왔는데?"

이러이까,

"우린 대화서 왔는데 남편이 교통사고로 이, 다리를 다쳐가지고 그래 거 와서 그러고 있다."고.

그래서 인제,

"고맙습니다."

하고,

"반가워요."

이러고는 거 가서 날을 세우고 아침 여덟 시래야 면회야. 시간이. 그래 아침 여덟 시가 돼가지고 가운을 받아 입어야 들어가요. 가운 없인 못 들어가요. 그래 다 뭐 식구 많은 사람 다 서로 들어갈라고 난리를 치고 이러는데,

"앞에 드가는 아줌마, 들어갔다 나오시면서 가운을 날 좀 주세요."

이러니까 그래라 그러드라고. 그래 들어갔다 나오민 가운을 주더라고. 받아 입고 들어가보니 전체가 다 싸늘하고 여기만 따뜻하드라고. 그걸 보니까 안 본 거만 더 못하고,

'진짜 인제는 가는구나.'

싶은 생각이 드는 기 그랬다이까 인제 그 목상이 어떻게 아들 우리 아들이 그때 지금 우리 아들이 마흔일곱이야. 그때, 그때 스물, 스물 몇 살 됐겠는데. 스물 스이, 아이, 스물한 살이나 요래 됐겠는데 운전면허 딴다고 춘천을 갔는데 그 춘천 가서 인제 엊그제 갔는데 오늘 이틀, 이틀, 삼일 되는 날인데 전화 핸 걸 바로 왔더라고. 바로 친구랑 같이 왔더라고.

그래 와가지고는 엄마 모습을 떡 보이 참 눈으로 못 볼 정도로 하고 가 있으이까,

"엄마 얼른 집에 가셔서 집에 아들 좀 살피고 내가 여 있을 테이까 애들도 살피고 엄마도 좀 몸 좀 추스리고 하라."고.

들어가시라고 그러드라고. 그래 개들 친구하고 둘이 온 걸 맽겨놓고는 들어와보이 뭐 집에 오이 뭐 애들이 뭐 갈가마구 떼거리처럼 (웃으며) 끓여먹이민 뭐 매련 없지 뭐.

그래 드가서 그렇게 드나들민 한, 오개월 병원에 있었어요. 오개월 있으니

우리 인제 그 어수룩하게 좀 이렇게 뒤를 파보고 그 대비를 좀 했어야되는데 아무 것도 모르는 기 갑자기 그렇게 다쳐가지고 아들도 그때 나이가 어리고 나도 아무 것도 몰르고 이래 있다 보이까 목상은 하마 앞처리를 다 해놘 거야. 그 목상이니까 자기 해내려온 게 있으니까 앞처리를 다 해 놓은 거야. 그래 뭐 보상도 한 푼 없이 그냥 치료비로 끝나고 말았어.

그렇게 그래는 기 이 양반이 참 몇 달을 이 소대변을 받아내고 안엘 고거 안엘 그런 식으로 이, 입에다가 이렇게 고무줄을 여기다 코로다가 넣어서 이렇게 해서 글로다가 주사기로다가 미음을 먹고 물이고 음료수고 그리 먹고 이렇게 오개월을 생활하고 육개월째 되니까 인제 그걸 빼더라고.

이제 쪼끔 인제 인제 좀 인나 안고 좀 인제 그러니까 빼더라고. 그래 인제 그때서 인제 입으로다 인제 이렇게 미음이라도 먹으니까 또 육, 칠개월 되니까 퇴원하라는 거야. 퇴원하라 할 째 아무것도 보상이 없으니 우리 아들이 수속을 밟으니까 그때 하마 이미 늦은 거야.

목상 다 처리해놨으니까 이도 잘못되고 뭐 이 머리가 이기 재수술 또 해야 한다는 거야. 이, 이 정도로 차이가 났어요. 그 나무통에 디리 찧가지고 여기서 인제 이 디리 찧은 데는 속골이 다 이그러지고 다 빠서져가지고 줘내느라이까 그렇게 수술시간이 오래 갔는데 그 다시 또 해야 되고 인공 이, 뼈는 넣어야 된다는 거야.

그래는 거 뭐 글로 끝나니 돈 없는데 뭐 우트게 다시 또 수술을 해. 수술도 못하고 그냥 그러는데 한 십년 넘게 계셨어요. 십년 넘게 생활했는데 말을 못하고 말이 추워 소리를,

(작은 소리로) "추워, 추워."

이거밖에 안 되고.

"추워."

이게 그게 인제 하는 소리고 식사는 왼손으로 잡숫고 오른쪽은 못 써요. 이 반, 오른쪽을 반을 남기 인제 그 마비가 돼가지고. 이제 다리가 인제 그거 오른쪽은 식사를, 왼쪽으로 잡숫고 이렇게 지내는데. 그래도 그 십년 세월에 내가 하루 장사를 하러 갔다 오니까 저, 마당 밑에 손질을 하길래 보니 남글

요만한 걸 삭대를 산에 가서 주워서 요렇게 두 단을 묶구 요런 걸 두 개를 해서 갖다가 여다 갖다 세워놨더라고.

그걸 볼 때 내가 얼매나 놀랬는지. 그 몸이 반폐됐는데 한쪽을 못 디디고 그래는데 가서 그걸 해 지고 산에서 씨러졌다 하면 우리 식구만 고생이 아니라 동네 사람 다 일궈 다 고생해야 되는 거 아냐? 아유, 너무 놀래 하지 말라고 그러지 말라고 삿대도 사니까 남구 하지 말라고 그 이튿날 아침에 나가민 가지 말라고 아주 당부, 당부 하고 가지. 알았다고 이래.

갔다하면 그 다음날은 그 단이 쪼끔 커요. 쪼끔 크게 또 해다가 또 그래놓고. 차차 차차 인제 그래 운동을 하면서 나무 단 이제 한 단씩 더 늘어. 또 석 단씩 해서 그래 갖다 놓고.

그렇게 일 년을 하고 나니까 그 다음에는 나무 이 토막을 굵은 거를 또 두어 개씩 짤라 얹어요. 그래 갖다놓고 저서 와서 왼쪽 이 손으로 또 톱으로 짤라. 요만큼하게 짤라. 그래 쌓아놓더니 차차 인제 이기 인제 이, 팔 운동 힘이 느니까 패드라고 그거를. 한쪽 손은 이래 째재한 걸 패더니 큰 거는 패는데 보이 이래 세워놓고는 이 복판을 도끼로 내쳐. 이 쪼개지니까 인제 엎어놓고 패고 이래.

십년을 넘게 그렇게 남구 해주는 게 나무 고생을 안 하고 그 분 핸 남기 안직 부엌에 좀 있어요. 하마 돌아가신 지가 한 십오년 돼요.

[14] 남편은 죽고, 빚은 남다.

그런데 안즉 부엌에 있는데, 이거 수리하기 전에 여기 처마 위에 있는데 그래 남굴 해가지고 이 처마 밑에 가뜩 이 지붕이 닫도록 쌓아 놔. 쌓아놨다가 그기 말르며는 부엌에 안아딜이고 새로 해다 또 쌓고. 십년 냄기 그렇게 다쳐 가지고는 나무 고상을 안 씨겼어요. 노름을 인제 이 손이 이, 오른쪽이 마비되니까 손이 그렇게 되고 노름을 안했고 노름이 끝났고.

그 노름빚을 내가 저 빚내서도 많이 갚아주고 다 갚아줬지만 여기 와서도 그때 돈 작아야 삼십만원, 이십만원. 그 심칠년 거의 되는데 그 양반 다치기 전에도부텀 갚아준 기. 그때 돈 이, 삼십만원이라면 지금 이, 삼백만원 이래요.

그때는 삼천원이면 하룻저녁 제사 지냈어요. 이 아쉽게. 지금은 십만원 안 가지고 제사 못 지내요. 쪼끔 채려도 십만원은 가져야 돼. 십만원 가져도 볼 게 없어. 그냥 그저 기본적 갖춰야지. 그러니까 그때 돈 삼십만원 이십만원이면 지금 백만원.

그런 기 저 건네 마실에 노름을 해가지고 그렇게 많이 내가 갚아주는데 야, 가심이 찢어지는 듯하게 노름 빚을 갚아줄 적에 그 사람 인제 죽고 없는데 장삼록이라고 하는 사람. 노름 이 뒷 돈, 빚내다가 뒤에 내주고 그 곱, 곱으로 챙기는 거, 그거 하는 사람인데 내가 인제 리어카를 끓고 저 신작로 근네 시장을 내려가야 되거든? 끌고 나가며는 가다가 이렇게 벌리고 팔을 이렇게 벌리고 내 앞에 가로 막고 서요. 많지도 않애요. 그때 돈 육만원.

지금은 육만원이면 그때 돈은 많기는 많지. 지금은 육만원 볼 거 없지만. 육만원 그거 달라 그러는 걸 내가 나를 보고 돈 주고 나한테 얘기 듣고 돈 줬냐고.

“나한테 말없이 준 돈을 왜 그분한테 못 갚고 못 받고 나 있는데 받을라고 날더러 달라느냐.”

이러니,

“돈 줄 적에 나한테 말을 듣고 줬으며는 내가 갚아줄 능력이 있지마는 안 갚아주겠다.”고.

못 갚는다고 그러니까,

“당신이 못 갚아? 내가 띠에?”

당신이 띠먹나 내가 띧기나 보자고. 이제 가로 막고 가다를 벌리고 섰어. 복판에. 저 건네오는 신작로에. 리어카, 보통 그래 겂아서 싸우면 내가 내 신경만 날카로워지니까 그냥 리어카 가만히 섰지. 비켜달라고 소리도 안 하고 가만히 섰어.

‘이거 붙들고 섰으면 지 남자가 아침에 여자가 장사 나가는 걸 그 정도로 하고 누가 그 아는 사람이 나와 보면 지 챙피지, 나 잘못했다는 놈 없을 거란

말이지.'

그래고 섰다가 들어가민 당신이 내 돈을 띠먹나, 내가 뜯기나, 보자고. 그래 좀 있다 보며는 시장에 내려와서 인제 요렇게 사과궤짝 하나 앞에 놓고 옆에 하나 놓고 이제 이 앞에는 인제 부치기도 궈 담고 잼병도 궈 담고 그리고 그 복판에 간장 그릇 있고 이짝에 오뎅 그릇 놓고 이런데 뭐 내려오면 그걸 다 내려춰서 땅바닥에 내려놔요. 땅에 내려놓구는 내 앞으로 인제 궁뎅이를 둘르고는 앉았는 거야. 그 올라 앉았는 거야.

그래 내가 뭐이라고 말을 해야 시장 사람들이 뭐 우째서 영문이 그런지 알죠. 안 하거든. 아무 소리도 안하고 가만히 놔두지. 가만히 놔두고 앉았으면 지내가는 사람이 흘금흘금 보민 그 사람 보고 날 보고 흘금흘금 보민 그래도 먹을 사람 와서 싸달래.

"싸가주 가요."

그리고 장사를 하거든? 이놈의 새끼 시컨 앉아봐야 뭐 뭐이라고 해야 싸움도 안 되고 이래니 일어서서 가미 또 그 소리를 해. 장날이며는 또 리어카 막고 가로서요. 그 섰다보면 지가 날 밟아가주 그래 설쳐봤자 내가 그야말따나 승질이 지랄 같이 매도 들고 어쩌고 이러고 나서야 지가 좀 뭐 챙피래도 톡톡히 당하는데 가만이 섰어.

또 기어들어가. 내려오며는 인제 이렇게 포장 치고 요렇게 문 놔두고 이렇게 포장치거든. 거 와서 그 이, 포장 치고 문 좌둔 데다가 사람이 앉으며는 이렇게 의자 있잖아. 그거 갖다 여 문턱에 가로 놓고는 저 앞을 내다보고 앉았어.

"당신이 내 돈을 갚나, 내가 떼이나?"

떼먹나 보자고 이러미. 가만 놔둬. 가만 놔두고 내가 인제 안에서 인제 뭐 차릴 거 차리고 인제 뭐 부치기도 구워놔야 손님 오면 팔고 이러니까 그래 하다보면 그래 손님이 그 옆으로 먹을 사람은 들어와요. 채려주고 앉아 있어 봐야 지 챙피거든 또. 그런 식으로 한 오개월, 내가 나갔어. 나 하루 저녁만 벌면 그거 충분히 주고도 남아.

근데 이 새끼 소위가 괘씸하니까. 응? 지가 돈 안 내다 줬으면 그렇게 빚을 많이 안 지는데 자꾸 돈을 내다가 줘가지고 지켜놓고 빚 많이 지켜놓고. 지킨 거는 그 사람들이 하여튼 다 갚아줬으니까 내가. 삼만원까지도 다 갚아줬어요. 그래 삼십만원이고 이십만원이고 뭐 가다가 가다가 애원을 하고 아주머이가 모른다 하면 나는 못 갚는, 못 받는다고.

"그래 그 돈은 뭐라 하고 꿔줍다? 왜 꿔달라 합다?"

이러믄 아들이 서울에 공부를 하러 갔는데 학비를 대줘야 한다고 이리고 꿔달라하니 나도 자손을 갈치는 기. 하고 꿔줬다는 거여. 그래,

"그래요? 그땐 왜 나한테 확인을 좀 안 받았냐?"

이러니까 그 생각 못했다는 거야. 그러미,

"아주머이가 안 갚아주면 내가 이 돈을 띠이니……."

"아, 그 양반 안직 능력 있어요. 그 양반더러 달라 그래요. 꿔 준 사람보고 달라 그러지 나는 듣도 보도 못하고 쓰는 것도 못 보고 꿔 준 것도 못 봤는데 내가 어째 그걸 갚아주냐."고.

그러니까,

"아유, 그 양반은, 태섭이한테는 못 받겠어요."

태섭이가 줄 그기 있느냐고. 만날 벌기가 바삐 쓰는데. 그렇거나 말거나 그 사람한테 받으라고. 그러니까 아, 나중에 사정을 하는 거야. 아주머이가 안 갚아주면 난 떼인다고. 내가 그 돈 벌적에 넌닝구를 짜며는 땀, 물이 쫄쫄 나오도록 땀이 나고 지게 품팔이해서 작업해서 번 돈이고 이래민 사정사정 하는 거야.

장 보는데 그 내려와서 또 그래 사정을 하고. 그건 점잖은 분이니까. 그래 사정을 하는 거야. 내려 오다보면 저, 이 내려오는, 들어오는 데 나를 붙들고도 그래 사정을 하고,

"기다리세요. 내 지금 당장 없으니까 기다리세요."

내가 생각을 참, 잠 안 자고 고생하고 생각을 해가지고,

'내가 자식이 없다며는, 나 혼자 산다며는, 떼먹고 살다 죽으면 끝나는데 아들딸이 자손이 있는데 나중에 너 아버이 우리 돈 떼먹었어. 소리 들을 적에 그 눔들이 얼매나 마음 아프고 가슴 찢어지는 할 틴데 남의 돈 떼먹고 잘 되는

걸 내가 못 봤다.'
싶은 생각 들을 적에. 생각해가지고,
"가주 가서 갚아주지."
갚아주며는 아주 고맙다고, 아주 고맙다고. 그때 시절에는 여자들 술 줄줄도 모르고 저, 콜라 한 병 사다가,
"뭐 줘요."
그럼, 난 음료수도 좋아 안 한다고.
"콜라도 좋아 안하고 음료수도 좋아 안하니까 안 줘도 된다."고.
그래면,
"아이, 그래도 잡수라."고.
이래고. 그렇게 갚아주는 기, 여자들 돈 남자들 돈, 뭐 삼십만원, 이십만원 뭐 삼십칠만원 뭐, 이렇게 갚아주는 게 나중에 가다보이까 뭐 술값 육만원까지, 오만원까지 다 갚아줬는데.
또 돈 받는 사람 수작이 어떻게 받나. 그 희한한 사람도 있더라고요. 아버지 벌, 어머이 벌, 이렇게 나이가 되는데 나보고 돈을 꿔달래. 그래 뭐하는데 꿔주달라고 이러니까 논을 샀는데 모자르니까 급하게 쓴다면 내가 소를 팔아서 줄 거고 아니며는 가을에 가서 농사 지어가주 줄 테니까 한 사십만원 꿔 달라는 거야. 그 꿔 줬네? 돈을 장사해 통장에 돈 넣어놓은 기 있으니까. 꿔줬잖아? 준다는 기한이 넘어가도 기척이 없어. 그 이듬, 그 다음 이 맘 때 가서 나 돈을 좀 주셔야 되겠다 하니까 아주 거침없이 그 돈 정서방이 줘야 준다는 거야.
근데 그 사람들이 뭐 허지부지 하는 사람도 아니고 내가 볼 때에 나이도 그래 지긋하고 그야말따나 벨명이 곰이야. 그만큼 그런 사람이니까 내가 믿었지. 그렇게 아줌마라고 사기 칠 중은 몰랐지. 근데 거침없이 하는 소리가 정서방이 그 돈 줘야 그 돈 갚는다는 거야. 거기서 울화통이 얼마나 오르는지,
"세상에 사람이 어떻게 응? 이런 식으로 돈을 이용을 하느냐."고.
딸 같고 며느리 같고 어? 이런 사람을 이용을 해도 어떻게 이런 식으로 이용을 하느냐고, 나이가 잡숫고 어? 두 양주가 다 그만치 나이가 들고 딸 같고

며느리 같고 이런 사람한테 돈을 이렇게 이용하느냐고. 얼마나 열이 나는지,

"돈을 받아도 그렇고 줘도 그렇고 이런 식으로 하는 건 아니라."고.

아주 있는 대로 열이 나는데 덜이 퍼붓고는 집에 와서 이 양반보고 그때는 다치기 전이니까 그 양반한테,

"돈을 얼마나 꿔 썼느냐?"

물어봐도 대답 하나? 그 양반도 얼마가 되는지, 얼마를 꿔줬는지 몇 해가 됐는지, 그 확인을 못하고 그 분도 죽고 우리 양반도 죽고 다 죽고나이 지금까지도 얼마를 썼는지, 몇 해가 됐는지, 그걸 몰르고 그렇게 살아온 저거에.

그래 내가 돈을 모두 달라고 그 노름빚 달라 할 째 갚아주민서두,

"내가 이 돈을 줄 적에도 보도 못했고 듣도 못했고 쌀 한 되 안 읃어먹은 이 돈인데 노름빚인데, 오로지 노름빚인데 내가 안 준다고 흔들며는 당신들 만국재판해도 못 갚아. 못 받아. 하지만 내가 자손을 생각해서 내 아들딸 자손을 생각해서 후, 앞을 봐서 갚아주고 다 저거 하니까 근중 알으라."고.

그래.

"그 고맙다."고.

본전만 줬지 뭐. 이자는 못 갚고. 본전만 줘도 고맙다고 아주 고맙다고 그래 치사를 하는 사람도 많고 여러 사람이 되다 보니까, 광수어머이라고 이제는 죽었어요. 본전만 줬다고 지랄지랄 욕을 하민 저 여편네 돈 누가 쓰거든 본전만 주라고 이자 주지 말고 본전만 주라고 지랄지랄 하미.

"그래요? 할머이 가져오세요. 가져오시며는 내가 그 돈 늘구고 벌고 해가지고 이자 이제 해드릴 테니까 갖다 주세요. 날 되루 주세요."

이러니까 저년이 저렇게 뻔뻔하다고 욕을, 그렇게 욕하는 사람도 있고, 남편 노름쟁이, 술 잘 먹고 하는 사람 살다보니까 벨 소릴 다 듣고 그렇게 일생을 살다가. 그래도 다쳐가지고도 십삼년인가 더 살고 육십, 육십댓 되매 돌아가셨어. 그래 돌아가시고는 그양 그래 이제 내가 그양 벌어서, 그 뒤로 인제 노름빚 갚는다고, 내가 진 빚은 없으니까. 먹구 살기 위해서 내가 진 빚은 없으니까.

그때 노름빚을 다 갚아주고는 누가 나보고 뭐 단 돈 얼매라도, 내가 남을

꿔주고 받을 돈은 있고 살았지, 남한테 내가 빚은 안지고 살았으니까. 지금까지. 이제 지금이나 옛날이나 나서면 몸뗑이 하나야. 가진 거 없이. 단지 요거고 몸때이 하나야. 그렇게 살아와도 달라 소리, 그야말따나 이렇게 이웃에서 지켜보는 사람이 당신들이 봐도 아무것도 가진 거 없이 몸 하난데 그래도 애새끼들 먹여살리고 여전히 살아가니까. 요즘에 물에 손 담궈서 그만치 살아가는 분이 없다고 대단하다는 소릴 듣지.

그래 그래 인제 남에한테 이렇게 여자라고 얕보지 않게 이렇게 지금까지 살아오니까 그냥 사위도 있고 아들도 있고 딸 며느리 다 뭐 어머이가 어디가도 남한테, 배운 거는 없지만 부실하게 뭐 실수하게 이런 짓거리를 안 하니까 지들도 인제 어머이 고생한 걸 대견하게 생각하고. 끔찍이 생각하고 이래. 지금 뭘 좀 한다면,

"아, 힘든데 놔 두자."고.

어쩌다 아들 며느리 왔다 가면서,

"내가 고추 좀 어디 구해서 삭혀주랴?"

"아이, 힘든데 놔두시라."고.

그래 그거 한다고 만날 힘들여 애쓰면서 그런다고. 해주면 먹는 건 잘 먹는데. 노는 것도 적적해 그런다요. 그래 살아오는 기, 인생이, 육십 칠십 평생이, 내가 살아오게, 험난하게, 힘들게 살아온 세상이 육십스이까짐 참 힘들게 살아왔는 기, 이, 그전에는, 지금은 다 떡집에서 떡을 하지만 그 전에는 저 가 빼다가 달떡도 집에서 다 하고 송편도 집에서 다 빚고 밤세기 하미 그거 해 빚어서 쪄가지고 아침에 나가서, 이고 가서 터미널에 가서, 버스 타고 가서, 시장에 팔고 옥수수 인절미를 그전엔 그렇게 한 해, 일년에 한 열댓 가마씩 했어요. 옥수수떡을. 찰옥수수를.

그래 해서 하룻장에 한 말하고 일곱 되하고 한 말 하고 이러면 그걸 다 파는 날도 있고 못 다 파는 날도 있고. 지금은 팔지 않애. 기양 줘도 안 먹어요. 이제는. 기양 줘도 이젠, 요샌 쌀떡도 잘 안 먹는 시대여. 이, 지금은 인제 장사가 사람들이 인제 그만큼 인제 생활이 인제 더 좋아졌단 얘기고 그때는 배고픈 시대에 버스타고 먼 거리에 댕겨야 되니까 배고프니까 먹어야 가고

또 사서 싸가주 가고 장사가 잘 됐는데 지금은 떡 장사도 인제 뭐 다 심들고 장사도 심들고 잘 안되고 이래.

[15] 고생만 하고 억울하게 살다.

살아온 세상이 그렇게 살아왔는데도 그래도 인제 내가 칠십 평생 넘겨 살고 인제 나이가 인제 살날이 얼마 안 남았는데 쪼끔 인제 편하게 살고 남들 늙어서 하는 거 보면 아이고, 나 먹으면 하지 말아야 된다는 거, 나 먹으면 일 안 해야 된다는 거, 난 젊어서부터 입버릇처럼 했어요. 왠지 나 먹으면 일 안 해야 된다는 거. 하지 말아야 된다는 거. 그래, 그래 생각하고 이래 내가 지금 이래 편하게 살은 지가, 한- 육, 칠년. 아무것도 안하고 인제 편하게 산 지가 육, 칠년 돼요.

그러니까 인제 심심해서 놀러도 나가고 바쁘지 않으면, 바쁘면 또 못 가고, 이웃에 댕기민 뭐 거들어주기도 하고 놀기도 하고, 그래 시간 보내는 기. 이제는 그러니까 인젠 내가 인젠 다 살았단 말여. 내가 힘이 안 좋아서 뭘 못하니까. 그래 이 평생 살아온 기 지금 우리 막내이가 그야말따나 만날 매일 아침이면,

"엄마 잘 주무셨어? 밥 잘 잡수셨어? 안 아퍼?"

매일 아침마다. 안하는 날이 없어요. 그게 그렇게 열심히 나를 챙겨주고 아퍼도 약을 사다줘도 막내이가 인제 그렇게 사다 주고 병원엘 가도 혼자 가면 지가 차 태워다가 갖다 주고 터미널에다 갖다 주고 인제 막내이가 그렇게 열심히 날 챙겨주고.

[조사자 : 막내 분은 어디 사세요?] 막내이는 조 아래 시장에 이제 [조사자 : 아, 근처에 사시는구나.] 예, 근처에 사니까 그래도 또 특별하게 아가 여러 형제 중에 다 너무 인제 인정이 많고 하는 기 그래 하이까.

그 서울 있는 즈 언니들이 막내이는 막내이 뭐이라 하면 겁난다는 거야. (웃음) 막내이 말하면 겁난다는 거야. 지가 그렇게 지 할 도리 딱 부러지게

하고 언니들한테, 엄마한테 좀 소홀하게 하면,

"언니는 응? 엄마가 어떻게 아프고 이런데도 전화도 잘 안 하고 그런다."고.

발광을 하고,

"엄마가 어떻게, 어떻게 하는데 좀 내려와야 한다."고.

그래고 막내이 말이라면 겁난다는 거야. 그래 그만큼 막내이가 인제 받들어 주고 도와주고 인제 지도 또 내덕을 보지만 나도 인제 지한테 많이 의지하고 그래 살아오니 사는 날까짐 인제 아프지 말고 사는 기 인제 내가 기대감이고 이제 자손들 모두 걱정 없이 살면 고맙겠고. 저, 바래는 기 그기고.

[조사자 : (사진을 보며) 그러면 저 끝에 계신분이 막내따님이세요?] 저짝 가에. 이짝 맨 가에. 거기 그 칠순 잔치에 딸 스이백에 못 참가했어. 둘은 참가 못하고. 저 우에.

[조사자 : 어디서 하셨어요, 할머니? 어디서 하셨어요? 칠순 잔치를?] 장평 복지회관에. 저 우에 있는 거는 저건 환갑잔치 한 거고, 밑에 건 칠순잔치 때 핸 거고.

[조사자 : 그러면 할아버지 사진은 거의 없으신 거예요?] 할아버지 때는 저렇게 비디오를 못 했고 그냥 사진으로 냄겨놨는데 할아버지 거는 이제 저짝 앨범에 다 있지. 앨범에 다 인제, 걸어놓지 않앴고.

[조사자 : 그러면 할머니, 시집은 몇 살에 가신 거예요?] 내가 그때에 스물, 스물한 살에 가가지고. [조사자 : 그럼 할아버지가 세 살 연상이시죠?] 오년 맏이. 예. 그 양반이 있으면 지금 올해 팔십이고 저 오년 맏이니까 내가 칠십 다섯이니까.

아주 나는 일평생 나무 고생한 게 젤 억울하고 장사를 보따리 장사를 갔다 와가지고 들어와 보며는 애들이, 옛날에는 요래 곤로를, 저, 저 구석에 곤로 하나 놓고 뎁혀먹고 이랬어. 그 곤로에다가 뭐 끓여먹는 건 끓여먹고 (기침) 그냥 냉방에 들어와, 서리가 배람박에 하얀데, 지끔은 이부자리도 많애요.

예전에 그때는 이부자리도 덮고 생활하는 것도 힘들었어. 그래 어떻게 살민 이렇게 불을 안 때고 남구를 느가 저, 하다못해 저, 산에 가서 갈비라도 끌어다 좀 때고 자지 이렇게 냉방에 하고 들어시믄 그양 그 곤로에다 인제 끓여먹구는 스이, 느이 그양 뭉쳐 앉아서 그양 뭉쳐서 밤새고 이래.

그걸 볼 때에 아주 너무너무 속이 상하고 막 뼈가 저려요. 그 냉방 아들 밤새울 적에. 데리고 나가서 가자고 산에 가자고 데리고 가서,

"넌 이 삭다리 널어진 거 이걸 주워라, 너는 갈비를 긁어라."

난 청소아리 댕기매 찍어요. 청소아리 시퍼런 거 댕기매 찍어가지고 한 짐 짊어지고 아들 인제 갈비 요만큼 뭉치 동치서 짊어 지키고 뭐 이고 오는 놈도 이고 오고 이래가지고 갖다놓고는 청소아리를 이렇게 까꾸로 집어넣고 불 살르면 잘 타요. 화득화득 잘 타요. 그리고 방도 뜨시고. 그래 화끈 때놓으면, 불 담아놓고 이래 들어앉으면 봐라, 때니 이래 뜨시고 좋은 걸 어떻게 느들이 그렇게 냉방을 그래 꾸부리고 자나. 그면 또 앉아 울어요.

그래이 나는 내가 열심히 해서 돈은 내가 벌어서 쓰고 굶고 그렇게 굶고 이래지는 않았는데 우리 둘째딸 가지고 그해 되게 굶고 굶주리고 너무 먹는 거 먹는 거 같지 않이 먹고 생활하고 그 이후에는 내가 장사를, 세상 안 해본 기, 뭐 광박도 튀켜서 조청도 과서 인제 광박을 튀켜서 요렇게 인제 네모 반듯하게 짜서 고다 인제 박아서 쫙 굳어가지고 그것도 싸가지고 댕기매 팔아보고 뭐 저런 과일 장사, 뭐 고기 장사, 매주 장사, 세상 장사는 안 한 거 없이 들고 댕기매 하다가 말판에 인제 음식 장사로 들어서가지고 음식 장사를 하고, 그래도 젤, 돈을 그래도 젤 이제 낫게 벌고 그렇게 장사로 살아온, 평생을 장사로 살았지 뭐. 오십 평생을 장사로 살은 거여. 그렇게 살아오는데…….

[조사자 : 할머니, 그러면 시집 갈 때는 그때 중매가, 중매로 시집 가셨죠?] 그때야 중매죠. 그때 우리 시댄 중매지.

[조사자 : 그때 어떻게, 부잣집이라고 해서 가신 거예요?] 그때는, 그때도 역시 그 없는 사람이 부잣집으로 간 기 그게 아께 얘기했잖애. 수영아들로 양아들로 그렇게 가가지고 응? 살림 낼 째 그렇게 살림 내더라. 아께 얘기했구만.

[조사자 : 할아버지 형제분은 없고 홀로 계신 거예요?] 글쎄, 몇 대 독잔지 몰른다고 내가 그랬잖아. 나와가지고 그렇게 인제 양아들로 갔었고 인제 그 양반도 이제 내 아버지를 얼굴을 모르는데 인제 우리 전에 아버지를, 우리

인제 남편을 두루매기 짜, 이렇게 두루매기 속에 안고 재결혼을 했다는 거야.

[딸과 손님이 와서 잠시 인사를 나누는 동안 이야기가 중단되었다.]

그렇게 인제 시작이 돼가지고 그 두루매기 자락에 안고 와가지고 인제 이, 우리 시어머이가 이쪽 집에 와가지고 딸 하나 놓고 딸 하나 놓고 끝났어. 아들은 안 놓셨어. 그래 딸 하나 놓고 (손님에게) 앉으세요. 딸 하나 놓고 그래고 끝나가지고.

[16] 마음을 다하니 도와주는 사람이 따라오다.

[조사자 : 분가하신 다음에는 시댁으로 일을 안 나가셨어요?] 안 나갔죠. 안 나가고 그 인제 분가 해가주 그렇게 나간 다음에 그 집 그 아께 내가 바가지 세 쪽 줬다는 그 아주머이, 아저씨, 그 양반들 댁에를, 내가 그 바가지 세 쪽 준 게 은인이 되고 그게 어떻게 내가 그분을 만내 말 한마디를 다시 고마운 얘기를 표현을 하나 하고 참 무척 이 머리 속에 넣고 있다니까.

어느 날 나 인제 친구나 그 앞뒷집에 새댁, 그 친구가 찾아와가지고,

"아야, 그 종춘 어머이가 상고 살아있더라."

이래.

"어, 그렇나?"

내가 귀가 번쩍 띄는 기여.

"난 그 집을 언제 만내 그 고마운 표시를 한 번이라도 하나, 하고 너무 인제 기대를 하고 있는데 인제 못 만내는 중 아는데 살아 있으면 내가 불철주야 세상 없어도 찾아가 뵈고 그 고맙단 얘기를 한 마디 하겠다."

하이까,

"진짜 살아있드나?"

하이까 진짜 살아 있다는 거야. 내 가봤다는 거야.

그래서 인제 그 분한테, 그 분도 지끔 살아있어요. 저 여주 어디 있는데. 우리 집에 가끔 오는데. 그 해 칠월 달에, 내가 장사할 땐데 올창묵을 해서

이런 통에다 하나 아주 좋은 걸로 쭉 건져 냉장고 넣어놓고 장을 나가 보고는 그 다음날 이 장평 가서 직행차를 보고,
"내가 둔내를 좀 갈 일 있는데 영랑리를 가야 하는데 그 둔내 아무데 가서 날 좀 도로가에 내려주시면 같이 가면 좋겠다."
그러니까 직행차 기사가 태워주더라고.
그래 그 내려가지고는 그 영랑에를 가자면 또 한 시오리 걸어가야 돼요. 지끔 버스가 다니는가 보더라고. 그 때는 안 댕겼는데.
그래서 그 버스를 타고 가면 되는데 버스가 없으니까 걸어가는데 걸어가다가 그놈의 올창묵 이렇게 한 통 든 걸 그걸 들고 걸어가다가 또 차를 보고 세우니까 스더라고. 그래 세워서,
"우린 여까짐뱃에 다 왔어요. 아주머이 인제 우리는 다 왔는데 어떡하셔."
그래.
"아유, 고마워요. 이만침 태워준 것도 고마워요."
이러고는 또 거서 내려가다 보면 또 자가용이 가면 또 세워, 또 스드라고. 그래 태우고 가매,
"어딜 가시느라 그래요?"
이래.
"그런 게 아니고 이, 저, 종춘이라고 영랑에 조서방네 집인데 예전에 나 살림 어렵게 시작할 적에 바가지 세 쪽 준 은혜가 너무 고맙고 감사해가지고 이래서 내가 찾아서 오늘, 오느라고 그거 어른이 안죽 살아계신다 그래서 찾아오느라고 가느라고 그래요."
그러니까 아, 대단해. 성의가. 별난 분이고 별난 어른이고, 아, 대단하다는 거야. 그러면서 가더니 요 둔덕배기 요렇게 집이 있는데 여기 세우면서,
"내가 여 잠깐 들렸다가 가올 테니까 계세요."
이래민 가더라고. 그래 인제 삼촌인가. 그 인제 자가용 가는 삼촌이라는구만. 그 양반이 이래 내다보고,
"아, 아주머이요, 영랑에 누구 집을 찾아가느라고 그래요?"
그래.

“예, 저 주서방네 집에 종춘네 집이라고 하는 집에 찾아가느라 그래요.”

그러니까 아이, 내가 이 우리 조칸데 지금 얘길 들으니까 아이, 아주 별난 아주머니고 별난 분이라고. 아, 대단하신 분이라고. 아이고, 참 쉽지 않은 분이라고. 내 그까짐 모셔다 드리라고 야보고 그랜기라 이래미.

“아유, 고마워요, 감사해요.”

이랜 기. 요만치 짚을 놓고 요만치 인제 찻길 있는 데,

“이 집이래요. 들어가서, 돼요.”

이래민 그래 내가,

“아유, 너무 고맙고 감사해요. 아주 고마웠어요.”

이래이까 가고는, 인제 들어가이까 그때에 그 어른이 팔십이 훌떡 넘어, 지금 그 세월이 흘른 기 벌써 하마 한 7년 세월 흘렀어요. 팔십이 훌떡 넘었는데 머리가 하얀 기 이래 인제 마루에 누웠더라고.

“집이 종천네 집이 맞아요?”

소릴 지르니까,

“아, 맞습니다. 근데 누구시오?”

그래. 사십년을, 사십이년 만에 찾아갔는데 인젠 뭐 서로 얼굴을 모를 정도지. 그래 가서 일어나 뵙고는 그래, 제가 누군가 하면은 그 전에 여 저, (손님에게) 저짝 방 드가세요. 저짝 방.

“그전에 여 저, 경준이라고 하는 집에 정태섭이라고 하고 그 수영아들로 있던 그 사람인데 아주머이 그때 바가지 세 쪽 준 기 너무너무 고마워서 내가 그 은혜를, 신세를 잊지 못하고 내가 저승을 가도 이 얘길 할 거고 그게 바가지 세 쪽 준 게 너무 감동해서 아주머이 계신다 소리를 금산 어머이한테 듣고 이래 찾아왔노라.”고.

그러이까,

“아이고, 이 사람아, 그기 그렇게 고마웠으면 그때 더 봐줄 걸. 그때 더 봐줄 걸.”

그래. 내가 돈을 삼만원을 드리면서,

“나도 요새 몸이 많이 안 좋고 이래서 많이 벌지도 못하고 작아요. 쪼끄맣지

마는 제 얘기 말, 하시고 아주머이 잡숫고 싶은 걸 한 번 사서 드세요."

"아유, 이 사람아, 자네가 다 사가주 오겠나."

그때 삼만원이면 또 값어치도 있어. 그래,

"자네가 다 사겠나. 내가 자네 말 하고 사먹겠네."

[손님이 간다고 해서 잠시 인사를 나누는 동안 이야기가 중단되었다. 손님이 돌아가자 최옥녀는 이내 이야기를 이어갔다.]

그래가지고 그 아주머이를 돈을 삼만원을 주고 올챙이를 저거를 따듯한 물에다 좀 뎁혀가지고,

"간장을 맛있게 드세요. 저거 아무나 하는 음식이 아니기 땜에 제가 엿부러 가져온 거래요. 볼, 뭐 별 거는 아니지마는 아무나 하는 음식이 아니래요."

이러니까,

"아유, 이 사람아, 말만 들어도 먹어, 진짜 그 음식을 아무나 하고, 우리들은 사먹지 않고는 귀경도 못 하네."

이리민서,

"아이고, 이렇게 고마울 줄 알았으면, 내가, 우리 아들들 외에는 날 돈 주는 사람 하나도 없네. 아들딸 내놓고는 십원도 날 돈 주는 사람 없는데 자네가 이게 웬 일이나. 작년에 왔으면 우리 아저씨도 뵈는데 우리 아저씨 작년에 동짓달에 돌아가셔 세상 떴어."

이래민서,

"아유, 참 고맙네. 우째 그렇게 마음을 그걸 여태 못 잊었나."

이래미,

"그렇게 고마울 줄 알았으면 그때 더 봐줄 것을."

또 하는 거야. 그래 밥을, 찬밥을 갖다 주는 걸 물에다 말아서 좀 먹고 이래고는 딸이 혼자 된, 삼남매 둔 기 막내아들은 벌써 죽고 인제 큰아들이 서울서 교직으로 인제 근무하고 작은아들이 그렇게 죽고 이제 혼자 돼가주 와서 어머이를 모시고 그래 있더라고.

그래 인제 자고 가라 그러는 걸,

"아주머이 내가 저 아래 그때 그 당시에 또 신세지고 많은 이렇게 내가 은혜

진 집이 있어요. 거 또 찾아가 뵈고 갈 거래요."

이러니까,

"그 익선이라고 하는 집이, 그리 그 집에 갈까?"

"가볼 거래요."

이러이까,

"그 집이 올해 새집 짓느라고 지끔 거의 돼갈 거여."

이래서,

"그래 와 자고 가. 가보고 와 자고 가."

이래.

"아주머이, 내 그렐게요."

이래고는 걸 내려가니 아 그 큰 아, 큰딸 지금 여 저기 나 먹은 아가 큰딸 오십 스이 되는 아야. 그게 임신해가지고 그렇게 먹지 못할 때 그 집에 가며는 인제 밥이래도 이래 주며는 맛있게 먹고 있던 그기 또 내가 돼가지고 그 집에 가서 가보니 집을 새 집을 지어 거의 마무리가 돼가는데 또 아파가지고 이, 하우스에다 살림을 내놓고 거서 인제 생활하는데 아파가지고 또 고생을 하고 있잖아.

"아, 왜 이래 아퍼? 이렇게 우쩐 일이야 또 이렇게 집은 잘 짓는구만."

그래 뭐래, 워데가 암 성분이래서 항암제를 치료를 해가지고 먹는 것도 못 먹고 인제 입맛이 없어 못 먹고 머리 다 빠지고 이렇게 고생을 하더라고. 그래서 거서 또,

"야, 보니 너무 안 됐다 야. 이런 중 몰르고 왔는데."

이래미 만 원을 주면서,

"내 말 하고 병원 가걸랑 밥 한 상 사먹어. 점심 한 상 사먹어. 내 말하고."

만 원을 주고는 거서 또 자래. 거서 자라고 하는데 고 옆에 집 아주머이가 또 인제 같은 인제 똘래로 그때 인제 잘 알고. 오더니 감자 한 대접 쪄가주 인제 그 어머이 먹으라고 왔다가 보고는 그렇게 왜, 보니 아주 반갑다고. 너무 반갑다고 그래미 지 집으로,

"자러 가자."

그래.

"아이 여 우리 집에 아무 데나 자게 놔 둬."

이래. 그 아플 텐데 그래.

"아유, 아프고 이러니 안 좋은데 어떻게 여기서 자는가. 말씀은 너무 말은 고맙구만. 다음에 와 잘 거니. 내 저, 새 집에 입주하면 자러 올 거니."

이래이. 그래이 그 경주 어머이라는 그 가 자고서. 그 집에 가서 인제 뭐 참 냉장고에 있는 거 없는 거 뭐, 뭐 고기 사다 넣어 놓은 거 뭐 다 파내서 그렇게 해줘서 잘 먹고 그래 잘 자고 아침 잘 얻어먹고 이래고 인제 올라고 하니,

"그래 오늘은 갈 챔인데, 가야되는데 어떻게 가야될지 모르겠다."

그러니까,

"아, 여 버스가 댕긴다."고.

아홉시 쯤 되면 저 다리께 가 나가 섰으믄 저기, 영랑에서 저 둔내서 오는 차가 넘어온다고.

"그럼 그걸 타겠다."고.

인제 넘어가서 가다나이 나 인제 그 옛날에 인제 그 수영 집에서 지금 큰딸 그 낳고 이런 집에서 원 채는 이건 다 밀고 새로 짓고, 고 나 인제 자던 방, 내가 잠자고 있던 방, 고 인제 요 마룽하고만 있더라고. 그래서 인제 그집에 가서 그 마룽에 가서 앉아서 내가 여서 살민 그렇게 하고 고생을 하고 살고 나갔는데 아직 이 집이 있구나 이래고는 거 혼자 그래고 앉았더이 또 아는 사람 만내가지고 얘기 좀 하고 이래고.

그래 거 나갈 차를 기다릴라 이래 섰으니까 뭐 경운기 뜨고 털털털털 오더니 저만치 가면서,

"여보-, 여보-."

소릴 질러. 그 신기합시다. 사람은 선하게 살면 어디 가도 우연찮게 이, 귀인이 따라와요. 그래서 소릴지르며 사람 얼굴은 못 보고 인제 경운기 털털거리고 가는 것만 이제 보이는데,

"아주머이-, 여보-, 여보-."

그래.
“왜 그러세요, 누구신데요?”
이러이까,
“거 차 탈라 그래요?”
“야, 차 기다려요.”
이러이까,
“저 뒤에 저, 저, 저, 저 뒤에 자가용 오는 거 타고 가시오. 그거, 그거 타고 가면 영랑리로 갈 수 있습니다.”
이래.
“아유, 고마워요. 너무 감사해요.”
이래고 있으니까 자가용이 하나 나오더라고. 까만 자가용이. 그 아매 태우라고 손질을 한가봐. 그 할아버이가. 그래서 인제 새댁이 나오면서 타시라 그래. 아버님이 태우란다고 타시라 그래.
“아유, 너무 고마워요.”
이래가주 타고 보이,
“어디까지 가요?”
물어.
“영랑리를 가서 저기, 버스를 타야 되는데 새댁은 어디까지 가냐?”
그러니까 신랑이 평창읍에서 공무원인데 자기는 인제 평창 어디서 인제 공직으로다가 그 밥해주면서 인제 뭔 양품점을 하나 놓고 있다고.
“아이 그럼 잘 됐네. 그럼 아주 탄 김에 거 방림 삼거리까짐 내처 갑시다.”
이래고,
“아, 그러세요?”
이래. 그래 그 방림삼거리 와서 여 잠깐 섰으라고 이러고는 가게 집에 들어가서 볼펜을 하나 빌리고 종이도 하나 구하고 이러고는 뭐 저, 뭘 좋아하는지 모르지만 그래도 인제 젊은네 대충 인제 먹는 거 알아서 인제 사서 인제 이래 좀 주고,
“내가 이거 돈 줘야 돈은 안 받을 거고, 뭐 좋아하는 지도 모르는데 이래

조끔 샀으니까 기양 간식 삼아 좀 내 성의로다가 잡수라."고.

그래고 저기 뭐야, 전화번호 좀, 시아버이 전화번호 좀 적어달라고 이래이까 적어주더라고. 그래서 고맙다고 이래 그 새댁은 보내고는.

시아버이 인제 전화를 하니까 지녁에 내가 와서 찾아가주 전화를 하니까 전화를 받어.

"그래 어데 사는 누구신데 영랑리를 어떻게 왔다 가느냐?"

그래. 그래서,

"저, 살기는 대화 사는데요, 여 온 이유는, 영랑리에 온 이유는, 그 주서방네 종춘네 집에 종춘 어머이."

옛날에 내가 누군나 하며는 경준네 집에 그 양아들로 있던 그 정태섭이라고 하는 사람 안사람이라고. 근데 그 바가지 세 쪽 종춘 어머이가 준 기 너무 은인이 되고 귀인이 돼서 그 어른 살아계신다 해서 사십이년 만에 거기를 찾아들어가서 그 어른을 뵙고 나온 거라고.

"그래 그 어른을 뵙고 오니 내 그 말씀을 전달하고 돌아서니까 내가 가슴이 해방된 기분이고 인제는 내가 은혜를 잊었다 싶은 기 그렇게 맘이 편하고 감동했어요."

이러니까,

"아유, 세상에 별나기는 이 할머이가……."

아주머이가 유명하게 별나다고 이래민, 그며는 윤주형이 처, 우리 형부가 윤주형이야.

"윤주형이 처제냐?"고.

"예, 맞아요."

"아, 참 별난. 내가 처갓집이 저 대화 광촌이요. 그러면 운제 한 번 가면 만냅시다."

"아유, 그러세요. 언제 오시면 만내면 술 한 잔 나눠, 같이 나눠요."

이래고는,

"아이 반갑습니다."

"참, 그 우리 집에도 좀 들리시지."

"뭐 알았나요, 몰랐고 그렇게 차를 태워주셔서 내가 너무 감동했고 잘 왔어요."

이래이,

"운제 또 연락합시다."

이래미 운제 한 번 전화하이 아주머이가 그때 받더라고. 아주머이가 받으이,

"아이고, 우리도 사람이 좋아요, 놀러 와요."

이래. (웃음) 사람이 좋으니까 거리 가는 사람 그렇게 손 쳐서 차 태우지.

"그래 가께요."

이러고 인제 어느 해 한, 오년 전에 한 번 거 가 쉬 들어서 이틀 밤을 자고 오민서 그 집엔 또 못 들렸어. (웃음)

그래 사람이 남한테 악하게 안 하고 이렇게 그양 내 맘을 원심으로만 살며는 어디 가도 이렇게 나를 돕는 사람이 따라오고 그렇게 귀인이 온다는 걸 생각하고 내 음식 장사하민선도 저, 읃어먹고 어려운 사람이 오면 오시라고 이래서 그냥 이래 쭉 건져서 한 그릇 씩 그냥 드리고. 대접해 드리고. 아주 잘 먹었다고 복 받아요 소리를 복 받으세요 소리를 몇 번씩 듣고.

저, 싸달라는 사람 덥벅 집어 주고는 무조건 하나 둘 더 얹어, 더 넣어주고 그렇게 이십삼년을 장사를, 음식 장사를 했고, 그래 이제 이렇게 살아오다 보이까 인제는 내가 인제 평화가 되고 해방이 되고 (웃음) 인제 내 뭐 가진 건 없지마는 그냥 인제는 맘이 편안하게 생활하고 그래 생활해 지내는 기 이제 영광으로 온 거야. 인제.

그러다보니까 인제 저런 복지회관 같은 데도 인제 시간 보내는 거 위해서 인제 나가고 그래 살아온 기. 그래 오래 살고 보니까 그래 그렇게 인제 못 만내서 못 뵈서 애쓰던 사람도 만나게 되고 다시 가서 찾아뵈이까 그렇게 반가운 거야. 그래 사람은 남한테 신세진 걸 무조건 씻어버리는 것도 예의가 아니고. 여 어떤 사람 이렇게 여 이웃에 있는데 와서 스이 느이 와서 한 두어 시간 거든 기 그 어머이 혼자 하는 일을, 하루 종일 하는 일을 더 했어. 그래,

"원복 엄마, 오늘 그 분들이 와서 도와주고 내가 가서 도와준 기 한 여남은

무데기 까줬고 이래. 옥수수를 까주는 게 그래. 오늘 그 분들이 와서 도와준 기 원복 엄마, 하루 하는 일을 더 해줬어. 더 했어. 원복 어머이 하루 그 못 다 해."

이러니까,

"이휴, 깨깨무리 한 기. 깨깨무리 해."

그래 내 속으로,

'사람이 말을 해도 어떻게 저렇게 하나.'

그래도 그 사람들은 남 생각해 했는데 깨깨무리 하다는 게 단을 안 묶고 옥수수 까고 단을 안 묶고 까서 인제 이거 마아서 채워 꼭 묶지 않았다고 인제, 인제 까서만 놨다고. 인제 깨깨무리하게 했다고. 그래도 사람이 그 와서 응? 말없이 와서 그렇게 거들어주면 당신 품 하나를 더 읃어줬는데 지내가면 그래 해주는 게 고맙다는 얘길 해야지.

그렇게 하니 내가 보이 아이, 당신은 평생에 남을 붙들어 일만 씨길 줄 알고 남의 일을 꽁짜로 가 한참도, 그야말따나 한참도, 오분도 남의 일을 안 거들어 주네. 그냥 가서 허겁지겁 가서 먹을 게 있으면 먹고 가서 누가 가서 그 집에 가서 기양 모두 비지깽이 하나를 집어다줘도 되고 바가지 도와주고래야 나와.

그런 사람인데 평생 양반 벌어놓고 죽은 걸, 양반 죽은 지가 한 십칠년 됐는데 싹 떨어 먹고 지금 하나도 없어요. 그래서 사람은 남의 공을 알아야 되고 덕을 보면 덕을 본 줄 알고 내가 빚을 졌으면 마음으로래도 갚아야 되고 그렇게 살며는 앞으로 길이 오고 자손들도 그 인제 평탄하게 살아가요.

지금 우리 아들 마흔 일곱인데 이, 저 근네 있는 최서방이 하는 얘기가,

"나 한 칠, 팔년 전에 그 똘래에 그 우리 동무들 그 다 한 학년이고 한 동창이지마는 그만치 성공한 사람은 석순이 가 백에 없다."고.

그래고 그 소리를 칭찬을 하고 이러는데 맨 주먹 들고 들어서서 지금 뭐 아무래도 많이 늘려놓니라니까 비전이 있겠지. 지번이 있지만 지금 나를 보고 얘기할 적에 대기업 사장 어머이라 소리를 들을 정도로 그만큼 그 마흔 일곱짜리 아들이 창업을 떠벌리고 있어요.

공장을 크게 박스 공장 하는데 아주 크게 해놓고 지금 사람 남의 사람 한

여남은 두고 있고 또 하나 집, 앞에다 고 앞에다 터 닦아놓은 데다 또 짓는데 그건 인제 뭔 공장을 하나 하면, 인제 그 이, 지금 물병. 생수 물병, 물통, 비니루, 그 공장을 그 기계를 들여온다고 또 하나 짓는데 아매 다음달엔 또 오픈할 거야. 그래 또 하나 짓고.

그래 이래 내가 인제 모든 것을 부모가 선하게 살민서 그 자손들이 인제 그만큼 헤쳐지고 잘 따라 나가고 풀린다는 걸 내가 인제 피부적으로, 마음으로 느껴요. 내가 인제 노력한 만큼. 그래 힘들게 따라 오는 기 그 가들이 그만큼 산다는 거.

[조사자 : 수양어머니가 구박하지는 않으셨어요?] 생활할 때에 뭐, 구박하고 뭐 그럴 건 없죠. 내가 워낙 몸이 약빨르고 또 이렇게 참 새댁 때부텀 지금까지도 나는 내 머리로 살았어요. 어떻게 해야 된다는 걸 내가 머리로 돌리짜미 살아왔지, 누가 이래라 저래라 씨기고 갈친 적도 별로 없어요.

친정 어머이한테 참, 바느질이고 옛날엔 다 이 집에서 바느질 해 한복 다 해 입었잖아. 내가 바느질 곱다 소리 지금도 들어요. 바느질 솜씨가 어찌 그리 고우냐 소릴 듣고 클 적에 어머이한테 그거 배우면서 귀때기도 은어맞고 그랬지 시집살이 하면서는 그 양반이 뭐 나보고 그거 그래 잘못했나 그렇게 했나 구박은 안 했어요.

근데 살림을 내놓을 째 너무 그렇게 야박하게 내놔가지고 그때 다시 들어가서 내가 그 아주머이한테,

"그 경복 어머이 지끔 어떻게 생활해요?"

이러니까,

"아이고, 이 사람, 그 사람 벌써 죽었네. 죽은 지 하마 오래 됐네."

이래요. 그분도 그 어른보다 아래거든.

"어마, 세상, 천년 만년을 살 거 같고 수천년을 살 거 같이 그렇게 하더니 왜 그렇게 빨리 죽었냐."

그래.

"그 좋던 살림 다 올라갔네. 벌써. 싹 다 팔아먹고 하나도 없고 경준이 경복이가 그래도 그걸 뭐 갈친다고. 콩팥도 줍고 뭐 어떻게 참 품팔이 하다시피

이렇게 해서 그 막내아들은 좀 갈쳐서 가는 그래도 배워가지고 그래도 뭐 경준이는 지끔도 뭐 건달처럼 저 장강바당에다가 그냥 뭐 창고처럼 방 한 칸 붙여놓고 이렇게 거 드나들민 뭐 지 살림살이를 갖다놓고 이래 살고 경준이도 혼자 사네. 마누라 두 번째 얻었어도 인제 마누라 인제 희어져버리고 본 마누라는 죽고 그리고 혼자 사네."

이래미,

"싹 아주 여북하면 집 한 칸 지을 묵밭떼기 하나 안 내놓고 어찌 그래 알뜰히 팔았느냐고 그 막내이가 그리고 했네."

이러고 하더라고.

"아, 그래 나한테 그렇게 모질게 하고 그렇게 야박하게 나를 그야말따나 나올 적에 바가지 한 쪼가리라도 줬으면 내가 이런 한이 안 남는다고. 어쩌면 이렇게 이런 한을 가지도록 나한테 그렇게 야박하게 하더이 어째 그렇게 떨어먹고 어째 그렇게 망하고 그렇게 빨리 죽었나요?"

이러니까 그래,

"자네 말이 그 사람이 그런 소리 듣게 했어. 그런 소리, 그 말, 그런 소리 듣게 했네."

이러고 하잖애. 그래 그래서 난 그 집 그렇게 망가진 걸 보고 그 5년 전에 갔을 적에 그 아들 경준이라는 사람을 있느냐 하니까 있대.

"그 전화번호 아세요?"

이러이까 안대.

"그럼 좀 전화 좀 해줘 보세요. 좀 한 번 만내보게."

이러이까 전화를 하이까 득달같이 왔더라고.

그래 지한테 인제 그 우리 (아이들을 지칭하며) 자네 아버이가 인제 나이가 우이가 되니까 형님 벌 됐거든?

"아이, 참 오랜만이요, 형수, 오랜만이네. 내가 우리 어머이 돌아가시고 이랬을 적에도 참 연락도 취하고 좀 찾아뵙고 이랬어야 되는데 그래 못하고 내가 많은, 이 죄책감이 많아요."

이러면서,

"그래 생활은, 지끔 사는 건?"

나 사는 건 이제 괜찮다고.

"먹고 살만하고, 아들도 지가 벌어서 뭐 내가 쪼그만치 이렇게 차려줬는데 그래도 그거 내내 키워가지고 인제 뭐 지 살만 하고 나도 먹고 사는 기 인젠 뭐 그렇게 힘들게 안 생활 한다."

그러니까,

"아유, 고맙네."

여 또 한 두 번 왔다 갔어 또. 그래 그 이후로. 그래 사람이라는 거는 너무 남한테 야박하게 살 게 아니고 있다고 만날 있는 게 아니고 없는 사람 만날 없는 게 아니에요. 이, 옛 속담에 말이 쥐구녁에 볕 들 날이 있다고 그러잖아? 그래 그, 그기 그렇게 두고 하는 얘기여.

[17] 자식들을 공부시키지 못하다.

그래 참 내 가진 거 없이 몸땡이만 하나 애들을 뭐 우리 애들 대학 나온 거 하나도 없어요. 다 고등학교만 졸업했고 또 먼저 여 위에 딸들은 국민핵교 백에 못 갔고. 그때 시절만 해도 국민학교만, 국민학교도 억지로 나왔어. 근근이. 그양 뭐 내가 밭을 매야 지금 둘째 딸은 자도 삼년을, 육년을 배웠어야 삼년 밖에 못 배웠어. 결석을 많이 씨겼어. 내가 일 할라고 자꾸 학교를 못 가게 해서 그랬고.

둘째 딸도 사학년을 중퇴 씨겼어요. 왜 중퇴 씨겼나, 그 머심아 세 살 먹어 꺾고 키우도 못했어. 세 살 먹어서 정월 달에 보냈는데 올 팔월 달에 병 난 놈을 세 느 달을 끌고 댕겨 고생을 하민서두 그양 그 이듬 해 정월 달에 갖다 내버렸는데 그거 키우느라고 아를 업고 밭을 맬라니 세상에 나는 아 업고 안 해 본 일이 없어. 다 밭도 매봤고 업고 빨래도 씻고 업고 남구도 하고 업고 저 방아도 찧고 뭐 그양 뭐, 만날 업고 앉아서 띠 하나 이, 다 떨어지고 두 개 째 질이 들어야 아가 걸어가요. 그 정도로 업고 일을 했어요.

밤이나 낮이나 그 젊어지고 그렇게 눙에를 놓고 뽕을 따도 업고 하고 뭐 다 업구는 일을 하는데 누가 봐줄 사람 없이 그런 식으로 일을 하는데 그 둘째 딸을 사학년 댕기는 거를 중퇴씨긴 게 밭에 나가보니 풀이 이렇게 되는 거여. 매지 못하니.

'아, 이거를 이렇게 풀 속에 넣어놓고 겨울게 뭐 먹고 사나?'

싶어가지고 이제래도 풀을 뜯어놔야 겨울게도 먹고 살지 싶은 생각이 들어 못 가게 했네.

"니 내년에 내가 다시 야가 좀 크며는 내년에 다시 사학년을 눌러 넣어줄 티니까 올해 고만 가지 말고 야 좀 봐주고 애기 좀 봐주고 엄마 저 밭을 매야 겨울게 먹고 살지, 다 눅어서 풀 속에 들어서 안 되겠으니까 좀 애를 봐라."

못 가게 하니까 그날은 안 가는데 그 다음날 보니까 없는 거여. 책보 미리 싸서 저 또 (웃으며) 산속에 갖다 감춰놨다가 밥은 뭐 먹지도 안하고 그냥 빠져 도망을 학교를 간 거야.

'아, 이놈이 또 빠져 갔구나.'

이래고 그 다음날은 지키네. 인제 가까봐. 지키니 책보 또 싸다 갖다 산에 놓은 걸 붙들고는 두드려 패지 뭐.

"지끔 응? 이걸 다 믹여놓으며는 풀 속에 들어 묵어나가면 아무것도 안 돼. 너 겨울게 그럼 굶어서 들어앉아 살 수 있냐!"고.

지금 이걸 풀을 뜯어놔야 응? 그래도 뭐이 쪼끔씩 은어먹을 수 있는데 애를 업고 많이 못 할 일이 아 업고 밭 매는 일이야. 이 업고 앉았으면 애, 어른 힘든 걸 떠나서 이 발로 다 빠뜯고 이렇게 이거 뽑고, 가꿔놓은 거 뽑고 못하는 일이 아 업고 못하는 일은 밭매는 거여. 그래서,

"이 마당에 저걸 풀을 뽑아놔야 먹고 살지. 어쩌자고 니가 말을 안 듣냐!"고.

뚜드려 패니까 그 다음날은 못 가더라고. 그래 근데 인제 그래 냅다 매놓고 이 가을겐 또 품팔이를 하네. 내꺼 인제 식전으로 이렇게 옥수수 같은 거 식전으로, 밤으로 꺾고 뭐 콩도 밤으로 꺾고 밤으로 비고 뭐 까는 것도 다 밤으로 까고 이래고는 낮으로는 인제 남의 일을 가요. 품팔이 가요. 그때 남의 일 가면 옥수수 한 말 받아 올라면 사흘 해야 한 말 받아와요. 그 품값이 그렇게

쌌었어.

그래 가면, 가를 인제 아를 보라고 이래 남의 일을 가는데 이눔이 아가 울면 젖을 먹일 궁리를 안하고,

"니 땜에 학교 못 간다."고.

자꾸 꼬집어줬다는 거야. (웃음) 커가지고 가가 죽고나고 지가 철드니까 가가 죽고나이까 그기 그래 걸리더라는 거야. 너 땜에 학교 못 간다고 자꾸 꼬집어 궁딩이도 꼬집고 다리도 꼬집고 그랬다고 이리민서 그래 죽고나이 그래 걸리더라는 걸 얘기하는 거야.

그렇게 하루 가서 옥수수를 인제 이 앞에 이 마당 앞에 밭을, 아침에 밥을 앉혀놓고 밥 잦을 동안에 두 질을 나가면 베놓고 지녁에 와 깔라고 갔다니까 저녁에 오니까 싹 줘갔잖아 뭐이. 강냉이 옥수수 석 이렇게 아름아리 비놓은 걸 싹 줘가고 저짝 귀적이 앉는 쪽으로 사람 보는 데만 한 서너 무데기 남은 거 아니야.

야, 환장하겠는 거야. 그 옥수수 응? 한 말 벌라면 이틀 삼일 가야 되는데 그거 벌겠다고 갔는데 그기 강냉이나 그걸 까면 강냉이는 열 댓말, 한 가마 반은 나올 거를 몽땅 섶을 다 주워 간 거야. 야, 기가 맥히대. 어이 없더라고요.

그래 인제 그런 얘기를 내가 잘 인제 의지하는 나이가 뭐 마흔이랄까 이렇게 되는 나이 든 양반한테 어머이야, 아줌마한테다 얘길하니까 어, 그게 아무께가 그런 분이 있어. 그래 그 사람이 우리가 사람을 얻어가지고 강냉이를 까놓고 저녁을 먹고 아침에 저울라고 했는데 나가보니까 몇 가마이 저갔다는 거야. 까 놓은 거를. 그 사람이 그런 사람이 있어.

그래 뻔히 알아도 말을 못하고 있다가 인제 그 사람 죽었어. 작년에 죽었어. 그래 작년, 아니 올 봄에 죽었나? 사년 전에 내 그 얘길 냅다 핸 거야. 앉혀놓고.

내가 아를 업고 앞선 그 밭에, 그 산판해가지고 나무 이렇게 넘어진 걸 갖다 땔라고 밤낮, 우리 셋째 지끔 여 디다 보던 고 셋째 해다 업고 맨날 그 놈을 베서 이렇게 아름아름을 밭에다 해 놓은 걸 틈틈이 다 재가고 요 보이는 데만 몇 무데기 남은 거야.

"그렇게 저거 할 적에 내가 응? 마아서 놓고 여름에 땔 남구할라 한 거를 그렇게 저거 했으니 내 그놈 눈까리 빠지라고 욕했고 옥수수 그렇게 응? 그걸 저녁에 밤에 깔라고 식전에 베놓은 걸 그렇게 다 저, 싹 저가서 얼마나 잘 사나 본다고 그러고 내가 그놈 눈까리 빠지라고 왜 눈까리 안 빠지나 욕했다." 고.

그러니까 아무 소리 안 하더라고. (웃음)

그래 사람이 분명히 누가 그랬다는 걸 알아도 보지 못하니까. 그 보지 못한 얘기는 못 하잖아. 그래 그 인제 그 작년에 암으로 뭘 아매 병원 생활 꽤 여러 달 한 것 같더라고. 한 오개월 냄기 병원생활 했는데 내가 그냥 그래 병원에 있다는 소리만 들었지. 남도 아니야. 저, 친척이 돼요. 우리. 그러는 기 그렇게. 그 모양을 하고.

그래 죽은 다음에는 우리 애들이 가고 난 가보지도 않았는데. 그래도 나도 밥먹고 살고 여적지 굶어 안죽고 그 사람도 그만치 살고 그렇게 끝나드라고. 사람이 그저 언제나 후하게 살아야 되고 험악하지 말고 후하게 살아야 되고 그래 인생이 살아온 기 참 험난한 세월 극복하고 사는 기 그렇게 힘들더라고. 그래도 그게 지끔 내가 너무 잘 한 거야. 지금 돌아볼 적에.

[18] 아버지와 오빠가 현몽하다.

[조사자가 구연자의 어머니가 재가 했던 사연을 다시금 확인하였다.]

뭐 옛날에 호밀 많이. 호밀이라는 거 알까? 지금 그 이렇게 찌단, 길쭉길쭉 한 거 시퍼런 거. 노다지 그 호밀죽, 호밀밥. 그저 그놈 인제 타개서 디딜방아 에다가 빻으면서 채를 쳐가지고 잘해먹으면 호밀국수, 호밀밥. 그 호밀이 음식을 해놓으면 미끈덩해요. 그리고 또 속도 좀 편하지도 않애. 배가 부글부글 끓으민. 그런 거 먹고 쌀 같은 거 뭐 이렇게 먹고 옛날 우리 살아온 거 뭐, 송고 벗겨서 송고떡도 해먹고 그 까만 물고지. 이렇게 이 달곰한 거. 그거 까만 물고지라.

그러고 또 요렇게 똥글똥글하게 안은 거 그건 또 각시 물고지라 그래요. 그 물고지도 캐서 저 시금 멀구 순 이런 거 다 뜯어넣어서 이렇게 가마이에다 과가지고 이런 단지에다 퍼 넣어 넣고 그것도 간식으로, 먹을 기 너무 어려운 때니까 그것도 간식으로 먹고 송고 뻿겨서 송고 이 남구 껍데기를 뻿겨서 진 물을 져다가 집에 와서 또 앗아가주 뻿겨서 잿물에다 풀고 옛날에 뭐 외잿물이고 아니면 저 부엌에 나무 땐 재, 그거 받쳐 가지고 거다 삶아가지고 뚜드려서 그 송고떡도 해먹고.

나물 먹은 건 그건 뭐 이루 말도 못하고. 나물 먹은 건 아무리 많이 뜯어놔도 칠월 달엔 모자르고 그렇게 살고 인제 육이오, 일본 해방, 육이오 때, 그때 두 번은 아주 너무 죽을 고생을 했고 우리는 피란을 경상도 가 했어요. 육이오 때.

경상도 가 해가지고 거기서 인제 우리 두 형제를 데리고 피란을, 아들 막내이 아들, 부산 있는 동생, 삼남매를 데리고 피란을 갔는데 딸 둘, 그 동네 사람이 탐이 나가지고 붙잡아 거기서 경상도서 눌러 살림 씨길라고 무척 애를 쓰는데 내가 그때 열여섯 살, 우리 언니가 열아홉 살.

그러니까 이제 한창 인제 남들이 인제 탐 낼 때라고 그래 그거 거서 붙잡아서 인제 눌러 자기네도 인제 식구 만들고 거 살라고 아무리 애를 쓰니 뭐 우리가 우리 살던 데를 가야만이 오빠들이 군인 갔는 그때 가가지고 전쟁 갔거든.

"집을 찾아가 오빠들을 만나야지 여기 있으면 못 만낸다."고.

"가야된다."고.

뭐 얼마나 볶아대가지고 거서 피란해 삼월 달에, 삼월 초에 집은 아주 갈 때 다 불 놓고 나갔으니까.

인제 다 인제 살림살이 밭에다 내려 쌓고 그땐 포장도 없으니까 자리로 멍석을 이렇게 덮어, 싸매놓고는 집은 아주 불 놓고 갔으니까 집도 없지. [조사자 : 불을 왜 놓고 갔어요.] 응? 인제 아군들이 인제 이북사람 나오면 거서 집에 들어 살림하고 그런다고 인제 이전 버둥에는 놔뒀지만 인제 좀 높은 데, 산 밑에 외딴 데는 다 불 놓고 나갔잖아. 그래서 다 불 놓고 나갔는데 그 살림살이 그래 불 놓고는 저다, 밭에다 재놓고는 거 다 갈아 앉는 거 보고 떠났죠.

그렇게 가가지고 피란 나가가지고 오니 또 사랑살이 해야지 뭐. 집이 없는데 와가지고. 그래 사랑살이 일년을 남의 사랑을 살민 그게 또 그 지금으로 말하면 독감인지, 남 못보는 병을 앓아가지고 집집마다. 우리들은 일곱 식구가 그때 하나도 그 전장을 갔다가도 그 오빠들도 그렇고 하나도 안 다쳤어요. 오빠들 갔다가 하나도 안 다쳤는데 보통 나가 잃고, 여덟 식구가 나가면 잘 들어오면 네 다섯 식구 들어와요. 인간이 그렇게 줄고 와요.

죽고 거의 병에 죽고 그렇게 인제 오는데 우리는 하나도 안 다치고 싹 그렇게 깔아지듯 다 둔눠 앓아도 싹 아주 하나도 몸이 까딱 안하고 살아났는데 내가 그거를 뭐 젊은이들 이런 거 잘 안 믿을 거야. 뭐를 느끼나하면, 우리 아버지가 생식을 하고 산에 가서 기도를 했어요. 그 이붓아버지가. 그리고 어머이는 오빠들을 두 형제를 육이오전쟁 보내놓고,

"잘 댕겨오라."고.

다달이 생화 싸 지고 산에 들어가요.

다달이 생화를 싸들고 산에 들어가더니 그때는 내가 몰랐어. 그때는,

'왜 저러나?'

이렇게 생각했는데 인제 철이 나고 꾀가 나고 이렇게 살아오면서 생각할 때에,

'그렇게 공을 들였기 때문에…….'

그 식구가 일곱 식구가 오빠들 둘하고 동생하고 우리 저, 뭐여, 삼남매하고 일곱 식구가 하나도 까딱 안 하고 다 인제 잘 피란을 하고 그 병에도 다 잘 이기고 이렇게 나가지고 농사를, 농토를 싹 밀고 인제 그렇게 삼, 사월 그렇게 오월 달까짐 식구가 다 그렇게 앓고나이까 농사 전답이 싹 그냥 묵었잖아 그때.

그래 해먹을 게 없으니 인제 유월 달에 그 많은 전답에다가 메밀을, 메밀씨를 한 서너 가마이 풀었어요. 그 세 가마이 메밀 씨를 풀어놓이 숫자가 많지. 그래 그것만, 농사가 이제 그거만이야. 메밀이라는 거 여 메밀꽃, 그 알죠? 예. 거기 인제 그래니깐 메밀 농사도 한 두 때지, 삶아서 인제 해놓고 밥도 해먹고 갈아서 인제 뭐 이렇게 빻아서 인제 국수도 해먹고 한 건 해먹는 기

뭐 이렇게 인제 반대기 해서 삶아도 먹고 그거여. 질리잖애. 아주 너무 질리지 뭐. 그거만 만날 가주 그래니.

그래서 어머이가 메밀쌀을 파서 팔아가지고 옥수수도 사먹을 때가 있고 쌀도 한 말씩, 보리쌀도 한 말씩 이래 사서 먹을 때가 있고, 이렇게 살아 나오민 그 이듬 해 농사를 할라이 뭐 있어야지. 아무 것도 없잖아. 그래 오빠가 큰오빠는 집에서 농사를 짓고 작은 오빠가 달 머슴을 사는데 콩, 팥, 이런 거는 달 머슴 사는 품값이 팥은 품 네 개를 해줘야 한 말 줘요. 콩은 세 개를 해줘야 한 말 주고.

그 정도로 달 머슴을 살아가지고 씨 값을 인제 이렇게 벌어서 딜이대고 큰오빠가 농사를 짓고 그렇게 한 해 농사를 짓고 그 이듬해는 집을 인제 산에 가 남구 비다가 이렇게 토방집이라고 있어요. 이렇게 쌓아서. 토방집을 지어가지고 집을 인제 지가주 살고. 그렇게 살다가 오빠들 인제 다 피란을 잘 했는데.

그 우리 둘째 오빠가 육이오 군인 가서 그때에 제주도 거기 가서 훈련을 받아가지고 한 달을 훈련을 받아야 되는 걸 그때 뭐 압록강이 뭐 강이 뻘겋다고 그렇게 소문 날 땐데. 그냥 뭐 아주 그냥 뭐 밤낮 없이 총 소리가 열흘만 하면 들어가고 열흘만 하면 보충보충 들어가는데 뭐 정신없는 그 마당으로 인제 막 그양 훈련을, 콩 볶듯 해가지고는 들여보내고, 들여보내고.

이런 마당인데 하루 저녁 꿈에, 이기 꿈도 이 조상이 돌본다는 게 이해를 해야 돼요. 꿈에 우리 맏오빠가 장개 가가지고 스물여덟에 결혼 해가지고 이사를 어떻게 간 게 이월 초하룻날 잘못 가가지고 이사 가미 바로 병이 들어가지고 오개월 만에 세상 떴어요. 그런 기 서른 전에 돌아가신 오빠가 있어.

[조사자 : 병이에요?] 그러이까 이사를 이월 초하룻날, 옛날에 어른들은 이월을 엄동을 엄척 시게 위했어요. 이렇게 이월 초하루는 영동이라 하늘에 영동이라 하는 거야. 그기 하늘에 영동이 내려온다고,

"이월 달에는 눈비가 오면 하늘에 영동이 내린다."

이러잖애?

그렇게 인제 이월 초하룻날 나가가지고 나가는 그날부터 몸이 아픈 기 뭐

아무 짓을 해도 못 곤치고 그냥 오개월 만에 세상을 뜨시는데 그 오빠하고 우리 친아버지하고 둘이 꿈에 선몽을 하더라는 거야. 이제 선몽을 하민,

"너가 여기 와 있는 데가 아닌데 어떻게 여기 와서 이렇게 짓을 하고 있냐." 고.

단박 어서 여길 떠나야 한다고 선몽을 하더래요.

그 꿈을 깨고 나니까 아주 몸이 막 불화리처럼 몸이 디리 다는데 땀이 그냥 비오듯 하더라잖애.

그러이까 이틀 만에 의무대로 바로 입원을 시키더래 군에서. 그래 의무대로 입원을 시키이 뭐 계속 둬둬 아무리 치료해도 안 나으니까, 낫질 않으니까 그 사람들이 의가사제대 시기미 집에 가서 치료를 하고 오라고 보내는 거야. 보내니 집에 오니 그 산골에 그 육이오 그때 그날 그 마당에 그렇게 어렵게 사는 마당에 뭐 쌀이 있나 뭐 거기보다 더 먹는 기 더 어렵고 치료는 더 못 하는 거야.

그래니 사람이 점점 더 죽게 되는 거야. 아주 그냥 껍데기만 남는 거야. 그 뭐가 잘못 된 걸 알면 좀 곤치보는데 그건 모르고 이제 그렇게 나가다보이 걸어온 사람을 군에 보낼 적에 업어서 업고 그 큰 재를 업고 냄기다가 차를 태켜서 군에 보냈어요. 그런 기 그대로, 그대로 제대를 했어요. 의가사 제대를 했어요. 그대로. 인제 군인 만기를 못 채우고. 그래니 그때에 그 이렇게 볼 때에 조상이 인제 살려줬다는 겨.

[19] 원치 않는 곳으로 이사한 오라버니가 세상을 떠나다.

근데 그때에 군대 간 기 한 마실에서 여섯 명이 간 기 두 사람백에 안 살아. 우리 오빠 그렇게 살고 한 사람은 인제 기양 제대를 했어요. 그땐 오년씩이야. 만기를 채워 제대를 했는데 그 사람 얘기가 그 한 동네 간 사람이 어느 날 어떻게 죽었다는 걸 얘길하민 자손이 있는 사람은 이날로 제사를 지내라고 얘길 하는데 이렇게 늘 구뎅이를 한 구뎅이를 파고 우리 한 동네 같다고 꼭

어떻게 바꾸켜도 한 동네라고 같이 댕겼는데 그날은 어째 구뎅이 앉으며 생각하니까,

'포가 내려지면 다 같이 죽는다.'

이런 예감이 오더라는 거야. 그래가지고,

"야, 이렇게 우리 한 구뎅이만 다 들어앉을 게 아니라 난 여다 파고 넌 저다 파고 넌 저다 파고 각자가 파고 앉어 보자."

이래. 그래 이걸 해가지고 파고 이렇게 저 짝에 꽤 멀리 그리 가 잠시 나가 떨어져 있다가 얼매나 포사격을 기양 한참 퍼분 다음에 쪼끔 조용하길래 머리를 들고 보니까 폭폭 다 주저 앉았더라잖애. 그 구뎅이가. 포가 떨어져가지고. 그래 보이 다 죽고 당신 혼자 살았더라는 거야.

그렇게 살아와가지고 우리 오빠하고, 여섯 사람 갔는데 두 사람 살은 거야. 그러니 그래 이 사람이 못 피하고 사람을 피해간다는 얘길 그 사람이 하더라고. 지끔 저 테레비도 더러 하지마는 그렇게 그런다고 하더라고.

[조사자 : 오빠는 제대한 다음에 나으셨어요, 병이?] 그럼요. 우연찮게 돌아가신 지 인제 칠십 네, 다섯 돼서 돌아가셨어요. 이제 돌아가신지 한 오년 돼요. 지금 아들들이 의정부 가 있어가지고 의정부 가서 그 양반 더 살 건데 이사 잘못 가는 바람에 사람이 이래.

이사를 가며는 요샌 뭐 개를 그렇게 안 먹이니까 그거 하지만 그, 예전에 개 많이 먹일 째는 이사를 가면 저 터를 개가 앞서가야 되고 그 터에 가 개가 턱 둔눠 잘 있어야 좋은 터고 거기 가는데 먼저 터를 잡고 오면 그 터에 가 좋질 않애요. 그런데 이, 그야말따나 우리 오빠가 의정부 이사 갈 적에 그렇게 가기 싫어하더라고요.

아주 가기 싫어서 내가 인제 내일 모레 이사를 갈 틴데 오늘쯤에 내가 인제 저 이웃에서 멕이는 토종닭을 이만큼한 걸 만 오천 원씩 달래는 걸 만 삼천 원씩 달라고, 들이자고 그래 사고, 두 마리를 사고 또 황기도 좀 구하고 이래가지고 옻 남구도 구해고 이래가지고 가니 저,

"잡숫고 이래 잡숫는 걸 보고 나도 같이 먹고 이런다."고.

그래 두 마리를 해가주 가서 이래 들어가니 오빠가,

"동생 왔어?"

하미 반가워하시면서 저녁을 잡숫고 앉아하는 소리가,

"나는 거기 가면 죽어. 죽으러 가는 거야."

그 번히 직성(직감)이 싫으니까.

"오빠 뭔 그런 소릴 하세요. 아들딸 모두 거 다 같이 근처에 살고 형님이 자손들 있는 데 인제 모두 편하게 산다고 가는구만 오빠도 가서 자손들한테 대우 받고 편하게 살면 좋지 뭔 그런 말씀을 하세요?"

"아니야. 나는 거 가면 죽어. 죽으러 가."

"참 이상한 소리도 하시네."

가는 이내, 거 가민 병이 들었어요. 그렇게 가기 싫어하는 기 그 가는 이내에 병이 들어가지고 대신에 자손들 돈 많이 없앴어요. 병원에 가 입원 해 가지고 고생하고 몇 달 그래 고생하고 근근이 치료해서 나와 가지고 좀 있다가 또, 또 쓰러져서 또 다시 병원에 들어가서 한 일년 고생하다가 집에 나와서 한 일년 고생하다가 한 삼년을 못, 서울 거길 의정부 가 삼년을 못 계시니 가민 연해 병치레 하민 그렇게 계시다가 결국은 돌아가신 지가 올해 사년인가 돼요.

그러게 가기 싫은 곳은 이사도 그렇고 내가 오늘 여 가면 재수가 크게 없다, 이런 곳엔 가지 말아야 돼. 그, 직성이 그게 무시 못 하는 거야. 그래 그래도 내 나이를 다 살고 돌아가셨기 때문에 그때 그 중한 병을 못 고친다고 그 군대에 그 의사 병원에서 못 고친다고 하는 병을 그래 그양 사뭇 그래 하자 없이 살고 계시다가 돌아가셔, 그 이사 잘못 가가지고.

이사 그렇게 안 갔으면 지금도 살았을는지도 몰라. [조사자 : 병명도 몰랐어요?] 병명은 뭐, 저기 뭐야, 그 병원에서 뭐 해수 기침 저거라고. 그랬는데 뭐 평생 그래도 뭐 그냥 잘 계셨으니까 뭐. 칠십을 냄기 살았으니까.

[조사자 : 특별히 치료 안 하고도?] 예, 뭐 수술 해다거나 뭐, 뭐 몸에 뭐 큰 이상 저거 있이 남보기 안 좋은 그런 거는 안 뵈고 계셨으니까. 그래 그걸 보며는 조상에서 아니 병이 그렇게 안 나고 군대를 들어갔다면 사망됐을는지도 모르니까. 조상에서 도와줬다고 인정을 해요.

그래 제대해 나와 가지고 꿈끈 얘길 그래 하시더라고.

"그기 아주 낮에 앉아 우리가 마주 앉아 얘기한 거처럼 눈에 선하고 그렇게 병이 나가주 그렇게 고생했다."고.

그 얘기하시더라고.

[조사자 : 그러면 할머니, 원래 어머니가 재가하기 전에는 오빠가 둘이고 할머니 이렇게 삼남매?] 오빠가 스이댔지. [조사자 : 그래서 한 오빠가 돌아가시고, 그런 거예요?] 예. 맨 맏양반이 결혼해가주 그렇게 살림나간다는 기 이월 초하룻날 가가지고 바로 병이 들어서. [조사자 : 그리고 재가해서는 동생 하나만 낳으신 거예요?] 둘. 둘, 아들 형제를 낳아가지고 하나는 여덟 살 먹어서 꺾고 막내이를 큰 기 지금 올해 육십 스인가 이젠 한 진갑 다 지냈어요.

[20] 평생 속이 아파 고생하다.

[조사자 : 요즘에는 뭐 심심하신데 무슨 교회나 무슨 절이나 나가시는 데는 없으세요?] 교회는 안 나가고, 그 인제 이 선대 우리가 선줄, 공줄이 그렇게 심하다 보니까 나도 또 타고난 그 저거를 못 이겨서 평생에 내가 이 속을 아파가지고 열네 살서부터 속이 아파서 옛날에는 병원을 몰르고 이 의사도 몰르잖애요, 이게.

[조사자 : 그래도 마을에 의원 하나 정도는 있잖아요.] 그렇지도 않애. 한껏 해야 침쟁이. 침놓는 사람. 인제 한방 침놓는 사람 한 의원, 그런 건 인제 드문드문 있지. 그 어려우니까 그런 데도 잘 못 찾아가고 또 인제 침놓는 데 가서 주안 맞고 집에서 인제. [조사자 : 주안이라는 게 뭐예요?] 주안이라는 게 인제 이, 가슴에 여기다가 이만큼한 동침, 이기 인제 요 손 쥔 데만 나고 이만큼 다 드가요. 이 질은 다 들어가요. 이 가슴에.

그렇게 그, 그 주안을 맞고 다 안 돼요. 칡을, 칠구를 이 알아요? 칠구 이거 산에. 이렇게 넝쿨가 되매 크는 거. 텔레비에도 나오두만. [조사자 : 칡?] 예. 칡. 칡뿌리 왜서 물도 끓여먹고 이런 칠구. 그거를 끊어다가 이렇게 이렇게 하고 쭉 붙이고 여기다 재요. 여기다 재가지고 이 끝에 거를 당신이 줘가.

[딸이 옷을 두고 갔다며 잠시 들어왔다. 조사자들은 딸과 가볍게 인사를 나누었다.]

그 놈을 끊어서 요렇게 찢어요. 세 가달로. 세 가달로 찢어 요기는 인제 한 개고 요만큼 찢어 벌려 이렇게 잡아 재켜서 세 가달로 해가지고 끝에다가 기름을, 들기름을 좀 이렇게 묻혀가지고 입을 벌리고 이걸 (가슴을 치며) 여게 이래 다져요. 세 번씩. 빼올리고 다지고 빼올리고 다지고 그렇게. [조사자 : 넣었다 뺐다?] 예, 그기 춰침이라는 거야.

그것도 하고 뭐 별 짓을 다 하고 그래미 인제 안 되니까 나중엔 어머이가 때로 소금을 먼저 밥 먹기, 식사하기 전에 한 스푼 씩 먹으라는 거야. 소금을 한 스푼 떠 넣고 물을 먹으면 이 목구녁에 촬락촬락하고 넘어가이 그 소금이 굵잖아. 촬락촬락 넘어가고 그렇게 살다가 그래도 그 안 되니까 장물을 종지에다 떠다놓고 때로 먼저 밥 먹기 전에 세 스푼씩 그 장물을 먼저 먹고 밥을 먹으라는 거야.

그렇게 살아오고 그러이까 만날 빼짝 말르지 뭐. 얼굴은 노란 기 그래 되고 그러다 내가 인제 그래도 결혼을 해가지고 인제 내가 죽겠으니까 인제 병원을 가며는 이, 다 엑스레이를 찍어보고 이래고 만날 위가 안 좋다고 위가 나쁘다고 맵고 짜게 먹지 말라 하고 된밥 먹지 말라 하고 갈음식 먹지 말라 하고 그렇게 그래서 먹으라는 기 눕게 먹고 죽 먹으라 하고 맵지 않은 거 먹으라 하고 이렇게 그래.

[21] 마흔넷에 산의 영을 받다.

그렇게 사는데 옛날에 그 어려운 마당에 죽 쑨다는 게 정상하기보다 어려워요. 뭐 쌀이 있나. 옥수수쌀 보리쌀 그 보리쌀도 시컨 못 먹어요. 주로 옥수수쌀인데 그 옥수수쌀을 퍼줘서 흰죽을 쑬라면 너무너무 심들어요. 시간이 가고. 그러면 정 죽을 지경이면 며칠 죽을 먹다가 웬만하면 또 밥을 먹어요.

한, 한, 한 식구 때는 먹어야 되니까.

저 들에 일하러 갈라며는 지금은 냄비도 많고 좋은 그릇 많잖애. 그전엔 놋식기, 식기에다가 한 식기 싸서 겨우 엥혀 갖다놓고 일하다가 참에 그걸 먹고 집에 오면 낮에 또 죽을 먹고 그렇게 사는 기 내가 사십, 평창 그렇게 살다가 사십이 넘어서서 마흔 네다섯 되면서 산에다가 산엘 가기로 했어요.

산에 인제 저, 대관령 그 산에를 한 해 한 번도 가서 두 번도 가고 그래민 들 아파지더라고. 그래 들 아파지고 그래면 아프지만 안하면 뭐 살판났다고 밤에, 낮에가 팔고 와서 밤에 준비해가지고 또 낮에 나가고 장사를 아주 눈이 오나 비가 오나 쉬지 않아 가 살지 뭐.

그렇게 나갔는데 시장 앉아서 해 팔고 이래고 지녁에 들어오면 또 준비해가주 팔고 장날은 장날 장보고 이런 식으로 나가는데. 그렇게 나가는 기 이제 그 산에 발 들여놓고부텀 들 아프니까 한 오, 륙년 잘 나가다보니까 영이 오는 거야. 이 삼개월을 걷듯 산에 오너라는 영이 와요.

"삼개월을 걷든 오라."

하길래 슥달을 인제 거쳐 매 한 그릇씩 가서 공을 올리고 와. 삼년을 안 아픕디다. 삼년을 이 속 아픈 게 없어져요. 그래서 아, 진짜 이건 누가 들어도 거짓말이라고 인정해요. 안 겪어본 사람은 몰라요.

그러더니 또 인제 차차 인제 또 아퍼. 일을 하다가도 둔눠야 되고 어지럽고 구역질이 나고 머리가 아프고 이래면 또 둔눠야 되고 불을 때다가도 와서 둔눠야 되고 또 그 정도가 되면,

'아, 안 되겠다.'

내가 또 산엘 가요. 가서 공양 올리고 나면 또 몇 달은 안 아파요.

그렇게 살아오는 기 십년을 살고 나니까 영이 오는데 저, 병원갔다 오는 사람이 나 장보는데 뭐 사먹으러 오면,

"아줌마 집에서 뭐가 잘못되고 뭐가 잘못돼서 그렇게 아프다."고.

병원 자꾸 가지 말고 내가 씨겨줄 테니까 가서 뭘 어떻게 하고 어떻게 하라고 씨겨줘요. 그러면,

"그래, 그러냐."고.

그 다음에 오며는,

"아이, 그 그렇게 아줌마가 그때 씨겨주더니 그래 하고는 나았다."고.

그래이 뭐 귀하다고 인제 뭐 난 농사를 안 하니까 뭐 감자도 갖다 주고 고추도 갖다 주고 뭐 산에 가 참나물 같은 거 뜯으면 그것도 몇 다발 씩 갖다 주고 이래드라고.

"그래, 그러냐."고.

그래. 그래 그렇게 살다가 세상 뜰라고 생각을 하고 인젠 이렇게 살면 되겠지 핸 기 내가 오십 일곱, 여덟 그렇게 되고 나니까 너무너무 아프고 고통시럽고 이래서 병원에 가 입원을 하니 육십, 육십이 넘어서민 그랬구나. 병원에 가 입원을 하민 집에서 먹는 약을 또 싸가주 갔네. 그 다 먹고 병원에서 주는 약 다 먹고 해도 배가 점점 북통 같은 기 죽을 지경이야.

'아, 내가 여서 곤칠 병이 아니로구나. 나가야 되겠다.'

싶은 생각이 들어가지고 인제 회진할 때는 자꾸,

"할머이 잘 주무셨어요?"

이래믄,

"잘 잤어요."

"밥 잘 잡쉈어요?"

"잘 먹었어요."

한 주를 그렇게 체크를 하고 두 주 째 가서,

"날 퇴원을 좀 씨겨달라."니까.

안 된대. 두 주 더 입원해야 된다는 거야.

"집이 궁금해서 집을 좀 갖다 와야 되겠으니까, 아무케도 너무 궁금해서 안 되겠다."고.

집이 비어있는데, 가야되겠다고 이러이까,

"아, 비어있으면 집에 뭐 아무것도 뭐 가져갈 거 없으면 거 뒤지면."

아, 그래도 궁금해 내 가야되겠다고.

"갔다가 원장님 말씀 잘 듣고 또 올 테니까 퇴원을 좀 씨겨 주세요."

한 주만 더 있으래.

"아유, 내가 꼭 좀 가야, 갔다 와야 될 일이 있으니까 보내주세요. 내 갔다 올게요."

이래.

"갔다 또 오겠어요."

이래.

"그럼 봅시다."

하더이 저녁 때 한 세 시쯤 되니까 간호사들이 와서,

"짐 챙기라."

그러드라고.

그래 짐 챙겨가지고 집에 와가지고 펄떡 드러누워 생각하니 도저히 내가 인제는 살을 희망이 없는 거야 내 생각에.

'인제는 죽던지, 살던지 내가 댕기던 산에 하직을 해야 되겠다.'

싶은 생각이 들어 준비를 해가주 갔더이 물이 하나도 없더라고. 물이 없어서 그냥 생공양을 놓고 인사만 하고는 돌아슬라고 앉았는데 왜 왔느냐고 영이 와요.

"왜 왔느냐."

영이 오더니 그 다음에는,

"너는 인제 토막도 해놓을 거고 응? 봉사도 해놓을 테니까 그런 중 알으라." 는 거야.

그 영이 올 때에 아주 입이 딱 벌어지고 가슴이 툭 늘어지는 기,

'내가 이적지 핸 기 잘못이 너무 죄를 지었구나.'

싶은 생각이 드가는 기,

"잘못 했어요. 용서해주세요. 살려주세요."

그 세 마디하고는 그양 돌아서 내려왔지 뭐.

그래고는 또 대관령을 또 갔으니까 거서도 역시 마찬가지야. 그래 야단하는 거.

그래 거기서 사람을 만내가지고 연관이 돼가지고 그 봄에 가서 산에 갔으니까 사월, 오월 그때 그래고는 그 대관령서 또 그렇게 인제 사람을 만내 연관이

돼가지고 그 해 유월 달에 신갈이를 잡는데. 어떻게 신갈이를 잡나하니 그 대관령을 기도를 갔는데 그래 공양을 올리고 밥을 먹을라고 이래고 앉았는데 아무 것도 안 가져가서 그양 갔다고 나왔는데 배가 고프니 그 안에 공양줄 보고 나를 저기 김치 있거든.

"건데기도 주지 말고 국물만 쪼끔 주시면 내가 저 밥을 공양 올린 밥을 좀 떠먹고 나가 배가 고파 그러니 좀 주시라."

그러니까 글 먹고 이 할머이가 하나 키가 크다난 할머이가 허리가 요만한 기 새카만 기 들어오면서 그걸 물에다 말아먹고 앉았는데 할머이가 하나, 당신은 무슨 권한이 그렇게 좋아서 그 같이 계시는 신명을 안 존경하느냬.

"당신이 돈이 많으면 돈으로 막을 거야? 몸이 많아 몸으로 막을 거야?"

뭘로 막을라느냬. 그 소릴 들을 적에 또 기가 맥힌 거야. 그 아유, 한숨이 나오는 기, 물 말아 밥 먹다 말고 숟가락 놓고 맥이, 손가락 확 풀려 숟가락 잡기도 어려운 거야. 그래서,

"그 어떡해야 돼요, 할머이? 지금 내가 몸이 아파 이 마당에 내가 벌어먹든 기 내가 벌도 못하고 지금 이런 마당에, 어떡해야 돼요?"

이러니까,

"나 도와줄 사람 아무도 없어요. 지금 내 옆에 죄 형제도 나 도와줄 사람 없고 자손들도 나 도와줄 사람, 내가 벌어먹던 사람인데 어떡해야 되느냐."

하니까,

"없어도, 하다못해 밀전병이라도, 국시래도 삶아놓고 신맞이를 해야 된다."는 거야.

그래,

"그래요?"

이래고는 그짝 옆에 방엘 가니 보살이가 얌전한 기 내 나이 동갑된 기,

"아유, 아주머이는 무슨 기도를 왔는진 모르겠으나 아유, 아주머이도 힘들겠수."

이래.

"왜요?"

이래이까,

"아주머이 몸에 지금 신명이 잔뜩 감안해 있는데 그 존경을 안 하고 그냥 살라이 너무 힘들지 않소?"

그러이 내가 나이 삼십 좌우간에 신을 받아가지고 잘 불렸다는 거야. 그렇게 잘 불렸는데 중간에 어두워져가지고 일본에 드가 딸이 장사를 하고 있는데 거기 장사 하는 데 가 도와준다고 가니 몸이 더 힘들어진다는 거야. 그래서 다시 한국엘 나와가지고 서울엘 오니 아들 딸, 저, 아들들이 손주 봐달라고 어머이 인젠 다른 건 다 접어대고 손주 봐달라고 그래 손주 보겠다고 들어앉으니 전체 몸이 너무 아파 머리가 터지는 거 같고 못하게,

"이게 아니다하고 내가 산에 왔노라."고.

이러면서 대관령을 내가 삼년만큼 소를 한 바리씩 바쳤다는 거야. 그 분이. 그래미,

"내가 이런 사람인데 아주머이도 날만치 힘들게 살아왔는데 살아온 것도, 지금도 그 길을 밟아야만 몸이래도 좀 건강케 살지 그냥은 힘들 거예요."

그래 가더라고. 내 형편이 지끔 이렇게 어려운데 이렇게 심든데 그 신맞이

할 그 형편이 안 된다고. 그러니까 그 양반도 역시 또 그렇게 간단하게 얘길 하더라고. 근데 막상 들어서보면 그게 아니야. 그렇게 간단한 문제가 아니에요 그것도. 그래 인제 거서 그러다보이 저물고 자게 됐어. 근데 원주서 인제 모두 이, 도시에서 굿당 있는 사람은 다 그런 데로 들어오거든. 내 집이 인제 도시에서 굿 할 데가 없잖아. 그래믄 굿당을 안 가면 그런 데를 들어와요.

그래 원주서 그 굿을 해가주 온 사람들이 젊은 아이들 뭐 언나 젖 먹는 것도 둘이나 되고 젊은 사람들이니까 그래 왔더라고. 그 보살이가 날 쳐다보고 하는 소리가 또 그렇게 구구절절하게 얘길 하민,

“당신은 우리처럼 이런 짓을 해야 살기가 덜 어렵지 그냥은 심(힘)들 거라.”고.

자손을 꺾고 산다는 거야. 그래 참 몇 대 독잔지도 모르는 아들 하나 키워 놓은 걸 그걸 꺾고 산다는 거야.

그 소리를 들을 적에 보살이 한 두 사람이 아닌데 자손을 꺾고 산다 할 적에 내 억장이 무너지는 기 내가 인제 뭐 한 겁을 지낸 그 마당에 내가 죽는 건 아무 저거도 아쉬운 게 없는데 자식을 꺾고 산다는 기 그기 기가 맥히고 억장이 무너지잖아. 그래서 내가 인제 뭐가 두려워서 그 자손을 꺾고 살면 뭘 하고 살아온 것도 허사로 왔고 그 자손을 꺾고 살며는 같이 죽어야지 산다는 건 또 아니고 살아있어도 사는 게 아니고 그래,

‘내가 살아, 희생을 내 몸을 희생해서 그 자손이 크게 잘 된다며는 내가 인제 뭐가 두려워 못하겠나.’

이 자신이 생기더라고.

그래는데 그 분들이 우리 집을 찾아왔더라고. 세 사람이 찾아와서 결론적으로 인제 신갈이를 잡게 됐어요. 그래 원주 나가서 신갈이를 잡고 그때 돈 이백칠십만원 갖고 했어요. 그때 돈 이백칠십은 돈 액수가 많어요.

그래서 거기 가 신갈이를 잡는데 그렇게 신갈이를 잡고 이게 참 얘기를 하다보이까 뭐 안 할 얘기 할 얘기 다 하는데, 칠월 달에 산에를 인제 그, 어른들 옛날 댕기던 공 때리던 산엘 갔는데 그 사람들이 신갈이라고 해준 사람들이 내가 그 산엘 가겠다고 날을 받아달라니까 지금은 내가 날받이를 다 해요.

그때는 한 자도 몰랐어요. 전활 못 했어요 이거를. 내가 내 손으로 전화를 못 해. 그만큼 배운 게 없었다니까. 그래 전화를 하니,

"날을 좀 받아달라."고.

이래니까 받아주고는 당신들도 같이 오겠다는 거야. 그래서,

"오셔서 동무를 하면 좋죠."

이러는데 왔더라고. 둘 다. 그래서 같이 산엘 들어갔는데 뭐 해가주 들어간 기 인사 간다고 그냥 과일 쪼끔씩 하고 뭐 북어 좀 두어 마리 사고, 술 두 병 사고, 이래 간단하게 해서 인제 공양거리 하고 이래가주 갔는데.

가서 인제 공터에 그 이 공자리가 다 있어요. 자기 저기 어른들 닦던 자리. 거기서 차려놓고 앉아 인제 서낭목신도 놓으라고 해 서낭목신 저만치 놓고 이렇게 앉아서 이렇게 딱 쥐고 인제 기도를 할라고 하는데 딱, 이 손을 바꿔 쥐고 두드리는데 이 가슴을 뚜드리는데 뭐 정신없이 뚜드리고 이 두 손을 가지고 허배를 들고 흔들고 뭐 그거 표현을 이, 안 겪어본 사람은 몰라요.

그래이 이렇게 하고 앉았는데 이, 궁댕이를 들어서 공밟 듯해요. (조사자를 가리켜) 삼촌 지금 그래고 앉아 궁댕이 좀 들어봐. 들려지나. 아이 가만히 요대로 앉은 채로 들어봐요. 들어지나. 못 들리죠? 들어서 그냥 공밟 듯해요. 요겐 요래 앉혀놓고 요건 가만히 고거만 놔두고 궁댕이만 들어서 공밟 듯해요. 그 서듥에다. 이 돌맹이 쌓아놓고 이래 앉은 자린데. 그렇게 야단 난리를 치는데 그 한마디로 벌이라.

진작 인제 젊은 나이, 하라 할 적에, 엶, 스물일곱, 여덟서부터 하라는 걸 안하고 그렇게, 그렇게 아파 고생을 하민선두 그렇게 말르면선도 장사로 먹고 살라고 해 버텄으니까. 영이 와도 십년 동안 영이 와도 안 하고 있으니까 벌이라, 인제.

"왜 왔느냐!"

하면서 그냥 그렇게 공밟 듯하는데 그냥 뭐 말도 못하고 그냥 그렇게 그 서울 사람은 이제 우리 아들이 태워가주 가고 두 사람 하고 스이는 그냥 뻔히 서서 말 한 마디 못하고 가만히 서서 거동만 보더라고. 그래 공밟 듯하고, 디리 두드리고, 이 두 손을 가주 두드리고 허뱅이 두드리, 흔들고 뭐, 그야말따나

어여운 그 생각뿐이지.

아무 이 멍멍한 기, 그런 난리를 겪고는 인제 이 서낭목이 인제 돌아서니 그걸 싹 밟아 비비야 되겠고. 이 촛불 켜놓고 이랜 걸, 과일 놓고 북어 해 놓고 촛불 켜놓고, 내 마음이. 싹 밟아 비비야 돼. 아주 싹, 그런 마음이 올라오고. 거다가 그냥 뭐 이렇게 비스듬한데 멍석말이를 해서 디리비비 문대는데, 인간으로 그렇게 하면 참 살인이 나요. 인간이 그런 식으로 한다면.

그렇게 혼나고 왔지 뭐. 어떡해. 뭐라고, 거기다 뭐이라고 하겠나. 그렇게 화가 나는데 그래서 그냥 와가지고 또 대관령을, 그분들을 그때 돈 육만원을 내가 줬어. 주니 자기네 오고 싶어도 왔어도 받아가주 갑디다. 내 형편이 그래 힘든데도. 그래 받아가주 가더라고. 그래 대관령을 들어가서 또 산엘 기도하고 또 거 가서도 마냥 혼나고.

다음 달에 인제 또 인제 거 혼나던, 가서 시컨 양쪽에 댕기매 혼났으니까 다음 달에 또 간다고 인제, 인제 굴복하러 또 간다고 인제 가. 그때는 인제 그분들이,

"그렇게 뚜드리지 말고 자진하라."고.

그 골병든다고. 뭐 만날 두두릴라고.

"한 번 그래 혼내켰으면 이제 안 그러시겠지."

"두드리는 것도 한계가 있겠죠 뭐."

이래민서 돼지머릴 가주 가거들랑은 칼을 가주 좀 세워도 보고, 인제는 그냥 몸이 아니니까 좀 그렇게 해보라고. 그래고 같이 간다 소리 안 하고.

그래 그때는 깊은 산속이니까 혼자 가서 밤을 세우니까 사람 하나 사가지고 삼일 기도 들어가서 삼일 기도 들어가서 삼일 기도를 하는데 첫날 저녁에 감을 하는데 참 진짜 이 성인들이 혼내킬 땐 되게 혼 내키고 또 풀어질 땐 고대 풀어져요. 연하고 싹싹한 게 성인이야. 그래 기도를 하는데,

"네가 이번 기도 하고 나가며는 일 세 자리 해주마."

영이 오더라고. 그래,

"아유, 고마워요. 감사해요. 너무 고맙고 감사합니다."

이랬더이 세 자리 해주는 대신에 일 두 개 하고 세 자리는 또 들어오라는

거야. 그 산에를.

산에 드가는 것도 힘들고 아주 산이 거해요. 저, 이쪽 산인데 남면산이라고 하는 기. 그래서 삼일 기도를 하고 나왔는데 서울서 오라고 전화가 왔더라고. 그래 가니까 그때 그분이 내 나이보다 한두 살인가 더 먹었을 거야. 그런 아줌마가 남 셋방살이 하고 있는 기 아주 몸이 아파가지고 그냥 참 밥을 못 끓여먹고 절절 매고 기고 이러는 아주머이가 묻더라고. 그래서,

"아줌마, 아줌마는 세상없이 어렵고 힘들어도 빚을 내서라도 조상 대우하고 나야 아줌마 몸이 낫지, 그냥은 안 될 거라."고.

아무리 병원 생활해도 힘들 거라고.

이래이까 그래 그 집도 인제 그렇게 어렵고 힘들다보니 그때에 이백오십인가 가지고 하는 것도 그것도 빚 내가지고 힘들게 했어. 그래 굿하고는 그대로 우리 집에 와서 환자들은 일하면 아주 깨끗하게, 고대. 힘들어요. 그래 와서 그대로 낫는 기 지금은 뭐 그 아들 직장 못 잡아 애 쓰던 기 직장 잡고 장개도 갔고 직장 좋은, 뭐야 맘에 안든다 그러길래,

"몇 달 있으며는 또 다른 자리가 나올 거라."

했더이까는 또 욍겨갔다 그러드라고 또. 몇 달 되이까. 삼개월인가 사개월 있다 욍겨갔는데 인제,

"인제 그 자리가 천직이라 하고 있으라."

그래라고 그래 살고 있고 이러니.

그래고 그 다음 달 되니까 또 연락이 오더라고. 연락이 오니까 가니가 또 일이 들어오더라고. 그 말씀 핸 그대로 해주시더라고. 그래 두 자리 일을 하고 나니까 또 그 다음 달에 또 연락이 오더라고. 그 다음 달이 되다 보이까 인제 구월, 시월, 음력 시월 달 쯤 돼야 땅이 인제 얼어서 인제 미끄러울 때고 이러는데 그렇게 되는데,

"또 들어오라."

하길래,

'할아버지들이 한 말씀을 아주 벼락같이 지키는데 내가 또 거절을 하면 또 혼날 테니까 가야지.'

이래고는 이제 돼지머리도 사고 시루도 준비하고 옷도 몇 벌 사고 이래가주 가니 가는 길을 이렇게 딱 막아서 못 가게 돼 있더라고.

그래서 중간에 이렇게 산에서 물 받아서 사람들이 갖다 먹는 통, 물통 받아 놓은 데가, 거 중간에서 그만 공양 올리고 시루도 거서 쪄서 올리고 돼지머리도 거서 받치고 이러고 있는데.

그러고 나오이 세 개째 일을 하고 그 해 한 해를 팔월, 팔월 그믐서부터 구월, 시월, 동짓달까점 네, 다섯 자리 해주시더라고. 그렇게 대차로 보여주는 기, 지금까지 그래도 손님들 밥을 먹고 있어요. 그냥 그래 그렇게 또 내 타고난 걸 못 이겨서 그렇게 또 살고 있어요.

[22] 살아가는 날들을 이야기하다.

그래고 나이까 인제 아들 하나, 아들, 딸 사는 것도 모두 다 그렇게 힘들어야. 저, 우리 아범이 몇 해 전에 나를 한, 팔년.

"○○사[1], 절에를, 어머이, ○○사 절에를 갔어요?"

"안 가봤다."

"하이 한 번 가보자."

"그래."

가봤지.

"내가 여기다가 돈을 투자를 좀 했지."

이런데 옛날 절이 이짝에 있고 새로 짓는 기 있더라고. 그래 그 새로 짓는 절에다가 돈을 투자를 했다는 거야. 그런데 절에 스님들이고 교회고 다 당신 돈 가지고 안 지어요. 다 신도자들한테 끌여들여가주 짓는데, 투자를 했다고 보면 몇 십 만 원 하지 몇 만 원 아니야. 그렇게 하미 고생을 하고 헤맬 째, 그럴 적에 너무 많이 힘들었는데 내가 이렇게 차고 딱 들어 앉으민서는 이제 그렇게 방황을 안 하고 애를 안 먹고.

---

1) 구연자의 요청에 의해 절 이름은 밝히지 않기로 한다.

지가 인제 상업을 늘리다보니까 인제 어음 같은 거 쓰며는 인제 그 어음 막을 제 힘들어서 하고 있으이 그거 하나 해가지고 고대로 고걸 키워나가면 괜찮은데 자꾸 번창을 씨기니까. 벌어놓은 돈은 많지 않은 데다 자꾸 늘리다 보니까 인제 만날 돈 걱정을 하고 지금 그래 생활을 하고 남들 인제 하는 소리가 나보면 그 사람 돈 그렇게 벌어서 어다 다 썼느냐고. 어디다가 쓰느냐고 이래고. 이제 내가 이제 자손들 돈 얻어가지고 인제 편하게 생활하는 줄 알고 이래지.

인제 막상 자손들한테 돈 얻어서 편하게 생활 한다는 게 힘들어요. 있다 해도 그렇게 척척 뭐 용돈 준다는 게 힘들고 또 그 사람들 준다 해도 고거 줘 가지고 내가 생활 못해요. 에, 뭐 나서면 써야지 내가 또 약도 먹어야지 또 집에 누가 드나들어도 또 손님 대접도 해야지, 그 조금씩 주는 거 가지고 이 젊은이들 인제 이렇게 안직 젊으니까 앞으로 살아보며는 인제 기억이 어느 정도,

'아, 그때 그 어른 말씀이 이해가 가는 구나.'

할 거야. 이제 나이 들어야 인제 그 알지 지금은 몰라. 그래 용돈 드린다는 거 해도 뭐 만족하게 드리기가 어려울 거고, 누구든지.

'그 한 달에 돈 한 이, 삼십 만원이면 살지.'

하는데 이, 삼십 만원 가주 사는 달도 있고 모자르는 달도 있고.

약을 먹자고 보면 지금 약 한 재에 지끔 최고 적어야 십오 만원이야. 이, 이렇게 뭐 절리고, 내가 지끔도 여가 절려서 자꾸 이래는데, 이렇게 절리거나 뭐 침을 맞으면 먹는다든가, 싼 게 그래요. 십오 만원이란 말이야. 양약, 이런 약은 한 달치 한 이만 몇 천 원이면 되는데, 그래 침을 맞아도 그렇고 뭐 돈 씨는 기 한 달에 뭐 오, 륙십 만원 쓰는 달도 많잖애요. 많아요. 오, 륙십. 그래 쪼끔 인제 뭐 녹용이 들었다는 건 싼 기래야 삼십 만원이잖아. 좀 원만히 좀 좋게 먹는다면 오십 만원 씩 이, 줘야 되고 싸게 먹어야 삼십 만원짜리란 말이야.

그러다보니까 이, 나 먹은 사람들이 돈을 안 쓰고 쓴 데 없는 거 같은데, 나 같은 경우는 많이 쓰고 살아요. 나는 인제 내가 몸이 그래 신의 지배를

받고 평생 살아오다 보이까 평생을 약으로 살아왔어요. 약에 의지하고 살았어요. 그때는 이렇게 이만큼 한 곽통에 탕약제 이렇게 넣어가주 댕, 파는 게 그게 가지 수가 한 스무 가지씩 넘은 기 약재가 다 좋아. 그거 가주 댕기미 옛날 나 새댁 시절에는 이 만원, 뭐 만 오천 원, 삼 만원, 이렇게 팔 적에 주로 그거 사서 달여먹고 살고 병원 약은 그렇게 많이 안 먹었어요.

지끔 이 약이 이 귀에 소리나는 거. 그거 방지 할라고 지끔 타다, 자꾸 사다 놓고 먹는데. 귀에 소리가 이렇게 나면 들 들려요. 이, 뭔 얘기 소리도 들 들기고 웬만한 소리는 잘, 가는 귀가 먹어지는 거야. 계속 심하면 인제 아주 귀가 어둡지. 그래서 인제 그 약을 인제 기양 더 안하고 유지하게 먹는다고 또 타다 놓고 저래 먹는데. [조사자 : 약 좀 드시면 괜찮아요?] 예? 그냥 인제 더 하지 않고 약해져요.

지끔 사개월 째 먹고 있는데 그렇게 쇠하고 쉬 나던 게 이제 좀 약해져요. 더하지는 않고. 그래 인제 그래 내, 약을 쭉 먹어도 보청기 하는 거보다 낫겠지, 내 그러고. 그 보청기 아무나 하는 게 아니야. 나 그거 꽂어가 가주 있으면 되는지 알았는데 사용하는 사람을 이렇게 보니까 우리 둘째딸 시어머이가 보청기를 하마 몇 년 째 해요. 잃어먹기도 잘 잃어먹고 빠져서.

이제 딸들이, 딸이 우리, 가 시어머이 딸이 칠형제야. 근데 인제 딸이 하나 죽고 지금 육형제가 있지. 근데 그 딸들이 그래 해주고 이래이 그랬는데 쓰는 거 보이까 저녁엔 빼놔야 되고 아침엔 그 다 소지해서 소지하는 도구도 그 뭐이 쪼끄만한데도 여러가지여, 도구가. 그 소지, 소지 해야 되고 약도 또 갈아 낌어야 되고, 이 뭐 천둥을 하거나 비가 오거나 이래며는 그 날랜간에 빼놔야 되고 그기 낌는 기 장난이 아니더라고. 그래서,

"아무나 낌는 게 아니라."

내가 그랬어. 그리고 훅 하면 또 잊어버리면 찾느라고 고생을 하고 찾고. (웃음)

[조사자 : 아까 오신 분은 따님, 막내 따님 아까 있으셨어요? 오신 분 중에?] 없어요. 야가 지끔 와서 잠바 가져간 아가 맨 큰딸인데 오십 다섯, 오십 세 살 먹었다는 맨 큰딸이고 또 저게 고 하나 있는 건, 고건 셋째고. 그래 딸이

형제고 서울에 기 뭐 오늘 뭐 여 시골다가 꼬들빼기를 저 시골 방림에다가 방림에 저 옛날에 시댁에 살았어요. 그이까 그 근처 어디 꼬들빼기 심궈놨던 가봐. 그 캐러 왔다잖애.

그런 기 그 큰딸이 한 팔년 전에 신장을 수술을 핸 기 자가 참 이쁘고 똑똑하고 이랬어요. 근데 이젠 반폐여. 반쪽이여. 그래 팔년 전에 이 신장 수술을 핸 기 그 사람들이 잘못 해가지고 두 달 반은 치료를 하다하다 삼개월 되민서 띠냈어요. 아주 띠내버리고 그냥 싹 꼬매서. [조사자 : 하나만?] 그냥 하나도 사용 못해요. 둘 다 망가져가지고. 그래가지고 투석을 일주일에 세 번씩 투석을 하고 사는, 팔년 째야 올해.

그래서 저렇게 사람이 아주 영 요렇게 약하잖애. 자가 저렇게 약하잖고 어디 가도 참 주위에 사람도 많고 지가 부지런하고 상냥하고 이래기 때문에 사람이 아무 데도 주위에도 서로 일 해러 서로 데려갈라 하고 이러던 사람인데 지금 아무 것도 못하고 저렇게 돈으로 살잖애. 한 달에 세 번 씩 투석을 하니 정부에서 그 병원에 투석하는, 그건 대 주는 가봐. [조사자 : 아, 의료보험이 된대요?] 예. 그래.

[조사자 : 그럼 같이 오신 분은 사위 분 아니세요?] 네. 그건 신도자. 오늘이 초하루니까. [조사자 : 오늘이 음력 초하루예요?] 예, 음력 구월 초하루잖애.

그렇게 사람 사는 팔자가 내 마음을 내 마음대로 못 사는 기 우리 인생이야. 아이, 왜 등자대기가 담이 이렇게 드나? [조사자 : 시간이 지금 너무, 오래 말씀하셔가지고.] (웃음) 그 또, 뭐이 어느 방송국에서 취재하시는 거야. [조사자 : 대학굡니다. 건국대학교에서 나왔습니다.] 건국대학교?

[조사자는 최옥녀에게 조사의 취지에 대해 설명하였다.]

살아온 게 그런 식으로 살아왔고 평생에 일만 알고 일로만 살아왔고, 육이오전쟁 때, 일본 해방 때 그거 그때 표현으로 하려 들며는 일본 해방 때 일본놈들이 우리나라 와가지고 참 힘들게 했어요. 뭘 힘들게 했냐 하면 농사지으면 농사지은 것도 다 가져오라 하고.

또 인제 우리가 인제 눙에를 먹이잖아요, 눙에 그, 벌거지. 뽕 따 먹이는 거. 그거를 멕여서 인제 갖다 팔고 또 이렇게 집에서 그 고치를 캐가지고 이렇게 질쌈을 해서 인제 명주 바지 저고리, 명주옷도 해 입고 그러는데 그것도 못하게 해요. 다 뺏어가요.

뺏어가면 저 산에 인제 가만히 가서 산골, 산 속에 덤불 밑에 가서 인제 이렇게 솥으로 냄비를 걸어놓고 거 서 인제 그 고치를 키우고 이래도 그 연기 나는 거 보고 또 찾아가서 거서 가 뺏어가고 벌금 매기고 또 여 농사지어서 자꾸 그래 뺏어가니까 저, 소 믹이는 외양간 바닥을 파고는 옛날 어른들 이렇게 큰 독을 그 땅바닥에다 묻고 이래 인제 우에다가 이렇게 철판을 딱 덮고 인제 소를 인제 흙을 덮고 소를 멕인단 말이야.

그런데 그 꼬쟁이를 봉양꼬쟁이라고 알어? 이렇게 인제 찌단한 거 이렇게 철사 이렇게 지단케 하고 댕기매 땅을 쑤셔요. 그럼 그 인제 그렇게 해 놓은 덴 쿵쿵 소리가 나잖아. 딱딱 맞추미. 그럼 그걸 파라 그래요. 파라 그래서 파며는 그런 게 나오면 또 벌금 매기면 다 가져가요. 그거 다 가주가. 압수해 가주가요.

그래고 인제 저, 요즘에 뭐 엊그제 텔레비 보니까 뭐 미수해 팔다 또 걸리대. 그 당시에는 이 촌에서 큰일을 치뤄, 장사나 잔치나 큰일을 치우면 다 집에서 해가지고 큰일을 치루잖애. 술을 같은 걸 인제 한마디로 미수라 그러지. 옥수수나 뭐 이런 거, 옥수수 전부 다 이래 해서 넣구 걸러가지고 인제 큰일을 치루고 이러는데 혹자 인제 그거를 들렸다 하면 그 단지 다 가주 가고 또 벌금 물려요.

그러고 뭐 저 산에 땔남구도 저 퍼런 청수아리가 눈에 띄었다 하면 그것도 적어다 놓고 벌금 물리고. 만약에 남글 좀 패서 이렇게 가려놨다, 그 와 조사해 벌금을, 그거 조사해가준 다 벌금 물리고. 아, 일본 사람이 엄척 심하게 했어요, 우리들을.

그 그렇게 나와서 살 적에 그, 심하게 하면 잘 한 거는 내가 인제 기억이 나는 기 그 데려다가 인제 공부 씨긴다고 자기네 말 갈친다고 하면서 인제 그 자기네 말 갈치느라고. 데려다 그게 잘하는 거고 이제 뭐 여자들도 밭도 갈리고 남구도 씨기고 뭐, 별, 인제 남자들 다 자기네가 인제 보국대 끌어갈라고. 여자들이 해야 산다고 남구도 하라 그러고, 밭도 갈으라 그래고, 뭐 벨

거 다 씨기고 일본 사람이 그렇게 심했고.

[23] 한국전쟁이 나자, 경상도로 피난가다.

육이오전쟁 때 우리가 겨울 난리는 경상도 가 피란을 했고. [조사자 : 어디에요? 경상도 어디까지 가셨습니까?] 경상도, 거기 판원이라 하는 데. 인제 지금은 잘 기억이 안 나는데 그때 당시에는 경상도 판원이라고 하는 데.

거 가서 인제 거 가서 직접 배급을 주더라고. 첨에는 가서 두부 비지도 사다 먹고 술자개미도 사다 먹고 먹고 살기 힘드니까 별 거 다 사다 이래 먹고 생활했는데, 인제 한 이십일 돼 자리가 잽히니까 배급을 주더라고. 그래 그 배급을 줘서 배급을 파다 먹으니까 이제 조금씩 인제 그 두부 비지니 이런 걸 덜 먹고 술자개미도 들 먹고. 세상 안 먹어본 게 없지 뭐. (웃음)

근데 그 동네에 스님이 그 많은 피란민을 하루 초대해가지고 음식 짓게 하더라고. 싹 해 음식 짓게 해서 했는데 그 경상도는 콩잎, 팥잎을 많이 먹어요. 콩잎, 팥잎을 이렇게 말려서 이렇게 탁탁 뭉쳐서 동치미를 해서 이렇게 아름드리 동치미처럼 해놓고 한 자락씩 거다 삶아서 그 콩잎을 그렇게 해서 그 콩잎을 그 절에서 반찬을 했는데, 이렇게 도마에다 놓고 아주 조밥처럼 다져가지고 반찬을 콩, 콩가루를 묻혀서 반찬 했는데 그 맛있게 잘했더라고. 그래 내가 그기 그때 열여섯 살 그때 적에 기억이 지끔도 그대로 눈에 보여요. 그때 그렇게 맛있게 먹은 기.

그래고 또 육이오, 인제 그 여름피란에는 그 인민군들이 쬐껴 들어갔잖아. 쬐껴 들어갈 적에 참 어디서 총살로 얻어맞아서 이 피가 그냥 뭐 시뻘건 피가 줄줄 내려가는 기 그래도 굶어 안 죽을라고 저 수꾸를 이삭을 뚝 잘라서 이래 수꾸 이삭을 알갱이를 훑어 빼먹이미 걸어가. 이래. 그래고 저 옥수수 대궁을 잘라서 이렇게 질금질금 씹으미. 오죽 배가 고프면 그러겠나요.

그래 그 지금 저 옥수수 대궁 씹으면 들큰해요. 들크머리해요. 그래 그 질근질근 씹으미 걸어가고 그 생강냉이도 뜯어먹으미 걸어가고 이런데 가다가 우

리 어머이를 보고,

"아유, 저게, 적삼이네, 옷이 있거들랑 허름해도 괜찮애요, 떨어져도 괜찮애요. 한 벌 주시면 고맙겠어요."

이래. 그 어머이가 인제 중의 적삼을 그때 뭔 광목 중의 적삼이 아버지 건지 있었을 거야. 그걸 한 벌 내주니까 갈아입고는,

"이건 부엌에 넣으세요. 인제."

그 옷만 아니며는 자기네 인제 그기 북한 사람 없어지잖아. 그 옷 때문에. 옷으로 해서 북한 사람이 나타나서 그 벌을 받으니까. 아주 이 놈의 옷이 몸소리 난다는 거야. 그래 벗어서,

"이건 부엌에 넣으세요."

이래미 놓고는 아주 고맙다 그래미 가더라고요.

그런 정치를, 그 사람들 들어갈 적에 그렇게 보고 우리가 집이 조금 외따름하게 이렇게 있는데 저녁에 그날 칠월 달, 칠월 그믐 쯤 되는데 어머이랑 아버지랑 모두 외갓집에 제사 보러 가고 우리 인제 두 남매하고 오빠들 두 성제(형제)하고 이래 있는데, 자는데, 인제 그 타동에 나갔던 그 동네 살던 아주머이가 타동에 나가 살다가 들어와서 인제 우리 두 성제하고 이, 자는데 오빠들은 이제 두 성제가 저 웃간에서 인제 사랑에 자고 있는데, 이웃 사람들이, 청년들이 몇 번, 한 서너 번 왔다가 그만 거서 놀다 다 잤어.

자다보니까 한밤중 됐는데 뭐이 문을 와서 디리 두드리미 주인을 찾는데 문을 두드리매,

"주인! 주인! 주인! 주인!"

안 듣던 목소리니까 아주 숨도 못 쉬고 가만 있지 뭐. 인민군이 그래 댕기는 건 아니까. 또 저짝 방에 가서 툭툭 두드리대미 주인을 찾아요. 거서도 가만 있는 거야. 또 안방 와서 두드리고. 가만있어. 결국은 인제 그 사람은, 신발은 많이 있고 이러니까 문을 열고 대답을 하는가 봐요.

"불 키!"

거 불부터 켜라는 거야. 빨리 불부터 켜라고 그러니까 문주방 근처에 앉아가지고 마당에 쭉 총 둘러매고 섰고 총 들고 문주방에 앉아가지고 불을 켜라

는 거야.

그러니까 불을 켜니,

"웬 사람이 이렇게 많냐?"고.

"여 본부대가 아니냐?"고.

자유본부당 아니냐고 볶아대니 그 인제 우리 큰오빠는 주무시다가 밖에 볼 일을 보러 나왔는데 그 밭에서 강냉이 따는 소리가 후닥후닥 강냉이 따는 소리가 나더래요. 그래서,

'아, 인민군이 와서 옥수수를 따는구나.'

하고는 안방, 우리 자는 방으로 들어왔어요. 우리 자는 방을 들어왔고 인제 그 자던 사람들은 거 있는데, 그래 야단을 치니 오빠가 불을 켜놓고는,

"자유본부대 아니냐?"고.

야단 하니,

"아유, 그런 건 아니고 우리가 인제 내가 이렇게 있으니까 친구들이 놀러왔다가 그만 기양 잤노라."고.

저 모두 집은 멀찍 멀찍 있고 하니까 그냥 잤노라고. 자유본부대, 그런 건 아니라고 그래이까 그러냐고,

"믿어도 되느냐."고.

"아이, 믿으시라."고.

그래이 그땐 무조건 앞에 사람을 세우고 데리고 드갔잖애. 잡고. 저, 저희 나라로.

그러니 인제 데리고 가는 게 무서워가지고 인제 벌벌 떨지 뭐. 그래이 그래 인제 이놈들이 돌아가민 밤도 따고 뭐 그 앞에 배에, 뚝방 밑에 배도 가 따고 뭐 몇 놈들이 돌아댕기매 그래민. 그 베랑에다 옥수수를 마커 이만큼 꺾어졌어요. 그 삶으라는 거야.

"삶고 밥을 좀 해달라."는 거야.

그래 우리 언니하고 나하고 둘이서 그 인제 이웃 아주머이하고 우리 오빠하고는 가만히 들었지 뭐. 그러이까,

"안에 누가 있느냐?"고.

그래. 그래,

"우리 할머이가 몸이 편찮아서 바깥출입을 못하고 계신다."고.

인제 오빠가 그래이까, 작은 오빠가 그래이까 그, 그 방문은 안 열어보고 인제 그렇게 믿고 있는데. 그래 우리 두 성제가 나가서 아침 해 먹을라고 감자 한 데기 깎아놨던 거 옥수수쌀 햇강냉이 장만해놨던 거, 다 퍼다 인제 밥을 하는데 전대 이렇게 전대가 요 정도 되는데 쌀 쏟으니까 저 이렇게 찼던 데 쏟으니까 큰 되 한 되는 나오더라고. 그거 쏟아가지고 이거 같이 해달라는 거야.

그래 쏟아서 밥을 이런 구밥을 해서 퍼 내놓고 밭에 밤에 밭에 나가서 무수를 뽑아다가 장국을 끓이고. (웃음) 옥수수는 큰 가마에다 한 가마니 돼. 일곱 놈인가? 다 빠졌으니 뭐. 그래이 한 가마이 되는 그걸 내다 씻기달래. 저 마당에다가 함태기 이래는 거 구밥 모두 내다놓고 거다 다 건져다 담아놓고 밥을 인제 뭐, 그랬더니 뭐 찰부지가 뭐 있는 대로 인제 우리 먹는 반찬 있는 대로 인제 해 놔주는 기, 아주 우리 조선 나와서 이렇게 잘 먹기가 처음이래.

"장국도 맛있고 이렇게 잘 해 먹기, 잘 먹는 게 아주 처음이라."고.

아주 잘 먹었다고 이래민서,

"밥이 남으이 싸달라. 그래고 장하고 싸달라."

그래고 먹고는 그 베랑에 옥수수를 지만큼 다 갈라져요. 다 갈라줘고는 그래도 가자 소리 안 하고 가는 길을 어느 산으로 어떻게 가면 북쪽을 가는 걸 갈쳐달라는 거야. 그래 오빠들이 나가서,

"이, 이쪽으로 내려가면 저, 방림 그쪽으로 가니까 내려가면, 가지 말고 이 쪽으로만 곧장 가면 북한산을 갈 수 있으니까 강릉 쪽을 나가고 북한산을 갈 수 있으니까 그렇게 가시라."고.

그러이까,

"아이 알았다."고.

고맙다고. 그러고 간 다음에는 가자 소리 안 한 게 고마워서. (웃음) 다 고맙다하지 뭐. 마커 그 청년들이 붙잡고 앞세우면 가야지 우쨀 거여. 안 죽을라면 가야되는 거여.

그래 아주 가자 소리 안 한 게 고마워가지고, 그렇게 고맙다고 하, 잘 가라고, 제발 잘 가라고, 그랬는데 그 사람들이 인물이 좋습디다. 다 사람들이 잘나고 북쪽 사람들이 인물이 좋아요. 잘나고 마음씨는 다 참 지금 말따나 남북을 갈라놔서 우리가 그렇지 마음은 다 한마음이지. 우리 마음이 아니라 그러면서 겁내지 말라고 우리보고.

"무서워하지 말고, 겁내지 말고, 일하라."

그러민서는 그래 부엌 앞에 와서 불도 쬐고 뭐 그 밤을 까가주 와서 이래 굴려서 궈 먹고 뭐 이래민서 우리보고,

"우리도 똑같은 이 한민족인데 우리 이름이 달라서 그러니까 겁내지 말라."고.

이래민서 그렇게, 그렇게 그래 해 싸 젊어지고 간 기 그거 본 기 눈에 선해요.

지금도. 그때 열다섯 살 내가 되고 우리 언니가 열여덟 살 쯤 되고 이 정도 됐는데. [조사자 : 그럼 피난 떠나기 전인가 봐요?] 전이죠. 피란을 육이오 때, 열여섯 살에 나갔으니까 그때 열다섯 살 그 전, 여름난리고 동난에 나갔잖아. 여름난리에, 여름난리에 그렇게 들어가면, 우리가 들어가면 또 나온다 그러더라고. 그놈들이 그때 알고 드가드라고. 여름난리에 이제, 육, 칠월에, 봄에 내밀었잖아. 여름에 내밀어가지고 육, 칠월에 들어가면서 그때 그렇게 얘기하민,

"우리가 가며는 몇 달 있으면 또 나와요."

그래고 갑디다. 그러더니까 동짓달에, 섣달에 내밀었잖애요. 섣달에 내밀어, 우리가 섣달에.

[조사자 : 그때 인제 피난 가셨구나.] 그때 인제 저, 경상도로 피란을 갔죠. 사뭇 걸어서 며칠을 걸어갔지 뭐. 그거 눈 이 뭐, 얼음판에 그 저, 영월, 꼴두바우, 거기 들어가가지고 폭격에 들었는데 포로에 드는데 그래도 모두 부자 사람들은 마차에다 이 뭐 식량이며 뭐 먹을 거 입을 거 잔뜩 소에다 싣고 갔단 말이야.

포로에 드는데 뭐 그냥 뭐 아군들이 총대머리를 서로 디리두드리미 이게 뭐 하는 거야, 내삐리고 몸만 뛰라는 거야. 이게 뭐 하느내. 지끔 이게 정신

있이, 있는 사람들이야? 소등어리를 막 디리 찡미 내비리고 뛰라는 거야. 그 바람에 마차 모두 그양 내삐리고 소 끌고 가다가 뭐 뺏긴 놈이 많지 뭐. 끌고 가다가.

그리고 그 인제 우리도 그 바람에 식량 짊어지고 가던 거 다 뺏어내삐리고 그냥 아버지가 그냥 마커 이, 덜미짐을 짊어지고 아들들 덜미를 여기 짊어지고 뛰어서 가서 쫓겨갔으니 지녁에 가 앉으니 뭐 아무것도 없이 그냥 뭐 몸땡이만 갔는데 뭐 다 내비리고 갔는데 어쩔거야. 그래니 우두카니 있으니, 그래도 뒤에 오는 사람은 그걸 또 줘 가주 왔어요. 그, 그 순간만 지내면 괜찮은 거야. 다 밀고 갔으니까.

그 줘 가주 와서 뒤에 오는 사람 줘 가주 와서 그래 뭐 인제 뭐 죽이지 뭐, 멀겋게. 해먹을 식량이 어디 있어. 멀겋게 해가지고 그 쪼금씩 주는 거 얻어먹고, 또 그 다음날 또 걸어가다가 가다보면 또 피란 가고 없는 빈집에 가면 뭐 김치도 있으면 좀 꺼내다 먹고 저, 구뎅이가 파내면 감자도 있으면 꺼내다 먹고 그래민 경상도까지 갔어요. 며칠을 걸어갔는지도 몰라. 기억이 잘 안나요.

그래 가서 경상도 가서, 경상도 가니까 피란민을 방도 얻어주고 그 지방에서 방을 구해주드라고. 그래 방을 구해주고 인제 자리가 잡히니까 인제 배급도 주고 그래. [조사자 : 얼마 만에 올라오셨어요?] 그러이까 동짓달에 갔다가 그 이틑, 그 이듬 삼월 달에 왔으니까 동지, 섣달, 정월, 이월, 오개월 만에 올라왔네.

그래 집에 와가지고 그렇게 병을 앓고. 그렇게 고생하고 농사짓느라 그렇게 죽을 고생하고. 메밀밥, 메밀음식 참 몸소리 나게 먹었고.

[24] 고생만 하고 살다.

[조사자 : 할머니, 안 힘드세요? 지금 거의 네 시간 얘기하셨는데.] 어, 그래 뭐 워낙 내가 살아오길 강하게 살아와서 요즘 사람, 젊은 사람 같이 그렇게는

안, 그, 해요. 내가 살아오길 원래 참 그야말따나 비가 억수같이 퍼부어도 그, 옛날에는 옷이 없어 이렇게 베치마 요만큼 올라오는 거 입고 양말이 어디 있어요? 그양 짚신, 짚으로 삼는 짚신 알죠? 그거 신고 이, 해 나는 날은 밭 매야 되고 일해야 되니까 못 가게, 산에 못 가게 해요.

그면 인제 비가 와서 밭이 질어 못 매고 또 인제 뭐 비가 퍼붓고 이런 날 들일을 못하거든. 그래 호매이, 저, 저, 꼬쨍이 하고 다리캐하고 저, 울타리 밑으로 가만히 갖다 내삐리고는 살살 기어가서 그거 꼬쨍이하고 다리캐하고 가지고는 살살 기어 산으로 가요. 가만 가서 도라지도 캐고 고사리도 꺾고 그래 나물을 뜯어서 한 자루씩 해서 짊어지고 안고 들어오지 뭐.

그면 집에 들어오면서 어머이 눈치 보지. 혼날까봐. 그래 해가주 오면 암말도 안 하셔. 배가 고프며는 점심에 한 술 놔둔 거 그거 와 먹고는 그 골라서 삶고 도라지 같은 거를 이제 많이 캐오며는 끓는 물에다 훅 데쳐가지고 이렇게 뺏겨요, 쭉쭉 찢어 뺏겨가지고 나는 열네 살 그정도서부텀 그걸 그래 뺏겨가지고 이 시장에 갖다 사발에 놓고 팔았어요.

그 때 돈 뭐, 몇 원이겠지 뭐. 이, 삼원 받겠지 뭐. 그러면 뭐 그 어린 뭐 아가씨라 할까 아랄까 그런 기 와서 그래 파니 저자 이렇게 숱한 사람이 있어도 나 금방 팔아버려. 금방 다 팔아버려요.

그럼 팔고는 또 집에 가서 그런 식으로 그, 도라지를 파서 그렇게 팔고 고사리 꺾어서 팔고, 그 왜정 때 그때도 그렇게 열심히 산에 가서 약초 파 팔고 그래가지고 고무신 사 신고. 인제 그때는. 또 내가 인제 그 옛날에 풍기인조라고 제일 좋다고 했어. 호박단, 풍기인조. 그걸 인제 그 끊어서 인제 치마저고리 해 입고 그래도 어머니도 해 디리고.

[조사자 : 아르바이트 하셨네요?] 야. 그래서 그, 동네 사람들이 보고,

"자는 불 탄 갱변에 갖다놔도 산다."고.

이래.

"그게 뭔 소리래요?"

이래믄,

"니는 불에 타서 아무 것도 없는 빨간 갱변에 갖다놔도 산다는 얘기야."

이래. 또,

"모래 장광 갖다놔도 산다."

이래.

"그 뭔 말씀이래요?"

이래믄,

"저, 저, 저 아무 것도 없는 저 벌, 모래 장광 모래 바닥에 갖다놔도 니는 산다."고.

이렇게 인제 말씀을 하실 정도로 부지런하고 남한테 인제 저, 앉아서 일하는 데 가면 일하고 서서 일하는 데 가면 서서 일하고 밭 매는 데 가 밭 매는 데 거들어주고 모든지 남 일하는 데 가면 서서 구경 안 해요. 지금도 역시 마찬가지야. 지금도 내가 할 수 있는 일을 하면 다 도와줘요. 그렇게 살아왔기 땜에 내가 어지간하면은 뭐 그렇게 아이고, 아이고 하고 늘어지고 이런 그, 몸이 그렇게 강하게 살아왔기 땜에.

[조사자 : 뭐 더 하실 말씀 있으십니까?] 뭐 할 말씀 뭐, 하는 얘기가 내가 뭐 저, 이렇게 해서 인제 뭐, 이기 시가 시 한 편 되는가? [조사자 : 나중에 자료집처럼 해서 책으로 나올 거예요.]

[조사자는 성명이며 사진 등을 공개하는 것을 원하지 않으면, 그렇게 할 수 있다고 이야기했다.]

나로서는 내가 뭐 남한테 못 할 일을 안했고 뭐 그, 남한테 챙피할 그거를 안 했기 때문에 뭐 얼굴 굳이 안 밝힐라 할 필요도 없고 또, 내가 뭐 굳이 뭐 그거 숨겨서 할, 그거도 아니고 얼굴을 밝혀도 괜찮고 또 이, 다 이, 공개를 해도 나한테는 뭐 지장이 없다고 봐요. 내가 뭐 남한테 이, 챙피할 그런 일을 안 했기 때문에.

그, 그렇게 살아오고 그 아까 그, 내가 그, 소장 사는 집에서 그렇게 이었다 그러잖아요? 오래 됐는데 이제 그 동네 내가 더 신세 진 집이 아까 얘기한 것처럼,

'음료수라도 한 병씩 사서 내가 이 말씀을 드려야 되겠다.'

하고 가게를 딱 들어가니까, 한 칠년, 칠년 전이에요. 가게를 들어가니까,

"어디서 오셨, 저 양반 어디서 봤는데?"
이래.
"아, 그 전에 정국이네 집에 안팍머슴 살던 분 아니요?"
이래. 내 그 안팍머슴 소리에 깜짝 놀래가지고,
"할머니, 정국이네 집에 있던 사람은 맞는데. 안팍머슴 살았다고 하면 나 너무 억울하니까 그 소리 빼시라."고.
내가 단돈 십원이래도, 쌀 한 말이래도 이렇게 아무께 어머이가 고생한 대가라 하고 받았으면 머슴 소리도 마땅히 듣는데 난 그런 게 십 원어치도 받은 게 없고 그 집에 그렇게 일 해주고 고무신 한 켜레 얻어신고 언나 추석에 예복에 그거 해준 거 그거 빽에 없으니까 나보고 안팍머슴 살았다 소리는 하시지 말라고, 억울하니까 그 소리 하시지 말라고.
"근데 그 집이 어디 가 어떻게 생활해요?"
이러니까,
"아이고, 정국 어머이 지금 바람병이 나서."
자식을 자기가 못 낳았어요. 자기가 못 낳고 남의 자식 인제 양반이 소장사람이 이렇게 인제 어디 댕기면서 이렇게 인제 바람 피워가지고 아들 하나 딸 하나 둘을 갖다 키웠는데 그것도 다 커서 데려왔지. 이렇게 뭐 해주고 큰여자 그런 게 없고.
그 인제 이렇게 국민학교 쫌 드갈 때 돼서 가 데려왔어. 두 남매를 데려다 키우는데 그래도 가들이 그 어머이를 거둔다는 거야. 아버이도 일찍 죽고. 그 인제 가들이 그 어머이를 거두는데 바람병이 나서 그래도 가들 손에 얻어먹고 있느라고 그래. 절대 앞으로 나보고 안팍머슴 소리는 절대 하시지 말라고. 내가 억울하니까 그 소리 하지 말라고.
그래 그래고는 인제 거기를 그 뒤에는 그 가게를 간 적이 없고 또 몇 년 동안은 잘 안가니까 인제 그래 사람이 살아오민 일생을 옛날 우리 시대는 참 별 일을 다 하고 살았어요. (웃음) 소 덕석을 안 맹글었나, 멍석을 안 맹글었나, 삼태기를 안 맹글었나, 자리를 안 맹글었나, 가마니를 안 찼나 뭐, 남자들이 밖에서 안 살림을 관심을 안 가지니까 뭐든지 너무 힘들고 아쉬우니까 내가 인제 안하던 일, 남자들 할 일을 다 하고 살아온 거야.

그래 지끔 웬만한 사람들은, 그 고생을 왜 하고 살았냐고 이러죠.

"그 고생을 왜 하고 살았냐."

이래.

[25] 자식들이 반듯하게 자라주다.

아께 한 말 같이루 안 가고 내가 이렇게 살아왔다는 기, 너무 인제 지금은 아들한테 내가 떳떳하고 인제 그만큼 고생하는 거 지가 철들고도 보고 듣고 다 겪고 왔으니까 철 모르는 건 몰른다 하지만 철 알고도 다 봤으니까. 지가 살아오는 걸.

아버지 그래 노름 많이 해가지고 가는 데마다 그 노름빚 다 갚아주고 지금까지 이렇게 그래도 남한테, 그 난, 노름빚만 안 갚아줬으면 이런 집 안 가주 살아요. 벌써 번듯하게 가주 살지. 한 두 푼이 아니니까. 무디기, 무디기, 목돈을 그래 주고는, 갚아주고는,

"나 인제 더이상 내 말 없이는 주지 말라."고.

인제는 내 말 없이 줘가지고는 나인테다 달라, 주지도 않을 거고 받지도 못 할 거라고. 이래이 알았다고 이래고. 그런 식으로 살아오고.

그러니 시간이, 세월이 흘르면서 그 양반이 그래도 내 앞에 가고 이래 반폐가 돼 들어앉아가지고, 내가,

"어데 갔다 오겠어요."

이러면,

"그럼 갔다 오라."

그러면 좋은데, 그 가는 기 못마땅해서 그렇게 아주 싫어해요. 갔다 오면은,

"그래 갔다 왔다."고.

또 문을 열고 얘길 하며는 또 히뜩 하지. 인제 갔다 들어오민 술 한 병 사고 뭐 인제 저 가게서 인제 이옵 하나라도 사고 뭐 저 하다 못해 새우깡이라도

하나 사가지고 술병을 가주 앞에 가야 그때서 얼굴이 밝아지는 거야.

그렇게 살던 생각하면 지금 하나도 안 아쉬워요. 그냥 뭐 내가 인제는 아들 지대로 사니까 가고 싶은 데 가고 오고 싶은 데 오고. 뭐 먹고 싶으면 먹고 자고 싶으면 자고. 그 양반이 지금까지 있으면 만날 그 히쭉거리고 가는 거 못 마땅해서 그, 싫어하니까 내가 만날 속상하고 이러니. (웃음)

일찍 가서 죄스러운 소리지마는 뭐 육십이 훌떡 넘어 갔는데. 뭐 그렇게 크게 일찍 간 것도 아니고. 그 양반 육십 다섯에 가셨나? 칠십은 못 살았어.

[조사자 : 다치신 거 때문에 결국에는 그냥 그렇게?] 그럼. 그래 다쳐가지고는 그 인제 말씀도 못하고 인제 그러니까 어데 자존심이 강해가지고 누구 집에 가서 밥 잡수라면 안 잡사. 술은 드리면 잡숴요. 술은 좀 훌쩍 마시고 오고는 밥은 드리면 아주 싫다고 안 먹어요. 인제 나는 인제 차려놓고 밥상 차려서 이래 보재기 덮어놓고 밥솥은 요새 전기밥솥이니까 이 중년에는. 꽂아놓고 갔다 와서 저녁에 와 밥솥을 열어 밥이 없어졌으면,

'잡숫는가 보다.'

안 잡수셨으면 밥이 그냥,

'아, 오늘도 술만 잡숫고 안 잡쉈구나.'

이래.

그렇게 십년을 넘겨 살고 자존심 강하고 인사성이 밝아가지고 이, 추울 땐 안 나가는데 여름엔 만날 여 거리에 나가 앉아서 오는 사람, 가는 사람보고. 그기 세월 보내는 거야. 그래 다른 사람들이 보고,

'저 양반을 보고 오늘은 내가 먼저 인사를 해야지.'

하면 먼저 인사를 한다는 거야. 그렇게 인사성이 밝았다고. 그리고 우리 애들이 또 클 적에 인사성, 인사성 밝은 집 애들이라고 말이 지금도 역시 마찬가지야. 열 번이래도 보면 인사를 하고 그래. 그래 시장에 양반들이 남자들이 날보고,

"자손들 똑바로 키웠다."고.

"왜요?"

이럴라치면 그 애들이 리어카 끌고, 우리 아들이 중학교 댕기면서 교복을

입고 밤새도록 그 만두 빚으면 같이 빚어가지고 아침에 리어카 끌고나가서 퍼장 다 쳐주고 그때는 나무, 지금은 가스지만 그때는 나무를 땔 때니까 남구 싣고 나갔는데 그 양솥에 이래 화덕에 불 살라주고 교복을 입고 책가방 옆에 놓고, 그 양솥에 불 살라놓고 이러니, 물론 지각할 거야. 그 시간까지 그래고 있으니. 시장 사람들이,

"야, 니는 학교는 언제 가고 언제 갈라고 그래고 있나?"

이러면 암말도 안 해. 아무 소리 안 하고 그 불 살르는 거, 타는 거 보고 그래고는 학교를 가요. 학교 갔다 올 적엔 또 그거 와서 포장 다 뜯어가지고 다 해 실어가지고 앞에서 또 리어카 붙들고 나랑 같이 올라오고.

그래 머심아가 그렇게 크고 인제 그 밑으로 딸아들이 인제 다 그렇게 크나 가거든. 안 받들어줄 수가 없잖아. 내가 리어카 끌고 댕기미 장사를 하니까. 아침으로 리어카 밀어줘. 그 한 시, 한 시, 두 시 뭐 늦게 인나면 두 시고 보통 한 시에서 불 때고 시작을 해야 되니까. 그 놈을 받들어 줄래야 지금 우리 막내이가 셋째 자도 그래고.

저 셋째 저게 어느 날은 장보고 와보면 집에 불이 안 켜졌어. 캄캄해요. 내빼고 없는 거야. (웃음) 아이, 가슴이 툭 내려지고 훅 하면 내빼는 거여. (웃음)

그래, 그래다가 인제 결혼하고 막내이가 또 인제 끝에, 끝까지 그래도. 아주 우리 애들은 엄마가 장사 안하는 날은 해방된 날이야. (웃음) 그거 거들어주는 기 저녁 때 리어카 끌고 와야지, 아침나절에 또 인제 끌어다 줘야지. 막내이는 직장을 요 근처에 댕겼는데 인제,

"오늘 저녁에는 우리가 모임 있고 회식이 있으니까 같이 가자."

이래믄 어, 나는 집에 가서 엄마를 리어카를 끌어다 줘야 되고 받들어야 되니까 못 간다 그래며는 그 사람들이 차를 태워가지고 와서 그걸 받들어서 여다 갖다 주고 데리고 가요. (웃음) 그 정도로 하는 걸 보고 야, 리어카 끌어 다주고,

"엄마, 나 또 가야해."

"그거 끝 안 나고 왔어?"

"엄마 리어카 끌고 오는 거 땜에 끝이 안 나고 왔지."

"아이고, 야야, 아무리 힘이 없기로서니 아침에는 잔뜩 실었으니 힘들지만 지녁 땐 팔구 빈 그릇인데 설마 집에 못 오겠나. 또 갈 거 왜 왔어?"

이럴라치면,

"그래도 걱정이 돼 왔지 뭐."

그러면서 끌어다 주고는 또 가요. 또 직장 또 가요. 그래 가 마치고 오느라고. 그 지 인제 하던 업무가 못 다 했으니까. 그래 그걸 보고 시장에 양반들이 날보고 요새 세월에 저렇게 크는 애들이 없다는 거야. 그래,

"자손들 교육은 아주 똑바로 씨기고 반듯하게 키웠다."고.

그래 그런 소릴 듣고 지금도 애들이 뭐 남한테 나쁘다 소리는 아직까지는 내 듣는 데 나쁘다 소리는 안 들어와요.

"잘한다."

그래고,

"어쩜 그렇게 잘하고 착하냐."

그래고 이래.

[26] 입히지도, 가르치지도 못한 것이 한이다.

그래 그렇게 살아오고 그, 내가 없이 고상 씨기고 남처럼 못 입히고 남처럼 못 갈치고 그기 내가 한이 되는 거야. 그 힘들 적에. 그 당시에는,

'남의 집에 안 보내는 거만 해도, 내가 이 형편에 남의 집에 안 보내고 키우는 기, 그것도 내가 영광이지.'

이렇게 생각했는데 인제 나이 먹고 다 인제 가들 인제 자라서 나가고 나고 이렇게 생각을 하면,

'남처럼 남은 대학교도 가고 고등학교도 가고 하는데, 둘은 저렇게 국민학교만 씨겨 나가고 이래 못 갈치고 남처럼 못 입히고…….'

그런 기 그게 인제 내가 인제 한이 남는 거야.

근데 인젠 뭐 한을 해도 후회할 제 이미 늦은 거여. 그때 형편에 못 다, 그래 내 그런 얘길 하면,

"엄마, 그래도 우리 이래 잘 컸잖아. (웃음) 그래서 엄마가 잘 키워줬잖아."

"그래도 느들이 그래 생각하니까 고맙다."

그래. 공부 많이 안 씨겼다고 지랄하면 어째. 그야 말마따나 그냥 구박을 받아야지. 그때 살아온 걸 생각치 않고 엄마 안 갈쳤다고 그래믄 그냥 꼼짝없이 구박 받는 거여. 그런데 그래도 그러지 않고,

"엄마 그래도 우리 잘 커왔잖아. 잘 자랐잖아."

이래이,

"그래도 남의 집의 고아보다 낫지 뭘 그래." (웃음)

"그래, 그래도 그렇게 생각하니 그래도 고맙다."

내가 그래. 그래 육남매를 하나도 대학 근처는 못 보내봤잖아. 그래 셋째를 니가 집에서 뒷받침을 해주면 내가 오빠는 그래도 고등학교, 대학교 갈쳐봤으면 좋겠다니까 뭐 먼저 나서는데 뭐, 먼저 뛰 나가는데 뭐. 그러다보이까 또 지금 아들은 고등학교를 못 배우고 중학교만 졸업하고는 그래,

"고등학교를 의학은 못 갈쳐도 내가 이, 여게 고등학교는 졸업을 씨겨주마."

하이까,

"의학 안 갈 바적에는 가 기술 배운다."는 거야.

나가더라고. 나가더니 그, 또 기술 배우는 것도 돈이 드니까 또 심드니까 그러더이 정부에서 이, 어려운 집 추천해서 내보내는 게 있더라고. 그 우리 아범 중학교 댕길 때에.

그래서 중학교 졸업을 하고 정부에서 추천해서 나가는 게 어떻게 나갔나 하면 기술 그 이, 기계, 저런 뭐 자동차과니 뭐 이런 경운기니 이런 농기계센터를 기술직으로 내보냈어. 그래 가서 이년을 배웠나? 거서 인제 먹여주고 재워주고 옷 입혀주고 그렇게 해주고 무료지 뭐. 그래 배워가지고 그 다음에는 또 지가,

"기술을 더 배우겠다."

하는데 서울로 가는데 전자기술을 배우는 거야. 그래 일년을 배우고는 이,

일년 배워서 일차에 붙고 이차엔 떨어지는 거야.

근데 그때는 내가 인제 매년 다달이 십만원씩을 올렸는데 이년 째 들어갈 적에는,

"그래 어떻게 되는 기술이고, 어떻게 배워야 되고, 어떻게 되는 건데?"

질문하니까 이게 일년에 다 인제 자격을 따는 게 아니고 시험을 계속 봐 일차에 붙이고는 이차에 떨구고 요렇게 인제 나가면서 한 두 사람이 아니고 얘기 들어보니까,

"나이 먹은 사람, 나이 어린 사람, 많, 인제 이 숫자가 많고, 인제 그, 자격을 주는 동기가 일년에 자격주는 기 많이 없고 이, 삼년 배우고 돈 투자한 기 아까워서 오년씩, 육년씩 한다."는 기야.

그 소릴 듣고 나서 내가,

'아, 이기 계속 쭉 끌고 나갈게 아니로구나.'

그래,

"이제는 너 힘으로 해. 내가 계속 대주다 보면 나중에 니가 결혼할라면 나 아무것도 없을 적에는 너 하나 아니잖아, 밑에 동생들 있잖아. 그까 아무것도 없을 적에는 엄마 장사해 벌어서 뭐 했냐 소리 듣는다. 그러니까 이제는 내가 뒷받침을 더 안 할 테니까 너 힘으로 해."

이러이까 그 인제 지가 인제 저 인제 남 직공 생활을 하면서 해보니 이 적극적 공부만 매달려 할 적에도 심들었는데 직공 생활 하면서 하니 어느 시간에 조금씩 배울 거 아니여. 그래 뭐 인제,

"시험 보러 오너라."

하면 그때 좀 배울 거고 이래니 어렵지. 그래 삼년, 이년, 삼년을 하더니 고만 포기를 하더라고. 그래 포기 하고는 또 인제 저거 지끔 자가 지끔 업종을 스물 스이서부텀 업종을 바꾸는 기 경운기센터, 빠뜨레, 또 이, 자동차 사업, 네, 다섯 가지 지끔 업종을 바꿨어요. 그 스물세 살부터 시작해 차려가지고 하는 게 지금 마흔 일곱 동안에 네, 다섯 번을 바꾸는데 인제 저 박스 공장 하는 지가 올해 인제 구년차 들어가요.

저거 하는 지가 구년차 들어가는데 저건 워낙 투자가 많이 됐기 땜에 쉽게

바꾸지를 못해요. 워낙 돈이 크기 땜에. 저거 한 두 푼 가진 사람, 엄두도 안 나고. 그래기 땜에 쉽게 업종을 못 바꿔. 지금은 인제 그걸 저래 꾸준히 끌고 나가매 또 저렇게 또, 또 새로 기계를 또 들여 놓을라고 또 지니까 인제 저렇게 크게 하다 인제 누가 인제 거기서 물려받는 식을 해야 되는데 어떤 사람이 물려받는, 워낙 돈이 투자가 많이 됐으니까 쉽게 누가 들어스기도 어렵고 돈이 좀 가진 사람이 인제 그 계통에서 차고 들어와야 인제 넘어갈 챔인데.

그래 사는 기 참 잽네 아버지같이 헛하게 안 살고 열심히 살아요, 아주. 열심히 살고 참 밤낮을 모르고 머리 쪼개 열심히 살고 그러니까 내가 고맙고에, 참, 부모한테 뭐 그렇게 속 안 썩이고. 즈 아버지 성격을 닮았다면 참 그 꼴은 못 봐주고 살아요. 만날 노름이나 하고 술이나 먹고 여자나 밝히고 이런 식으로 사는데. 우리 양반 지금 사진 있지마는 저 쪽 방에 앨범 있어. 품골 좋고 인물 좋으니까 나서면 여자들 땋고 주머니 돈은 안 남아나. 또 돈 빚 내다 주는 사람도 많고 그래가지고 저 꼴을 하니까. 내가 그렇게 고생을 많이 했는데 내 고생한 걸, 그거 다 극복하면 뭐 이루 다 말할 수 없이 고상을 했고.

그래 지금 아들이 그렇게 열심히 사니까 고마운 거야. 너무 고마운 거야. 아버이 안 닮고 그래도 생활력이 그래 강하게 생활력 강한 건 날 닮은 거야. 생활력이 강하게 산다는 기 그래 고맙고 에, 내가 참 뭐이든지 해줄 수 있, 내가 손으로 마음으로 할 수 있다면 일은 다 해주고 싶고 왜 남들 어떤 사람 보면 이렇게 뭐 장승 같은 기 부모한테 벌어서 놓은 걸 달래다 쓰고 술이나 먹고 덜렁거리고 이래는 거 보면 그 마음이 많이 아프겠지.

안 그래고 저렇게 인제 생활력 강하게, 참 열심히 살아요 아주. 그러니까 그기 그래 고맙고 인제 뭐 저래 고생하는 것도 내가 볼 때에,

'몇 년 고생만 하면 좀 돈이 나오겠지.'

이런 생각이 드가는 기 그래.

'남 해 줄 돈 금전 다 갚고 나면 그래도 좀 심이 들 들겠지.'

이래. 지금 많이 크게 벌려놔 가지고 수습하느라 만날 힘들지. 그래도 아들이든 딸이든 열심히 사니까 그기 좋은 거고.

[27] 인내하고 사는 것이 인생이다.

[조사자 : 할머니, 마지막으로, 지금 할머니가 칠십오세를 사셨잖아요. 칠십오년을 사셨잖아요. 그래서 할머니가 생각하기에 인생은 뭐 같은지 한마디로 이렇게 좀 말해주세요.] 그래 사람은 인생을 쭉 살아오면서 내가 겪어온 얘기를 지끔 쭉 핸 기 강하게 살지 말아야 되고 남한테 악하게 하지 말아야 되고, 또 남을 듣기 싫게 흠뜯지 말고 그저 내가 할 말이 있더래도 좀 참고 이 소릴 꼭 내가 하고 싶은데 아주 여까짐 올라오더래도 눌러나. 참고 눌러놓으면 그게 편한 거야.

시간이 지내면,

'그기 백 번, 아, 잘 했구나.'

이래. 또 어떤 날은,

'그날 꼭 했어야 될 말을 안 했구나.'

이런 쩍에도 또 있어요. 그날 꼭 했어야 될 말을 내가 안 했구나. 이래 후회스런 말도 할 수가, 그럴 때도 남을 때 있는데 사람이 해서 안 될 말은 좀 참고를 해서,

'아, 이 말을 해서 나한테 좀 유리하지 않겠다. 이런 말은 자제해 눌러놓고 이 말은 내가 오늘 꼭 해야 나중에 후회가 안 남겠다.'

이런 말은 뭐 한이 있더래도 거서 그 자리에서 확 뱉어 해버리고 그러면 속이 시원하게 털어놓을 때고 있고.

그렇게 사는 기 나는 인제 나는 공부를 못 했기 때문에 내가 눈으로 보고 듣고 그 인간 공부 핸 거 백에 없기 때문에 내가 인제 내 머리로 살아왔고 이, 인제, 참, 돈 계산도 주판 하나 모르고 그양 암산으로 살아왔고. 그랬기 땜에 내가 유리하게 영리하게 살며는 다 남한테 뭐 실수하고 손가락질 받고 욕먹을 일이 크게 없다고 생각해요.

박정애

재취로 들어가 겪은 파란만장 시집살이

"온 마당 끌고 당기민서 내를 패놨으. 그래 참 신랑한텐 안 맞아 봐두, 시아바이한텐 마이 맞았으."

※ 첫번째 구연

자 료 명 : 20081227박정애1(하동)
조 사 일 : 2008년 12월 27일
조사시간 : 3시간 58분
구 연 자 : 박정애, 여·77세(1932년생)
조 사 자 : 김종군, 김경섭, 박현숙
조사장소 : 경상남도 하동군 북천면 방화리 (구연자의 집)

조사과정 및 구연상황

조사는 박정애의 집을 방문하는 것으로 시작되었다. 박정애는 매우 유능한 구연자로 자신의 시집살이 내용을 비교적 자세하게 기억하고 있었다. 시집살이의 내용을 항목별로 나누어 구술하였으며, 발음이 명확했을 뿐만 아니라, 구연 능력도 빼어났다. 조사 후반부에는 아들 내외가 이야기판에 함께 자리하였다.

구연자 정보

박정애는 1932년생으로, 1남 1녀 가운데 둘째로 태어났다. 9살 되던 해에 아버지를 여의고 홀어머니 밑에서 자랐다. 어머니는 박정애가 명이 짧다는 이유로 재취 자리로 시집을 보냈고, 그 바람에 전처소생도 키워야 했다. 술주정이 심한 시아버지와 집안

일을 전혀 하지 않는 시어머니 밑에서 평생 고생스런 시집살이를 해야만 했다.

이야기 개요

어머니는 박정애에게 명이 짧으니 재취로 들어가야 한다고 했다. 어머니의 뜻에 따라 결혼을 하고 보니, 전처소생의 딸이 셋이나 있었다. 전처는 일 년이면 두 차례씩 찾아오곤 했는데, 전처와 관련된 일들이 끊이지 않아 가뜩이나 힘겨운 박정애의 시집살이를 배가시켰다. 뿐만 아니라 유별난 시부모 덕분에 호되게 시집살이를 해야만 했다.

[주제어] 수명, 시부모, 재취, 전처소생, 친정어머니

[1] 명이 짧아 재취로 들어가다.

[조사자 : 시집은 몇 살에 오셨어요?] 스물한 살에. 그때 스물한 살이면 노처재지. 열여섯 살, 열일곱 살 되믄 다 시집갔그든.

[조사자 : 왜 이렇게 늦게 가셨어요?] 우리 집, 우리 집 어매가 저 저, 낼밍 짜리다꼬.

"상치꾼 자리로 가야된다."고.

하나 죽든가, 가든가 그런 디로 가야 된다고. [조사자 : 아, 상처꾼한테 가라고.] 어, 그른 데 가야 된다꼬, 그래서 인자.

그른데 인자, 스물한 살 묵어서 인자, 나는 집이서 오빠 하나, 내 하나 요리 컸어. 오빠 하나, 내 하나 그리 컸는데 오빠는 고마 군에 가서 말뚝 박고. [조사자 : 아, 직업군인 하셨구나.] 어. 그래갖고 인자, 그르고. 마 나는 펭상 그 질쌈, (웃으며) 전에 옛날 질쌈! 그, 베 짜고. 요 온 동네 베 도투마리 다 갖다 짜만, 한 재 (두 팔을 벌리며) 이리 재로 요래 한 재 짜면 인제 오 전썩. [조사자 : 오 전씩, 받았었어.] 어, 그땐 오 전씩 받고.

그래 내는 공부도 못 하고 그, 관리학교 이 년, 우리 동네 거그밖으 못 나왔고. 왜정시대 때라, 그때. [조사자 : 아, 그때 관리학교라는 데가 있었어요?]

어. 이 년, 딱 댕기믄 졸업이라 거근. 근디 그땐 왜정시대 때 일본글 배았어. 한글은, 몰랐고. 그래 인제 거그 졸업하고 난 나와서 집이서 질쌈해 갖고 오빠 (턱짓으로 앞을 가리키며) 여 저, 하동국민핵교, 거는 육 년이그든? 거그 인자 공부시킸지, 오빠.

(눈을 질끈 감았다 뜨며) 울 오매가 칠남매를 낳아갖고 다 마, 다 고마 뭐, 홍진횡사에 죽고 싹 다 죽고 둘이뻬에 못 견짔으. 오빠하고 내하고 둘이뻬이. [조사자 : 그먼 아부지가 일찍 돌아가셨어요?] 아버지가 그른께 내 아홉 살 무서 세상 베렸으. 그래 내 아부지 얼굴도 모르지 시방. [조사자 : 그면 막내로 태어나신 거예요?] 어, 젤 막내지 인자.

[조사자 : 그, 총 칠남매 중에 두 분만 살아남으시고?] (웃으며) 어. 그거 싹 다 인자, 홍진허다 죽고 다 죽고 그라고 인자.

그래 인자 그런 디로 개린 기라, 내가 인자 밍 짜르다꼬. 그른디 개린디, 마침 여그 인자 중매가 들으갖고, 그 영감 저저 외사촌 누우가 우리 동네 살았어. 그래가 인제 낼로 인제 줘어보고 뭐, 자기들 맘에는 좋다고 했는가, (웃음) 으찌 했는가, 그래 중매를 해가 하는디. 가시나를 둘이 있다 쿠는 기라. 그때 본처가, 낳아놓고 도망을 가빘는디, 둘이 있다 그루길래. 그래 참, 둘이, 둘이 있는 중만 알고 인자 시집을 와갖고.

옛날에는 정밥상이 있그든? 시집 오민은, 떡꾹을 끓이갖고, 먼천 각시를 믹이. 그래 허는디, 그 정밥상을 받은께로, 큰 것들 둘이는 내 여, (오른 손으로 바닥을 치며) 땅에 앉히고. 돌 지난 가시나를 하나 (오른쪽 무릎을 치며) 내 무릎팍에 앉히는 기라. 하나 쇄깄으. (웃음)

[조사자 : 원래는 세 명인데 둘이라고.] 아, 둘이러구 쇄깄으. 그래서 인자, 떡국을 떠 미라 하드라고, 떡국을 떠 미믄 인자 젱이 간다꼬. 그래서 인자 떡국을, 서이 다 내가 떼 믹있지. 떼 밌드이, 내 사주팔자가 그런가, 그기 한개두 안 미버. 음, 한개두 안 밉고, 시방꺼지도 참,

“엄마, 엄마.”

허고 참, 내가 오믄 참, 즈그 한 봉이라 하나 싸서 주고. 그래 허고 내 그르미 뭐 참, 그래두 즈그 할매도, 아, 가시내들 때미 비유 한 븐 안 상했고, 즈그

아부지도 비유 한 븐 안 상했고. 내가 (목소리를 높여) 그리, 그긋들이 섭잖고, 애안해. 그래가 생일이 돌아오먼 막 떠 이고 댕긴다. (웃음) [조사자 : 그러면 상처하신 거예요?] 글게, 도망을 갔당께.

[2] 사연 많은 재취로 살아가다.

그, 첨무 인자, 우리 영감 거서부텀 말로 해보까? [조사자 : 예.]

그래 저저, 영감이 인자, 전에 우리 집 할아부지가 기상(기생), (웃으며 자리를 고쳐 앉고) 부재집이스, 참봉. 참봉 참 저, 횡천에서 참, (턱짓으로 왼쪽을 가리키며) 저 방으 사진 있고마, 우리 저저 우리 참봉 할아부지. 저, (앞을 가리키며) 저 방아 걸리가 있으. 아매.

그른디, 그 할아버지가 여 횡천서 살 쯕에는 자기 땅, 넘으 땅 안 볽고 댕기고, 그만침 부재라. 부재집인데, 부재집 두채 아들이그든? 두채 아들인디 살림도 모리고, 아무 것두 모리고 마, 부모 세업을 마이 탔어. 마이 타, 탔는디 (목소리를 높여) 싸악 기상한티 다 갖다 조 비리고. (웃음) [조사자 : 할아버지가?] 할아부지가. 기상, 싸악 다 갖다 조 비리고 고마, 아 저, (손을 내저으며) 아무 것두 인자 자기 아(아이)들, 딱 아들만 둘 낳았그던. 둘이 났는데, 그 사람들 키울 적에는 고마, 살림도 모리고 고마, 얄궂지 그리 됐는 기라.

그래논께 우리 집이, 참 신랭이랜 사램이 고마, 국민핵교 졸업하고 일본을 갔으. 내, 첨먼제 인제 시집와서 내가, (목소리를 높여) 아무 긋두 읎, 와봉께. 저, 남새 갈아묵을, 땅 한 디지기가 읎어. 땅 한 펭도 읎는 기라. 그래서 내가, 살, 집만 딱 하나 있드라꼬. 그래서 내가, [조사자 : 그때 와, 저 화심동에 돌티미?] (오른쪽을 가리키며) 그, 돌티미. 집만 딱 한 채 있대. 그래서 내가,

(옆을 보며) "살림을 으뜷게 살읐글래?"

내가 그랬으.

"집만 이래 한 채 있고, 땅 한 두지기 읎고, 뭘 묵고 살 끼냐?"

이랬댔으.

그 내, 내 갤혼헐라 할 쯕에, 나락 장내고 (바닥을 두드리며) 한 슴 내갖고 갤혼하니, 뭐 양식이 있냐 머라. 온께, 양석두 읎어. 그래두 친정에는 내, 내 어매허고 내하고 둘이 살아도, 그래도 양석 묵카감선, 참 살고. 돈도, 그래도 돈놀이 해가믄서 우리는 살았그든. 그랬는디, 와본께 (눈을 질끈 감고 손가락으로 헤아리며) 돈도 읎제, 땅도 읎제 마.

"그래. 살림을 우째 살았걸래 이래 됐냐?"

물읐으. 물은께롱, 그래 자기가 사실을 이야글 하는 기라.

그래, 국민핵교 졸업이라고 해갖고 부모가, 대체 부모가 그걸, 밑츨 끄다줘야 뭐르 헐 거 아이라 말이라? 근데 아, (한숨을 쉬며) 아바이란 사람, 핑-상 기상 방앗간 있제. 어마이란 또 막냉이 참, 부잣집에서 막냉이로 해갖고 하인들 델꼬 오고, 그르이 해서 시집와갖고, 아무 것두 모리고, 마 살림을 모리는 기라 도저히. 그래서, 그래가 마 국민핵교 졸업허, 일본으루 들으가벐어.

일본으루 들으가갖고, 인자, 그으 가서 인자 좀 거석을 항께로, 방직회사에 들으갔어. 방직회사에 들으갔고 인자, 심복을 해봉께 좀 착실코, 아가 야물고 한께로 인자, 쇳대를 맽깄는가배. [조사자 : 열쇠를요?] 쇳대를 인자, 사장이 맽깄으. 맽깄는디, 방직회사 불이 나벐는 게라 고마. 그래논께 또 (웃으며) 잽히들으 갔는 기라, 또. 제공자라꼬.

잽히들으 가갖곤 인자 참, 추달두 메칠 받고 했는디. 미군들이, 찔러갖고, 미군들이 사진 찍으러 왔다 잽힜어. 그래갖곤 참, 사장이 마, 고상을 마이 했다고 델꼬 나오드만, 델꼬 댕기민서 좋은 거는 다 사미고, 그래 해논 거. 그래 핸, 했는디 그래 그른께 거, 및 년 있읐긴 있읐는 갑서. 국민핵교 졸업하고 가갖고.

및 년을, 및 년을 있었는디 인자, 그래 광목을 한, 두 차 정도 주드래. 광목을, 사장이. 두 차 정도 줌, 줌서,

"이, 갖고 한국에, 조선에 나가갖고 이거를 팔아갖고, 부모를 살두룩 해놓고 오라."

허드란께로.

그래두 참, 갖구 나와서 그걸 팔아갖고, 논을 열서 마지기 샀어.

열서 마지기를 샀는디 인자, 그그를 인자 (웃으며) 부모가 돼, 농사 질 줄 모리고, 살림을 모린께 외삼춘한테다가 맽긴 기라, 화심동. 화심동 여씨가 외삼춘이그든? 외삼춘한티다가 맽기놓고 인자, 어마이 아비이 사라고 집 한 채 사주고, 그래갖고 또, 다시 들으갔는 갑대.

다시 들으가갖고 인자 또, 그서 및 년 동안 벌어갖고, 벌어가아 인자 나와갖고, 인자 저 부산서 겔혼을 했어. 부산, 처재허고, 겔혼을 했는디 인자. 그래 겔혼을 해, 해갖고 고마 거그서 고만, 둘이 살읎그든.

(웃으며) 둘이 살아논께 인자, [조사자 : 인자 일본 안 들어가시고?] 어, 일본 안 가고. 둘이 살아놓께로 인자, 그, 저저, 어마이 아바이는 인자, (오른쪽을 가리키며) 여 인자 화심, 여 인자 돌티미, 사는 집에, 거 사는데 인자. 처, 처남 농사 지 놓믄, 거 가 양, 식량이나 갖다 묵구 그러는디.

그 토지계핵이, 한 해 인제 토지계핵이 있읎그든. 토지계핵이 있었는디, 토지계학 그그 헐 때 고마, 자기 앞으로 인자, 농사 짓는 사람 앞으로 해비리믄, 그거를 인자 일 년에 한 마지기에 얼매쓱 들어가는 그, 꾸젱이 있으. 꾸젱이 있는디 그그를, 그걸 옇어가, 옇면은 그걸 지주가 찾아 묵는 기라, 논 임자가. 국가에 옇면은, 찾아 묵으만. 그게, 및 년 동안에 인자 허면은 그게 고마, 자기들 논이 돼비리는 기라.

그른디, 그래 내가 시집, 그래 이야그를 하는 기라, 자기가. 그래서, 그래서 내가,

'이르믄 안 되, 이, 이래 갖군 안 되고.'

그글 찾자캤어, 논을. [조사자 : 외삼춘한테?] 응, 외삼춘한티 가서 그 논을 찾자구 인자. 그래갖고, 그 기한두 안 되구 그래서, 찾자 이래갖구. 그래 자기하구 내하구 들으갔어. 들어가서 뭐 외삼춘보고 내가, 논을 내노라구 그랬지. 내 노라 한께로, 그 자기 앞으로 했다고, 또 권리증 주라 쿠네. (웃으며) 권리증 주라 해, 또 할 수 없어 돈 몇 닙 주고. 찾아놓고 봉께로 나락 한 섬도 안 옇고, 서른 섬이 밀리가 있는 기라. 낼 걸 한 개도 안 내농께, 서른 섬이 밀리가 있었어 인자.

내가 열서 마지기를 찾아갖고 농사를 지이갖고 인자, (손으로 넣어대는 시늉을 하며) 해년 해마다 그걸 옇어갖고 인자, 다시 내가 찾아묵읎어 그걸. 찾아묵고 인자, 그래 안 했시믄 그거, 저짝으루 고마 넘어 가비는 기라.

그래 인저 내가 오듬 쯤으로, 정월달에 시집을 와갖구 인저 이월 달에 가서 인자 논을 찾았는 기라. 찾아서 머심을 둘 다 한께로, 즈 그때는 정월에 대임상 싸묵어 삐리그든? 대임상, 대임상이라 하는 걸 묵으먼, 그 집이 인자 머심 노릇을 들으간다 허고 밥을 한 때 가서 묵어, 그 집. 그 집에 가서 한 때 묵으먼은 인저 그 집에 살아야 돼. 어, 머심을 살아야 되는데. [조사자 : 대임상?] 대임상. 대임상을 마 묵으비리구 없었어.

참 뭐 우리, 몇 촌 아재 되는 사람은, 한 육십 되는 사람이, 대임상을 안 묵읎어. 그래 내가 가서,

"아재, 갑시더. 우리 집에 가서, 우리 집에 가 삽시더."

항께로 (웃으며) 온다 쿠는 기라. 그래 이 년을 살았어, 우리 집에 와서.

그래 살읎는디 인자, 만날 머심 밥을- (웃으며) 거석 허먼, 내 내한티 아재 되는디. 정지 바닥에다 밥을 주라 해. [조사자 : 정지 바닥에?] 어, 머심이라꼬. (바닥을 가리키며) 정지에다, 부엌케다 밥을 주래.

그래서 내가, 몇 때 인제 밥을 드리다가 고마, 셍이 나대. 그래서 내가 저저, 아버님 보러 그랬어.

"아바님. 저저, 머심은 머심이지만은, 또 사둔이요."

내가 그랬어.

"사둔인디. 그롷지만은 정지 바닥으다 밥을 줘. 다 같은 사람인데, 왜 그르느냐?"

내 긍게. [조사자 : 아, 시아버지가 정지 바닥에다 주라 그래서?] (고개를 끄덕이며 웃음) 정지에다 밥을 주라 허는 기라. 그래서 미칠 동안 인자 주고 인자, 가마히 생각헌께 쎙이 나는 기라. 그래서 내가,

"아이, 아바임. 저 저저, 사람은 똑같은디 왜 정지 에다 밥을 주라 허느냐?"

이런께롱,

(목소리를 높여) "머심은 정지에 묵는 기다."

이러는 기라. 그래서, 자기는 양반이라꼬.

그래서 인자, 그래곤 마, 뭐 하리 나즉에는 내가 탁 청에 갖다 놈서,

(목소리를 높여) "아재! 여 와 밥 잡숩소."

내가 그런께로, 안 된다 크대.

(또박또박, 크게) "안 되는 기 뭐가 있심니꺼? 사람은 똑같은 사람인데."

막 그라만, 내가 어거지를 대논께로 마, 할 수 읎어 내한테 져비렀어. (웃음) 져비리서 인자, 그래 인자 소를 사야 이그, 농우 소를 사야 농사를 짓는, 짓그는디. 던이 있냐? 돈이 읎어.

돈이 읎, 그래갖고 그래갖고 인자 마느래를 델꼬 들어 왔는데, 그른데 구월 달에 들어 와갖, 음력 구월 달에 들어 왔는디, 동짓달 밤에 고마 도망을 가비렀어. 시오매 시아배 꼴을 몬 봐서. 그런께 고마 그 범아구제, 즈그끄증 난헹으루 살다가, 범아구제 딜이놓이 사는강? [조사자 : 아, 긍게 부산서 사시다가 애 셋 놓고?] 셋 낳아갖고 인자 이 저, [조사자 : 인저 왔는디.] 아므.

그래갖고 인자 부산서, 그래, 허다가 인제 진급을 해다, 그래 진급을 해갖고 행사로, 저 저 여, 함안으루 와뻤어. 함안으루 왔는데, 함안 와서 및 년 허는디, 육이오 동난 때, 딱 (오른 손 중지 손가락을 만지며) 이 손꾸락 여, 총을 맞았는디 요기 확 비틀어져 비렀드라고.

그래가 마, 막서를 나와비렀대 고마. 막서를 나와비리고, 집이 인자, 마느래

델꼬 인자 (오른쪽을 가리키며) 여, 부모한티 살 끼라꼬 들으 왔는디, (목소리를 높여) 죽어도 몬 보는 기라 인자. 그래 몬 봐갖고, 밤에 도망을 가비리고 읎어.

읎어서 인자, 첨무 인자 가니께로, 간 뒷날 가인께로 (왼쪽을 가리키며) 자기 집, 안 왔드래. 근디, (오른쪽을 가리키며) 여 살두 안 했는디 여, 신천을 으찌 알았는고 신천으로. 그르이 저녁에 신천 그, 밤에 그, 우찌 그 산질로 갔으꼬? 그래 그 가갖고, 그서 하리 즈녁 자고, 하리 쉬갖고, 두분채 간께 있드라 캐. [조사자 : 부산에.] 어, 부산에 인제 처갓집이 있으서 가자꼬, 가 살자꼬 그런께롱,

"따로 살믄 살까, 한텐 절대 몬 살겄다."

쿠드래.

"낼 꼭, 델꼬 가라 허먼 죽우삔다."

고. 철 철질에 가 척! 두루 눕는디 철, 기차가 오는디 드루 눕드래. 그래서 고마, 즈그 오빠가 가서 고마 끌꼬 나오드라네. 그래 고마, 그때 딱! 자기가 젱이 떨어지드라대 고마.

'저럼, 저만치 저 여자가 독허구나.'

싫어서 고마 만 정이 떨어져서,

"고마, 나는 간다."

하고 올라 왔는디. (웃으며) 또 인자 세번차 내리가서, 또오 가자 쿤께, 꼭 안 올라 카드라 캐. 꼭 안 올라 해서,

"그르믄 나는, 나 요븐에 올라가 나는, 겔혼헌다. 겔혼헌께, 뭐 오빠한테, 자기 오빠한테 뭐, 뭔 확인을 받았드냐."고.

받아가 왔대. 받아가 와서 인자 겔혼을 했어. 내하고 인자. 겔혼을 했는디, 내가 첫날 저늑에 물어 봤그던.

"우리가 이혼두 안 허고 대차, 그르고 나는 새처재로 갔는디, 이혼두 안 허구."

그때두 그래두 그런 세견이 내가 있었든가,

"으찌, 으쩔라고 그러냐?"구.

그런께로,

"아이가. 그 사람은 인자, 하동 바닥은 발 몬 댄다."

허드라고. (웃음) [조사자 : 오빠랑 뭐 계약서 쓴 게 있던 모양이지?] 어, 그기이 있었어. 인자 그래,

"하동 바, 바닥으론 발 몬 댄께, (자신만만한 목소리로) 극정 할 거 읎다."대.

그래. 그래도 저게, (오른쪽을 가리키며) 이혼을 꼭 안 해주는 기라. 어, 그때는 이혼을 허면은 이짝에서 거석을 줘야 돼여, 돈을 줘야 된께로. [조사자 : 어, 위자료로?] 위자료 돈두 줄 것두 읎고, 헌께 인자 꼭 그래 허기, 머심애 두 개 놓도록 저 저, 화개 아하고 저, 큰 아 허두룩 꺼지, 할 수 읎이 그 사람 앞에다 실었어. 인자 나중에 핵교, 지장 있시까 싶어서.

실어 놔았는디, 그래두 꼭 안 해, 안 해줘. 따악 일 년에 (손가락 두개를 펴 보이며) 두번씩으로 오는 기라, 여기. 두번씩을. [조사자 : 애들 보러 와요?] 애들이나 보고, 보구로 오먼? 참.

그래 인자 뒷날 인자, 뒷년에 내 인자, 봄에 결혼했는디, 봄에 왔대. 봄에 왔는디, 내가 저녁쌀 내러 간다고 저 간께로, 거그서. 하, 그때는 부산서 오면은 배로 타고 온께, 딱 여그 오믄 저늑헐 시간이라. 그런께 인자, (오른쪽을 가리키며) 배가 고프지. 사묵, 그때는 사묵을 띠도 읎고.

그래가 인자 오늘, 저저 오대. 그르드이, 우리 그 돌 지낸 그, 막냉이 가시나 그거. 돌 지낸 거 놔두고 가비리고, 온께. 마당아 따박따박 걸어댕기믄서 놀았어 거기. 할매 인저, (웃으며) 청에서 인저 요래 (담배 피우는 시늉을 하며) 댐배를 지대른, (길이를 가늠해 보이며) 요맨은 지대른 댐배, 물고 따악 (오른쪽 서랍을 만지며) 여 지대가 앉았은께,

"으뜬 년이 와서 저래?"

딱, 이르드라고. 청에서. 그른께로, 딱 아 니라놓고 착 올라오대. 차악 올라오드만은, 댐배 요리 물구 있는 거를 (담배를 빼서 부러트리는 시늉을 하며) 쏙 빼 갖다, 탁 뿐질러서 마당아 집어 내삐고, 꽥아지를 딱 끄 니루대. 시어매로. 꽥아지를 (자신의 멱살을 잡으며) 딱 끌고 내려가디, 우리 뚝댐이 (손을 들어 보이며) 요만치 높으그만. 딱 끌고 내려가다그마 마마, 마당아다 엎어뜨

리놓고 쥐이 뜯어, 고마. [조사자 : 시어매를?] 어, 시어매로. 그긋두 보통이제? (웃음)

그래가 쥐이 뜯어서 내가, 두 말두 안 하고 고마. 그르자 인자, 아부님 아래방에서 인자, 방맹이로 갖고 고마 쫓아와서 고마, 미느릴 패는 기라. 그래 나 암말두 안 하고 가서, (턱짓으로 위쪽을 가리키며) 저 웃담에 외사촌 저, 동서가 하나 살았어. 내가, 그리 갔어. 가서,

"우리 집이 시방, 난리가 났은께 사람 좀 델꼬 가보라."

캤어. 그래 딱 보내놓고 내가 그으, 즈녁허러 오두 안 하구 그러는디.

첨으루 옴서 가시나들 신, 그때, 꺼멍 고무신 탁, 파득파득 날 때그든. 꺼멍 고무신을 세 켜리 사고 뭐. 인자 내는, 안 봤는데 아랫방에 인자 또, 봉사 어마이가 하나, 아무것두 없이 사는 어마이가, 영감허구 살믄서 나무만 산에 가서 해다가 패갖고 그으, 그걸 가 생활로 하는 기라.

근디 그 사람이 인자 우리 아랫채에 그으 살았는디, 그 할매가 올라와서 본께로, 빵두 사고 꽈자두 사고 뭐 이르이 사가 와갖고. 가시나들 세 개가, (오른쪽을 가리키며) 아랫목에 오골오골 앉았고, 씨어매 거 있고 해도, 가이나들도 그거 한 개 안 집어 주고 지 혼차 묵고 앉았드라 캐. (웃음) 그래, 내가 온께 근는데, 지 혼차 묵고 앉았고. 신 그긋두 도로 싸 짊어지고 가비랐어. 그, 뉘 줄라꼬 싸 짊어지고 갔시꼬? 그걸. 그만치 독해, 여자가.

그래 고마 싸짊어지고 가비리드라네. 그래서, 가비리고 낸 인저 그 저 저, 외사촌 동서 집에서 누우 자고 온께로, 새북에 달아나비리고 읎어. 고마 새북에 달아나삐고 내 온께 없드라고 그래서.

아, 그러드이 고마, 고마 종종 그르이 와, 또. 와가 나중에는, 신랑을 인자 낚아내는 기라. 그래 낚아내갖고, 가마히 본께로 인자, 그르자 인자 및 년 됐지. 내가 긍께, 머심아 그때 두 개 놓고 저, (웃으며) 세 개채 내가 뱄는데 뭐. 내가 그랬는디, 아이. 그런께 가이나 세 개나 놔았두고도, 고기이 들어서 날로 더 부야를 채우는 기라 자꾸. 내, 우리 집 영감도 참 각, 각시를 좋아해갖고 술집 가스나 밍상은 다 건디리. 그른 사람인디. 그래 해도, 그그는 나는 끄떡도 안 해.

'즈까짓 년들. 뭐 그르다 말지.'

나는 딱 이리 싶으고.

그으 저늑에 와서두, 그 가스나들 델꼬 와서 내 저, 이불 깔아서 잠 재이서, 뒷날 아침에서 술국 끓이서 그래 믹이놓먼, 그년 다시두 안 찾아와. 그래 놓먼. 안 찾아오는 기라. (웃으며) 이 말 허다, 저 말 허다 그른다.

그래갖구 인자, 가마히 본께 자꾸 인, 하동읍에다가 방을 얻어주래. 저년이 살라꼬. 근디, 내가 뭣 때미 내가, 가시나로 와가주고 으잉? 지헌테 내가 첩노릇 왜 할까 말이야. 쌔가 빠지 일은 내 혼차 하고, 저년 저래 뒀다 안 되겠다 싶으이, 한분은 인자 와, 왔드라고.

그른께 우리 머심아 하모, 강이 그거 배서라. 그래 왔는디 인자, 그라고 한분 또 몇 번 하마 와갖고 (턱짓으로 위쪽을 가리키며) 저 주막에서 신랑을 낚아 내갖고 그날 저녁 하루 저녁 또 잤다 캐. (웃음) 그래 천하업서도 안 잤다 크대, 디게 내가 조진게 나중엔 잤다 카드라고. 그래 왜 잤느냐고 물은께롱 저, 혼인 신고 그거 팔라꼬, 그거 팔라꼬 꼬울라고 잤다 카는 기라. 꼬이는가, 그기이? (웃음)

그래서 인자, 그래가 누우 잤다 왔다 그르대. 그래가 인자. 한븐, 또 한븐 왔어. 인자 우리 강이 그거 베서, 왔어 인자. 저늑밥을 내가 인자, 그때 보리밭을 놉을 얻어가 매고. 그때는 보리밭을 매먼 낮에두 까바이라고 밥을 줘. 마 (두 손을 들며) 바가치에다, 한 바가치 줌, 그걸 가가애 식구찌리 묵는 기이라. 근디, 낮에 주고 저늑에 주구 그래.

근디 인제 저늑에 사악, 놉을 놉, 그 사람들 인자 삭 밥을 퍼서 보내고 나서 인자, 그래 즌에는 오믄 내가 지를, 밥을 따로 담아 주고, 서로 위해줬그든. 지두 위우고 나도 위우구, 그래 위해주구 그랬는디 부야가 내가 그날 저늑에 디기 났어 내가. (웃으며) 밥도 고마 제 밥도 안 담고, 툭바리에다 한 테다 막 그으 마, 담아 줬드만. 들오니께 (떠먹는 시늉을 하며) 이리 밥을 퍼묵고 앉았는디.

그래 시어매한테 그래 죄를 지이놓께, 인자 꼭 시, 우리 집 어머이가 작은 아들이 부산에 있었그든. 그란께 봄에 되믄 한븐 가시믄, 한 두달쓱 있다 와,

궁께. 그그도 숙빠이가 있드라고. (웃음) 어머이 없다 소리만, 없다, 없이믄 오는 기라 저거, 인자 양심이 있어서. 그땐 인제 그래 놓고, 자기가 양심이 있지 하모. 없다 쿠먼 와.

그래, 그래 저저, 우리 집 아랫방 아, 그집 딸을 내가 그때, 정지 아매이로 내가 심바람을 하고 있었는데, 가드이,

"뭐이 왔소?"

그래쌓길래,

"뉘가 왔니?"

헝께로,

"영이 즈 어매가 왔어요."

우리 큰 딸 이름이 영이그든.

"영이 즈 어매가 왔어요."

어뚷게 마 쎙이 나서 밥을 한 데다 마 쎄리 그륵을 담아줬드만, 들으강께로 고마 막, 가 고픈께 마 밥 퍼 묵니라 정신이 없어. 으찌 괘씸하믄 내가,

"야 이."

그땐 내가 그랬어.

(목소리를 높여) "야 이년아. 니가 여 뭐드러 왔니?"

내가 그랬어. 그런께, 암 말두 안 허구 (떠먹는 시늉을 하며) 이래 밥만 퍼 먹구 앉았는디, 신랑인 사람이 인자 아래꾸듬에, 그때는 (손가락으로 헤아리며) 신랑 상, 시어매 상, 또, 머심 상, 아들 상, 이리 다 깍깍으로 놔야 돼. (두 손으로 네모지게 그려보이며) 요맨쓱한 상에다가, 그리 놓는디. 저 구들마에 앉아가 밥을 무음서,

(눈을 내리깔며) "자식이 보고 싶어 왔겄지."

딱 이르는 기라, 신랭이. 그래서 내가,

"자식이 보구 싶어 와? 뻴떡뻴떡."

그때는 우유도 없고, (손을 내저으며) 아무것두 없어. 에미 젖 아이먼, 읎는 기라. 그른디,

"젖 뻴떡뻴떡 묵는 자슥 놔두고 갈 땐, 디지라고 놔두고 간 거 아이가? 응?

디진 자슥 보러 왔냐?"

내가.

"주제 늠네. 이건 내 집이지, 니 집 아이다."

내 이랬어.

(목소리를 높여) "분명히 나는, 동네 사람 세워놓고 나가, 겔혼식 허고. 내가 처재로서 이 집에 들온 사램이다. 그른디 네가 여, 어디다 들오네?"

내가 그랬어.

"이게 내 집이지, 네 집 아이다."

내가 딱 그랬그든.

"나가그라."

내가.

"어디, 주제 넘는 년이, 여 어디라 니가 감히 여 들오네?"

막, (웃으며) 그래고 막 되게 좀 퍼부놓께로, (손가락질 하며) 그런께 기 쎈 년이. 두 말두 안 하고 밥만 쳐 묵고 앉았더니 인저, 한 마디 딱 허는 기, 요르드라.

(새침하게) "글안해도 후회가 돼요."

딱 요르대.

"아-. 니가 내 앞에서 그른, 그른 소리헐 쩍에는 알 만 허다."

내가 딱 이랬어.

"알 만 허다."

딱 요름서,

"자구 나가그라."

나갈 데가 있냐? 그때는 나가믄, 한 디 잘 판이라. 뭐 어디 가믄서 시방매이 여관이 있냐, 뭐 자도 몬 헝께. 그래 인자 할매가 없응께 가시나들 셋 델꼬 인자 큰 방 할매방서 인자 잤어. 잤는디, (눈을 질끈 감으며) 밤새도록 울어, 가만히 봉께. 밤새도록 울드라꼬. (웃으며) 인자 지두 생각항께 인자, 참 억울커든.

그래 밤새두룩 울구 있드만은, 고마 새북에 또 달아나삐리고 없대. 달아나삐리고, (목소리를 높여) 그질로 가갖구 서방을 얻었어. 인자. 그질로 가 서방을 얻어도, 서방도 그래도 알아도 보고 좀 얻든지, 뭐 하믄 될 낀데. 삼시랭이 있어 그랬는가 어쨌는가 몰라도 고마, 오다 가다 만나갖고 우째 했는가 아를 뱄어.

아를 뱄는디 인자, 아를 배가 아를 났는디 인자, 머심아를 낳았어. 머심아를 났는디, 우리 강이보단 한 살 덜 묵는그마. 머슴아를 낳았는디, 주제 넘는 년이, 주제, 낯바닥도 넓은 년이, 신랑보고 와서 우리 앞에 실어주라 그르대. 실어주라 그르드라네. 그래 내가, 또, 참 용해. 우리 시, 영감이 참 용해갖고, 내한테 묻는 기라.

"그걸, 그걸 실어도라는데, 으쩌꼬?"

그르대. 그래서 내가,

"참 한심허다."

내 그랬어.

"당신이 남자요?"

내 딱, 그랬그든. 으잉? 괘씸해서 내가,

"그놈, 으뜬 놈으 좆부대에 떨어진 긴데, 그걸 우리 앞에 실어?"

막, 내가 그름서 막,

"어디 감히 나한테, 으찌 그, 으 으디 그른, 어디 그른 소리가 나오냐?"고.

막 영감을 믹 쎄리고 막 앵끼놓은께로, 후코크 인자, 말 한자리도 못 얻은 기라.

그래가 안 된다 했는 갑서. 즈그찌리 안 된다 했는가 인자, 즈그 남동생 앞에다 실어놨어. 그걸 실어놨는디 인자, 또 중간에 인자 즈그꺼지 독립을 했어 인자, 즈그 어매허고 둘, 둘이. 독립헌 또, 그때 법이 생겼그든. 그랬는데 즈그 둘이 독립을 했는디, 머심아가 이기 그가, 얼매나 난잡헌고 저, 국민핵교 댕길 때도 선생을 몬 이, 선생이 몬 이겼대.

그래가 난잡해가 옳게 공부를 몬 시켰어, 지가 그 마 그래갖고. 그래 공부를 몬 가르치놓이 즈 어매가 그마 저, 부산 (뒤쪽을 가리키며) 저 빈들에, 산에다가 고마, 산을 하나 사갖고 소를 키았어. (웃으며) 인자 딴 거는 못 식이고.

그랬는디 우찌, 서울 가시나를 으찌 연애를 했는디, 여자를 잘 만내갖고 고마 순해지드래, 아가. 고마 순해져서 어매 죽을 때는 그래두 아가 순했다 캐.

그래갖고 즈 어매가 또, 인제 그래갖고 고마 서방도 안 얻고 고마, 고마 쎄가 빠지게 돈만 벌릴라꼬, 그 사램이 인자 몰두를 했어. 그래갖고 소금도 막 여다가, 그때는 이리, 가게마동 몇 되쓱 몇 되쓱 여다가 팔고. 또 부산에 섬에 가서 거석도, 뭐 개발도 해다 팔고 막 그래갖고 고마 돈을 마이 모았어.

마이 모아갖고 인자, 집도 뭐 몇 채를 사놨는디, (웃으며) 그 머심아 그기, 세 채를 팔아묵읐대. [조사자 : 그럼 그 남편이랑 같이 생활은 안 하구요?] 그 사람은 인자, 못 오지. 그 인자, 가정이 있는 사램이니께. 그런께로 뭐 저, 남재를 만내도 저 알고 만내야 될 낀디. 그, 제영이 있어서 그런가, 고마 데나케나 만내 가고.

그래가 인자 머심아하고 둘이 사는데, 머심아가 그리 난잽혀갖고 그 어매 돈 일어놘 거 다 읎이뻈드래. 다 읎이삐리고 그래가 인자, 겔혼하고 나서 쪼금 그래 나샀는 갑대, 그래갖구 또 암이 들어가 죽읐어. [조사자 : 아들이요?] 아들이 그런디, 그 할마이가 죽읐어. 한, 한 삼 년 됐구만 죽은 지가.

[조사자 : 그러면 이혼은 해줬었어요?] 아, 그래갖고 인자 아 그거 낳아갖고, 아 업고, 인자 진주 재판소에 가 재판해가 이혼을 했지. 하머, 재판해가 이혼을 했는디, 그래 내가 갈 때 그랬그든.

"여자가 악음을 무우면 별 좋은 게 없은께, 정심이나 믹이서 마음을 풀어가 보내소."

내가 그랬어. 영감보고 그래 헌께로,

"그래 허지, 뭐."

(웃으며) 그고 갔어. 갔는디, 그래 인저 재판을 해갖고, 그서 그 자리에서 인자 겔판이 나비린께로, 아를 뜩 또 업고 왔드래, 증거로. (웃음) 그래가 인자 참, 재판을 하고 참 결정이 탁 나안께로 딱 그러드라네.

"야, 이놈으 자슥아. 가다가 교통사고 나가, 모가지가 뚝 떨어져 디져라."

그르드래. (웃음) 그른께,

"그른 사람을 내가 으찌, 밥을 멘꼬 가 사죠?"

그르대.

"그래 마, 사주지도 못 했고마."

그르대. 그래,

"뭐 그럼, 할 수 없는 기지 뭐."

그르고 내가 말아삤어.

말아삤는디, 그래도 만날 원캉 이가 좋은 사람이 돼 놓은께로, 죽드룩 들이 밀드래.

그라고 제철이, 제철이하고 저저, 우리 막냉이 아들 큰 놈허고 하릿 저늑에 났그든. 하릿 저늑에 났는디, 막냉이 그기이 저저, 막냉이 머심아 그기이 한 이십 분인가 앞에 났어. 이십 분인가 앞에 났는디, 어제, 엊즈녁에 낳았는디 뒷날 또 여 찾아왔드랑께. 여꺼지. 그래 내가 그랬어.

돈도 잘 벌이고 헌 데로, 내 가라 캤어. 그럼 가서, 저저, 있어봐야 일도 한 개도 안 해주고, 돈도 안 벌이주고. 내는 만내갖고 자기 번 거 안 써봤어. 저 마누래 있을 때는 직장 있어가 그래 했지만 해도, 그질로 나가갖고 맨날 동네 이장만 몇 십년 했지. (웃음) 그래 동네 이장 해봐야 가실에 한 집에 나락 두 되씩이라. 그그뱉이 읎어, 아무것두.

요새는 그래두 이장은 뭐 뭐 면에서도 뭐 주구 하는 갑대. 근디 그그뱉이 읎고, 만날 매일 술, 술 잡숩고 들오고, 댕기고. 또 또 하동읍에 가면 도개 앞에 저저, 가보가 일곱 개가 쪼로록 있어. (웃음) 거어 가먼, 노래도 잘 부르누만 또. 그래 내가,

"아, 진작 노력을 해가 가수가 됐으만 내 겉은 사람 안 만낼 거 아이가?"

내가 이랬어. (웃음) 그래갖고, 노래도 잘 부르고 한께로, 딱 가만, 신 따악 싱키놓고 고것들이 갇아놓고 있는 기라. 그래, 그래 내가 장아 가면 그 앞으로 내가 지내기는 지내도, 나는 펭상, 주막 한븐이래두 찾아갈 시간이 읎어, 나는. 대처 (손가락을 헤아리며) 아들, 그거 키울라쿠제, 나만 사람 수발헐라제, 머심 딜꼬 들에 갈라제, 시간이 읎는 기라 나는.

시간이 읎어 찾아가지두 못허고 주막에두 펑상 내가 한번 찾아가보도 안 했어. 찾아가보도안 하고 헌디, 저 마누래는 인자 집이서 살림만 그래 살고

있고, 신랑 벌이고 한께롱 멫 번 끍키 나왔대 주막에서. (웃음) 끍키 나오고, 옷도 멫 벌 째고. 하, 저 여자가 악종이드라고, 내 가마히 봉께로.

[3] 시부모로부터 호되게 시집살이하다.

그래 갓 시집을 온께, 또 다시 해보까.

시집을 오니께로 으뜬 할매가 하리 오드만은,

"아이. 각시는 참 좋그만은, 한 달이나 살까?"

요래. 그래서,

'저, 뭔 소리, 저런 소릴 허는고.'

허구시는. 또오 뒷날, 또오 할매가 하나 아를 업고 오디만 또 그 소릴 허는 기라. 그래,

'참 이상허다.'

내가.

그래구 또 한 메칠 있응께, 저 우에 인자 외사촌 동서가 오드만,

"자네가 이 집에 살겄는가?"

이래. (웃으며) 그래서,

"왜 못 살아요. 살려고 시집을 왔는디 살아야지."

내가 이른께로,

"몰라. 한 달이나, 한 달이나 참을란가."

요래. 그래서, 대차 한 달을 딱 지낸께 고마 전장을 시작하는 기라, 할배가. 술로 잡숩고. 그른데 우리 집 어무이가 양반으 참, 딸로서 이리 했는디,

"더런 년들 몸, 붙친 건 내 몸뗑이 안 댄다."

딱, 요런 식으로 고마, 해. 그런께 더 하는 기라 할배.

그래갖고 자기 옷도 다 갖다 잽히묵으삐리고 온께, 그륵도 놋그륵도 없어. 싹, 다 갖다 잽히묵으삐리고. 그래 나중 쪼깐 있응께 뭐, 놋그륵 할매가, 한 개도 가오고 두 개도 가오구 그러대. 그래 본께, 친증에다 인자 쪼금 빼돌리

싱키놘 기라, 그륵 몇 개로. 그 인자 친정에 및 개 싱키쉬갖고 거 인자, 내가 가서 살림을 산께로 하나씩 들오드라꼬. 인자 놋그륵이 하나씩 들어오고.

아이, 가봉께로 솥단지도 또옥 (두 손을 둥그렇게 모으며) 요맨허구, 장 담아 묵을 그륵도 없고, 고마 살림살이가 아무것도. 내가 간께로 만날 할매가 헌다는 소리가,

"우리는 귀향동포 살림이라, 귀향동포 살림이라."

그래. 귀향동포 뭐, 일본 갔다 나온 사램이 귀향동포라메? 그래서, 대차 아, 참 귀양동포 살림 매이 아무것두 없어. 긍께 살림 있는 거 전부 잽히무삐리고, 전당포에 다 잽히뿌리고 읎어. 그래, 그래 인제 참 지끔, 첨먼제 인제 와본께 기가 차드라고.

'이라고 으찌 살꼬?'

싶으고. 그래가 인제 농사를, 내가 인자 그 끌어 딜이갖고 농사를.

(웃으며) 그랜께로 또, 쇠를 사갖고 인자, 쇠 사러 가믄서 인자 나는 재미로,

"아부이두 가시자."

캤어. 가시고, 또 아부이, 신랑, 또 저저, 머심, 막 이리 갔어, 너인가 몇이고? 그리 가서 인자 쇠를 샀는디, 쇠 살 돈이 없어서 내가 친정에 가서 돈을 좀 가와갖고 쇠를 상께, 정심 너인가? 정심 요구를 하고 난께 술 받을 묵을 돈이 좀 작아.

그래서 우리 집 아바이는 술을 자기 인자, 마음 흡족으리 안 받아 디렀다고 즈녁에 고마, 그날 즈녁부텀 쇠막에 도치로 가 때드라, 쇠 쫏아 죽인다고. (웃음) 도치로 갖고 대들어서, 저녁마동 내가 인자 그, 넘으 집에다 갖다 매야 돼요.

저저 참, 마음씨는 고와. 고븐 양반이, 넘헌테는 절대 그래 안해. 넘헌테는 절대 그런디, 내 가족에만 그런당께. 가족에만. 그래고 마, 연장, 연장을 갖구 설치구. 나는 신랑헌테는 뺨 한 개두 안 맞아 보고, 이년 소리두 안 들어 봤는디 시아바이한테는 마이 맞았어. 술을 잡숩고 오믄 그래. 술. 뒷 날, 술로 깨믄 참 미안해하믄서두 그래.

그래갖구 참, 참 소로 저녁마동 그르구. 내가 인자 또 인자, 계장을 쪼끄만

해이 하나 지이갖구 닭끌 한 오십 바리 키았그든. 키운디 저녁으로 그걸 고마이, 문을 열어놓고 짝대기로 고마 (팔을 돌리며) 히 히 젓어버리면 중구난향으로 가서 자.

자는디, 그리 자고 괜찮은디, 고마 우짜다 잊자뿌리고 고마 계장문을 몬 열어서 몬 해놓믄, 그날 즈녁엔 고마 닭키 죽는 기라. 그믄 할아버지가 들어가서 고마, 산에, 자기 손에 잽힌 대루 고마, 잡아서 모가지 틀, 뿌러트리삐리.

그래서 인자 아이, 하릿저녁엔 내가 마, 으찌 부야가 나서 인자, 그긋도, 말이 질도 안 닫는다. 저저, 그래 가서 가만히 줘어본께,

'이래갖군 안 되겠다.'

싶어서 인자, 신랑도 밥을 치리 믹이가 초소로 보내삐리고. 또 시어매도 밥을 인자 저녁밥을 일찌기 드리갖고 인자 저저 거시기, 외사촌 동세 집으루 보내삐리. 저녁으루 보내삐리고, 인제 내 혼차로 닥달을 하는 기라. 그른디, 그래 그 마, 되게 헌께로 고마, 신랭이랜 사램이 초소에 가서 순경을 둘썩 보내, 저늑으루. (웃음)

그래도, 아바이가 그 야단을 해도,

"아바이, 왜 그래요."

그 소리두 안 해.

그래구 동네서두 참 호자라꼬, 참 호자라꼬 막, 참 동네서도 칭찬두 마이 들었으. 절-대, 아바이 상대를 안 해.

"아바이, 왜 그래요."

그런 소리두 안 허구.

그래갖구 고마 술이 취해갖구, 하동 가믄 아들 멩으루 특 달아놓고 고마 타약도 지가고 삼도 사가고. (웃음) 삼도 고마 사가오, 고마 한 뭉팅이쓱 사가오다 술이 채가, 반채는 흘리비리, 들고 옴서. 흘리비리고, 보약두 지가오다가 고마, 반채나 흘리비리고, 또 그래가 지가 오고. 아들 멩으루, 전신에다가 마 애상을 달아 놓는 기라 고마. 아이고-, 말두 몬 대. 그, 다 헐라믄 내가 한이 없어. (웃음)

인자 시아부지만 그르믄 괜찮은디, 우리 집 어머이는 또 (눈을 질끈 감으며)

그리 잔소리가 많아, 또. 자기는 아무, 손두 까딱도 안 함서르도, 자기 방두 청소 안 해. 그르험서르도 오만 팔뚝 거석을 다 하고, 잭설로 여, 요새 녹차. 녹차 그기, 전에는 녹차가 읎었그든? 읎었는디, 자기 친정 대밭에 가면은, 녹차가 몇 나무 있어.

그기이 약나무그든. 꼭 그걸 따다가 일 년 열두 달, 삼백육십 날 하리도 안 잡술 때가 없어. 그때는, 요새는 참 저 까스도 있고 전에는 곤노도 있고 허지만은, 부슥케다 맨날 딜이야 돼, 잉그락에다. 그래 댈이놓믄, 그걸 따라, 그래 댈이갖고 그기라도 좀, 자기가 따라 잡숩먼 허낀디. 내가, 언제든지 따라 바치야 돼.

바치야 된께로 고마, 내가 어쩌다 참 뭐 바빠서, 대차 아들 거슥헐라 하제, 들에 갈라 허제, 몬, 몬 따라 바치믄 인자, 늦게 좀 따라가 가머면, 내 돌아오는 뒤꼭제에 날아와, 그륵이. 날아오는데, 날아오제.

상을 줄줄허이, 내가 아침으루 놔놓먼, 시아바이, 저녁에 잡숬든 고기 겉은 기나 뭐이 남으먼 뒷날 꼭 찾는단 말아. 그래서 내가, 그걸 꼭 놔뒀다가 뒷날 아침에두 디리고 하는디. 상을 줄줄허이 놔놓먼, 와서 싹 조살해 우리 어머이가. 싸악 떠딜이 보고 조사해갖고, 자기 마, 시아바이 상에만 뭐 색다른 기 있으먼, 들고 가비리 고마, 자기 방으루. 들구 가비리서, 인자 살살 꾀가 생기대.

딱 인자, 뭐 거슥헌 게 있으믄, (오른쪽을 가리키며) 저 안에 싱키놨다가 가아갈 때 그마 댕긍 갖고 쫓아가비라, 아랫방에 가 잡순께. 그, 자꾸 꾀가 나드라고. 그래갖고 들고 가고.

(목소리를 높여) 우째도 메느릴 고마, (손가락으로 헤아리며) 새미에 가믄 새미에 따라 댕기믄선 잔소리 허고, 또 저 정지에 가믄 정지에 가고, 그래, 똥꾸녁에 따라 댕기문서 잔소리를 허는 기라. 그래, 그양 그래도 내가 말로 안 허그든. 절대 말 안해.

그른께 첨먼제 시집온께, 시아바이가 댕기믄서 주막에,

"우리 집이는 버벌이를 하나 데다 놨다고, 버버릴 하나 데다 놨다."

자꾸 요래, 요른다 해. 그래 뭐 헐든가 마든가, 내는 말로 안 허지. 그 사람

들허고 갈불라먼 내가 미칠 거 겉은디, 갈불 수가 있냐 말야. (웃음)

아이고. 내가 마, 생각도 고마, 뭐 다 생각키도 안 해. 다 말로 헐라먼 한이 읎고.

그래갖고 만날 인자, 즈녁으로 잠을 잘 수가 있나? 즈녁으로 전장허고, 만날 그래 허고.

그래가 인자 고만, 여름으로 고마 옷 해 입히 내보먼 고마, 그전에는 개똥? 왜, 개똥이 안 새뺐어, 개를 놔서 키운께. 여름 되믄 고마, 모시 두루매기 입히 보내놓먼 고마, 뭐 하리두 진주, 출입 안 할 때가 없그든. 고마 진주두 가구, 전에는 경로당에두 가구, 행교도 가고, 마이 이리, 출입이 고마 날마다 니라.

그래 고마, 저녁에는 오마 고마, 비나 오믄 고마, 홈빡 적시갖고 고마, 개똥에 미끌어져 오믄 고마. (웃음) 착 착 벗어갖고 청에 보덕티놓고 빤스바람으로 그래, 빤스바람으로. 그래 한븐 잽혔다 쿠먼, 전엔 옛날엔 (머리를 만지며) 낭개 머리그든. 요새는 이래 논께로 뭐 잡을 것두 없지. 근디, 낭개머리 (손을 휘휘 골리며) 창창 손에 감아놓먼 몬 빠져나와.

그래가 한번은 얼매나 고마, 온 마당 끌고 댕기민서 내를 패놨으. 패놔두 뭐 뒷날아측 몬 인나겄든디, 고개도 몬 들겄고. 그래 참 신랑한텐 안 맞아 봐두, 시아바이한텐 마이 맞았으, 내는. 그래두 우리 집, 인자 우리 어무이를 만날 오믄 패다가, 어무이 싱키삐논께 인제 내한테다 엄포를 하는 기라. 내가 싱키논께로 인자.

[조사자 : 그 할매는 귀한 집에서 커서 신랑한테 살라 했으까?] 아이고. 그래도 옛날에는 그 집에 가믄, 뼈가 남으도 살으야 되그든? 뼈가 남으도 살아야 된께, 전에는 법이 그런께 으쩔 끼라?

그래갖고 인자, 우리 어매 인제 환갑이, 친정어매 환갑이 돌아와서. 대처 아들 하나 딸 하난데, 아들은 군에 가삐고, 딸이 안 찾아주믄 찾아줄 수가 없어서, 내가 옷 한 벌하고 단술 한 단지 허고, 이고 갔어. 갔드만, 그거 가아 갔다고. 자기들 해서, 자청해서 보내 될 석세, 내가 해갖고 가는디도, 그거 했다꼬, 따악 한 달로, 하릿지녁 빠지고 낼로 퍼붔는 기라, 고마.

으찌 쎙이 나는고 내가, 외사촌 시아재 델다 앉히놓고, 신랑 앉히놓고, 시아배 앉히놓고 인제, 술 안 채서. 시어매 앉히놓고, 내가 간다 캤어.

"내가 사람으 집에 오믄, 사람을 사람으루 봐야 될 낀디 사람으루두 안 보고, 내가 이래가 우찌 살겄느냐고 내가. 내가 무슨 죄나 짓고 가믄 내가 야간도부를 허지만은, 나는 이 집이 와 죄 진 거 한 개두 없은께, 나는 뻔하이 보는데."

갈라 캤어.

"간다꼬."

이랬어. 가구러 허냐, 또? (웃음)

그르고 또 머심아들, 그걸 놔았두고 가믄, 책임질 사램이 없는 기라. 즈 아부지두 뭐 그른 걸 모르제. 글안허먼 할매가 그걸 키울 수가 있냐? 그걸 생각허면 눈물이 고마, 앞이 개리서 몬 가. 매키, 내가 말만 그래 했지. 그래가 버릇이나 좀 잡을까 싶어 그래 해도, 안 돼. 소용 읎드라.

소용 읎고 고마, 그래가 인자 아무래도 안 되겄대, 내가. 안 되겄어서, 뭐 시아재를 올오이라 했어. 부산 시아재로 올라와갖고,

"천상, 갈라야 되겄다."

그랬어 내가.

"어무이를 모시구 가든가, 아버이를 모시고 가든가, 한분 모시고 가소."

내가.

"그래 해야 내가 살지, 도저히 내가 여그서."

그래 고마, 내가 고마 아 띠끼제, 고상허제, 일 데제, 이래논께로 또옥 집에 가먼 온 얼굴에 해가 (입고 있는 바지를 가리키며) 이 꺼멍 치매 겉애. 그래 오빠가 한번이나 휴가 와서 오먼, 펭상 울고 가는 기라. 그라고 엄마로 보고,

"으찌 저런, 저런 디다가 딸로 줘갖고, 그룹게 고상을 시키냐."고.

말하시드라.

그래갖고 참,

'아무래도 뭐 이래갖곤 몬 살겠다.'

해, 그래 인제 올라왔대. 그때는 전화두 없고 펜지를 해야 되그던. 그래 으찌 올라왔그래 내가,

"어무이를 모시구 가든가, 아버이를 모시고 가든가, 한분 모시고 가라."

그랬어 내가. 그래 허니께로, 그래 어머인 잔소리 한다고, 우리 어머이가 그래 또 잔소리가 많아. 근디, 어머이를 안 모시구 아바이를 모시구 간대. 그래 인자 참, 모시구 갔는디 딱 즈그 집에 가든 팔 개월로 모싰어. 팔 개월로 모싰는디, 그마 술을 저, 저저 나가서 술을 얼매나 소주를 마이 잡사가 고마, 자빠지뻤어.

부산서 자빠져갖구 고마, (허리 아래를 가리키며) 아랫두리를 못 쓰는 기라. 아랫두리를 몬 써서 인자, 그래 인자 참, 내가. 그래가 뭐 또 모시고 가라고 마, 펜지가 막 피발이 섰네. 그래서 내가 신랑이란 사람보구,

"우리는 그래두 촌에 이기 살구, 그 사램들은 뱃사장 사는 사램들이라. 모시고 오소."

내가. 가라 캤어. 가라 캐서, 모시고 올라왔는디, 꼭 세상을 베릴 겉애. 올로 올 때는. [조사자 : 그땐 연세가 몇 살이나 되시까니?] 할아버지가? 그때 그른께 그리 허구 내가, 삼 년을 똥을 쳤그든. 삼 년을 쳤는디, 그때 칠십다섯에 돌아가싰어.

그래 인자, 모시구 왔걸래 내가 살살 인자, 구완을 헌께, 어 그래 그, 그때는 아랫방에 세상을 비도 객사라 캐. 객사라 캐서, 그래 아랫, 꼬옥, 오실 때는 세상을 벨릴 겉드라고. 그래서 아랫방에, 웃방으로 내가 모실라 쿤께 할멈이 천하없어 몬 들어오구러 하는 기라.

할멈이 꼭 몬 들어오구로 해서, 고마 내가 밀고 들으갔어. 들으가니까 할수없어 자기가 아랫방으로 인제 피해 가는 기라. 아랫방으루 피, 그래 방을 바꾼텍이지. 그래 아랫방으로 피해 가드만, 영 고마, 고집을 피우고, 할멈이 고마. 그래갖군 살살 구완을 한께로, 좀 낫는디 똥을 거그서 칠라 칸께, 거그서 밥을 무우야제, 또 생일이 돌아와도 밥도 담아놔야 되제, 아무리 깨끗히 헌다 해도, 꾸룽내가 나는 기라.

그래서 내가, 방을 또 바꾸자 캤어 인저. 방을 바꾸자 캐, 천하없어 안 바까줄라 해 고마. 마 천하없어 안 바꿔줄라 해서 내가. 그래 저- (위쪽을 가리키며) 성지봉, 내가 그 절에를 댕깄는디, 그 보살로 오래 해갖고. 보살허구 내가 약속을 했어.

"저, 이만저만 해서 할배가 이리 거석한께, 저, 조상이 바꿀라 한다꼬. (웃음) 바꾸라 한다."

그래 와서, 오래 갖고 또 손을 비비고잉. 손을 비비고, 인제 그래해갖고 인자, 그날저늑에 읏지로 바꼈는 기라 인자.

바꼈는디 인자, 그래 삼 년을 인자, 똥을 내가 쳤어. 똥을 쳐이, 똥을 쳐도, 칠 때는 고마, 넘은 내로 욕 본다 그래싸도, 나는 참 좋아, 똥 치는 기. 그그는 내 수족만 놀리믄 되는 기그든. 수족만 놀리믄 되는디, 그만침 저, 맘도 좀 편코. 또 저녁만 되믄 고마, 뭐 으찌 하꼬 싶어서, 그런 불안도 읎고. 그런 불안도 읎고 고마, 참 내 맘에는 그리 좋을 수가 없어. (웃음) 이그는 내, 내 몸만 꿈직이믄 되는 긴께. 참 좋드라고. 삼 년을 똥을 쳐도, 한 개두 싫은 게 없어.

그래, 그래 허자, 인제 우리가 (뒤쪽을 가리키며) 요리 이사를 왔그든. 여어 와서도 참, [조사자 : 여, 북촌으로 이사 왔다 안 했어?] 어, 북천으로 이사를 와갖고, 북천 와서두 일 년인가 또오 계싰어. 그른데, 그래 인자 거서두 살살 거석헝께로, 작대기로 두 개로 (두 손에 지팡이 짚는 시늉을 하며) 요리 짚고 인자. 술로 내가 만, 근디 하리도, 그래 아파도 술 안 자숬진 안 해. 안 잡숩지는 안 하는디, 인자 술로 받아다 인자, 그때는 꼭 디렸그든.

그래 했는디, (두 손에 지팡이 짚는 시늉을 하며) 살살 인자 작대기를 짚고 (두 팔을 움직이며) 요리 요리 댕기는 기라. 마당에두 댕기고, 근데 그, 주막이 (앞을 가리키며) 거 얼매 안 되. 그래서 얼마 안 돼서 내가. 근디, 꼭 주막에가 잡술라 해, 술로. 고마 집이 술을 안 잡술라, 받아 소주를 병병이 받아다놔도 꼭 주막 가 잡술라 해서 내가. 그때 마 아들두 크고, 공부두 시키야 되겠고, 돈도 안 되고, 논 서 마지기를 팔았어.

팔아가지고 인저 돈놀이를 했는 기라. 그름서 핵교, 국민핵교 슨생들이 그땐 돈을 그래 많이 씨대. 씨미, 슨생들을 줘노먼 달달이 이자가 들으와. 그른디, 그때는 오부 돈이라. 그니 달달이 이자가 들온께로, 그래 주막 인자, 안주 인보고 그랬어 내가. 아직질에 막걸리 두 잔에 소주 두 잔, (정정하며) 막걸리 한 잔에 소주 두, 두잔썩을 타야 돼, 우리 집 아부님은.

그래 두 잔썩을 타야 된께. 아즉즐에 막걸리 두 잔에다가 소주 두 잔 타고, 또 인자, 또 인자 안, 그 한 잔에다 두 잔을 타고. 그래 그 또 막걸리 한 잔에 또 두 잔 타고 그래 해서, 그래 해서 계산해갖고,

"저, 저 핵교에 이자 나오면은 딱딱 갚아줄낀께, 더 주는 거는 난 돈 안 주끼요."

이랬어. 그래 아랫두리 힘두 읎는 사람, 더 줘놓먼 으쩔 끼라. 그래 긍께,

"더 줘는 건, 자기가 책임을 지소."

내가 딱 이랬그든. 그른께 (웃으며) 저저, 고마,

"더 도라."

"더 줘라."

이래구 싸와. 마 인자, 안주인하고 만날 싸우는. 그그만 잡수믄 자기 몸에 딱 맞아. 맞는디 꼭 그래 더 도라 쿠그든. 그래 인저, 그래갖구 딱 그리 계산을 해주구, 계산을 해주구 하니께 인자, 그래 그리 허다가 요리 왔는 기라 인자. 요리 인자 이사를 왔는디, 인제 여 와서두 술로 받아다 드린께, (앞을 가리키며) 여, 여도 주맥이 쪼깬은 게 하나 있읎그든. 또오 주막으 가 잡술라 캐, 또.

그래 한분은, 할 수 없어서 인자 주막에다 또 그른 식으루 댔지. 대갖구 인자 좀 잡샀는디, (곰곰이 생각하며) 그른께 칠십, 하매, 칠십 저저, 다섯, 다섯에 아마 저, 여섯에 세상 베렸는가? 그래갖고 스무야드렛날에 그른께 섣덜, 스물야드렛날. 내가 인자, 똥을 을매나 고마 마, 세상 베릴 때 내가 우리 아바이 겉이 똥 누는 거 처음 봤어. 메칠루 그렇게 계속 누드라꼬, 똥을.

그래 스물야드렛날 인자, 쑥떡을 해갖고 내가 좀 디렸어. 조청하구 드린께로, 그글 다 잡솨. 그래 (위쪽을 가리키며) 우리 동네 여, 이모가 한 분 살았는디 이숙이 오싰대. 그래서 이숙허구 둘이 인제 잡수라고 내가 드렸어. 드렸드만, 그래 잡숩고. 그래 내가 인자, 똥빨래로 인자. 그때는, 여 시방 수도가 저리 있지만, 우리 온께로 수도도 없고, 전기도 읎드라고. 그래서 인자, (앞을 가리키며) 저그 상구 이고 나가서 꼬랑에 가서 인자 똥빨래를 빨아야 돼. 물도 여다 묵구 그랬어. 여, 동네 (위쪽을 가리키며) 여그 타래막 새미가 있드라고.

그래 여다 묵구 그랬는디, 할배 세상 베맀으도 물로 여다 썼고마. 그른디, 그래 인저 빨아가 온깨로, 인제 할배 방에다가 (오른쪽을 가리키며) 여 그때 인저 고구매를, 우리가 (오른쪽을 가리키며) 저 저, 밭이랑 뭐이랑 싹 찌아갖고 여 샀그든. 그래 인자, 그래 인저 할배 방에다가 고구매 두지를 (오른쪽을 가리키며) 요래 해놨는디.

아이, 아들도 아랫방에 있고 할멈두 큰방 저, 웃방인디, 큰방에 기싰는디. 아이 온께로, 고구매 두지 그놈을 탁 (오른손으로 잡는 시늉을 하고 몸을 뒤로 제끼며) 요래 늘어 트러잡고 요래가 있는디 고마, 텍도 탁 앉아삐리고. 앉아삐리고, 손을 (오른손으로 잡는 시늉을 하며) 요리 고구매 두지 잡았는데 딱, 굳으뺐어. 그래서 고마 내가 막, 빨래더미, 빨래 거석을 고마 막 청에다, 뚝담에다 집어 내삐리고 마, 고암을 치민서, 인자 아랫방으 막 올라오라쿠고 마 이래 해갖구 인자.

참 (주먹을 펴내며) 뽀도시 손을 끌어갖고, 그래갖고 인자 뉩히논께로, 텍도 (턱을 가리키며) 이래가 탁 니리앉아뺐제, 손도 마, 한쪽 수족도 마 몬 씨제, 그래서. 그래가 인제 뉩히논께로 뭘 떠 여도 마 싹 흘러비는 게라. 텍이 요래 탁 내리앉아논께.

그래갖고 탁, 마. 그래가 인자, 그래갖구두 자꾸 똥을 싸, 뭘 안 잡솨도. 대차 뭘 떠 여도 넘어가질 몬 대, 이 텍이 요리 내리앉아논께. 그래서 인자, (곰곰이 생각하며) 그래가 그른께 초 저저, 초엿새날 세상 베맀어, 정월에. 그른게 초닷새날이 지사그든. 초엿새날 세상을 비맀는데, 그래 한 삼 일, 세상 베리 삼 일 앞두구 딱 텍도 올라 붙고, 이기. 딱 수죽, 이기 돌아오는 기라.

바로 딱 돌아오는디. 그날은 우리 큰 아가 저 사천 여그, 군에 가갖구 사천 그, 훈련계 주는 디, 그그 있읐그든. 있는디, 주일마동 와. 그래 가지게 논께, 오는디. 아 그날저늑에 왔드라고. 그래서,

“아, 할배가 이만저만해 저래가 있는디.”

그래 할바보텅 디다보고 인저, 가서 인저 물로 떠연께로 그땐 텍이 딱 바로 섰어. 그래 물로 떠연께로 받아, 받아 잡숩드라꼬. 딱딱 넘어가고 그라대. 그래가, 그래갖고 내가 인자 가가 저 어둑버둑한데 왔걸래 내가 저녁을 채리갖

고 저짝 큰 방, 할매방 그, 큰 방서 무음서, 할배가 하는 게 하도 이상해서 내가, 그믄서 얼굴이 고마, 얼굴이 참 좋아. 세상 베릴 때 되믄 얼굴이 참 좋그든.

부서서 그런가, 살이 한 개도 없어, 살이 한 개두 읎고 짜악 페인 기, 얼굴이 참 좋고 그렇드라고. 그래서, 그래 할멈은 (멀찍이 내려다보며) 요리 드다보고, 그래 내가, 세상 베리겄다 큰께,

(쌀쌀맞게) "얼굴이 저리 좋은디, 죽기는 왜 죽어?"

이러드라고, 요리 청에서 디다보고.

(쌀쌀맞게) "죽기는 왜 죽어?"

이르대.

그래, 그래두 내가 아무래두 이상해서 인자, 아 밥을 주고 내가 벡에다 (몸을 기댄 시늉을 하며) 요 귀를 따악 대고 있응께로, 홀깍질로 깔딱 깔딱 두 번을 디끼걸래 내가 첨으로 쫓아와서 아랫방 사람들 싹, 저저 불러갖고 거슨께, 숨을 거돠. 그래갖고 딱 엿새날 저늑에 세상을 비렀그든.

그래가 참, 세상을 베리갖고 참 눈이 또 그때 많이 왔어 마. 초, 출상하는 날. 눈이 마이 와갖고, 술통이고 뭐이고 (턱짓으로 앞을 가리키며) 저 저, 산에 올라가는디 술통이 가다가 마, 구부러져갖고 마 논바닥꺼진 내리오고 막, 그랬고만.

그래가 참 저 저, 출상을 했는디. 그래도 내딴에는 헌다고 해도 걸리드라꼬. 잘헌 것두 있고, 못헌 것도 있고. 걸리대. 그래 참 내가,

'아바이헌테 거슥했는가?'

싶으고. 그래 인제 뒷날 인자, 똥 치, 똥, 싹 쳐갖고 인자 그그, 입 돌아 올, 입 돌아가기 전에 그래 안 했으. 그날 딱, 잡는 날, 안날은 내가 조청허구 떡을 디렀그든. 그렀는디 또 가믄서 내가 떡을 디렀어. 잡수라꼬 그래믄서. 그래 나는 바빠 죽겄는디, 똥은 천지 그글 해가놓고 잡, 바빠서 가믄서,

"야야. 조청을 좀 도라."

그러는 걸,

"갖다와서 드릴게요."

해노, 그기 시방꺼정 걸리는 기라. (웃으며) 시방꺼지 맘에,

'아이구. 그때 디릴 걸 갖다가.'

그때 디렸음, 마지막인데. 영 고마, 내가 시방꺼지 그기 걸리. 그래, 그래 고마, 온께 고마 그그 그래가 있어. (웃으며) 그래 조청 그거 몬 잡숩구, 안날은 잡샀는디.

'그걸 몬 잡숩구 돌아가싰다.'

싶으. 참 자기 요구대루 거슥헌대루 내가 다 해드렸으. 다 해드리고 그래 해두, 그래두 걸리는 게 있대.

그래. 그래가 참 세상을 베리고, 우리 어무이는 구십에 돌아가싰으. 구십에 참, 내 온께로 나이 오십인가 되드라꼬. 그래두 손끝 까딱 안 허고. (웃으며) 똥을 그래 한번, 들으간게로, 여기 살 제. 아랫방 아들은 인자 자고 아침에 일어, 내 언제든지 인나면 딱 가 디다보거던. 할아버지 저, 방부터 디다보지.

디다봉께로, (바닥을 휘저으며) 온 방바닥으다 똥을 눠갖고, 왜 그리 발라놨으꼬? 발라놓고, 빅에두 발라놓구 전신에 발라놓고. (자세히 보는 시늉을 하며) 이래 드다보고 앉았는 기라, 발라놓고. 그래,

'내가 이걸 손을 대려다간 아들, 밥두 몬 해주겄다.'

싶어서 인자, 딱 문 닫고 나왔어 인자. 그러자 겡이가 올라왔어. 올라와서 체리보고. 대체 체리보도 기, 지두 기가 차그든. 그른께,

(새침하게) "할매가 저걸 좀 쳐주고. 아 저, 똥만 쳐내줘도, 씻는 거는 엄마가 씻츠도. 할매가 저걸, 저런 기나 쳐내주믄 안 되까?"

뚝담에 서서 요랬어. 그니까, 아이고, 큰 방에서 좇아나옴서,

"야 이놈우 자슥아. 니가 이개 놈으 새낀께, 이개 네가 쳐라!"

막, 그르믄서 고마, 하늘이 낮아 몬 뛰. 청에서 홀딱 홀딱 뛰는 기라 고마. (웃으며) 뜀서, 그래 내가,

"겡희야. 할매, 그리 해갖고 헐 사램두 아닌디 뭘라 니가 그른 소릴 허니? 아릿방에 가그라."

그래 그 막, 아랫방에 보내삐리고. 그래갖고 인자, 그래 난 똥 치는 건 그리 좋아, 고마. 꾸룽내두 안 나고. 아, 그르드만은 영감, 영감 똥은 친 게 꾸룽내가

나드라. (웃음) 그래, 그래두 고마, 까딱게 그래 허다가 똥을 친게,

'이그는 내 손만 놀리믄 되는 기다.'

싶으서 고마, 한 개두 꾸릉내두 나는 줄두 모리고 그랬드만은. (웃으며) 아, 영감 똥을 친게 꾸룽내가 나.

[조사자 : 그럼 시어매하고 시아버지는 아들 둘 놓고는 정도 없었던가 보네?] 어-, (손을 내저으며) 아들 둘 놓고는 저리, 영감을 상대를 안 해, 절대. 그런께 분란이 나그든. 그런께 집이 분란이 나는 기라. 남자가 집이 들오믄 여자가 좀 알랑알랑해야 뭘 거슥할 낀디, 그라고 마, (오른팔을 뻗으며) 절대 고마 마, 뭐 반대를 헌께 그마.

그, 그래도 인저 나중에 인제 할배가 그리 좀 똥 싸고 이래 헐 때는, 뭐드로 나가 내려가드라꼬. 아랫방에 내려가대. 내려가드니, (두 팔을 번쩍 들며) 둘이서 싸운다고 이라고 서가 있어. (웃음) 둘이 다 기운이 없는디 뭐, 그래 봐야 뭔 소용이 있냔 말야.

그라고. 그라고 어 인자, 나무를 해다가 아랫방에다가 인자, 우리가 아들이랑 모도 나무를 해다가 갖다놓먼, 할배가 이 탁탁 쫏아가 자기 방 군불을 땔라고, (두 손으로 번갈아 X자를 해보이며) 요리 요리 해서 인자 모리라고 해놓먼, 할멈이 그걸 싸악 돎아다가, 술 자시러 가시고 없시믄 돎아다가. 내, 나무, 선반에 얹는 사람, 만구에 첨 봤어.

(위쪽을 가리키며) 저, 뒤에 뒤, 거슥에 선반이 있는데, 뒤안에. 선반에다 딱 갖다 얹어, 재놔. 그르먼 고마, 고마 또 싸움이 붙는 기라. 인자 나무 또, 돎아갔다꼬. [조사자 : 그 할매는 나무 뭘라 갖어가?] 백지, 인자 그 자기방 불 땐다고. 밉단다꼬.

그래 인자 우리 큰 놈 저거 저저, 그때, 일곱 살인가 몇 살인가 묵읐을 끼다. 그랬는데 그래갖고 둘이 인자 엉거붙어갖고, 정지에서 인제 엉거, 우리 웃정지에서 엉거붙어갖고 인자, 그래두 남자허구 연잔디 이기는강? (오른손으로 머리를 움켜쥐며) 머리 요걸, 요 잡고, 저 빅에다 꽁꽁, 꽁꽁 소리가 나. 할멈 머리를 그, 찧는 소리가. 아이, 나는 아랫 거슥에서 빨래 씻는다고 있응께로,

"엄마-. 할매 죽는다."고. (웃음)

밉버서 내, 개맨 놔뒀그든. 안 말기고. 저저,

'쫌 맞아두 싸겄다.'

싫어서 마. (웃음) 내비놔고 있응께로, 팔딱팔딱 뜀서 와서,

"엄마. 할매 죽는다, 할매 죽는다."

그래. 그래갖고, 아이, 그래갖고 또, 나가믄 인자, 그때는 똥 안 쌀 때라. 근디, 나가믄 고마 삽작까지 저까지 따라나감서 뒤에 가 또 홀롬을 돋구는 기라, 또. 할멈이. 그래놓먼 또, 즈녁에 와 전쟁이 붙어, 또. 즈녁에 와서. 그 앙푸를 하는 기라, 또. 그래가 만날, 나는 고마 시어매 시아배 때메 그리 골빙이 들었고.

[4] 남의 자식, 내 자식, 자식을 기르다.

예나, 가시나들은 내가 암실랑도 안 해. 그긋들은. 딴 사람들은 넘으 자슥 키우느랴 욕 본다고 그러는디, 나는 그근 암실랑두 안 허고. 웃담에 저저, 한 사람은, 머심아 하나 있는, 그걸 죽으두 못 보대. 밥두 안 주고, 빨래두 안 씻츠 주. 머심아가 꼬옥 강에 가서 빨래를 씻쳐가오고, 그래 해도. 아이, 우리는 한 개두. 그래,

'내 사주팔 못에 갑다.'

그래, 내가. (웃음) 그것들이 미운 맘이 없고, 시방도 그리 잘 해, 그긋들이. 그리 잘 허고, 즈그두 그렇고 내두 그렇고 그리 허는디.

그래 내가 그, 참 가시나 그거, 세 개. 그래 키아가지고, 그래 아 야들 개를 잘 키왔든가 잘 키왔든 키아가, 다 애우구 살게허구 해놨는디. 막냉이 그그, 셋째딸. 그기이, 그때 그, 칠개 부락에서 지혼차 고등핵교 시켰어. 지혼차 고등핵교를 시켰는디, 싸악 다 여그는, 졸업허, 국민학교 졸업허구 한일합섬으로 싹 다 가뻬대. 다 가뻬리고, 칠개부락에 지 혼차서, 그긋두 참 영리해, 공부를 잘해. 그래서 내가 영리한 그기 아깝바서,

'저기- 공부를 시키놓먼 그래두 저기- 잘 되믄, 나중 머심아한테두 도움이

안 있겄냐.'

싶어서 나는, 전부 내가 정성을 씨미 시킸는디, 즈그 아부지는 천하 없어 그걸 몬 시키구로 해.

"머심아들은 어쩔라구, 저 그걸 시키냐."

그래.

그래가 참, 내가 그그 옣어놓고, 꼬사리 장사두 해보고, 애양장에 가서 (웃으며) 염생이, 그땐 염생이 개를 사면 차에 안 실어줘. 그걸 몰꼬 내려와야 되지. 그래갖고 팔아갖고 내가, 그긋도 내가 참, 그, 가시나, 공부 참. 그래갖고 저저, 쟤가 그르대.

"내 핵교만 옣주먼. 엄마, 핵교에만 옣주믄 내가 저, 장학금 받아가 공부할 낀게. 염려말고 옣주라."

드이, 복이 읎어 그런가, 딱 그거이 들으가고난게 장학금 제도가 없어져부리. (웃음) 지가 복이 읎는가, 내가 복이 읎는가 몰라. 그래가 할 수 없어, 그거 내가 공부시키믄서 참말로 욕 봤어. 즈그 아부지는 뭐 체리두 안 볼라 쿠대, 가시나 공부시킨다꼬.

아이 그래, 쎄가 빠지게 공부를 시키논께. 아이 그래 인자, 부산 가서 저저, 군속에 시험을 쳤그든. 긍께 사급에 딱 걸렸어, 가시나. 그래서 참 내가 인자. 그으 밭을, 참 밭을 인자, 한해 농사 지가 밭 하나 사고, 또 한해농사 지가 밭 하나 사고. 내, 밭이 포부가 져서.

그래갖고 인자, 삼 년을 한께 살림이 딱 복구가 되드라고. 그래서 인자, (웃으며) 이 말 허다 저 말 허다, 내가 그런다. 그래가 인자 참, 가시나 그, 내가 가손은, 그래 밭 사놓고, 화심동 사람 밭이 한 천 평 되는 기 있어. 있는디, 그기 이리, (두 손을 들며) 이 밭이 짚어가주고, 그때는 물이 많이 쳤거든, 돌티미. 그래 물이 마이 찌믄, 모새가 밀리갖구 이리, 모새가 차가 있어. 그 밭을 묵하놓고 있드라꼬. 그래서 내가,

'딴 사람은 가수원을 해가 저리 거슥허는디, 그긋두 읎다.'

싶어서 내가. 우째도 저 놈을 사가 내가 가수원을 맨들라고 인자, 내 혼차 맘을 묵구 있었어. 그래 묵구 있읎는데, 하릿저늑에 뭐 좀 늦게 들어왔대. 그

래서, 왜 늦게 들어왔냔께,

"그 밭뙈기 저."

니일 가서 소개 시키줄끼라꼬, 그래서 늦게 들어왔다 근는 기라. 그래두,

"그 밭은 내가 살 낀디."

그런께롱,

"뭐, 뭔 돈이 있어서 사!"

그르대. 그래두 나락 열 섬, 두제 해논 거 저놈 사고. 송아질 한 마리 놔났어. 송아지 저눔 팔구 허믄 사곁애. 내 맘으론, 내 계산으로서는 사곁애서 내가,

"왜 돈이 읎어?"

내가 그랬어. 내, 그래서 고마 밤에 올라가갖고, 친정에 가서 어마이한테 돈을 저저, 보증금 틀 돈을 가아왔어. 그믄 뭐, 밤에 걸어 올라가도 되그든. 가와서,

"아침에 가서 계약허구 오소."

내가. 저 그, 돌티미 먹점 여씨,

"그 사람허구 둘이 가서 계약허구 오소."

그거 소개해줄끼라고, 술 먹니라고 늦게 왔다 캐 그걸. 아 그르드니 가서 그걸 계약해 왔드라고.

그래 그걸 사갖고 인자, 참 머심아허고 내허고, 마악 번지로 밀어내고. 요새는 그, 모새가 논인디, 그때는 밀어내고 막 그래갖고 긋다가 저저, 이백 주로 인자 숭겼어, 배나무로. 배나무로 이백 주로 숭겼는디, 그래 배나무두 가 사가 올란게, 그때는 저, 대구 가서 배나무를 사야되거든.

그래서 그 신랑보고 대구 가서 배나무나 한 이백 주 사가오라 하니게롱, 안 간다 캐. 술 묵고 노래 부를라고. 안 간다 그래서 인자,

"그럼 조합에 가 돈이나 좀 내가오소."

내가 그런께롱, 돈은 내다 주드라고. 그래서 인저 우리 동네 가는 사람이 있글래 내가 이백 주를 부칬으.

부치갖고서, 자기는 그걸 가수원, 참 우리 겡희가 안다, 근디. 가수원, 그거

맨들어, 수군포 한번 안 들고 괭이 한번 안 들어본 사람이라. 그래서 인자, 긋다가 인자 이백 주를 숭겄어. 숭거갖고 인자 참 크는디.

인자 그 배나무 새이에다 내가 수박을 숭그갖고. 내가 배나무, 인지 겡희 클 때, 커서는 겡희가 전지를 해도, 내가 다 전질 했어. 다 전질허고, 그글 인자 한 나무 밑에 한 장군씩 붔그든. (웃으며) 요샌 장군이라 카면 모를 끼다. [조사자 : 똥.] 어, 똥을 한 장군씩 하는디, 내가 니아까를 끍고 댕기믄서 머심을, 아들 공부를 시킬랑께 안 되겄드라꼬.

그래갖고 달 머심을 뒀어. 내 필요헐 때만 딱 데다 씨고, 인자 일 년을 안 두고. 달 머심을 딱 계산을 해갖고 인자 딱 주고 인자, 그래 인자 했는디. 아 그래 인자, 그글 인자 저저 저, 흥룡국민핵교, 오줌 내가 다 펐어. 한해 사람들, 이백 장군을 펴야 돼. 펴야 그, 한 나무 밑에 한 장군씩 붔는 기라. 그 지랄용천을 하구 내, 새끼들허구 살끼라꼬 그만큼 해놔, 해도, 신랭이란 사램 손끝 까딱을 안 하는 기라. 그마, 손끝 까딱을 안 허구.

그래가 긋다 수박을 숭그놓머, 인자 뭐 공일날이나 뭐 어쩐 날이 돼 노는 날이 되먼, 그으 하동읍에 과부댁이들 다 덴꼬 와. 다 덴꼬 와갖고, 인지 (손을 들며) 쪼끄마한 막을 하나 지이 놨그든. 지이놓구 저녁으루 가서 쫌 감서 잠깐 지키다가 들오고 근디, 그으 덴꼬 와서 노래 부리고 춤 치고. 노래 부르고, 흡씨 노다가, 수박을 어찌 숭군 줄도 모리고 어찌 꺼끈 줄도 모르는 사램이, 고마 굵으면 마 무주끈 따 주는 기라, 그 사람들.

갈 때 인제 보따리 보따리 쌔이 보내. 그, 따갖고 거서 흡씬 묵고. 그래 쎄이 보내두 내, 말 안 해, 고마. 내비놔둬. 허든가 말든가, 내비놔아둤그든. 내비놔아두구, 내가 안, 그래헝께 펭상 고마 그짓을 허는 기라.

그래 내가 수박 다 가꽈 그래 해도, 내비놔두고. 그런께 그그 저, 그 저 지집들이 묻드라네.

"무신 사램이 그른 사램이 있는고."

한븐 덴꼬 오라드라, 대접한다고. (웃음)

그래 한번 오먼 딱 대접해 보내먼 안 와, 그거는 안 찾아와. (웃으며) 그래갖고, 나 그르고, 저 그른 건, 간도 안 따시이, 고마. 그른디, 저저, 본 제집 저건,

죽어두 몬 보겄대, 그그는 고마.

'그래두, 어째두 저 놈을 떼비리야 되지.'

싫어. 그래갖고, (목소리를 높여) 그래, 이혼허구 그래놘 뒤에두 찾아온당께, 그릏게.

[조사자 : 이야기 있고, 할매 이야기도 있고. 친정어머이가 또 와서 사셨어.] 그른 총중에두 하며, 그 범아구지 겉은 총중에두 내가 친정엄마를 이, 십오 년을 모싰어. [조사자 : 시어른이랑 같이?] 하며. 그른께 꼬옥, 우리 저 또, 시어매가 그리, 그리 비꽈는 기라. 우리 친정어매로. 그래,

"사돈은 으디서 죽을 끼요?"

인제 내, 들에 가고 나먼 그래 돋오는 갑서, 내려와서. [조사자 : 아, 어디서 죽을끼요 그래?] 응.

"어디서 죽을 끼요? 어쩔 끼요?"

마 이리. (웃음) 그른게, 내가 쎄가 빠지게 일허구 와서 웃방 청에 앉이먼 참, 우리 저저, 저저 거시기, 저거 화개 미느리 욕 봤다. 내허구 십 년을 살았그든, 여그서. 여그서 십 년을 지허구 내허구 살아도, 서로 눈도 한번 안 붉찌고, 내 저만치 살아 소리, 소리두 안 하구 갈렀어. 그래 참 첨언데 가갖고, 즈그 집이 가갖고 인자, 저도 양사이에 찐 나무 아이라? 신랭 펜을 들 수가 있냐? 또 우리.

저것도 속아지가 몬 됐어, 빨딱 빨딱 허는 성질이 있어. 그래갖고, 내가, 그런다고 만날 뭐이라 하지.

"함부래."

내가, 그리 허지 말라고, 그래 해쌓도, 썽도라지가 그래논께 할 수 없어. 빨딱 허는 성질이 있당께.

(웃으며) 그래갖고 한븐은 전화를 해갖고,

"어무이, 어무이헌티백엔 하소연할 데가 없네요."

"그래 해라. 니가 허구잔 대루 해봐라."

마 찔찔 울어쌈서 인자, 그래 쌓는 기라, 그래. 저 인자 그래두, 시방은 그래두 성질이 마이 죽읎구마, 겡이가. 참, 속아지가 몬 됐어. (웃음)

그라고 웃방 가믄 웃방서 또 뭐이라 허지, 아랫방 가믄 아랫방 뭐이라지. 내가 닐로 펜을 들어 말로 헐 수가 있냐 말이라.

[5] 친정어머니를 생각하다.

[조사자 : 그러면 친정어머니를 왜 모시고 오시간디?] 그른께 인자, 오빠가 군에서 인자 말뚝을 박아가, 거서 결혼을 했어, 전주서. 전주서 결혼을 했는디, 여자를 잘 못 만냈어. 그래 참, 우리 집 오빠가, 참 사램이 호인이고. 그때 군에서는, 그때 상사를 했는가 몰라. 그른디, 계급이 좀 높았어.

그래논께, 싹 다 주대, 양슥두 주고 뚜부도 저걸, 여름 되믄 딱 저 저거, 거슥에, 기름에 쫄아갖고, 그래가 한 박스쓱 보내고. 메루치도 보내고 뭐, 안 주는 게 읎드라꼬. 만구 펜한 기라, 군인 각시는. 만구 핀해. 그래논께 인자, 그래 오빠가 거서 벌어갖고, 집을 거서 세 채를 샀어. [조사자 : 전주서?] 어. 전주서 집을 세 채를 샀는디, 아 요게 인자, 가리늦게 춤바람이 나가주구. (웃음) [조사자 : 올케가?] 어. 춤바램이 나가주고, 집 세채 다 팔아묵으, 다 팔아묵읐어.

다 팔아묵고, 고마 오빠가 내 말뚝 막고 거 있다가 인자, 제대를 했어. 제대를 했는디, 집 한 채 인자, 날람 낭가놔았는디, 결국은 나중 그긋부. 그래, 그때 돈이 좀 거석다고 내한테 돈을 좀 가져가대. 가가드만은, 아이 한, 돈을, 인자 그, 집을 팔았어.

그 마, 여자는 나가서 뭐 한 달도 있다가 보름도 있다가 들오고. 신랑을 놨두고 왜 그 지랄을 하겄네? 갈, 인자 나갈 때는 화장품 장사 한다고 나가는 기라. 나가갖군 저 가가, 인자 저 딴 디 가서 벤득을 해갖고, 화장품은 지랄, 화장품 장사해? 그래 번득을 해갖고 춤 치는 데 춤바램이 되고. 그래가 거서, 남자를 얻어가 아까지 낳아가 왔드랑께.

그래가 고마, 참 저저, 오빠는 사램이 너무 용해가 악허지도 몬 대. 그래갖고 그래가 마, 집 다 팔아무, 영 고마, 그래 고마. 그래 집을 팔아갖고 내헌티

돈을 부쳤드라꼬. 그래서 내가,

'아이. 돈은 뭐 천천히 줘도 될 낀데, 뭘라 돈을 그래 했는고.'

싶어. 그러자마자 그리 될라꼬, 또 부산 작은 집이 딸 에운다 해서 우리가 거어 내리가비렀단 말야. 거어 내리가비리고 없는는, 없는디. 그래 내가 가서 인자, 그으 갔다 와서 고마, 뭐 올케는 오든가 마든가.

긍께 그때 머심아가 저, 머심아가 세 개고, 딸이 하나이고 그래. 사남매나 낳아놨는디, 그래서. 그마 싹, 쭉 덷꼬 이리 내리와빌라꼬, 그래 그래헌께로. 또,

'돈 벌었단 소리, 소문은 났는데 고향에 넘 부끄럽게, 다 없이 으찌 내리갈끼냐?'

이기랴, 오빠 맘은. 그래서 내가,

"넘 부끄러울 끼 어디 있을 끼 보냐구. 고마 가자."

허구 내가, 그래 싹 실어가 올라 헌께. 아이, 가서 겔혼헐라꼬, 겔혼허고, 우리가 기차로 올라온게로, 겡이가 자전차를 타고, 외삼춘이 죽읐다고 그래. 그래갖고 자전차로 타고 와서 있는 기라.

그래서 그거, 집이 왔다가 다시, 저늑 기차로 전주로 올라갔그든. 그래 간께로 병원에다 데다 놨드만은. 아이, 거시기라꼬 저저, 본인 아이라고, 마누래

아이고 본인 아이라꼬 안 비이줄라 하드라꼬. 그래 안 비줄라 해서 내가,

"그래두 형제간인디 왜 안 비줄라 까보냐."

내가 막 뭐이라 했어. 그른데, 그랬드만은 비주대. 그래 가본께로, 타악 아랫볼도, 뭘 거슥했는가 똑 자는 겉이 해가 있대. 자는 겉이 해가 있근데, 이눔을 에펜네가 삼일 되두 안 들우와. 그래서 인자, 삼 일 되두 안 들으와서 인자, 할수 없어 인자, 우리 집 인자, 신랭인란 사램이,

"내가 방송국으 가 옇어갖고, 방송국 옇는다꼬."

나가대. 나갔는디, 정지에 와 딱쪽 쓸어앉았어. 탁 고마 뜬으서 직이래두 직이겄드라고. 그래서 인자, 그래 인제 들으간께로, 그때 그래 삼일이 넘었어. 그래 들어간께로, 뭐 퍼뜩 퍼뜨-하이 좀 변했드라고. 그른디, 고마 내는 들으가서,

"오빠야."

거슥허는디, (오른쪽을 가리키며) 저 문앞에 서갖고, (목을 빼며) 삐쭉하이 서가 있글래 내가,

"안, 안 잡아 무을 끼다. 들오니라."

내가 그랬어. (웃음)

그래 할 수 없이 초, 초상을 치고 인자 [조사자 : 어떻게 돌아가신 거예요?] 약을 묶지. 그래가 고마, 고마 초상을 치고 인자, 저저, 그래 집 판 돈이 쪼깨 남았는디, 그 큰 머심아가, 아가 좀 껄렁껄렁 하이, 작은 머슴아가 야물어. 긍께 즈그 아부지가 딱 팔아갖고 내헌데 딱 돈 부칠 거, 작은 머심아헌테다 맽기 놨드라고. 그래서 내가 그르믄, 내가, 그 저,

"내가 이적지러 엄마로 모시고 했응께로, 내가 덴꼬 갈 끄이."

돈을 내, 내가 좀 내노라 했어, 인자. 내노랑께, 그년이 돈 그거 욕심 내고, 새끼두 지가 차지한다, 시어매두 지가 차지헌다, 이래. 그래서 내가, 으찌 속이 상해서 내가, 내일아침 삼온데 그마, 삼오구 지랄이구 마, 저녁에 여관에 가서 뭐 둘이 누 자고 마, 뒷날 와비렀어.

"그름, 니 다 차지해라."

그 마, 내가 그르허구 와비렀드만, [조사자 : 그럼, 어머이는 전주 가 계셨었

고?] 어, 그래갖고 그때 인제, 그래 했는디 인자, 제우 딱 한 달 거천허고 시어매를 꼬아서 내려보냈어, 응, 덜덜이 돈 부치준다 쿠고, 지랄 돈 부치줘? 덜덜이 돈 부치준다 그래갖고, 꼬아갖고 고마, 몬 젼디서 할마이 내려왔어.

그래 눈이, 그마 눈이 안 좋아갖고 뭐이 어름어름 안 비이. 참 젊어서는 눈이 그리 좋아서 질쌈이야 뭐이야 그래 했는디, 그마 나이 많은께 눈이 고마, 고마 안 좋아서. 그래서 내가 모신 기라.

그래 인자 내 모셨는디. 아이, 그래갖고 인자 (웃으며) 친정 말 허다, 이거 말 허다 저거 말 허다 그런다.

아이, 그래 우리 집이 와 내 계셨지. 계셨는디, 참, 오래 내가 모셨어. 모셨는디 인자, 인자 그기, 첫.

그래 내가 참 한븐은, 어뜧게 부야가 나는고. 시어매 시아배 마구 막, 군소리 해싸서, 내가 갖다 즈그헌테 맽긴다고 델꼬 올라갔어. 내가 델꼬 올라가갖고, 맽긴다고 간께로, 이년은 고마 남자 죽어삐리고 춤바람이 나서 나가삐리고. 아 새끼들이, 가본께로 연탄두 한 개두 읎고 양슥두 읎구 아무긋두, 반찬 한 개도 읎고. 아가 밥을 굶고 아침에 핵교를 가는 기라.

그래서, 아침에 내가 밥도 몬 해믹이고, 할 수 없어서 인자 어매 줌치 내 줌치 탁 털어갖고, 연탄 좀 사 옇놓고 쌀 좀 팔아 놓고 반찬 좀 해놓고. 그래 놓고 머심아 핵교, 아침에 굶고 가는 걸 내가 돈을 줌서,

"네가 사 묵으라."

하고 돈을 줘놓고, (목소리를 높여) 할 수 없이 또 델꼬 내려왔어, 어매를 내가. 잉? 부야가 나서 갖다 맽기놓고 온다고 간 사램이, 또 델꼬 내리왔어. 어쩌는고? 할 수가 없어. 그래 또 델꼬, 또 델꼬 내리와갖고 인자 거천을 했는디, 인제 그 뒤에 인자 멫 년 된 뒤에 인자, 저, 즈 어매가 머심아를 하나 놔가 델꼬 들으왔어. 델꼬 들으와, 내가 그랬그든.

"절대 받아들이지 마라이. 니 에미 그, 받아들이지 마라."

캤어 내가.

그, 그 뒤에 추석에 왔드라꼬. 인자 내, 내 본다고 왔어. 즈 어매랑 델꼬 와서, 때리 직이도 못하고 할 수 없어 인자. 그래 내가, 델꼬 가라 캤어 할매로.

"인자 누우는, 내는 할매 모실 때 모실 만치 모싰구 한께, 누우가 그만치 장남해서 겔혼해서 아꺼징 났응께 인제 할매 모시고 가. 누우도 모시다가, 누우가 모시다가 세상을 베리야 될 거 아이가? 모시구 가그라."

내가 그런께롱, 아이고 큰 아는. 큰 아는 직, 직장에 거슥해갖고 군에, 인제 거슥해가 있을 때 저 하동 가서 제금살 때라.

"엄마가 안 모실라믄."

재가 모시고 간다대.

"이 할매 내가 모시고 가서 저, 모시고 갈란다."구.

저 방 가서 푹푹 울구 앉았어, 내가 그런다구. 내가 마,

"절대, 모시구 가라. 요븐에는 안 모시구, 안 된다."

내가 모시구 가란께, 막-. 또 봉고차 실코, 그래 봉고차 타고 왔드라꼬, 즈그가. 그래,

"누우, 차두 있고. 헝께 할매 모시구 가그라. 누우도 모시다 할매, 세상을 베리야 될 거 아이가?"

내가 막. 그래갖고,

"누우, 이적지 손재노릇 한 거 없다. 없응께로 네가 모시고 가라."

고 마, 디게 고마 조진 기라. 지이도, 천하없어도,

"집은 한 간 장만해야 모시구 가겄다."

이래. 집은 한 간 장만해야 인자 그, 미느리라 허는 기 그래.

"집은 한 간 장만해야 모시구 가겄다."

그러길래 내가,

"요븐에 절대 모시구 가야 되지, 안 된다."

내가. 참 그래 날, 저저 우리 집이 영감이 그래.

"참, 으찌 그리 아냐?"

캐, 낼로.

그래서, 그래 마 억지로 강지로 마, 쎄리 고마 막 내가, 모시가라고 조진게 치이논께로, 모시가드이, 그으 우리 집 영감이 청에 앉아서,

"우리 집이 가믄, 한 달두 몬 지내 세상 베릴 끼다."

이래.

그래두 내가 그리 모시고 그래 한, 모시도. 할마이가 가믄서 삽밖에 나가믄서, 그글 사우가 들었어. 저,

"야 이년아. 니가 내 가고 나서 잘 사는가 보다."

요러고 나가드래. (웃음) 부모두 그래. 그래서, 그래가 참 가갖고, 한 달 지내고 세상을 베렸으. 전주세, 한 달 지내서 세상 베렸다 해서, 즈그 어매 못이구 뭐고 내한테 다 있었그든. 그때 바빠서 그걸 몬 챙기줬어. 그래, 즈그 말로는 새북에 세상을 베렸다 허는디, 내가 밤에, 밤차로 갔그든, 밤차로 강께로, 그 아무것두 읎이 우선 주소만, 그 마 한븐두 가보도 안 했어.

근디 주소만 치키들고 인자, 겡희허고 찾아갔어. 찾아간께로, 아이 내나 지서 뒷집이라. 찾아강께, 그래 지서로 바로 갔그든. 그래가 찾아강께 지서 뒷집이대.

그래 이제 찾아가서 본께로, 암시랑도 안 헛코, 딱 산 사램 겉애. 새북에 세상, 즈그 말로 새북에 세상 비렸다 허는디. 그래서 내가 인자 가서, 미친년이 저저, 옷을, 옷두 벳끼서 보낼른가, 치매 한 가지, 적삼 한 가지 사다 놨어. (웃으며) 그래 내 여, 옷을 싹 해놨그든.

그래 인자 싸악, 그눔 가아가서 내가 모욕시키고, 싸악 옷을 인자 입히서 싹 내, 내 혼차서 인자, 겡희허구 둘이서 입히서 염을 딱 해, 해놓고 뒷날 아침에 봉께 빤빤하대. 고마, 갈 땐 암스렁도 한 해, 산 사램 매이로. 손도 (손을 들며) 요리 요리 되고 그렇대. 그래 싹 그리 해갖고 인자, 저, 그때는 화장을 안 하구 생장을 했어. 오빠는 화장을 했는디, 생장, 생장을 해갖고 인자.

갔는디, 공동산인디 인자, (바닥을 사방 짚으며) 여기 메가 있고 여기 있고 요그 있고 요런디, 요 가운데 옷다 썼다 말야, 공동산이 돼논께, 땅이 없어논께. 그래서 메를 썼는디, 한 몇, 한 삼 년 됐다. 메, 세상 베린 제가, 그리 됐는디, 항상 내가 어디가 신수를 개리면.

"나를 이장해도라, 이장해도라."

근는기라, 점쟁이 말이. 그래서 내가,

"아이, 메느리가 있고 손자가 있는디. 메느리 뭐, 손자들이 알아서 할 낀디,

뭘라 날보고 자꾸 이장해주라 허느냐."

내가,

"가마 있으소!"

내가 만달 그러고 말았는디. 인자 큰 머심아가 고마, 얄궂지 아가 술꾸셍이를 허구 난해짐서, 만날 꿈만 꾸먼, (턱짓으로 앞을 가리키며) 저 저, 짚싸락 끄트리에 할매가 달리가 있드래. 친손자가, 큰 거 저, 꿈을 꾸먼,

"할매가 만날, 짚싸락 끄트리에 달리가 있는디, 달리가 있는디."

그래서, 그래가 인제 저, 참, 즈 어매가 어데 가 물어갖고 인제 참, 했, 이장을 했어. 했는디, 그 인자, (오른쪽 바닥을 가리키며) 요, 요리 물꼬랭이 있드라고, 가봉께. 그른디, 따악 고마, 삼 년이 됐는디, (다리를 가리키며) 물팍 밑에 요리는 딱 내 다리 겉애. 살두 한 개두 안 빠지고 발그러이, 물에가 댕기갖고. 그래논께 만날 짚싸륵 끝에 달아매인 기라.

그래가 그, (웃으며) 거그서 저, 저, 파갖고 왔는디, 그래 내 이장할 때 간께로, (다리를 가리키며) 요리 요리는 그마 요리는 발그랭이 내 다리 매이, 살 한 개두 안 빠지고. (상체를 가리키며) 요리는 그 마, 싹 해골이 됐고. 그래가 있드라고. 그래가 인자, 엿다가 인자 해논께로, 뭐 다시 뒤에는 말이 없는갑대. 그르드이 큰 머심아두 괜찮고. 그래 참, 뭐이 (웃으며) 귀신이 없는 건 아이드라꼬.

그래가 인자 이장을 해놓고, 오빠도 고마 그 해논 걸 고마, 엿다 그름 인자, 엄마 아부지 밑에다가 인자 그, 그 화장한 게 돼논께, 단지만 가아오면 되게, 여, 딱 써놨그든. 그른디 인자 그, 올해 인자 파갔어. 그래가 파 갖구가곤. 그래 인자 그긋들은 인자 그래두 안, 인자 살기는 괜찮애.

[조사자 : 그럼 왜 친정어매를 십오 년이나 모시다 가시라, 시어매하고 안 좋아서?] 어, 그르구 안 좋고 내 맘에. 그래, 자꾸 사돈이,

"사돈 어디서 죽을 끼요, 어디서 죽을 끼요?"

해쌓는디, [조사자 : 시어매가?] 하며, 할매가 그러는디, 내가 여기서 죽을 순 없는 기라. 그래서 내가, 내가 넘도 부끄럽고, 그래서 내가, 여기서 죽을 순 없어서. (목소리를 높여) 그래 간께로, 대궐 겉은 집 얻어갖고 살아. 뒷방엔

저, 딴 사람 두고. 그래가 삶선 빌어묵을 년이 저저, 집 장만해가 모시간다 그르고. 안 덴꼬 갈라꼬. 그래 그때는, 그래가 우리 집이 영갬이 그래.

"니가 이, 인자라냐, 뭐이라냐."

그래.

그래가 가갖고 고마, 세상 베리.

참, 친정부모 모시는. 내가 그런다 만날. 친증부모 모시는 사람, 죄인이라. 고마. 딸은, 딸은 자식이 아이드라고, 내가 딱 모시봉께. 그래서 내가,

"참, 친증부모 모시는 사램이 내가 죄인이다."

싶어서 내가. 내가 헐 말두 몬 더고, (바닥을 두드리며) 이 가정에서 내가 헐 말두 몬 해. 내가 헐 말두 못, 쎄가 빠지게 노력을 해두, 내가 헐 말을 몬 댔어, 내가.

그래두 죽으믄, 내가,

'딱 손자헌테 가서 죽으야지.'

이리 싶으대. 그리구 내 맘이 우태우태해. 우태우태해서 고마, 어쨌두 그마, 그때는 내가 딸리 보낼라고 마, 발싸심을 했그든. 그래가 고마, 되게 서두니, 그래두 우리 집 영갬이 그래.

"니가 인자다, 인자."

그래가 참 세상 베리, 세상에 강께로, 주택인디, 그 대궐 겉은 집을 얻어갖고 삼서로도 세상에, 집 장만 하먼 덴꼬 간다 그르고. 아이, 방이 천지라. 방두 세삐랐고, 뒷방에 저저, 젊은 사램, 신랑각시 살드라꼬. 아이 그른디, 사램이 그, 한 집이 세상을 베리도 디다도 안 보대. 그래 내가,

"참, 참 사램 살 데 몬 된다."

이랬어. 어, 드다도 안 보드라고.

그래. 그래가 참 내가, 친정으로 골병, 이리 골병 저리 골병, 내가. 내는, 내 그랬어.

"내 죽구나믄 속도 썩을 것도 없을 끼다. 다 썩어삐리고."

내가 끝으루 골병들고, 이리 골병들고, 저리 골병들고.

[6] 장성한 자식들에 대해 이야기하다.

그래가 참, 그그 저저 거석 밭도 내가, 배밭도 내가. (팔을 뻗으며) 아, 가운데가 길이 나비리 또, 배밭이. 그래, 쎄가 빠지게 해논께, 가운데가. 수확 나올라 칸께 질이 나는 기라. 그래서, 그래두 보상은 마이 탔어. 보상은 마이 타갖고, 마침 그때 곁에 이, 밭을 하나 파는 기라.

그래 그눔을 사연께, 이기 딱 그, 복구가 되대. 그래가 긋다가 배나무를 엥기고, 그래 해갖고. 그으 보상 받아갖고, 가시나 그거 가서 방 얻어주고. [조사자 : 인저 셋째딸?] 어, 방 얻어주고 저저 지 옷, 입고 벗고 참, 옷 사주고, 살림살이 사주고. 그래서 딱 앉히서 내가, 지 돈벌이 하구로 해놓고 와논께, 첫 월급 받았다꼬 삼각구빤쓰 하나 사다 주대. (웃음) 그래 안주꺼지 지 월급 얼매 받는 줄을 몰라.

그래 나는, 사람 재미로서,

"니 월급 얼매나 받니?"

긍께,

(새침하게) "뭐 여자 월급, 얼매 주는가."

시방꺼지 몰라도.

큰 아는 여, 북천, 면에 첫 월급 갖다가 딱 내 손에 쥐이 주드라꼬. 그래, 가스나 자슥은 소용 읎어. (웃음)

[조사자 : 지금 그럼 부산 살아요?] 부산 살아. 그래가 그기이, 좀 간이 안 좋아. 그래갖고 가스나 머심아, 자식 두 갠 잘 키아놨어. 그긋두 잘 키아놨고, 아가 영리해서 국립에 돼갖고, 그래갖고 아들을 대학을 시키이는데. 아 두 갠 잘 키아놨는데, 신랭을 잘 못 만났어. 신랑을 잘 몬 만나갖고 순, 제비족이라. 그래 그 만내갖고, 그 지가 복이 없어 그래.

여그 참 헌더는 디, 내가 중매를 해도, 천하없어두 안 헐라 카대, 즈그가. 안 헐라 하고, 내 걱정을 마라 쿠고 그러드만, 지 자망으루 연애를 해갖고 했는데, 몬 쓰. 그래갖고 저래가 있어두. 참 큰 아가 만날 오믄 차비 주고, 만날 오믄 거슥허고.

참 저저, 내 이른 소리, (웃으며) 화개아헌테 하두 안 했다. 머심아가 저저, 외국에 연수를 가야 허겄는디. 와서 돈이 오백 원만 있으먼 가겄는디, 그걸 몬 가겄다, 몬 가고 저리 거슥하다고 하두 와서 그래싸서 내가 (웃으며) 화개아는 모른다 지금, 아무두 모리고.

저저 내가 큰 아하고 저, 막냉이허고 둘이 앉히놓고, 내가 돈을 백만 원 딱 내놨어.

"돈, 내 백만 원 내 내놓을틴게, 느그 돈 이백만 원씩 내라."

두말두 안 허구 내놓는기라. 그래가 연수 가, 팔백을 해갖고, 졸업해옴서 딱, 졸업험슨 딱, 취직이 됐다꼬.

[조사자 : 그래두 속으로 안 나도 외손재두 손재 같이 그렇게?] 아이구, 하머. 영 지가 걱정을 해쌓는데, 내가 맘이 아파, 몬 살 겉애. 그래서 내가 화개아는 되두 안 할 끼고 싶어서. 안주 몰라, 화개아는 그런 줄 몰라. (웃음) 그래가 내가, 내가,

"나는, 돈도 없다. 난 백만 원만 줄 낀게, 느이 이백만 원씩 내놔라."

헌께로. 우리 참 저 머심아들은, 내, 한 마디 허면은 안주꺼즉 내,

"안 해. 엄마, 안 해."

이 소리 못 들으봤어, 참 착해. 착흐고 참, 인정두 있고.

우리 큰 거, 그거는 (웃으며) 특히 더, 더 그래 해. 해기는, 더. 그르구 막냉이 저것두 잘 허고, 화개 것도, 저것두 맘이 아파, 아레 또 와서 부야를 돋아놓고 쳐 울고 가드만은. (웃음) 그래 와갖군 내가,

"당쟁 저, 에미 상대 안 핼 것겉이 허고 가디만, 뭐드로 왔냔?"

"엄마, 잘못했어요."

그르대. (웃음) 성돌가지가 몬 돼갖고, 바르르르 허는 성질이 있어.

[조사자 : 그름 돌티미서 욜로 북천으론 왜 이사를 왔어요?] 그른께 거 사람 살 디 몬 된다고. [조사자 : 야, 야바위들이 많다구 시아바지가 이사를 가자구.] 그래갖구 이사를 가자구 이사를 가는디, 야바위군들이 신작로에 있었어. 올라

가는 내리가는.

그르구 나는 묻는 디마다 도개나 술장사를 하믄 돈구덕이에 빠지겠다 쿠는 기라. 나는 농사를 지믄 안 된대, 그래서. 저저저 진성, 진성 도개 그기, 화심동 그 저저, 하심동 사램이 그 진성도개를 했그든. 그래, 그래 했는디 인자, 아이 그걸 인자 와서, 사라, 우리보러 사라는 기라, 도개를. 사라구 그래서, [조사자 : 술도개를?] 술도개 그게를 사래서.

긍께 한쪽에는 수퍼고 한쪽에는 도개구, 이래 허는디. 사라 허는 기라. 그래서 그마, 내는 그거 살라고 발광을 했그든. 발광을 허는디, 신랭이랜 사램이 고마, 죽으두 안 살라 해, 왜 그리 고집이 세근네. 안 살라 해. 그래갖고, 고마 그 도개 떨과뺐어. 떨과삐서 몬 샀는디.

또 인자 애양 그 저저, 그그 안에, 그 그 뭐 정서 안에, 그으 도개가 하나 있읐그든. [조사자 : 악양.] 그 도개를 인자, 내가 살라고 보증금을 쳤어. 보증금을 쳤는디,

(목소리를 높여) "아이, 어째서 또 안 할라 캐. 그걸 한 헐라, 술을 좋아허는 사람이, 왜 안 헐려 그르냐."

그래갖고 참, 내가 보증금 그그 받아냄성 식급을 했어. 첫븐째는 보증금을 침서로도 쫌 빌리주는 식으루, 요리 또 했그든. 그 사람이 참 그때 딱했어. 딱해가 그른디, 그때 그 애양, 그 도개만 사도 괘않애. 그때 딱 도개 그 생기자, 저저, 새말이 나왔그든. 새말이 나와갖고, 전신에 그래갖구, 참 도개 허는 사람 돈 벌읐어.

그랬는디 내가 (턱짓으로 왼쪽을 가리키며) 저거 거슥은 뺏낀 걸 앵해서 (턱짓으로 오른쪽을 가리키며) 애양, 그기라두 살라꼬 내가 발싸심을 했그든. 그래두, 꼭 몬 사구룩 해. 왜 즈랬꼬? 그른께 우리 집 아들, 그래.

"아부지 간이 엄마 간만치만 컸시먼, 엄마 볼쎄, 부자 됐을 끼라."고.

그라. 그래갖고 마, 그 묻는 디마둥, 낼로 도개를 허믄 부재 되겄, 돈구덕에 빠지겄대. 그래갖고 도개를 내가, 그래 가이까, 겡희가 그래.

"엄마. 엄마, 내 커갖고 돈 벌어가 어매야, 엄마, 도개 사주께."

이러드라고. (웃음) 그래 그 도개를 겔국은 몬 더고 내가 이리 늙어뺐어,

인자. 그래 내가, 참 이리두 해보구 저리두 해볼래 해두, 말을 안 들어. 간이, 우리 집 영감은 (손으로 뭔가 잡는 시늉을 하며) 한번 딱, 손에 쥐면 (주먹 쥔 손을 저으며) 그걸 놓지를 몬 대. 그기 큰일이라. 그래갖구 간이 작아서 안 돼. 그래가 마, 그긋두 몬 대보구, 인자 (턱짓으로 뒤쪽을 가리키며) 여 산꼴창아 와갖고, 만날 땅만 파니 되냐 말이야. (웃음)

그래두 뭐, 그랬든 저랬든 마, 자슥 성공은 다 한 텍이그든. 음, 다 한 텍인께 인자, 인자는 이래두 저래두 몬 더구 내가 여그서 죽으야 되겄다. (웃음)

[7] 친정어머니와 시아버지 환갑잔치를 베풀다.

[조사자 : 시어매는 그르믄 살림, 아무것도 안 하고?] (고개를 저으며) 살림살이 몰라. [조사자 : 젊어서는 종 두고 살았으까 그러면?] 어. 전에는 인자, 시집올 때두 종을 델꼬 오고. 종을 델꼬 오고, 종을 덴꼬 어거. 그른께, (손으로 헤아리며) 장 담는 것두, 시어매 장 담는 것두 안 보고, 멜시 잡는 것도 안 보고, 꼬장 담는 것도 안 보고. 한 개두 물을 께 없당께. 물어갖고 내가 헐끼이 읎어. 그래서, 그래 내는 어매 밑에서 배아논께로, 내가 와서 그거 척척 허그든. 술도 해옇고.

그래가 인자 환갑을, 아부님 환갑을. 그래, 내가 겔혼이라고 멘상 참, 새처자를 덴꼬옴서르 동세라 허는디, 매꼴서 왔그든, 애양 매꼴서. 매꼴 유풍선이아, 딸이구만. 그른디, 왔는디. 아이, 내가 그른께, 스물한 살에 와갖고, 그른께 십 년인가를 있다가 참, 환갑을 했그든. 하할매 하할아부지, 한 동갭이라서 환갑을 했어.

그르 내가 참, 와서 살림 그, 논 찾아갖고 살림 일아갖고 인자, 환갑을 허는디. 그때까지 동세, 생면을 안, 몬 댔어. 안 봤지. 음. 몬 더고, 만날 시아재만 오는 기라. 인지 밍즐 때고 부모 생일 때고. 시아재만. [조사자 : 부산에서 살림이 바빠서요?] 살림은 무신! 집구숙에서 아나 키우구 그럼서두 안 와. 무신 사램인지. 웅, 안 오는 기라. 그래갖구 범, 그리 무숩어도 작은 메느리는 못

잡대, 큰메누리는 잡아도.

그래갖고 인자 안 오고 인자, 환갑을 하믄서 내가, 우리 저, 진주 딸 그그 낳아놓고, 그 네 개채 내가 낳았그든. 네 개채 낳아놓고, 저저 구월 스무날 낳았는디, 거시기 저저, 시월, 보름 어, 인저 열잇새날이 환갑이라. 그른께 제우 인제, 세이래 갔어. 그른디, 세이래를 가도 술로 사십 되 해옇제.

그런께 주막에서 받아묵을 요량, 도개에서 받을 요량 허구, 말 허구 사십 되를 해옇었거든. 해옇제, 떡국가래로 사십 되를 뺐어. 뺐제, 유괘 했제, 조청 고었다. 그땐 조청을 집이서 고아야 되그든. 뭐 강밥이니, 뭐이니 다 그걸 다, 집이서 해도, 아무두, 동세두 읎제, 아무긋두 읎는데 외갓집 사램들백에 읎어.

그래농께 인저 우리 어매허구, 친정어매허구 내하고 둘이서 인저, 그걸. 만날 장도 보러 가고, 무슨 술도. 술도 그그 사십 되를, 쌀로 사십 되로 불아놓먼 (두 손을 들며) 그게 얼매 되냔 말야. 시방 매이로 뭐 거석, 시리도 읎고, 그때는 사기로 갖고 (두 손으로 둥그렇게 하며) 시리를 이리 큰 걸 맨들어.

아 논 사람이 그걸 만날 들어서 그거 허고, 사십 되를 그 술을 해옇고. 그 야단을 해도 시어매는 가만히 앉아, 체리만 보구 있고. 체리만 보구 있고 근디, 그래갖고 하동 군 사램들이 다 무읐그든. (앞을 가리키며) 저어 전라도 사람꺼지, (왼쪽을 가리키며) 저어 애양 사람꺼지. 저어 저, 하동읍에 막, 싹 하동군 사램이 다 무우도 술이 남드라꼬. 술두 남고, 지짐도 고마, 한정없이 부치갖고 마.

그때는 쇠소두방 마, (두 팔을 크게 펼치며) 이른 걸 걸어놓고. 두 개 시개 걸어놓고 앉아서 막, 부치서. 한정두 읎이 해니, 음석이 너무 마이, 마이 해논께 막, 남아 자빠지고 마.

[8] 동서가 예수를 믿다.

그래 동세라 허는 기, 그때. 그때, 인자 긍께, 나는 무시 빼러 간다고 해거름 때 요리, (앞을 가리키며) 논줄로 요리 가고. 저는 (바닥을 가리키며) 요리 들오는디, 뉜 줄도 몰랐지. 집이 오니 있드라꼬. 그때, 생면을 했다. 그래 나는 펭상 독신 미느리로 행사를 하구 살았어. 펭상 허구, 그래두 내가, 농사 지이갖고 그래두 쌀, 가슬 되믄 쌀 찧서 보내고, 꼬치 겉은 거 해서 보내고, 고구매 해서 보내구 해도, 고맙단 소리 한 자리두 읎고.

즈그 큰 딸, 애운디서 내가 강께로,

"행님."

저 저거, 거시기, 보내지 마라대. 그, (앞을 가리키며) 즈그 집이 막미동이라. 그른께, 그으 쪼끔 올라강께로,

"지고 저, 갖고 올라온 저 퇴비만 해도 갖고 사무은께, 함부래 보내지 마라."

그래. 그 뒤엔 내, 안 보냈어. 어, 그 뒤엔 내, 안 보내고. 그 안에는 그, 부모가 여기 계신께, 부모 맘은 자기이 주구 짚그든. 주구장께,

'부모 맘이 어떡컸네.'

싶어서 내가 펭상 그래 해서 보냈어. 보냈더만은, 보내지 마라는디 내가 뭘라고 귀찮게? 그래갖고 저 할아버지 가실 때두 김치를, 담아갖고. 참 나는 집이서 한 배추라꼬, 담아가 보냈드니 쓰레기통으 가 옇비리드라네. 한 단지 해서 보냈드니만. 그래서 내, 그 뒤에 고마, 김치두 안 담아 보내구, 안 했어.

안 허구, 참 제가 예수 안 믿구 헐 찍에는, 참 신랑두 그때, 소방수 댕깄그든. 그르고 아들도 공부두 잘 허구, 참 잘 했어. 잘 허고 그, 막냉이 머심아, 작은 머심아 그기이. 딸 둘, 아들 둘 그래. 그기이 참 공부를 잘 해서, 참 저저저, 졸업두 안 해서 서울 무역회사서 모시갔어. 모시갔는디, (바닥을 치며) 한 달 딱 근무허구 정신이 돌아비리. 정신이 돌아가 시방두 즈그 어매허구 만날 그 들앉아가, 멍충이가 돼 들앉았어.

그래가 그, 내가 여서, 어무이 저 전에, 산에 댕김서, 저 저, 성지봉 댕김서 허던 거시기래서, 그글 내가 봐서 받아갖구 했그든. 해서, 거그는 가믄 헹지간 이래두 쌀로 따로 갖고가야 돼. 따로 갖구가고, 싸악 뭐 이리, 꽈자 겉은 것도 사도, (손을 들며) 따로 딱 딱 해 갖고가고. 밥을 딱, 밥을 딱 지놓고 소두방을 열어놓고 일 년 신수를 개리주는 기라, 그 보살을.

소두방을 열어놓구, 우리 봬기는 그 희한허게 줄이 있구 막 그릏든디, 그걸

보고 싹 주우 생키줘, 일 년 신수를 대리줘. 그르면은 그걸 사악, 집이 와서 펜지를 해가주구 인자 보내고, 보내고. 그럴 때는 자슥들도 잘 허구 신랭두 잘 허구, 잘 했어. 살림도 일어나구, 그래 했는디. 예수를 믿는 기라, 고마. 예수를 밑어. 여 지사 때두 안 오구. 지사 오믄,

"지사 음식 안 묵는다."고.

으쩌다 한번 오믄. 지사 음식 절대 안 묵고 그르대.

그름서부터 집구석이 안 되. 안되고, 머심아, 그 똑똑은 머심아 베리뻬렀제. 또오 작은 딸, 시집 보내갖고 고마, 이혼당해뻬렀제. 큰 딸만 인제 가서 살지. 그래고 즈그 어매가 시방 팔십이 넘었는디, 내 보단 네 살이 더 묵어. 근디, 내보단 시집을 먼첨 와논께. 근디, 그래갖고 그 머심아 그걸, 덴꼬 시방 그래가 있어. 뽀돋시 가서 저, 콩나물 겉은 그른 건 사온다네 가서. 그리 영리헌 늠이. 그래가 되지기 매이, 무숬기만 문 게 살이 쳐서 이룽대, 머심아가.

그래가 즈그, 즈그 인자 큰 넴이, 우리큰 아하고 한 동갑이라. 그런디, 제도마 어디 취직해가 있드만은 나가갖고 뭐, 뭐 외국에 수출허는 뭐 공장을 한다캐. 그기 몇 년 동안 안 돼. 안됐늠마 요새 쬐께 낫다 그래샇드만 몰라, 낫슀는지. 그래갖구 장개를 인자, 장개라꼬 갔는디, 각시가 뭐 또 혈압이 있다네 뭐 있고, 당뇨가 있어갖고, 아를 하나 뱄는디. 그긋두 배를 째고, 여덟 달만에 들으내고, 그 뒤에 아를 저저, 놀라칸께로, 아를 가지믄 어른이 죽을 끼라 쿠드래.

그래 머심아가 하나, 달랑 그 배 찌 들으내가 놓구, 그그뱁이 읎어. 그그뱁이 읎고, 고마 집구석이 안 돼. 그래가 고마, 우리 집 시아재두 고마, 위암이 돼갖고 그래갖고 위 떼 내고나서, 한 일 년을 겡과를 하드만, 술로 잡순께로 안 되대. 그래 세상 베리뻬리고. [조사자 : 일찍 돌아가셨어요?] 하모. 행님 앞에 세상 비렀지. 세상 비리뻬리고. 딸 그 하나 뭐 시집 보내, 뭐 선장 집인가 어덴가 보냈다 크드만은, 즈그 매가 그래 갤차논께로, 넘으 큰 며느리 돼가 지사 때두 안 가고 밍즐 때두 안가고, 즈그 어매 매이, 누구 보일라 하나인가 더구다나 큰 메느리고.

그래갖고 고마, 아들로 여 절대 몬 가구로 하는 갑대. 부몬데두 몬가구로

하구 마, 이혼두 안 해주구 고마, 딱 그러드만은. 그 며느 머슴아를 하나 낳았어. 첨에 인자 머슴아를 하나 나갖고, 머심아 그긋두 마, 제가 차지하고 고마, 보냈큰 며두 찾아가두 안 허구. 제가 제 돈 들이갖고 이혼을 했어.

그래 보냈큰은 새장개 안가고 잘 살고. 이건 지 혼채 저래가 있고. 국민핵교 선생 하그든, 그는. 그래갖구 살아. 그래 뭐, 생즌 전화 한 통화두 읎고, 생전 여그 오지두 안 허고 고마. 고마 예수에만 미쳐갖구, 그으만 가지 고마, 안 거슥어 해. 그런깨로 그 허다가, 그 벤덕 몬 써.

[9] 옛 사진을 보며 가족을 그리다.

[조사자 : 시어머니는 돌아가실 때까지 건강하셨어요?] 우리 집 어무이는 병원에를 한번 안 갔어. 병원에를 안 가. 병원에를 한번 안 가시고, 머리두 (두 손으로 머리를 만지며) 진 머리, 낭개 머리 그그, 세상 베리두룩. 내 그거, 세상 베릴 때 머리 갬기느라 욕 봤구만. 요새는 이리 깎아삐린께 수월타 아이가. 진 머리 그, 그 그래가 거슥허고.

이도 자기 내 가아있다가, 세상 비릴랑께 싹 빠졌대. 한 메칠 앞둬놓고 싹 빠지대. 그르고 병원에 한번을 안 가싰으. 그르고 만날 잡수는 게 녹차. 그그 인자, 대밭에 가서 인자 가서 잡숩고, 구십 까지 살어도, 잡숩고. 뭐 딴 거 뭐 저, 저저저, 하풍단, 하풍단 그거는 마, 하수평상 잡숩구, 그거는. 내 약이랑 그그 잡솨. 그래갖구 뭐, 조식은 참 잘 자시고. 좀 깨까드라 그룽지, 참 깨까드라. 참 저저 인물이 얼매나 좋았는지, 내가.

시어매를 (고개를 빼며) 요리 한븐 못 쳐다봐, 무습워서. (시어머니의 사진을 보여주며) 이 할매가 그른다, 이 할매가. 하동 미인이라 했다, 그때.

[박정애는 조사자들에게 가족사진을 차례로 꺼내 보여주었다. 조사자들은 이를 영상으로 기록하였다.]

(사진을 보며) 이 사진인데, 참봉한 할아부지. 저, 할아부지. 할아부지에 아부지. 우리 할아부지 아부지. 그런께롱 이참봉, 참봉 했어. 전에 웃대는 다

비슬 했다 쿠드라꼬. 다 베슬, 했는디. 저저, 다 비를 세워갖고 둑을 다 시워놨그든. 그, 한문 아는 사람은, 가보믄. [조사자 : 어디, 재실에요?] 재실에는 없고, 저, 저저 선산에.

전에 웃대는 다 비슬해서 저, 저 비 세와논 데 가보믄, 한문하는 사람은 다 일어보믄 알아. 횡천 재실두 있구, 여, 여 저, 사심골 여 가믄, 그 할아부지 우리 삼대, 할아부지, 거도 비 세와놓고, 다있어. [조사자 : 여그도 웃대가 북천에 와 사셨다구요?] 하머. 북천에 와, 전에는 재산이 있고 권리가 좋아논께, 좋은 디마동 찾아댕김서 다, 했지.

[조사자 : 아, 횡천에 다 사셨어도, 하동 골골이 묘자리를 모시고.] 어. 그래고 해논께, 다 있어. 여, 여 가믄 비 다 세워놓고. 그른께 우리가 선산 따라서 여 왔그든, 젊은 찍에.

참 웃대는, 잘 허셨는디. 중간에 우리, 우리 아바님 대에서 고마 삭 망해빘어. 우리 아바님 대에서 다 없애빘지, 우에는 다 잘 살았고마. 저 서울서 저저, 저저, 다 오헹지가 다 베슬로 다 허다가 아매 청승이 저, 정승이 역적이 돼갖고, 여 거제로 귀양을 왔그든. 전에 웃대, 할아부지. 슬로 귀양을 와갖고 인자, 네분은 거그서, 거제에서 살고 한분이 이리 횡천으로 오신기라. 그래갖고 여그서 참, 자손을 일우고, 그래 살았어. 그런께로, 웃대는 참, 집안이 좋았어.

다 그랬는디, 우리 할아부지 대에 큰아부지랑 둘이 삭 없애빈 기라. (웃음) 여그가, 이 집에, 큰아부지랑 둘 있그든. 우리가 작은 집이고. 그래가 마 삭 그마, 이 할아부지 헹지가 다 망해삔 기라. 그 웃대는 그리 잘 살았어. 참 그래 우리 큰 아가. 시제 모시러 저 가갖고,

"저리 다, 이리 다, 대밭이고 뭐이고, 저리 삭 다 우리 끼다."

한께,

"할아부지는 어째서 다, 저 저걸 다 읎애삤으꼬?"

[조사자 : 이, 양반댁 규수 맞다. 아주 꼬장꼬장하시네.] 하모, 내가 시어매로 (고개를 빼며) 요리 한번 바리 못 쳐대봤어, 무숩버서. 그래, 손재를 그리 마이 낳아서 키아도 한번 업어주는 벱도 읎고, (두 팔로 안는 시늉을 하며) 요래 한번 아듬아 주는 벱두 없고 그래.

[조사자 : 여씨라고?] 여씨, 여씨. [조사자 : 법중 여자, 써요. 우리 여기 화심동에 여씨들이 많이 살았어.] 우리 외갓집이서 젤 부재라, 거시서. 부자고, 부잣집이서 팔남매서, 막냉이로 딸로 낳아놓고.

[10] 남편을 저세상으로 떠나보내다.

[조사자 : 작년에 돌아가셨어요?] 올, 정월 그믐날 돌아가싰는디. 아이, 그날. 참 아파도, 사람도 알아보고, 정신두 말짱하고, 말 다 했그든. 그랬는디 (앞을 가리키며) 여, 계장인가 뭐인가 저거 고친다고 우리 막냉이가 와서 이틀로 일로 했는디. 첨먼저 와갖고, 첫날 와갖고,

"아부지, 지를 알겠습니꺼?"

한께로, 우리 큰 딸이 영이그든? 당장 첫말이 한다는 말이,

"영이네."

그래. 영이가 그래, 보고잡었는 갑서, 자기 맘에. 그래 그기, 장장 해가 있다가 고마,

"영이네."

그래대. 그래,

"영이는 뭐 영이라, 강이그만."

내가 그랬어. 그랬드만은,

(목소리를 작게) "그래."

그러드만은. 또, 뒷날 또 와갖고,

"아부지. 지 알겠습니꺼?"

항께로,

"강이네."

이래, 그날은. 그날 인지, 시상 배릴 날이라. 그른디, 아 그래 그날, 시염이마 하두 길어가 숙숙해가 있걸래 내가 큰 아보고,

"아, 아부지 시염 줌, 깎아 드리라. 그래가 있으니 더 숙숙따."

내가 그런께로. 그래 인제 아, (턱짓으로 앞을 가리키며) 저가 앉아서 시염을 깍고 앉았는디. 강이가 인저 갈라함서,

"아부지, 갈랍니더."

한께로, 강이 가는 데로 (고개를 좌우로 돌리며) 눈이 요리 돌아가는 기라. 강이 가는 데로. 요리 가믄 요리 돌리고, 저리 가믄 저리 돌리고 긍께,

"엄마, 아부지가 오늘 좀 더 이상허다."

그래.

(웃으며) "왜 내 가는 디마덕 그리 눈을 돌리꼬?"

그래서. 다시, 재가 나갔다가 다시 들어와가 보는 기라. 딱 돌아본께 또 그르그든.

"아이. 아부지가 이상허다야."

이래. 그르고 인제 갔어. 즈그 집이 갔는디, 저늑 때 인제 내가 밖에 뭐 일로 보다 들으와서 봉께로. 손발이 고마 얼음 겉애거든? 얼음 겉은디 고마, (두 손을 들며) 불뗑이 겉이 끓으, 끓는 기라. 고마. 그래 내가 손을 (왼 손을 잡으며) 요래 콰악 쥔께로, 힘줄 요기이 다 뛰. (손을 흔들며) 마, 내, 손이 뛰는 기라. 그래,

'참 이상하다. 왜 이러꼬?'

내 이럼서. 그래 인자, 베지밀이 저걸, 한번에 저걸, 자기가 잡수먼 다 잡수는디. (손가락을 꼽아 보이며) 이틀로, 베지밀이 한통을 갖고 세 번을 갈라가 디렀어. 세번을 갈라가 디렀는디, 그름서 (목을 가리키며) 해소가 끓는 기라. 그래서, (두 손을 들며) 내 혼차서 일라시갖고 해수를 빼낼라믄 그게 애릅애. 그래서 눕히놓고 고마, 휴지로 이, 손에다가 감아갖고 그래가 딲아내고 딲아내고 그랬는디.

그래 뒷집할매로 내가, 와서,

"아이고. 우리 집 할배 좀 와, 좀 보이소. 좀 할-, 할배가 이상허요."

그른께. 그래 참, 와서 보드만,

"저저, 저녁에 자제분들 오라 되겄다."고.

그래. 그래서 내가, 그르구 그마,

"병원에로 가시소."

그르구 내려가라,

"나는 병원에 가두 내일, 가고 잪소."

내가 그런께로,

"그름 혼자 저, 저녁에 어찌 겡과를 헐 끼냐."고.

그래. 그래서 내가 큰 아한테 전화를 했어. 전화를 헌게로, 연방 인자 들우왔다 그르는 기라. 그래,

"그름 저늑 묵고 우리 갈게요."

그르대. 그래 제가 옴슨, 저 동생들 둘헌티다가 다 전화를 혔는 갑서. 전화를 했는가 어쨌는가, 제가 첨 인자, 미느리허고 오드만은. 나는 내사 고마, 디다보고 갈 줄 알았는디, 미느리로,

"어무이, 오늘 저늑에 여 자고 갈 끼라요."

그래. 그래 인자 참, 내가, 아이 나는 즈그 갈 줄 알고,

"느그 있실 때 아부이 해수를 빼내야 되겄다. 좀 일아시 앉히라."

내가 긍께, 큰 아가 (부축하는 시늉을 하며) 요리 알아시 앉히드라고. 아, 눈이 딱 바로 백히. 눈이 딱 바로 백힘서 (입을 가리키며) 입이 아매 딱, 붙어삐리서,

"아이, 안 되는 기라. 눕히라."

그래. 그래 눕히놓구는, 난께로 그르자 또 화개 아가 와, 또. 와고, 강이두왔어. 그래서. 그래 인제 (턱짓으로 앞을 가리키며) 저리 눕히놓고 인자, 있응께 한참 눈을 깜고 있드만은, 또 나중엔 아무시랑토 안 해. 몸두 안 끓고. 아무시랑토 않고, 해수두 안 끓고, 그래서. 또, 화개 아가, 니을 뭐, 일꾼들 밥을 해줘야 되고 뭐 우째야 되고 쌓글래 내가,

"그럼 가그라."

내가 그랬어.

"아부지, 암시랑토 안 허는디 가그라. 즈녁에 가그라. 또 아무 이생, 또 이생, 무신 거식이 있이면 전화를 허께."

내가 이래, 이런께로.

(기억을 되살리며) 그래 인제 산에, 이 저저, 저저, 저 북천 사람 그으, 뭔 뭐, 거슥허는, 뭐 뭐이고, 그? 그, 점방 보는 사람, 그 왜? 솥, 까스 왜 여러 개 있는 거. 그걸 인자 저저 저, 그집이서 하나 가왔어. 욱이아빠가. 까스 왜 여러 개 있고, 왜 막, 놓고 허는 거.

그게 고마, 그집이서 안 돼서, 장사가 안 돼서 고마, 그걸 고마 치움성, 욱이 아빠로 와서 가아가라, 그륵도 가아가고. 그래구 가서 한번 가아가서. 그걸 갖다 놓을 디가 없다고 인저, 산에다 갖다 놔았그든? 갔다놔았는디,

"그르믄 고마, 오늘저닉에 그걸 실코 가서 내일 청소를 해갖고 내가 써봐야 되겠다."꼬.

이름서 인자,

"그걸 내 혼차 몬 실는디, 강이 니하고 내하고 가서, 실코, 실코로 가자."

이래. 그래, 암시랑토 안 해. 할배가 암시랑토 않은 기라. 말도 허구, 암시랑토 안 해서 인자, 그래 내가,

"그름, 니는 그마 가그라."

내가 이랬어. 그거 실러 인자 갔는디, 인자 화개 미느리가 인자 (앞을 가리키며) 저, 아부지 앞에 딱 그으 앉아가 있고. (오른쪽을 가리키며) 큰메느린 여가 앉았고, 큰 아들은 (왼쪽을 가리키며) 저가 앉아가 있고 그른디. (앞을

쭉 가리키며) 요리 즈그 아부지는 누워가 있고 그른디.

그래 낼, 큰메느리랑 메느리들이, (왼쪽을 가리기며) 여 좀, 누우시라 캐. 그래 좀 누우가 있는디, 화개 미느리가,

"어무이. 아부지가 자꾸 저 시계만 체디보네요."

그래.

"시계만 자꾸 체리보네요. 한번 와보지요."

그르대. 그래 내가 요리 간께, 내 있는 디는 눈을 싸악 돌리는디. 보때 그때 보, 찐이 나가주고 얼굴에 땀이 홈빡 나가있어서 내가 머리를 (이마 위 머리칼을 넘기며) 요리 한께, 고마 (머리를 가리키며) 여그 똑 감은 거 겉애. 찐이 나갖고. 그서 마, 얼굴이 고마 하얘짐서. 죽을 때 되면 훤허이 말금해지거든. 그름서 나 있는 데로 눈을 돌리는디, 그때로 말문을 딱 닫아갖고, 내가 강께 뭔 말로 할라꼬, 자꾸 입을 달싹달싹 허는디, 말이 안 나오는 기라.

말이 안 나와서, 그래서 내가,

"안 되는 기다."

내가.

"오늘 지녁에 가실라요?"

내가 그랬어. 그름서,

"가실라먼 오늘 지녁에 가소. 가야지, 내일은 이월 초하리요." (웃음)

내가 그랬어.

"이월 초하린께, 가실라믄 오늘 즈녁에 가시소."

내가 그런께. 그래 뭐이라 입을 (입을 달싹이며) 야비야리야리 허는데, 뭔 말을 안 나오고 그르대. 그래서 인자, 그래 날로 요리 체디보고 입을 달싹달싹 허다가 고마. 그래 내가 눈을 (얼굴을 쓸어내리며) 요리 함서,

"가실라믄 가시소. 저저, 내일은 이월 초하린게, 좋은 날 가시야지."

내가 이르믄서 그래 헌게. 아 고마, 눈을 (얼굴을 쓸어내리며) 이래 살- 열리, 여든께 고마 가비리는 기라. 고마 가비리대. 그래서 큰 아가 있다가,

"아이, 아부지가 엄마 말을 왜 그리 잘 듣네." (웃음)

그래 딱 시계를 체디, 체디본께 열한 시 십 분이라. 그른께 이 날짜로 간기

라, 가기는. 그래가 거슥 저저, 딴 사램 연락허는 디는, 그래갖고 고마 날짜가 대찌, 하리 해갖구는 안 되겠는 기라. 손님만 마이 들은께. 하리 해가 안 돼서, 그래서 고마 저 날짜루 세상 비랐다구, 초하릿날로 시상 비랐다고 그리 했그든. 그래 해도, 속정은 우리는 인자, 그르이 세상 비랐지.

그른께 뭐 손님, 그라고 마, 저저 인터넷으로 내고 뭐, 고마 서리 전화상으로 요리 연락을 해논께 제간, 제 간 디두 삼분에 일두 안 왔어. 그래두 손님이 억수로 마이 들었어. 돈도 마이 들오고. 그래갖고 욱이아빠는, 화개는 거슥을 안 하면 안 한담서? 부고를 안 해믄 안 온다꼬. 제 간디두 안왔다고, 성을 털털, 부고 안 낸다고 성을 털털 내서. 노래방- 그 사람두 몰랐다 캐.

그래가 제이 품앗이 한 것두 안 왔다꼬 셍이 나서 털털 해샇드만. 그래두 손님 마이 왔어. 마이 오고 사우들이 참 저, 저, 부산사우들은, 한 개두 읎고, 봉투도 읎고, 내나 즈그가 쪼깬썩 헌거. 화선이어미 그건 오만 원 했으. (웃음) 그래허고 큰 사우는 오십 만원 허고. 그래가 첨 저저, 부이돈도 마이. 요븐에 돈을 억수로 섰그든. 할아부지 할머니 상석 다 놓고, 우리가 상석을 놔야될 판인께.

그래 내가 죽으야 상석을 논다꼬 상석을 안 놨지만 해도, 할아버지 할머니 상석 다 놨제. 그그, 그 돌로 갖고 탑 겉이 해논디, 그걸 샀그든. 그, 시님들 허는 거. 그걸 인자, 두개로 인자, 사갖고 내하고 다 인자 해놨어. 해놓고 우에 사악 다, 꽃나무 다 숭구놓고, 해놓긴 잘 해놨어. 그래 한께 돈이 억수로 마이 들었어, 요븐에. 돈이, 내 죽구나믄 돈 들 건 읎어, 상석만 놓으먼 돼.

그른디, 그래 돈이 마이 들어두 돈이 좀 마이 남았어. 남았는디 인자, 그래 인자 큰 아가, 손재들 하나 앞에 딱 싹 다 십만 원쓱 주고, 여자들 하나에 삼십만 원쓱 주드라꼬. 딸이고 메느리고, 삼십만 원쓱 딱 주고, 나머치는 마 내 앞으로 싹 해주고.

"엄마 아프면 씨고, 그거로."

요새두,

"엄마, 돈 없이."

"돈 찾아주까?"

그르고. (웃음) 그래갖고 동네서두 그래, 그래 허는 집이 없다 캐. 그래, 큰 아가 딱 그리 조정을 해분께 마, 다 그리 따라 가대. 딸두 한 입두 안 가리구. 하동 딸은 그래두 즈그 앞으로는 한 사백만 원 들으왔어. 그르고 수원, 작은 사우는 마산서 선생하다가 수원으로 갔그든, 마산 선생들꺼지 다 왔드라고. 다 오고, 저 수원 선생들두 다 오고. 꽃이 그래두 사우들이 세 개쓱, 하나 앞에 세 개쓱 들어왔다 카대. 들오고, 작은 사우도 한 삼백만 원 들우왔어.

부산 긋들은 즈근 어디 안 갔는가, 암 긋두 읎고. (웃음) 그래두 참 자슥들이 거슥헌께, 돈이 마이 들으왔어. 돈 참 마이 섰구만. 쓰구, 요분에 마이 써빘어.

[조사자 : 영감님은 돌아가실 때 어디 아프셨어요?] 우리 영감두 그리 아프도 안 허고, 아프도 마이 안 허구, 삼 년 전에 으찌, 몸이 쪼끔 좀, 얼굴이 붓는 거 겉애.

그래서 내가, 우리 막냉이 아들이 왔걸래,

"저- 오늘즈녁 때, 아부지 병원 좀 델꼬 가보자."

내가 그랬어. 긍께,

"그름 그러지 뭐."

그러고 갔어. 그래 가가, 검사헌다고 델꼬 갔는디, 강께 뭐 콩팥두 안 좋고 뭐 위도 안 좋고 막 안 좋다 하는 기라. 그래서, 마 거석허면 수술을 해야 된다구 병원에서 그르대. 그래서,

"그래 허나 저저, 약물치료를 한번 해보자."

그러는 기라. 그래서,

"그래 해보자."

그럼 입원을 허라 쿠는 기라. 뭐 갔다 온다고 갔는디. 그래 내가 다시 들으와갖고 인자, 준빌 해갖고 가, 나가갖구 입원을 닷새를 했어. 그른디, 닷새 한번, 치료를 한번 받아보자 그르대. 그래 뭐, 주사 놓고 뭐 놓고 그른디, 이 위가 참, 사진을 베끼본께 안 좋드라꼬. 안 좋고, 간두 안 좋구 막, 막 그릏대.

그릏드만, 생전 안 아팠어. 신약이랜 건, 약이라는 건 안 잡솨봤어. 주사두 안 맞아보구. 그래 해논께 그런가, 닷새를 딱 치료를 허니께로 위도 완전허게 돼비리고, 사진을 찍은께 완전히 돼비리, 고마. 그래,

"할배가 으찌 이리 약발이, 약발을 잘 받느냐."고.

그래. 그래갖고 인자, 고마 닷새 후에 퇴원을 했지. 퇴원해고 집이 와서 있는데 그래,

"할매. 할배는 술을 잡수면 안 됩니다."

그래. 술로, 이리 저저, 딱 장부를 해놓고, 하리 일곱번씩 잡수는 기라. 어, 몇 시 몇시에 딱, 하리 일곱번을 자시는디, 술잔을 저저, 세 개를 놓고, 부놓고 잡솨. 그래 내가,

"아이, 사람은 하나인데 왜 술은 석 잔을 부놓소?"

긍께,

몇 잔 잡샀는, 그걸 모린대. 그러단 세 잔을 부우놓고, 인자 그래놓고. 나가 약술을 해가 만날 디렀그든. 전에는 젊어서는 꼭 막걸리를 잡샀는디, 여게 옴서보단, 여게 막걸리 받기가 애룹대. 그래서 고마, 내가 술로 바까뼀어. 고마 약술로 마, 여러 가지를 옇갖고, 약술로 담아가 그래가 내 디렀는디.

그래놓고 마, 일 년 열두 달 삼백육십일, 하리도 술상이 안 떨어지는 기라. 내가 술상 딱 해갖고, 안주 싹 해서 딱 해서, 덮어놓구 내가 일로 가면은, 동네 영감은 다 덴꼬 와. (웃음) 동네 영감은 다 덴고 와갖고 인자, 그 술로 잡숩는 기라. 긍게 술은 마 천, 술단지가 (팔을 펴들며) 참 많았어 뭐. 고마, 줄줄허이 이래 놓고, 담아놓고 그래놓고 인자, 내 이랬지.

참 및 년을, 여구 와서 내 그리 디렀그든. 디렀는디, 그리 술을 잡솨도 뭐, 밥 안 잡숩고, 그른 것도 읎고. 그래갖고, 석 잔 잡숩고 동네 한 바꾸 (팔을 빙 두르며) 빼 둘러 와갖구 또 자시. 그래 생전, 술이 안 채는 기라. 그래 오는 사람마득 그 적어논 걸 보구 죽겄다고 웃시싸. 딱 적어서 자기 그, 거석에 놔놓구 잡숩는 기라. 술로 그래 자시고, 그래 해도. 참 자슥들이, 그리 즈그 아부지가 그리 술로 잡솨도,

"아부지. 왜 그, 술 잡숬냐?"

그른 소리도 안 허고. 펭상 노래만 부리고 놀아도,

"아부지. 왜 그리 노냐."

소리두 안 허고. 참 아들네들, 효자는 효자라. 그래 펭상 나는 내 혼차 일로

하지, 전에 머슴 있실 때는 머슴 덴꼬 아들 덴꼬 했지만은. 인자는 펭상 내 혼차 일로, 들에 가서두 하고. 들에 가서 일 허구 내가, 한 손에 들고 마, 한 손에 이고 이래가 와도, 마중이는 나오는 기라.

인자 해놔 오는가 나서도, 그그 받는 법이 없어. (웃음) 받는 법이 없어. 그래, 그래서 인자, 하두 무겁버서 인자,

"아이, 이걸 좀 받으먼 안 돼요?"

긍께,

"아이, 그럼 진작 그르지."

그기, 생각이 읎는 기라. (웃음) 그래구 슬, 내 들어 가서 일 허구, 일 허면은, 인자 저 감나무 밑에, 저, 감나무 하나, 큰 기 있었는데, 그다 펭상을 놔놓고 만날 그리 노래를 불러. 노래를 불러서 깨는 기라, 술로. 그래가, 그래 오즉에 (오른쪽을 가리키며) 이 동네 아즈머이가 하나 가믄서, 내가 뒤에 일로 하고 있응게,

"화음 마누래. 저저, 할배는 저리 노래를 불러쌓는디, 쎙이 안 나요?"

그래.

(느리게) "쎙이 나지. 나기야 나지만은, 어쩌는 수가 읎지."

내가 이른께,

"쎙이 안 나믄, 정상이 아이지." (웃음)

그러고 만날, 가고 가고 그래.

그래가 펭상 그래, 빌 아픈 디도 읎고 그랬는디.

또 몬저 저 인자, 작년, 아 그 세상 베릴 때, 시안인가 언제고 왜? 여, 거시기, 하동병원에 가실 때. 아이, 그래 밥을 잡숩다가 아이 참 보름, 그때 추석, 지내고 열이레 날인가 그른갑다. 그른디, 아, (오른쪽을 가리키며) 저 방에 저저, 식당방으 가서 밥을 잡수라 한께로, 밥을 한 숟가락, (떠먹는 시늉을 하며) 요걸 떠 잡숩드만은 고마 (오른쪽으로 누우며) 한쪽으루 삐르르 드루 눕으이. 그래서 내가,

"왜 그래요?"

긍께,

(힘없이) "몰라."

이름서, 입이 홱 돌아가는 기라. 입이 홱 돌아가고 고마, 한쪽 수죽을 고마, 몬 써. 그래, 그래 인자 아들한테 전화를 해놓고 강이가 오고 헌께로. 밥상을 내가 저리 끄내논께, 그 밥상을 갖다 주래, 밥 묵는다고. 그래 인제 병원에를 참,

"하동병원에를 가가."

가서 인자, 가갖고 인자, 큰병원 가서 뇌수술 허라 캐. 뇌수술을 허라 크는 기라, 할배로. (머리를 가리키며) 뇌에 줄이, 어디 가다 멕히뻤다고. 뇌수술을 허라 그러는디, 그때 하개두, 화개 아는 오도 안 허구, 큰 아허구 강이허구 있는디, 그, 멍해가 서가 있어. 그래서 내가,

"아이, 나이 저저, 팔십이 넘은, 구십이 된 양반을, 이 시방 뇌수술허믄 깨놔두 안 헌틴디, 뇌수술해가 되겄느냐."고.

내가 곁에서 그름서,

"그, 약물치료 헐 수가 없느냐."고.

내가 물었으. 긍께,

"약물치료, 헐 수가 있습니다."

그르대.

"그르믄 그, 약물치료 한번 해보자."구.

긍께, (두 손으로 길이를 재보며) 뭘, 대롱에다가 누우런 걸, 여만한 대롱에다 두 대롱을 가아오드라고. 그래 한쪽, (오른 다리를 가리키며) 한쪽 수죽이 그마 빳빳해지뻤어. 그래 입도 (입을 오른 쪽으로 가리키며) 머이 싹 돌아가삐리고, 그랬는디. 그래 한 대롱 그걸 연께롱 입이 싹 돌아와. 입이 싹 돌아오구, 또 한 대롱을 연께, 발이 요리 꼼작 꼼작 하드라고. 그르디이 손두 꼼작 꼬작 허, 싹 돌아와비리드리. (웃으며) 허 그래, 거어서도,

"아요. 할배가 뭐 그리-, [조사자 : 약발이 잘 받냐고.] 약발이 그래 잘 받냐."고.

그래. 그르마 허먼 거슥, 입원을 허라 그르대. 입원실로 정해갖구 입원을 허라. 그래서 인자, 그래 인자 참, 입원실에 정해갖고 입원을 한께로.

아이, 주사두 주구 이런께, 살살 나사져. 나사지는디, 삼 일 만엔가? 아이구. 고마, 치매가 오는 기라. 치매가 오는디 고마, 아이, 이, 저저 저, (사방을 둘러 가리키며) 그 병, (웃으며) 병원 안에 있는, 그, 쪼깬한 냉장고도 있대? 냉장고 두 있고, 뭐이 있는디,

(사방을 둘러 가리키며) "이, 다- 우리 큰 아가 가온 기다." (웃음)

큰 아가 해논 기라구, 큰 아가 해논 기라꼬. 강이보고, 짐차 쎄 가오래서 그, 싹 실코 가자 쿠고. 또 고 너머에 앞산이 (위쪽을 가리키며) 훤허이 빈께,

"저 앞산, 저것도 (위쪽을 둘러 가리키며) 다 우리 큰 아가 해논 기라."고. (웃음)

그르고. 아이, 그르고 막 벌소리를 허는 기라, 고마.

그래. 아이, 그래 낮이로 좀 그르드만, 저녁에는 영 심허구 그마, 내가 고마 내 혼차서 감당을 몬 더겠대. 그래 그 왜, 그 강손 앤가 왜, 가 앞에 안 있었냐? 근디, 그날 즈닉에 그기 마이 도와줬어, 낼로. 강가 그, 그기이 인자 도와줬는디, 내가 뒷날 즈늑에는 아무래두 안 되겠다고, 그것보고 강이헌테 전화를 허라 캤어. 전화를 해갖고 강이 좀, 오늘 저늑에 올라오라 허라구.

그래 인저 강이가 올로왔다. 올라왔는디. 아이, 무슨 기운이 그리 세꼬? 고마, (두 손을 들며) 그 의자, 그걸 고마, 요리 개라놔도, 거를 뛰이넘어 가비리, 고마. 뛰이넘어 가, 내는,

'무신 귀신이 들었냐? 왜 이리 기운이 시냐?'

내가 이라고.

"그래가 내, 오늘 즈늑에 지사 지낼낀디 부산 사람들, 올로오라구 해, 했다구. 올라오라 허라구. 지사 지낼란다."구.

그르걸래 내가,

"그, 내가 올로오두룩 전화 해놨소. 곧 올라오끼요."

"부산서 여 올라믄 두 시간 걸리까?"

이래쌓는 기라. (웃음) 그래갖구 인저, (발을 만지며) 양발로 짓차감서, 자기 양발 안 갖고 왔는디,

"내가, 양발로 줘야 지사를 지내지."

이래쌈서. 그래 양발로 인자, 내 양발 벗어줬어. 벗어준께 그걸 끼이 신고 인자, 밑에 와 지사 지낸다고 (두 팔을 들었다 내리며) 막 저걸 허구, 절로 허구 자꾸 해쌓는 기라. [조사자 : 병원에서?] 병원에서. 막 (두 팔을 들었다 내리며) 이리, 절로 하고 뭐, 상갭이 들믹이고 뭐 뭐시 들믹이구, 죽은 사램을 그래 자꾸 들멕이. 들믹임서, 막, 그르다가,

"두 시간을 걸릴낀디, 왜 안 오네?"

막 이래쌈성, 그래쌓대.

그래고 마, 뛰이서 그마, 자꾸 밖으로 나갈라 허구 그라. 그래 인자 강이가, 아무래두, 강이가 저저, 빈소에 간다구 감서, 요리, 으자를 요리 개라놓구 갔는디, 그리 뛰이넘어 갔는 기라. 그래서 아이, 무신 기운이 그래 센고? 그리 뛰이 넘어 가두. 그래, 할 수 없어서 강이가 저저, 똥 누다가 쫓아와가주군 막, 긋다 막, 자기 거슥허는 침대다 눕히놓고 인자. 그마, 거슥을 가, (두 손을 들며) 요리 개랐뻬렀어. 개루고 인자, 그으 가 막, 딱 붙어가 앉았응께, 그 강이로 보고,

(차분하게) "내가, 쫌, 피해주소. (웃음) 저저, 내가 웬간허면 이래 안 헐 낀디. 내, 내가 웬간허면 이래 안 헐 낀디, 참말로. 내, 오늘 꼭 가야헐 일이 있어서 그릏다."꼬.

피해주라고, 사정을 허는 기야. (웃음) 그래두 고마, 꼭 간디서, 그래,

"엄마, 큰일이다. 이래가 집이 가마, (앞을 가리키며) 아랫방 저, 정지문 저거부텀 단속을 해야 되겄는디. 고 어쩌꼬?"

참말로 그래 몬 살겄대, 고마. 그, 발광을 지고 굿을 허는디. 아, 뒷날은 고마, 자드라고. 자고난께 괜찮애. 아이구. 그래 퇴원헐 때는 암시랑토 안 했어.

그래 퇴원해갖구두 고마, 메칠은 여 도랑에두 살살 댕기구, (턱짓으로 앞을 가리키며) 저짝 침대에두 앉았구 그러드만 고마, 아 고마 몸져 드루누. 몸져 드루눕서 인자, 뭐 똥 나오는 줄도 모리고, 오좀은 인자 나오는 줄. 오줌은 나오는 줄 알아갖구 그, 병원에서 오줌 누는 걸 사가 왔그든. 그걸 대에주믄 누고 누고 허드만은, 고마 나중엔 똥 나오는 줄도 모리고 그래.

그르다가 인자, 고상하다 세상 베렸지. 그래두 마이 안 했어, 고상. 마인

안 허구 그래두, 마 기지개를, 나중에는 기지개를 채어놓믄, 기지개 그거 안 끄르믄 꾸릉내두 안 나고. 그래 해도 세상 베릴 때도, 그리 고마 참 나부, 나부대도 안 허구, 고마 그대루 고만, 가실 때는 편안허게 가싰어.

[11] 횡천 열녀비에 대해 이야기하다.

어, 저저 열녀비를 그 왜 열녀비라 허면은, 그 할매는 아들 딸두 한번두 낳아보지두 안 허구, 새로 겔혼 해가지고. 내가 보진 안 해두 인저, 내가 어른들헌테 이야기 들으서, 들으서 그런디. 독쌔를 물리서 세상을 베랐어.

남펜이, 겔혼해가 얼매 안 돼서, 독쌔에 물려 저, 세상을 베랐는디. 그 인자 독쌔를 그그 잡아야 되는디, 몬 잡구 고마 들으가비랐어. 구녕으루 들으가비랐는디, 그 할매가 인자, 그 마누래가, 그 할아부지 속옷을 갖다놓구 그서 정세를 헌께 독쌔가 나오드래.

나오께 그마, (잡는 시늉을 하며) 타악 잡아갖구 고마, 이빨, 자기 입으로 고마, (물어뜯는 시늉을 하며) 콰악 물어서 독쌔를 직이뺐어. 그래 열녀문이라. 그래, 그걸 인지 직이삐랐는디, 그란께 할멈두 죽우비린 기라. 그 인자 저저, 독쌔에 물리가. 둘이 다 독쌔에 물리가 죽으서, (두 손을 들며) 메로 딱 합장을 해놨어. 합장을 해가. 한 데다 쓰놨는 기라, 시방.

그 왜 저저, 거시기? 그 여시걸인가 뭐, 그 할매, 우리 포석 세운 디. 강이허구 내허고, 호랑골. 호랑골 것다가 인제 그래 했는데, 그 할아부지, 할매랑 합장을 하놨는디, 그 메를 세번이나 잊져뺐어. 잊져삐린 걸, 인제 내가 그 주릉을 알아갖고, 그걸 찾아갖고 할 수없이 작년? 재작년에 인자, 우리 막냉이허구 내허구 가서 포석을 만들어가 세워놨어, 인자.

긍께 질에서두 봐두 환하게 대 뵈이. 그래가 참, 메를 인자, 그, 포석을 없응께 잊져뿌리겄드라꼬. 그래 거그 전엔, 옛날에는 솔밭이 돼가 있는데, 요새 싹 쳐비리고 밤나무를 딱 숭구놨어. 그래논께 어디가 어딘 줄을 몰라. 응, 그래가 인자,

'이래가 안 되는 기라.'고.

내가 시제 때 이 포적을 하나 해야지, 안 되겄다 해가. 그래가 인자 그으, 그 거석에서 인자, 돈을 내라 쿠고, 내가주군 제각에서, 문중에서 인자 돈을 내갖구 포석을 해서 세워놨어. 그내 내하구 인자 저, 우리 막냉이허구 둘이서 지고 올라가갖구, 거 세워놓고.

앤경을 어지 그즈껜가, 가서, 강이가 가서 삼십만 원인가 주구 앤경을 맞차가 왔는디, 고마 지가 땀이 난께 거 벗어놨, 낼래두 줬시믄 될 낀데 벗어놨어. 벗어놔서 안, 몬 찾고. 그래,

"내가 다리가 아파서 고마, 니가 찾아가 오이라."

그래 가서 아무리 돌아도 몬 찾고 내려왔어. 그래서 내가 인저 올라가서,

"니 눈하구 내 눈허구 틀리는가, 내가 한번 가보자!"

인자, 그래가 올라갔어. 올라가서 내두 몇 바꾸를 돌아두 읎어. 그래서 내가,

'이래믄 안 되는 기다.'

싶어서 할배헌테 인자 할매헌테 절을 한 자리 허고, 내가 정세를 했어.

"할매할배. 이 손자가 이거 참, 여꺼지 지고 올라와서 할매할배, 안 잊져삘라고 이렇게 해놨는디, 정신을 써서 해놨는디, 앤경 좀 찾아주이소."

내가 그리 허고, 딱 니리다본께 내 발뿌리에 있는 기라, 앤경이. 그래가 내, 찾아가 내리왔어. (웃음) 그래, 그, 그 손신이 읎는 게 아이라. 있는 기라고. 그래갖고, 지가 몇 바꾸를 돌아두 몬 찾았어. 그래두 그, 볿도 안 허구, 깨지지두 안 허구. 그래가 (고개를 숙이며) 낼, 절 허구 인제, 정세허구 일어나서 (아래쪽을 보며) 요리 니리다본께 내 발뿌리에 딱 있드랑께. 그래갖구 앤경을 찾아가 왔어.

[12] 유별난 시부모 시집살이에 욕보다.

악코를 내가 저, 하동 가 한 마리 사왔그든. [조사자 : 악코가 뭔가요?] 악코

라고 있어. [조사자 : 아구.] 그걸, 그걸 사가 왔어, 인자. 거가, 애가 있어, 애. 지름 겉은, 그기 있는디. 그걸 참 좋아해, 우리 집이 할아부지가. 밍태두 애 그걸 인자, 뽀글뽀글 끓이가 디리믄, 꼭 그걸 좋아하구 그런디.

아이, 악쿠를 사가 와서 본게, 싹 썩어삐리고 녹아삐리고 없어, 애가. 애가 없어서 인자, (앞에 앉은 아들을 가리켜 웃으며) 요기, 그걸 아는 가배? 그래서 악쿠 애, 그걸 인자, 아, 그거를 인자 못 해드렸어. 그래논께,

"악쿠애, 그으, 으뜬 놈이 묵읐냐?"꼬.

멫날 멫일, 퍼부, 낼로.

"그, 으뜬 놈 줬냐꼬? 악쿠애, 그그를 으뜬 놈 줬냐."고.

그래가 퍼붔고.

내가 장을 봐가 오믄, 가지가 사악 그 조사해, 와서. 장 봐가 온, 인자. [조사자 : 뭘 사왔는지.] 어. 뭘 사왔는고 조사를 해갖고 인자, 자기 맘에 맞는 거 있시믄, 자기가 들구 가서 인제 회쳘 거 있시면 회치고. 우리 아바이는 그래두 그런 거 잘해. 어머이는 난, 그런 거 허는 거, 못 봤어. (웃음)

그래 회쳘 거 있시믄 해치고. 인제 (앞을 가리키며) 저짝에 그, 남새밭이 쪼매허이 있는디, 것다 남새를 내가 뭐, 상추 쪼짝 뭐 쪼짝, 쪼깨이 숭기놓먼, 우리 집 어머이는 그기 풀인가 남샌가, 그걸 몰라서, 그걸 손을 몬 대는 기고. 그래두 우리 집 아바이는 가서, (뽑는 시늉을 하며) 상추 시금추를 빼다가, 자기가 손수 씻쳐갖고, 자기 방에 가가 거서 잡숩고.

(웃으며) 그래 게를 인자, 잘 낚아. 우리 집 아부님, 요새 참게, 왜. 그른 걸 인자, 우리 똑 강이, 그걸 델꼬 가는 기라. 그걸 델꼬, 밥 싸갖고 델꼬 가서 인자. 강이 그기, 말로 잘 듣그든. 긍께 델꼬 가서 인자, 저저, 게를 잡아오마 딱 자기 방에다 그, 게를 담는 기라. [조사자 : 게장을?] 응. 게장을 인자, 담아갖고 자기 방에 놔뒀는 기라.

(웃으며) 딴 놈, 돌마 묵는다고. 그래가 뭐, 손자고 뉘고, 아무도 안 줘. 안 주구 마, 자기 혼차 그, 강이 델꼬 가 잡아가 와 그래 허구. 또 어쩌다 좀, 마이 잡아오머 그걸 인자, 도구통에 찧어가 게탕두 해묵고.

(아들을 보며) 그래가 저저, 거시기 저, 전에 진영이 왜, 없냐? 느근 알제,

진영이? 진영이 그, 야바위꾼 아이가? 근디, 그긋허구 만날, 할아부지허구 공론을 해갖고, 아부지 그때 이장을 했는디. 인제 그으 사람허구 약속을 해가 인자, 동회허는 날, 아부지로 인자, 인자 백지 엄헌, 그, 진영이 그거 말 듣고 인자, 가서 인자, 이장허는 날 거석을 해갖고 이장 목아지 뗀다고, 할아부지가. [조사자 : 아들?] (웃으며) 자기 아들로, 목아지 띤다고 인자. 이장두 한, 이십 년이나 했어. 그래 그긋허구, 그 둘이서 인자 목아지 띤다고 그래 갖구.

내 가만 눈치로 본께로, 그, 그 비미가 있드라고. 그래서 내가, (손가락으로 헤아리며) 하동읍에 고모들, 둘이 안 살았냐? 고모들로 올로오라 캤어, 동회허는 날. 올로오라구 인자, 해논께 왔대. 그른디. 그래 인저, 가서 인제 동회허는 디 갔는디, 미리, 자기들이 판에 가서 인자 이 목아지 떼고 망신을 시킬라고 갔는디. (두 손을 둘며) 동네 사램들이 고마, 자기들을 베락을 해 시키가그든? (웃음)

"왜, 그르이 참, 호자 자슥, 아들로 갖다가, 왜 부모가 들어서 그럴까 보냐." 구.

그르구 그기, 자기허구 참 공론헌 사람이, 사람 겉으면 하지만은, 순 야바우나 하고 몬된 놈허구 그러그든? [조사자 : 왜 떨어뜨릴려구?] 그른께, 저 백찌, 몬된 놈 그눔 말만 듣고. 그래갖고 인자, 아, 술을 딱 지정해서 인자 믹인께는. 아, 그래 했는디, 그래 으찌 쎙이 나노. 그래 인자, 자기 인자 그래 해논깨로 고마, 와서, 집이 와서 쎙이 나갖구 닭클 한 마리 탁 잡아가주구, [조사자 : 시아버지가요?] 응, 닭클 한 마리 잡아갖고 (두 손을 들었다 내리며) 백솥단질 한 디다 걸어놓고. 또 아들, 가서 멩의 달리고, (두 손을 벌리며) 삼을 한 뭉텡이 사다났어. 저저, 거슥을 달아놓고, 이름 달아놓고 한 뭉텡이 사가 왔어, 인자.

고모들이 와서 있읐어. 내, 고모들 올로오라 캤그든. 그래 인자 있는디, (두 손을 들었다 내리며) 고마 탁 갖다 걸어놓고, 고마 그, 삼 한 거는 갖다 옇고 인자, 불로 때는 기라. 잡아, 닭 한 마리 잡아 옇고 불로 땐께. 고모들이 가갖고 고마, 솥단지 그걸 (집어 던지는 시늉을 하며) 마당에다 패대길 쳐비리 고마, [조사자 : 누님들이세요?] 동생이지. 작은 어마이한테 난 딸이라. (집어 던지는

시늉을 하며) 고마, 솥단지를 내빌져 그른디,

"삼 먹고 기운 돋아갖고 뉘 거슥헐라고 그르느냐."고.

막, 얼매나 악을 써야. 내가 그마, 을매나 분해서 고마, (두 손을 무릎 위에 얹으며) 고마 뚝담에 요래 앉았으, 고마. 내 손으루 마, 내 무릎팍을 마, (두 손으로 허벅지를 내려치며) 을매나 요리 치고 고마, 울었어, 고마. (목소리를 높여) 와앙 허구 울어삐렀어, 고마. 울어삐린께,

"조년, 때리 직인다."꼬.

첨먼제 인자, 도굿때로 갖고 (두 손으로 막대 든 시늉을 하며) 오는 기라, 날 때리 직인다꼬. 도굿때를 갖고 오대. 오드만은, 또 고모들이 뺏들어논께로, 또 니리가드니 방맹이를 가아오는 기라. 방맹이를 가와서 또 때리 직인다꼬 또, (두 손으로 허벅지를 내려치며) 나는 그마 그래가 앉아가 울었어. 대성통, 분해서. 분해서 대성통곡으로 운깨로 그마, 따악 가서, 가드이 또, 나중엔 인자, 짜구로 가아오는 기라. 쫒아 직인다고. 짜구로 가서, 가아온께로 가온께 또 고모들이 뺏들어논께로, 나중엔 가서 도치로 가아와. 날로 쫒아 직인다고.

"저년 쫒아 직이야 된다."고.

그르미. 그래가 소문을 내기로 으찌 해서 내구 댕깄냐 하믄은, 첨먼제 시집을 온께로,

"우리 집이는 버벌이 하나 디다 놨다. 버벌이 하나 디다 놨다."

그르구 댕기드니, 내가 인자 그날, 그리 해논께로,

"순! 광대패로 하나 들다 놨다. (웃음) 순, 우리는 며느리, 광대패를 딜이 놨다."

이르는 기라. 그래가 얼마나 그날, 내가 뚜딜이고 이거, (두 손으로 허벅지를 내려치며) 무릎팍을 뚜딜이고, 분해서 울어놨든고, 나중 본께로 (다리를 가리키며) 쌔카만 기라, 다리 여기, 멩이 들어서. 새가매 고마.

나는, 그래 겉으면 다, 시방 생각이 다 안 난 것만 해도. (웃으며) 나, 가마히 벤소에 가 생각을 허이 또 그기이 생각이 나네. 그 짓을 허고, (한숨을 쉬며) 아휴. 그리고 마, 우찌 내, 난 시부모가 저런 사램, 만구에 첨 봤어.

[조사자 : 시어매는 그래두 모진 소리 안 허구 그냥, 아주 우아하게 계셨고.]

그러고도, 우리 집 할매도 자기 얼굴값을 몬 대. 왜 그르냐 허면은, 인자 손자들도 시키면은 그걸 바로 시키야 될 낀디, 저, 아들이 인자 홀딱 홀딱 뛰고 마당 놀믄,

(점잖게) "아이, 야야. 물 좀 떠가 오니라."

이르믄 될 낀디,

"물 좀 떠가 오니라."

해두 그긋들이 (손을 내저으며) 놀다가 몬 들었그든? 르개 와서,

(앞당겨 앉으면서 아이 목소리로) "할매. 할매 뭐이라 했으요?"

이르믄,

(목소리를 높여 매몰차게) "꾸정물 떠와라. 꾸정물 떠가 오란 말이다."

요리 해. 똑 그리 헌단 말이다. 자기 얼굴값을 몬 대.

그르고, 똑 (자기를 가리키며) 낼로 말로 해도, 창수를 틀어가 말 허고. 첨 먼제 인자 내가 시집온께로, 청 밑에다가 궤짝을 (두 팔로 네모지게 그려 보이며) 요만은 걸 하나 놔아놓고, 씻끌 빨래를 착착 개서 (짚어 넣는 시늉을 하며) 한 궤짝을 옇놨드라꼬. [조사자 : 빨래할 걸?] 빨래헐 걸 옇놓는디, 적으난 사람(?) 놉을 얻어두 그걸 씻츠야지, 새며느리 그걸 씻츨끼라? 그래갖구 인자 내 시집온께, 착착 내놔, 씻츠라 쿠대.

내가, 집이서 어매허구 내허구 둘이 빨래를, 헌 사램인디. 내 (손을 저으며) 생전, 아무리 일로 해두, 코에 열 터지는 법이 읎어. 그리구 나는 목구녕에 한번 넘어가먼, 넘어오진 안 해. 그러는디, 아이, 삼 일로 내가 그걸 씻츠, 씻츴구 난께로 코에 열이 터지드라꼬.

코에 열이 터지구, 그때는 저, (두 손으로 아랫도리를 만져대며) 미엉 단속곳에다가, 미엉 꼬장중우에다가 미엉 속치매다가, (두 손으로 허리를 가리키며) 또 웃치매에다가. 좌우지간 아랫투리만 벗어도 고마, 전에 옛날엔 통으로 한 통씩이라.

그른디, 그걸 씻쳐갖고 인자, 삼 일로 씻쳐가, 전에는 비누두 읎어. 얄구진, 껌은 비누 쪼깬히 나오는 건데, 짚 겉은 거 사롸갖고, 그걸 인자 저저 시리에다 담아갖고 따신 물로 부우갖고 잿물로 받아갖고, 그걸로 삶고 그걸로 주물러서

빨고, 요르는디 인자.

그래가 인자 삼 일로 씻쳐갖고 인자 풀로 해서 인자, 내가 (위쪽을 가리키며) 저저 널어놓고 인자, 들에 일로 가면은, 그게 빼등허먼 걷어놔야 그걸 개서 놓는 긴디, 비쓱 몰랴놔도 그거 안 걷어. 안 걷고 놔두는 기라

그래 저녁에 인자 그걸, 내 갓 시집와서 얼매 안 돼 그랬그든. 그걸 인자, 그걸 개는디. 우리 큰 가스나 그기, 국민핵교 댕기드라고. 그른디, 만날, 전에는 왜, 저저 (웃옷을 가리키며) 여, 한복을 아들 해입힌게 고름이 있는 기라. 그른디, 고름 (왼 손을 들며) 그걸 요리 들고, (오른 손으로 왼 팔뚝 위를 넘나들며) 공을 요리 치는 기라, 요리.

그르믄, 하리 가믄 한븐쓱 뜯어와, 그걸 아무리 달아줘도. 고름을 뜯어가 오는 기라. 그래서, 빨래 갠다고 앉았는디, 고름 좀 저저, 달아주라 그러는 기라. 그래서 내가, 말이 헌다는 말이,

"빨래 이거, 말라쌓는디. 저, 개에놓구 달아주지요."

딱 말이라는, 고 소리뱉에 안 혔는디, 시어매 말끝에 답헌다고, 답헌다고,

"느그 어매가 그래 시키 보내드냐, 뉘가 그리 갤차 보내드냐?"

이래갖고 딱, 일주일을 퍼붔는 기라, 낼로. 일주일을 퍼부서 내가, 그래두 군 입두 안 뗐그든. 안 떼는디, 일주일날 저녁에는 딱 그, 꼬찌아즈매 집으루 낼로 저녁에 가자 캐. 그때 그른께는, 한 달이 안 돼논께로 인자, 술치정도 안 허구 그를 때라. 그래서, 그래 참, 꼬치댁이 집으루 가서 인자, 그때 여름이라.

근디, 한 디, 청에 이리 앉아가 있는디, 또 헌 소리. 내는, 입도 안 뗏는디 자기 혼차서 그러거덩. (손으로 헤아리며) 헌 소리 또 허구, 헌 소리 또 허구 해도, 가라 소리를 안 해. 가라 소리를 안 한께 몬 가구 앉았지. 앉았응게, 기, 기호 여센 자기 조캐가, 우리 고모 조캐가, 여 우리 어머이 조캐가 작은 첩 헌 소갖고 그 집, 즈그 헹수 아랫채에 아랫방에 살았어. 거그, 거그 아랫채에서 자는디, 다체 자다가 들으먼 또 그러고.

그래 인자, 제수라 허는 건 암말두 안 허구 앉았는디, 자다가 들으먼 또 그러고 자다가 들으먼 또 그러고 근게. 내가 요량허먼, 자기헌티 제순디, 사랑

바람으로 고마 쫓아 올라와서,

"고모. 제수가 무신 죄를 짓걸래 밤새두룩 젊은 사램 델꼬 앉아서 그래, 조지요?"

낼로 보고,

(목소리를 높여) "제수, 내려가소."

고마 그르대. 그래 고마 나는 내리와비리고, 자기는 그날저녁에 그 자고 왔는 기라. 그걸 갖고 일주일로 퍼부. 낼, 버르징이 잡을라꼬. 주댕이 버르쟁이 잡을라꼬. 그래두 절대 내가, 잘못했다 소리 안 했그든. 저른 사람한테 잘못했다 해놓믄, 날마담 해야 돼, 잘못했다 소리. 그래 내가 버릇 안 딜이라고, 천하 없어두 잘못했다 소리 안 했다. 내 잘못헌 게 없는디, 뭐 내가 잘못했다 캐, 그래.

그래갖고, 그리 사람을 갠당게. 개. 개고, 내가 (바닥을 가리키며) 새미에 가믄 새미에 따라가서 개고, 어디 가믄 따라가고. 똥구녕에 따라 댕기믄서 그리 개. 긍께, (손가락질 하며) 자기 작은 아들도 아부지 델꼬 갈라지, 어매 안 들꼬 갈라 크드랑께.

내가, 할 수 없어 내가, 몬 젼디서 시아제를 올로오라 캤그든.

"내가 이래가 도저히 못 살 겉은께, 어머이를 모시구 가든지, 아부지를 모시구 가든지 한 분 모시가야지. 내가 몬 살겄다."

해논께로, 아바이 모시간다대. (웃음) 아바이 모시간다. 그래가 모시가드만은, 쪼깐 거처허드만은 술로 잡숩고, 그래갖고 거슥했지.

그른께, 나는 고마 참, 에나 넘 놘 자슥, 그그는 암시랑토 안 했어. 넘 놘 자슥, 그그는 고마. 딴 사람은 하나두 못 보대? 그래두 나는 서이라도, 그긋들 내가 그리 뭐, 밉고 그른 것도 없고, 즈그 해도란 대로 내가 해도.

내가 장엘 갈라믄, 어무인 어무이대로,

"오늘 내 문, 뭐 묵을 거 사가 오너라."

또 아바인 아바이대로,

"내 뭐 묵을 거 사가 오너라."

또 가시나는 가시나대로,

"엄마. 내 뭐어 사다 줘."

그른께 아무것도, 딴 건 못 해도 그 사람들 요구는 대루 다 사와야 돼. 그른께 참 내가, (웃으며) 반펭이 겉은게 살았제, 똑똑헌 년 겉으면 볼쌔 달아나비릸어.

그래가 참 마 아부지도, 참 느그는 아부지 거슥헌지 모를 끼다. 그래두 아부지가 벌인 돈이다, 이기. 니는 그 소리, 몬 들었을 끼다.

아이, 안 팔아문 게 어딨어? 자기 옷도 잽히고. 그래두 똑 큰 아들로 들꼬가, 전당포에 잽히드라네. 그런께 그거이 마, 자기는 지직증이 난기라.

아무것두 없어, 고마. 살림은 마이 타고 나왔는디, 어디 가 붙은 줄도 모리고. 논이고 밭이고 붙인 줄도 모리고, 싹 다 넘어가비리. 그래갖고, 하모. 전에, 웃대는 다 잘 살았다 캐. 잘 살고, 베슬도 다 허구 했는디 우리집이 저, 할아버지 대에 고마 싹 읎이삐린 기라. 읎애삐리고, 그래 고생을 혔는디.

아부지가 에리선 고상핸 사램이라. 그래가 방직회사 가갖고, 그 인자 불이 나갖고, 그래갖고 한 몇 끼 잡아갖고, 인자 논을 사갖고 저저 내가 아까 이야기 했지만 해도, 외삼촌을 덜이논께 그 자기 앞으로 해빈기라, 또 거그서. 그래 내가 와서 그걸 챙깄지, 내가 와, 안 왔시믄 그거 넘어가빈 기라. 그래 챙기갖구 내가, 농사를 삼 년을 딱 진께로 고마, 딱 복구가 되대, 살림이. 그래가 참. 아이구. 말도 몯 허지 뭐.

와보니 살림이 뭐 있어. 아무것두 읎고, 뭐, 옷은 그렇게 마이 나오는디, 삶을 띠가 읎는 기라. 옷은, 전에 옷은 삶아야 되는디. 그라곤 빨래를 삶아, (두 손을 들며) 몇 솥을 삶아야 돼. 요만치믄 쇠솥, 옷솥. 그, 한 개 있대. 그리구 장 담을 그릇도 읎고. 장 담을라믄 다섯 그륵에다 담아야 돼, (두 손을 들며) 요맨씩 요맨씩 헌 거.

그래가 내가, 저 장독아지, 호암 당금순이 그, 술독아지를 내가 가서 사, 사가 왔어. 열 동을 뜨는 거. 그래 사가 오고, 또 솥도 고마, 하동 장에 가서 콩 열 되 앉히는 솥을 샀어. (웃음) 그래논께 솥두 크고 마, 됐대.

그래갖고 술은 고마, 그때는 술로 도가지 도가지 해옇갖고, 내가 내, 술로 해서. 그래가 인제, 저녁으루 걸러갖고, 빙에다 (앞을 가리키며) 저, 저 옷 밑에

두 걸어놓고, 저 단쓰 안에두 옇놓고, 그래두 술 한번두 안 들맀어. 안 들리고 그 술로 다 거석했는디.

한번은 그래 모를 숭구는데, (턱짓으로 앞을 가리키며) 앞에 열 마지기 모를 숭구는데, 새참을 연막에 와 묵고 나갔어. 묵구 나갔는디, (오른쪽을 가리키며) 그짝 집이 거가, 술로 치는 기라. 그래 술은 한 도가지, 한 동우를 해갖고, 장뚜방서 벅벅 개. 개는디, 아무래두 꾀가 안 나대. 그래서 뒷문이, 전에는 뒷문이 있그든, 정지가. 뒷문으루 가갖고 살짝 가와갖고, 솥에다 탁 털어뷌어. 틀어부가, 정심 허는 거 매이로 고마, 불로 쪼까이 땠어.

그래가 술로 여망 걸러갖고, 새참을 묵고 갔는디 술이 좀 남았걸래 마, (웃으며) 저 아랫새메 호째구 또랑에다 부우논께 전신에 술내가 나지, 오머. 그래 (냄새 맡아대는 시늉을 하며) 씩씩 맡아싸미 돌아댕기대. 돌아댕기도 마, (손을 내저으며) 아무리 쳐도 술이 없그든? 긍께,

'고마 틀림없이, 오븐에 저, 오늘 술 들맀다.'

싶어서, 모 숭구는 사램들이 (고개를 쭉 빼고) 이래가 서가 있어, 모도. (웃음) 서가 있는 게, 내가 바로 앞에 돼논께.

'인지 틀림읎이 들맀다.'

싶어. 그래 인제, 저 선장으로 싹 가비드라고. 그래서 인자, 딱 퍼다가 그놈을, 퍼갖고 저 벤소에 가면은 그으 (두 손을 동그랗게 해보이며) 장군 빠, 한쪽에 빠진 게 있어. (웃으며) 것다 딱 주여갖고, 것다 술동우를 딱 주여갖고 딱 묶어갖고 안, 거슥허러. 똥, 벤소엔 안 가드라꼬.

그라곤 한번두 술은 안 들맀어. 그때는 술 몬 해묵어. 그래두 꼭 집이서 내가 해그든. 그래 술로 해가, 하믄 저녁에 걸러갖고 빙이다 옇갖고, 요새는 플라스틱이나 있지. 그때는 그, 유리빙이. 긋다가 옇갖고 전신에다 숭키는 기라, 저 옷걸리 밑에두 숭기놓고, 단쓰안에두 옇구, 전신에 싱키갖구 인자. 그래두, 다 자기들 비워 맞차서 다 디리구 그랬어. 나두 그런 머리 쓰니라 욕 봤구마. (웃음)

※ 두번째 구연

자 료 명 : 20081228박정애2(하동)
조 사 일 : 2008년 12월 28일
조사시간 : 44분
구 연 자 : 박정애, 여·77세(1932년생)
조 사 자 : 김종군, 김경섭, 박현숙
조사장소 : 경상남도 하동군 북천면 방화리 (구연자의 집)

조사과정 및 구연상황

전날 4시간에 걸쳐 쉼 없이 구연을 이어갔던 박정애는 다음날 아침에도 조사팀을 반갑게 맞아 주었다. 이날 박정애는 시집살이로 인해 생긴 속병에 대해 집중적으로 이야기하였다.

이야기 개요

결혼하고 얼마 지나지 않아 화병이 들었다. 진맥을 하고 화병이라는 진단을 받았는데, 한의사는 약을 먹어봐야 소용이 없을 거라고 했다. 시어머니는 위로는커녕 젊은 년이 무슨 화병이냐며 쏘아붙였다. 한약을 달여 먹고 차도가 보이기 시작했다. 지난 세월을 돌이켜 보면 어떻게 살았나 싶은 생각이 든다.

[주제어] 진맥, 한약, 화병

[1] 화병이 들다.

신랭이란 사램은 나가서 고마, 주막에 가서 술이나 잡숩구 노래나 부르구 뭐 그래싼께, 하리는 고마내가, 너무 마이 아팠어. 마이 아파서, 그래 그래두, 그리 아파두 빼조시 밥은 끓이줘야 돼. 인자 끓이줘야 될 낀데, 끓이, 뽀도시 인나서 밥 끓이주고 인자 또 아파서 그래가 드루눕고 드루눕고 해도.

그래 할 수 없어서 인자, 영감 참 거식에 가서, 노래두 부르고 하는 디를 내가 찾아갔는 기라. 찾아가 가갖고,

"내가 이리 아파가."

그리 간께 그 내나, 술장사 허는 집이 내나 우리 외사촌 시아재 집이라. 그런디, 묵점여생이라고. 그, 가이께 껌쩍 놀래대.

"왜 얼굴이 그래냐?"

쌓대. 그래서, 그래두 이 뭐, 신랭이란 사램은, 니 아프냐, 말두 없어. 그르구 시어매두 그르고. 아무도, 온 식구가 아픈, 말이 없는 기라. 그래서, 그래 가서,

"내가 이룽게야, 몸이 이룽다."

이른께로, 그래 인제 묵점여생이 저저, 구례 배티재 가믄, 임약국에 있어. 근디, 그래 그 먹점댁이도 아파갖고 거 가서 참, 진맥을 해가 약을 지이다 문께 낫드라꼬,

"행님, 그리 가보라."

그르는 기라. 그래서 인자, 그래 헐 수 없이 그날 인자 약국에 갈라꼬 인자 허구, 집이 가서 옷을 입고 인자 참, 신랭이랑 나온께, 어머이가 뒤따라서 왔어. 내 뒤따라서 인자 차도에, 인자 차 탈라고 차도에 나온께로 뒤따라서 와갖고. 그래 인자 거 강께로, 그 점방집 주인이 으뜽게 아프냐고 묻는 기라. 그래서 내가,

"이만여슥하고 이만여슥해 그래 아프다."

그른께로,

"그기 화병이요."

이르는 기라. (웃음) 그래 내는 마, 화병인가 뭔가두 모리지. 고마 그으, 거식이 올라오라면은 마 네방구석을 매야 돼, 고마, 몬 젼디서. 그래 허는디 인자, 그래 인자 그래,

"전에 옛날 똑, 내벵 겉네?"

이르는 기라. 그래서,

"왜, 자기는 왜 그랬나?"

이른께로,

"내가 일본 가서 돈을 벌어갖고, 나와갖고 저저, 한국에 나와갖고 사기를 싹 당해뵜다."캐.

그래가 자기가 그 벵이 났다꼬 그름서,

"똑 내벵 걸네요."

이름서,

"가 저저, 똑 진맥을 해보지만, 화벵일 낍니다."

이르는 기라. 그래 우리 어머이가 살살 뒤에 뒷볼봐 와가주고 그, 담 너머에서 들읐어, 그 소리로. 들읐는디 참, 차로 타고 가서 인자, 진맥을 허니께로, 막 그 마, 약국이 야단을 치는 기라. 우리 집 신랑을 야단을 쳐.

"사램이 이리 되두룩 세상에, 놔두고 있을 법이 어딨냐고. 그룹게 미련허냐."고.

막 야단을 치대. 그래서,

"절대 이 사람, 못 나순, 못 나순다."캐.

"못 나숬는디, 꼭 나술라 맘을 무믄 저, 저 절에나 어디 가서 자기 혼자 수양을 시키라."

그러는 기라. 수양 시킬 헹편이 되는가, 또 집이?

"수양을 시키라꼬. 그르, 그래 해야 낫지, 이 사람 못 나순께. 약도 없고, 그른께."

약을 안 지이줄라 해. 안 지이줄라 하는데,

"약도 없고."

고마, 델꼬 가라 카는데.

"델꼬 가서 고마, 어디 가서 뭐, 산에다가 뭐 허든가, 어디 절로 보내든가 자기 혼자 수양을 해야지. 자기 집 있어갖구 이 병 못 나수는 병이라."고.

이른게로. 그래 약을 지이줄라 캐, 꼭 안 지이줘. 그래서, 내가 사정을 했지.

"우리 집안 헹핀상 그러도 못 허겄고, 내가 없시면 안 되고 헌께로 저, 약 열 첩만 지주라."

그랬어. 열 첩만 지이주라 쿤게, 사정을 허니께로,

“참, 아줌마가 그래싼게 내, 지이주긴 지이주지만은, 이 약 소용 없십니더.”

이래. (웃음)

“이, 묵으봐도 소용없고, 약 나쁘다 소리만 헐 끼라.”

그러는 기라. 그래서,

“그나따나 지이줘 보이소.”

내가. 그래 인제 열 첩을 지이가와서. 그래 지가와, 인자 지가와, 자기는 그마 그, 주차장에 딱 내리갖고 술집으로 가비리고. 인제 내 혼차, 그 약 봉다리 들고 집이 들으갔는 기라. 집이 샅밖에 들으간께, 어머이가 보고 또, 아직절에 딱 듣고,

‘요걸 오면 인자, 우째든 조지지.’

딱 요리, 꼰누고 있는 기라. 내가 들으가니께, 탁 청에 앉아 댐뱃대 물고마, 눈이 옴꿈해갖고 따꼼해. 참, 핑상 어머이를 요리 한번 몬 체리봐, 겁이 나서. 그래서, 그름섬,

(목소리를 높여) “왜, 젊은 년이 화벵이 나니?”

고마, 딱 요르대.

(목소리를 높여) “왜, 젊은 년이 화벵이 나니? 뭐 때메 화벵이 나니?”

허구 고마, 조지는 대루 치이는 기라, 자꾸. 그래 인제 약단지가 읎어서, 두말두 안 하구 또 저, 외사촌 동세 집이 약단지 얻으러 간당께, 또 따라와. 또 따라오드만은, 고마 거어 가서 또, 또 젊은 년이 뭐 때메 또, 화빙이냐구, 퍼부대대. 또 두말두 안 하구 인제 또, 약단지만 얻어갖구 왔어.

와갖구 인자, 이 저 요맨한, 전에 쇠 화덕이 있어. 화덕이, 하나 있어서, 것다가 나뭇꼬쟁일 톡톡, 내가 뚜딜러가주고 것다 놔놓고 내, 약을 얹져놨는디. 우리 식구라 허는 사람은 약단지 디다보는 사램이 읎는 기라. 그루구 아랫방할매가 집이 있시면은, 그 약단질 보살피보고 인자, 자기가 나무허러 안 가면은 그래 허구.

글안하면 영 안 오고, 만날 가 나무해가, 그 나무 패갖구 팔어 묵고 사는 사램이라, 그 사람은. 아무두, 긍게 내가 그래 놓구, 약단지 얹어놓구 고마 드루누우가 있시면 어떤 때는 타져뻤고, 또 어떤 때는 댈이지, 생기지두 안

허구 그래가 있구. 그른 걸, 그래두 다섯 첩을 문께 좀 낫아. 그래 다섯 첩을 문께 낫대. 그래서 인자 또, 또 다섯 첩이 댈이가 문께로 인자, 제북 좋아졌어.

그래서 또 내가 올라갔어. 인제 내 혼차, 그때는 내 혼차 올라갔어. 진맥을 해보드만 그래,

"쫌, 쪼끔 인자, 낫는 끼가 있습니다."

그르대. 그름서, 또 내가 열 첩을 지이도라 캤지. 지이도라 헌께, 열 첩을 지이주대. 그래 가아와서 인자, 그걸 또 인자 참, 니가 하나 먹을 약단지 디다 보고. 내 혼차서 그래가 댈이갖고 묵고난께, 또 마이 좋아지드라꼬. 좋아져서, 세븐채 내가 인자, 약을 지러 갔어. 세븐채 약을 지러 가서, 그때는 고마 한 제를 지이주라 캤지.

"내가, 자주 오지도 못 허구 헌께, 한 제를 지이주라."

헌께로. 그래 지이줌서 그래.

"아주머니, 저저, 헐 말 있으면 허고, (웃으며) 헐 말 있으면 허고, 또, 저저, 사는대루 사라."캐.

낼로.

"걱정 허지 말고, 사는대루 사라."꼬.

이름섬,

"참-, 그래두 아주머니가 정심이 실해갖고 이 병을 나순다."고.

그르는 기라.

"정심이 실해갖고 이 병을 나수지, 이 병은 못 나수는 벵이라."꼬.

그르는 기라. 그름성,

"그래. 우짜든지 사는대루 살고, 자기 헐 말 있으면 자꾸 허라."캐.

자꾸.

"그래 해야 되지, 글안허믄 제밍에 못 사요."

이러드라고. 그래, 그래두 헐 말을 다 헐 수 있는가? (웃음)

그래, 그러구로 저러구로 인자, 일 년에 한, 이 집 약을 두 븐만 지이다 무믄 일 년이 넘어가. 일 년이 넘어가고, 그래가 한, 근 삼 년이나 그짓을 했는디, 인자 그 뒤에는 한 제씩만 지이다 무, 일 년에 한 제씩 지이다 무믄 좀 낫드라

고. 여그 이새 와갖구도 내가 지이다 묵읐당께. 여 이새 와갖구도 거 가서, 여 이새 와선 일 년에 한 제만 무먼, 괘않드라고.

그래가 그르구로 저러고 그 병이 재 떨어지드라꼬. 그래가 참, 내가 참, 자기 말마따나,

"정심이 실해갖고, 아줌마는 이 병을 나순다."꼬.

이르민성.

그래. 엊지녁에 가만 내가 생각한께, (웃으며) 그 소리를 안 했는 기라. 그래가 내가, 엊지녁에 가만 생각헌께. 아이, 어떤 때는 멍멍하이 모릴겉애. 아무것두 모리겄는디, 엊지녁에 내 혼차서 인자, 가만히 누워서 생각헌께,

'그걸 내가 말을 안 했구나.'

싶으대.

[2] 지난 세월을 돌이켜 보다.

그래갖고 참, 참 엊지녁에 뭐 저저, 욱이에미 말마따나,

"어매겉이 산 사람, 없다."

허지, 없다 해도 그, 그 말이 맞는 기라. 제가 와서, 시집을 와가 좀 줘어봤그든. 지허구 내하구 십 년을 한테 살았어. 살아도 참, 지허구 내가, 맘 한번 안 상해보구.

"니, 왜 그르냐."

소리두 서로 안 해보구 참, 갈랐구마. 그 즈그 집에, 그 친정으루 가고 그래 했지만 해도. 그때 삼성, 지가 줘어보구 내가 고상을 해구 살았다는 걸 알아. (웃으며) 그래논께 인자, 새끼들도 그것두 좀 알고.

그래 나는, 참. 그래두 내가 시방두 생각허먼,

'그걸, 그 거슥을 내가, 친정어매꺼지 딜다놓고 내가, 그걸 어찌 해치고 나왔는고?'

싶으. 요새는 내 생각허믄 시방 겉음, 몬 살 겉애. 시방 겉음. 시방 겉음,

몬 살텐디. 그래두 그때는 내가, 힘두 좋고. 등치가 커논께 힘두 좋고, 내가 모든 일이라는 거는, 내가,

'으째두 새끼들 딜꼬 살 끼다.'

싶으서. 죽구 살구, 일만 허는 기라, 고마. 죽구 살고. 안 허먼 대처, 헐 사램이 아무두 읎으니 으쩔 끼라. 헐 사램이 없은께로, 내 손 안 가믄 참. 뭐 어지, 욱이 말마따나 저, 쇠뒤음두 내가 치고, 머심이 인자 있을 때는 머심이 쇠뒤음을 쳤는디. 달머슴을 둔께, 그런 걸 칠라꼬 오라 소리 헐 수두 읎고. 죽으나 사나 내가 쳐내야 돼.

그걸 쳐내야 되고, 니아까에 실으내야 되고. 그, 짜실헌 거, 그그 시킬라꼬 뭐, 오니라 가니라도, 몬 허겄고. 그래가 그냥, 머심 있을 때는 머심이 그걸 하는디, 인자 달머심을 둬논께로, 그 뭐, 쪼까이 그런 거 헐라고, 오라 소리 헐 수도 읎고. 아무리 똥구덕에 가서 소가, 드루누우갖고 있어도, 신랭이란 사람허구 시아바이는 그 짚 한 단 풀어 옇어주는 벱이 읎어. (웃음) 죽으나 사나, 내가 해야 되지. 내가 해야 되고, 그긋두 저긋두, 아무도 살림을 모른께로 고마.

그래갖고 이적지, 해치 나온 긴데. 인자는 힘이 모지래, 몬 해. (웃음) 힘이 모지래 몬 다는디 인자, 가만. 아들이 만날, 허지마라 허지마라, 허지. 그렀는데,

"느그, 배찌 입에 붙은 말, 허지마라 허지마라 허지마라. 낼로 그럼, 방화촌 놨두지 말고, 저 어디다 갖다 뭐, (웃으며) 놓든가 어쩌든가 해야 되지. 여그 있고는."

그래두 전답이 있구 땅이 있는디 허던 손인디, 안 헐 수가 없는 기라. 즈그는 만날, 허지마라 쿠고 허지마라 쿠고, 해쌓도. 안 헐 수도 없어서, 그래두 뭐 땅에 들리놓먼 뭐라두 곡식이 되고 허는디. 근디 꼬치는 몬 하겄드라고, 내가 약을 몬 친게. 전에는 내가 만날 짊어지고 약을 쳤그든. 약을 쳐고, 즈그 오라 소리두 그릏고. 즈그가 인자 여, 꼬치는 꽃 필 때마다 약을 쳐야 돼여.

그래 해야지, 글안하먼 싸악 물러빠져삐는 기라. 인자는 약통을 못 짊어져, 자빠질라싸서. 자빠질라싸서 몬 거슥한께, 밍년에는 꼬치 안 숭글라꼬.

어, 사먹는 게 싸드라꼬.

궁께 인자, 어쪄든지 일로 줄이야 되겄대. 내가 생각해도, 일로 줄이야 되지, 안 줄이고는 안 되겄대. 그래서 내가, 일로 줄이고 내 사는 날꺼증은 그래도 내 몸띵이, 꿈직이다가 우찌해야지. 각 집이 사는디, 아냐? 아픈 줄두 모르는 기라.

김영옥

서리 맞은 꿈, 남을 위해 산 인생

"나는 입도 없으면 좋겠다고 내가 생각을 했어요. 나는 덤으로 사는 인생으로 생각하고"

※ 첫번째 구연

자 료 명 : 20080926김영옥1(전주)
조 사 일 : 2008년 9월 26일
조사시간 : 1시간 40분(14:40-16:20)
구 연 자 : 김영옥, 여·73세(1936년생)
조 사 자 : 김정경, 김예선, 김효실
조사장소 : 전라북도 전주시 덕진구 덕진동2가 덕진공원 취향정

조사과정 및 구연상황

사전에 약속을 하고 만난 제보자 전창현과 이금순[2]이 자신들보다 굴곡 많은 인생을 산 친구를 소개해주겠다며, 김영옥에게 전화를 걸었다. 김영옥은 마침 근처라며 오겠다고 흔쾌히 대답했다. 전주 덕진공원 벤치에서 김영옥은 마치 준비해온 듯 살아온 이야기를 술술 풀어갔다. 가끔 전창현과 이금순이 이런저런 이야기를 해보라며 거

2) 전창현과 이금순은 2005년 9월부터 2007년 8월까지 만 2년 동안 전국 주요 도시의 공원을 대상으로 "도심 공원의 이야기문화 조사 연구-현지조사를 통한 이야기판·이야기꾼·이야기텍스트의 입체적 자료화"(과제번호 : 2005-078-AS0045)라는 과제를 진행했을 당시에 구연자로 만나게 되었던 이들이다. 전창현은 〈현명한 시아버지〉를 비롯하여 여섯 편의 이야기를 들려주었으며, 이금순은 〈지혜로운 아이〉를 비롯하여 모두 마흔 편의 이야기를 들려주었다. 이들이 구연한 이야기는 『도시전승 설화자료 집성』 8권(민속원, 2009)에 수록되어 있다.

들었다.

구연자 정보

김영옥은 1936년도에 경상남도 거창군 북산면에서 태어났다. 일제강점기에 아버지는 공무원이었으며, 친가와 외가 모두 식구도 많고 학구열도 높은 좋은 집안이었다. 어머니는 무슨 일을 해서라도 김영옥을 대학까지 졸업시켜주겠다고 했으나, 한국전쟁이 나던 해에 돌아가셨다. 당시에 맏이인 김영옥의 나이는 17살이었고, 그때부터 4명이나 되는 동생들의 뒷바라지를 했다. 13살 차이나는 새엄마가 들어왔지만 일을 전혀 안 해본 사람이라 여전히 모든 집안일은 그녀의 몫이었다. 결혼할 때가 되어 중매가 들어왔는데 조건도 나쁘고 할머니도 마음에 들어 하지 않았지만, 자신이 도와주어야겠다는 생각에 결혼하기로 마음먹고 21살에 결혼식을 올렸다. 시댁의 형편은 생각보다 훨씬 어려웠고, 고시공부를 하는 남편은 건강도 몹시 좋지 않았다. 김영옥은 자신감을 갖고 모든 문제를 하나씩 해결하여 지금은 시댁 식구들, 친정 식구들, 남편과 자식들 모두 잘 살고 있다.

김영옥은 평생을 가족을 위해 헌신하며 산 장녀이자, 맏며느리이다. 엄마의 이른 죽음으로 학교를 계속 다니지는 못했지만, 원망하지 않고 자신의 능력을 충분히 발휘하여 집안을 일구었다. 주부가 집안의 정신적 지주라는 생각으로 힘든 일에도 좌절하지 않고, 무슨 일이든 할 수 있다는 자신감으로 아이들도 모두 훌륭하게 키웠다. 남편에겐 무엇이든 항상 최고로 해주지만, 자신에게는 늘 인색하여 옷도 직접 지어 입고 음식도 늘 남은 것만 먹는다. 지금은 수필교실에 다니며 살아온 날들, 젊은이들에게 해주고 싶은 말들을 글로 남기는 것을 삶의 큰 즐거움으로 삼고 있다.

김영옥은 자신의 삶에 대한 자부심이 굉장하다. 그녀는 제대로 된 그릇 하나 없는 집안에 시집와서 혼자 힘으로 집안을 일으키고, 남편과 시집 식구들 그리고 친정 식구들과 자녀들을 뒷바라지 하여 성공시켰다. 때문에 무엇에 대해 이야기하든 자신감과 확신이 넘쳤으며, 교훈적인 메시지를 전달하고자했다. 남편이 노름이나 여자 문제로 힘들게 한 사연은 길게 언급하지 않고, 주로 자신이 역경을 헤쳐나간 과정에 초점을 맞추어 이야기를 풀어갔다.

이야기 개요

김영옥은 1936년생으로 경상남도 거창군 북산면이 고향이다. 17살에 어머니가 세상을 떠나자 집안 살림과 동생들을 돌보는 일은 오롯이 그녀의 몫이 되었다. 더 이상 학교를 다니지 못했음은 물론이다. 선구자 역할을 해야 한다는 생각을 늘 가지고 있던 김영옥은 좋은 혼처가 많았음에도 가장 형편이 어렵고 자신의 도움이 절실하다고 생각되는 집안으로 시집을 갔다. 결혼 후에는 건강이 좋지 않았던 남편을 살려내고, 변변한 그릇하나 없던 시집 살림을 일으키는 한편으로 친정 식구들을 보살피고 자녀들을 훌륭하게 키워냈다. 평생을 가족들을 위해 헌신하며 살았고, 지금도 남편을 깍듯하게 모시면서 결혼한 자녀들에게 김치며 반찬을 만들어 보내는 일을 계속한다. 손주들을 키워준 뒤에는 시간이 생겨 컴퓨터를 배웠다. 지금은 수필교실에 다니며 글을 쓰는데, 가끔 잡지에 실리기도 한다. 언젠가 글들을 묶어 책을 낼 생각이다.

[주제어] 간호, 궁합, 노름, 독립운동, 새엄마, 선구자

[1] 어머니의 죽음으로 꿈을 펼치지 못하다.

무엇을 원하는가를 알아야 내가 거기에 맞게 얘기를 하지. 인생살이를 말하는가? [조사자 : 할머니 살아오신 이야기.] [전창현 : 이게 우리가 후대에는 또 과거지사가 될 것 아니여.] 우리 시대. [전창현 : 응.]

내가 나이는 인제 일흔세 살이고, 삼십육 년생이고, (조사자가 받아 적고 있어서 천천히 또박또박하게) 천구백삼십육 년생. 이름은 김영옥. 고향은, 태어난 곳은 경상남도 거창군 북산면. 거창. 거창군 북산면에서. 그 산자락 밑에서 태어났고, 거기서 다섯 살부터 아부지가 왜정시대 때 공무원이었거든요. 그때만 해도 인제 신식 가정이었어, 우리 아부지 지금. 우리 외갓집은 외할아부지가 면장까지 하고, 그 오동마을의 지주였고. 상당히 깨어있고 좀 그 시절에도 양반집 집안이, 그 곳이지. 그 고장 한 마을이 다- 우리 김씨만 사는 그런 마을이었거든요. 대대로 살던 그런 마을에서 살았고.

그래 어린 시절은 아버님 따라서 거창, 이 다섯 살에 거창으로 나와서 아부지가 군청에 다니셨거든. 일학년 때, 인제 왜정 때지. 일학년 때, 여덟 살 때 그 거창 입학해서 한 서너 달 다니다가 부산으로 가서 삼 년을, 해방되기 전까지는 거기서 인제 살았지, 어린 시절은.

아부지가 공부를 하시고 신식 아부지고 그래서 그 일본시절에두 참 그때두

우화나, 이런 구화나 그런 거를 많이 듣고 자랐어요, 사실. 그래서 좀 공부하는 쪽, 학구 쪽 열을 많이 받고, 아부님 그런 가정에서 어머님도 그때 다 일본글도 알고 그러시지만. 할머니도 집이 좀 그 시절에도 좀, (수줍게 웃으며) 좀 좋은 집안이라고 봐야지.

그런 데서 그 다들 모두 친척, 외가서두 모두 그 당시에도 일본 가서 공부도 하고 인제 그렇게 하던 집, 모두 그런 형제간도 많고, 할아버지 형제간도 많으시고 뭐 그런 걸출한 데서 살았어요, 살아온 가정이.

그래두 아버님 따라서 인제 해방되고 거창으로 와서 일 년 있다가 아버님이 인제 함양군청으로 발령이 나서 오면서 성장기는 열한 살에 와서 스물한 살까 시집올 때 까지는 함양에서 살았고. 그래서 참 뭐 엄마, 아부지 밑에서 참 사랑, 아주 내가 말썽부리고 어릴 때부터 좀 철이 일찍 들었든가 내 생각으로 꾸중듣고 뭐 말썽 부리는 일이 없었어. 항상 좀 칭찬을 많이 받고 내가 살았든 거 같애요.

그랬다가 인제 열일곱 살에 육이오사변이 날 때 작은아부지도 지서장이었고, 아버님도 군청에 있고, 그 우리 거창으로 거창서 함양으로 왔는데 집안이 있는 곳으루 왔어. 같은 우리 선산 김씨 마을로 이사를 왔어. 읍내에서 살아야 하는데, 읍내에서 삼십 분 걸어 올라오는 마을이 거기가 또 김씨가 살아서 아부님이 그때는 또 왜그리 친척을 찾아쌌는가 몰라. 그 친족이 참 그때는 그 친족이 굉장히 이룽게 텃세를 하고 그러던.

그래서 선산에서 형님은 거창으로 가고, 동생은 함양으로 와서 터를 잡아 이룽게 했대요, 옛날에. 그래갖구 거기두 아주 한 마을이 있어서 그- 쫌 시골, 인제 거창, 함양 읍내서 쪼끔 걸어 올라가는 인제 산 밑에 그 마을에, 큰 마을이었는데 인자 거기서 살았죠. 그래 성장기를 거기서 했지. 그래두 그 당시에 아부님이 그래두 군청에 다니시구 또 그 마을에서 이대 국회의원이 우리 집안 아저씨가 국회의원 나오셨어.

그래서 그래 어린 시절 뭐 정말 칭찬 받고 참 그렇게 했는데. 엄마가 인제 상당히 나를 빵을 장사를 해두 대학까지 가르친다고 뭐 그룽게 해구 자랑꺼리였지. 맏딸이고 그랬으니까. 그랬는데 뭐 육이오사변 때 뭐 엄마가 자기 피난

가고, 아부지랑 뭐 어쩌고 저쩌고 뭐 애기 낳고 여동생 낳고 인제 조리도 못 하고, 병이 나서 인제. 체했다고 늘 그랬는데 그게 위암으로 되갖구 열일곱 살에 내가 졸업을 하던 해에 돌아가셨어요. 애기를 하나 업고, 오월에 낳아놓고, 고게 나는 동생이 넷이야. 졸졸졸졸 네 명을 낳아놓고 엄마가 돌아가셨네.

그래부리니까는 인제 고등학교 꿈도 접어버리고 내 인제 꿈, 그때부터 내가 뭐든게 인제 다 써리가 맞아버린 거야, 내 꿈이, 쉽게 말해서. 참 꿈도 많고 우리가 소녀 시절에. 지끔 이건 아무 것도 아니야.

우린 그때 참 선구자 역할을 했어, 마을에서 아주 내가. 그랬는데 누가 시키지 않아도. 누굴 돌봐주고 가르치고 이런 거를 내가 굉장히 좀 하고 그랬는데. 엄마가 돌아가셔 버리니까 그 동생들하고 인제 이렇게 하고. 새로 서모를 맞이하고. 할아버지 할머니가 거창서 인제 오시고. 그러니 이제 나는 인제 그 마을에 살던 사람이고, 한 십 년을. 한 십 년은 아니지만 열한 살에 와서 열일곱 살이나 살았고, 엄마는 전라도에서 새엄마를, 애기 못 낳는 엄마를, 우리 집 애기 많으니까 인자. 마흔 살에 돌아가셨는데 서른 살, 인제 열 살 차이지.

그런 엄마가 오시고 할무니 할아부지는 거창서 인자 또 오시고. 이룧게 인자 한 해에 인자 세 여인들이 (웃으며) 말하자믄 할무이, 나, 우리 어무이, 각기 살던 세 여인이 한 지붕에 살게 된 거야.

그랬을 때 정말 할머니는 어른이시니까는 인자 나, 그 메누리는 인자 새로 온 메누리니까 서로 서로 조심하면서 할머니가 훌륭하셨어. 옛날 한양 조씨 아주 그 뭐 시종꺼지 데리구 시집을 오신 그런 진사 손녀딸이었고 해갖고 옛날에. 그래서 할머니가 참 훌륭하시고, 인물도 좋으시고, 아주 그 마을에서도 알아주고. 할머니 형제가 사-, 네 며느리 중에 그 큰 할아버지께서 할머니, 우리 할머니를 둘짼데, 제일 아주 믿고 하신, 그렇게 하신 할머니였거덩.

그래서 내가 그 할머니 영향을 많이 받았어. 자랄 때 항상 좋은 말 많이 듣고, 늘 그 있는 말 그런 거 하고 조심하고. 그래서 할아부지, 할무니 인제 이룧게 열일곱 살이니까 철 들면서 그래서 시집오도록 할아부지, 할무니 그 말씀들, 영향이 내가 오늘날까지도 그기에 살만 붙인 거 같아요.

옛날 우리 어무니도 너무너무 나를 사랑해주고. 그야말로 참말로 딸 아까워

서 어떻게 주냐 고 아주 그 고통 중에도 그냥 문병 오는 사람마당 저 자식을, 딸을 아까워서 어떻게 주냐 소리 많이 하시고. 애썼다고, 동생 키우고 엄마 간호하고 다 했으니깐. 그래서 뭐 딸 뭐 자,

"애기 열 낳는 재주보다 더 잘한다."

소리를 들으니 그 때부터 그 간호를 하고 애기를 키우고 다 했으니까 내가, 일을. 인제 일은 그때부터 배운 일이야, 지금까지 일, 그거 일. 그래 엄마 있을 때는 나는 참, 참 사랑 많이 받고 그랬어요.

[2] 나를 잊어버리고 결혼생활에 헌신하다.

[전창현 : 인제 선보는 얘기로 넘어가.] (웃으며) 그래서 인제 성장과정은 [청중 웃음] 그렇게 된, 저 환경인데 시집을 오니까 백팔십도 다른 집으로 온 거야. 쉽게 말해서 인자 이쪽 집은 나는 인자 신식 가정이고잉. 확 틔고, 아부지 인자 일본사람, 그 시절에 여자를 아주 높이, 하시하는 집이 아니여 절대로. 아주 굉장히 여자가 이릏게 올라가야 된다든가 이런 거시지.

[조사자 : 학교는?] 나는 중학교는 다녔고. 인자 사범을 학교를 가야 되는데 열일곱 살에 졸업을 하자, 그 해 엄마가 돌아, 아파서 삼학년 때 결석을 좀

하고 어쩌고 하면서 이 진주사범[3]을 못 갔지. 그때 인저 진주에가 이모가 우리 할 수 읎이 어무이 밑엣 동생이 이모가 있어서 그리 진주사범학교루 갈라구 했는데 영영 뭐 죽어버리니까 막 동생들 와글와글 아부진 군청에 다니고 이건 말이 아닌 거야. 내가 살림을 그냥 딱 도맡아 버렸어.

그래서 그르고 있는데 어무니하고 한 집에 있고 그러니까 인자 열 살, 열세 살 차이야, 인제 새엄마하고. 그래도 한 번을, 오 년을 살면서 한 번을 싸워보들 못 했어. 그때부터 참는 법을 배운 거야, 막 할무니하고 나하고. 할무니가 항상 내가 상만 좀 찡그리거나 어무이하고 안 맞아서 좀 그러면 막 상 밑으로 꼬집고 막, 아부지 보는데 상 펴라고 인제. 아부지가 또 그 중간에 할머니로서는 아들이잖아. [청중 : 어, 어.] 아들 속상할까봐 인자.

인제 손녀딸하고 이게 인제 엄마하고, 새엄마하고 안좋으머는 인제 아부지가 그럴까 싶은게 할무니는 또 아부지를 생각해서 나를 말 못하게 하고, 그래 할무니가 중간에서 어무니는 어무니데루 달래구. 나는 나데루 달래구. 양쪽을 잘 해줘서 그 한 번도 싸우고 다투덜 안 했어. 막 이까지 나오는 말을 내가 그걸 못 뱉으고 그게 지금까지도 참는 법이 그때 배운 거야. 누구한테고 간에 막 이래 확확 못 하고 그냥 참는 거.

항상 그러고 할머니가 지금 성경에 있는 말씀들을 성경 안 배왔지만 그래도 명심보감을 할머니가 많이 읽고, 나보러도 늘 저녁으로도 읽으라고 그래서 읽고 하면서 그, 그런 으른이기 때문에 그런 좋은 말을 증말 많이 매일 매일 듣고 살았어요.

[이금순 : 그룷게 해서 시집을 보냈어, 인제.] 그래서 시집을 오게 되는데. 아 이거이 막 중매쟁이가 너무너무 많아. 그때만 해도, 꼴은 지금도 이렇지만 인자 그 뭐, 엄마 없다는 것을 전혀 느끼덜 못할 만큼 할머니가 사랑을 많이 줬어요. 무지 사랑했어, 할무니가 아주 진심으루. 그르구 또 엄마두 그렇구, 아부지두 그렇구 뭐 그룷게 막 궁색하지두 않구. 그냥 살만침 살구 그러니깐 아주 온 동네 부러워하구 재미재미 했어.

---

3) 진주사범학교는 1940년 4월에 경상남도 진주에 설립되었던 초등교원 양성학교이다.

막 뭐가 자꾸 일어나고, 그냥 뭐 늘 하고, 뭣을 하고 오 년 동안에, 어머이가 와서. 바느질도 잘하고 어머이가 아주 얌전한 분이거든. 지금도 살아 계시지마는 아주 얌전한 분이야. 양반집. 거기도 면장 딸에, 곡성 고달면 임씨 거서 양반집 딸이길래 애기를 못 낳아서 인제 서른 살에 왔거든, 그 분도.

그 분도 애기를 못 낳아서 이기 자궁에 혹이 있어 애기를 못 낳는데 첩을 읃어서 아들을 둘이나 낳아서 다섯 살 먹도록, 세 살 먹도록 크니까 친정에서 데려와 버렸지, 살아봐야 그게 읎다고. 그르자 우리가 다니는 학교에 아부지가 사촌 회장이구, 지금 그래 무슨 회장이지, 그당시는 우리가 줄줄이 학교 다니니까 사촌 회장으루 군청에 다니시고, 그 교장 저기가 자기 사촌 동생이야. 여동생. 그러니까 자기 사촌 언니를 우리 집에다 중매를 해서 우리 아부지, 마흔 살이어도 총각 같았지, 우리 아부지.

[이금순 : 그쩍에는 그랬지.] 빡빡하이 곱게 생기고. [이금순 : 그렇지, 그렇지. 삼십이고 사십이고?] 응. 어머니 서른이고 그래서 우리 집 오셨거든. 근데 애길 인제 못 낳지, 지금까지도. 그래 지금 잘 지내고 있잖아.

그래서 인제 그렇게 그런 가정이어서 뭐 인제 막 중매쟁이가 무지 열아홉 살부터 와싸서 이거 뭐 정말 나를, 때문에 (웃으며) 목 매달은 총각도 아무튼 막 욕심내는 사람이 뭐 많았어. 그때는 결혼을 조혼이라서 열아홉 되면 모두 하고, 스무 살 이룽게 되면 결혼들을 많이 했거덩. [이금순 : 그리여.]

그래서 인자 이 사람 전라도 여기는 내가 그 중매하는 이가 인제 우리 집안 언니, 그 인자 그 마을에 사는 인자 언니빨 되는데, 나랑 동창인데, 한 살 위여. 그런데 그 형부뻘, 형부 되는 이가 마천 사람인데 중학교 선생을 했어. 거서 연세대랑 나오고 했는데, 그 당시 남원 어디 중학교, 성원중학교 뭐인가 중학교 선생을 하면서 지금 남편 옆방에서 살았어. 인제 방을 얻어서 와서, 인제.

그르면서 옆에 인제 총각을 알은 거야. 한 살 아래야. 그 형부는 한 살 위고, 우리는 인제 영감은 스물일곱이니까 그때 노총각이었어. 근데 알고는 인제 이렇게 저렇게 일이 있으니까 겪어보고 그때 고시공부 하고 있었거든요, 그때.

그러니까 와서 아무튼 지금은 가난하고 아무 것도 없고, 시아부님이 삼대독신인데 독립운동을 하시다가 서른세 살에 돌아가셨어. 경찰서에서 돌아가신 분이야. 이 아들 오형제, 딸 하나, 육남매를 두고 돌아가신 분이야. 그렇게 아주 지조도 좀 있고, 그리고 좀 그 총각이 지금이나 그때나 상당히 까다롭고 무섭고 좀 엄하고 이거 좀 그랬거덩. 영감이 젤로 맏형이니까 또 동생들을 다 기강을 잡고 할라니까 완전히 인제 군주야, (웃으며) 군주. 근데 그 총각을 나를 그런 데로 보내줘야 그 사람이 성공을 한다는 거야.

우리 집 와서 설득을 시키는데, 할머니. 근데 할머니는 전라도라도 완전히 노타치 하고. 그르구 그런 데로 안 보낸다는 거고. 인저 나는, 그때두 내가 너무 일 욕심이, 지금이나 그때나 많아가지구, 몌칠 일하고 나면 한 삼일은, 뭐 한 이틀은 앓아누워야 될 정도야.

밤인지 낮인지 모르고. 밤에는 공부하고 뭐 일도 하고, 내 일 하고 낮에는 그 많은 집안일, 농사일 하고. 할머니, 할아버지가 오시면서 농사를, 개토를 했거든. 거기 거를 팔아갖구 여기 와서 논 그때 아홉 마지긴가 사고. 밭도 큰 걸 사고 했으니깐. 머슴 하나 있어도 아부진 군청에 다니고 일이 엄청 많은 거야. 밭이 많고 그래가지구.

그러니 뭐 내가 집안일을 다 해야 되고 해서, 또 우리 새엄마는 일을 (목소리를 높이며) 전혀 안 해본 양반이야. 세 식구 밥도 안 해 봤대요. 우리 집은 지금 머슴까지 아홉 식구야. 그러니 내가 없으면 밥을 한 끼를 하덜 못해. 밥상 하나를 딱 들고 못 채리 내놓아. 그 우리 엄마두 곱게 커서, 뭐 일두 안 해보구 뭐. 올캐 있고 뭐 그렇게 이른 데서 커가지구. 그러니 뭐 나를 꼼짝을 할 수가 있나.

그래서 내가 너무나 나만 생각했으면 내가 그때 으디루 나가두 나갔으면 나는 또, 또 인생관이 달라졌을 텐데 그 가족들을 못 잊어서, 그 집을 못 잊어서 그냥 그렇게 내가 그냥 학교를 간다 소리도 못 하고, 밖에를 나가두 못 하고 그냥 묻혀 살다 보니까 이렇게 됐네.

이렇게 살았는데 그래서 그런 저 청탁이 들어오고 그래서 내가 원해서 밖에서 가마이 들으니까,

'아 그런 사람이며는 내가 이거 뭣이라고.'

참 철이 일찍 들었지, 그래두.

'그럼 내가 가서 도와주지.'

그런 생각을 했어. 그래갖구 내가 자원해서 인자 온다고 했어 일루. (웃으며) 그러니 다른 중매쟁이는 오롯이 많이 와도 안 하고, 할머니가 절대 반대해는 데두 내가 한다니깐 어떻게 해.

그래서 봄부터 말을 일러갖구 구월 달엔가 인제 결, 결정을 나고 십이월, 십일월 달에 동짓달에 결혼을 해서 왔드니 (웃으며) 이거는 그야말로 완전히 고생길로 접어들을 거야, 이 집을 오니까. 그야말로 아무것도 없고. 독립운동하시고 그때 돌아간 거, 그때 일본 사람들이 재산 싹 몰수해 버리고.

시동생 줄줄이 있고 뭐 이거는 양재기 하나가 빤듯한 게 없어. 놋그릇만 몇 개 여 저 뭐 굴 속에 들어갔다 나온 거만 몇 개 있지 정말 장독까지 그릇만 좀 있지 참말로 먹을 게 작년 이곡이 뭐, 뭐 몇 뭐 열댓 가마이 된다나 뭐 (웃으며) 그른다 그러고. 빚이 많고 그양. 이 시동생 군인 가있고 막, 학교 다니고 막, 저 막내 시동생 중학교 이학년 다니고 있고 인제 그른 데로 내가 왔어.

와갖구 어, 그래두 어쨌든 간에 그냥 내가 이루지 못한 거를 이제 항상 꿈은 (손을 가슴에 대며) 가슴속에다가 인자 묻어놓고 좌우간 내가 안 좋았던 거는, 내 성품은 그런 것을 자녀들에게는 물려주지 않아야 겠다. 그르고 또 그 시절에 우리 여기 다 있지만 엄마들이 그야말로 허리띠 졸라가면서 자녀들 교육열에 요즘 여자들은 아마 해도 못 할 걸. 그렇게 했어요. 우리가 이루지 못한 거를 자녀들에게는, 막 어떻게 얻어다 먹어도 좌우지간 공부를 갈쳐야 겠다여. [이금순 : 그려, 그려.] 그래서 나도 그 중에 하나였지.

근데 뭐 시동생들 돌봐주고 에우고 뭐 이르고 이르고 하다 보니까 생각지도 않고, 준비도 안 된 상태에서 어느새 큰딸이 하나 생기고, 또 연년생으로 둘째가 생기고, 이거 뭐 그러다, 아 그래서 넷을 줄줄이……. [전창현 : 고생허고 그런 얘기를 히야지.] [청중 웃음] 그래서 네 사람이 아이, 생각지도 않았는데 인자 어 삼년 만에 애기가 생기더라구.

스물한 살 인제 겨울에 결혼했는데, 스물네 살에 그 때도 절에 가서 입고, 이거는 신랑이라고 처음에 선도 안 보고 말만 듣고 결혼식만 하고는 갔어.

뭐 오지두 안 했구. 또 뭐 거 시험 본다구. 그 뭐 고시 시험을 인자 유월 달인가 언제 본다구 해갖구. 한 번도 올까 싶어서 막 나마가시(생과자)랑 뭐이랑 준비해다 놓고 온다고 해서 기다렸더니 오지두 않구, 중매쟁이만 와서 뭐 말만 해주구 가구. 그래 선을 안 봤어요. 내 사진만 그 분이 왔어.

봄에 네 명이, 친구 네 명이 그 중매쟁이하구 우리 신랑하구 다른 사람, 또 선생 둘하구 너이서 와서 그 처갓집에 와서 하룻밤 잤어. 그러면서 내, 말을 하고 하니깐 인제 사진만 하나 돌래서 그땐 또 독사진도 별로 찍어놓은 게 없어갖구 우리 친구 한 너덧이 찍은 사진을 하나를 인자 보내를 줬어. [청중 웃음] 글루 가져갔어, 아주머니가 와갖구, 그 언니 어머이가 와갖구. 그 언니 어머이가 무지 내 자랑을 한 거야.

왜냐면 그 언니하고 나하고 인제 친하구 그때 나무가 귀해서 겨울에는 내 방을 쓸 수가 없었어. 막 머슴 혼자 나무 해다가는 할아부지 할무이 있지, 아부지 어무이 있지, 나, 내 방 쓴 작은 방은 있는데 오칸짜리 집인데 그 작은 방을 내가 썼는데 겨울에는 그 언니 있는데 혼자 그, 그 언니 어무이하고 그때 그 어무이도 성, 뭐뭐 예배당이랑 다니고 좀 신식 엄마였고, 그랬거덩. 얼굴도 이쁘고, 좀 깨어있고, 인자 메누리고 있고 했는데. 그 집도 잘 살고 그랬어.

그래서 그 언니하고 늘 저녁으로 가서 겨울엔 인제 책도 읽고, 뭣도 하고, 얘기도 하고 그러다 그 언니가 시집을 가서 그렇게 된, 그 형부가 중매를 했거등. 그래 인제 나만 오므는 그 인제 처갓집에를 오면 내 얘기를 해싼 거야. 나랑 늘 저녁으로 오래. 언니 가고 난 뒤도. 그런데 저녁으로 꼭 가서 그 집 가서 인제 공부도 하고, 뭣도 하고, 책도 읽고, 이야기도 하고, 인자 자고 오고 그러기도 하고 그랬는데. 그러다보니깐 그- 나를 잘 알고 얘길 한 게 사위가 듣고,

'아-, 요리 맺어주면 좋겠다.'

그래 결혼, 인제 중매를 한 거야. 그래서 내가 그냥 생각하기를,

'아이 나 별 것도 아니고 그런데 그렇게 꼭 나를 필요로 한 사람이 있다면 그러면 내가 글로 가주지 뭐. 전라도면 어때.'

전라도 사람은 경상도 사람을 좋아하지 않아. [이금순 : 좋아하질 않여.] 그

르구 왜 그룽게 좋은 딸을 전라도로 하냐고 다들 그렇게 하고 그냥 할머니가 아주 반대를 했어. (목소리를 높이며) 그래서 할머니가 여기저기 궁합도 보면 안 좋아. 아주 상극 중에 상극이야. 우리 이 나이로, 전체적인 나이로 궁합을 보면은. 근데 그래도 내가 마음을 참구 그런 게 소용없다는 거야.

내가 그때 상당히 깨어있었어. 이 뭐 으른들한테 딸려서 가는 것도 아니고, 내 주장이 강하고. 그래서 그런 궁합이 뭔 소용있냐 그러고, 내가 잘하고 살면 되지. 이 나는 시집올 때 아무 것도 안 가져간다고 했고. 그런 식으로 조금. 난 내가 스스로 일어나, 그때도 자신감이 좀 있었든가봐, 지금 생각하면은. 넘 뒤에 따라 사는 데루 하구 이른게 아니구 항상 리드하는 이런 편이야.

그래 이리 온다구 하니깐 할무니가 마지막으루 어딜 하나 인제 한 팔십 넘은 그 봉, 봉사 할머니가 있어. 그 인제 순금이네라구 이름이 있는데. 두 마을 건너서 유명세를 타는, 그런데 인제 거기를 한번을 가보구 온다구 그래, 우리 할머니가 데리구 갔다 오시더니 그, 그때 그 잊어버리지 않는 게, 그 인자 옷고름을 말았다 풀었다 눈을 깜꾸 앉아 얘길 하는데, 이 궁합은 둘이가 아주 초년 고생은 심하다는 거야.

그래서 그 인자 비유를 들어 얘기를 해주지. 큰 태산을 무너서 소리낄을 인제 경상도 말로 소리낄이라 인제 좁은 길이지. 소리낄을 딲으면은, 으 딲따가 보며는 처음에는 그 소리낄을 딲는 게, (목소리를 높이며) 태산을 무너서 소리낄을 딲는다는 게 현재두 쉬운 일 아니야. 태산을 무너서 길을 딲는다는 건. 그런데 그 길을 그렇게 해서 딲아놓고 나면은 좀 나중에는 그 길이, 대로가 되면은 오가는 사람이 이 길을 누가 닦았느냐고 칭송을 하는 길이다. 초년고생은 아주 있드래두 노후는 좋다. 인제 이런 희망적인 소식을 거기서 (웃으며) 좀 할머니가 들은 거야.

그래서 그 광 너른 논에 뿌리는 씨라 그러드래, 나를, 인제. 그 남편하고 나하고 이제 궁합이. 근데 그 양반이 광 너른 논이라면 거기 나는 뿌리는 씨다고. 그래서 처덕이 많다고 그러면서. 그래 초년은 고생해도 인자 노후는 좋다. (목소리를 높이며) 거기서 희망적인 소식을 하나를 할무니가 듣고 오셔서 인자 이 허락을 좀 한 거야, 인제. 그리고 내가 인제 글루 간다고 하니깐. 그래서 인자 그 소리는 들은 소리라 인자 항상 그런 인자 꿈에 인자 가슴 속에 인제 그, 근데 내가 절망해본 적은 없어, 한번도.

살아오면서 뭐 참 누구나 없이 뭐 어려운 일 다 있고 이렇게 이렇게 하지만 근데 내가 다른 뭐 어려운 일 없어. 시집온 이후로 우리 가족 중에 누가 뭐 죽거나 어쩌거나 큰 탈 뭐 있은 적이 전혀 없었구. 뭐 시가집 식구들, 시동생들 잘 여워서 지금까지 다들 있구. 한 구십여 명이 밑에가 있는데 지금 다 지금까지 뭐 이혼을 했네, 뭐 어디 자동차에 다쳐서 어디 누구 하나가 누웠네, 이런 거 하나 없이 그냥 편안하이 지금 잘 지내왔다구 생각을 하구.

근데 남편이 성품이 나하고는 안 맞는 건지, 까다롭게 일워요, 좀. 근데 좋은 점 많은데, 이게 맏형이고 그러다 보니까는 군주야, 군주. 뭐든 사람이 자기를 이렇게 해줘야 되고, 여직. 그때는 부엌에 가면 큰일 나요. 그리고 삼대 독신해서 낳아 놓은 아들이구 그러니까는 그 할아버지, 시 할아무니에서부터 시어머이까지 할무니가 그렇게 키웠드만, 지금 보면은. (목소리를 높이며) 전혀 뭐 일이 뭐야, 아주. 어디다 뭐 부엌에다 일하구 뭐 여여 이런 거 궂은일 안 시켰지, 이 아들을. 우리 남편을. 여 굉장히 이렇게. 해서 그렇게 키웠구. 그래서 좀 그런 것에 안 맞았구 그랬지.

근데 그래 인자 그래두 고시공부를 인저 못 했어, 아파서. 절에 가서 있으니까 책상이 없는 데를 이렇게 앉았으면 저 지리산 어디 암자에 가서 있는데 다리를 못 뻗구 이렇게 밥 먹는 상을 줬던가봐. 거기서 놓고 했는데 인제 운동을 안 하구 겨울철에 있고 그러니까 인제 그랬는지 아이구 결혼해서 한 달두 안 됐는데 다 죽어갖구 들어왔네.

아침에 나서서 왔다는데, 눈이 이렇게 쌓인 날인데, 저녁에, 섣달 열아흘 날, 저녁에 다 죽어서 집으로 왔어. 거기서 메칠을 고생을 했는데, 인제 오도가도 못하고 절에서 아픈 거를 어쩔 지도 모르고. 어디가 아픈 지도 모르고 그레는데 여기 이게 허벅지, 사이에가 곪아가지고 이렇게 고름이 한 바가치는 나오게. 그게 인제 곪으만서 (목소리를 높이며) 얼마나 아팠겄어. 근데 인제 그 양반 꿈에 그 아버님이 보이면서,

"영철이 내려가라."구.

그런 인제 암시를 하더래요. 그래서 그 날은 막 아침부터 거기서 내려와서 해가 다 지는데 왔어, 남원을. 그 마천에서 남원까지를. 그렇게 해서 걸어왔다구 저녁에 저녁을 막 먹고 부엌을 치우고 인제 이롷게 설거지를 항게 앞집 아주머니가 저 막 다가와, 좇아와서는 저 냇가, 그때는 냇가에, 냇가에가 다리도 없었고, 굽은방아 앞에 가 쪼끄만한 그런 다리 있고 그런, 거기 가 시동생이 붙들어갖구 왔네.

인제 막 그 마을 어디 쫌 의사를 데려다 보였더니 거기가 곪아서 그런다고 그러는데. 하-오 시집 와서 한 달도 안 돼서 저녁에 그 놈을 수술을 했는데 막 칼로 찢어서 고름을 내는데 아무튼 고름이 자체루 터져 나오는데 뭐 걸레고 뭣이고 그냥 있는 대로 다 갖다가 들이대도 못하고 막 하나는 고함을 질르고, 그러고 저 그랬을 때 중매쟁이가 그 이튿날, 한 삼일 된 뒤에 보고 이 사람 노릇도 못 한다고 사람들이 그러고 하니까는 주마당 거기만 그런 게 아니야. 사방이 붉어지는 거야. 막 어깨로, 막 어디로, 다른 데가 자꾸 생기는 거야 그런 것이. 돌아가면서 인제 그게. 그 주마당이 무서운 거거등.

그래서 막 그냥 그 앞집 아저씨가 고양이, 어디 가서 고양이 잡아다가 고양이 껍데기를 붙이고, 고양일 쌂아서 그거를 국물을 내가 해서 주고. 근데 그때두 무서운 지 모르고 막 배밭이 뒤에가 있고 그러는데 밤에 남편 살리겠다고 그 밤중에 그래도 그걸 다 수발하고.

(목소리를 높이며) 그때부터 좌우간 그 양반에 내가 모든 것이 그냥 헌신이라 했어. 하고 살게 됐어. 그때부터 나라는 걸 잊어버렸어. 완전히 시집 온 이후부터 딱 백팔십도로 다른 거야, 우리 집하고 이 집하고는. 그서 정말 내 입도 없고 보돗이 밥만 먹으며 지내는게 지금까지도 그 습관이 있어 아무리 좋은 것이 있어도 내가 이거 하날 못 먹네.

(웃으며) 예를 들어 배를 몇 상자를 먹어도 내가 나 먹겠다고 배 하나를 깎아 못 먹는, 그런 그게 오래된 그마 습관이야. 내가 먹어서는 안 되고, 다 남을 줘야 되고. 그냥 나라는 거는 좋은 거 입어도 안 되고, 좋은 걸 먹어두 안 되고, 오직 가족들, 남편, 인자 그 밑에 따른 자식들, 시동생들, 부모, 이 시가집 가족들, 이 이게 내 앞자리야 전부다. 그리고 난 진짜루 이런 식으로

살아왔어.

그랬어도 집안이 그래도 뽀시락 뽀시락 일어나고 시동생들도 참 착실해서 말수 없이 다 형님이 모두 이렇게 넣어줘, 공직에 있어. 다 취직해서 그렇게 살고 있고. 조카들도 다 대학 나와서 직장 다 잡고 있고 지금. 그래서 가정이 참 평안해서 나는 노후에 내가 그, 그 노파의 말대로 내 나름대로 참 그냥 지금 행복을 느끼고 살고 있거든요. 근데 우리 여자들 고생 무지무지 많이 했어요. [이금순 : 그려, 그려요.] 아주.

그래서, 그래서 나도 자녀들을 내가 결석을 삼학년 때 그 엄마가 아파서 결석을, 장날이며는 애기를 봐야 되고, 시골에서는 그 한 삼십분 걸어가야 되고 농촌이라 누가 애기 봐주는 사람 없잖아. 그러면 결석을 해야 되. 결석을, 내가 삼학년 때 결석을 많이 해서 공부도 한 번 하지 않고 내가 잘하는 축이고 똑똑하다는 말을 듣고, 그렇게 했는데. 내가 자녀들 넷을 뭐 다른 자랑 할 건 없어도 초등학교에서 고등학교 졸업하도록 내가 결석을 한 번도 안 시켰네. 넷 다 우등생, 개근생은 다 만들었으니.

그래서 인제 큰딸은 서울대학교를 칠십오 년도, 칠십육 년, 저 전주여고 나와서 칠십육 년도에 서울대학을 갔고. 둘째딸도 연세대학을 갔고. 그두 특대생으로 데려갔지, 인제, 장학생으로. 큰딸도 사년간, 그때는 할아버지 뭐 여기여 연금 칠십구 년도에 받고 그 후니깐 큰딸은 뭐 사년간 완전 대학 뭐 장학생으로 했고. 둘째딸은 연세대학, 세 번째 아들은 동국대학, 네 번째 인자 막내딸도 연세대학 국문과를 나와서 갔고. 그래서 지들이 했는데, 그래 여기 뭐 시골학교에서는 항상 우등생하고, 개근생하고, 했거등. 그래서 내가 어째서 결석을 안 시키냐면, 내가 결석하면 공부가 그만침 떨어지고, 결석한 것이 우리 학생으로서는 제일 싫은 거잖아.

그래서 내가 결석하고 그런 것이 안 좋아서 남편이 이쪽에 있다가 인제 남편이 서른한 살에 인제 그 고시공부는 접어두고 인제 더 아프고, 말하자면 못 해. 아파서 인제 못 하고 집이 말이 아닌 거야. 동생들도 줄줄이 있고 그러는데 형님이 놀고 있으니까. 스물일곱에 장가와서 서른하나까지 놀고 있으니까 집이 이거는 꼴이 말도 아니고.

내가 베르도 치마를 하나 넣어왔더라구. 결혼하기, 그때 함에. 그 치마 값을 늘 어떤 분이 받으러 오는 거야. 그러면 인자 몰랐지. 어떤 멋쟁이 여자가 늘 왔다가고, 왔다가고 해도 몰랐는데, 우리 아래채에 사는 어떤 그 집, 그 외갓집 인제 누구 물어봤어. 그 어째서 그런가. 이 시어무이 오직 딱하겠어. 새 며느리한테 그것 값 받으러 왔다 소리도 못 하고. 줄 수도 없고.

그래 가만히 들으니까 그 베르도 치마 값을 그때 만원이었어, 만원. 그때 돈으로 만원. [이금순 : 큰 돈이야.] 응. 만원이었어. 그래서 내가 친정에서 갖고 온 돈으로 내가 그것을 내가 값을 줬어. [이금순 : 나 만 육천 원 주고 박았어, 수단.] 응. (웃음) [이금순 : 수단, 결혼할 때.] 양단 저고릿감 하나 말고. [이금순 : 만 육천 원.]

그래서 장가를 오는 데도 이 양반이 돈도 안 벌지, 장가를 오면 뭘 갖고 가는 지도 모르고 져있고, 시동생이 화장품 서너 가지 산 거 넣고, 함이라고 해서 본게 고모네 집에서 한 벌, 외갓집에서 한 벌, 두루두루 해서 인제 얻어서 장가를 온 거여. 얻은 장가로 온 것이여. 시어머이가 준비한 것도 없고. 그래서 비단옷도 몇 벌, 한 여섯 벌인가 뭐 이렇게 인자 옷감 오는데 뭐 광목 한 필도 없고.

경상도는 굉장히 그 상납이라고 해가지고 신랑 집에서 많이 와요. [이금순 : 오며는 그냥 가.] 이불한 거랑 뭐이랑 다 경상도는 막 나만 못한 참 가난한 집도 뭐 베가 몇 필 오고 뭐 명주가 오고, 뭐 광목이 한 통이 오고 이런 식으로 신랑 집에서 상납 오면은 막 큰 짐으로 하나씩 지고 와, 바지기로 하나씩 지고 와.

근데 나는 시집오는 날까지도 아무 것도 없드니 시집오는 날 그 함이라고 하나 함잽이가 인제 지고 들어오는데 딱 이렇게 열어보니까, 화장 하다가 그 때는 인제 이렇게 남자 쪽, 어디 가서 신부화장도 뭐 없었어요. 마당에, 우리 집이 넓은게 마당에서 결혼을 하는데 인제 쪽을 찌고 결혼을 하는데, 인제 그냥 그것도 화장이라고 쪼금 눈썹두 기리고 바르고 있는데 인제 뭐 이룹게 다 끝나고 인제 상납이 왔다고 신랑이 막 추럭으로 또 사람은 한 차로 왔네, 어째서. (웃음)

와서 막 무용도 하고 그러드라고. 우리 시댁 마을에서 이렇게 한 육학년 쯤 되는 처, 인자 여자들인데 남자옷 입고, 여자옷 입고 막 날 좀 보고, 날 좀 보고, 그 무용도 와서 하고. 시동생들 하고 뭐 외갓집들이 껄쭉하니깐 뭐 잘 살으니까 또 외갓집들이 그 끝에서 그때 버스가 두 대 있더라구. 한양으로 다니고 그랬는데.

그런데 추럭으로 하나로 우인대표, 옛날에 우인대표 막 줄줄이 뭉쳐다닐 때야. 인제 신랑 친구는 넷, 신랑 친구는 다섯 명인가 오고는, 지금도 여기 전주 시내 다 있지. 그 인제 친구들 다섯 명 오고는 전부 막 시동생하고 막 외갓집 그 막 하이튼 우인대표 오고 뒷이 차가 한 차가 왔어. (목소리를 높이며) 경상도로 온다고 좌우간, 장가를 온다고 어찌 됐는가 추럭으로 한 차를 왔어. 그래갖구 막 그 패가 겁나게 많더라고.

그래서 참 뭐 초혼이고, 또 그렇게 그때 음식도 많이 하고 결혼식은 그야말로 결혼식은 동네서도 제일 잘 차렸지. 그 크고 벌쭉하게. 시집은 아무 것도 없는 데로 오면서. 그러고는 인자 따라온다고 그, 그 시집가면 따라오는 인저 하인이 있어. 우리 마을에서 쪼금 밑에 이래 아랫사람이 막 아이고 그냥 막 그짝에,

“아씨는 내가 따라 간다. 내가 따라 간다.”

근데 내가 딱 아무도 안 데리고 왔지. 아예 그냥 못 오게 했지, 안 데리고. 근데 인자 그 함이 왔는데, 요렇게 열어보니까는 그냥 밑에 함이 커단한 거 그 껌은 함인데 절반이나 되게 뭐 비단 착착있지, 위에 뭐 색실 하나하고만 딱 있지. 경상도는 뭐 가이까지 뭐까지 신발까지 뭐까지 아무튼 딱 꾸며서만 갖고 오게끄름 뭐든 거를 다 주어. 그고 농도 신랑 집에서 다 해서 딱 해놓고. 신부 집에서는 그렇게 되는 그런 식으로 결혼을 해서 왔다구.

근데 정말 너무너무 뭐가 없고 그래서 또 아무도 안 보여주고 그래서 (웃으며) 실겅 위에다 딱 얹어놔 버렸어, 내가. [이금순 : 그때는 농지길 했어요, 농지기. 옷을 차곡차곡 해서 그 농에다 까뜩 넣어놓으면 농지기 구경한다고 와요, 동네사람들이.]

[3] 절약이 몸에 배다.

[전창현 : 아 그 어려웠던 시절 얘기를 좀 해. 세상에 자녀들을 가르키는데, 그때 월급들은 눈물 나왔다니깐.] 근데 큰 집에 인제……. [전창현 : 거기서 남편은 삥땅해서 또 쓰지.] [청중 웃음]

[전창현 : 애들을 가르켜야 하고. 이이가 얼마나 내가 이이를 좋아하냐면은 애들을 참기름을 사멕일 수가 없어. 그러니까 참기름 장사를 했다는 거 아녀.] 십년을 했네. [전창현 : 십년을 했어.] 십년을 하면서 그 저 지금 기자촌 마을, 중노송동 마을을 내가 지금 어깨가 이렇게 아프고 요 온 전신이 망가진 것도 그때는 프라스틱 병도 없었어요.

그렇게 해서 인제 또 인자 결혼해서 돌아다 인자 그렇게 해서 서른한 살에 인자 군산으로, 인제 우체국으로 들어가게 됐어. 외갓집에 누구가 그때 우체국에 있는데 외삼촌이 설에 오니까 이 저렇게 둬선 안 되겠다, 인제 자기 누님이지 인자.

"누님 인자 이렇게 두면 안 되니까 어디 좀, 좀 넣어 들어갈 데 알아보라."

근데 집에 들어가 있어. 인제 절에서도 나와갖구 몸이 아파갖구 인자 얼굴은 새카맣고 장가를 왔는데 우리 사촌동생이 나보다 열 살 아랜데. 그때 열한 살인가 뭐 그렇게 전라도 사람은 이색진 사람으로 여겼어. 그 전라도, 전라도 해싸니까. 이제,

(소곤거리듯) "전라도 사람은 다 그렇게 껌느냐?"

고 그래. 지금은 피부도 곱고 그렇지만 (강조하며) 새카마이 피부가 쪄가지구 이만 하얗대. 근데 인물은 그런대루 그냥 괜찮게 생기, 키도 큰 사람이 너무 말라가지고 그때 입던 쪼끼가 우리 집에서 해주구서 장가 올, 입은 쪼끼가 내가 지금 입어도 작아요. 그렇게 요렇게 생겼어, 빠싹 말라갖구.

이렇게 와갖구 인자 부터 아무튼 그때부터 주마당 앓고 난 뒤로 그 절에두 가서 있다가 오고, 뜸도 뜨고, 뭣도 하고 막 사람 꼴이 아니야 그야 말로 아주

그냥. 그서 우리 친정으루 데리꾸 가서 개두 한 마리 믹여가지고 그렇게 항게. 성질은 또 괴팍 따라 지네. 사람이 배싹 말라갖구 그냥 이 배가 또 뭐 풀잎 가죽같이 생겨서 맨 여기서 해가꾼 제일 늦게까지 젊은 사람이 내 있구. 제일 일찍 있고. 추워서 못 담그고 그때부터 그냥 이제는 환자여, 환자.

그리구 중매쟁이가 와서 보군 이제 사람노릇을 못한다니까 그때 아차, 내가 왜 이렇게 나를 말하자면 중매쟁이가 중매를 해갖고 이런 꼴을 당하냐 싶어갖구 그때 왔다 가고는 삼십, 사십 년이 넘도록 왕래도 안 하고 이렇게 지냈다가 참 내 인제 그리 와서 내가 참 어려운 일이 그때부터 내가……. [전창현 : 거기다가 팔십 개의 화분을 올려놓고, 무공해로 해서 이 영감을 말하자믄 남편을 살리는 거야.] 그때부터 내가 인제 온 내가 머리를 써서 이 이게 사람노릇을 못한다는 거를 참 그때 내가 절망적인 마음은 없더라구. 뭐 죽겄다 이런 생각은 없고,

'어떻게라도 내가 해낸다. 살린다.'

이런 생각으로 그렇게 나는 입도 없으면 좋겠다고 내가 생각을 했어요. 애기를 셧을 낳건 이거는 뭐. 나는 덤으로 사는 인생으로 생각하고 오직 남편만 위해서 내가 식사고 뭣이고 해서 그렇게 해줬네.

그래갖고는 인제 서른한 살에 갔지. 군산우체국으로 인제 서기로 참. 그래도 머리는 좋고 이게 정신은 좋고 바른 양반이라서 그 한 사 년? 딱 삼 년 있었나? 그러니까 큰애를 배가지고 군산 가서 인자 그 혼자 가서 하숙을 하드니 두 달도 못 돼서 도저히 넘으 집 가 있을 수 없어 절에 있으면서 생식을 하고 있어갖고 매운 것도 못 먹고, 건더기 있는 것도 못 먹고, 이게 쌀만 갈아갖구 먹고 있더라고. 결혼을 해서 인제, 인제 보니깐.

친정에서 알리 몰리 다 갖다 먹였지. 이것 봐 여자들 결혼 하면은 이거 친정은 그냥 없는 거 있는 거 다 돌라다가 남편 주고 싶은 거야. 그거는 본능적으로 그렇게 섬기게 돼있어. 하느님 말이니라. 그래서 참 알리 몰리 무던히 갖다 멕이고 그냥 그랬네.

그렇게 해서, [이금순 : 살렸어?] 어. 쪼끔씩, 쪼끔씩 나서진 게 인자 남자들은 쪼끔 나사지면 자기가 잘난양 인자 오만 짓 다 한 거 인제 그런 거는 그렇게

통과해서 넘어가고 그만. 애도 무지 많이 멕이고, 골고루 그러드라. 그래서 지금까지 오십이 년을 살았네.

그러믄서 그런데 이- (수줍게 웃으며) 뭐라고 해야 될까 참말로 이사를 한 스물 딱 그때 군산 가면서부터 시작해서 이짝 정년퇴직해서 올 때까지 지금 내가 (강조하며) 하도 지겨워 나는 죽어서 나가지, 이 집에서 안 나가, 이사 안가. 스물세 번을 이사를 딱 했어. 근데 한 번도 이삿짐 묶어도 안 보고, 구경도 안 혀 이사를. 그마 이사한다 그러면 그 날 아침 일찍 옷 챙겨 입고 나가셔뻐려. 그래갖고 저녁에 인자 그 어디어디라고 내가 인자 갈쳐줬든지, 방을 얻어놓은 데를 그렇게 하면. 그래서 전세로, 이 사글셋방을 몇 년을 살고 이십 년을 셋방살이만 했네.

그래갖고 저 집도 참 그 인저 아버님, 칠십구 년도에 추서 받고 난 뒤에 백오십 전세를 사는데 삼백오십을 융자로 준다고 해서 오백은 되잖아. 근데다가 한참 중고등학교 다니고, 애들이 막 대학 들어가고 그러는 나이에 칠십구 년동게 큰딸은 대학교 사학년이여, 그때. 그런데사 집을 이걸 이이이 저 산 밑에 제일 싼 거, 그 당시에나 지금이나 거기가 최고로 싼 것이야, 지금 내가 사는 곳이. 거기다 집을 구백오십 짜리를 샀어, 집을. 그릉게 사백오십이 완전히 마이나스여.

그니 인자 딱 집을 사놓고는 조카도 데려가 놨지,

"대학을 넣을라면 여기 다 와야 한다."

(가슴으로 손을 가져가며) 내가 인제 큰메느리고 큰어머니니까,

"남원에서는 대학 가기 어려웅게 일루 와라."

해서 데리꼬 있지. 이거는 뭐 그때 내 생활은 생각하면 최악의 경우여서 어떻게 지내왔나 싶어, 그냥. 날만 새면 한 밤 열두시 넘어서 자면은 아침 다섯시 일어나. 그러면 연탄만 하나 가지고 그 식구 밥을 다 해줬지. 곤로 하나를 못 사서.

[전창현 : 도시락을 뭐 얼마를 쌌다구?] 고등학교를, 학생을 좌우간 시누 애들 둘하구 조카 둘하구 우리 애들 넷하고 아홉 명을. (웃음) [이금순 : 아이고 나도 도시락 일곱 개 쌀 때 있었어. 중학교, 고등학교, 일곱 개.]

[전창현 : 남편 흉도 봐야 혀. 그런 얘기가 재밌잖아. 고생스러웠던 거. 그래서 겨우 남편을 살려놓고 좀 인물이랑 좋게 되니깐 뭐 애인을 만들어 가지구 뭐 둘이 전화해 가지구 남원 요천 강변에서 나란히 앉았는 거 뒤에 가서 가만히 보니까 발로 그냥 둘이 탁 차서 물로 집어넣고 싶더래. 안 그럴 거야, 여잔데?! [청중 웃음] [이금순 : 아 그렇지.] [전창현 : 아 그런 이야기를 해야 재밌지.] [청중 웃음]

아니 이제 그렇게 해서 처음에 우체국 들어갔구는 거기서 군산서 오년 있다 가는 이게 공부는 잘항게 주사 시험을 봤는데 딱 일등으루 됐어. 그때는 나, 전주에는 없어. 인자 전라남도 합해서 체신청이 광주에가 있었거든. 그런데 (웃으며) 광주 가서 시험을 보고 왔는데 주사 시험 일등을 했네. 그서 발령을 저기 장수 분암이라는 곳으루 그때 인자 딸만 둘을 낳아갖고 있는데, 거기서 사글세를 살았지.

이 집에 빚을 갚아야 혀. 이, 내가 십년을 빚만 갚았어. 그 무슨 계하면 예전에는 십만 원짜리 계를 하면 우리는 처음에 타니까 만, 만삼천 원을 내, 언제나. 그니까는 이 생활이라는 게 내가 애기를 낳아가지고도 삼일도 아이라 그 이튿날부터 누구 하나 데려다 밥 해먹일 사람도 없고, 어무이는 농사를 짓고 인제 있어야 하고.

그 첫애 낳았을 때는. 누가 와서 봐줄 사람도 없고, 그때부터 징글징글 넘에 바느질도 하고, 군산 있을 때부터 취직 시켜준 집이가 딸이 일곱 명이여. 그 집 바느질 다 갖다가 집으 거 재봉틀 갖다 줘서 허리가 휘도록 하고. (목소리를 높이며) 열심히 산 거 말도 못해요, 아주 내가 피나게 산 거.

그래 물 한 지개를 가지고 처음에 거기를 인제 애기를 여덟 달만에 배를 불러서 인자 유월 달에 갔더니 유월 스무 여드렛날 갔네. 갔드니 어떤 뭐 다 쓰러져 가는 집 한쪽 방을 이만 원에 열 달 사는 거를 얻어갖구 갔더니. 이만 원 주면 열 달 살면 없어, 또 줘야해. 거기를 오 년을 살았어. 그 집을 못 면하고. 집에 있는 빚을 갚아야 하니까. 그랬드니 물 한 지개, 두 통이지 양철통으로. 그럼 지금 그 단지가, 나도 지금도 저 된장 담고 있는데 딱 하나야 도가지 하나를 사서 부스면. 그걸 가지고 애기 목욕 시키고, 신랑 목욕도 시키고, 밥도 해먹고, 빨래도 했어요.

그릏게 살은 사람이 지금 물을 함부로 쓰겠어? 지금두 나 그릇 씨꺼두 물나 철철철철 넘어가구 뭐 한 그릇 쓰고, 안 해요. 절대로 여 꾸정물 씻고 또 한 번 헹구고, 또 한 번 헹구고, 세 번 헹궈야 한 통 갖고, 이 넘으 한 번 써서 버릴 걸 갖구. 그래서 그 시절에 물 아껴 쓰고 살은 것이라 지금도 물도 그러지, 모든 면에 절약하는 거는 아마 두번채 가라면 나 이상 갈 사람 아마 없을 거야. 뭐든 철두철미, 아직 그러구 금개물 한 번, 음식물 한 번 썩어서 이릏게나, 내버려 본 적 없어.

그래 내 생활신조가 버리지 않는 거. 함부로 해서 뭐 버리지 않는 거. 좌우간 다 돈준 거잖아, 이랬든 저랬든. 그렁게 절대루 버리지 않는 거. 그 내가 알맞게 해서 먹든지 어쩌든지. 하여튼 그래갖구 막 요만한 거 쪼가리 하나, 헝겊 쪼가리 하나 지금도 그 생활습관이 들어서 비닐봉투 하나를 그냥 내가 어디로, 더러워져야 버려요. 인제 마지막에 인자 이 음식 찌끄레기 넣어갖구 옥상에 갖다 버리고 고거 인자 버리고. 그래서 언제고 밀려있어요. 그렁게 집이 좀 지저분하지.

그대신 항상 또 시장을 보면 갖고 가지요. 그냥 빈몸으로 따락따락 가서 안 사오고, 똑 언제나 봉투, 이렇게 이렇게 (가방에서 비닐봉투 꺼내며) 다 넣어갖구 다녀, 이렇게. 우리 습관이야, 습관. (비닐봉투를 펼치며) 이걸 지금 나는 몇 년을 쓰는지 몰라. (웃으며) 지금도 옥수수를 낮에 그 저기 학교에 오늘 수필반 학교에 오면서 어떤 분이 저기 부안에 있는 분이 사갖구 와서 먹으라고 줬어. 네, 네 개를 주는데 나는 안 먹었어.

[이금순 : 우리는, 우리 시대에 산 사람들은 애끼는 것을 아이엠에프를 몰라요. 아이엠에프 그것은 우리하고 해당이 안 돼요. 왜 그런지 알아요? 다 지금 애끼구 살았기 때문에. 전기도 두 등 쓰다가 올르면 한 등을 꺼요. 한 등을 끄고.] [전창현 : 아 화장실은 불 안 키구 들어가.]

[김영옥은 싸가지고 온 찐 옥수수를 조사자들에게 나누어주었다.]

[이금순 : 그르구 배추, 배추, 김칫거리 씻다가 물을 확 쏟아버리질 않는당게. 그 물을 받, 받아놓을 데가 없으면은 그 물을 김칫거리 씻다가 그걸루 신발

씻구, 걸레 빨구.] 딱 맞아. 우리 지금 그래요, 나는, 지금까지. [이금순 : 그러니까 젊었을 때부터 삼십 때부터 그러구 살았어요, 내가.]

그래 우리 집두 처음에 와서 나가갖구 물 한 지개 갖구 그렇게 하루를 쓴다니깐. 딱 그르믄 그 물값이 천 원이었어, 그때 돈 월급 얼마 받냐면 칠천 원 받는데. 그럼 물 한 달 값, 지어다주는 값이 천 원이야. 그래 그러니 어떻게 물을 많이 써. 그르구 그릇도 없어요. 딱 한 지개 지어다 주면은.

[이금순 : 그리고 쌀을 씻다가 하나가 떨어지면 그것을 주서요. 쌀 하나 이거 농사지은 데 얼마나 힘들어요. 힘들어. 쌀 다 줍고잉.] 옛날에 농사도 지어봤지, 어려운 삶도 살아봤지. [이금순 : 젊은 사람들.] 벌 받아, 벌 받아. 지금 이렇게 하면. [이금순 : 수돗물에 그 물 씻그려 내버려, 안 주서.] 그르구 벌로 밥도 버리고 막 해요. 우리는 철두철미하게 아끼고 살아왔기 때문에 우리 지금 축복 받아서 다 안 굶고.

내가 어저께도 뒤안에를 갔다 와서 영감님 보러,

"아이고 김여사, 참 부자여."

내가. 그 옛날에 어려울 때를 생각하면 뒤안에 가서 뭐 어제 오미자를 십 키로를 갖고 와서 담아놓고, 내가 들어오면서 하는 소리야. 지금은 마 술에다가 각종 음료수 내가 다 담궈서 먹지 우린 음료수, 돈 준 물이라고는 안 먹거등 아예. 완전히 음료수 한 병 안 사먹어서 몰라. 그러면 전부 다 이건 뭐, 산머루, 그르구 오미자, 매실, 복분자, 오디, 이런 거 다 설탕 배합해서 알맞게 발효시켜서 그런 음료를 인제 애들 먹고. 그랬드니 가서 보니까는 뭐 뭣이, 뭣이 아무튼 내가 인제 지금은 다 그래놓고 먹으니까 잡곡에서부터 이렇게 참 부자라고 남편한테 내 그러고,

"다 당신 덕이요."

칭찬을 해줬거든. 그래서, 그랬드니 칭찬은 항상 그 긁어내리고 미워서 막 그러다가 이게 마음을 바꿔가지구 요즘은 이렇게 즘 칭찬을 그냥 옛날에 그 미운 거 그 감정 다 인자 구름 속에 날려버리고 이제는 내가 안 그러기로, 글을 왜 쓰냐면은 그래서 써요. 내가 자신을 반성하고 다짐하느라고.

그라믄 굉장히 과거에 그 미웠던 생각이 막 이제 치밀어 오르거든. 그래서

미워, 앉아있으면. 아주 어떤 때는 과거에 생각이 나서 너무너무 많은 상처를 받았기 때문에. 그랬다가 지금은 인제 내가 많이 글쓰기 하면서 그래서 수필을 쓰면서 내 다짐이야, 바로. 내 반성이고, 그 쓰는 게.

그래서 지금은 참 행복한 생활이고, 그러니까 고생 우린 무지무지 많이 했어요. (강조하며) 얼마나 많이 걸었는가 아무튼 말도 못 해. 그래 그 집을 사놓고도 그래두 이십 년을 그레두 저레두 다니면 광주로 어디로, 어디로 다녀도 학교 문 앞이 어디 붙었는지, 이 아빠는, 동사무소 문 앞이 어디 붙었는 지도 몰라. 전부 다 맡겨버려. 아예 그냥 몰라버려.

그 인제 또 한 가지 좋은 점이 그 대신 자기 하는 일은 백프로는 아니지만은 그렇게 잘 할려고 노력을 하고, 자기 일에는 아주 완벽하게 할라는 분이거든. 남자들이 나가서 그게 하는 거고, 여자들이 내조한다는 거 나는 그래 조카딸이고 누구고 외무관도 있고, 누구도 있고, 다 그렇게 대학 나와서 다 해. 우리가 박사가 일곱이요, 우리 집이가 오남매 중에서. 현재, 내가 뭐 자랑은 아니지만. 그래서 현재 (웃으며) 우리 집이 그냥 그래두 시누네두 둘, 우리 집에가 둘, 뭐 시동생네가 둘, 또 막내시동생이 하나 해가지고 이 이래 참 현재 뭐 그 박사들이 그래두 그렇게 하고 해서 집안이 그래서 질서가 딱 잡혀있고, 인제 조심스러워.

이렇게 젤로 우에니까, 큰아부지 큰엄마니까. 그래서 욕심도 안 부려야 하고. 이 우에를 할라면은 형제간에 다 관심을 가져줘야지, 쉽게 말해서. [전창현 : 항상 베풀어 줘야 하고.] 응. 베풀어 줘야 혀. 어디를 뭐 뫼여 간다, 어디를 간다 하면은 다만 얼마라도 다 인사하러 오든지 하면 얼마씩 주고.

그르구 현재 조카딸들이 우리 딸들보다 더 나를 생각하고 용기를 주고, 저기 지금 일본 가있는 인제 박사학위 받으러 가서 지금 이제 곧 구월 말 경에 온다고 그러니 이제 낼모레 올 거야. 이메일로 늘 보내주거든. 내가 좋은 글, 좋은 말 보내주면 또 내가 격려하면 서른아홉 살이 처녀야, 지금. 셋째 시동생. 저 오빠는 인자 박사학위 받아서 미국 가서 조교로 있고, 지금 한 칠년 됐나 걔는. 그러고 즈그 동생은 너무 예쁘고, 똑똑하고 그런데 시집을 마 놓치다, 놓치다 봉게 안 가졌어.

그래갖구 제 할 일이, 나도 한 가지라 철은 다 들었어. 그래 나도 큰엄마지만 상당히 잘 통해. 저 공부도 잘하고 아주 그랬는데 삼수를 해갖구 우석대학을 졸업을 했네. 서울서 있는데. 즈그 아부지 서울 마포구 총무과장까지 한 그런 딸인데도 이게, 이게 어째 핀트가 안 맞았아갖구 고등학교 때 잘했는데 쪼끔 뭐 한 번 떨어지니까 애가 학원도 안 가고 지 혼자 스스로 한다고 해다보면 또 안 되고, 또 안 되고 해갖구 결국은 우석대로 왔어. 나중에 익산에 있을 때 와가지고 졸업 맡고.

그래 내가 큰엄마지만 굉장히 잘 통하고 해서 지금도 이메일로 주고받고 하거든. [이금순 : 말로 하니까 그렇게 고생이 힘든 거 같지 않네잉.]

그래서 정말 지금이나 옛날이나 내가 칠십, 내가 철들면서 시작해서 나는 아직 밤 열두 시에 자고, 아침 여섯 시에 인낭게 기계처럼 아예 그렇게 하고 자고. 한 번 누워서 빈둥거려보고, 지금도 오분을 앉아서 테레비를 보지 않은 사람이라고 하면 곧이 안 들을걸. 뭘 하면서 보지. 뭘 일을 하면서, 방을 닦으면서. [이금순 : 그 뭐 혀? 방 닦으면서?] 그러면서 또 뭐야 뭐 마늘 까고, 고춧가루, 네 집 거를 다 지금두 뭘 조달을 해주니까. 전부다 김치까지 다 담아주니까. 큰딸이 쉰 살이야. 둘째딸이 마흔아홉 살이구. [전창현 : 다 직장 여성들이니까.] 응 그렇게 저 엄마가 지금도 해주지 맛이지 맛이어요. [청중 웃음]

그래 올 봄에도 통장을 가봤더니 이 둘째딸이 김치랑 그거 추석에 김치 스무 포기를 담아가지구 그래 지금 몸살이 나서 내가 지금 어지럽고 요새 많이 안 좋아서 이게 아 막 아프고 허리 아파서 지금 이틀, 그래봐야 참 삼일 지금 정형외과 가서 물리치료 받고 있네. 이틀에 한 번씩 가라서 어제 갔다 와서 인제 오늘은 지금 안 가고 그래 나오는데.

[이금순 : 옛날에, 옛날 속담에 염병, 웃방영감 염병 앓아 죽어도 내 종기만 못하다는 말이 딱 맞구만.] (웃으며) 그래서 나는 지금도 내가 참 강건하고 건강하고 이 건강이 지켜준 게 내가 알기로 지금도 나도 내가 상당히 잘하는 편이요. 나 절대 간식을 잘 안 먹어. (옥수수를 가리키며) 이것두 네 개를 주는데 다 그 자리서 먹는데 나는 안 먹었거등, 오전에.

[이금순 : 아니 근데 끈적끈적허니 설탕에다 삶은 줄 알았더니 하나투 달도

않고 끈적거려?] (웃으며) 그려? 난 맛도 안 봤어. [전창현 : 찰거지.] 요만큼 노인이 이거 일흔아홉 살 잡순 할아버지가 싸갖구 왔어. 그래. [전창현 : 나는 씨앗인 줄 알고 먹었드니.] 나는 이거 맛도 안 봤어. 그 내가 씨를 좀달라고 말을 했더니 웃으면서, 난 맛도 안 봤어.

원래는 밥을 먹고 나면 간식을 안 먹거든. 절대루 하루 삼시 세끼 먹으면 입이 마르고 항게 아까 설탕, 사탕 이런 것 정도는 먹고 그러는데 딱 밥 세끼 먹으면 이거 원래 클 때부터 할머니가 아주 뭐 해놓고 안 먹는다고 성화를 대느라고.

[이금순 : 요거 이북에서는 이만씩 해요. 이만씩 헌디 여기선 보리쌀을 심지만, 이북에는 보리쌀 안 심어. 수수, 조, 그거하고 옥수수밖이 없어요, 콩하구. 그래 집집마다 전부다 그 두부해서 먹고, 저기 옥수수로 올챙이국수, 아 저저 저 올챙이국수, 그게 이북에서 하는 국수여.] 그렇지. [이금순 : 그 놈을 그냥 멧돌로 갈아가지구는 그냥 묵을 쑬 때에.] 진하게 해갖고. [이금순 : 활짝 칠 때에 그냥 이렇게 쳐, 그냥 막 이렇게 늘어나.] 쪼끔씩 떼갖고. [이금순 : 그러면 국수통을 저 뚫어갖구 뚫어갖구 막 말어.] 구멍을 내놓고. [이금순 : 거기다 다라이다 물 부숴놓고 부수면 막 술술술 내려와. 그면은 시금시금 헌 그 김칫국물이다가 말아서 마셔요. 김치두 여기같이 빨갛게 안 담아요.]

[4] 한 집안의 구심점이자 정신적 지주로 살다.

참 요즘 젊은 세대들은. [전창현 : 아이 이야기 또 빼먹은 거 있어.] 젊은 세대들은. [전창현 : 남편 그 우울증 걸려가지고 있을 때 살려낸 거 얘기 좀 허라.]

근데 이 남편은 내, 내가 요즘 인자 우리가 종교가 있어서 이릏게 뭐 운명이랄지, 이런 거 뭐 타고난 이런 거 전혀 배척하거든. 근데 과거에부터 이 사주하는 거, 팔자라는 거, 이런 거를 지금 중요시 하잖아요. 우리 지금 한국 거시기에 역학을. 아주 무시도 못 하겠구, 이게 무슨 궁합이 안 맞아서 그러는지 어쩐지 인자 그 자라온 과정이 완전히 틀린 거야. 이 가정환경이 모두가 문화도 틀리고, 다 틀린 가정이 만나서 사니 백프로 맞을 거라고는 생각을 안 해야지.

근데 이게 천성이라는 거는 버릴 수가 없어. 나도 깨끗이는 못하지만 나는 정돈이 뭐가 돼있어야 이게 직성이 풀리는 사람이여. 쉽게 말해서 뭐이가 딱 바른 길만 가야 하고, 네모가 빤듯 해야 되. 근데 또 정신은, 우리 영감은 그러는데, 여기 놓으면 여기 한 짝, 여기 한 짝, 여기 한 짝, 신문도 여기 하나 봤으면 여기 한 짝, (강조하며) 무엇이고 쓴 자리, 그 자리고 이거는 무엇이가 그냥 하나가 이게 나하고는 전혀 안 맞는 거야.

그렇게 막 첨에 와서 보니까 책상이 옛날에 큰 책상 있잖아 서랍이 이쪽에 달리고, 이게 큰 테이블이 있었어. 뭐 이게이게 몇 십년 전에 깎은 발톱에서부터 (웃으며) 발껍데기에서부터 이거는 [청중 웃음] 완전히 서랍마당 이렇게. 그렇게 큰방에도 보면 시어머니가 뭘 씨르면은 딱 씨러 내버렸으면 좋겠구만 꼭 그 웃목으로 씨러다 붙치놓고.

그 시어머니 농이 인자 이렇게 옛날에가 그 장롱이 있잖아. 위에 빼다지가

네 갠가, 다섯 개가 있는데 나는 그게 시집와서 계속 이게 찜찜, 정리만 한 거야. 완전히 그 집을, 정리를 이게 나뭇깐에는 멧똥같이 생겼고잉. 나무만 갖다 붙여놓고 쓰고, 쓰고 그걸 안 버려서.

새댁이 시집와서 뭐할 거야. 시어머이는 나무하러 갔고, 신랑은 절에 가서 있고. 그 이듬해 인자이. 그러며는 그 여름, 그 내를 내내 나는 그런 꼴을 못 봐 또. 나뭇간 거기 있는 재, 이게 그 찌끄러기 전부다 날마다 파다가 부지런하긴 하겄다, 놀 수도 없고, 그 뒤안 대밭에다 다 갖다 버리고. 또 책상 그 안, 서랍 그런 거, 그서 메칠 정돈해서 요건 요거대로 눈이 있응게 문서는 문서대로, 뭐는 뭐대로, 이렇게 딱 정리를 해 놓으면 얼마간 있다가 보면은 또 다 다 한 사랑방이여. 아 이거 진짜 못 말리겠드만, 아주.

그러드니 또 시동생들두 안 그런 시동생, 셋째시동생이랑 깔끔하고 정돈 잘 하고 그러지 동생들이 다 치워주고 하는 거야. 이 양반은 다 싹 어지러 놓고 그렇고는 읍내나 어디 나가서,

"어 영문아, 방 좀 치워라."

그러면 동생들이 와서 싹 치워놓고. 또 심부름도 자기가 혼자 갔다 오면 될 건데 가만히 보면은 시집와서 보니까 앉아서 네 번, 다섯 번을 시켜도 읍내까지 갔다 오는데 한 이십분 걸려야 인제 동네서 읍내를 나가서 뭘 갔다 오는데. 군소리 한번도 않더라고. 그르구 형님 앞에라면 절대로 이거 다리도 한 번 펴도 못 앉어. 형님 앞에라면 아주 이러고. 밥도 한 상에 안 먹어요. [이금순 : 교육을 잘 시켰고만.]

딱 처음에 오니까 신랑만 따로 밥상, 이거 시어무이랑은 이롷게 인자 둘잇상. 근디 인자 시어무니가 아랫 끝에 외숙모네 집을 하룻저녁 가고 없어잉. 신랑 아파갖고 와서 그 이틀째, 한 서너달, 두서너달 됐나. 근데 하룻저녁엔 딸랑 셋이 있어. 신랑하고 인제 막내 시동생하고, 나하고.

'이것도 딴 상을 채려야 되어, 말아?'

그리구 둘잇상에다 한 상을 채렸더니 그 날 저녁에 인제 시동생이 밥을 편히 못 먹었다 소리, 인자 한 상이 먹었단 소리를 했는가. 그 이튿날 아침에 시어머니가 너는 왜 그렇게 가를 따로 밥상을 채려주지 그렇게 한테 채리냐고

막 뭐라시는 거야. 그면 이 양반은 그냥 혼자, 그래서 아무튼 어찌 됐냐, 이제 아프니깐 몸이 인자 총각 때부터 뭐 아프고 어쩌고 한다니깐,

"닭을 뭐 두 개를 깨워도 어디 동생들은 어디 뭐 다리 한 번이나 먹어 봤다냐?"

시어머이가 그러시더라구. 혼자 밖에는 모르는 거야, 자기 혼자만. 아프고 맨 식구들이 이렇게 해주니까 그냥 전부다 자기 혼자만 잘 먹고, 좋은 거 먹고, 좋아야 되는 걸로 그 할무니가 그렇게 아주 이이이 이 양반만 알았대요. 그러고는 넘들이 그렇게 오직하구 옆방에 와서 사는 사람이 자기가 낳은 아들 아니냐고 시어머이 보러 물어 보드래요.

그럴 정도로 그 시할머이가 이 나 딱 시집오니까 첫 방안 제사 지내드라구, 삼년 됐지 인제. 그 할머이가 완전히 이 사람만 이룹게 이룹게 해주니까 의례히 그런 걸로 알아버리고 자란 거야, 자란 과정이. 그렁게 누구를 해주고, 어쩌고가 없어요. 그래 지금은 좀 인자 그러지. 그래 혼자 예사, 좋은 거 먹으면 당연한 거야. 이걸 먹으라 소리 안 해요. 이거 혼자만 먹는 걸로 알고.

그래서 처음에 시집 와서 이거 왜 그렇게 뭣이 먹을 것이 열막대기 졌어두 하나두 없지 인제 나두 스물한 살에 와서 그해 겨울에 무수를 막 한 바가치 썰어서 밥을 해서 이렇게 함 돌아서두 안 해. 시장한 거야. 부엌에 치우지도 안 했어. 그러구는 친정에서 오면서 내가 참기름 그때 우린 막 밭이 많은게 막 깨도 막 몇 마지기씩 하고 해서 참기름 한 병 들고, 들기름 한 병 이렇게 가져온 거 그 꼬추 간장에 담아놨대.

그거 쫑쫑 썰어서 그 참기름 쪼끔 쳐갖구 그것만 비벼서 먹은게 막 속이 쎄리고, 따갑고 막 죽겠는 거야. 근데 부엌 치고 돌아서도 안 해서 벌써 시장기는 돌아. 저녁판 되면 눈이 휘뜩허니 돌아가고. 그래갖고는 정말 내가 배를 많이 곯았어, 처음에 와가지고.

그때 봄에 이게 상추를 심었는데 보릿고개지. 그래서 누릇누릇한 내가 그때 쓴 거 있지? 제일 첫 작품으로 쓴 것이 그 비단 앞치마를 이 율동치마를 입고, 광목치마를 앞치마를 입고 보리논에 가서 누른 보리모강지를 시어머이하고 나하고 따서 삼베 홑이불에 싸서 이고 와서 그 놈을 쪄가지고 인제 이렇게

독 속에다가 손으로 비벼가지고 홰보리, 그래서 절구통에다 찌었어. 응 그래 갖고 그 밥을 해 먹는 거야. 그룽게 생기고 그러는데. 참 배도 많이 곯고. 그런데 시어머이는 인자 그 이곡을 또 한 가마이를 또 갖다 먹었네. 여름 보리는 아직 나지도 않고 있지.

자꾸 도가지는 그 먼제 이게 철이 들어서 푹푹 퍼다가 어떻게 밥을 많이 해먹어. 그믄 낮에 양푼에다 밥을 쫌 해놓으면 신랑 좀 떠주고, 시어머이, 시동생 주고 나면 이거 내 밥이 없는 거야. 그믄 또 시어머이는 밥이 작으면 이거 또 이룽게, 이룽게 못 잡술까 싶어서 상추를 밑에다가 막 쓰석쓰석 해서 내가 내 밥그륵에다가 이렇게 애기 상추를 하나를 갖다 집어 넣어놓고 한 두 숟가락이나 딱 펴놓고 쪼끔씩 쪼끔씩 먹는 시늉을 항게 막 저녁판 되면 눈이 막 쏘옥 들어가고, 진짜 우리 집으로 가고 싶고 나 배고파서 눈물 많이 흘렸어.

그래서 이세 저세 먹세가 제일이다고 배고파 봤냐고 나는 누구든지 묻고싶어. [이금순 : 배고프면 눈물 나와.] 세상에 배고파 봐봐. 뭐가 정말 어디가 뭐 그 봄에 먹을 것이라고 뭐가 하나 있어.

그서 거기 인제 모를 심어놓고는 내가 인저 친정에를 갔지. 친정에를 갔다 온다고, 가가지고 뭔가를 내가 배워야 겠어. 이 집에서 이거 신랑만 바라보고 살 수가 없어. 그래서 그때 거창 읍내에가 그 외갓집에 친외갓집 작은 아주숙모댁이 미망인, 그 일본시대 때 해방되고 인자 남편 죽고 그런 미망인 있어. 그때 사범교도 나오고 그 양반이 똑똑하고 인물도 좋고 헝게 미망인 협회 회장을 하더라고 미망인 연합회 회장. 그래서 거기서 여자들을 많이 데려다가 바느질을 한다는 소식을 들었어.

그래 유월에 내가 모를 딱 심어놓고 친정에를 갔다 온다고 가가지고는 거창 가서 그때 한 달 간을 그기에 팔월 달에 왔으니까는 유월에 갔으니 한 칠월, 팔월, 뭐 만 두 달도 못 됐을 거 같어. 거기에 가서 내가 바느질을 배운 거야. 이거 양장, 말하자면 양복. 그때 그 저 학생들 왜 초등학교 요렇게 도돔하니 예리하고 그 양복이, 껌은 양복이 있었잖아. 그거 만드는 거.

그 오빠가 인자 재단하고, 인제 여자들 한 여남은 일곱, 여남은 명씩 인자 미망인들 모아다가 이룽게 가르치고 해서 거기 가서 두 달 (목소리를 높이며)

그거 배운 거라고는 내가 그것 뿐에는 배운 거 없네. 나가서 돈 주고 양장이라고 배운 거는.

그러고는 그 뒤로 그 바느질을 다 말하자면 보고 그냥 눈으로 보고만 내가 다 해서 교복까지 다 전주여고 교복까지 중학교 교복까지 다 만들어 입혔다는 거, 아니여. 큰딸 중학교를 들어가는데, 교복을 맞출라니까 삼만 오천 원을 달래요. 군산, 그때 남원우체국장을 하고 있고, 아빠는 그런데.

어 가난은 항상 따라다녀. 또 친정은 말도 못 하고. 친정 아부지가 그냥 군청에 다니시다가 나 결혼한 뒤에 몇년 후에 나오셔갖구는 그 국회의원 아저씨 따라 사무국장하고 뭐 따라다니다가 정치물이 들어갖구 읍의원 한 개 당선됐지, 또 도의원 해서 당선됐지. 인자 나중에 인자 그러구 나와갖구는 뭐 국회의원 나온다구 민주당 때 그때 장윤 박사 뭐 뭐 하고 할 때 해가지구 국회의원 나온다고 어째어째 하다가 쫄딱 망해먹고 동생들 그 시집장가를 아무두 막내 여동생 결혼식 하는데 차비두 없어서 아부지를 내가 모시구 차비해서 모시구 갔어요.

그래 친정 여동생도 내 책임, 이집 것도 내 책임, 이거는 다 내 책임이어가지구 아주 그냥 친정이 완전히 풍지박산 돼 너는 너대루, 나는 나대루, 다 갈라지구 해갖구 일루 한테루 모아서 나중에 해서 엄청 일 많이 했어요. 그래서 심지 뭐 이장하는 것까지 다 친정 것도 내가 다 하고.

시집도 막 아버님도 그렇고 시할머니랑 모두 민둥산에 있고 한 거 내가 다 와서 다 그리 해놓고. 일 많이 했네요. 정말 일 많이 했네, 난 참말로 아주. [이금순 : 지금두 효자라구 그러는디 지금 효자는 효자도 못 되.] (웃으며) 그래서 참, 이게 남으 집 이 큰 메누리고 이게 이 주부로 온다는 게 주부가 참 말만 잘해 뭐 갓똑똑이가 아니라, 정말 현명하게 이 집을 이루고 사는 데는 그 주부의 역할이 가장 커요. 남편은 지금 이자 영감님 그러거덩,

"나는 이거 겉껍데기여. 당신 정신줄, 우리 집 정신적 지주여."

저녁에, 엊저녁엔 내가 늦었어. 그래 어두워져 버렸잖아, 집회를 나갈랑게. 막 어지럽고 안 좋아서 그런다고 헝게 조심하라구, 여자들 나가면 조심하라구 그러거든. 정신적 지주라고 그런, 자기는 항상 겉껍데기라고 내가 그런 소리

지금 많이 하지. 그래 주부는 구심점이야, 그 가정의. 항상 주부가 현명하고 그야말로 헌신적이고 그러면 그 가정은 잘 되게 돼있어, 노후에.

[이금순 : 그렇게 우리가 말하고 싶은 것은, 젊은, 요새 젊은 세대들.] (목소리를 높이며) 쪼끔 못마땅하면 가는 거야. 이거 절대로 안 돼. [이금순 : 결혼, 결혼해갖고 한 번 결혼하면 살어야 되겄다, 그런 생각을 해야 헌다고.]

나 글을 쓰는 거 쓰다보면 이게 자기 생활을 인제 체험이고, 이게 인제 수필은 자기의 그 통찰이고 다 자기반성이고, 자기 글이거든. 그거를. 체험에 의해서 다 나오는데. 쓰다보면 그 쪽으로 가고, 쓰다보면 그 쪽으로 가고, 모든 게 인자 우리가 진리를 배와서 종교생활을 하고 있응게 이 하나님 원칙에 의해서만 살아야지 인자 축복을 받고 제대로 되는 거지. 그거를 벗어나면 안돼요. 결과적으로 그런 것들이 그런 그 영향이, 해가 다 자기게로 돌아와. 인제 정말 결혼, 보통 인연이 아니에요, 부부라는 건. 그래서 한번 맺어지면 살아야 한다는 거. 그게 아주 우리는 말하고 싶어.

[전창현 : 아까 집에 아저씨 얘기할 적에 그랬거덩. 너무 귀하게 딸을 아까 얻었다고 그랬잖아. 지 방에서 어질구 털털 털고 일어나면 저 방으루 가서 새로 시작을 해. 그럼 어머이랑 누구랑 다 와서 치는 거야.] 뭐라고 해줬어야 하는데. (웃음) [전창현 : 맞어. 뭐라고 딱 해야 하는데. 그러구 밥 먹을 때도 거의 다 철이 들 때 까지도 앞치마를 이룧게 길게 입혔는데, 밥을 막 퍼서 먹고 막 헐트리고 그러면 나 같으면 우리 애들 키울 때는 팍 치면서 막 못 허게 하잖아. 그렇게를 안 해.]

[전창현이 잠시 이야기를 하는 동안에 김영옥과 이금순은 양산에 대해 이야기를 나누었다. 김영옥은 자신의 양산은 일본에 있는 조카딸이 영국에 다녀오며 사다준 것이라고 했다. 햇살이 따가워서 김영옥과 이금순은 양산을 펴들었다.]

그래서 참 우리들은, [전창현 : (조사 장비를 가리키며) 저기서 사진을 찍고 있는데.] [청중 웃음] 그렇구나. 근데 참 우리들은 이 남편 섬기고 뭐 지금도 다 그러겠지만은, [전창현 : 이야기 하다 말았어. 잊어버렸어. 그때 우리 부모가 나 시집을 보내면서 그렇게 인자 뭐 보증으로 시워놔서 니가 복이 있을라면은 첫남편을 잘 만날 거다. 왜 두 번째 시집을 가서 잘 살겄냐. 그러니까 첫 남편하고 끝까지 끝을 너는 내야 한다. 그 끝까지 살아내야 헌다. 그걸 인제 일러서 보내드라구. 근데 지금 젊은 사람들 막 애기 낳아놓고도 막 남편을.]

엊저녁에 그 뭐 이런 일이, 세상에 이런 일이 그거 내가 저번 날도 보고, 엊저녁에도 보는데 어떻게 애를 셋이나 그렇게 두고 여자가 그냥 나가버려갖고 그냥 그 애기 키우면서, 그 애를 키우는 그러는 걸 보면은, 그 우리같이 그렇게 어렵고 참 정말 뭐 죽을 맛이었을 때가 많지만 그래두 그거를 내게 주어지는 과제라고 생각하고.

'어떻게 하면 이걸 가장 잘 현명하게 해결해 나갈까?'

늘 이 생각을 했지 도피할라고 생각은 안 했거든. 근데 요즘은 그냥 쉽게 버리고 그냥 나만 하나 빠져나갈라고 하드만, 정신 상태가. [이금순 : 남편이 돈을 못 벌면 같이 벌어서 생활을 해야겠다가 아니라 도망가 버려, 여자가. 그 시어머이들이 애기들 맡아가지고 있잖아요.] 그런 사람 많거든. 그런데 그래두 우리는 그러질 않았어. 남편은 무슨 짓을 해서 어쩌든 간에 때로는 노름을 해서 논도 팔아먹고 뭐 아무튼 뭐……. [전창현 : 그랬대.] 뭐 했어. (웃음) 아무튼. [청중 웃음]

공무원 모두 장자급들이 그렇게 했어요. 말을 안 해서 그렇지 다 사회가 그렇게 돼있어. 어 그렇게도 하고 뭐 그래갖고 내내 그 꾼들이 그러니 뭐 별짓들 다 하고 그래도 어 그걸 어떻게 봐. 나래도 이 영감 듣는데. 그게 인제 지나온 과거를 얘기를 하는 거야. 남편한테 인제 미워서도 그렇고, 한이 돼서도 그렇고. 혹시 치매 걸리면 그런 소리만 할까 싶어 내가 치매는 안 걸려야 한다고 내가 그런 소리 했지.

남편은 노름을 해가지고 돈을 왕창 꼴아갖구는 논을 팔아 여름에 모 심궈놓은 논을 팔아먹고. 팔월 달에 시동생, 셋째 시동생은 지금 대학교를 가 등록금을 가지러 왔어. 군산 있을 때잉. 참 기가 맥히지. 남편은 인자 문을 닫아놓고, 잠과놓고 지금 아침부터 굶고 인자 뭐 어떻게 큰 난리를 쳐놓고 인자 어떻게 되는가 뭐 또랑에 간게 스스스스한 게 하고 야단났더라고. 누구, 누구, 어쩌고 뭐. 면장은 오늘 어쩌고 뭐 논 너마지기를 팔아먹고, 그것도 홀어머이 밑에서 컸네. 면장인데 그걸 말을 못해서 도로 붙이고 있고. 그른 그 판이 한번 그때 벌어졌갖고 뭣이 외부에서 들어와갖구 왕창 해버린 거야.

[전창현 : 노름꾼?] 노름꾼이 와서 거기 남으 삼판이라서 아주 심한 덴데 인자 막 밥을 사주고 어쩌고 했는데 그래서 기관장, 면장, 뭐 누구누구 거기 뭐 농협직원, 소장 뭐 해서 넷이 모아놓고 이 양반도 끼고 있는 데 해서 이제 패거리, 어떤 못된 패거리들이 들어와서 한창 해먹고 가버렸어. 왕창 망했어, 모두.

그래갖고는 그냥 이거 공금을 막 그 보건소에다 얻어서 쓰고, 아무튼 막 빚이 탁 져버린 게 여름에 가서 논을 팔아도 논 몇 마지기밖에 없는데 논 그게 생명선인데 (웃으며) 시어무이한테 가서 논을 팔아달라고 했으니 어쩌겠어.

이게 말이 되나. 그래서 그 어려운 고생을 시어머이는 얼마나 하신 분인데. 그 논을 서마지기, 아이들을 한다랭이짜리, 막내 시동생은 중학교 밲이 못 했어. 형님이 취직두 않구 그렇게 중학교만 졸업하고 내가 시집, 고등학교를 못 간 거야 돈이 없어서. 그랬길래 어머니는 그게 제일로 걸리잖아. 인자 그 서마지기는 한다랭이 지금 아주 제일로 요지지 농사 앞에 있어서. 그거는 인제 막내 시동생을 주고, 집에 있는 시동생 서마지기는 인제 첫째 밑에 있는 사람 주고, 어머이는 우에 둘은 대학 나와서 인자 하니까는 인자 그는 없고, 인자 그렇게 생각하고 있는 거야. 집은 또 큰아들 주고.

난 아무 것도 안 했지만은 그 그러는데 그거를 그랬으니 시어머이가 그 논을 팔아가지구 와서 이게 돈을 칠만 원이 그때 십사만 원인가가 받아가지고 뭐 집에 빚 갚으고 팔만 원인가를 이게 주머니에 넣어갖구 와서 아따 시어머이가 욕을 해대치는데 나는 남편인데 어머닐 욕하는 거 아니야. 얼마나 속이 타고 분이 났으면,

"그 놈 손모가지를 붓으루 탁 짤르지 그랬냐?"

이 소리를 할 때는 우리 시어머이가 그냥 막 피를 토하는 그런 심정이야. 그 고생하고 산 거 생각하면 그시기는 한데 말하자면 아들이 이렇게 했다는

거여, 큰아들이. 그거, 그 소리를 내가 들었을 때 을마나 그날 어디 쩌 동아 지지리 골짜기로 인자 출장 나가고 없었을 땐데 오셔갖구. 그래 인제 해가 다 져갖게 이 양반이 오시니께 돈 딱 내서 갖다 놓고는 어뜷게 모진 말을 하고는 그 길로 해가 지는데, 남원으루 그냥 나가셨지, 막차를 타고.

그런 경험을 한 뒤에 시동생은 그 뒤에 또 뒷판에 그때 그러고 난 뒤에 막 딱 끊었으면 되는데 인제 그 뒤에 또, 또 그런 일이 또 있어갖구는 이게 또 뭘 어떻게 했는가 뭘 야단이, 동네가 수군수군 하고 또랑꺼리 간게 뭐 어쩌구 저쩌구 해서 쌌는데 시동생이 그걸 가지러 왔네. 저기 돈을 가지러 와서 있어. 코를 능창코를 빠지고. 신랑은 방에서 밥도 안 먹고 아침부터 있는데 낮에 때마침 왔어.

이걸 어떻게 해야 되. 그두 그 뒤에 뒷집에 뭐 장사도 하고 아는 아줌마가 돈이 좀 현금도 있고, 그런 아줌만데 거기 가서 내가 쌀 두 가마이 값을 냈지. 빚을 달라구. 그래 한 두세달 후에 인제 팔월 달에 왔으니까 이학기 등록금을 줄라 그러는데 그때 단국댄가, 그 시동생이 다니는데.

이 두 가마이를 하면 이게 세 가마이를 줘야 혀. 가을에 갚아야 되. 그때는 딱 한 가마이에 반 가마니였어. 굉장히 비싼 장리야. 제일 비싸는 거야. 그때 그래서 싸키해서 돈 번 사람 모두 많았잖아. 그래도 시동생을 세워놓구는 내가 뒤로 돌아 그, 그 뒷마을에 가서, 그 아주머이한테 가서 이래이래하고 말해 갖고 그때 돈으로 만이, 만팔, 아무튼 쌀 두가마이 값을 얻어가지고 해갖구 와서 시동생을 줘서 보냈네.

에 그룋게 보내고 (목소리를 높이며) 그두 신랑은 몰라요, 지금까지두. 내가 엊그저께 메칠 전에 그 소리를 했어. 그래 요즘은 지금 감동, 감동 먹어. 요새 내가 간간이 한 번씩 인자 어떤 옛날 얘기를 하면서 인자 그러고 하면은 그. [조사자 : 그때는 말씀 안 하셨어요?] 아이고 그 판에 뭐, 신랑도 죽을라 하는데.

(웃으며) 신랑 죽을까 싶어서 조기 사다가 밥해서 막 막 깨워갖고 어여 막 일어나라 해서 살아야 되지, 논 팔기 전에. 막 자기두 엉겁질에 어떻게 해놓고 그때 그룋게 되버리니까는 그러드라구. 그래서 좌우간 아이 사람이 살아야지.

이 살고 봐야지 되느냐구 가서 논을 팔아달라 그러구 좌우간 아무리 해도 다시 이런 짓 안 하고 하면은 내가 오년 안에는 내가 어떻게라두 해서 갚아준다고. 그래서 그 시동생 논을 못 사줬어.

그 뒤로 계속 어려워지고, 자꾸 막 이리저리 돌아다니고 뭐 또 그런 짓을 말아버리는가 하면 그 짓이 안 말아져. 그래서 뭐 계속 쪼금씩 하고 뭐 자꾸 애들은 커나가고 광주로 가고 그래서 못해가지고 그게 항상 내가 죄인이 된거야. 그땐 시동생 장가도 안 갔을 총각 땐데. 총각인데 장가를 가서 즈그 아들이 장가를, 시집을 가게 됐어 큰딸이. 남원여고를 나와서 저기 이화여대를 나와갖구 저 외무관하고 시, 결혼을 하게 됐어.

근디 그 신랑이 부모가 없어. 할머니만 있고 광양 사람인데. 인자 그 내가 오십만 원을 따로 인제 이십만 원은 인자 결혼비로 주고, 막내시동생에게 인자, 물론 다 이십만 원씩 줬으니까 인제 주고. 오십만 원을 따로 내가 보내줬지. 지금까지도 몰라요. 신랑 말 안 해서 몰라요.

항상 그기에 대한 내가 그 죄책감 때문에 나는 갚아준다고 하면 (목소리를 높이며) 나는 아주 약속 안 지키면 죽을, 생명하고 나는 약속하고 이게 항상 같이 생각을 하거든. 그래서 그 갚아준다고 했으면 갚아줬어야 되. 내 같으면 갚아 줘어. 근데 신랑이 말 안 듣고 나 먹고살 것도 없이 맨날 그러고 사니 어떻게 하고 살아. 그서 참 말 못하는 고생들 그야말로 참 많이 하고.

월급만 딱딱 갖다 줬으면 내가 피나고 살고 한 게 참말로 그렇게까지는 안 하고 살았지. 돈도 적은 데다가 오만 행사 다 치른 데다가. 돈 안 갖다 준 달이 수두룩해요 아주. 미치고 나자빠져. 마 죽고싶을 맛이었어. 그래서 그래도 끝까지 이거를 참고 어떻게라도 이리 맞추고, 저리 맞추고 아주 돈 얻어다 대는 여자. 빚을, 집 한 채 값은 얻어 줬어, 이자를. 그래두 이자 주면은 돈, 수박까지 사다 주면서 돈 갚아줬네, 나는. 돈 빌려줘서 고맙다구. 그렇게 떼먹고 어쩌고 안 해봤드니.

그래 나는 넘한테 이자놀이 안 해봤어, 한 번도. 돈 빌리줘도 지금 두 달, 석 달, 누가 빌리 줬어두 이자는 나는 생각두 안 해. 그냥 아숩다고 하면 내가 내 처지를 생각해 그냥 빌려주지. 그렇게 허고 살았는데 그랬드니 노후에는 이렇게 행복한 날이 있고, 자녀들 다 착실해서 잘 크고 그때 그렇게 젊은 날에 좀 그러고는 인자 노년에는 그리 안 하지.

지금은 아주 인자 자기가 바뀌졌다고 그러고 막 백팔십도 인자 인생이 바뀌졌다 그러구. 그때는 그 탄꺼물 같은 인생 사는 거 그거 그냥 이 자기두 생각하겠지. 지금은 그러믄 어디서 그런 거 있으믄 뭐 저런 데서두 탁 털어버리고 안 보고. 어떤 단체 장을 하라구 하는데, 모임에 쉽게 말해서 인제 최후에 인자 이거 모임에 정년퇴직한 후에 인제 그 회장을 하라구 하는데 거기는 늘 와서 그걸 한단 말이야, 노인들이.

이게 인제 화토도 치고 뭐 이런 걸 해. 그거 허면 인제 그걸 봐야 되고, 지금은 안 하지. 아예 그거 아이 인제는 딱 그랬거덩. 그래서 절대로 그걸 하라고 그렇게 해줘두 안, 안 해요. 저도 자기도 옛날에는 좋아하고 해서놓고 못하게도 못하고 또 하는 거 보기도 싫고. 그런 거 인자는 아주 못 볼 걸로 생각을 하고. 그래서 내가 다 승리한 거지. 따지고 보면. [조사자 : 예.]

그런 거 저런 거 또 술은 또 술도 안 자시던 양반이 늦게 또 배우기 시작해 갖고 이거는 또 이 장짜라는 거는 이게 계장들 일고여덟을 같이 가면은 나도 한 잔, 너도 한 잔, 누구꺼는 받고, 누구꺼는 안 받으면은 이거는 큰일 나. 말하자믄 그 더 사랑함과 들 사랑함과 이 자기들끼리는 이 사람은 모르지만 자기들은 누구는 받았네, 안 받았네 항게 이 사람두 주면 한 잔, 그래 너도 주면 받아, 다 받아먹고 인제 이걸 완전히 인제 감당을 못 하는 거야. 맨날 누워서 오는 적이 많고 그냥 하이고 그냥 그 술도 아주아주 진절머리 나도록 애 먹었지.

좌우간 한 남자, 이 쫌 어쩌구 산다는 사람들 껍데기는 훤하이 좋아두 속에 여자들 다 골짝 만드는 사람들이다, 진짜. (웃음) 그래 평탄하이 참말로 순수하게 평범하게 사는 사람이 오히려 참 좋은 거야, 알고 보면은.

[이금순 : 요재 젊은이들 저 결혼하면 남편이 자기 입만 알고, 자기 혼자만 먹을라고 허는 사람 없을 거요잉. 같이 먹지잉. 그런데 옛날에는 우둥으루 키우는 아들, 외아들 막 이릏게 키우고 까시도 자기 어무이만 먹고, 고기만 멕이고 헌 사람이라 남편이 장개가, 아주 장개 가갖고도 이 각시가 자기만 먹여야

혀, 자기만 줘야혀. 젯사발, 게, 게를 잡아서 게장을 담았잖아. 그것을 이렇게 조금 남편만 줘야 되는디, 어무니가 그렇게 키웠는디, 시방에는 자기가 좀 먹었드니, 나 이거 다 게장 다 떨어지면 뭣허구 밥 먹으라구 이거 먹냐구 하믄서 젯사발루 대갈을 깐다구 하드래요. 그랬다고 그 소리를 옛날에 우습게 했어요. 자기 남편이 그런다고.] [청중 웃음]

지금, 지금 나 이룧게 까시, 지금 까시 다 발라주거등. (웃으며) 발라줘야 내가 편해요. 이거 어떻게 먹으라는 거야. 이거, 까시 있는 거, 뭐 광어랄지 이런 거. 광어가 이만하거든. 아예 큰 걸 사든지, 짝은 걸 좀 싱싱한 거 사오면 가상을 싹 오려가지고 대가리하고 딱 떼서 딴 냄비다 끓이고 가운데 요 살만 해서 호박 넣고 살짝 끓이갖고 그 놈 인자 부서서 까시 하나도 없고 또 가운데 살쨱이 들어서 가운데 까시 딱 떼내고 이제 까시가 하나도 없는 거를 딜이야 되. 그거 있으면, 이거 이거 어떻게 밥을 말아 먹냐, 밥을 말아 놓으면은 인제. (웃음) [이금순 : 습관 들여서 그려, 습관 들여서. 그려서 그려.]

지금 요샛날 꼭 그렇게 채리주고. 조기도 그냥 이 아주 큰 거, 굵은 거는 몰라도 작은 거는 까시 딱 빼서 그 살만 해서 딱 놔줘야 편안하고. 아주 지금도 그룧게 애기일 수가 없어요. 근데 인제 와서 이거 버릇 들인다고 안 하고, 너 이랬냐 말았냐, 이룧게 먹어라 저렇게 먹어라, 막 어뜬 사람 인제 친구들 간에 그런 얘기하면 나를 버릇을 잘못 딜이놨다고 그러는데 그게 뭐 아주 어릴 때부텀 습관이 돼있어야 하는데. 까시까진 안 발라 먹였겠지만, 수고시려운 짓, 자기 뭐 어쩌 성가시려운 짓을 안 하고 그냥 이룧게 살아와서 이 습관이 돼서.

그리고 우리는 그 지금도 읎어서가 아니라 글쎄 그 포도 한 송이를 꽉, 앉아 따 먹을 시간이 없어요. 어제도 강서이 오라길래 내 포도 두 송이를 가져갔거든. 가져가서 오늘도 집에서 나왔다면 내가 뭘 갖고, 먹을 걸 갖고 나오지. 근데 이제 거기에서 갑자기 내가 막 (웃으며) 택시 타래서 그 앞에서 그 가게에서 바로 모퉁이를 돌아 와가지고 내가 타고 와버렸네. 그런데 지금도 내가 먹을라면 아까워. 뭐를 팍 먹을 수가 없어. 왜 그런지. 그래갖구 내게 어떤 돈을 들일라면 이건 아까워. 누구 다른 사람한테 돈을 써줘야 되. 그게 참 그 인제 습관이야, 습관. 습관이라고 봐. 그래서 우리가 좀.

근데 마음만은 늘 그래도 참 받은 거 보다 이렇게 주면 행복하고 그런 거 있고. 뭐 그렇게 한 세상 살아왔네. 못난이지, 못난이야, 사실은. [이금순 : 헐 것은 허고, 내 몸도 생각해야 혀.]

[5] 자식들에게는 늘 고맙고 미안한 마음이다.

그 자녀들이랑 그냥 우리는 엄마 아부지 잘 둬서 우리는 참 행복하다 소리, 즈이들 눈에는 아직 눈물을 안 빼봤거든. 어릴 때부터 지금까지. 즈이들 눈에는 눈물 안 빼봤어, 네 자녀들. 그러니까 그런 소리는 해요, 지금두. 지금두 엄마 덕분에 항상 잘 지내고 있다구. 그래 그래서 한 번도 지금까지 돈을 달라고 허든지, 그래본 적은 없어요.

그래믄 어떤 사람은 나를 막 잘해줘서 그런다고 허는데. 어릴 때부터 자녀와의 관계를 항상 내가 넘과 같이 못 해줘서, 가난해서 뭘 막 이룹게 못 해줘서 내가 얄궂이 만들어 입히고. 아주 어릴 때부터 만들어 입힌 걸로만 해서 주구. 그 못해준 것이 늘 미안한가. 늘,

"미안하다."

소리를 자식한테 하고. 자식들은,

"엄마, 괜찮아. 이것두 괜찮아. 이것두 괜찮아."

그래갖구 그 막 단춧구멍이 이만쓱 하이 해서 그 막내딸도 인제 언니가 둘 있고 낭게 걔는 인자 이 단복을 새로 해주면서 만들어줘야 겠더라구. 했더니 옷이 크지 인자 삼년을 입힐라니 또 넉넉하게 크게 해가지고. 그랬드니 단춧구멍을 할 줄을, 만들 줄을 몰라갖고 그냥 내 자작대로 어떻게 했드니 막 이만씩 하게 구멍이 커도 학교를 갔다 와서 입혔으면은,

"아이구 이런 걸 어떻게 입어. 나 못 입어."

가 아니라,

"아이구 이걸 엄마가 만들었어? 엄마 잘 만들았네."

그걸 자랑을 하구 그래요. 그런게 너무 고마운 거야, 속으루 내가 눈물이 날 정도루 고마워. 그래서 그런 관계로 해주구 그랬드니 자식들은 나한테 늘,

"엄마 괜찮아. 냅둬. 이래두 됐어."

이런 식이구. 나는,

"늘 못 해줘서 미안하다. 미안하다. 고맙다."

이롷게 하구. 그롷게 관계를 이어왔기 때문에 시집을 가도 뭐 하나 해도라 소리가 어디가 있어. 이것도 하지 마라, 저것도 하지 마라.

큰딸 같은 경우는 서울대학을 나와서 그 예술고등학교에서 결혼식을 했거든. 그러니 결혼식장 비도 안 들었지.

"엄마 그런 거 잘 만들잖아요. 그니 하나 맨들어 봐요."

면사포도 만들라 그래서 망사 천오백 원 주고 그 가는 망사, 지금도 있어. 그 내 헝겊 보따리에. 그거 두 마 떠가지고 삼분지 일 접어가지고 이롷게 쫑쫑 누비가지고. 꽃 오천 원어치 우리 둘채딸이 가서 그거 저 부식시장에 동대문 시장에 가서 오천 원어치 산 게 그게 그때 국화꽃인가 뭐, 시월 메칠날 결혼했냐 그랬는데 이롷게 사갖구 왔드라구. 한 묶음 오천 원어치래. 그거 사서 머리에 인제 이롷게 꼽는 거 딱 이렇게 자잔하게 해서 꼽고 저녁 내 만들았어 그거를, 서울서. 그러구는 신랑 부케 이롷게 신부 부케, 아부지 어무니 꺼 그 꽃으루 오천 원어치 다 만들었어.

그래 결혼식 비용이라구 하나두 안 들었어요. 그롷게 하고 고무신 신고, 한복 한 벌 해달래서 그 저 아사, 아사루 본견 아사든가 몰라, 그냥 분홍으로 된 거 아래 우에 해서 그냥 짤막, 그냥 아침 집에서부터 입고 나가갖고 하루 종일 입고 그 식 다 마치고 저녁 때까지. 근데 인물이 달짝같이 예쁘거든, 큰딸이.

[조사자 : 몇 살이에요?] 쉰살이야. 아직까지 뭐 이런 거 하나 안 발랐어. 안 발라. 지금도 크림 하나도 잘 안 바르고 화장이라고는 아예 안 하고 살아. 게을러서도 안 하고 아무튼 안 해. 그러는데 그두 그냥 밉상은 아니고 살이 두리 하니 쪄서 지금두 주름 하나두 없고 그러그등. 그러믄서 그렇게 아침부터 입고 나가서 그러게 시어무이가 인자 서울서 아침에 인자 자취집이서 거기

가는데. 하이구 장모는, (웃으며) 인자 나보러 하는 소리여. 연지까리나 발라 쌌는구만 신부는 뭘 저걸 뭘 동생이 뭐 좀 기리고 뭘 발라,

"에이, 못 씨겄다."

그래뿌리고 싹 씻어뻬리고 그냥, 그냥 단발머리 이렇게 안으로 쪼끔씩만 이렇게 안으로 오부당하이 해가지고 그 면사포 쓰고 그렇게 결혼했네.

그래두 그르고 반지 하나두 안 해주구, 안 받구. 신랑하구두 뭐 그런 거 필요 없다고 안 하고. 그냥 그런 거 안 해줘도 뭐 이십 년 넘게 지금 팔십오 년도에 결혼했는데 뭐 이혼자 말도 안 내고 잘 살고 있고. 그 둘채딸도 그렇고. 둘채딸도 한복 입고 결혼했지. 그랬드니 메느리까지도 또 한복만 입는 대요. 한 벌 해줬어. 그래서 며느리도 한복 한 벌 입고 결혼하고. 그래서 그 사진이 전국으로 그 최후의 사진, 안짝 그 해 십이월혼가 그 뒷사진에 전국으로 다 나갔지. 그 애들 다 결혼식 찍은 사진.

(목소리를 높이며) 그래서 인자 막내딸은, 너는 연애도 하지 말고 내가 너 정말 케이에스 마큰게 탈탈 골라서 좋은 데로만. (웃으며) 연애를 해오니까 가난한 사람들. 나도 없는데 힘들어서 그랬드니 막내딸은 결혼을 그래서 중매를 해서 했는데 그 집 사돈, 둘채딸 사돈이 말 한 마디 해주고 그냥 즈그들끼리 보라 했드니 어디 방송국에 있는 여자가 막 활딱 까진 이런 멋쟁인 줄 알았드니 어디 시골 처녀같이 머리 땋아 묶고서 딜여 내리고 화장끼도 하나도 없구 있시니 신랑이 그냥 홀딱 반해갖고는 막 하자고 막 이게 몇 번 만나드니 신랑이 사람이 참 된 사람이야.

쉽게 말해서 요샛말 된 사람이야. 난 사람이 아니라. 서울대학 나오고 다 했으니. 그랬드니 너무 잘 만나서 지금 벌써 뭐 큰 회사에 이사까지 돼가지고 있고, 그래 하거든 막내딸.

그 참, 참딩이여 또 막내딸은 요지부동이고, 이게 이 뭐 어릴 때부터 막 쪽하니 바르게만 커서 그렇게 하고, 전여고를 일등으로, 수석으로 들어갔거등 만점 맞아서 성신여중에서 해가지구. 그 선서하고 들어가서 그렇게 하고 그랬는데. 아주 참딩이라 영 뭣이 잘 딱 맞은 데서 어긋나면 가가 못 견딜 사람인데 신랑이 딱 고기에 또 맞게 해서 또 고런 사람 만내서 아주 둘이 잘 지내고.

머심애들 둘이 지금 삼학년, 이학년, 중학교 이제 삼학년, 이학년이야 그 막내딸이. 그런데 최고 뭐이 이런게 자랑일랑가 몰라도 교내에서 들어갈 때부터 일등으로 수석으로 들어가더니 큰놈도 둘째놈도 그러드니 둘이서 내- 전교 일등을, 전교 일등을 둘이서 한 대요. 형하고 동생하고 둘이서. 그래서 둘이 뭐 상상고등학교로 보낼란다고 그래쌌네. [전창현 : 서울대학 많이 넣었다고.] 응.

서울 애들이 공부를 안 한 대요. 보통 고등학교 애들이 못 하는 애들은 아예 놀아버리고 그렇게 학교 분위기가 공부 잘하는 애들이 영 공부들을 좀 안하고 그런다고 그러네. 보통 그냥 고등학교, 그 주위에 있는 학교들은. 그런다고 이렇게 상상학교는 와서 즈그 애미, 애비가 저번 날 와서 뭐 이거 뭐 뭐여 저기 뭐 하는 거 하고 갔다고 그러네. 여기 보낸다고 하던데 느그 알아서 하라고 내가 그랬는데.

[전창현과 이금순이 조사에 대해 이야기 했다.] 도움이 됐는가 몰라. 우리도 생각이 지금 사람만 못한 것도 아니고, 오히려 노력도 더 했고, 그때 생각이 더 발랐어요, 오히려. 본 것도 적었지만 그때는 어른들에게서 순종도 하고, 그래도 우리 나름대로 참 그때 소설책도 많이. 나도 어디서 뭐 책 빌려 오면은 막 너덜너덜 떨어지면 나는 창호지로 앞뒤로 다 붙여서 그거 없는 글자 다 써넣어서 딱 새 책으로 만들어다 주지. 그리고 우리 아부지가 그렇게 가르쳤어, 우리 아부지가 그렇게 항상 책을 그렇게 하고 하셔서.

그래서 좀 이 어릴 때 애들을 다 커서가 아니라, 아주 어릴 때부터 공부할 수 있는 분위기를 가르쳐야 되. 난 누구더러 공부는 본인이 하는 거고, 부모는 공부를 할 수 있는 분위기를 갖촤주는 거. (목소리를 높이며) 습관을 딜여주는 것, 쉽게 말해서 그걸 하라고. 그서 꺼꿀로라도 인제 내가 쫌 이렇게 다니면서 갈쳐주는데,

"부모가 꺼꿀로라도 모르면은 꺼꿀로라도 신문이라도 들고 앉아있어라. 이게 바로 자녀에게는 교육이다."

아부지 어무니가 신문 들고 앉았고, 이 엄마가 책 들고 있는데, 어떤 자식이 테레비 보고 앉아있는 자식이 어디가 있어. 근데 엄마 아부지가 시시때로, 아

이고, 저것은 뭣이 어쩌. 테레비를 보고 어쩌고 저쩌고,

(목소리를 높이며) "느들 들어가서 공부해."

그건 말이 안 되는 거야. 그게 본으로 보여야 한다는 거야. 항상 본이 된다는 거. [전창현 : 그 어려운 처지의 집안에서 한 알으 밀알이 썩어서 달라진 거야, 그 집안이.] [이금순 : 그러니까 요새 젊은 사람들 결혼하면은 성격 안 맞는다고 막 헤어지자, 이혼하자 소리 하지 말고 끝까지.] (목소리를 높이며) 끝까지 참고 살아. 그러면 그 남편이 변해지고, 안 좋았던 것도 좋아지고, 나중에는 그 노고를 알아줘.

[이금순 : 내가 그 사람에 대해서 한 뱃속에서 나온 형제간도 안 맞는디 남남끼리 만나서 뭣이 맞겠어.] 그럼. 뭣이 맞겠어. [이금순 : 의견차이로서 이혼한다는 사람도 있고잉, 성격이 안 맞는다, 뭐 그런 소리 해서 이혼허고. 또 저기 남편이 돈, 실직해서 직장서 떨어지면 더 자기가 협조해서 먹고 살라 해야지 도망가 버리면 그 새끼는 어떻게 허라구 그려. 어머니한테 맽기는 거여. 그러니까 그런 것들이 문제여. 그렇게 이혼하자 소리 하지 말고 둘이, 어떻게든지 맞춰서 살아야 겠다는 생각으루 살아야 헌다, 이 말이여. 우리같이 진짜 우리 시대같이 고생허고 산 이 시대가, 그 우에 노인들은 말할 것이 없고, 어른들은.]

냉장고가 있나, 뭣이 있나, 차가 있나, 그 줄줄이 애기 업고, 짊어지고, 농번기 방학만 하면 큰집, 집에 가서 어머니가 일하고 있고 그러면 나 온다고 해서 동서, 둘채동서가 같이 살고 있지만은 다 해주고. 이고 가서 그렇게 뭐 막 또 해주고. 뭐만 뭐 일 년에 열두 번, 제사가 열두 번인데 그때마당 장 다봐서 이고 가서 다 해다주고 와야 되고. 그러니 내 그 식은, [전창현 : 나는 없어.] 없어. 나는 없어. [전창현 : 나라는 사람은 없어. 근디 이 집 서방님도 많이 좋아지고, 우리 집 서방도 좋아졌다 해도 본 소가지는 그냥 남아 있어.] [청중 웃음] [전창현 : 그리갖고 지금도.] (웃으며) 지금도 군주라니깐, 군주. [전창현 : 지금도. 어, 아니야. 이이가 그냥 좋게 말하니깐.] 지금도 나가면은,

"아이고, 다녀오세요."

인사해야 하고, 저녁에 오면은 얼른 얼굴이라도 쫓아 와서 비춰야 되고.

말도 어디가 뭐 이래야, 저래야가 어디 있어. 지금도 상전, 그 시아부지한테 하듯이 이룹게 말 높이지 뭐 그래야 저래야 그 인제 나이차이가 좀 있지, 나도 여섯 살 차인데. 그랬어도 그러고 조심스럽게 지금도 밥그릇도 이룹게 탁 놔서 이게 앉아있는데 밥그릇 탁 놨다구 조심성 없이 그랬다고 지금도 이 나이에 소리 듣고. 숟가락 안 놓고 밥 먹으러 앉으라고 했다고 소리 듣고. 돌어가서 테레비에 돌어 앉고. 엊그저께도 그리여. 지금도 도로 그래. 아이고.

[전창현 : 먼저, 먼저 나한테 전화한 얘기를, 저 속상하니까 했어.] 지금도 더 심하지. [전창현 : 왜 전화 했냐고 그랬드니, 아무 말도 아닌 그냥 보통말인데 삐진 거야 남편이. 그 남편두 아니야, 영감탱이가. 삐져갖구 소고기국 끓인 냄비를 확 손으로 던져서 거실에 지금 난장판을 맨들어 놓고 등산갔대. 그러니 내가 이걸 치울꺼나 말을꺼나 허구 하도 속상하니까 이제 전화가 온 거여. 내가 내버려 두라고 그랬어. 와서 자기가 치게. 그랬더니 자기가 치웠다고 그러드라구. 지금두 그래.] 근데 뭐 아이 밥상두 몇 개 집어던져서 뭐 밥, 놋밥그릇도 박살까리가 나고 보따리 싸줬다구. [이금순 : 나는, 나는 그런 세상은 안 살고.] 그런 걸 들고 다니면 큰일 나는 거야.

그래 쌍둥이를 지금 몇 년 전에 그 둘채딸 쌍둥이를 칠 년을 키워서 그 그렇게 하는데 서울을 한 번 갈라구 인제 유모차에다가 뭐 가방이야 뭐야 싣고 내려가는데 가서 인자 택시를 타고 갈라는데 거기다가 그 길가에 집에다 맡겨. 그러면 그 집이 집이 좁아. 뭐 건강원 하는 집에다 넣어 놓으면 그 양반이 낮에 내놨다 또 밤에 딜이놨다 나 올 때까지 그런단 말이야.

근디 어찌 마침 나갔다 인제 올러오시길래 아 이거 쪼끔 밀고 쪼끔 집에다 갖다 놓으라구. 그 뭐 골목길이었어. 쫌만 올라가면 되는데 누가 본들 얼마나. 원래 그런 걸 들고 남자들이 쪼잔하게 그렇게 안 살아본 양반이라서 그거 갖고 가란다고 눈을, 웬만한 사람 같으면은 그거 차 올리주고 아마 그걸 갖고 가는게 정상일 거야. 그런데 눈을 한 발이나 흘기고, 그냥 올러 가는 거여, 참.

[이금순은 자신이 소개해준 처녀와 총각에 대해 잠시 이야기를 했다. 김영옥은 조사자들에게 결혼을 했는지에 대해 물어왔다. 전창현은 남편 저녁 시간

에 맞추어 집에 가야 한다며 자리를 정리했다. 조사자는 김영옥에게 집 전화 번호를 묻는 것으로 조사를 마쳤다. 김영옥은 지난해에 컴퓨터를 배워 잘 활용하고 있다는 이야기를 덧붙였다.]

※ 두번째 구연

자 료 명 : 20081017김영옥2(전주)
조 사 일 : 2008년 10월 17일
조사시간 : 1시간 54분 44초(14:00-15:55)
구 연 자 : 김영옥, 여·73세(1936년생)
조 사 자 : 김정경, 김예선
조사장소 : 전라북도 전주시 덕진구 덕진동2가 덕진공원 취향정

조사과정 및 구연상황

지난 9월 26일에 만났던 김영옥과 미리 약속을 하고 덕진공원에서 두 번째 만남을 가졌다. 이번에는 보다 조용한 분위기에서 구연자의 이야기를 듣기 위해 다른 청중들에게는 연락을 하지 않았다. 김영옥은 평소의 철저한 성격대로 약속 장소에 약속 시간보다 먼저 도착해서 조사자들을 기다리고 있었다. 그녀는 별다른 질문을 하지 않아도 끊임없이 자신의 살아온 이야기를 이어갔다. 이야기가 거의 마무리되자 미리 준비해온 배, 칼, 물휴지 등을 꺼내어 조사자들에게 배를 깎아 주었다. 이때에도 김영옥은 절대 예쁘게 깎은 배에는 손을 대지 않고, 아무리 권해도 깎고 남은 부분만을 떼어 먹었다. 이야기를 다 마친 후에 집으로 돌아가며 다음 만남을 흔쾌히 허락해주었다.

이야기 개요

남편은 아직도 김영옥에게 까탈을 부리며 군주노릇을 하며 산다. 하지만 이제는 그녀가 아플 때 집안의 정신적 지주가 건강해야한다며 걱정과 위로를 해준다. 맏며느리 노릇을 하느라 직장생활을 하지는 않았지만 근검절약하며 살림을 불렸고 자신의 힘으로 못할 것은 없다고 생각하며 살았다. 지금은 컴퓨터도 배우고 수필도 쓰며 즐

겁게 지낸다. 물론 이웃과 가족에게 무언가를 해주는 데서 보람과 기쁨을 느끼는 것은 여전하다.

[주제어] 군주 남편, 근검절약, 수필, 여호와의 증인, 이사

[1] 남편은 군주, 나는 보좌관이다.

허리가 너무 아파서 요새. 귀는 또. 귀도 먹먹허이. 그냥 그래서 이비인후과를 저번날 갔더니. 노환으로 인해서 오는 그 약간 가는 귀가 먹는. 이쪽이 더 심하고 이쪽은 좀 덜 그러고. 약간 막 시끄러운 데서 누가 말하면 안들리고. 핸드폰도 갖고오며는 내소린지, 내소린지 자꾸만 들리는 거 같아 신경써지고. 그래서 오늘은 내가 묻는 대로 대답할게요.

무엇을 원하는 지도 모르고. 지난번에는 그냥 두서없는 뭐 그런 소리. [조사자 : 아니 말씀 너무 잘해주셔가지고.] 아니 무엇을, 무엇을 알고 싶은지 그냥 질문하면 대답할게요. 지난번에 내가 막 내 얘기만 많이 해가지고.

[조사자 : 근데 저희가 듣고 싶은 게 그런 거예요. 그냥 할머니가 쭉 살아오시면서 가장 기억에 남는 거. 뭐 좋았던 때, 힘들었던 때, 시부모님들, 남편, 자식들하고 살면서 그냥 그런 순간들 어떻게 지내셨는지. 지금 돌이켜보면 그때가 어떠신지.] 글쎄. 수필집을 딱 읽어보며는 그게 그냥 다 정말 나타날 텐데. 그래서 내가 이게 뭐 글을 잘 써서도 아니고. 사실 뭐, 뭐 그냥 우리 돈 주고 배운 학식도 많지도 않고. 옛날 그때에 그랬지마는.

우리가 이 생각이나 이런 건 다 같으잖아 우리 일반은. 이제 이 나이에 와서 이제 그냥 그걸 다 가슴에 묻고 그냥 갈라며는 너무 억울하다 하는 생각도 들어. 억울하다는 것보다도. 인생이 이런다며는 살맛이 있나 인자 그런 정도로 됐다. 인제 노후에 그래도 이만큼이라도 하니까 너무 좋지.

그래서 또 어떤 면으로는 좀 고생스럽더래도 어떤 터널을 지나가면 또 이렇게 환히 열리는 데가 있잖아요. 그래 또 좀 얼마 지나가면 우리가 어떤 목적지

를 갈라며는 또 터널이 나올 수 있잖아. 그럴 때마다 그 터널에 갈 때는 아 조심하고 그냥. 어쨌든 그 터널을 빠져 나가는 게 가장 상책이잖아 잉. 그래서 그런 맘으로,

'또 터널을 지나가며는 또 좋은 날이 있다가 또 어떨 때는 또 터널도 있고 그럴 것이다.'

그런 생각을 가지고 참고 살아오며는 인제 노후에는 목적지까지 가는데는 길이 확 열려서 갈 수 있잖아. 그런 생각으로 좀 참고 살어라고 하고 싶어. 그래도 그 어려울 때 막 못살겠다고 포기를 하면 어떻게 되겠어. 전부 다 파산이지 완전히. 인생이 다 잉? 가족이 말하자면 다. 그래서 한번 주부가 되며는 그 주부의 역할이, 옛말에도 그 뭐라고 했지. 여자는 강하다고도 했고, 또 어머니는 위대하다고도 했고. 우리가 그러듯이.

요즘 우리 영감님 말씀이 그 인자 내가 아프다고 싸니까. 나는 있어도 이건 난 허깨비여 허깨비. 하여간 말로 허깨비고, 당신은 우리 집안의 지주여. 정신적 지주니까. 당신이 건강하고 잘해야 지금같이 우리 집이 이렇게 잘 유지가 되고 그런다면서 굉장히 걱정을 많이 해주고 그러시거든. 까달 일호여 알호. 이제 바뀔라 성품은 지금도 남아 있는데. 늘 그런 말을 하시고.

요즘 막 나한테 잘해준다고 애를 쓰거든. 그런다고 뭘 해주는건 아니여. 원래 안해줬던 사람이라 그건 바라진 않는데. 마음적으로라도 이제는. 나가면 막 밤에두 나가든지 하면 조심하라고. 생각해주더라고.

어려운 터널을 다 지나왔더니 지금은 정말 근심 걱정이 없거든 내 앞에 사실. 그래서 누구든지 노년에 행복하게 살고 싶으면 자기관리 잘하고 자녀가, 인제 결혼하면 자녀가 생기기 마련이니까. 자녀를 잘 관리를 잘하라는 거예요. 자기 관리도 잘하고 자녀들을 참 정신적 교육을 잘시켜서 그래 노며는. 다 각자 즈그 나름대로 인자 소질은 다 다르잖아요. 같을 수 없으니까.

그래도 나에게, 부모에게 걱정을 안끼치주고. 또 즈그 잘 살고 그러는거 보며는 부모는 그 뭐 돈을 갖다 줘서가 아니라 그 또 보람있잖아. 내가 낳아서 키운 자식이 이만큼 그래도 사회에서 일을 이만큼 하고 있고. 즈그들도 얼마나 행복하게 잘 살고 그러면. 그게 그러더라고.

그래서 많은 사람이 보며는 자기는 잘 살아왔는대도 자식들을 어떻게 잘못 됐다고 해야란가. 자기들도 잘할란 것이 싫고 그러지마는 뭐. 암튼 속을 좀 썩히며는 응? 그거같이 노후에 근심되는게 없어. 또 내가 많이 가진 재산이나 연금도 있고, 다 있는 사람도 자식이 애를 먹이기 시작하니까 감당을 못하더라고. 그래서 노후에 굉장히 이렇게 참 어렵게 살고 고통스럽게 사는 분 많거든.

그래서 그래서 좀 살아온 인자 이 견문, 좀 경험으로 인해서 이 좀 후대 사람들한테 해주고 싶은 말이 많아 솔직히. 좀 뭐니 뭐니 해도 가장 축복받는 일은 내가 경험해봐도. 정말 정직하게 사는 거. 자기 양심 속이지 않고 정직하고 바르게 살면서 성실하게 노력하는거 그 이상 더 축복받는 일이 없어요.

자기 역량대로. 말하자면 잉? 그러고 미치지 못하는데 뭐 더 큰 거 바라도 않지만 자기가 그만한 능력이 다면 그기에 맞게 그래도. 근심, 걱정않고 살기 위해서는 암튼 정직해야 하는게 기본이야. 속이며는 그건 망하는거야. 자기 양심을 속이고, 남을 속이고 그러며는 그거는 그냥 망하는 지름길이야. 그래서 나는 누누이 어릴 때부터 애들한테 강조를 하지. 그래서 늘,

"항상 정직하고 바르게 사는 거는 그건 기본이고. 스스로 염려 하지 않는 사람만 되자."

그게 내 노래였어.

내가 왜 그랬냐며는 친정 아버님도 참 바르고 좋으신 분인데. 너무 하고 싶은 일이 많았던가. 욕심이 지금 나만큼이나 하고 싶은 일이 많았는지. 뭐 여러 가지 일을 하다보니까는 자기 자녀들을 하나도 관리를. 학교도 못보내고, 시집 장가도 물론이고. 자기 노후에 있을 곳도 없고 그래버리니까. 큰딸인 나에게 너무 많은 짐을 지워준 거야.

그 돈. 바로 내 밑에 세 살 아래 동생도 가족 부양도 못하고 자기 것도 못하고. 말하자며는 지금까지 십원도 벌어본 적이 없어. 돈을. [조사자 : 아. 바로 밑에 동생이.] 나보다 세 살 아래니까 일흔인데. 그러니 그 어쩌겠어. 그 주위에 사람들을 얼마나 애를 먹였겠어. 아버지도 그렇게 아무것도 없지.

근데 인자 내가. 만만한게 인제 우에 누나라고, 세 살 아래 누나. 나도 가난

한 집 와서 고생시럽게 사는데. 아주 너무 시달리고 증말 애를 먹어서. 내 내 자녀들을 기르면서는 항상 남에게 염려끼치는 사람만 되지 말고 자기 관리 좀 잘하자. 그게 노래였거든.

[조사자 : 결혼해서 친정 돕기가 그게 쉽지가 않잖아요.] 하. 그러니 얼마나 고생을 했겠느냐고. 나도 없는데. 현재 나도 너무너무 가난한 집에 와서. 가난하고 없는 집이란 걸 미리 알고 왔거든. 그래도 나는 거기서 내가 이루고 살겠지. 자신감이 있었어. 어린 나이에도. 스물 한 살에 시, 결혼해서 오면서도 자신감만은 있어서 아무것도 안해가지고 오고.

친정 쪽도 인자 넘보기는 막 아버지 그때 근처계 과장으로 계셨고. 엄마가 열일곱살에 돌아가셨었고, 새엄마 와있고 그런데. 할머니, 할아버지가 인자 가지고 있던 재산에 인자 합쳐서 마 그 당시에는 남보기는 어렵지 않지마는 실속은 없는 거야. 돈이 없어. 그런 입장이고. 그래서 밑에 동생들도 있고. 또 내 엄마도 아니고.

그러니까 시집올 때 아무것도 난 안해가도 내가 살 수 있다 그랬어. 그 요강도 안 사가주갔어. 쉽게 말해서. 멀리 인제 시집을 남원까지 가지고 오는데.

어따 차에다 또 실어 올 수도 없고. 사실은. 버스에 오는데 뭐 그 요강 단지 같은 것도 어따 너(넣어)갖고 올 데도 없는 거야. 지금 같은 인자 그런게 없응게.

옷 고리, 또 새엄마가 오면서, 열 일곱 살에 인자 엄마 죽고 올적에 가지고 온 옷고리에다가. 고리 하나도 안사고 그 대고리에다가 그 두 개다가 옷 넣고. 내가 인제 베개하고 인자 이불하고는 그런거는 인자 내가 보따리 몇 개 인자 만들어진 거 하고 갖고 왔지 뭐. 경상도는 또 농 그런거는 다 신랑 쪽에서 준비하거든. 인제 전라도로 시집을 오니까 그런 것도 안가지고 와도. 좌우간 항상 자신감은 있었어. 내 걱정은 해본 적이 없어 지금까지.

지금도 나 홀랑벗기 내놔도 어딜가 누구를 붙어서 살아도 내가 가서 밥은 안 굶고 살겠다는 자신감 있거든. 누구 집에 애를 봐주고, 뭐 가서 애기 교육을 시켜줘도 내가 내 밥값은 하겠다는 자신이 있어 이 나이에도.

근데 그때도 시집올 때도 그래서 정말 아무것도 안해, 안 사갖, 안해갖고 오고. 저 내 옷. 내가 한거 인자 집에서. 그래서 난 우리 아버지도 애먹인게 없고. 내가 그 할머니, 할아버지가 가지고 오신 농토에서 일해서 길쌈해서 이불 만들고 목화 심어서 솜하고 해서 이불하고. 옷도 뭐 다들 인자 그렇게 입고. 면으로 된거. 뭐 인자. 이렇게 면. 이불도 면베로 다하고. 명주로 껍데기 해서 그때는 그렇게 해왔거든.

그래서 나를 위해서 뭔가 해준 것이 없어. 물론 나를 낳아주고 길러준 거는 있지만 나를 위해서 누가 해준 것이 없어. 내 손으로 다 시집올 때도 바느질도 내가 다 했고, 내가 농사 지어서 이렇게 목화고, 누에고 다 쳐서 다 한결로 갖고, 해갖고 왔지. 그렇게 보면 맞아. 그래갖구 별 시럽게 옷도 안해갖고 왔어. 내 입을 것만 해갖고 왔지. 그래도 자신감은 항상 갖고 있었지.

'내가 뭐 못살 것이다, 뭐 내가 어떻게 살아.'

이런 걱정은 안했지.

그러고 왔는데. 시집도 정말 독립운동가인데 시아버님이 3대 독신인데, 서른 세 살에 아들 다섯, 딸 하나를 두고 돌아가셨어. 경찰서에서. 순국하셨지. 시어머님은 인자 또 막 재산도 몰수해가버리고. 그래서 정말 양재기 그릇 하나가 없는 거야. 그냥 놋그릇 몇 개 그 부엌 안에다 넣어갖고 막 절반 얼른퍼득 놋그릇만 여남은게 있지.

뭣이 그릇이 그런것도 없고. 남자들만 주욱 있는데. 베개 한 개도 성한 것이 없어. 내가 베개를 열두갠가를 맨들어갖고. 그 때부터 만들기도 잘하고 바느질도 하고. 내가 눈으로 보는대로는 다 할 수 있는 자신이 있더라고. 그래서 뭐 동네 아가씨들 시집가면 재봉틀이 우리집에가 있어서 옷도 다 만들어 줬고. 그랬어.

처녀 때부터 좀 일찍 눈이 트이고. 엄마가 열일곱살에 중학교 졸업할 때 돌아가셨어. 같은 해에 육이오 사변 나고, 그 이듬해에 내가 졸업을 하는데. 진주사범을 갈 무렵에 먼저도 얘기 했지만 갈라고 하는데 못가고 엄마가 돌아가셨어. 간난이를 오월에 낳아 놓은 것도 있었어. 그런데 인자 칠월에 엄마가 돌아가셨어. 젖도 한번 안물려봤어 위암이어갖고.

어릴 때 그렇게 엄마 돌아가시가 전까지는 막 부잣집 딸은 아니었어도 굉장히 사랑받고 아버지가 신식아버지였거든. 일본 공부를 해서 영어도 잘하시고 아버님이 뭐 어 못하는 게 없이 좀 재능이 참 많고 그러신 분이었어.

그래서 딸이지마는 정말 이렇게 어릴 때 일본시대때부터 그 동화나 이런 것도 많이 듣고, 좋은 이야기를 많이 들었어. 그런데 대해서 그래서 우리는 시골에 있고 그랬지마는 깨어 있는 있었고. 좀 앞섰지 그러니까 뭐든지 생각이. 아버지 따라서.

그러고 내 자신도 좀 어려우며는 그런거를 내가 볼 수가 없고. 나랑 같이 함께 그렇게 좀 그랬으면 하는 그런 맘이 있어서. 수를 놓든지 뭘 해도 내가 창작을 해서 이렇게 하나를 십자수도 그려서 다 이자 중학교때 수책이 하나 있었어. 이렇게 가사 시간에 주는거.

그런거 갖고 내가 도안을 해서 인자 이렇게 하나를 먼저 만들으며는 온 동네를 한달, 두달. 들어오며는 아주 새카매져갖구 들어오는 거야. 그런걸 싫다고 않고. 내가 아주 굉장히 좀 대중적이었고 그때도 선구자 역할을 했고. 지금 생각하며는 내가 그랬던거 같애. 그래서 누가 시키지 않은 일이야 다 자원해서 한 일이야 그게.

그리고 또 뭐 지금도 그때는 우물이 우리 마을이 이렇게 산비탈이라서 물이 좀 귀한 마을이야. 그래서 큰 우물이 한 일메타, 이메타 두로 사각형 그런 큰 우물이 한 세 개 되거든. 중간에 하나있고 우에 하나 있고, 저짝에 하나 있고. 그 우물이 우에가 덮이지를 않고 노다지니까 이끼가 끼어. 긍게 바가지로 퍼서 쓰는 거야. 그런데 우리 키 한 두 길은, 젤 밑바닥에서부터 한 두길은 되지.

그런데 좀 가물기나 하면 물을 많이 퍼다쓰면 없어. 물이 딸려. 그러면 밑에까지 이렇게 중간 돌이 하나 있는데. 거기 들어서서 밑에서 퍼 올리고 이제 짤막한 두레박으로 퍼서 쓰고. 이 막 지금 보며는 발도 안씻고 막 그 물 들어가서 퍼먹고 위생적이 아니었지. 그런게 참 늘 내가 마음이 그러더라고.

그래서 쭉 그때 열일곱살 인자 먹고 엄마 돌아가시고 새엄마 오고 했을 때 사는 때라,

'아 이래선 안 되겠다.'

이게 늘 이끼가 막 흐물흐물 지우고 그래서. 누구를 그걸 청소를 하러 나오라며는 나오질 않는 거야 잘. 그래서 조를 딱 짜서. 이 골목에서 저쪽 골목까지는 인자 보름에 한 번씩 청소 하는데 이쪽에서 하고, 그 나머지는 이쪽에서 하고. 이렇게 딱 그런걸 내가 딱 정해서 맞겨줬지.

그러고 그냥 찌끄래기를 그냥 갖고 와서 거기서 다 씻어 버리는 거야. 그러면 항상 수채가 미어. 우물에서 씻고 나가는, 그 인제 도랑으로 나가야 하는 데가 늘 빡빡하게. 그러면 내가 그 채소골이라고 하는데. 우리 집에서 돼지를 많이 키우는데 그걸 가지고 와서 그걸 찌끄래기를 항상 우물 청소가 내 몫이야. 그 안에까지는 혼자 못하니까 물이 자꾸 뿜어 올라오니까는 여럿이서 막 퍼내고. 가서 빗자루로 다 씻어. 막 그런데 이끼 찐걸 닦고 그러는데. 그런것도 조를 짜서 딱 맞겨주고.

그래서 또 인자 군인간 그 새댁들, 글 모르는 미망인. 미망인도 아니고, 인자 군인. 시골에서 시집을 우리 동네로 오는 분들이 그 편지 하나 쓸 줄을 몰라. 그러면 인제 꼭 저녁때 되면 우물에서 약속을 혀 나를. 그면 가서 편지도 저녁마다 해주고.

요새 참 뭐 신식 말로 인기 짱이었지. 인제 남한테 그런걸 내가. 남이 아쉬

운걸 보면 그걸 내가 못 봐줘서 이렇게 다 해주고 자원을 해주고. 그렇게 뭐 온 마을에서 그야말로 그냥 그렇지. 총각들도 막 도나 개나 아니지마는 인자 또 고등학교랑 다 다니고 한 사람들도 그러고 우리 동네도 참 좋아해서 연애 편지도 많이 오고 그랬는데 내가.

그때는 연애를 하면 큰일나는 시대야. 남자, 여자 한 반, 한 학교를 다녀도 얼굴도 쳐다 딱바로 안볼정도로 그러고 내외를 했어 많이. 그러고 막 이렇게 남학생들이 앉아 있으면 그 앞을 지나 갈라면 아주 그냥. 그래서 그것들 나오기 전에 일찍 막 올로오고. 이래 남자 내외가 심해가지고 연애하는건 참 그 당시에도 특별했지.

그냥 그랬어도 내가 엄마 없는데 연애하고 막 그런일이나 하고 뭐 그랬다면 흉거리가 될 것 같아서. 그렇게 많이 오는 편지를 답을 안해줬어. 막 되돌려주고, 돌려도 남동생, 인자 밑에 있는 남동생 시켜서 돌려주고 그래서 상사병이 나서 막 아주 반 미쳤다는 소리까지 들릴 정도로 그런 사람도 있었고. 좀 많이 그랬거든.

그래도 굉장히 그때부터 내가 이 남녀 관계나 이런데서 일찍 아주 딱 끈을 끊고 그랬지. 내가 분별없는 짓은 안했던거 같애. 지금 생각하면. 그렇게 살아오니까 근심 걱정 할게 없어. 그래서 나는 누구나 제발 좀 걱정 끼치는 일을 자신이 만들지 말라고 그래. 그렇게 말하고 싶어 항상. 내가 만들지 않으니까 평생가도 걱정할 것이 없어. 그래서 나는 내자신하고 나로 인해서 걱정 해본 적은 전혀 없지. 이제 주위의 가족들로 인해서 인제.

[조사자 : 누가 제일 걱정스러웠어요?] 제일로 걱정스러운 것은. 글쎄 이런거 어따가 말하면 지금 살아계신게 그런데. 우리 동생. 남동생이 인자 형제간. 그게 인제 저가 너무 공부도 잘하고 좀 그랬거든. 그래서 전체 상을 다 타고 교육장 상도 다 타고. 중학교 까지 그러니까 시골에서 고등학교를 안한다고 서울로 가서 서울 성동고등학교를 나왔어. 저 함양에서. [조사자 : 공부를 잘하셨구나.] 어 잘했지. 다들 머리가 좋고 공부를 잘했어.

그래 그래서 인자 서울서 고등학교를 나와서 서울대학을 갔는가 어딜 갔는가 고등학교 다닐 때 내가 결혼을 했으니까 모르는데. 그래 너무 귀하게 크고 그래갖고는 어때 좀 왠만한 거는 시시하게 여기고 그냥. 아버지가 또 그때 국회의원 뭐 보좌관도 하고 사람 많이 알고 하니깐 남도 취직을 많이 시켜주고 그랬거든.

그러니까 아버지 빽을 쉽게 말해서 빽을 믿고. 왠만한데 들어가며는 한달도 못있고 나오고. 왠만한데 가며는 취직을 시켜줘도 한달을 못있고 나와. 다 그러는건 아닌데 그 또 우연히 어째 그러는지 몰라. 암튼 그래서 아주 아주 나를 속을 많이 썩혔어 너무나.

대구서 사흘거리 오는 거야 여길 전주를. 그럼 그것도 죄도 돈이 없어. 친정이를 말하면 아버지 완전히 몰락해 버려서 풍비박산이 되버리는. 그런 데서 동생들이 그렇게 하기 시작하더라고. 할머니 할아버지 다 돌아가시고 고향에서 인자 완전히 떠갖고 인자 객지로 내보내면 좀 나을란가 가서 방얻, 방까지 내가 다 얻어주고 나면 전주로 오고 그들은 대구로 보내고. 이렇게 했더니.

그 뒤로도 그렇게 대구서 여까지 아주 그 밑에 밑에 막내 여동생. 네 살 때 엄마 죽은 여동생인데. 그 여동생 지금 잘 살고 있지. 걔가 인자 대구 나가서 저도 인자 그래서 각 어머이하고 다 그리 좀 나가서 있어 보라고. 집에 인자 팔아 먹을거 다 팔아먹고. 뭐 솥단지까지 벼루까지 심지어 뭐 돈 떨어지면 인자 부모에서 물려 받은 재산 아무것도 없이 다 처분하고 간단한 살, 말하자면 이부자리하고 살림기구만 갖고 대구로 보내놨더니. 거기서도 아무 짓도 안하는 거야 밖에 나가서.

그래서 또 어디를 취직을 시켜줘놨더니 다 취직한다고 이제 이부자리랑 해서 마산에다 어디다 보내놓으면 또 그대로 나오고. 이거는 한 사람 앉혀놓고 먹이고 입히고 하는게 그게 보통인가? 그게 또 엄마도 친엄마도 아니고, 새엄마도 무지 고생했어. 지금 살고 계시거든. 나 엊그저께도 며칠 전에도 갔다 왔는데. 게 그 엄마하고 나하고 둘이 그 사람을 먹여 살리다시피 고생을 무지 무지 한거야.

그래서 걔 인제 그렇게 동생이 걱정 되는데, 시집을 와서 그런데. 내 자식들은 내가 지금 해서부터 지금 오십이고, 막내가 마흔 넷이고 육, 그지. 칠년 사이에 네 명이지만 아직도 저만큼 살았어도 기쁜 소식만 들려주는 자녀거든.

그 내소관이라서 내가 그렇게 교육을 시켰, 시켰기 때문에. 이거 남들이 키운 자식들은 그게 아닌 거야. 어떻게 키웠는가 몰라. 나는 나는 그게 다 잘 키운다고 키웠겠지. 그러고는 이제 한 형제간이라도 안그런 사람은 안그렇게 그건 말할 것도 없고.

그래서 좀 다른 사람 없고 속을 나를 속을 썩힌 것은 (목소리를 작게하며) 남편이야. 같이 사니까 그게. 다른 사람은 인자 그럴 때 그러고 안 그럴 때 한게 잊어버려 지는데. 이거는 오십이 년을 살면서도 좀 까달스러워. 다른 거는 뭐 거식하지 않은데 성품이 어 뭐라그럴까 좀 좋은 말로 까다롭다 해야지. 좀 무시하는 말로 괴팍스럽다고. 그래갖고 완전히 군주야 군주. 그때부터 지금도 쪼금 틀어지면 여편네가 이렇게 해놨다고.

"여편네가 무슨 잔소리냐!"고.

이런 식으로 나오거든. 그렇게 나는 좀 끄러안고 살고 싶은데 그랬어.

내가 항상 나는 내가 남을 무지무지 진정으로 사랑을 하고 남편 외에 누구라도 나와 관계하는 사람 모두에게. 형제 간이든 뭐 시동생들. 형제간이든 또 친척이든 뭐 친구든. 진정으로 나는 그를 위해서 내가 덜 먹고 덜 쓰고라도 생각해주고. 그도 좀 나를 그렇게 인정을 하고 좀 해줬으면 그걸 바래는 사람이야. 그렇게 살고 싶거든 관계를.

그래서 항상 좋은 관계로 웃는 낯으로 이렇게 살고 싶은데. 이게 아닌거야. 완전히 이양반은 받기만 하는 사람이야. 그래서 좀 그런 것에 늘 마음 상해. 내가 욕심이 많아서 그러지. [조사자 : 아 옛날 할아버지들이 쫌 그러신거 같애요.] 여자 일이라고 뭐 전혀 이건 뭐 전혀 도와주지 않고. 아무리 무겁고 힘들어도 다 여자 몫이고 전혀. 그냥 그럴 때마다 좀 나쁜 것은 또 좀 그렇더라고. 그래서 살아오면서 남 하는 짓은 다 하대. 그것도 한번 두번이 아니라.

암튼 그래서 그런 것 때문에 나는 그래 않고. 나는 진짜 나는 내 성미가 아무튼 이것이 좋은 길이다 그러면 나는 아무리 힘들고 어려워도 그 좋은 길로만, 올바른 길로만 가고 싶은 사람이야. 근데 세상 사람들은 그리 않더라고. 자기 맘대로 하는 거야. 내키는 대로 이래도 가고 저리도 가고. 그러니 어떻겠어. 주위 사람이 애를 먹지. 그 시대 사람들이 거진 다 그래. 그 또 시대에.

부엌에 들어가면 큰일나.

우리 연탄 한번을 갈아본 적이 없어. 그 시절. 오십년을 그래서 불과 한 연탄 불 안땐지가 [조사자 : 예. 얼마 안됐죠.] 응. 한 삼십년을 연탄불을 때고 살았어도 연탄불 한번 때, 갈아 본 적도 없고 남편이. (웃음)

이사를 한 스물세 번인가 딱 했어. 애들 이사 말고. 서울에 가서 애들 이사까지하면 한 마흔 번도 내가 이삿짐을 싸고 나르고 하는거 같아. 근데 한번도 이사 하는 구경도 안해봤어. 그게 그걸 내가 다 해야돼. 여 어디로 부임해서 가며는 그냥,

"와라."

그면 애들 둘, 셋 다 짊어지고 여기서 남원서 광주까지도, 군산서 장수까지도. 그냥 혼자 뭉뚱그려갖고 좌우간 이사를 했어. 그러면 요새 젊은 사람 살겠나. 한번 가갖고 오도 안해. 그냥 그런 집이 있으니까 오라그러고. 아니 집도 없는데 이사만 오라고그래. 그럼 내가 가서 방을 얻어놓고 와서 짐을 다 챙, 짐도 없어 그러니까. 편안하기 이를 데가 없어. 돈에 대해서 전혀 관념이 없어.

그거 정직하긴 말하기 없어. 청렴하기는 아주 일등, 일호거든. 그런데다 또 쓰기는 아주 일호거든. 그러니 이 가족은 내가 특별한 기술도 없고 또 이사를 아주 이, 삼년 거리 한번씩 인자 옮겨다니지. 직장으로 해서. 일찍부터 장 자(字)로, 적은 곳에서부터 장 자로만 했어. 한 30년 그렇게 사니까 그냥 아무튼 그래서 내가 이 가난이 지긋지긋해.

그래서 어떻게 살았냐. 그런다고 직장을 나갈 수 없고. 애들이 넷이나 되지. 맏며느리지. 뭐 집에 일이 많지. 친정집 맏딸에 그 많은 일 다 내 차지지. 그래서 직장을 다녀서 벌이는 못돼도 활동력이 있어서. 솥단지 하나도 돈주곤 안 사고. 뭐 어디 그때부터 뭐 쪼마난 다단계지.

옛날에 하며는. 팔을 사람 몇사람을 데려다 주며는, 장사할 사람 몇사람을 데려다 주며는 그 어떤 인자 솥단지를 다섯 개를 팔면 하나를 주는 식인데. 팔 사람을 데려다 다섯 사람을 주며는 나는 그 한 몫을 주더라고. 이런 식으로 해서 그릇 한 개도 샀지. 돈을 착 주고 하나 산 것이 없어. 그게 활동력을

내가 많이 했지. 어디 함 벌(지)도 안허고. 그래서 허리띠가 없어서 못 찔러매고 무지무지 그렇게 가난하게 안살아도 되는데, 양쪽에서 하난 남편 그래서 없애고 이렇게 직장에서 놀고 뭐 하나. 그렇게 지내니까 맨날 돈이 딸린게 그러고.

남편은, 동생은 와서 있는대로 훑어가고 뭐 전당포가 이름도 모르는데 이런거 이런거 해서 그런 것도 없지마는 그냥 암튼 뭣이 있으면 전당포에라도 잽히고 해달라고 오면 보내야 하니까는.

그래서 그러고 그 두사람은 그러고. 아버지는 아버지대로 자기 일을 못하니까 동생들 시집, 장가를 내가 다 보냈어야 되니까. 다 보냈지. [조사자 : 어떻게 다하셨어요?] 그래서 그러게 어려우며는 사람이 머리를 더 굴리게 되네. 더 지혜를 짜야되고. 작은 돈으로 어떻게 이걸 잘 살아갈 수 있냐 이걸 연구를 하게 돼. 그러니까 옷은 다 만들어 입은 치마다. 이것도. 이것도 내가 만원주고 떠다가 내 손으로 만들었지. 그래서 비싼 옷을 입어보들 못해. 백화점 옷은 아직 내게는. 아유 그러지.

이것도 지금 강목이여 강목. 뽀쁘린 강목. 이걸 인자 큰 딸이 몇 년 전에 어디 인도에 가가지고 떠다주더라고. 어릴 때에 만들어 입히니까 외국을 잘 나가는데. 그 서울대 나와서 지금 걔가 아주 방학이믄 이십 년을 나가 돌아다니는데. 나가면 천을 천을 떠와. 옛날같이 엄마가 만들어 입는줄 알고.

몇 년 묵혀 놨다가 인자 이것도 내가 이렇게 만들었더니. 이 이만치 오게 하는데 색깔도 여름이라 했더니. 천이 두터워서 요 입을 땐 덥네. 그래서 치마단을 뜯어 가지고 좀 치마가 길길래 따서 떼가지고 이었잖아 이 두마디를. 그래갖고 입는 거야. [조사자 : 정말 솜씨가 좋으세요.] 그래서 딸들을 다 시집, 장가를 보내고. 이렇게 전주 여고로 딸을 셋을 보냈어도 교복, 교복 한번을 안맞춰주고. 합창복에서부터 무용복까지 다 만들어 입혔어.

체육 대회를 하는데. 우리 큰 딸이, 둘째 딸 때 그랬는가. 전주고에는 일년에 한번씩 체육 대회를 크게 해. 그러면 인저 각 나라 옷을 입고 반 별로 하는데. 한번은 인자 큰 딸이 맡았는데 일본 기모노를 입어. 자기들 반이 노란걸로. 그런데,

"어떻게 어떤 걸 입냐?"

그랬더니 그 또 돈을 어디다 맡기는데 상당히 비싼 저 돈이야. 여 저 양장점에다 맡기는데. 그래서,

"어떻게 하면 되는데?"

그랬더니.

"그 전에 입었던걸 한번 갖고 와봐라."

긍게 대충 딸이 그림을 그려주는 거야.

"야 그러면 됐다. 그러면 그걸 내가 너그반 전체꺼를 내가 만들어 주마."

그래 육십 명 꺼를 내가. 맘이. 좋은 말로 하면 통이 커. [조사자 : 따님 것도 아니고 육십 명 꺼를.] 내가 체구는 작아도 영감님이 하는 말이 통 크기는 아주 알아 줘야 한데. 나는 째끔째끔 통 크기가 그래서 그거를 육십 명 꺼를 다 떠다가 했더니 오분의 일도 안되고 돈이.

그렇게 적은 돈으로 해줬어 애들한테. 육천원인간가 뭐 얼마씩 받고. 만 얼마라는거를 삼분지 일 값도 안되게 받아서 그걸 내가 다 만들어 줬네. 옆에 사람 하나를 발치에다가 인제 집에 오래가지고 내가 탁 대주는 거, 다리가 너무 아파서, 이 지금 오토가 아니고. 그때는 까딱까딱 해서 박아야 되거든. 그래서 육십명 꺼. 어쨌든지 만들어서 입게 해줬다 이말이여. 오비까지 이래 빨간걸로 넓적한거 하고. 그래서 내가 상당히 창작력이 있었던가봐. 그래서 그렇게 만들어 주고.

막내딸이 또 합창 노래를 잘해 합창복을 한데. 전여고를 들어갔는데. 어릴 때 운동복은 다 만들어 입혔고. 한번도 다 같이 맡겨서 안하고. 딱 어떤 것을 만드는데, 운동복이 어떤 건데. 그러구 가서 보며는 운동 할 때만 입고 마는게 아니고 양장점은 딱 맞아갖고. 그날만 입으며는 마 며칠 후에도 못입게 생겼어. 근데 나는 그거를 다 똑같은 천으로 퐁당하니 만들어가지고 이년, 삼년을 입혔다 이 말이여. 원피스를. 무용복도 이렇게 해가지고. 교복도 다 다 그렇게 만들어 입혔어 셋을.

보통이 아니지. 양장점 문 앞도 안가봤어요. 그런 돈주고 배와보들 안했어. 눈 짐작으로 해갖고. 그래서 살아 남을라니까 적은 돈으로 살을라니까 그럴

수 밖엔 없어. 아 이돈이며는 어?

"오만원을 교복을 맞춰야 한다."

그러며는 딱 가서 전주 나사 집에 가서 제일 최고 좋은 천으로 해도 만 오천원이면 뜨겠더라고. 오천원치 셈하며는 야쁘라시 하며는 딱 하겠어. 그 만 오천원이면 한단 말이여. 그러면 삼만 오천원으로 다른 걸 하는 거야. 또 그 옷으로. 나도 한복 하나가 없어서 입고 나갈 옷이 없어. 그래서 한복을 떠서 인자 내가 만들고.

그래서 사람이 어려움을 겪어야 거기서 지혜도 생기고. 머리가 자꾸 저 돌아가잖아. 그래서 여러 가지 이득이 있네. 저 고생을 하며는 머리를 굉장히 많이 쓰는 거야. 한번도 머리가 쉴 새가 없고. 안해본 바느질하면 따지기를 몇 번 해야되는지 알어? 아주.

그러고 이렇게 마를 때도 아주 머리가 막 빠질 정도로 생각을 해야 해. 많이 생각을 해야 작은 천을 가지고 효율적으로 빼내거든. 양장점에 갖다 주며는 세 마라야 된다는 거, 나는 두 마면 나는 해요. 그렇게 해서 하고.

그래 있어 봐라 잉. 이런 것도 인자. 이게 이것도 만들어 입은 거지만. 이것도 요 사진에 이런 거 보이면 안돼. 이것도 지금, 지금 이건 열두 쪼가리는 돼. 쪼각은 있었어. 양장점에 갖더니 이거 순 면이거든 면인데, 양장점은 아니고 수선집이야. 우리 사촌 동생인데. 가서 옷은 좀 뭐 자 좀 맡길, 천을 좀 주길래.

그 내가 재봉틀이 고장이 나고 해서 그래서 갔더니 막 베고는 나머지 뚤뚤 말아서 싹쓸이. 그 헌 봉투에 그건 다 쓰레기통으로 나가는 거야. 하나 모다, 모아지면, 누가 필요해서 가져가면 거 가져가고. 학생들이 헝겊 얻으러도 오고 그러더만. 근데 가만 보니 넓은 쪼가리가 이리저리 내가 보면 뭐 요만한 팬티라도 하나 하겠다 싶어. 그래서 나 달라고 해갖고 가져왔어.

가져 가갖고 요리 저리 하룻 저녁에 잠이 안와서 이렇게 놓고 저렇게 놓고 해가지고 이리 딱 내가 만들어가지고. 너무 보들보들해. 요새 속에 입응게 아주 좋네. 그리고 이것도, 이런 것도 이게 천 쪼가리 얻어다 만들은 거야. 이렇게 다 봐바. 해가지고 이렇게 딱 요까지 고무줄 넣어서. 다 만들어 입거든 이렇게. [조사자 : 세상에.] 날 썰렁하면 입고 속치마도 이런 거 없어. 이런거는 속치마를 넣으면 둔하고 그래서.

그래서 아직까지 못난이, 못난이지. 이 속옷, 팬티 이런 것을 산 것을 입어 보질 않았어. 다 내가 만들어서 입는 거야. 런닝도. 누가 행주하라고 이만큼 비와이씨에 다니는 분이 이렇게 메리야쓰 통째로 된 건데 그게 인제 뭣이 잘못된 데 뒤로빠져 나온 것을 뭐 고추 닦는 당게 이만치 갖고 와서 주더라구.

그래서 가만히 보니깐 아 요것을 이렇게 해서 하나는 여기를 동그마니 파서. 지금 속에 난닝구 만든거 입었거든. 그거하고 하나는 또 거꾸로 해서 인자 아랫 도리로 인자, 삼각으로 이렇게 딱 뒤로 넣고 이렇게 했더니, 아래 우에 해서 네 개를 만들고도 지금 이만큼 있어. 몇 년간 이걸 갖고 만들어 입어.

근데 아 그게 좋은 것이 보통 메리아, 이런 런닝을 사며는 좀 큰 보통 우리가 거진 낡아지면 크고. 답답해서 이 브라자를 안커든. 그걸 안해여. 브라자를 안하니까 이게 말하자면 큰거는 막 그게 젖꼭지가 나와 브래지어를 안하면. 그런데 아 고것은 딱 그냥 여기에 딱 쪼인 듯해갖고 여름에 짤막하잖아 또. 아 거 너무 좋으네. 그래서모 지난 여름부터 지금 네 개를 만들어가지고 올 여름까지 다른 건 전혀 안입고 이것만 입었네. 오늘도 이것 만든거 속에 입고 우엣겠도 그걸로 입었거든. 그랬더니 딱 그냥 이게 브라자 안해도 짱짱 하니 아주 좋으네 그래서.

그래서 지금은 내가 팬티 하나가 없어서가 아니예요. 뭐 선물 들어온 것도 해서 몇가지씩. 또 지난번에도 그때 왔던 그 아주머니가 누구를 뭐 봉사하는데. 특화로 나온 분인데 어렵고 어쩐다. 해서 자기도 입은, 안 입은 옷 사놓은 거를 주더만. 그래서 뭐 있냐고 그래서 아 갑자기 나오라 그래서 팬티를 한 곽 갖다 줬지. 선물받아 놓은거. 그래서 그렇게 사용하고. 인제 그게 그렇게 하다 보니까. 아 내가 요즘은,

'이것도 습관이구나.'

안해본 사람은 못그러는데. 내가 이렇게 남편것도 조금 낡아지며는 그거 그냥 풍덩하니 입으면 편하고 좋거든. 거 요만치 오는 흰 메리야쓰를 인자 입으시는데. 남자들은 거기다 바지를 입는데, 좀만 낡아도 입기, 입히기가 좀

그렇잖아요. 항상 새것만 드리고. [조사자 : 할아버지는 안만들어 드리세요?] 어. 남자 분들은 그러지. 내만 그러지.

그래서 그것도 그냥 그분께 내가 그냥 입은 께 편하고. 앞에 여기 좀 넓직허니 닦을 것도 있고. 오히려 편해 우리 노인들은. 째그만한 여기만 걸치는 것은 못입어. [조사자 : 그죠. 큰 게 편하죠.] 그러고,

'야 이 속옷 예쁘고 좋은 거 입는 것도 이것도 습관이구나.'

이걸 내가 입을라면 아깝고 꼭 넘을 그냥 어디 누가 오든지 어떤지 주야, 주고 싶지. 그걸 내가 좋은 걸 새걸 막 탁 입으면 이상한거야 이제. 그래서,

'이것도 습관이구나.'

그래서 아 이제 어디 나가고 그라면 다 깨끗하게 나도 입지. 그렇게 이십년 삼십년 된 옷도 나는 안 버리고 난 그대로 입어.

그랬더니 엊그저께도 딸이 옷을 세 가지를 보냈네. 야시장에서 목동 아파트 앞에서 옷을 샀단게 백화점 비싼건 아니고 엄마 집에서 입으라고. 집에서는 이십년, 삼십년 된 옷 입는 거야. 남이 크다면 줘. 작다면 줘. 작으면 딸 수 있으면 늘리고, 크며는 줄이고. 그래서 전부 걷어다가 내가 그렇게 입거든. 그렇다고 지지바지 그러진 난 안해. 항상. [조사자 : 멋지세요.] 이십년 된 옷을 입어도.

그래 (입고 있는 옷을 가리키며) 이것도 만원주고 천 떠내, 난 나이롱은 난 안입거든. 그대신 또. 그래서 면으로 천을 떼다가 항상 만들어 입고 살고 그래서. 못난이지. [조사자 : 아니지요.]

가난한 집에 와서 남편이 딱 병이 들었어. 이제 고시 공부를 하고 산, 있다가 장가를 가라고 싼게, 와. 장가만, 그냥 몸만 왔다 간 거야. 아무것도 장개 간다고 본인이 준비한 것도 없고 시동생이 뭐 화장품 서너가지 사서 넣어 준 것 그놈만 갖고. 그냥 장가만 왔다가 마누라만 데려다 놓고 지리산 어디로 공부하러 가버리고 없어.

근데 한달도 안돼서 아주 몹시 아파서 왔더라고. 근데 장가 왔는데도 뭐 위장도 안좋고, 생식하고 있다고 그러고 말이 아닌 거야.

"선도 안보고 왔다."

그랬더니. 말만 듣고 나를 그 사람한테 보내 줘야 그 사람이 성공을 한다는 거야. 중매하러 온 사람이 그래서 그냥 그러면 내가 그런 사람이면 내가 도와 주겠다. 도와 주겠다여.

지금까지 내가 도와 줬어 솔직히. 이제 요즘 내가 지난 과거 얘기를 하면 한번 도와준다고 해서 왔으면 가만 그대로 무엇을 바라고 뭐를 어쩌고 그래쐈냐고 그래서. 아 지금은 행복한 비명이지. 그야말로 다 요 전주 사이에서도 부러워 하고 우리 동창들이나 동료들이나 영감님들 그렇게 하고. 그래서 참 일생을 내가 이 몸 고생도 많이 해고 마 정신 적으로도 그랬지만 그래도 지금까지 뭐 뭣이 어디가 사고나 다쳐서 병원에 한번 가본 뭐가 없고 내 가족 중에서. 시집 식구들도 까지도 다. 시동생들이 셋인데 다 잘 되있거든.

그래서 현재 우리도 오남매. 우리 인자 우리 우리 시누 한분 해서 박사가 현재 여섯명이고, 어 예비 박사 하나 인저 조카딸 인자 시집도 안가고 하고 있고. 이게 자랑이 아니라 뭐 이혼이니 뭐이니 말은 없고 다 결혼하고 조카딸만 하나 남았는데 그건 인제 포부가 있으니깐. 일본서 아래 나왔구만. 구월 삼십일게. 인제 마흔이 다됐지. 저 인자 아이고 뭐 꼭 좋은 데 갈라고는 안하는데, 우째 우째 하다본게 그냥 그렇게 돼버렸어. 이쁘거든. 아주 이쁘고 뭐 속도 꽉 찼고 그러는데 지 인자 거시기 해서.

그래서 온 가족이 이만큼 편하게 대해 준 것에 난 매일 감사하고.

"항상 다 이 자 우리 영감님 밑으로 다 오남매 가족 수하 모두가 오늘 하루도 정직하고 건강하고 각자 자기 맡은 일에 열심하고. 항상 하느님 뜻에 어긋난 일이 없도록 다 그렇게 살아가게 도와 주시라."는.

이런 기도는 매일 안빠지고 드리지. 그래서 아무도 뭐 누가 아직 죽고 어떤 사람도 없이. 그게 그냥 큰 근심걱정 없이 지금까지 그래주는데. 시누 아저씨 한분만 돌아가셨지. 나이, 연세가 많으신게 잉. 시누가 팔십 둘이니까 지금은. 그래서 그냥 아직까지 형제간에 뭐 구식없이 지내고. 또 우리 자녀 그기 조카딸두, 조카까지 다 공직 아니며는. 다 어떤 자영업하고 그런 사람없이 다 잘 직장 잡고 살고 있고.

그래서 다, 아버님 덕이라고 생각하고. 아버님이 일찍 돌아가신 그걸로 인해서 또 자녀들이 대학까지 혜택을 받았거든. 우리 큰 딸은 대학은 졸업했, 인자 사학년이고. 둘째딸 연세대학 들어가던 해에 인자 그게 추서를 받았어 시아버님이. 그래서 뭐 큰 딸은 인자 서울대를 나왔는데 둘째 딸은 연세대 나와서 지금 출입국 관리소에. 총무관가, 본부에 있어. 항상 본부에 총무과에 기획 실장으로 있지. 셋째, 셋째 아들은 지금 농협에 차장너머, 지금 몰라. 난 그거 직, 물어 보들 안해. 그냥 뭐 직급이 뭐냐? 이런 거 없어 나는. 그렇지 않고,

"항상 니가 맡은 일에 열심히 해야 한다."

그런 소리만 하지. 그래서 잘 살거든 그냥. 나 속 안 썩히고 그냥.

또 막내 딸도 연세대학교 나와서. 그전에 그 엠비씨 방송국 그기 뽀뽀뽀 프로. 한참 전성기 때 거기서 구십삼년도? 구십삼년도 결혼하고. 구십사년도에 애기를 가져서 팔개월 됐을 때 그만두고 지금 있거든. 아들만 둘인데 지금 중학교 삼학년, 이학년 그런 애들 딸리고. 애들이 공부를 전교에서 일, 이등을. 둘이 형제간에 일, 이등을 계속 한데요 삼년간. 동생이 일등하면 형이 이등이고, 형이 일등하면 동생이 이등이고 전교에서, 그래서 또 저기 하고. 다들 애들이 공부들도 다 잘하고.

아들네 딸이 고삼. 분당에 있는 그 계원 특목고에 지금 다니거든, 지금 고삼인데. 어, 엊그저께 저 며느리가 왔길래 어디로 지망을 하냐 물어봤더니, 목표는 지금 이화여대 인저 음대를 한다고 그러네. 잘 될거라고.

별명이 모범생이거든. 할아버지가 지어준 이름. 손녀딸이, 손녀딸이. 하도 어려도 진짜 모범생이야 애가. 나무랄 데가 없이 한번 야단 칠 것이 없어. [조사자 : 할머니 닮았나보다.] 찬찬하이 그러더라고 애가 그래서 그런.

그래서 애들이 다 그냥 둘째네 애들도. 둘째 딸도 그렇고 쌍둥이 둘을 그래서. 애기를 좀 늦게, 못가져서 그러더니. 늦게 했는데, 아들 딸 낳아서 내가 칠년을 키워줬잖아. 게 그놈들이 정이 있어. 그게 인제 야시장 가서,

"할머니 우리 옷사주면 이쁘겄다 이쁘겄다 엄마 사 사."

그래서 사서 보냈데요. (웃음) 정말 좋은건 아니여, 그냥 티여. 에 그래서 인자 옷을 통 좀 못사게 하거든. 내가 알아서 내 거시기 입고. 늙은이들 옷

많이 사봐야 거시기 보인다고. 그러니까 걔는 즈기 아버지 와이셔츠하고 넥타이하고 이런것만 사지 내 옷은 안사.

그래서 지금은 자녀들이 항상 뭐 한다고 좋은 일, 뭐 한다고 좋은 일. 늘 그 좋은 소식만 지금까지 들려줬지. 뭐 어렵네 어쨌네 뭐 이런게 없어. 다 공직생활 하니까. 막내 사위도 독일 사람 회사, 미국인 회사 관리를 이래서 이사로 있거든. 지금 인자 나이도 뭐 마흔 댓살 됐어요. 다 사람들을 지가 연애해오고 했는데도 거기에 맞게 다 해서. 서울대생이 세 명, 연세대생이 세 명. 동국대 아들은 둘이가 인자 하나가 해서 맞아서 다 재미있게 자기들 사람 데려와서 다 잘 살으니까 그냥.

지금도 김치를 담아주거든. 그래서 늘 택배 보내는 게 일이야. 뭐 이것 저것 해서 택배 보내준 종이가 이만큼 쌓였어. 그래서 아파트도 못가고. 젓도 젓갈도 지금 이따막씨 한 도가지에다 인자 늙으면 못담는 다고 지난 해에 내가 도가지 마다 담아놨어. 십만원 어치를 사서 도가지 마당에 지금 뭐.

뭐야 가재미 젓도 사논, 한 도가지 담아놓고. 멸치젓도 두 하꼬나 담아서 아주 내가 다 간장, 된장, 고추장. 약품 저런거 전혀 안섞고 순전히 엿지름도 내가 길러서 하고. 메주 가루도 고추장 메주도 내가 다 만들어서 담궈서 해서 띄워서 하고. 메주도 내가 만들어서 간장 담아 줬거든 지금까지. 그래서 우리 애들 뿐만 아니라 간장도.

또 우리 친구가 아는 분들, 노인들 간장 못담고 아래도 젓갈 한병. 간장 한병, 된장이 이만큼. 명절 때 뭐 다른 거 사과 이런 거 안주고. 오히려 그런거 사다 먹기가 더 어려워. 그래서 자녀들이 뭐 그런거 명절 때 다른거 사와도. 난 그런 그런 걸로 선물. 담아갖고 또 해주고.

[2] 수필반에서 글을 쓰다.

그래서 지금은 그런데 거기서 수필반을 다녀서 노후에 그 내가 겪었던 거 또 내가 살아오면서 느낀거, 들은거, 본거, 이런거를 종합해서 지금 세상 이렇게 하는 거하고 비교를 해보며는 좀 요즘 사람 너무 하다 싶은 게 참 많거든. 사람은 얼마만큼 고생을 했을 때 아낄 줄도 알고 어 이렇게 지혜도 생기고 그러는데. 요새는 너무 갖다 안겨 주니까 이거 고마운 줄도 모르고, 귀중한 것도 모르고 이게 그마 모든 물품이 그냥 천덕꾸러기고 이래.

그러면 영원히 그러냐 하며는 안그럴 것만 같으거든 앞으로. 그랬으면 좋은데 이게 좀 하루종일 양지는 없어요. 양지가 있으면 음지가 꼭 있는 법이야. 그래서 좀 있을 때 지금 이제 양지다하고 생각을 하고 그늘 졌을 적에 준비를 해야되지 않겠나. 이게 좀 지금 너무 하는게 아닌가. 이제 늘 두려움이 생겨 그들의 앞날을 생각하고.

그래서 나는 수필을 써도 보며는 이게 내가 왠지 뭐가 눈이 비딱해졌는지 꼭 그런 내용이 써지게 되네. 그래서 쓰다 보며는 뭐 이렇게 좀 서정적인거 아름다운거 다 감상은 하지. 해는데도 그 아름다움을 보고 감상을 하고 하느님께 감사를 하고 다 하면서도 좀 이걸 좀 더 말하자면 무주 구천동을 가서 봤을 때 그 깊은 산중에 그건 그대로 둬야 우리가 쉼터가 되고 좋은데 거가 활딱 까져서 개발을 하고 고층 빌딩을 갖다 세우고 그러면 물도 망가, 더러워지고 그 맑은 그 계곡 물도 흐려지고. 사람 사는 곳 같이 더러운 곳이 없어. 사람이 지나갔다 하며는 더러운 거야. 아주 계곡이 맑고 그런데 텐트 쳐놓고 중간 중간 가며는 그냥 눈이 찌푸러져. 아이 막 거럭지 같은 옷들 널어 놓고 그냥. 그 깨끗한 자연이 그마 망가지고 그래서 좀 그런 데를 개발을 좀 안했으면 싶은 맘이야.

그래서 예를 들어 인자 가을 산행 하고 글을 썼다 그러면 그게 아쉬운 거야. 그 구천, 무주 구천동 가서 그 보고 오면서, 꼭 쓰다보면 그쪽으로 돌아가는 내가, 나도 이거 못 말려. (웃음)

아이고. 우리도 글로 보고 사는 사람은 또 글로 보고 살지만 음 좀 관찰을 좀 항상 하고. 왜 이러는가 이러게 내가 별로 좀 안보는 그런 내가 스타일인거 같애. 그래서 좀 메모도 해놓고. 지금 뭐 삼십 년, 사십 년 이 가계부가 다 있으니까 내가 적어 논 것이. 그게 내 역사를 말해줘. 돈 쓴것만 적었어. 어저 뭐 계획을 세워서 뭐 살림을 늘어다 놓은 것은 없거든.

난 이렇게 살아, 빚 안지고 살아온 것만도 참 놀랍다고 생각이 들어. 그 돈을 가지고 빚안지고 그 식구가 살아오면 됐지. 누군가 같이 뭐 투기 해본 적도 없고 돈놀이 해본적도 없고 빚은 많이 얻어다 쓰고 이자는 한푼도 안떼 먹고 갚아주고 에나 고맙다고 수박 사다주고 그랬지. 돈 빌려 쓰면서도. 어 그래서 나는 이자놀이하고 이런 거는 없어도 그냥은 빌려줘. 몇 달이라도 뭐 있으면 누가 달라며는 은행에 넣어 놓은거 두말않고 빌려줘. 그래도 한달 두 달 써도 내가 절대로 이자 안받지.

인자 그렇게 내 어려웠던 처지를 생각해서 거저 주는 것 만큼이나 누가 말하면. 그래서 돈 갖고 신경써보고 돈을 떼이네 없앴네 뭐 집에 와서 도둑놈이 들어와서 한번은 집을 홀딱 뒤집어 놨는데 작년이야.

작년 가을에 오전 봉사를 하고 저 들어갔더니 네시쯤인가 들어가고. 영감님은 이제 출근 해서 두시쯤 들어오고 그랬다는데. 어 안방을 들어갔더니 발칵 다 뒤집어 놨어. 근데 현관이 그때가 석유를 땔라고 하던 참이라. 어 있었어. 칠십만원이 있었어. 오십만원 따로 있고, 이십만원 따로 있고. 그랬는데.

아 돈봉투 돈이 들어간, 위장을 했지. 노다지로 펴 논건 아니고. 들러서 또 내가 인제 그 뭐 글 써온 것, 뭐시 뭐도 차고 온 것이 봉투가 많아 그놈 봉투에 넣어서 이렇게 뒀더니, 아이 그 돈 (웃음) 방바닥에 나와 있어도 그건 안가져 가고 아무것도 가져간 게 하나도 없네. [조사자 : 너무 다행이다.] 어.

전에 그래서 그 덕택에, 좀 미안하고 애썼는데, 가져간 게 너무 없어서. 그러고 그 덕택에 그냥 농 정리를 한번 싹 했다는 거. 하루에 하루에 해도 못하고 냅뒀는데, 그 바람에 인제 좀 이렇게 저렇게 정리를 한 저기 있네. 응 그래서 아직 한번도 뭐 아이고 막 이렇게 막 해서 어쩌 내 앞에 가슴 쓰린 일을 당하지 않아서 그게 항상 감사하고.

그래 그래서 마 그러고 남의 것 욕심 안내고 그렇게 내꺼 잃어버리지도 않고 그런 것에선 속 안썩고 살아왔네 지금까지. 없어서 내가 적은 돈으로 아껴 쓰는데만 막,

'그 적은 돈으로 어떻게 하면 이케 영양가 있고 좀 그런 음식으로 해서 주느냐?'

이런 데 머리 쓰고 그런 데는 정신을 썼지. 뭣을 마음 아프고 막 가슴 짜고 막 그런 것을 안당해봤어.

그 인자 영감님도 애먹였다는 게 다른 건 없고. 굉장히 군주야. 그냥 딱 임금이야. 떠받들아야 돼. 근데 그런 데서 소홀하면 인자 성질내고 그렇게 그런 것 때문에 좀 그러고. 거 뭐 그 당시에는 직장인들 다 뭐 모이면 하고 놀거리가 없으니까 이런 것 (화투하는 시늉을 함) 좀 해서 없앤거 그런 것 때문에 좀 속상해서 그랬고.

그냥 어느 사람이나 뭐 그 당시에는 인자 직장인이니까 마 술 같은거 많이 드시고 해서 뭐. 나는 인자 술도 절도있게 마실 수 있다믄 얼마든지 할 수 있고. 내가 해봐도 마 억지로 먹이는 거 아니고 먹는 건 나니까 안먹으면 돼. 근데 그거를 자제를 못하고 누가 주는 대로 다 마시냐. 인제 이런 식이지. 그래갖고 막 완전 정신 놓고 해서 쓰러지고, 길바닥에도 쓰러지고 막 이렇게. 그러고 인제 습관적으로 늘 집에 오시면 마실 이 저 그러고 해. 그러고 해서 그래도 맹술 한번 안사보고 항상 매실주를 다 담아서 그렇게 비와놔.

술먹으면 왜 이상하게 남자들은 꼴이 비기가 싫어. 좀 정상적이 아니게 좀 인자 나사가 풀어지고 모양이 안좋잖아. 나는 그래 안했으면 좋겠는데 그러는 거. 내가 좀 너무 우리 애들 말 맞다나. 둘째 딸이랑 그래. 엄마는 좀 한단계 낮춰서 다른 사람을 봐야 한대. 엄마 수준에다가는 맞출수가 없다고 그럼서.

긍게 그냥 다른 사람에 비하면 우리 아버지도 너무 다 좋은데. 엄마는, 엄마 기준에는 채울 수가 없다 이거야. 그렇게 엄마가 못마땅해한다. 남들은 다 좋은 사람이라고 그러지. 그런데 내가 볼때는, 내 요 요 내 틀에 딱 맞질 않으니까. 인제 그게 내 욕심이지. 그래서 그런거는 인제 그래도 내가 다 예 해주고 지금까지 살아오고 있지.

행복한 사람이거든 지금. 마냥 행복할라고 하고, 또 막 그렇게 열심히 뒤돌아봐도 내가 크게 막 막 아이구, 그 그런 후회스러운 일은 없는 데, 그래도 좀 남들한테 더 좀 잘해주지 못한거 인자 그런 것이지. [조사자 : 아이고 어떻게 더 잘해주세요.] 그래서 왜? 나도 어 또 살아 갈라니까. 뭘 남을 줄때는 자연히 저울질도 해지고. 그런거 아닌가? 나만 그런가? [조사자 : 아니죠.] 그냥 내일 먹을 것도 없는데, 몽땅 다 줄 수도 없는 거고. [조사자 : 그럼요.] 나 먹을낀 냉겨놓고 또 줘야 되는건데. [조사자 : 그럼요. 애기들도 있고.] 응. 그래서 그래서 그런 때가 마음 아프고. 뭐 형제간이든 누구든지.

근데 내 자신한테는 굉장히 인색해요 내가. 먹는 것도 좋은 걸 못 먹어. 항시 음식이 두가지야 영감님 반찬, 내 반찬. 그래서 인자 나는 그냥 며칠이고 한번 해 놓은 거 나물국 낄여 놓으면 그것만 갖고 먹고. 영감님 사흘거리 이틀거리 매일 인자 끼니마다 이렇게 이렇게 바꿔서 해 드리고. 영감이 인제 질력이 나서 못먹게 생긴거 맛이 없어 졌을 때 그때 인자 그거 내가 차지고 지금도 그래요.

그래서 뭐 사과 한 상자를 사다놔도. 나는 한 개를 안먹고, 찌끄래기만 치우고. 먹는 입도 모르고 안보고 그냥. 그렇게 하고. 이제 포도도 바빠서 못 까먹고 나를 사다 줄라면 귤이나 사다줘. 배가 몇 개 있어도 나 먹자고 그거 하나 깎아서 안 먹는 사람이야. 지금 배 두 개 내가 넣어 왔거든. 그때 여러 사람이 왔길래. 항상 남을 주면 기쁘고 내가 먹으면 안돼. 아까워. 왜그러는지

그게 좀 내가 좀 그런게 있어. 지금은 안그래도 되는데. 그런다고 해서 내가 막 뭐 아주 못먹으면 거시기 없지. 내 관리를 잘 하는 편이지. 그래서 병원에를 나는 안가보고 안해야 되는데. 이렇게 아프니까. 요래도 안가는 거야.

귀가 지금 먹먹하이 안좋은지가 한달 두달도 더 넘었는데.

'아 이거 왜 이러지.'

하고 귀만 자꾸 이래 막 문질, 답답해. 먹먹해. 그러고 좀 개운하지 않고 어째 좀 막힌나 어째, 이렇게, 이렇게 하면 덜렁덜렁 하는 것도 같고. 뭐가 잉 속에가 잉. 그러면서 여기만 자꾸 문질렀더니, 하이고 어저께 누가 그러지 말고. 누가 점심을 같이 하는 막. 이비인후과를 가보래서 갔더니.

그저께구나 어제는 내가 안나왔고. 이 노환으로 인해서 약간 가는 귀가 이쪽은 더 많이 먹었고, 이쪽은 좀. 그런다고 해서 답답할 정도야 그러고 먹먹해. 내가 하는 소리가. 자꾸 내가 말이 커지지. 이게 내 말이라도 내 귀에를 잘 들려야 하는데 막 답답함을 느껴지네.

그렇게 그게 눈도 뭐 수채 큰 글씨들은 돋보기를 써. 왜냐면 방에 들어가면

딱 돋보기를 쓰거든. 책을 읽던지 바느질을 하던지 뭘 하던지. 밤에 잠자기 전에는 인자 돋보기를 써야돼. 이 상당히 눈이 나빠지지. 하루종일 돋보기를 써야 하니까. 그래서 안경이 한 다섯 여섯 개를 넣어 놓고 쓰는데. 이 가방에는 항상 난 놔두고 가방에. 글안하면 없어갖고 허둥대지. 여기 여기 들어있어. 회관에 가서보면 이중안경. 앞에는 막안경이고 밑에만 붙은거. 그래야 이 밑에 볼 때만 보고 앞에 사람 볼 때는 돋보기 쓰면 안보이잖아.

그거 큰 거 옛날부터 했지. 뭐 암튼 이것도 늘 썼는데, 오늘은 늦어서 그냥 왔더니 지금 이저 요 먼데껏이 좀 얼른거리고 이제 안좋거든. 그래 그냥 넘어가야지. 그래서 내가 지금은 안경 시대라고 안경 시대라는 걸 하나 또 쓰고, 그렇게 내가 느끼면 그런 걸 갖고 소재로 삼아서 글을 쓰고 그러지. 나같이 살으라고 안 해 나는 남들을 그 고생시럽게 살지 말라 이거지. 어 누리고 잘 살어야지. 내가 그렇게 해서 며누리나 아들, 딸보더 누구 나같이 이렇게 살아라고 안해.

그런데 이제 어떤 어려운 고비는 그럴 때는 좀 참고 살아는 그런 말은 쓰지 수필에도. 그지만 꼭 나같이 못입고 못먹고 막 이런 못난이 짓하라고 살으라곤 안하지. 주부들 잘 살으라고. 나도 허리띠 동여매고 고생하고 가르쳤잖아. 남보다 그래도 모르는 것보다 아는 것이 힘이라고 그랬잖아. 그래서 돈 잘벌고 살어라고 나 공부 가르치든 안했어.

좌우간 그래도 어디를 나가도 자신이 알고 있으면 자신감이 있잖아. 뭐 걸럭지를 입었더래도 자신감 있는 거야. 그게 제일이지. 속은 텡 비었어봐. 아무것도 뭐이 가도 모르는데, 치장만 막 요란하게 했다고 해서 그게 막 얼마나 그래서 내가 좀 좀 배우고 싶으고 학교를 다니고 싶었는데 서리를 맞아버린게 너무 내가 그게 아주 한이 됐지.

그래서 자녀들은 내가 어떻게라도 가르칠라고 전주로 올 때도 정말 아무것도 없는데, 내가 사글세를 얻어서 어느 집 전주 고등학교, 남자 전주고등. 그땐 제일이었거든. 남자고등학교. 전주, 전라북도에는 제일가는 고등학곤데. 그 뒤엣게 어디 허스름한 집 뒷방을 하나 얻어갖고는 이사를 왔는데. 아빠는 인제 내려가서 김제 집에 가서. 그래 약간 날망있는데 내려다보니까 세상에 다 이렇게 집이 다있고 그러는데.

'아이고 우리 새끼들 이렇게 데리고 와서 내가 이것들을 데리고 어떻게 가르칠까? 어떻게 살아나갈까?'

뭐. 참 밤늦게 그 이사를 다 해놓고, 애들 재워놓고 밖에 나와서 내려다보니까 약간 날망지고 언덕인데,

"그래 내가 그래도 어떻게라도 해서 뭐라도 해, 할 것이고. 내가 열심히 살아서 내가 우리 자녀들을 지가 하고 싶은 데까지 내가 가르쳐야지."

그런 내가 막 결심을 했어 그랬더니 애들이 또 내 말에 잘 순종해주고 그랬어. 애들이 그래도 속이 꽉 차게 돼서. 서울대학 나온 그 큰딸도 정말정말 어따 내 놓은 푸즛간 아줌마같이 생겼다. 지금도. 얼굴에 화장 한번 한 법이 없고. 결혼할 때도 이런 반지 하나도 안하고, 내가 해주는 한복 한 벌에다가 고무신 신고 결혼식 하는 날도 아침부터 집에서 입고 나가가지고 하루종일 입고 돌아다니, 밤늦었도록 입고 돌아다니고. 그래도 자신감이 꽉 차있는 거야.

그래도 여기서 친구들이랑, 직장인들이랑 뭐 갔는데. 어쩌면 인제 학교 강당에서 결혼식을 했으니까뭐. 몇천명이 왔으니까. 아빠 손님이 많은게 아니고 즈그들 인자 밑으로 해서 오고. 에스페란토를 잘했거든. 거기 저 신랑도 사무국장인가 하고. 단국대학교 총장이 그 인자 또 회장, 그 총장이 중매를 했는데.

뭐 그런거 전혀 남에게 보일라고 뭐 이렇게 하는게 전혀 없어요. 그 뭐 자랑하고 남한테 잘보이고. 엄마만, 우리 시어머니 말맞다나 시집가는 각시는 아무것도 안바르고. 뭘 발라주면,

"에이 마다."

동생이 인 저 뭘 좀 발라주고. 꽃도 오천원어치를 생화를 사갖고 와서 그 친구 하나가 와서 같이 인자 그 딸하고 그 동창있거든. 연대 다니던, 전주 여고 같이 다니던. 데리고 와갖고 한쪽 방에서. 즈그들 자취방 인자 두갠, 방이 두갠데 한쪽 방에서 꽃을 만들어가지고. 꽃 오천원 해갖고 신부, 신랑, 시아버지, 시어머니꺼 뭐 다. 또 여기 머리에 또 자잘한거 떼서 그렇게 꼽아갖고 망사두마 떠갖고. 천원주고, 오백원씩 천원주고 떠갖고.

"엄마 그런거 잘만들잖아."

엄마가 만들어달래. 한복에다가 그냥 망사 그거 두마하는데 저, 삼복 이렇게 겹쳐갖고 오그라오그라해서 이렇게 딱 삔찔러서 쓰고. 막 내려오게하고 그거 입고 결혼했어. (웃음) 그게 결혼식 장비도 하나 안들고 뭐 살림도 저거 방하나 얻어 놨응게 그거 그냥 맞은것만 사다도래서 연탄불때고 처음에 들어간거지. 그렇게 살어 시작했거든 그게.

사람들 넘들 막 혼인 그 혼, 예물 때문에 파혼도 하고 막 양쪽으로 그래쌌는 걸 보면 나는 좀. 저이 둘이 좋아하고 둘이만 살면 돼, 사람 없어서 지금도 결혼 못하지 돈 없어 결혼 못하나? 마음에만 맞고 둘이 살고 싶은 마음만 있으면 솥단지 하나 밥그릇 한 개 놓고도 밥 끓여먹고 재밌고 좋은 거야. 그래서 또닥또닥 일어나서 살아야지. 무슨 막 아파트를 안사준다고 파혼을 하고 아유. [조사자 웃음]

사람들이 어떤 가치관이 다 틀리기 때문에. 그런 물질에다 가치관을 두는 사람은 그러고. 어떤 사람이 마음 상하고 사람이 기분이 좋아야 되고 그 사람에다 첫째로 가치관을 두고 뭐든 걸 하는 사람은 그게 아니고 그리어. (웃음)

그래서 나도 지금까지 우리 자녀들하고의 관계가 그 뭐 한번도 뭐,

"어유 저것들."

막 이렇게 해갖고 애들 한번 막 이렇게 그런 식으로 나무래고 그래 본적도 없고. 막내딸은 뭐,

"이 기집아야.!"

소리도 들으면 큰일 나는 걸로 알아. 우리 셋째딸. 그래 저도 아들을 키우면서 그렇게 키우더라고.

자꾸 우리 시어머니도 아드님들을 그렇게 귀하게 키우더라고. 그 막 잘먹여서 키우는게 아니라 그 없는 터에도 막내 아들이 찰밥을 먹고 싶어. 말하자면 예를 들어서, 그러며는 한 줌이라도 찹쌀을 어디 있는거를 해서 한쪽에라도 놔가지고 그 해서 주더라고. 아들들 말을 그렇게 들어주고. 굉장히 귀하게 여기고. [조사자 : 아 시어머니가요.] 삼대 독신에서 나온 아들인데 아 아들을 그렇게 낳았잖아.

우리 시어머님이 그렇게 아들을 많이 낳았응게 그러지. 그라고 그 전쟁이 없고 그랬다면 잘 살았으면 얼마나 좋아. 근데 아버님이 돌아가셔버렸으니 시어머니 고생은 말도 못해. 그래서 내가 그런 것 쓴 것, 한번 여 서 월간지에, 참 좋은사람 월간지에 잘 나오거든. 그래서 인제 그렇게 하고 썼어.

그래서 내가 할 일이 많아 나도 이 집에 와서 그 영감님은 시아버님 책도 그렇게 많은 것도 다 이집에 와서 내가 다 그거 드금에 있는 거 다 끌어내가지고 다 구분해서 우리 아버님, 친정 아버님이 한 그때 남원에 인자 있을 때, 남원에 이 양반이 남원에 직장이 있을 때. 다 내가 끌어내서 그금에가 굉장히 책이 많이 쌓여 있더라고.

그래서 그걸 다 인자 사다리를 놓고 올라가서 꺼내놓고. 팔월달에 좀 됐구나 그때 아버님이, 친정 아버님 모셔다 놓고 평상에다가 다 끌어내서 아버님이 둘 꺼 안둘 꺼 구분해놓고. 여 우리도 연습장으로 이렇게 하면 버리고, 교과서 같이 또 다 많이 구할 수 있는 책도 또 그렇고. 그래서 필요한거 인자 아버님이 다 구분을 해서 두 고리짝을 따로 인자 챙겨놓고 나머지는. 왜냐하면 집을 방을 처음에 시집 온게 다 그걸로 도배를 했더라고. 그 한지 그 글 써진 걸로 도배를 했을 때 종이도 귀했지. 도장방이랑 뭐 창고방 그렇게 다 그런걸로 도배를 해놓고 그랬길래 인자.

그래서 내가 점차적으로 그때 뭐 이 자 잘 몰르고 그랬다가 인자 아버님이 이렇게 추서 받고 그러고 난 뒤에 내가 남원에 가서 내가 그거를 싹 정리를 했어. 집에다 지금 내가 갖다 놨거든.

그래서 그 책이 또 우리 막내, 아 큰 딸이 경기 고등학교 칠년을 했었어. 오년을 제대로 있었고, 이년을 인제 교육, 교육 대학원, 청주에. 거기 이년 있는 동안에도 인자 청주로. 거기가 인자 저기 있었고. 지금 잠실 고등학교. 가서 이번 일요일날인가 뭐 뭐 뭐여 그거 골덴벨 그 학교에서 한다고 했더만.

제가 무용도 선생들 지가 인솔해가지고 하고 그랬다고. 큰딸은 그냥 뚱뚱하게 그냥 몸매도 안 가꾸고 좌우간 생긴대로 먹고, 잘 먹고 탁구도 잘하고 무용도 잘하고 뭐 못하는게 없이 잘해. 그런 것은 또 아주 아무거나 그냥 뭐 그래. 머리도 좋고. 그놈이 그래. 그랬더니 그 뭐 무용도 하고 그런다고 보라고 인자

그래.

이십사일날. 다음 금요일 날이나 이자 공주로 오라고 그러네. 그 교사들 엄마들을 가끔 효도노릇 한답시고 그 있어. 즈그들 멤바가. 인자 근 한 이십년 전에 처음에 입사했을 때 그 학교에 있던 선생님들이 인자 이렇게 모임을 하나 가져갖고 지금까지 이어나옴서 그 엄마들 가끔 인자 모여놓고 즈그들이 인자 뭐 효도노릇 한다고 또 뭐 무용도 즈그들이 하는게 있더만. 운동 겸 그런 것도 보여주고.

엄마를 한자리에 모여주는데. 작년에 제작년에 했나 하더니. 골고루 전국에 댕기고. 유럽도 한번 언제 갔었고. 이번에도 공주로 오라고 저녁때 거기서 뭐 해서 그 이튿날.

그래서 그냥 자녀들이 그래도 내 뜻에 벗어나지 않게 막내딸도 그렇고. 참댕이 중의 참댕이고. 요 막 딱 바른 길 외에는 전혀 갈 줄 모르는 그런 사람이고. 게 다들 그냥 그 속은 안썩히고 항상 직장에서랑. 엄마 욕은 안얻어먹이는 거 같애. 그냥 그런다 소리고.

아들도 그 사장. 친정, 메누리 외할머니지 그러니까 잉? 한번 인자 아프다 그래서 갔더니 아유 우리 아들 자랑을, 내가 하는게 아니라 그 양반이. 잘 키워 줘 놨다고. 아들이 참 성품도 좋고 참 그런다고. 손, 손자사운데 인제 그런 소리 하더라고. 그래서 부모로서는 욕 안얻어먹이고 그게 그런 소리 들으면 그게 제일 잘하는 거지.

[조사자 : 그래도 할머니 이렇게 쭉 살아오시면서 이렇게 마음이 좀 흔들리시거나 그런 때 없으셨어요? 너무 힘들어서.] 아이고, 죽고 싶을 때. 나 조금 전에 어떤 집에 들렀다 왔거든. 그 내가 인제 늘 성서 얘기도 해주고 하는 집이야. 그 아들도 내가 공부도 가르치고 그런 집인데. 잠깐 그 길척에 저 들려서 지금 뭐 내가 쓴거 하나 이거 한번 좀 읽어보라고 잠깐 그라고 인자 왔는데.

아이고 때로는 지, 지금 사람도 막 아휴 그냥 탁 말아버렸으면 싶을 때가 많다고 그러는 거야. 게임을 남편이 좋아해갖고. 항시 게임에 빠져갖고. 중삼, 중이 아들이, 딸 아들이 또 인자 이, 초등학교 이학년 늦게 늦둥이를 둬갖고 있고. 그러고 여러 가지 장사를 하거든. 뭐 나는 복잡하고 막 그러는데 좀 도와줬는데 그런다고 그래. 그래서 인제 좀 일찍 전에 그래. 그래서 늘 그게 고민이야. 그래 막 그런다 그러더니. 그래 내가 막 많은 조언을 해줬지 인제. 내가 글도 썼는데, 부부란 뭐 그런거 쓴 것도 갖다주고.

아휴 오늘은 갔더니 이렇게 허리가 그 각시도 아파. 그랬더니 신발을 요새 뭐 삼십만원짜리 있잖아 허리 아픈데 낫는거. 앞 뒤로 둥그름한거. 고거를 신고 있어. 그랬더니 남편이 사다줬대. 그 어저깬가 결혼 기념일 날이라고 하면서 그걸 말도 안했는데 사갖고 왔다고 신고 지금 막 온, 허리가 아프고 어쩌고 한다고 그래서. 그러자 남편이 들어왔더라고. 그래서 내가 막 칭찬해줬어.

"아따 그냥 칭찬이 대단하네 마누래가. 아이고 참말로 그냥 좋은 선물 해줬다."고.

계속 그러라고 내가 그럼 둘이 다를 칭찬 해주고 그랬는데.

다 속 내를 들여다 보면 한번 씩은 다 그럴 때가 있어. 그면 어, 어쩔 때 그러고 싶으냐. 그 안해야 될 일을 했을 때. (웃음) 그렇잖아잉. 그 속 썩히는 거잖아. 그럴 때. 그 해도 해도 말을 안들을 때. 그럴때 제일로 그러고 싶은 맘이 생겼지. 다른 거 막 아 돈 뭐 만원밖에 못벌은 사람보러 백만원 벌어오라는 사람이 어디가 있어. 그지?

그 능력에 맞게 만원만 벌어다 잘 주며는 그놈 갖고 쓰며는 그놈 그걸 바라지, 백만원 벌어오라곤 안하거든. 근데 그 만원도 다 쓰고 오천원을 갖다 줬을 때 그럴 때 예를 들면 그럴 때 인자 속상하는 거지. 그러고 그게 인자 어떤 짓을 이렇게 해서는 안될 짓을 자꾸 하고 있을 때, 말려도 말려도 안들을 때, 더 큰 죄를 펑펑 저지러놨을 때 그때 인자 정말 그러지.

또 건강을 또 탁 잃었을 때, 응? 아 이 사회 생활을 못하게 생겼을 때 그럴 때. 그럴때는 그래도 협력하고 싶고 막 그러지 죽고 싶고 이런 말은, 막 이런 맘은 없거든. 근데 젤 배신감 갖게 할 때. 여자들은 대개 그럴 때 그래.

우리 저리 시원한 쪽으로 갈걸. [조사자 : 옮기실까요?] 응. 아무래도 그럴걸. [조사자 : 그럼요.]

[햇살이 따가워서 자리를 옮기기로 했다. 옮기는 중에도 김영옥은 이야기를

이어갔다.]

없는 거 갖고 비록 뭐 가난하면 긍게 만원 벌어오며는 그놈 갖고 우리 쓰자지. 뭐 백만원 벌어 오라고 안잖아. 근데 만원을 벌어 와, 뭐 자기 쓸거 쓰더라도 그래도 이 생활하며는 살 수 있는데. 거기서 오천원을 삥땅을, 필요도 없는 곳에 써버리고 오천원을 준다해봐. 그 인저 도저히 살 수가 없고, 그랬을 때 인자. 그러면 안되지 그게. 그럴 때 인자 그러고. 암튼 바른길을 갔다가 험한 길로 갔을 때 그게 제일 속상한 거야.

그러기 전에는 그냥 사는 대로 그 사람 바꾸자고 안하는 것이고 한번 만나주며는 그게 내에서 대개가 그래도 그냥 불평없이 사는데, 서로 마음을 못알아 줄 때 가장 그 속상, 마음을 상하게 할 때 그때가 속상하지.

또 마음 상할때는 자기도 이, 동등급으로 알아줘야 되는데. 그 이하로 여길 때 그럴 때 인자 속상하지. 무시할 때. 그럴 때. 거 사실 없는거 갖고 그렇게. 아주 밥을 못먹어서 그러면 몰라도 그때도 어려운 대로 돕잖아 서로. 밥 못먹으면 죽이라도 끼려먹고, 죽을 못먹으면 더 어려운거라도 해먹고도 옛날 오히려 가난하고 없을 때 안싸운다. 꼭 그 뭐가 있을 때, 어 망 엉뚱한 짓 했을 때 그때 속상하지.

돈 못벌어온다고 그 능력이 없고 지금 현재 무얼 하다가 실패를 했더니 어려운데 박박 긁고 돈 많이 갖고 오라고 하는 여자 한사람 없을 껄. 누구나 그 처지를 이해하는데. 근데 그러지 않았을 때 그 긍게. 그냥 엄한 길로 갔을 때, 그때가 제일 속상하지. 그러지만 않고 사는데. 그래서 항상. 그럴 때가 좀 제일. 진짜 깜, 그 그냥 무시하고 그 어거지 말하고 했을 때 막, 내 속은 그게 아닌데 인제 그 그걸 모르고 그냥 의지로 말해, 일부러 그러는건 진짜 그건 모르지만 막 남자들은 대개 또 여자보다 우월감을 갖고 있어.

그래야 되는데, 인제 여자가 그걸 또 이렇게 해줘야 하는데. 인자 여자도 조끔 인자 깎아 내리는 말하고 그럼 이게 싸움이 되잖아. 그럴 때 서로가 막 감정이 나면 인자 가장 무시하는 말을 하잖아 둘이다 막. 그랬을 때 그럴 때 피차가 그렇겠지. 이쪽도 그렇게 말하면 그쪽이 상처받고. 또 그쪽도 야 이쪽을 그렇게. 나는 그게 아닌데, 열심히 살, 하고 있고 막 사는데, 막 그래 아닌 것처럼 말한다든지. 별거 아닌거 같이 여긴다든지 뭐 이렇게 말하고 무시하며는 굉장히 속상하지.

그래서 싸움이 되고. 그러는 거. 긍게 마음이야 마음. 그냥 아껴주고 서로 좀 이렇게 위해주는 마음. 그것만 있으면 싸움할 것이 없어. 그거 열심히 하며는 그 나름대로 땅이라도 파면 가끔이라도 먹고 뭐 큰 부자하고 잘 입고 안살아도 뭐 막 살이라도 둘이 아껴주며는. 그런걸 테레비에서나 그렇게 보며는 너무너무 부러운거야. 그렇게 좀 그래줬으면 저렇게 좀 아내를 사랑하는 좀 마음을 저렇게 갖고 저래줬으면 그러는데. 무심한건지, 사랑을 안하는건지. 너무 좀 그럴 때 좀.

지금도. 그렇게 살았어. 그래서 인자 포기하고 뭐 인자 아이고 그래도 이렇게 자녀들 말 들어보며는 그래도 아버, 아빠는 칭찬을 많이 하고 그냥 항상 느그 엄마는, 뭐 짐을 보내면 내가 좀 서운하라고 그런 말을 딸들하고 하곤하는, 어저께도 얘기 했더니,

"아이고 엄마는. 아버지는 엄마가 딱 택배 보내고 나며는, 느그 엄마같은 사람 없다 야. 다 설 뭐 요것, 조것 갖다 챙겨다 넣어서 그걸 혼자 힘드는데 다 묶어서 해놓고, 택시 불, 그래서 느그 엄마는 먹도 않고. 다 거시기도 안하면서 느그 그렇게 하니라. 느그 엄마같은 사람 없다."

그러고 전화 한대요. 나 있는데, 보고는 봐서. 도와주도 안해요. 전혀. 여기서 요만큼도 안도와주고. 그러면서도 눈으로 보고 인자.

그 남자들이 그게 그 여자를 뭐 도와주고 뭐 해주고 이런거 안해도 그 크게 말하자면 해주는 그게 우리는 여자들은 덕보는 거야, 남자. 아빠가 없으면 그런 거 모르잖아 전혀 자식들이. 근데 그러면서 그리고 인자 미리 집에랑 왔을 때 교육을 시켜.

우리는 문제없이 사는게 자녀들 교육문제 어떻게 했냐. 내가는 뭐 잘못한거 있으면 여자들은 나무래며는 애들이 안듣고 좀 그런 맛이 있거든. 근데 어떤 좀 인자 가다가 뭐 크게 거식한 것이 없지만. 그래도 어떤 좀 이에 자녀들의 문제가 있을 때 내가 인자 이렇게 조게 조게 아빠 듣는 데 이르, 일러. 안듣는데, 일러 노며는 헌데 이 아빠는 또 그래도 사회에 있고 장 짜(字)로

있고 한게, 이래 직원들 교육을 시키고 그런걸 잘하시거든. 사회 나가서는 아주 어 뭐 공무원 프로라는 까지 듣는 그런 형이야.

잘하시어. 자기가 맡은 일은 철저하게 잘하시는 분이야. 왜냐면 다 뭐 어떤 일을 해노며는 답사를 몇 번을 해도 그걸 완벽하게 다 해서 딱 해놓는 그런 성질이거든. 그래서 자기 일에는 내가 관여 안해도 될 만큼. 걱정 안해도 돼. 그것만 해도 어디야. 그래서 지금까지 대접받고 뭐 밖에 나가면 지금도 다 거식허니 그런다.

그렇게 해서 일러 노며는 다 모았다가 일요일날 아침에 다른 날은 인자 학교가고 없, 안되니까 일요일날 아침에,

"다 들어와라."

그러면 인자 방에 딱 들어가며는 딱 무릎 꿇고 앉으고 아빠도 아주 딱 그러고 앉아서, 말도 딱 받쳐서 아 교육을 시키는 거야. 내가 해놓은 말을 종합해서 연대적으로 다 그런거 아니고, 그 중에 하나가 말썽을 부렸어도 언제나 네명을 다 앉히놓고.

우리집 가정 교육 방법은 그래서 네명을 앉히놓고, 항상 조근조근. 나는 그럴 때는 인자 옆에 들어가지 않고 문도, 밖에서 내 일 하고 인자 그러지 그러면 앉히놓고 조용 조용히 딱 한시간이면 한시간 그렇게 교육을 시켜요. 그게 아주 가장 효과적이었다고 그래. 직접 막 재정재정 막 나무래고 그러들 안해요.

하여튼 일주일 동안에 한번씩. 그래서 가끔 자주 그렇게 해서 일러. 나는 아빠한테. 그래서 네명 다 연대적으로 앉아서 인자 아부, 아부지가 경험도 한 거랑 종합해서 애들 알아들을 수 있게끔 교육을 시키고, 시키고 그렇게 했어.

그래서 나는 자잘구레 한 거 막 이런걸 해서 다정하게 이렇게 지내고. 아빠는 전혀 몰라. 애들이 뭐 어떤 학교 문앞도 안가보시고 뭐 동사무소 문앞도 한번 안가보고 무심하게 해도 내가 죄다 다 일러 놓은 말을 그렇게 해서. 그게 아빠는 아직 딸들이 어느 곳에 사는지도 몰라. 어느 동에 있는 지도 모르고. 그냥 지금 딸네 집 가본 적도 없어. 딸 셋이고 그래도. 아들네 집만 가면 왕대접이야 이거는.

그렇게 그렇게 살아야 돼. 그 양반은. 집에서나 나가서나 아 그렇게 해야 된다는 딸들이 직장인이고 하니까는 거기는 어렵게 생각하고 폐, 폐된다고 가지를 않어. 그래서 며느리 집 가며는 초비상이 걸리지 완전히. 다 준비 딱 다 해놓고 막 아버님 말만 빼면 딱 딱 딱 딱해서 내가 코치하고 또 탁 마음이 안맞으면 성질 팍 내버려 거 가서도. 그러면 인자 막 벌벌벌벌 다 기지. 그러면 인자 그 뒤에는 딸콕 해놓는 거야.

그래서 내가 가면, 아버님 가시면 내가 딱 양말도 한 켤레, 내가 가져 가갖고. 따로 하나 가져 간것도 메느리 주면서,

“야 안되겠다 갖다 놓아라. 아침에 갈아 신게.”

요즘도 요즘도 한 그렇게 해서 놓고 잠옷도 예쁘고 좋은거 내가 한 벌 갖다 놓고. 서울에다가 그걸 딱 입게 드리고, 그 가운데선게 이렇게 이렇게. 그래서 인제 애들하고 늘 주거니 받거니 다 해가지고 그걸 항상 아빠한테 나는 시시콜콜 다 얘길해요.

이 양반은 전혀 몰라 내가 말 안하면 아주 몰라. 근데 내가 인저 항상 자질구레 한거를 다 얘기를 해 놓으면 이 양반은 그거 잘해요. 딱 종합해가지고 인자 고마우면 고맙다 뭐 잘못했으면 잘못했다 해갖고. 인자 앉아서 전화로 인자 시간 나니까. 항상 이 양반은 시간이 많은 양반이라. 앉아서 인자 전화를 싹 한번 돌려서 하고. 고마운 일이 있으면 이러이러.

어릴 때부터 그렇게 해와서 문제가 없었던거 같애. 가정에 어떤 뭐 이렇게 해서 그래서 직접 내가 막 이러고 저러고 하기가 어려운 거는 다 일러 바쳐. 그럼 인저 아빠가 그걸 종합해서 이런건 이렇게 하고 저렇게 하고.

그래서 뭐 언젠가 둘째 사위가 그러드라든가. 뭐 아이 저 저 저,

“당신 집에는 뭐 일하나 생기면 이분 내로 싹 다 통한다.”

고. (웃음) 이분 내로. 이분 내로 막 장인 장모까지 해서 전 식구가 싹 통한다고 그러더라고 그리어.

그런데. 그래서 비교적 뭐 가정에 문제가 있어서 애닳아 본적은 없어. 애들도 다 건강했고 지금까지. 그래서 그래서 고맙고. 항상 그 고맙다 이런다고. 전화를 해줘서 고맙다. 뭐 메누리도 전화해주면,

"아이고 이 바쁜 중에 전화해줘서 고맙다. 여기 걱정은 하지 말고 여기는 뭐 다 이러고 저러고 아버님 어떠시고 뭐 어쩌고."

며느린 다 물어보지. 딸들은 안물어봐. 그냥 엄마하고 얘기만 딱 하면 끝나버리지. 큰딸은 두달 세달까지 전화안하고, 딱 전화하며는 그래도 나쁜 소리는 않고.

"엄마 어디 여행 가자."고.

여행은 그 사람이 맡아 놓고 나를 시켜주는거. 그런 좋은 일로만 인자 전화를 하고. 그렇게 지내내요. 그래서 그 막 속상해보고 막 가슴찢고 그런건 없었어. 그래서 내가 이만이라도 견뎠는가 몰라.

그래 인제 아빠가 한 십년 전부터 인자 일흔이 된게 철든다고, 모든 것에서 다 술도 안드시고. 그냥 이런거 이런거 (화투치는 시늉을 하며) 늦도록 해서 내가 속을 얼마나 썩었는지 몰라. 근데 그것도 취미 생활이야 쉽게 말해서 그건 혼자할 수 없는 거잖아. 내나 동료들, 친구들. 그 있잖아? 그런 사람들. 놀면서 뭐. 그것도 성거시러와지고.

바로 또 토요일 있는 날이 없는 거야. 애들이 와서 아들이 애기를 데리고 와서 좀 만나고, 아버지를 봐야 좋잖아. 즈그도 시간 내서 왔는데. 아버지 못 만나고 가는 거야. 토요일날도 안들어오고 그래. 그래버리면 일요일날 올라가면서 마누라 보기도 미안하고 안좋지. 사위도 그러면 오면, 그냥 애들 손자들 키울 때도 아버, 장인 꼴을 못보는 거야. 들어오길.

아휴 그럴 때는 그냥 속이 있는대로 상하는 거야. 아예 토요일날 왠만하시면 집으로 안들어오고 사람들하고 일요일날 저녁 늦게나 오고. 일요일날 아침에 나가서 그냥 회사에 나가고. 퇴직하고도 한번도 안놀고 지금 오십년을 지금 그래도 참 그런 거식허니 있는가? 그래 어디서 쓰임새는 있는가. 지금까지도 하시잖아. 지금 일흔 아홉인데. 지금도 삼년 했지. 삼년 임기. 또 삼년. 지금 또 육년 지나 또 칠년 째 또 지금 또 임명을 받아서 또 하시거든. 이게 음 그 또 그런 맡은 일은 잘하시고 뭐 아주 너무 막 너무 돈을 써싸서 큰일이야 지금도.

지금도 뭐 거기 판공비는 물론 거기서 쓰느거라고 딱 쓰고도, 또 교통비에서부터 뭐든 자기 사비는 집에서 갖다 쓰거든. 돈에대한 거는 전혀, 어 뭐 욕심 죽이고 뭐 하다못해 공무원으로 뭐 장자급 몇십년 한거 뭐 아직 그 밑에 직원 한테 그림한쪽 받은 게 없으니까. 전혀 그런 것은 아주 집으로는 사람들을 아예 빗감을 못하게 하는.

그러고 뭐 어디 누구 일부를 했다든지 이거 받고 뭐 아주 내논 양반이거든. 그렁게 지금까지 하는 거야. 그래서 내가 누구든지 정직하고 올바르게만 하라. 그게 가장 축복받는 일이다. 그렇게 인제 얘기를 하지 늘. 택시를 타든지 잠깐 뭐 일이분 사이라도 얘기를 하고 나오며는 그걸 항상 강조해줘.

지금도 그렇게 쓰임새가 있으니까 그런거 아니겠어? (웃음) 그래서 지금도 어떻게하면 회원들, 전체 회원들한테 잘해줄까. 어디라도 돈 뭐 이렇게 교섭해서 해달라하고 다 회원들 골고루 나눠줄까 그러지. 어떻게해서 내가 가서 밥 한끼라도 얻어먹고, 내 주머니에 넣을까는 아주 아니여 (큰 소리로) 이 양반은.

그게 내가 또 내가 모르는게 아니고 그래서 그게 가장 좋은 방, 다리 뻗어놓고 생전 뭐 문 안잠그고. 난 대문 열쇠 밖엔 없어. 그것도 안갖고 다녀. 우유 주머니에 넣어놓고 있지. 둘이다 열쇠라곤 안갖고 다녀. 그, 그렇게 편하게 그냥. 서울을 가도 현관문도 안잠그고, 그냥 앞에 여름엔 문도 다 열어논 채로 가서 하룻밤 있었던, 자고 오고 그러지. 그렇게 지냈네.

그래서 그래서 이 양반이 건강이, 당뇨문제로 눈을 일찍부터 백내장 수술을 해서 렌즈를 넣어. 그렁게 돈이 많이 들어가. 지금도 노인이 그걸 넣고 빼고 하니까 그걸 넣으며는. 지금 수술은 안에다 넣어버리는데. 한 사십년 전에는 그게 안돼있어. 그래서 렌즈를 딱 다른걸 넣다가 지금은 인제 소프트 렌즈. 한달이면 한 두개씩은 꼭 써야돼요. 그렁게 한달이면 돈 십만원씩은 렌즈 값으로 들어 가거든.

그래 인제 그런 것에 굉장히 눈을 철저히 녹내장까지 앓아가지고, 이게 실명될텐데 본인이 관리를 잘해서 한다니까. 뭘 시키들 못하고 이렇게 아주 떠받들고 쳐다만 보고 살아야 돼요. 요새 그러고 놀려.

"아이고 우리 영감님은 보기도 아까워서 아무튼 쳐다만보고 내가 이렇게 살아야 돼."

내가 그랬어.

너무 막 너무 좀 안해서. 자기 발 이거 족욕기를 7년째 쓰는데도, 한번 물 비워본 적이 없어. 이렇게 허리가 아프다는데 안해요 안해. 그런걸 너무 안하셔. 그냥 청소도 안하고 자기 방 신문도 여기 놓으면 여기서 봐서. 그러니 내가 얼마나 고달프겠어. 일이 얼마나 많아. 그양반 일 빼놓으면 나는 나는 하면서도 쓰레기통 놓고, 바느질 하나 이런걸 하나 따도 옆에 쓰레기통 놓고 이렇게 주워다 담고 이래야 되는 성격인데. 하나는 완전히 안그러고. 이렇게 대조적으로 만나는 거야.

게 함께, 난 그래서 저번에 내가 그 부부란 주제로 써서 문단에 도움으로 다 했지만. 아무튼 하늘에서 만나줄 때 그렇게 오십프로, 오십프로 이렇게 만나주나봐. 그래서 그 모자라는 점을 하나로 보완해 가면서 살라고 그런거 같애. 안만난다고 원수를 댔다가는 일시도 못사네. 그래서 내가 생각을 바꾸기를 상대방을 바꿔서 나한테 맞추라고 하는거는 하늘의 별따기야. 진짜 그만큼 어려워.

'아 그런걸 아는 내가 차라리 맞춰가면서 살자.'

그게 차라리 쉽지. 상대방이 바뀌어서 나한테 맞추고 사, 맞춰라 그거 안돼요. 한번 만나거든 내가 거기다 맞추고 살아야 돼. 그런 생각을 가지는게 훨씬 편해. 내 마음이 편해.

뭐 이렇게 해주길 바라고, 저렇게 해주길 바라고. 음식 그거 죽는 날까지 안변해요. 그거 그대로야. 생활 습관이라는거는. 나 다른거 갖고 안그래. 그거 생활 습관이 안맞아서. 너무너무. 그 옆에 쓰레기통 이렇게 하면 되는데. 치울 때 마다 어지르고 어지르고. 이거는 그런게 안맞는 거야. 가래침도 바닥에 목욕탕 바닥에 바닥에,

'아이고, 이거 미치겠네 참말로.'

그렇게 목욕탕에 들어가면 오줌도 지리면 냄새도 나고 매일 지치고. 그러다 그런일 하다 보니까는 언제 글을 쓰고 언제 공사를 하고, 꽃이 백여개나 되는 화분은 언제 가꾸고, 옥상 위의 채소는 언제 가꾸고 하냐고. 몸뚱이 바스라져

요 바스라져. 나 이렇게 나오니까 이렇게 앉아 쉬지. 집에 들어가면 뭘 할지를 몰라 정신없이. 지금 그렇게 이렇게 허리가 아파도 쉬들 못하고 치료를 못받으러가 시간이 아까워서.

근데 뭐이 할게 있어. 남자도 충분히 할 수 있어 그건. 절대로 아주. 그러니 때로는 막 지금 막 그래 그 쫌 뻔히 알면서도 또 그런 짜증이 나오네.

"어휴 그 조금만 자기 발 씻은 물이라도 좀 버리지."

이 말이 나오는 거야.

근데 어떡해. 그 안맞는 거를 잘 맞춰가며 살아야지. 그게 인생이야. 그 자질구레한거 그런 것 때문에 이렇게 올랐다가, 내려갔다. 하루에도 몇 번을 열이 올랐다 내렸다. 스트레스 빡. 혼자 살면 아무것도 없을거야. 근데 이렇게 이렇게 올라오믄.

글쎄 모르겠어. 어떻게 사는게 잘 사는 것이라고 딱 정답이 없겠지. 사람마다 다 다르니까. 나만 생각하는 사람은 다 나한테 그렇게 해주기를 바랄 것이고, 또 그러지 못한 사람은 또 그렇게 어떤 것이라고 정답을 못하는데.

요즘 인터넷에랑 참 좋은 글을, 좋은 글 중에서 그양 뽑아 줘서, 좋은 글을 많이 보내줘서 내가 저녁에는 내 글 쓰거보다 그거 읽기에 바빠. 어 막 굉장히 많은 글을 그림 첨부해서 다해서 오면, 그걸 또 다 좋은 글은 복사해가지고 또 이메일로 애들이 봐서 좋아할거는 또 다 보내주거든.

여러 집 다 조카딸까지 해서 미국으로 일본으로 뭐 조카딸들도 내가 까지도 다 함께 보내기로 해서 딱 딱 넣어주는데, 그렇게 해서 넣어주고 나도 읽고. 또 시랑 좋은 거 그 숲의 향 거기서 그 시를 참 좋은 거 많이 보내줘. 그러면 또 프린트, 복사해서 프린트 해가지고 또 친구들 나눠주고 싶어 몇 장 또 빼가지고는 친구들 만나면, 아까 그때 그 친구들이라든지 누구든지, 또 날 좋아하는 분. 뭐 좀 줬으면 좋겠다 싶은 거는 또 빼가지고 나눠주고.

이러니 바쁘기가 막 그래서 그게 내가 지금만 이런게 아니라 열여섯 열일곱인자 엄마 돌아가시고 할머니가 오시고 했을 때부터,

"할머니 난 밤 좀 없으면 좋겠어."

낮에는 집안일을 해야하니까 내 시간이 없는 거야. 그때 막 뭐 소설책도

빌려다 놓은 거 있지. 읽어야 되지. 공부도 하고 싶지. 그래서 놀고 그런 것이 아니라 그때부터 내 시간, 내시간. 지금도 내 시간, 내 시간. 나 좀 시간좀 달라요. 나 혼자만의 시간. 이 집안일이 다 그런 것이.

그러면 꽃도 안키우고 뭣도 안하고 다 하면 좋은데, 그것도 또 몹시 하고 싶거든. 그게 또 내 가장 또 취미야. 지금 생각하면 내가 그 열댓살 먹고 그랬을 때 엄마 살아 있을 때도 그랬고 비가 오며는 막 꽃모종을 들고 이 집가고, 저 집가고 막 얻어오고 주고 그냥 해서 집을 꽃집을 만들어 놓은거야. 그때도 우리집 들어오는 데를. 오죽하면 머슴에다가 시켜가지고 거 저기 학교 연못가에 창포가 있잖아. 노란 창포.

그런데 지금은 하수구를 묻어버리고 있지만 옛날에는 집집마다 왜 그냥 저기 부엌에서 버리고 한 물이 하수구로 질질질질 나가서 저리 마당가 아래로 해갖고 어디로 나가고 그랬네. 아래로 내려가 이렇게 약간 비탈진 마을이니까. 그래서 그 지적지적하니 항상 그 물이 썩은 하수구가 늘 이렇게 마당 가운, 한쪽으로 해서 저 아랫집으로 내려가는데 거기다가 양쪽에다 창포를 다 심었다는 거 아닌가.

그 바지게를 갖고가서 총각 머슴을 데리고 가서 학교 연못에서 이자 듬성듬성 떼갖고 와서 한바직이를 지고 와서 그기 앞에 마당이 긴데 거기를 쫙 심었어요. 그랬으니 집이 여름철이 되면 얼마나 좋으냐고. 창포꽃이 노랗게 필 때라. 그래갖고 없는 꽃이 없어 뭐 박하에서부터 긍게.

그렇게 하고 싶었던 그게 이제 객지 생활을 하고 점, 넘의 전세 살고 막 이러저러 해 하나도 못한거야. 잠재해 있다가 그 인자 조그마난 마당도 없이 인제 집을 크게 짓다보니까 육십일평인데도 뭐 길로 좀 나가고 빼줘야 됭게. 통과 도로라서 뭐. 그러고 오십삼평 된다 집을 좀 크게 한 사십평지었더니 뭐 이렇게 이렇게 조금밖에 마당이 안남았어. 그런데 그게 천가지나 만가지나 심어놨네. [조사자 : 너무 예쁘겠다.] 그래서 정원이야, 아니 식물원이야 식물원.

대문 밖에서부터 보니 식물원이야 하도 이제 안에다 둘 데가 없어서 대문 밖에서부터 뭐 옥잠화도 그 이파리가 이만하니 보면 막 너울너울하고 이렇게 한 아름되는 것도 내놓고. 막 뭣도 있고. 지금 막 보일러 공사하느라고 우리집 지금 거 막 난린데. 공사중이니. 근데 어 이거를 내가 이루는 거야 노년에 그것도 내집이니까.

그럼 이제 그 마당 갖고는 안 돼서 옥상에다 하나씩 둘 씩 흙으로 몰라도, 팔십 개는 넘어요. 옥상 위의 그릇이. 그래서 뭐 없는 거 없이 다 심어 먹어. 상추. 그 인제 노하우가 됐어. 지금 내가 우리집 농장, 하고 하나 지금 요즘 글을 쓸라고 하거든. 구상해 놓은 거를.

고구마를 올해 두 박스 반을 캤어요. 딱 여섯박스 심어가지고. 응. 무슨 박스냐? 포도박스 있지? 그 스티로폼. 거기다 여섯박스 심어가지고 아주 딱 그거 두 박스를 캐고도 자잘한거 지금 저 저 저 뭐야 휴지통 거기다 자잘한거 좀 있네. 그렇게 해놨어. 그랬으니 뭐 없는 게 없거덩. 별거 다 있거든.

그래서 뭐 상추, 배추. 뭐 해서 지금 김치를 뭐 언제부터, 나는 아예, 아예 그 옥상에서 난 것만 다 먹고 사는 거야 영감님하고. 배추 김치는 애들 줄라고 담아서 주지. 인제 그기 전문가가 됐지. 그 농사 짓는게, 거름하는 거는 이걸 내가 공개를 좀 하고 말해줄라고. 농촌 신문에도 싣고 그래갖고. 그래서 농장 이거든 완전히. 옥상 우에가. 옥상이 사십평이나 되는데 뭐 박스 이렇게 이렇게 놔도 엄청 많이 비어있지. 그래도.

그러니 얼마나 바쁘게 살어. 생각해봐. 이 가무름(가뭄)에 한치밖에 안되는 흙을 그 물을 줄라며는 그 보통 사람은 못해요, 못해. 아 밑에 땅에도 지금 배싹 마르고 다 죽여놓고. 항상 우리 영감님이 올라가서 운동을 하면서 보며는 우리 농장보고 밑에 그 내려다보며는 땅이 있는 집에도 우리것 같이 잘해 놓은 데가 없데. 이거는 내가 어떨때는 이건 작물이 아니라 이건 예술품이라고 예술품. 그야 말로 예술품이야. 상추도 딱 딱 옮겨, 요렇게 심어 놓고 한창 몽올몽올 하지. 근대에서부터 뭐 뭐 뭐 참. (웃음)

그러니 얼마나 바쁘겠는냐고 내 시간 노래를 부르지. 이 평생 열시 마가 넘어야 이자 부엌 치우고 내가 세수하고 들어오면 밤 열시야. 너무 그때서 인자 컴퓨터에 앉아서 보고 책읽고. 그래서 낮에 내 내가 밥 앉혀 놓고도 나 허리 아프고 쉴라고 누우면 책 읽을 것 갖고와서 저 수필집도 봐요.

그게 지금 그러는게 아니야. 처녀 때도 어쩔 땐 소설책을 빌려 놨는데 빨래 풀 해갖고 다 이 밟을라고 그땐 풀을 많이 해서 항상 밟아야지 여름옷이라. 삼베옷들은. 그러면 밟으면서 서서 인자 그 책읽으는 거야. 딱 그러면 일 할라믄 벌써 읽어.

써 지금까지 테레비를 오분도 손놓고 본 적이 없어요 나는. 그래서 내가 그러니까 남도. 우리 영감은 진종일 딱 열두시에 들어와서 이자 한숨 주무시고 두 시에 일어나서, 네 시에 아침에 일어나니까. 이자 두 시에 일어나서 식사를 하신다. 그러면 그때부터 인제 저녁 열 시 들어가도록 어쩌면 그렇게 앉아 있나면. 내가 몸살이 두드러기가 나는 거야.

쳐다보며는. 아 그러고 하악 고함 지르고 권투하고 싸우고. 난 똑 딱 그 싫거든. 스포스(스포츠)도 오늘 정보 뭐 그런 것이라야하는데, 그게 아니고 이런 거는 듣기도 싫고 그렇지. 그러니 이게 안맞아도 그런 것 때문에 스트레스 받는 거야 지금 어쩌면 그.

밥숟가락이 안 놔졌다. 이게 식사하고.

“여편네가 숟가락도 안 갖다놓고 밥 먹으라고 한다.”고.

그로 도로가서 테레비 딱 틀어놓고 앉으면. 거 수저통에 있는데 뽑아 놓으면 되지 뭐. 그정도야 그러니 내가 번번이 날마다 매일매일 얼마나 스트레스 받냐고. 근데 그런 것이 없으면 어떡해. 이렇게 올라왔다 열이 지금. 탁 틀어져서. 그런 소릴 들으면 기분 좋을 사람이 있어? 얼렁 채려 주고는, 그 앞에 앉아 밥먹기 싫지.

그럼 여 탁탁 옥상으로 올라가며는. 종긋종긋종긋 지금 요즘도 막 두 번째 심은거 세 번째 심은거. 칭칭이로 나와서 크고 인제 올러와,

“야 느그 이쁘다.”

그 거기다 마음을 푸는 거야. 그게 내가 사랑을 주고 그들은 나를 위로해주고. 이 남은 속모르지. 그 귀찮으고 뭐 돈 없는 사람도 아니고 사서 먹지 그런 거 심는다고 이 나를 고생 사서 하고 그런다고 그런데. 모르지. 내 심성을 걔들이 정화를 시켜주는 거야. 그래서 그걸 해. 그래갖고 나와서 이 꽃에 쳐다보고 그러면. 싱싱하고 피고 막 그럼 이렇게 올라왔던 열이 인제 서서히 가라

앉지. 그러면 인자 그때부터 식사하고 나 혼자 들어가서 인제 그렇게 해서 풀고 살아요.

그 자기가 모든걸 만들어가야돼. 행복도 불행도 뭐 모든 스트레스도 자기가 그런 푸는 방법을 해서 그걸 풀어야지. 또 그것 만 갖고 안달부달하고 막. 그러면 그러면 난 살 수가 없어. 그 안맞아요. 왜그러는지 모르게. 너무 안맞아요. 그냥 그렇게 사는 것이고.

그래요 근데 뭐 그 궁합이나 이런걸, 역학들을 무시를 못한다고 해서 옛날부터 뭐 결혼할라면 그거부터 가서 보잖아. 아주 안좋다하거든. 완전히 상극이야 직살이야 만나면 싸우는 거야. 어떻게 살았냐는 식이거든. 그런데 보면요.

어떤 한의원을 하는데. 인자 한번 나이랑 물어보고 같이 좀 갔더니. 어떻게 살았네요. 나보러,

"어떻게 살아요. 바보같으면 살지."

내가 그랬거든. 바보가 되야 살아. 정말 속이 있으면 못살아. 그 바보가 되야지 그렇게 생겼는데 어떻게 그거를 그러겠어. 이 나이에 내가 누굴. 어떡허든 하루든 여편네 소리 들어야 살겠어. 여편넨게, 여편넨게 뭐 욕, 욕은 아닌데 사실은. 그래도 좀 기분이 좀 그렇잖아 잉. 여자가 여편네가. 그러면 그게 썩 좋질 않거든. 근데 금방 노랫 소리로 듣고 이렇게 흘려버려야지. 그걸갖고 이제와서 오십이 년이나 흘린 사람들이.

"어 그래 맞아. 냅둬라 혼자 그냥. 그러거나 말거나."

그게 마 올라가서. 그래서 아파트를 못살아. 그래서부터 내가 인자 스트레스도 풀고. 또 가꿔 먹응게 좋고. 여러 가지로. 그래서 참 흙에서 많이 또 배우고. 그 더러운 거, 집어넣고 해도 흙은 마다소리도 않고 그걸 승화시켜서 거름으로 해서 그 작물을 이쁘게 키워주잖아.

'이 우리 사람도 더러운거 뭐 온갖 것 다 내가 받아 안아가지고 내 마음에서 승화를 시켜서 그거를 좋은 어떤 걸로 이렇게 내놔야 겄다.'

아 그래서 그 흙은 나의 스승이고 정말 나를 말하자면 그래서 그래서 내가 흙을 좋아한다 그래갖고 내가 흙을 사랑한다는 주제로 쓴것도 그런 글이 있거

든.

그래서 내 글을 보며는 주로 이자 내가 그런걸 쓰지요 그런. 그래서 딱 늦게 또 행복한게 한가지가 그 수필을 쓰게 된게 너무너무 행복한거야. 이 내 마음 속에 담겨져 있는 거를 그 그래도 이렇게 글로 표현한다는 게 표현해서 푼다는 거. 그 그래서 뭐 독자야 즐겨 읽든 안읽든 그냥 그래도 내가.

'한 사람의 여인이 태어나서 살다 가면서 이런 생각을 하고 이런 마음을 가지고 있었구나.'

라도 있고, 후손들한테. 그래서 앞으로 내가 이번에 쓴거는 그냥 전혀 수필이 뭔가도 몰랐는데 인자 거기서 또 같이 한번 써보라고 써보라고 하면 어떤 주제를 하나를 어떻게 선정해서 그거는 써서 모은게 그 인제 그렇게 된 것이고.

지금 내 욕심은 지금 이만큼이라도 내가 정신이 아주 거시기 되지 않을 때. 내가 기억하는 게 한 댓살부터 기억을 하겠거든. 감감무레하게. 그 그래서 연도별로 쭈욱허니 내가 내 일생을 한번 쓸라고. 연도별로. 인자 연도별로 인자 듣고 본거 그시. 그거 역사가 되잖아 그게 완전히 그 시대의.

뭐 예를들어 내가 생각 나는대로. 하다못해 쌀값이 얼마를 했고, 그 시대 사람은 어떤 생활을 했고. 또 나는 어떤, 그때 그것을 느꼈다든지 그런거를 괜찮 겄어? [조사자 : 그럼요.] 그래서 내가 칠십 넘는데. 더 정신 넘어지기 전에 지금 써볼라고. 써볼라고 지금 이거 끝내놓고. 책으로 인제 내겠금 끝내 놓고. 다음 작업은 그거를 하고 싶은데. 그때 인제 마다 느낀거 보고 들은거.

그래서 좀 문제가 남편이 인제 막 내가 이런거를 써야하냐 말아야하나. 이걸 진실해야 되는데 사실은 사람이. 좋은 것만 기록하고 역사라는 것은 나쁜 것은 빼놓고 그러며는 그게 아니잖아. 궁중 일기도 그렇고. 그렇다고 나중에 말썽이 그지? 그래서 너무 이렇게는 안해더래도 그걸 써야 옳을란가 지금 그게 고민이야. 다른 고민해도.

다 살아 있는데 지금으로 모든 사람들이. 말아야 될건지 그걸 감추고 가야 될 건지. 아휴 진짜. 그런 것 때문에 얼마나 속이 상하고 참. 인간이 왜 그래야 되는가. 진짜 그런 것 아니면 근심걱정 할 게 없는데. 왜 그랬어야 됐는가.

그게 지금도 수수께끼야. 왜 그 그렇게 했는가 사람들이. 참 그 뭐라고 말 못하는. (웃음)

그 이제 딱 정신을 이 양반도 채리고 나서 보니까,

'아 내가 잘못 살았다.'

이자 느낀거지. 느껴서 그때 그 산 것을 고마 산도굴같이 막 헛튼 생활 산 거. 그거 그냥 이자 과거로 말하자면 지 해버리고 지금은 내가 아주 백팔십도로 달라진 인생을 살을라고 한다. 과거만 하지 마라 그랬거든. 그래서 내가 안하는데도 가끔 끄집어 내지더라고. 의연중에 사람인지라. 그래서 만일 내가 아 아차 그랬다 처음에 꺼냈다가,

'아 이건 안돼지. 이건 안해야지.'

이자 늘 그렇게 하는데. 본인이 인자 지금도 그러면 인자 그런 정말 미웁고 거시기 나지 근데 인제 딱 어느 순간에 느끼더라고 한번은. 잡아 끌어도 안되고 뭐. 데려다 놔도 안되고 이거는 뭐 욕을 해도 뭐. 싸워도 안되고 안되는 거야 막 한참. 그렇게 막. 그러다가는 어느 계기에 본인이 아 이건 아니다 해서 느껴야 되더라고.

이 참 옆에서 못말리는게. 그 도박이라는게 또 그거 또 그거 돈을 욕심내서 그런 것도 아니야. 정말 아니야. 돈을 욕심내는 양반같으면 내가 어 뭐 알아보지만. 그 순간에 모든 걸 잊어버린게 어떤 그게 뭔지 모르겠어. 마력같이 빨려 들어가는 어떤 그런 것인가봐. 그 순간에는 그 그 뭐 모든 괴로움도 잊어버리고 어쩌고. 낚시 미친사람, 낚시만 하듯이 그 얼마나 고기를 많이 잡아와서 뭐 끓여먹을라 하면서 가는 채비(차비), 오는 채비. 사다 먹으면 훨씬 더 싼데 그래도 가잖아. 그 자기 취미니까 잉. 그런 것 같애. 그렇게 내가 생각 해주네.

그래서 지금도 많은 사람들이 그게 이게 그게 그 직장인들이나 볼 때 놀이도 없고 뭐 저녁마다 술집. 거기는 자주 삼일만에 한번씩 하고. 맨날 뭐 늙다리 얼굴만 쳐다보고 있겠어. 심심한게 이 첨엔 양반도 전혀 몰랐는데 입사해가지고 인저 거기서 인자 누가 전문가가 있으니까 밑에 사람을 데리고 논거야. 인자 가르쳐 주고헌께 같이 놀어.

그렇게 그렇게 하다 보니까 이제 이게 이게 자꾸만 이자 취미가 되버리까는

인자 자꾸 그런 사람들끼리 어울리지요. 그런거 하게 되고. 그러니까 자기도 그걸 못빠져 나오고 어느 계기에가서 칠십이 됐어. 어느 순간에 느껴서. 그러니 지금 살맛이 나지. 지금은. 성품 그런거는 그건 못 고친게. 인자 그거는 그냥 늘 이자 접어두고 넘어가고. 게 그런거 저런거 뭐 술. 이런거 일체 딱 끊어버린게 너무 지금은 그러지. 그래서 그런 것 때문에 속상했었어.

이제 요즘 사람들은 안그러지. 요즘 젊은 사람들은. 개중에는 그래도 지금도 아직도 그런게 있잖아. [조사자 : 그럼요.] 그거 문제들 많지 지금도. 안그러고 안하는데. 그래도 아이고 사위나 아들이나 담배도 안피지, 술도 안먹지. 아 이 자식들 남자들이 아무도 안그런게 난 그게 (웃음) 그렇더라고. 그래서 인생이 참 가치관을 어디에다 두느냐가 중요하고. 항상 사람을 중요시 해야돼. 일이 중요한 것도 아니고, 근데 나는 그런 주읜데. 나는 나를 생각하는 것보다 어떤 미래.

어저께 같은 경우도 늦다고 아 어 걸어서 어디만큼 가가지고 운동한다고. 당뇨가 있고하니 운동하신다고 삼분지 일되는 거리는 걸어가서 거기서 버스를 타고서. 이제 일, 삼분의 일. 버스를 타고 가셔서 거기서 또 올라가거든 회사 사무실을 갈라며는 아 그런 그래서 그런데 그 시간 나야하는데. 다른 땐 또 그보다 늦은 시간에도 나가고 하더니는. 밥 늦다고 내가 여섯시를, 일곱시를 여섯시로 봤어. 그랬다가. 밤에 그 뭐야 주사를 맞고, 예방주사를 맞았더니 마 막 잠이 얼른 안오고 그저께 막 그러다가 어제 아침에 깜박 그렇게 했어. 그래도 일어논 쌀이 있고 해서 마 압력솥에 금방 해가지고 딱 해서 말아서 했는데 성질을 풀풀 해쌌는 거야. 화를 내싸서 아주 죽겠어.

제일로. 나는 생전 난 남한테도 화를 팍 내본 적이 없어. 낼 수가 없어 내가 이렇게 화를 팍 내며는 또 저 상대방 입장을 늘 생각하다보니까 이게 면박도 못주겠고 화를 못내겠어. 근데 이 양반은 자꾸 그거 화를 내는 거야. 아주 화뿔이여 화뿔. 화뿔 영감이라고. 이게 별명을 지었네. 근데 그 여자가, 뭐 또 여편네가 시간 맞춰서 밥도 안해주고, 밥을 말아갖고 뭐라고 뭐라고 하면서.

“아이고 쪼금 오분 늦은 거. 아이고 거 까지 걸어 갈거. 여기서 조금만 덜 걸어가고 가시면 되는데. 저렇게 좀 유도리가 있어야지. 저렇게 융통성이 없어서 어떡해요."

내가 그랬더니. 여편네가 집에서 잔소리 한다고 숟가락에다 밥을 마 말아갖고 이렇게 쑤셔넣고 밥먹고 간다고 일어나 가버리잖아.

아이 속상해. 그럼 또 사무실에 가서 뭐라고 전화와. 나는 지금 속이 안풀어져서 요러고 고구라져 있는데. 그러거나 말거나 이자 냅두고 이자 밥 말아먹은거, 내가 싹 청국장에다 말아다 싹 먹어서.

"아 거 나 우유랑 먹고 와서 괜찮아. 이딴 내가 일찍 들어갈게."

가서 이자 그라고 전화가 오는 거야. 항상 그렇게 빌고 풀어주는 것은 그 양반이여. 나는 잘못했다고도 안하고 있으면 언제고 화난 사람이 항상 먼저 비는거 아닌가. 게 그러고 나 혼자 다시 안그런다 소리. 별 일도 아닌 것 갖고 화를 내서 성질을 내고 나며는 인제 맨날 베, 인자 나는 아 인자 안그런다 소리. 다시는 인제 안그럴게 잉. 다시 인제 김여사 아침 자고 나면 딴 방에 잔게, 아이 김여사 내가 인제 다시는 이제 어제는 내가 새벽에 잘못했고 내가 아이고 저놈의 소리. 속으로,

'저놈의 소리를!'

이날 이때 저 소리에 속아서 내가 살어.

그래도 끝까지 잘했다는 것보다는 금방 그게 풀어져갖고 그래요. (웃음) 그래서 나는 잘했다가도 잘못했다고도 그냥 안하고 나는 한결같이 지금까지 지내오고. 게 그러더라 그렇게 참. 화내싸서 아주 자꾸 그거 큰 소리로 화내고. 뭐 이렇게 이렇게 내가 하자고 하며는,

"그냥 그렇게 해."

하고 이렇게 갈 것도.

"안돼."

그러고 이렇게 했다가 다시 또 나중에는 이자,

"당신 하고싶은대로 해."

딱 이런 식이야. 그러니 뭔 일만 좀 벨다른 일 할라며는 한바탕 뒤집어지고 눈물 빼고 이자 그렇게 해나가고. 그 또 보통 성가시런 거 아니여. (웃음) 그런

일 저런 일해서 참 속도 많이 썩고 에 참 에이고 그냥 참말로 말아버리고 가버리고 싶어.

아마 지금 같은 때며는 간다고 했어도 아직도 모르는데. 그래도 그 또 또 인륜에 생긴 새끼들이, 시어머니 얼굴보고 또 그 시동생 형제간에 또 우리 친정에도. 지금 이 이혼이 보통이지 그 당시는 이혼 했다하면 저 밑에까지, 다 형제간들까지 그 집 집안에가 다 이거 불명예스러운 거야. 지금은 뭔가 이혼이 예사로 여기지. 그 당시에는 뭐 그 집에 이혼한 누이가 있네 하면 그집을 한번 낮좌바버리는 거야. 긍게 이혼을 못하지. 그래서 참고 살았어요.

그래도 참고 사는게 낫데. 그 가방들 그런거 맨기지 뭐. 얼마나 좋은거 매겄나. 그럴라면 뭐 복이 많아서 그렇게 막 속 안 썩고 산다고 생각했더라면 어디 첨부터 좋은 사람 만나지 그래겠어. 그게 그렇게 생각 해버려야지. 근데 뭐 안 맞아도 참고 살아야 돼. 아주 못돼갖고 왜 여지없는 사람 있잖아. 그런거 아니고 그양 그러면 엔간한 거는 내가 참고 다독거려서 이렇게 해서 하며는 그래도.

요즘 젊은 사람한테 나는 그렇게 항상 말을 해. 글을 쓸 때 늘 내를 예를 들어서, 그 결혼 오십년, 결혼 오십, 오십주년 그 때 내가 쓴 것도 그런 식으로 했고. 또 좋아서만 막 마음만 맞아서만 이렇게 살아온 게 아니야. 정말 정말 이렇게 이렇게 다 했어. 그럴 때 마다 이제 고비를 넘기고 참 그치. 그냥 보따리 싸갖고 나가보들 안했네 그래도. 나갈라고 밤내 (웃음) 밤잠 못자고 밤내,

"내일 내가 아침이면 어떻게 해서 어디로 가지?"

하는데. 이봐 애들이 학교를 갔지. 또 뭐 예를 들어서 어떤 모임도 있고 계도 들어서 이러고. 어디 멀리 떠날수가 없는 거야. 거미줄 같이 엉켜있어서.

그래서 내가 어디가서 거미줄에 걸린 한번 결혼을 하며는, 비유를 거미줄에 걸린 먹이를 생각하라 그랬어. 거미줄에 한번 살짝 그 끈끈이가 묻어지며는, 거미줄에 걸려들며는 천하없어도 빠져 나가도 못하고 나가 봤던들 저는 반 죽은 목숨이야. 제대로 행세 못해요. 거미줄에 그게 실적 걸리면, 이게 날파리라고. 이게 거기 쳐놓잖아. 그 걸리며는 절대로 못빠져나간다 한번 걸리며는. 근데 거미의 먹이가 되는 거야.

이게 둘이가 다 남자고 여자고 둘이 결혼하면 그런거마냥 거기에 먹이마냥 거기서 녹아놔야돼. (웃음) 그 밖으로 나가면 한번 내 몸, 그 몸에 거미줄에 그 끈끈이 그 묻어서 그거는 벌도 그러고 나가봤자 저는 결국 그 정상적인, 그 못해요. 그래서 내가 그렇게 말한 적 있고 그러거든요.

그런 세상 살이는 그래요. 이 세상은 그래. 그래서 나는 이런게 아니다. 아니여야돼. 그래서 내 인저 우리가 나, 나는 이저 종교인이기 때문에 내가 인저 이런 글을 쓰는 것이 그렇게 수수하지. 발표도 안한건데. 사실 내가 이걸 썼더니 여 마 다른, 다른 사람들은 종교 말하자면 이게 성서를 안본 사람들은 좀 보고 가면 잃을라나 몰라도 나는 성경 공부를 하고 있는 사람이기 때문에 나는 여호와의 증인이거든요.

그래서 내가 이 성서를 깊이 연구를 하면서 여러번 한번 읽어볼라면 읽어보고. 제 삼장 읽어보면 이걸 내가 이 그냥 이렇게 발표를 했, 그냥 아니 아니 내 홈페이지에다 내 되는지 안되는지 모르겠어. 한번 읽어 볼라면 읽어보고.

[조사자 : 할머니 홈페이지를 지금 운영하고 계시는 거예요? 글을 올리시는 거예요 홈페이지에? 수필을 쓰시면?] 응. 아니 그냥 내가 요즘은 내가 안올려놨어. 안올려 일체. 그냥 수필집을 하나 내가 낼라고 하지. 아이 그때 지금 그걸 내가 잊어버려서 그 전에는 교수님이 늘 올리셨는데. 요즘은 막 왜 회원, 우리 학생이 많아지니까 교수님이 나를 인제 안봐줘. 이 글 올리면 내 홈페이지가 안올라가 있더라고. 그래서 뭐 혹시 나도 이렇게. 참좋은사람[4]에 내가 늘 싣는데. 오늘도 교수님이 그러네.

"아 요새 왜 여 저 김선생님 왜 글을 안 쓰시냐."고.

나보고 그러더라고. 이거는 언제 것이네. 여기 인제 그기 늘 여기가 이개월만에 한번씩 꼭 여기 올려서 책이 많이 쌓였는데 아 요거 요새 안썼더니 오늘도 그렇게 말하네. 허리도 아프고 눈이 거시기 해서.

아 이. (책을 넘기면서) 이런거는 내가 처음에 들어와서 얼마 안됐을 때 쓴

---

4) 〈참좋은사람〉은 매월 발행되며, '참사람이 중심이 되는 따뜻한 이야기'를 지향하는 잡지이다. 독자투고를 기본으로 구성되는 잡지로 내용적인 측면에 있어서도 자유롭다. 김영옥은 이 잡지에 자신의 수필을 투고했다고 한다.

것인데. 내 이거는 이런 식으로 거기 보내 한번씩 쓴것이여. 여기는 이번 팔월달에, 칠월달에. 아니 내가 요즘 안썼어 그냥. 지금은 자동차 시대, 셋째딸[5]하고 두편 실었어. 이번 달에 왔는데.

아 근디 그 전에는 집으로 보내 오더니 여 원고료를 보내며는 딱 세부를 보내와. 그게 다여. 원고료가. 그런데 요즘은 그냥 교수님이 여러 사람들을 거기서 올려 주는게 더 많은 사람한테 줄라고 교수님이 받아갖고 딱 한, 한부만 주네. 그러니 누구를 줄 수가 없어. 내가 좀 여기도 내가.

[조사자 : 저희가 학교 도서관에서 찾아서 읽어볼 수 있어요.] (강조하며) 참 좋은 사람. [조사자 : 네.] 나와요? [조사자 : 예.] 그래요 그럼. 내 이름만 알며는. [조사자 : 예.] 한 지금 한 열댓권 써져, 써졌는가. 아마 그래 갔어. 거이 작년. 몇 년 전부터. (책 표지를 보며) 이것은 이천육년도 꺼네, 이것은.

[조사자 : 할머니 정말 멋있으시다 이런것도 하시고.] 아 교수님이 보내 주는거 같더라고. 그래도 늘 인자 우리가 글을 일단 한번 쓰며는, 인자 교수님이 조금 뭐 살펴 주십사 하고 처음 쓰며는, 인자 이렇게 메일로 내용을 보내 주며는 본, 보시고 이자 그거를 어떤 적당한 데로 여러 군데로 올려주고 보내주고 그래서 오더라고.

그래서 내가 참좋은사람, 거시기 것에 많이 늘 월간지에 이개월만에 한번씩은 실려있었더라고. 그게 이 지난 이게 2008년도에는 두편을 실었더라고. 셋째딸하고 지금은 자동차시대라는 나는 생각도 안했더니. 주면서 본게 셋때딸은 여기. 첫 거시기 하다고 뭐 어쨌다고. 나는 이것도 안읽어보고 그냥 자동차시대만 하고 이거를 나를 좋아하는 분이 있길래 줬더니.

"아이고 그 그 저 셋째딸 아주 잘 읽었다고. 셋째딸을."

[김영옥은 가지고 온 〈참좋은사람〉의 책장을 넘기며 본인의 글을 찾아 조사자들에게 보여주었다.]

처음 뭐 거시기 한데. 모르겠어. [조사자 : 아 여깄다.] 뭐 셋째딸. 그거 한번 읽어봐.

---

5) '지금은 자동차 시대', '셋째딸'은 월간지 〈참좋은사람〉에 실린 김영옥의 수필 제목이다.

[3] 여호와의 증인으로 개종하다.

[조사자가 제보자한테 식사를 하시러 가자고 권했더니 사양을 했다.]

나는 인자 점심을, 저녁에 영감님이 저녁을 꼭 여덟시에 식사하거든. 언제고 지금 몇 년째. 아무리 일찍 잡수래도 안해요. 뭐 이거는 뭐 그냥 아이고 어떤 때는 얼른 먹어야 내가 밤일을 이 한가해서 하는데. 하. 또 이리 몰러.

"당신 먼저 먹어."

"아이 자시고 나야지 내가 찌끄러기를 먹고 치워야지 되지."

그래야 여자 일이 끝나잖아. [조사자 : 맞아요 맞아요.] 참말로. 그러고 나는 먹도 못해요. 그것도 지버지버 낸 이렇든 저렇든 그 속을 그렇게 몰라줘. 아 먹고 나서 남은 거 있으면 내가 그냥 싹 먹어 치워야 그게 일이 되는건데. 그러고 난 한두가지 그냥 먼저 먹을라면 그러잖아. 긍게 마치 한게 그 양반 식사하고 나면 여덟시.

그러면 난 그 연속극 한번도 본 적이 없어요. 그래서 요새는 잡숫고 나면 인자 이렇게 오봉에다가 놔 또 그 냄긴 것만 먹을거만 가서, 방에다 갖다놓고 그 뭐 여서 여덟시 반에 뉴스 하는 거 그거 혼자 저렇게 보고.

그 뭐 아홉시쯤 되면 인자 그놈 앉았다 일어날라면 참 저 부엌 치우기도 싫고. 그라고 어떤 때는 저녁을 부엌도 안치우고 잘 때가 있다니까. 반찬만 넣고 그릇도 안씻고 물어 담가놓고. 바로 아홉시 뉴스가 나오니까 그거라도 들으려, 그 일곱시쯤 됐을 때 그 앉아 뉴스라도 들으면 난 귀로만 들어도 인자 끝나는데. 뉴스도 안봐요 또. 아휴 뭐 다른 그 뉴스 볼거 없다고 뭐하러 보냐고.

그래버리니 그 항상 열한시 뉴스를 보게돼. 그 항상 뭐 평소 삶서 뉴스도 틀어놓고 듣고 보고 그냥 그 저 막 그러고 마늘까고 뭐하고 청소하고 뭐 이렇게 하고, 하면서 지금도 뭐 한다고 다무스럽게 바느질까지 하느냐고. 내가 그렇지. 참말 못말려. 나같이 살지 마라.

[조사자 : 이거 한권씩 밖에 없으신 거죠?] 그러게 없어. 그래서 내가 하는 소리. 혹시 그게 인자 뭐 지나면 작년은 쭉하니 이개월마다 한번씩 나온게 있더라고. 근데 올해는 안하고. 오늘 인자 시월인게 저 교수님보고 글 안쓴다고 어떨때는 많으면 이게 크고 어떨땐 작고 이저. 이거 내가 그전에 있는거 한번 내가. 갖고 나온 것이여. 나중에 연락처 있으면 수필집을 내며는 식사도 안했는가봐.

점심 식사를 안했어? [조사자 : 아니요. 저희는 할머니하고 같이 먹으려고.] 아니아니. 식사는 난 안해. 점심 먹은 것도 지금 갔다가 그냥 그냥.

(배를 꺼내며) 이것을 내가 그냥 지금 한번 배를 가져 왔거든. [조사자 : 안 잡수신다면서.] 아니 먹을라면 먹고 그러면 그 주는 재미가 나는 있어서 그런 다니까. 못말려 내가. 어디고 가면 나는 아이 먹을 거 에서부터 칼에서부터 오만거 다 준비해가지고 간거 사방에서 찾아싸서 내가 (웃음) 하다못해 뭣이라도 있으면 있는거 다 갖고 나간 사람이여.

그래서 식사 할래요 이걸 먹을래요. [조사자 : 그냥 배 먹을까요? 배는. 제가 깎을게요.] 내가 손을 싹 씻고 왔거든. [조사자 : 이것까지 다 들고 오셨어요?] 아 그러게 생겼다니까 못말려 아주. 이게이게 처녀 때부터 하던 짓이야. 동네 처녀들한테. 동네. 그 많으며는 갖다가 먹던지 하고. [조사자 : 아니 이거는요.]

아니 아니 아니야 집에 있어. [조사자 : 아니. 에이. 이거 주신 걸로 충분해요.]

그래갖고……. [조사자 : 어머.] 이거 먹나. 편한 자리 너른 자리도 많이 있는데 이 하필이면 해 있는데. [조사자 : 그럼 절로 갈까요? 정자 있는 데로요?] 그래 쪼금 가서 다리좀 뻗고 앉으게. 이렇게 내리고 있으면 힘들거든. [조사자 : 아 예.] 가자. [조사자 : 지난번에는 저희가 추웠는데. 오늘은 날씨가 좋아가지구. 예, 편한 대로.]

[그늘로 자리를 옮겼다. 김영옥이 준비해온 배를 깎아 먹으며 이야기를 이어갔다.]

[조사자 : 와 이렇게 준비가 철저하실 줄은.] 아이고 내가 나오다 딱 생각하니 아 오늘 급해서 안경도 못, 무슨 우편물이 그렇게 많이 오는데 한자도 안 읽어요. 내가 다 읽어갖고 줘야돼. 그래서 어디서 뭐 가족사항을 뭘 어디를 광복회에서 적어서 보내라는 뭣이 있는데. 날짜가 다 됐는데도 그걸 안보고 있어서. 신문이고 뭐 뭐슨 직장에서 오는 회보도 있고 전혀 안읽어요. 딱 그 내가 다 읽어갖고 그것을 내가 다 말해주고.

완전히 보좌관. 비서. [조사자 : 진짜.] 나 없으면 그 양반 못살아. [조사자 : 진짜 보좌관이시다.] 내가 진짜 안해주며는 그 양반이 지금까지 살고 있을 수도 없고 뭐 그래. 어쩌겠어. 봐줄라고 온 사람인데 끝까지 봐줘야지. 신문도 좀 갖고 오고 그랬으면 앉으는데. 더러운갑다. 아이고 어디 가면 나는 수건까지 갖고 댕기는. 닦을라고 아주. 다른 때는 이부자리도 갖고 오는데. 헌 신문 쪼가리도 없어.

이래서 뭐여 이게. [조사자 : 아니요. 이거 할머니 드릴껀데. 미리 뜯어서 여기 앉으시면 되겠다.] 뜯어갖고 쫙. 나 안줘도 돼. 그 양말 누구 주면 누구 줬다는. [조사자 : 아니에요.] 그랬더니 또 나는 아니 그랬더니 이거를 나를 내가 그집 애기를 그렇게 치그러는데. 항상 할머니는 헌거만 신는다고 우리 집 김장도 해주러 오고 그러는 젊은인데 그랬더니 그런다고 열컬레를 주는 거야. 그랬더니 같이 나 따라간 사람은 두 켤레 주고 아 그랬더니 속에다 이렇게 신웅게 이게 좋네. 이렇게 생겼잖아. 뭣을 그렇게 나를 그것을 줄라고 그 안줘도 되는데. 그랬고 또 즉석도 거시기 생기잖아. 이렇게 엉덩이만 깔아.

아이고 아이고 앉자 앉자. 아이 됐어요. 여기 그냥.

그러면 인자 뭐 어디다 기록할라고? [조사자 : 아 저희요?] 참고로 할라고? 아이 여기 조용하네 여기 이렇게 앉응게. [조사자 : 할머니들 말씀 듣고 모아서 책처럼 만들수도 있구요.] 나는 뭐 까다롭게 하는 거 제일 싫어. 사람이 마음 편하고 그게 좋지. 그 뭐 막 까다롭, 까다롭게 막 거시치기해갖고 사람 마음 상하는 것을 제일 싫어하거든. 그 그리질린 사람이라. 딱 오다 생각하니 이쑤시개를 안가져왔더라고. 손으로 집어 먹어요.

그래서 우리 자녀들은 지금까지 오십년 다되가도 즈그들 눈에 눈물 한방을 안흘리게 살어. 내가 너무 눈물을 많이 흘려서. 애들은 눈물 안흘려주고 싶어요. [조사자 : 결혼하고 오셔서 많이 우셨구나. 속상하실 때.] 또 거기다 우리 딸이 잘한다. 지금까지. 예쁘게 그래서 마음의 상처가 항상, 그런 사람 뭐 또 앞에 놓고 볼라면 예쁘겠냐? [조사자 : 그러니까. 그래도 봐주기로 해서. 그죠?] 그래서. 모기 (모기를 잡더니) 글을 쓰면서 내 마음의 다짐을 하는 거야. 예쁘게 보자. 사랑하자. 그래서 이거 다 이겨야지. 그렇게 내 마음의 다짐을 하면 내 마음도 변할꺼고. 그래도 다짐을 하며는 내가 이뻐 봐야 되잖아. 남은 그런 마음 모를거야. (웃음) 내 자신의 약속을 하는 거야. 다짐을 하는 거야. 저쪽에 저기 줘.

요즘 편지쓰기 뭐 우체국에서 하는 거 있데. 그래서 지금 뭐 아들한테 쓰는 거 하나 좀 써놓고. 보내들 안했는데. 너무 고마워서 우리 아들이. 고마운 아들에게. 작년에 국민은행에서 뭐 작년 가을에 뭐 편지 쓰기 있었거든. 거기도 그 그때사 그냥 편지지값. 준 편지지에다만 써서 보내야돼. 그 편지지도 없고 그냥 교수님이 준거 석장인가 되는데. 지울수도 없고 뭐 이거 볼펜으로 쓴거라,

'아이고 모르겠다.'

생각 난대로 쓴 거를 그냥 보냈어. 그랬더니 입상만 했다고 오만원 짜리 뭐 도서 상품권. 책에다가 뭐 아주 특별한 고백이라고 하면서 국민 은행에서 보내 준 책이 있어. 진짜 지금 모기 뜯겼다. 저 뭐 밑에 딱 머리 속에 다 있다.

지금 한 마리가. [조사자 : 아 잡았다.] [조사자 : 아 아니야. 아 난 왜 놓치지?]

모기. 그득그득하다 지금 여기. 던키던키 모기가 천지다. [조사자 : 아 여기가 모기가 좀 많은가 보다.]

[조사자 : (김영옥으로부터 배를 건네 받으며) 잘 먹겠습니다.] 여기 휴지 있어. 나는 금방 손 씻고 왔고.

어디 간다, 먼 일이 하나 생겼다 그러며는 계속 거기에 대한 것을 막 머리를 내, 내내 굴리는 거야. (웃음) 간다던지 어디를 어쩐다고 하면. 그래갖고 아주 그냥. 물휴지가 있었는데. [조사자 : 너무 시원해요.] 물휴지 집에서 가져, 가방에 있더라고 조금 쓰곤, [조사자 : 저희 그냥 먹어요.] 음식집에서 쓰고 손만 닦고 내가, 여기 모기가 많구나.

현재 이 세상이 서로 이렇게 이기적으로 안놀고 좀 나보다 남을 생각하는 마음. 이것만 가지면 얼마나 좋으냐고 세상이. 하느님께서 주신 사시사철에다 이런거 너무 아름답고 좋은데. 거기 사는 사람이 마음들을 사랑, 조금만 좀 바꿔서 잘 쓰면 지구가 얼마나 아름답겠어.

그런데 왜 그렇게 그러는지 몰라. 같은 말이라도 좀 조금 남을 생각해줘서 말을 하면 참 그러면 살기 좋은데. 어째 그렇게 찌그닥 거리는 미운 소리로만 하고 그렇게 그냥. 서로 그냥 속이려고 그러고 그냥 남을 생각하는 마음이 없는거같애 지금. 그 앞에도. 김빠진게. 게 좀 싫데. 그런게 늘 안타까웠고 그래서.

근디 내가 이렇게 성서 공부를 인제 성당에 좀 다니다가. 종교적인 이야기지만. 아 그것도 별다른 게 없어 팔년을 그것도 그냥 처음에는 내가 뭐 거기 가고 싶어 간 것도 아니고 그 양반 때문에 속이 잔뜩 상해갖고 있으니까. 그 한집에 같이 세들어 사는데, 나도 세들고, 거기도 세들어 사는데, 그 여자가 성당에를 가보자는 거야.

인자 같이 지내본게 내가 뭐 별로 의식도 않고, 내가 나이도 훨씬 작은데. 그래서 그냥 그런 거기 가면 위로가 풀리고 뭐가 좀 되나 싶어서 하고, 가자고 권하길래. 따라갔었는데. 그렇게 인자 그게 가게 된거지.

동기가 그렇게 해서 갔는데 인자 그 뭐 분위기도 고 가면 조용하고 좋고. 또 뭐 인자 생전 안들어본 소리 인자 또 하고. 성경 공부를 팔년 다녀도 하나도 성경 구절을 읽어 볼, 괜히 읽어 볼라면 볼지마는 읽어보도록 그런 마련이 없어. 그 당시에. 그래서 그냥 그거는 그것대로 모르고 인저 신부님 입만 쳐다 보고 한 이십분 강론하면 그것만 좀 듣고 오면, 그 안들으보다 나 들으라고 한 소리도 같으기도 하고 내게 마음도 맞기도 하고 내게 마음 맞기도 하고.

그렇게 해서 몇 년 삼년 다닌게 뭐 영세도 주고 뭐 견진성사도 하라 그러고. 그 뭐 인자 의식대로 하라고 그 의식에 대한 것만 하지. 내 마음에 어디 확 잡히는 게 없고, 그런 상태로 인자 열심만 갖고 다니니까.

그게 어떤 아 인제 성가대가, 인자 어머니 성가대가 주축이 되 참 사십, 못되고 하니까. 그랬더니. 그 음악 선생 하는 소리가. 음악을 지도해주는 선생이 서울대학교 나온 음악 선생인데 보자 청년 좀 넘었지. 청년, 장년, 잘 모르겠다. 그 정도로. 그 인자 내 본명이 아셀란데.

"아셀라씨도, 겉은 분이, 둘만 되도 좋겠다."

소리 하더라고 한번 어떤 때, 그러자 인제.

얘들이 정신이 하나도 없네. 가을 되니까 얘들도 먹고 들어갈라는지. 그 벌 같으면 이런거 좋아하는데, 얘들은 사람 피만 빨아먹어.

그래서 집집으로, 거기, 거기서 하는 소리가 뭐 나빠가 아니고, 좋은 소리만 한게, 말은 좋은데. 그 사람들 하는 것이 마음에 안들어. 하나도 별다른 게 없어. 말만 그러지 별다른 게 없어 쉽게 말해서. 남을 생각하는 마음이 없어. 가만 그 인제 하는 걸 보믄 수녀나 성부나 뭐 이렇게 말은 그렇게 해놓고 하는 짓은 영 아니야. 내가 마음에가. 고개가 갸우뚱 거릴 정도로 뭐.

그 뭐 노 신부들 예를 들어서 뭐 밥을 해준다고 그러면서 저기 성가대 엄마들이 장만을 해갖고 음식 냄새가 나는데 저기 뒤길이 성당, 성당 뒤에서 인자 음식을 하는데. 됐어 나는. [조사자 : 에이 하나만 더 드세요.] 많다, 배도 부른데. 그랬더니 그 그거 할아버지가 하나 밥을 얻어 먹으러, 음식 냄새가 나니까 왔는데. 닭 쫓듯이 신부가 내보내는 거야. [조사자 : 어머.]

나는 어릴 때부터 어려, 그때는 거지도 많고 없는 사람도 많았어. 우리 어린 시절에는 정말 먹는 게 귀해가지고. 아주 밥 얻어 먹으러 오던지 뭐 꼭 거지가 아니래도 그냥 뭐도 막 시골에서 먹을 게 없응게. 조금 인자 조 나온 인자 밥을 얻으러도 오고. 장삿꾼도 많이 오고. 나 클때도 나 클 때도 우리집에는 땅에도 못주게 해요. 우리 아버지랑.

조금 낮은 상 있어 개다리상이라고 좀 낮춘. 꼭 거기다 놔서 밥을 드리게 하고 부엌 바닥에서 어떤 여자들 오면 여기 좋다고 여 앉아 먹는다고 부엌 바닥에서 그러면 우리 아버지 질색을 해요. 왜 그러냐고 사람이. 마루로 와서 앉아 잡수라고 따로 주고. 그 또 식구 적을 때는 막 상에 와서 같이 먹게 해주고.

그렇게 넘이 오면 대접하는 거 이런 것만 보고 이렇게 해야 되고 그게 인자 마음이 또 그래주고 싶고 아 꺼죽한 할아버지 작대기 지고 몸처럼 뭐 닭쫓듯이 이렇게 해서 내보내더라고. 여 막 지지고 볶고 여기는 뭐 신부들 초청한다고 뭐 신부 초청하면 딱 거기서 그냥 고리가 딱 끊어지더라고. 믿을 수가 없는. 아휴 좀 그 그 그 장만 한거 좀 덜먹고 그 쫌 조금 출출하니 저녁판인데. 좀 저녁에 인자 초청을 하고 하니. 보냈으면 좋은데 영 마음에 안들더라고.

그러고 그 내부가 완전히 그냥 막 신부님 또 어떤 교리 선생하고 해서 박탈 당해서 나가고. 여자가 이자 애기를 뱄어. 나 아는 사람 딸인데. 남자, 여자니까 그런거지. 되게 당연하거든. 긍까 혼자 사는 것이 아니예요. 종교인들도 그 부부가 있어야 돼. 그래야 그런 일이 없어. 신부가 혼자 사니까 그런 일이 생기는 거야. 그 그러고.

뭐 또 그 내에서도 막 갈등이 생겨갖고. 서로 죽이네 막 칼로 돼지를 쑤셔 죽이네 어쩌네. 내가 길에 섰다가 상대방을 죽, 신자들 입에서 그런 소리가 나와야돼? 그래 이쪽은 나는 중립을 지키고서, 이쪽은 이쪽대로 이쪽팀. 이쪽은 이쪽은. 내가 가운데서 다 들었단말이야 양쪽에서. 야 그러고 그 뭐 속에가 판이 갈라져 파가 뭔 파가 그렇게 많은지.

영 그 그런 그래도 나만 열심을 갖고 다니는 중에 그 '파수대 깨워라'를 집 쪽으로 줬어. 그 이십일식인가 할 때. 나 인제 독서를 좋아하는 사람이라. 그 받아보게 되고. 그래 읽어보니까 맞아 그래 바로 이거야. 그래 이걸 원하야. 우리 인간들은 그래 그러고는 그때부터 인자 그 성서에 관해. 그분들은 꼭 말을 하며는 말로만 안하고 성서를 통해서만 얘기를 해주더라고 그 질문을 하면 성서를 열어서 답을 해줘요. 그냥 말로 하는게 아니라.

그때사 성경을 알았어요. 갖고만 다녔지. 공동번역 맨날 가방에다가 구슬 가방에다가 고거 하나만 달랑. 노트도 뭣도 볼펜도 없고 그것만 들고 갔다 오고, 읽을 새도 없이 언제 읽고 내려 와, 그 뭐 사도 도장인가 뭔가 한구절 읽고 내려와버리고 뭐 그래버리면 성경을 사도, 팔, 열 몇 년인가 그 뒤로 육 년, 어 내가 팔년만에 이걸 스돕을 했응게. 인자 한 오년 다닐 때까지도 사대 복음서를 누가 썼는지 뭐 뭐 뭐 예수님이 누군지도 그것도 몰라. 그냥 천주님, 천주님 그것만 알고 그냥 신부 얼굴만 보고 말만 한시간 미사보는데, 이십분 강론하는거 그것만 들은 거 뿐이지. 그 그런때 이거를 보니까.

'아 맞아. 이런 사람. 그래 이 말이 맞아. 참 이래야 되는데.'

내가 이런 생각을 하니까 그분들이 와서 인자 오년을 공부했어요 내가. 성당에 다니면서 그 공부를 하고 그래서. 그때는 아 그래서 나는 그쪽 성당에서 나는 너무 무지해. 성경에 대해서. 배와갖고 가서 써먹을라고 했지. 여기 뭐 이렇게 판단은 안하고. 완전히 막 이단시하고, 이거는 아주 천하 못쓰는 사람들을 취급을 하더라고.

말은 들어보면 가장 옳은 소린데 그렇게 취급을 해요. 그래서 아휴 그게 아니더라 싶어서 내가 인제 질문을 하기 시작하는 거야. 여기서 배운 것을,

"신부님 이거는 어떠게 되는 거예요. 이거 이런다는데, 이거 성서는 이러고 이러고 이렇고 하는데 이거 어쩌냐?"고.

"오 그 사람들은 이단입니다. 절대 집에 들이지도 말고 문도 열어주지 마십시오."

이렇게 말하는 거야. 참 이상하다. 듣는거는 내가, 판단하는 거는 나잖아. 이쪽 들어보고, 이쪽 들어보고. 종교 갖는 것도 내 자신이고, 내가 마음대로 할 수도 있는 거고. 그래서 가만히 그때부터 내가 옳은 것을 내가 한번 알아볼 것이다.

그래서 내가 공부를 했어요. 굉장히 열심히 했지. 내가 알고싶어서 한 공부였기 때문에. 그래갖고 내가 여러 가지 책을 다 하고 아주 한 사람이 나를 도저히 못가르치 이게 안넘어오네. 거 여러 가지 못해주는 사람, 또 다른사람.

이 나중에는 아주 초등학교도 안, 아 학교도 왜정때 초등학교 좀 다니다 만 그런 분인데 예순 한 살에 딱 우리집에 왔어.

그래갖고 그분은 성서 박사여 신학교도 안다니고 아무데도 안다녔어도 천가지 만가지를 질문을 하면 전부 성서를 열어서 답을 해줘요. 아주 아주 자기도 딸이 넷이나 되고, 아들도 있고 그런 분인데. 놀랬지. 그래서 나는 참말공부도 많이 하고 막 뭣이 그런 줄 알았더니. 나중에 본게 우리 집에서 얼마 멀지않은 곳에 사는 분이고 생활도 어렵고, 다 그냥 자녀들도 막 딸 인자 시집간것도 있고 아직 안간것도 있고 이렇게 생긴 그 그런 분이더라고.

그런데도 성서를 아주 묻는 것마다 성서를 다 답을 해 박사야. 이렇게 나오고 나오고 막 신부는 뭐 뭐하고 뭐하고 사회적으로 이렇다는 사람도 내가 갖다 질문을 그렇게 하면 이리 핑계대고 저리 핑계대고 점심시간 됐다고 나중에 만나자고 그러고. 어떤 질문 하며는 그 사람들만 못만나게만 하고 자꾸만 어떤 정답은 하나도 없고.

이렇게 하고 그래서 내가 너무 이렇게 갈등을 갖고 그러니까 나를 친한 친구 하나가 나보다 한 살 위인데, 나를 데리고 택시까지 태워갖고 전주 시내를 지부를 다 맞나줬네. 몇군데를 유명한 신부라는데, 노신부까지 늙은 신부까지. 아니면 뭐 이제 또 한참 지금 막 큰.

(조사자가 배를 권하자) 아이 난 이제 안먹어. 배가 불러. [조사자 : 그래도 하나만.] 진짜 아이 안먹어. 아까 그 물을 한그릇 그랬더니 딱이야.

그랬더니 노신부 뭐 막 그냥 내가 자꾸 이로 기울어지니까. 그래서 데리고 다녔더니 참 어떤 신부는 거만하기 짝이 없고 니 까짓것이 쉽게 말해서이 뭐 그렇게 딱 그렇게 안해도 아주 거만하게 앉아서,

"그 아직 김아셀라씨는 교리가 부족해서 그러니 내가 자비로."

내 그소리 좀 안했으면 좋겄어. 내가 지금도 안잊혀지는게. 자기 자비가 됐든 뭐 됐든 내가 자비로 마련해놓은 그 저 교리서를 줄테니까 저 밑에 사무실에 전화 해놓을테니 줄게 가져가서 읽어보라는 거야. 교리가 부족했다고. 뭐 성서 받고 뭐 받고 오년이나 됐는데. 교리가 부족해. 물론 교리를 흡족하게 안알려줬으니까 부족한 거는 사실이지. 네 권을 준 것을 일주일 새로 다 읽고

내 딱 갖다 줬지.

그러고는 인자 여기서 내가 더 인자 공부 해왔지. 그래도 성당에 다니면서 그랬다고 내가 어느 기관에 갔을 때는 인자 아 아니다 여기 인제 확신이 가잖아. 확신이 가져,

'그래 맞다. 이렇게 해야돼. 세상 사람들이 다 나쁘다고 하고 못쓴다고 해도 이 길이 바로, 이렇게 하는 것이 바로 인간의 앞날이 밝고 말하자면 우리에게 좋은 것이겠다.'

이게 성서로 확신을 가졌다. 그래서 내가 딱 편지를 내서 탈퇴를 해버렸지.

그러고는 인자 이 여호와증인으로 내가 왔지. 그래도 여호와증인에 한다고 내가 여호와증인 되겠다고 해도 그냥 하십시오가 아니여. 자격을 그만큼 갖춰야 돼요. 신학대학 뭐 안가져고 무슨 자격을 갖춰야 하냐면 마음이 제일이잖아요. 남을 사랑하는 마음이 있어야 돼. 그깟 신학대학 백개를 나와 뭔 소용이 있어. 이기적이고 자기가 제일로 여기고 남을 섬기는 자세가 아니면 그 소용 없잖아.

그게 제일이거든. 예수께서도 그 당시 유대인들을 누굴 뽑지 않았어. 어부 아니며는 뭐 누가 의사 이게 뭐 세금징수원 뭐 이런 사람들을 제자로 삼았어요. 그 사람들을. 그래서 그래서 그냥 딱 하고 인자 그때부터 여호와증인 공부를 더 하고, 봉사도 하고 이자 그렇게 해서 오년이나 됐어.

오년을 공부를 아주 달리 한 집으로 와서 일대 일로. 나는 이자 그 가도 않고 뭐 5년을 집에서 앉아서 공부를 하고,

"아 그럼 내가 당신들 모임에도 한번 가보겠소."

해가지고 대회장에도 가고 또 전, 이자 그 집회장소 모이는 데도 일주일에 두세번 모이는데 거기도 가보고 들어보고 너무 모든 것이 일치적이고 맞고 거기서는 장사하는 것 뭐 이런 것도 전혀 없고. 아휴 모기 때문에 못있겠다야. 양지로 가야지. 그게 옮겨 또 그런게 있네.

그래서 오년 후에 내가 이 확신을 갖고. 아이고 반대가 오기 시작하는데, 이거는 뭐 우리 영감님으로부터 뭐 우리 시댁집에 막 시어머니로부터 그냥 이거는 완전히 그냥 (웃음) 내가 죽을 고비를 몇번을 넘겼다. 그야말로. 어떻

게 내가 종손 종부잖아. 덮어놓고 그것만 하면 못쓴다는 거야. 그거 해도 하나도 안못쓰고, 자녀들만 똑바로 잘 키워놓고, 일만 잘하고 다 잘하는데.

지금은 그래서 됐는데. 지금 내가 이렇게 수필을 쓰는것도 내가 이만큼. 어 물론 내가 본심도 자랄때부터 막 그렇게 누구나 다 그러지마는 그 안 있지마는 지금도 어 그 성서를 배우면서 성경 공부를 하고 배우면서 여호와증인 거기에서 이렇게 일주일에 다섯시간을 공부하거든요. 게 신부수업, 목사수업 몇 년간 하는가 몰라도 응? 사년 오년. 뭐 뭐 그런거 뭐 하나도 안했어도 지금도 대통령 앞에라도 가서 성서에 관해서 이야기 하라면 내가 할 수 있거든.

그래서 우리는 그렇게해서 일, 누구나 다그래. 여호와증인. 모두가 다. 나만 그런게 아니고 나는 지금도 아주 부족하고. 그래도 그 그 정말 공부도 안하고 이렇게 세상적인 학식 없는 사람도 아주 사람 똑바로 되고 아주 행동 제대로 하는 것은 여호와증인 따라갈 수가 없어.

나도 배운 지식 내가 뭐가 있겄어. 옛날에 그거 학벌이라고 그거 엄마 병치레하고 어쩌고 하는 중학교 삼학년 뭐 뭐 육이오 사변 나서 뭐 한해 그래버리고 언제도 얘기 했지만, 그런 식으로. 학벌이라곤 그것밖에 없어. 근데 그 후에 성서공부를 하면서 거기서 배와가지고 지금 내가 써먹는 거야. 수필도 쓸 수 있는 그 밑바탕이 다 거기서 배운 덕이야. 교육을 어디서 받아서 누가 나한테 어떤 무슨 소리 하나를 해준 사람이 어디가 있어. 아무도 뭐 너 이렇게 가는게 올바르다 뭐 어쩐다.

나 큰애기때 시집오기 전에야 할아버지, 할머니, 아버지한테 들은소리. 그 외에는 누가 아무도 나에게 그런 소리 해주는게 없었어. 어떤 것이 옳은 것이고 그른 것이다고 알려주는 것이 없고, 그저 깨끗이 하고 애들 이 깨끗이 입히고 이자 그 그런거 이자 그 그전에 배운거 고놈 갖고 써먹었지 뭐. 뭣을 들어 뭣을 보고, 테레비가 있어서. 테레비도 넘 다 사고 제일로 마지막에 (웃음) 그것 참. 나도 테레비 별로 보고 앉아 있을 시간도 없어서 그러, 그러는데.

이 배운 것은 이 같으면 지금도 성서에 있어. 성경공부. 항상 올바른거. 바르게 살아가는 거. 도덕적으로 깨끗해야 뭐 이런거 배우거든. 바로 하느님을 우리 인간을 지울때도 그랬고, 하느님의 형상을 닮으라는 것도 그거거든 바로.

동물과 틀린게 그거잖아. 동물은 양심이 없어요 그냥 자기 본능에 의해 살아가지.

근데 우리 생긴건 동물하고 똑같잖아. 창자있고 뭐 암놈, 수놈 다르고 뭐 똑같애. 뭐가 하나 달라. 딱 양심. 볼 수도 없고 보이지도 않고 그러는 우리에게 양심하나 주셨거든 주님께서. 자기 양심을 항상 속이지 않고 바르게 살아가는거 하느님 뜻이 무엇인가를 알고 그러고 사는거 그게 가장 우리 자신의 행복을 위해서 하는, 하라는 거여.

그러면 자식이 잘되면 누가 좋아? 부모가 기쁘잖아요. 내가 좋을라면 자식이 잘되야 되듯이 하느님께서는 우리 인간을 볼 때 우리 인간이 그 악한 짓 안하고 선한 행동 했을 때 다시, 원래 잃어버린 낙원을 되돌려준다는거 이게 성서의 기본적인 말하자면 요지야. 아 기본이 아니고 전체의 요지가 그거야. 잃어버린 낙원을 다시 되돌려 준다는 게 끝에 가서 해줬거든. 그래서 그런데 하느님께 순종하는 거 이런 것이 그런 것을 인자 배우며는 다 도덕 문제와 관련이 있어.

모든 것이 그래갖고 현재 이 세상에 뭐 이렇게 이렇게 하는데 빨려 들어가지 않아. 여호와증인은 그런데 빨려 들어가지 않으니까 행복한거야. 작게 벌어도 헛된데 안쓰고, 항상 가진 것에 만족하고 또 지족할 줄 알고 그릇된 일에 어디 빨려들어가지 않고. 그렇게 가르치는 것이 여호와증인의 모임이고 그거거든.

그래서 여호와증인에 현재 속해있다고 하며는 이 세상에 어따 궁그리쳐도 악한 세상 굴려도 말하자면 조직에 연합만 되있는 사람이며는 믿을 수가 있어. 아무리 큰 뭉탱이루 돈을 갖다 엥겨 놔도 그 사람을 맡겨놓고 어디다 어디를 갔다와도 그거 갖고 달아나지 않을 사람이야. 정직하기로. 정직하지 못하며는 붙어있들 못해요. 조금만 잘못한 짓이 있으면 지부에서 쳐분을 시켜 버려요. 떨어져 나간 사람도 많아.

되기도 힘들고 어렵지마는 적어도 오년 십년은 뭐 다 이 뿌리를 다듬고 그렇게 되야 여호와증인 하나 만들어 내지. 그 그냥 무조건 이 교회나 이런데 마냥 돈만 잘내고 오기만 하면 다 받아 주는 곳이 아니야. 그래서 참 되기도 어렵지만 또 되고 나면 행복하게 사는 것도 보장이 되고. 뭣보다 돈을 많이 줘서가 아니라 헛된 일을 안하니까. 그런걸 말할 수 있어. 그래서 내 많은 분란을 여기 이 성서를 배와서 알기 때문에. 이 이 모기가 그냥.

인제 서울로 올라 갈꺼니 오늘? 그 뭐 말을 해봐. 뭘 뭘 그 묻고 싶은 거를 말을 해야지. [조사자 : 오늘 할머니 말씀 들은거요 이제 이렇게 다 풀거든요. 이렇게, 이렇게 해서 할머니 글 쓰시듯이 이걸 다 그냥 일 치고나서.] 요지만. [조사자 : 예 그래서 다 치고. 그 다음에 여쭤볼 것 또 전화 드리구요.]

[4] 삶의 흔적을 간직하다.

나는 뭐 내가 자랑 할 것도 못되고 어 정말 그래요. 뭐 너무 잘 사는 사람 너무 다 많은데. 뭐 돈 많이 벌어갖고 누구는 막 돈도 척척 많이 막 주도 못했고. 그러지만 저 그냥 내가 마음으로는 누가 요새 뭐 노인들이 있는데 뭐 입는 거 천지라고 갖고 하더만. 그러니 옷이 샀는데 너무 쫄려서 못입는다. 그러며는 그 소리를 안들었으며는, 들으면 주세요 그래서 싹 따갖고 내가 늘려서 그렇게 입기 좋게 해서 주고. 그래서 매 항상 몸이 고달퍼.

그냥 쉴수가 없어. 좀 누워서 쉬고 싶으며, 이 시간이 누워 있으면 막 너무 아까운거야. 요러믄 내가 읽을 거 갖다가 읽어. 무지무지 수필집이랑 뭐 이런 글이 많이 오지. 또 서로 낸 것도 오고. 읽을 거리가 이렇게 쌓였네. 그러면 못 읽어서 안달이 나. 그래갖고 어디서 책을 구지. 그래서 이 독서 책은 내가 항상 그 그런.

[조사자가 제보자에게 이메일 주소를 물은 뒤 잠시 사진 촬영에 대해 이야기를 나누었다.]

나는 볼수록 이렇게 싹 없애지 않고 주문서까지. 십칠년 된 이집으로 온 후에 인자 가 젊었을 적부터 정년 퇴직하고 따라오면서 오면. 십칠년 된 영수증도 다 두고, 집 지을적에 그 막 그거 다 그 했던거 그것도 다 있고, 언제 한번은 그 내 옛날 처녀때 생활과 말하자면 저 졸업장이랄지 내 그 그 가진 거 뭐 입는 거. 그때마다 몇 년돈가 몰라.

그 속이 상해서 죽을라고 (작은 목소리로). 싹 내꺼 흔적 없애버리고 죽을라고. 싹 부엌에다가 태웠다. 그 성적표랑 옛날에 왜정때부터 그 다니던, 그 성, 그건 내가 좀 아까워. 그 성적표랑 뭣이랑 그 뭐 내게 따른거를 그때까지 뭐 가계부 쓴거이 뭐 있는데 내 흔적 없앤다고 죽을라고 (작은 목소리로). 부엌에다 넣었어 그래서 지금 한 몇 권 없어. 지금 한 삼십년이 쓴 것이 있어. 촘촘히 쓴 것을 좀 그래버리. 참 이그.

그래서 세월이 가고 아이고 아이고 그러면서 인자 사람도 어려운 일을 겪으면서 성숙해지는 거야. 그런거 없이 어떻게. 비바람 안맞고 아무것도 안하고 이렇게 에 가을에 수확을 하고 그득해질 수 있나. 그치? 이것이 인자 저기 담으면 재활용하고 남은 음식은 마는 요 쓰레기에다 넣고, 그 종이는 저기다 한쪽에 두면 인자 아마 가져갈 께야.

철저하게 난 누가 말하나 안하나 집이 부지런해요. 우리집 오면 왜? 철저하게 지금 뿐만 아니라 옛날부터 이거 하다못해 연고값 하나 뭐 요런것도 안버리고 다 그 이 종이 버리는 데 버리고 그래서 집이 막 한쪽에 이렇게 쌓아놨다가 이자 고거를 가져가는 분이, 내가 또 주는 분이 있거든. 나한테 막 어려운 사람 있어. 그분한테 전화해서, 이렇게 모아놓으면 가져가. 그거는 인제 빼.

이런거 보다는 그 집에서 애들이 인자 뭐 동네 오면, 나는 이런거 그런거 사 본적이 없어. 메누리 오면 고기 사갖고 깨끗이 다 거품 씻어서 이렇게 쟁여놓고, 집, 씻거 그렁게 아주 (웃음) 그렇게 생겼어. 이 이런것도 이렇게 버리면 난 아까워. 뭐 하여튼 포장지도 그래도 영감님이 그래도 인자 활동을 하신게, 뭐 술병이 들어왔던지 뭐이 했던지 해서 막. 지금도 누가 썼으면 좋겠는. 포장지도 그 좋은거 뭐 한거 이렇게 몇각을 모았네. 그 집이 안 지저분하겠어?

"엄마 좀 버리세요. 버리세요. 엄마."

뒤에도 그러고. 그래 그러면 느그하고 인자 전혀 인자 딱 인자 내가 끊으며는 그때는 내가 탁 하고 내것만 딱 두면 되는데. 아직은 그래도 없는 거 보다 있는 게 낫더라. 뭐 하나 딱 간장을 한병 가져가겠소 하며는 어디가서 당장 음료수 병 난 생전 음료수도 안사먹는데. 다 내가 만들어 먹잖아.

올해도 지금 오미자 사십키로 사서 담어놨지. 작년, 재작년 매실 담아놓은 거는 또 산노루 삼십키로 담아 그런거 먹지. 주부로서는 정말 생활하는게 전혀 돈주고 이런데 사먹는 거를 먹어본 적이 없거든. 다 차도 여러 가지 그 한약재로 내가 뜯은거는 뜯고 해서 해놨다가. 그놈 넣어서 다려서 먹고.

그래서 뭐 이리 이렇게 하는 것이 내 생각에 좋다 딱 그러면 나는 그걸 해야돼. 그렇게 해야돼. 그게 안하고 내 방식대로 할라믄 그게 안돼. 내가 내 자신이 허락을 안해. 이게 좋은걸 알았는데 어떻게 이렇게 해. 이 그쪽으로 가야지. 그래서 자꾸 진취적인 그 저 생활이 되고, 그 힘들어요 그럴라며는. 긍게 힘들이지않고 되는 게 없고 남을 사랑할라믄 내 희생이 따르지 않으면 절대로 안돼요. 물 한모금을 남을 줄래도 거시기 따라야 되고 그러거든.

(조사자 가방에 배를 넣으며) 이거는 이거는 빼고. 배는 빼갖고 가. [조사자 : 아이 저희 가다가 먹을 데 없어요. 아이 할아버지, 오늘 식사하시고. 아이 그래도. 할아버지, 할아버지. 할아버지 식사하시고 드리세요.] 아니 가방에다가. [조사자 : 아니에요. 저희 가다가, 가다 못까먹어요. 저희는] 아 이거 내가 가져왔다 도로 가져가면 안돼. [조사자 : 아니, 맛있게 먹었잖아요.] 안되지. 그 가방에 넣어갖고 가면. [조사자 : 못까먹어요, 지금 올라가는 길은.] [조사자 : 바로 올라가야 돼서 저희.] 너무 예쁘고 이렇게 다. [조사자 : 고맙습니다.]

꼭 우리 딸 같이. 막내딸은 마흔 셋인데. 아직 못했고. 못본지도. 일년에 두세번 본다. 우리가 올라갔을 때. 저희도 바빠가지고. 그래서 전화로만 하고. 막내딸은 글 쓰는데 사용하고, 둘째딸은 여러 가지 우리 인자 집안내 그런거 전반적인 거 통신능력하고, 큰 딸은 무진장하니 바쁜 사람이라 있다가고 가끔 엄마 이저 여행시켜주고 숨통 시켜주는 역할이고 딸도 여럿인데 또 써먹어지지. [조사자 : 그러게요.] 딸 셋에 아들 하난데. 아들도 그게 딱 [조사자 : 좋은 거 같아요.]

아들이 하나니까 전적으로 책임을 져. 누나도 안미루고, 동생 한테도 안미루고. 모든거를, 모든거를 어릴적이 중학교 때부터 고마 누나들 학교 뭐 중고등학교 다니는데, 저도 인제 중학생이고 여 초등학교 오, 륙학년 때부터 그 이삿짐이야 뭣이야. 무거운 거 엄마 일을 다 도와주는 거야. 그렇게 효잘수가 없어. 그래서 동국대 농대도 엄마가 흙, 땅 노래를 부르니까. 농자기 해준다고 농대를 간거여.

그래서 농협에 농협 중앙회 졸업하자마자 시험봐가지고 바로 들어가서 지금 마흔 다섯인가, 여섯인가. 인자 나이도 모르겄네. 여섯인가 되는, 한 이십년 됐거든. 딸이 지금 고등학교 올해 삼학년인데. 그래서 아들 하나는 아주 만점짜리 아들이거든. 그래서 책임 집안거 지가 다하고. 아버지, 어머니. 조금 뭐 아버지 방에 청소가, 혹시 내려왔을 때 덜 되있고,

"요즘은 우리 엄마가 우리 아버지, 아빠를 좀 덜 사랑하는가."

말을 하지.

덜 사랑하는 거 같애. 요러가면서 난 눈치도 살금살금. 엄머 전기가 켜보고 어디가 뭐 어디가 어쩐가 불편한 것이 싹, 말 안해도 알아서 나가서 사다가 탁 해주고 가고. 또 그렇게 잘하는데. 너무 고마워서 내가 고마운 아들에게, 하고 편지를 써놨거든. 이거는 이제 요즘.

그 예전에 결혼할 적에 신혼여행도 안가고 딱 해서 저기 내장산인가 가까운 데 그냥 그날 가서 하룻밤 자고 와갖구 올라가서는 둘이 배낭메고 저 동해로 싹 한바퀴 돌아서 그러고 애가 일이 있을 때 올라왔더라고 그래서 신혼여행도 안가고 이제 그렇게 돌아버리고 말더라고. 어디가 돈 많이 들여봐바. 아주 딱 된 사람이야.

사람이 좀 그래서 항상 내가 아들이라고 믿고 그러고 살거든. 며느리도 착하고. 지금까지 한번도 서로 어쩌고 어떠고 안하고 그냥 며느리가 재치도 있고 아주 딱 같은 동룬데, 학생 저거 같은 동국대학교 나와서. 둘이 천지에 믿고 살아.

그 가면 심통날 정도로 부럽거든. 지금 누나들도 그래. 그 집만 갔다오면 다 부럽, 어 둘이 의논하고 그렇게 잘하, 최소한 궁색하게도 안살고 딱 잘해놓고 살고. 누구 하나 도와주지도 않는데도 너무 신통하지. 항상 무엇을 그리고 담배를 피워 술을 먹어 뭐 헛돈을 써. 언제든지 친구 대접할 거 알러 울러 대접할 거를 직원들을 집으로 모셔와 꼭 마누라 밥해서.

거기 마누라 솜씨도 좋아지고 마누라 또 그걸 겁내하고 싫어하들 안해요. 그냥 잘해요 또. 한 두 번 하다본게 그게 그런데 나가 쓸 돈을 안쓰는 거야. 그 그렇게 해서 어디 나가서 밥사주는 것보다 집에서 초대해서 사주는 게 직원들한테 인기도 있잖아 그게 남편이. 그래서 참 잘하는 일. 이 양반도 시아버지 서울 내려가면 막 딱 차로 모셔서 그만 오로지 그마 착착착착. 센스도 있고 잘 하는 그래서 마음에 드는 며느리를 봐서 그게 내가 복이고, 그래서 정이.

고속, 어 고속 버스로 가요? [조사자 : 아, 아니요. 차 가져왔어요.] 차 갖고 서울까지 가? 그면 식사를 먼저 하고 가든지. [조사자 : 올라가는 길에 먹든지.] 응 알아서. 나는 그거. (답례품으로 드린 양말을 가리키며) 이런 거 나 안줘도 되는데. [조사자 : 아이-.] (웃음) 그래요. [조사자 : 시간 내주셔서 감사해요. 좋은 얘기도 감사합니다.]

이런 할마이도 있더라 그냥 그렇게 생각해. 응? [조사자 : 최고예요.] 아니요. 그냥 내 나름대로 그렇게 사는 것이려니 살아야 되겠다 싶으고해서 살아 온 것이구요. 참 한가하이 생각하면 참 그래서 내가 또 연도별로 생각할게 어릴 때부터 시작해서 쭉-하니 그렇게 한번 쓸까 참 그 생각하니. 지금까지 쓴 것 출판사에다가 넘기고 그렇게 시작해야지. 마 이거 있고.

또 애들을 글을 초등학교 일학년 때, 손자들을 그때 나 수필반도 안다녔는데. 난 항상 교육적이야 무엇을 누구를. 그 손자 거 쌍둥이를 칠년을 키운 그 내력을 한 삼십페이지 되게끔 썼거든. 걔들 준다고. 보내면서, 일곱 살 돼서 보내면서 어린 시절을 내가,

"할머니가 그런 거 써서 줄게."

그 약속을 했어. 어린 아들 해줄께 약속을 했으니까 해야될 거 아니야. 그래 내가 눈이 너무 아파서, 그걸 내가 이면지에다 묻히고 뭐 이래 저래 써 놓은 거를 막내 딸 한테다가 주고.

니가 좀 이거를, 저도 애들. 또래가 딱 한 동갑 짜리가 다섯 명이라니까. 십오개월 사이에 손자가 다섯명이야. 우에 대학교 일학년짜리 하나 있고. 그게 오년 사이에 일곱명인데. 큰애가 지금 올해 인자 이대 일학년. 큰 딸애 들어갔고, 이제 아들네 손자 따로 고삼 수험. 골고루 밑에가 다섯명이 이자,

십오개월 사이에 다섯명이 오기저기 다 있는 거야. 일부러 그러래도 못그래. 아주 유치원 선생이야 내가. 참 재미있거든.

그래서 그걸 쓰고는 줬더니. 야 이년, 삼년이 되도,

"아이고 엄마 바빠서 바빠서."

막내 딸이 주고는 안해놨어. 그러고는 한번은 그렁게 육십, 아이야 내가 인자 일흔, 육십 여덟인가, 그럴 때. 아 육십 여덟, 아홉. 지금 한 오년 전에 여기 여 여기 수필반 들어가기 전, 들어가고 난 뒤에구나. 한 사년 전에 인자 컴퓨터도 완전 컴맹이고. 그것만 써서 주고 인자 걔가 컴퓨터 뭘 좀 해서 저게 그렇게 해서 책자로 내 봐라.

그것도 왜 그러냐며는 내가 이 유럽 여행을 이천년도에 애들 보내고 봄에, 여름에 막 병이 났어. 칠년을 내가 쌍둥이 둘을 혼자 길렀다니까. 영감이 손도 안 대고. 그때도 어디 회사에 다녔거든. 이리까지 다녔어 전주서. 긍게 영감도 해줘야 되지. 애들 둘있지. 그 중에 또 막내 딸이 와서 애들 둘을 낳아갖고 갔지. 집에 와서. 뒤죽박죽 아주 거시기 나서. 그 내가 몸이 완전히 아파갖고 더 못있어서 여름 방학하기 전에 유월 팔일날인가 보냈네 애들을. 유월 육일에 데리고 갔네.

이제 그러고 난 뒤에 그해 여름에 큰 딸이 이저 유럽을 가면서 그 인자 동료 교사들 전 세계 불어 교사들 거기가 뭐 연수가 있었어. 그때 가면서 엄마를 데리고 간거야. 연수 끝나면 나를 데리고 유럽을 돌고 올라고. 그래서 가갖고 한가로이 유럽을 돌고 왔어. 걔하고 둘이 인자 여행사에 보름만 다니고 그 나머지는 보름 인자 걔하고 둘이서 인자 구석구석 돌고왔어.

그래서 그 여행기를 내가 썼단 말이야. 한 이십 페이지 남짓 넘어돌겠금 그 썼어. 그랬더니 그걸 딸한테, 막내 딸을 주었더니 고거를 인, 회식을 뭐라고 하나 컴퓨터에다 싹 써가지고 왜 서류철하듯이, 그 달력 묶는거마냥 딱 거 할머니가 뭐 노는 유럽 이야기, 해가지고 그 책으로 내주더라고. 이자 서, 낸 책이 아니고 거. 아 그걸 보니까 아 애들도 요렇게 좀 해줘라. 그런 식으로 해서 애들한테 줄라고 그 쌍둥이를. 아 그랬더니 이년, 삼년 뒤에 저도 바쁘고 이거 엄마 감정하고 저도 애기를 키웠지마는 내가 쓴 것을 막 또 아닌 것은 줄을 쭉 그어놓고 인자 또 해놓고 마 이러니까. 하리하리하리 미뤘는데.

엄마가 이자 수필을 여기를 갔더니, 군산 갔더니 컴퓨터가 있어야지 되지 이거는. 못하겠더라고. 그래서 뭐 제일 뭐 처음에 한 것이 써가지고 어 행복은 가시밭 길에 숨어있다, 해갖고 내가 육개월 한 학기를 그대로 있다가 마지막 날에 선, 교수님이 인자 마지막 종강하기 전 주에 뭘 하나 자꾸 써내보래.

이자 내 전혀 모르잖아. 그것을 내 거식을 거 한번 써보래서 그걸 썼어. 그랬더니 아 이걸 갖다 어쩌게 할 것이야 내가. 컴퓨터를 모르는데 딸한테 보내갖고 딸이 그걸 타자로 쳐서 또 우편물로 보내와갖고, 그걸 갖다 냈단 말이여. 이런 번거로움이 어디가 있어. 이거 도저히 안되는 거야. 그 교수님도 인터넷에 있어야 뭐 첨삭을 해도 줄이도 주고 이렇게 하지. 이 거 글로 온 거는 자기도 또 쳐서 올려야 되잖아.

'아이고 안 되겠다.'

그러지 이제 평생 교육원 원장이 우리 생질이 왔어. 우리 시누 우에 딱 한분 계시는데, 시누 큰 아들이 여 전북대 학장으로 있고도 그랬는데. 그 집에도 박사가 둘이잖아. 큰 아들하고 막내 아들하고. 아들 넷 중에서 잉. 그래서 인자 그 수필반이 있다고 인자 그래서 다니보라고.

그래서 이자 갔더니 긍게 육개월을 컴퓨터도 안하고 다니니 도저히 안되는 거야. 그랬더니 그해 명절이 왔는데. 날개 달아준다 그래서 옷사오나 했더니 그거를 그래 낑낑 거리고 들고 왔어. 그랬더니 저거 헌 컴퓨터 하나 갖고 와서 엄마가 배워서 하래요.

그래서 앉혀놓고는 이자 큰 지금 저 교자상, 밥상을 갖다 방에다 놓고 이자 컴퓨터를 인자 사위가 와서 채려주고는 앉으라고 해갖고 내 이거는 이렇고, 저렇고. 이자 켜고 끄는거를 달력에다 이이 뭐여 저 와이샤스 각 뜯고 여기다 결 때, 끌 때하고 쓰고, 타자를 요렇게 가, 기역 누르고. 아 하고 하면, 엄마는 할 수 있을거래. 이 앉어보라고 인자 갈춰줄거라고. 엄마가 말 한번 써보라 해서,

'어머 이것이야 고맙다.'

한게 헌게 말이나.

“와우 우리 엄마 잘하네. 아이고 우리 엄마 학생 잘하네.” (웃음)

“아이고 우리 엄마 학생 잘하네.”

막 이러는 거야. 그러면서 그때 오면서 저번거 쓴거를 이 이 이런 곽에 하나 두줄로 타고 왔어. 엄마가 치라고. 엄마가 쳐서 하라고. 그것도 갖고오고 이제 컴퓨터를 갖고 앉혀주는 거야.

그래서 육개월간 컴퓨터를 배와. 어디로 가면 배울 때가 있데. 그래서 뭐 전화 보고 갔더니 머리가 홀렁홀렁 벗겨진 퇴직자들이 한 삼십명 앉았는데. 그 여자가 내가 가서 신청을 해놓고는 (웃음) 그게 말이 그렇지. 그 사람들은 어느 정도 갔고 나는 인제 신출래기고 이게 이게 안되더라고.

그래서 그냥 이제 집에서 타자 연습만 하고 또 이자 또 뭐 무료로 어디가 한다는 데를 막 쫓아다니고. 그래서 그냥 해갖고. 지금도 아직 뭐 사진 올리고 이런 것도 배우면 하지마는 내가 일이 그렇게 많은게, 이메일 보내고 받고. [조사자 : 그정도는 기본인데. 에.] 이 좋은 글 오면 복사해가지고 그림은 싹 빼고 이리 옮겨서 또 단축 시켜갖고, 어 여러 장이 되잖아. 그림 있으면 고거를 압축해가지고 그래도 프린트해서 넘 주고.

그때 한 일년 남짓 된게 그거 그냥 고장나고 뭐 못쓰고 자꾸 뭐 어쩐다 하니까. 새로 싹 또 한번 사위가 사다 주더라고. 프린트까지. 그때 프린트기도 없었는데. 그래서 점차적으로 이렇게 된거야. 그래서 늙었다고 말고 지금도 하면 된다는 거야, 나는.

그래서 본래 내가 애들한테도 못한다 소리는 하지 마라. 절대로 못한다고가 아니라 넘이 삼일할, 아니 하루 할거 나는 못하면 삼일 하면 되잖냐.

"그런 식으로 난 절대로 못한다 소리를 하지 마라."

그랬어. 그 내 자신도 남자가 하루 할 거, 우리 여자들이 3일하면 되잖아. 그래갖고 하수구도 잘 고치고 에 그냥 좀 막 악바리 여사였어. 그랬더니 그냥 그렇게 저렇게 해서 늦게라도 내가 그 뭐 좀 그래도 늦게 시작한 거지만 잘했다 싶어. [조사자 : 그러믄요.] 그러게 우리 또래들 아무도 몰라 컴퓨터. 근데 그래도 컴퓨터를 하니까 글도 써서 내지. 뭐 이런데도 어디도 가고내지.

어디 원고 청탁이 지금도 와 있거든. 이십일까지 원고 써서 보내, 해야돼. 재미도 있고, 또 내가 하고 싶은 일도 하고 그래서 운이 좋잖아. 그래서 못한다고 하지 마라 하는 거야 내가. 이 나이에 이 이런 사람도 그래도 배와갖고 이렇게 써먹는데 뭘 조금 육십대, 못한대요 이런 소리 하지도 말라고 막 그렇게 자꾸 눈치주고 그러지. 아 그래요.

너무 애썼고 뭐 별 것도 아닌데. [조사자 : 아니 아니에요.] [조사자 : 너무 좋은 얘기 해주시구요.]

아이고 오늘 수고 많았고. [조사자 : 아니에요. 감사합니다.]

별것도 아닌데 찾아줘서 고맙고. 그리어. 올라가요. [조사자 : 예. 또 연락드릴게요.]

신 씨

신령의 도움 속에 펼쳐 나온 삶

"하늘을 치다보고 껄껄 웃었어. 내가 웃고서, 잘 되갔지. 잘했다. 이랬어. 그래서 마침 잘 됐어."

※ 첫번째 구연

자 료 명 : 20081019신씨1(대전)
조 사 일 : 2008년 10월 19일
조사시간 : 3시간 20분(13:20-16:40)
구 연 자 : 신씨, 여·89세(1919년생)
조 사 자 : 박경열, 나주연, 김아름
조사장소 : 대전광역시 서구 탄방동 (구연자의 집)

조사과정 및 구연상황

신씨는 옛날이야기를 잘하기로 소문이 난 인물이다. 조사팀이 전국 주요 도시의 공원을 대상으로 이야기 조사연구를 진행했을 당시 대전 남선공원에서 만났던 구연자로 모두 55편의 이야기를 들려준 뛰어난 이야기꾼이다.[6] 이전 조사가 인연이 되어 연락이 닿았고, 그녀의 집을 찾아가 다시금 이야기를 청할 수 있었다. 신씨는 무척이나 반가워하며 결혼한 열네 살부터 한 해 단위로 삶의 이야기를 풀어냈다. 그 과정에서 조사자는 거의 개입하지 않았다. 조용한 분위기에서 구연이 이어졌으며, 쉼 없이 3시간 동안 지속되었다.

---

6) 신씨는 모두 네 차례에 걸쳐 〈도효자 이야기〉, 〈동자삼 이야기〉, 〈도깨비 이야기〉 등을 비롯한 이야기 55편을 구연하였다. 신씨가 구연한 이야기는 신동흔 외, 『도시전승설화자료집성』 7권(민속원, 2009)에 수록되어 있다.

구연자 정보

신씨는 1919년생으로 황해도가 고향이다. 오남매의 막내로 나고 자랐다. 열 살 되던 해에 어머니가 돌아가셨고, 열네 살에 중매로 결혼했다. 남편은 여섯 살 연상으로 오남매의 넷째였으며 조실부모한 사람이었다. 징용에서 면제된 남편이 징용을 살러 가자, 그녀는 면서기를 만나 단판을 짓고 남편을 데려왔다. 시집식구의 도박으로 먹고 살 길이 막막해지자, 절에서 음식을 해주며 가족의 생계를 이어갔다. 남편과의 사이에 육남매를 두었고, 지금은 둘째 아들네와 함께 평안하게 살고 있다.

신씨는 말 그대로 이야기꾼이다. 기억력이 뛰어난 것은 물론이다. 이야기를 재구성하는 능력도 탁월한 구연자라고 할 수 있다. 그녀의 이야기에는 산신령을 비롯한 신령스러운 존재, 삶의 안내자 역할을 담당하는 예지몽이 종종 등장한다. 이것은 신씨가 구연한 옛날이야기에서 느낄 수 있는 독특한 색채의 연장선이라고 볼 수 있다.

신씨는 이름이 특이한데, 주민등록상의 본명이다. 본래 이름은 신정혜였는데 난리통에 펼쳐진 인구조사 과정에서 신씨의 올케 언니가 시누이의 이름을 제대로 말하지 못하자 조사 담당자가 그냥 이름을 '신씨'로 올려서 이름이 이렇게 바뀌었다고 한다.[7]

이야기 개요

열넷에 결혼하여 열여덟에 임신했다. 입덧을 하자 떡갈국이 먹고 싶어 산에 올라갔다 호랑이를 만났다. 너무 놀란 나머지 넋이 나갔고, 친정오라버니의 도움으로 회복하게 되었다. 명절에 임신한 몸으로 널을 뛰었고, 다음 날 출산을 하게 되었다. 보름날 큰댁에서 잡곡밥을 먹은 이후 아기가 시름시름 앓았고, 이내 숨이 끊어졌다. 시숙이 와서 장례 절차를 행하자, 아기가 소리를 세 번 내고 살아났다. 열심히 농사를 지었지만 시댁식구들의 노름으로 재산을 모두 없애고 고향을 떠나왔다. 산속에 터전을 잡고 숯, 주머니, 떡을 만들어서 내다 팔며 살았다. 눈이 많이 내려 집이 무너질 위기에 놓였었는데, 산신의 도움으로 무사했다. 뱀에 물린 큰아들을 축지법을 쓰는 젊은 도사가 치료해 주었고, 이때부터 산신령에게 치성을 드리며 살았다.

[주제어] 군인, 산신령, 산중생활, 호랑이, 산신령, 축지법

---

7) 신씨의 이름에 얽힌 사연은 신동흔 외, 『도시전승설화자료집성』 7(민속원, 2009)에 수록된 '이름이 신씨가 된 사연'에 구체적으로 나와 있다.

[1] 떡갈잎 구하러 산에 갔다 호랑이를 만나다.

[조사자 : 할머니 고향이?] 인자 내 고향은 황해도에요. 황해도 평산, 바깥 양반 고향은 황해도 연백 내 고향은 평산 한 칠십, 팔십 리 거리 돼요. 연백에서 평산갈려면.

[조사자 : 할머니 편하게 얘기하시면 돼요.] 예.

뭔 얘기를 먼저 해야 할까? 살아나온 이야기 허래니께 살아나온 얘기를 해 줘야 되겠네.

나 저기 내가 복이 없어가지고 어머니가 일찍 돌아가셨어. 열 살 먹어서 어머니가 돌아가셔 가지고 아! 고생이 많았어요. 옛날에 어렵기는 허고 어머니가 일찍 돌아가시니께 오빠 삼형제에 우리 언니 하나 있고 내가 막내딸인데 우리 어머니가 나 열 살 먹어서 우리 어머니 마흔 여덟에 돌아가셨어. 그래가지고 고생, 고생, 고생해 커가지고 열네 살 먹으니까 시집보내더라고. 우리 아버지가.

시집이라고 가니까 또 역시 시어머니가 없어. 시어머니가 없고 역시 신랑도 아홉 살 먹어서 어머니가 돌아가셨디야. 그래가지고 저 오남매에 넷째 자손으로 태어나가지고 어머니가 아홉 살 먹어서 돌아가셨는데.

삼춘이 저 황해도 평산에서 그 평산 산중에 사리원 못 미쳐 거기서 사는데, 초상치러, 형수 초상치러 나왔다가 유월달에 돌아가셨는데, 유월 그믐날인데 나오셨다가 그 막내 아들을 조카를 데리고 갔대야, 너는 오남매가 그냥 제일 큰 양반이 열아홉살이고, 고밑에 열입곱살, 고밑에 열세살, 고밑에 우리 신랑 아홉살, 고밑에 여섯 살 먹은 딸 고렇게 놔두고 돌아가셨어.

삼촌이 나와서 인저 초상치러 나와서 보고서는 하도 가엾어서 데리고 갔대요.

"너는 나 쫓아와서 내가 나 따라와라. 내가 길러서 너를 장게꺼정 내가 보내 줄게. 우리집서 같이 살자."

그러고 데리고 길러서 스무살 먹어서 장가를 보냈어. 나는 여섯 살 터울이지 열네살이고 신랑은 스무살이고. 그래, 시집이라고 가니께 또 역시 식구야 열 두식구야. 나꺼정. 열 한 식구 헌테로 시집을 가, 애들도 그렇게 많더라고.

그 사촌동서가 삼남매를 낳고 시누이들, 시집을 안간게 셋이나 되고, 그래가지고 그렇게 시아버지, 시어머님 계시고, 동서내 두내외허고, 우리 두 내외 되니께 그렇게 식구가 많더라고요. 그래가지고 산중에서 논은 없고 논은 얼마 안 되고, 순 밭이에요. 그래, 그 밭에다가 그냥 감자 심고 그냥 콩심고 팥심고 이런걸 밭농사하고 그렇게 먹고 사는데 일 많이 했어.

거기서 그렇게 허다가 시아버지는 연백에 계시잖아. 큰아들 내외가 큰 며느리하고 인저 연백에서 사는데 그 딸들은 다 시집보내고 나 열 네 살 먹어서 시집갔는데, 정월 그믐날 열 네 살 먹어서 시집갔는데, 그 이듬해 오월 스무, 음력 그 오월 음력 스무 엿세날 시아버지가 돌아가시더라고. 그래가지고 부고가 왔어요. 부고가 오는데 그 때는 뭐 편지를 허나. 오래 걸리고 허니께 사람이 왔더라고. 시누 남편이. 우리 쪽에 인저 시누 남편이 부고를 가지고 왔더라고.

그래 가지고 같이 나가서 열다섯 살 먹은 사램이 백리가 넘는 길을 걸었어요. 걸어서 가니까, 인저 여기서 산중에서 인저 해 불끈 셋기면 나서서 갔는데, 거기 들어가니께 해가 지더라고. 걷기도 많이 걸었지. 시삼촌하고, 신랑하고, 나하고, 그 저기 시누남편 부고 가지고 온 시누남편, 이렇게 넷이서 걸어가 가지고 초상치루고 한 일주일 넘어 가니께 얼굴이요 허물이 콩꺼풀같이 일어나요. 디어가지고. 햇빛에 디어가지고.

그래 지금은 우산 양산이 있지. 그 때는 양산도 없어요. 양산도 없고 꺼먹우산은 있는데, 우산이 저 머리 푼 상제는 부모상 당해 가는 사람은 삿갓은 쓰지, 우산은 못 쓴데. 어떻게 삿갓을 쓰고 가갔어? 그래서 그냥 걸어갔어요. 타서 얼굴이 햇빛에 타가지고 콩거물같이 그냥 허물이 훌훌 벗어지더라고. 그렇게 해서 거기서 인저 살았어요.

그냥 인저, 동서끼리 살다가 일을 많이 했어. 밭고리도 많이 이고, 쇠죽통도 많이 이고, 논농사 하는데 그 봄에 논갈만, 논갈아서 모내면 쇠죽통도 많이 이고 댕기고, 쇠죽통안에다가 신랑 샛밥, 샛때에는 샛밥 놔서 이고 가고, 중손때는 종손 놔서 담어서 쇠죽통에다가 밥 그릇, 국그릇, 인제 반찬그릇 담아서 놔서 이고 가서 내려 놓으믄 소 죽 맥이고 사람 밥 먹고, 또 일허고. 그렇게, 그렇게 살았는데. 열여덟 살이 먹었죠.

열여덟 살이 먹었는데 인자 우리 친정에서, 그 해는 농사가 더 많았나봐. 친정은 평산이니까, 오빠헌테 내 철매소 하나 얻어 달라 해 가지고, 철매소는 뭐냐허면 여름 한 철 두덜이고 세덜이고 인자 한덜이고 농사질적에 소를 갖다가 부려요. 부리고서는 그 부린 값을 인저 주는게 철매소야. 그게 철매소야.

철매소로 그렇게 얻어다가서 삼월달부터 얻어다가 논갈고 모심고 다 허고서는 인저 오월달에야 소를 가지고 친정에를 가는데, 인자 농사 다 져 놓으면 연백에는 밭이 없으니께 일이 없어요. 여자들 일이. 살림만 허면 돼. 그리고 논메고 이럴적에 밥해 먹이고 이러는 거야. 그래서 인저 내가 쫓아왔어. 친정으로.

소 가지고 처갓집에 가는데, 나도 가서 좀 쉬어가지고 쫓아갔는데, 평산 우리 친정에는 논밭이 산반해가지고 논 물반, 산반 해가지고 일이 많아요. 밭일도 많고, 논일도 많고, 일이 많아가지고 쉬러 갔는데, 쉬지도 못허겠더라고. 그래도 올케오빠나 어머니는 돌아가서 안 계시니께 아버지는 일허러 나가시면 나는 그냥 집보라고서 일어나면 그냥 잤어요. 졸려 못살아. 일을 많이 허고 와서.

그냥 신랑은 소 갖다 주고 하룻밤 자고 가고. 인저 연백으로 가고, 나는 친정에 떨어져 있는데 그냥 자는 거야. 그냥 마루에다가 그냥 저 자리 하나 깔아 놓고서 거기에 드러눠서 그냥 자는 거야.

자면, 닭이 꼬꼬댁 울면 깨까지고 문열고 나가면 닭을 그냥 오십마리 이렇게 치는데, 그냥 놔서 맥이잖아요. 들판에, 산에, 산이잖아. 산으로 어디로 돌아다니면 벌레 잡아먹고 인저 주서 먹고 그러다가 인자 삵쟁이가 내려와서 인저 물어가던지 인저 독수리가 내려와서 물어가던지 허면 막 꼬꼬댁 이런다고. 그러면 나가보면 독수리가 한 마리가 채갔어.

할 수 없지 뭐. 어떡혀? 불러들여가지고 먹일 줘서 멕여 놓곤 또 자는 거야. 그러다가 점심 때가 되면 인자 점심들 잡수러 들어오셔. 그러면 점심 먹고 또 일하러 나가시면 또 자는 거야.

그러다가 해가 얼추 지면 저녁을 해놔야겠는데, 저녁도 늦은 거야. 그냥. 그래서 일어나서 저녁을 해 놓으면 들어오셔서 잡숩고. 그럭저럭 밤으로 사흘 밤낮으로 사흘 엿세를 잔거야. 사흘 엿세를 자니께, 조금 정신이 나요.

그래서 맑은 정신 나가지고선 이레째 되는 날은 안자고 그냥 빨래도 좀 허고 인저 닭도 살펴보고 그럭허고서는 밥도 해 놓고 점심 잡수라고 드리고 저녁밥도 해서 드리고. 이렇게 인자 허는데, 인자 칠월달이 당해서 근데 내가 애기를 섰던거 봐요. 애기를 열여덟에 애기를. 그 때 윤삼월이었어요. 윤삼월부터 애기가 있었던가봐. 입덧이 나서 그렇게 가라앉아서 잠만 잤던가봐.

그렇게 해서 칠월인데 거기는 밀이 많아요. 황해도 평산은 보리는 쪼금 되고 밀이 그렇게 많아. 밀이. 그냥 엄청이 막 많이 가는데 밀을 베어다가 밀타작을 해서 그 놈을 물에다가 다 시쳐 말려야되잖아. 인저 일어서 돌가루를 깨끗이 시쳐서 멍석에다가 다 말려서는 되로 항아리도 담고. 가마니도 인저 멱장이, 그 때는 멱장이야. 가마니가 없어. 멱장이 짚으로 멱장이 만들어서 거기도 담고. 이렇게 놓고선 맷돌에다가 갈아 먹는 거야.

장마통인데, 비가 올다말다 올다말다 허는 날인데, 밭도 다 메놓고 인자 들일 다해서 그러고 인저 들어서 칠월이니께 칠월 그믐께여. 그런데 스물 몇칠 날인데 그게 이렇게 낼 인저 밀을 맷돌에다가 갈려고 바짝 말린 밀을 함지박에다가 놓고서는 몇 말 그 갈 맷돌에다가 갈만큼 퍼서놓고서는 거기에다 물을 한 그릇 떠다가 치면서 이렇게 버무려요. 그러면 바짝 말린 밀이 눌어져. 삼베보자기를 폭 덮어서 놔두면 그 이튿날 아침에 보면 뽀송뽀송해져서 물기가 없어. 다 갇아 먹었어. 속으로 불어서 밀이 불으니께. 말린 밀이 불으니께 다 갖다먹어서 없어.

그러면 인제 그놈을 맷돌에다가 갈기 시작허는 거야. 맷돌이 커요 이렇게 둘이서 돌리기도 힘들어. 막 천으로 집어여며서 둘이서 손으로 집어 놓고 난 그냥 두루고 둘이서 갈다보면 아이 해가 설풋허게 졌는데, 날이 흐리고 비가 오다 개다 허니께 해가 안뵈니까 몇시가 됐는지 모르겠어.

그 때 시계가 있어여? 시계가 없어요. 해 그늘 가는 걸 보고 몇시 되는 걸 짐작허는데, 비가 오는 날이니께 해가 안뵈잖아. 닭이가 모이를 먹고 울고 이러는걸 대중 허는거여. 닭이 울어준다고. 세시 되면 울고, 두시 되면 울고, 한시 되면 울고, 장닭이 돌아다니다가도 꼑꾜 시간이 되면 울어서 닭 우는 걸 보고 시간을 아 몇시다 몇시다 허는 거야.

그런데 닭이,

"꺾교꺾교!"

우니께 올케언니가,

"아이고, 세시됐네."

그려.

"저녁 때 세시 됐네."

그러는데 밀은 어, 다 갈었에. 수말 해 놨었는데 그러니까,

"많이 갈았네."

허면서,

"그만 갈지뭐. 추겨놓은 것만 갈고, 내일 또 갈지 뭐."

그러면서 체로 치는 거야. 막 채로 쳐가지고 고운채로 내야 돼요.

그렇게 속갈고 내려 놓으면 항아리에 담고 꼭꼭 눌르면, 담아놓으면은 한 항아리에 해 놓으면, 벌레집이 안나요. 그 이듬해꺼정. 둬도 벌레집이 안나. 그걸 먹을적에 눌렀으니께. 밀가루가 파지지 않으니께 막 수저 갖다가 이렇게 긁어야 돼. 수저를 이렇게 꼬불쳐야 덩어리가 깨져 그렇게 해놓고 먹어요.

금방 먹는 건 막가루로 그냥 갈아 놓고. 막가루로 그냥 치지 않고 그냥 섞어서 이렇게 소금 버물여서 밥해 먹고, 감자 끓여다 해먹고, 수제비도 해 먹고, 국수해 먹으면 쳐야 되고.

이렇게 허는디. 아 그걸 세시가 됐는데, 아이고, 그 된장 떡갈국이 그렇게 먹고 싶어. 구수허니 된장 떡갈국. 근데 칠월달에 떡갈국을 뜯어 먹여요. 산에 가면 떡갈이 많아. 떡갈나무는 칠월되도 안쇠요. 어! 많아. 그놈을 인제 아이 올케언니더러,

"성님은 저녁 해요. 난 암만 산에 가서 떡갈 한 잎만 뜯어갖고 올게."

"지금 해 다 갔는데, 저 산그늘 내려오는 거 봐. 안개 내려오는거봐. 산에 산꼭대기에 안개 내려오는거봐. 안개 내려오면 해 다 넘어간거야. 무슨 떡갈을 뜯으러 가느냐?"고.

이실밭에, 이실이 그냥 모가지꺼정 올라올건데, 무슨 떡갈을 뜯으러 가느냐고.

"나 먹고 싶으니께 한 주먹만 기슭 거기 안 올라가고 가서 뜯어가지고 올게."

하고 갔어.

요만한 여기다 차고 갔어요. 새암길 위로 우리 친정에 콩밭이 큰게 있어요. 근데 사래찬 밭인데, 평산 밭이 거기다가 밀벤 다음에 콩을 심었어. 콩이 요만큼씩 컸어요. 아침에 두벌꺼정 메놔서 콩밭엔 풀은 하나도 없고 콩만 요렇게 컸어. 그런데 인자 콩밭 길 가운데로 인제 길이 났어요. 그 길로 해서는 올라가서 떡갈을 뜯는 거야. 떡갈이 많아요.

그걸 뜯고 막 까치가 한 삼십마리, 그냥 떼지어 다니면서 막 짖는 거야. 머리위로 막 가는 대로 쫓아 다니면서. 그냥 요리가서 짖고, 저리가서 짖고,

아이 그러면 어른들이 까치 짖으면 침을 퉤 받데.

왜 그러나 침을. 나도 그걸 봐서 침을 퉤 받고는 또 올라가선 뜯고 뜯고 했는데. 안개가 내려왔는데 폭 끼었는데, 내가 들어가면 방안만큼은 없어. 내가 들어가면 방안만큼은 안개가 없어져. 그러니까 뵈잖아. 떡갈이. 들어간덴 안개가 없어져 차츰차츰 올라가는데 언간히 한참 올라갔던가봐.

뭐가,

"으르렁!"

해.

'아이고 세상에 뭐가 이러나. 아버지가 난리가 날려면 지진을 헌다고 허더니 지진을 허는 소린가?'

지진을 날려고 허는 소리가, 비가 오니께 천둥소리는 아닌데, 천둥소리보단 요란해요. 천둥소리는 아닌데 천둥소리는 공중에서나지. 땅에서는 안나. 그러니께,

'지진 우는 소린가 보다.'

그리고서는,

'난리가 나면 어떡허나?'

하고 한발짝 올라오면 또 그러고 그 소리가 자꾸나. 자꾸 올라가면 떡갈만, 한바구니 뜯었으면 내려와야 할꺼 아냐? 근데 욕심이 많으니까 자꾸 올라가면서 자꾸 뜯네. 꾹꾹 눌르면서 언간히 올라갔는데,

"우르르!"

하는데 나 딛은 땅이 울려요. 들썩들썩 허더니,

"카악!"

해. 막판에,

'아이 이거는 지진소리도 아니고 어디가 호랭이가 있나 호랭이 우는 소리 같은데 뭔 소리여?'

이렇게, 이렇게 보면 또,

"으르릉, 하악!"

허고.

"으르릉 하악!"

허고 자꾸 그런 소리가 나. 공중에서도 안 그러고 산꼭대기에서도 안 그러고. 아, 여기서 그래. 그러면 내 발 딛은 땅이 터렁터렁 울려.

"하아악!"

허고.

"하아악!"

허고.

'뭐 이러나?'

서 가지고서는 떡갈주머니를 담지도 못허고 들고 서가지고는,

"하악!"

이렇게 허면, 뒤에서도 안나. 옆에서도 안나고. 앞에서 나. 그 소리가. 앞은 그 삐아리가 졌어요. 저긴 아래잖아. 아래. 아래를 이렇게 내려다 보니까 초나무 참나무 많지. 철나무를 산이니께 많지. 거긴 철나무를 비잖아여. 밑에 돋은 나무는 다 깎았지. 중간에 꼭대기만 있지 바닥에도 깍았으니께. 봄에 나서 크는 해초니께 센건 없어. 가시고 뭐고 센건 없어. 철나무는 근데 다 뵈일건데 안뵈. 저만치.

떡갈나무라고 알아요? 가닥난거? 이렇게 떡갈나무 털도토리가 열지? 그건 이파리가 이렇게 퍼지잖아. 이만치 퍼지잖아. 그것도 깍았으니께. 그 사이가 있네. 떡갈나무 하고 소나무하고 그 사이가 있네. [조사자 : 뭐가?] 호랑이가. 대가리는 요거만 해. 대가리는 조그만 헌데, 눈가리는 입허고만 이렇게 커저게 닭 잡아 먹는 삵쟁인가 보다. 상판이 고렇게 생겼거던.

'살가친가 보다.'

하고 살가치가 내려와 닭을 채 갔다고 해.

'한번 쫓아볼까?'

닭이 삵쟁이면 사람이면 쫓겨갈거아냐? 물러스지도 안해. 마주치는데도. 그래서 왼쪽 다리를 탁 구르면서,

"두우!"

해서 더 저만치 뒤야. 근데 껑충 동서울패기 가닥나무 위로 냉겨. 뒷발은

거기가 있고 앞발은 뛰어넘어서 가닥나무, 호랑이가 앞다리가 여기와 뚝 떨어지네. 앞다리가 뚝 떨어져 여기와 있고. 내가 얼마나 놀래요. 불과 요 이 한발도 안되는 샌데. 얼마나 놀래. 그때는 정신이 아찔해요. 큰 황소만해. [조사자 : 가까이 오니까.] 그래 가지고서,

'아버지가 그러시는데 호랑이를 봐도 정신을 차려야 산대더라.'

아버지한테 이 말을 들었어. 그 말이 떠올라 정신을 아찔해요. 정신을 바짝 차리곤 안되겄어. 안개가 폭 둘렀는데 여기만 안개가 없는데 그래 어떡허면 좋아. 뒷걸음질을 안개속으로 살망살망 나무 새로 뒤로 손을 이렇게 붙잡으면서 뒷걸음질을 살망살망허니께 그것이 가지도 않고 서서 아가리 이렇게 서서 피해가니께 쫓아오진 않더라고.

옆으로 슬슬슬슬 나온 길을 짐작허고 내려갔지. 내려가니께 콩팥이 산 다 내려갔으니께. 그래도 그냥 그 소리가 들리는 거야. 그 소리는 없어지지 않는 거야. 안개가 껴서 뵈진 않는데 콩팥에 콩이 부러지거나 말거나 콩팥을 내려뛰었어. 길걸음에 확 나가서 거기 팍 주저 앉았어. 물을 길어다 먹는 샘길에. 그냥 들려요. 그 소리가.

근데 저녁때가 됐으니께 거기 다섯 집이 살았는데 다 우리 신씨네야. 다 우리 집안이야. 그 아래 집에 밑에 집에 사는 조카벌되는 사람이 물동이를 끼고 물길러 오다가 안개가 낀데 몰랐는데 바짝 오니까 내가 뵈니께,

"아줌마 웬일이야? 왜 안개속에 앉아 있어? 아이고 이 아줌마야! 나물 뜯어 가지고 오느나?"

그러면서 일어나라고 하는데, 내가 넋이 빠져서,

"아줌마, 왜 그래?"

"조카, 저기 호랭이 있어. 나 이거 뜯다가 호랭이한테 쫓겨 내려왔어."

"아줌마, 큰일 났네."

물동이를 거기다 놓더니 보걸이를 허리에 낀 걸 끌러서는, 어깨에다 매고 나를 일으켜서 손으로 끌고 집으로 끌고 가는 거야.

"빨리 가. 아줌마. 빨리 가."

우리 집 문턱에다 앉쳐 놓고 자기는 물길러 가는 거야. 거기가 대문밖에,

옛날에 집엔 축담이 있어요. 담을 요렇게 쌓아서 거기다가 납죽하게 맨들어 넣고 자리깔고. 거기 앉기도 하고 멍석도 척척 거시다 개서 올려 쌓기도 하고. 그러는 데가 집집마다 다 있어. 옛날집이 이렇고선 두다리 쭉뻗고 앉아 있어.

근데 올케언니는 후닥후닥 보리 짚을 때면 수제비를 뜨나, 뭘 뜯어놓고 들여다보는데, 불을 떼야 할 텐데 정신이 없어. 발 한작도 못 움직여. 넋이 빠져서.

오라버니가 쇠를 두 마리를 먹였어요. 우리 친정에서 쇠먹이를 태산같이 벼서 마당에서 부려 놓고서는,

"너 왜 그러냐? 어디 아프냐? 왜 그러냐? 왜 그래? 말해."

"오라버니, 말 안 나와."

"왜 그래?"

그러더니 올케언니가 부엌에서 그 소리를 듣고 쫓아 나와서는,

"떡갈 뜯으로 가 안 온줄 알았더니 와서 여기가 앉아 있는 거야? 놀랬네. 떡갈 뜯으로 가더니 이렇게 많이 뜯어 가지고, 놀랬네."

성질이 괄괄해요. 우리 올케언니가. 막 소리를 지르며,

"어떡허면 좋냐?"

사랑방에서 우리 아버지가 노를 꼬시다가 자리 맬려고 왕골자리를 맬려고 꼬잖아. 칡껍데기 벗겨서 속 껍데기 겉껍데기 꽈서 자리 매잖아. 왕골로. 노꼬시느라고 있다가 막 뛰어나오시는 거야.

"왜 그러냐?"

"오라버니, 저기 호랭이가 있어."

아무 소리도 안 들려요.

"뭔 소리가 들리냐?"

"난 자꾸 호랭이가 울어. 그 소리 땜에 못 들어와. 호랭이가 울어."

오빠가 얼른 업어다가 방에다가 돗자리 깔고서는 뉘워서는 호박 넝쿨에 가서 호박 순 이렇게 올라가잖아. 그러면 뜯고 박넝쿨에 순 올라가는 것을 뜯고 이만큼 꺽어다가 쇠죽솥, 가마솥 솥단지 옆에 걸어놨어. 거기다가 물을 한솥 붓고는 내 머리에 꽂은 은비녀를 빼고 은가락지는 빼서 넣어서는 삶아가지고

서는 그 물을 퍼다가 나를 먹으라고 주는 거야.

"너 빨리 이 물먹어. 너 큰일 났어. 이 물먹어야 너 살아."

먹으라고 주니까 사발에다 퍼서는, 찬물 그릇에다 놨던거봐. 식었어. 갖다 주더라고. 마셨어. 뺄떡뺄떡. 그 물을 일주일을 줘. 체를 얽어매가지고 저기 토논에를 가더니 은갈치 논고맡에 가면 은갈치 죄그만거 있어. 떼지어 다닌다고. 송사리야. 사람이 확 저리 밀려가고 그리가면 밀려가고. 그렇지.

그것을 치 이렇게 뜨면 몇 마리 떠지면, 그 때 애기가 석달만 넉달 잡아들어갈 때야. 근데 그거 갖다 네 마리를 갖다 주더라고. 입벌리라고 살라고. 얼마나 잘 넘어가. 네 마리를 다 먹었어.

그러니께 애기가 하룻밤, 하루나절 깜짝 않고 가만히 있어요. 호박순 삶은 거 먹고, 은갈치 건져다줘다 먹고. 옛날엔 그게 약이야. 지금 같으면 병원가고 약져다 먹지만. 그러니께 며칠 지나니까 아기가 빨딱빨딱 놀더라고. 죽지 않고 살았어. 그 이듬해 정월 초이렛날에 나오대. 그렇게 난 애기가, 그 이듬해 겨울을 나서 섣달날에 애라 했는데, 정월 초이렛날 나왔어.

[2] 임신한 몸으로 널을 뛰어 고생하다.

정월 초이레날 났는데, 평산에는 일이 그렇게 많아요.

여자들이 명절이 되오면 세상없이 어려워도 엿은 고아야 하네. 명절 셀려면 떡은 해야 하네. 두부는 해야 하네. 우리 어머니가 섣달 스무 하루날 돌아가셨어요. 스무날이 제사죠. 스무날 제사 지내려고 그 제사 전에 엿도 고고 두부도 허고 다 허야해. 그래야지. 언제 제사에 언제 허고 명절에 두부허고 언제 해? 한꺼번에 허니께 그렇게 해야돼. 두부먼저 해야지. 두부먼저 해놓고 엿을 고아야지. 엿먼저 못 고와.

왜냐허면 그릇에도 어디고 단게 남아 있으면 두부가 삭아서 안돼요. 삭아서. 단물이 들어가서 삭아. 그러니께 벌써 열 엿세날 되니까 두부콩을 담가다가 두부를 허드라고. 정월달에 만두를 얼마나 해먹어. 콩을 두 말을 담가놔서 그런 걸 갈아가지고서는 올케언니와 갈아서는 두부를 했어요.

그러다 시집에 와서 있다가, 동짓달에 아버지가 날 데리러 왔어. 추수는 인제 시집에 가서 다 해놓고. 동짓달에 데리러 와서 친정에서 애기 낳으라고. 첫애기니께 친정에 가서 동짓달 지나고 샛달에. 그렇게 콩을 두말을 갈아서 두부를 해놓고 올케언니랑 둘이. 올케언니도 애기를 가졌어. 나도 애기를 가지고 그 둘이가 엿을.

산중이니께 수수농사를 많이 했잖아. 절구통에다가 뻿겨가지고 껍데기를 물려서 뗏겨서 해가지고서는 그놈을 뜨거운 물에다 튀각을 해서 담가놨다가 멧돌에다가 돌돌돌돌 갈아요. 곱게 안갈고 수수를 엿기름을 놓고 끓여서 삭혀 걸러서, 그것으로 엿을 해.

그럭허고 또 인저 산중이라 쌀은 귀하고 잡곡은 많으니께, 수수 찹쌀 기장쌀 수수 이런 것을 다 해가지고 절구통에다가 그 놈을 한 너댓말 되나봐. 빻아서 채로 치면, 빻아 가지고 집에서 그놈을 집에서 떡을 했어요. 물 부어가지고, 쪄가지고, 흰떡허듯이.

흰떡도 다 집에서 했어. 방아가 어디가 있어? 이렇게 주물러 떡을 해서는 계피덕을 납죽허게 요만큼씩허게 다 만들어서 해 놔두니께, 쌀로 만든 그것을 두 시렁이야. 그렇게 해서 다해 놓고. 그러고서는 다해놨지. 또 만두도 빚고.

이래놓고 인저 명절을 세고서는, 명절 세면 어른을 찾아뵈야 하잖아. 큰댁이 당숙이 계시는디 당숙만 돌아가시고 육촌 올케가 둘이에요. 큰 올케, 작은 올케 이렇게 따로 살고. 큰 올케가 시아버지 모시고 살고. 대종가야. 아주 큰 집이야. 제사도 엄청 많고 거기를 인저 초사흘 초나흘 집에 오는 손님, 우리 아버지가 계시니께 집안에 손님이 많이 오시잖아. 손님 받아서 다 떡쉬어서 만둣국 끓여내야지. 떡 조청해서 꾸드려졌으니까 튀겨가지고 쪄가지고 손님 맞이 다 해야지. 그렇게 만두 빚어야지.

오일날이야. 당숙을 찾아뵈러 올케하고 성님허고 갔어. 뭐 이것저것 해주니께 먹고 시집갔다고 친정에 왔었는데,

"우리 나가서 널뛰어. 널뛰자."고.

그래 널을 인저, 전부 신씨네야 많아요. 조카들이 엄청이 많아. 시집갔다온

사람, 안간사람. 처녀들도 굉장히 많고. 여남은이 되가지고서는 뒤동산에 올라가서, 우리집 뒷동산은 넓은데 철나무를 구월에, 철나물을 베어다가 일년 땔걸 이렇게 말려서 쌓아놔. 묶어서 실어다가 쌓아놔. 나무 나까리가 두나까리 짚나까리 있지. 농사져서.

사이에다 널판이 뭐냐하면 기름 짜잖아요. 기름농사해서 들기름 기름판. 아이구 밑에 판 말고, 위의 누르는 기름판. 거기다 짚목에 놓고선 널뛰면 널이 얼마나 잘 뛰어지는지 몰라. 내가 배가 불러서 그렇게 널을 잘 굴렀던가봐. 날더러만 구르랴. 널을 뛰었어요. 당숙이 알았는가봐. 댓삿대를 이런 걸 쥐고 쫓아온다고 누가 일러줘.

"아줌니, 할아버지 댓사레를 들고 쫓아와요."

"아무 것이 없냐?"

"갔어요. 집이 갔어요. 벌써 갔어요."

저녁때가 되니께 올케가 올라와가지고,

"아기씨, 저녁 먹고 인저 집에 가. 큰일났네 애기씨! 잠 제대로 잘려나 모르겠네. 애기씨 정신 바짝차려. 저녁에 큰일났네. 이제 애기씨 일만 남았지. 우리일은 아니야. 우리는 몰라."

육촌 올케들 우리 올케 쭉 서서 겁나더라고. 겁을 줘.

'아이고 죽기밖에 더헐까?'

하고 널뛰었는데 어때, 널뛰었으니까 좋지. 내려가서 저녁밥이 안 먹히네. 속으로 걱정이 돼서. 밥맛이 싹 달아나서.

"애기씨, 왜 밥을 안 먹어?"

밥맛이 싹 달아나서 하도 겁을 주니께. 가서 집으로, 한참 가야돼요 .논을 건너고 밭을 건너고 산 모롱이를 돌고 한 참 가야돼. 한 오리는 되나봐. 우리집이. 가는 거리가. 큰댁에서 우리집 가는게. 가서는 인저 저녁을 먹고 왔으니께 뜨뜻허게 손발을 씻고서 따뜻한 물에서 씻고 자리를 보고 방에서 드러 누었는데, 올케언니가 이불을 갖다가 톡톡 덮어 주었더니 잠이 폭 들려고 허니께, 진짜 큰일 났어. 배가 사르르 사르르 아퍼. 영 잠이 못들어.

사랑방에서 명절이라고 작은 아버지 백리길을 와서 안가셨지? 우리 오빠들

다 있지. 오빠들 세 명 다 있지. 건너건너 마을에 사는 가운데 작은 아버지 오셔가지고 안 가고 계시지. 다들 안방에 들어오셔서 밤참을 잡숫느라고 떡을 구워서 조청 갖다 놓고 찍어서 밤참을 잡숫는데 아 그 놈이 먹고 싶은데 여기가 아퍼서 먹을 수가 있어야지. 아퍼서.

"너도 일어나 먹어라."

"아, 저는 안 먹어요."

어른들이 잡수니께 드러눕진 못하고 일어나서 이불속에서 이럭허고 앉아 있는 거야. 이불을 덮고 이럭허고. 어떡허면 오슬오슬 춥고, 어떡허면 땀이 확나고. 땀나면 확 젖혀놓고 추우면 이불을 폭 쓰고 앉아 있는 거야. 올케가,

"거기 드러누워."

"어른들 계시는디 어디가 드러누워요? 가만히 있어요. 성님. 가만 내비려둬. 아무 소리도 말고."

어른들 앉으신 뒤에가 앉아 있는데 다들 잡숫고 사랑방으로 나가시더라고. 나는 드러누웠어. 올케언니는 살살 자는데 나는 못자겠어. 어휴 점점 더 아픈 거야. 막 점점 더 아픈 거야. 열두시 자정이 되니게 죽겠어. 일어났어. 성님 깰까봐 앓음 소리도 못허고 그냥 방구석을 헛메는 거야. 형님이 알아서 깨서,

"왜 그래? 고모. 왜 그래?"

"아파 죽겄어. 아! 어떡허면 좋아."

불을 확 키더하고 키더니 큰일났으니게 일어나라고. 배를 만지더니 애가 아래로 축 쳐졌데. 내 치마를 벗기고 바지를 베끼고 요만한 홑바지만 하나 입혀 놓고 성님 치마를 갖다가 입혀주더라고. 왜 성님 치마를 입혀주자고.

"내가 애기를 쉽게 낳았어. 쉽게 낳는 사람 치마를 입으면 쉽게 나니께, 이거 입어."

그러고 입혀줬어 입고서는.

"나 못 드러눠."

활딱 일어나서 이리 띠고 저리 띠고 앉지도 못허겠데. 애기 도는데, 돌아당겨야 오히려 낫어. 아침에 닭이 턱턱 울고, 또 울고, 닭이 시에 울고 날이 활딱 서니께 나아지는 거야. 해가 붉게 솟아오른 시가 인시래. 인시. 아이고 그렇게

애기를 낳았어요. 첫애를. 낳아노니께 아들이야. 그래 애기가 쉽게 나왔대. 어른들이 그래 며칠 더 있다 낳을 건디 쉽게 낳았다고.

그래서 그 애를 거기서 연백서 못 기르고, 한 달 만에 아버지가 송편을 해서 데리고 가야 애기가 몸이 굳게 잘 큰데나? 애기 낳아가지고 시집을 갈 때에는 송편을 해서, 요만한 동굴에다 하인을 해서 지우고, 아버지가 같이 가시고, 걸어가는데 칠십리길을 걸어가는데, 그런데도 안 좋아. 몸이 한 달이 다 돼서 정월 그믐에 갔는데 그때도 몸이 안 좋아요. 팔십리길을 걸어갔어. 또 거기서 못 살았어. 시집이서 못살고.

[3] 죽었던 아들이 살아나다.

우리 시집이 아주 노름꾼이야. 농사를 지어놓으면 다 노름빚에 갔다가 먹을 거라곤 하나도 없어요. 가니께 우리가 그렇게 농사를 지어놨는데 먹을게 있어야 살지. 우리 신랑이 나를 데리고 산중으로 또 들어갔어. 이월 달에.

평산 먼저 삼촌네 집이 살던데 거리 들어가서는 또 거기 가서 사는 거야. 조그만 집을 빈집을 하나 얻어줘서 거기서 사는 거야. 살아서는 일년 농사를 지었는데, 그래도 애기가 복이 있었던가. 담배 농사를 했는데 담배가 잘 됐어요.

그래가지고 담배돈 이백원을 해서, 그때 백원이면 큰돈이야. 담배돈 이백원을 맨들어 놓고 수수농사, 콩농사, 밭농사, 자급자족 먹을걸 해놨어요. 그러고서는 그 때는 재미나드라고. 애도 많이 컸어. 젖이 내가 못먹으니께, 젖이 적어가지고.

그러는데 칠월달에 올밤이 나오대. 그 올밤을 따다가 그놈을 삶아서 까가지고서는 절구통에다가 찌어서는 설탕이 뭐있나? 뭐있어? 미음가루 좀 이렇게 끓여가지고 그렇게 타서 죽을 만들어서 고놈을 먹였어요. 고놈을 떠먹이니께 젖을 조금씩 먹이면 아이가 밤살이 오르더라고. 그래서 토실마리 같이 크더라고. 정월이 돼서 돌이 됐잖아요. 돌이 넘어갔어.

정월 열아흔날이야. 보름밥을 해놓잖아. 그 옆에서 문씨네가 사는데 큰집이야. 동네에서. 유지, 큰집이여. 그 노인네가 동네 구장리 큰집인데, 보름밥을 해 놓고 논다고 저녁에 데릴러 왔데. 그래서 데릴러 왔는데 안 갈수가 없어서 애기를 업고 갔어. 윷놀이, 재치기, 반지치기, 반지감추기허고 윷놀고 그러다가 밤참을 가져왔어요.

밤참을 잡곡밥을 갖다 놓고 먹는데 애가 그것을 먹고 물에다가 적셔서 세 번을 떠먹여 줬는데 그게 체했나? 병이 날려 그랬는가. 열이 절절 앓기 시작허는 거야. 영 안나서. 병원이 있어야지. 그때는 병원이 없어서 아궁이의 진흙을 이렇게 바르잖아. 불때면 타잖아요. 고러면 고것을 달팽이 수저로 톡톡 긁어서 흙덩어리를 물을 팔팔 백열탕을 끓이면 빨강허게 우러나잖아.

"그 물을 먹이면 낫는다."고.

언간히 체하고, 감기몸살 언간히 체허면 그거 먹으면 들어요. 침 맞히고 근데 안들 어. 그걸 해도.

그래서 아이, 뭘 아냐고. 내가. 스무 살 먹은 사람이 정월 열아홉에 낳으니께 정월에 돌이니께 스무 살 되는 애가 뭘 알아? 그래도 어른들 허는거 보고 삼신에다다 미역국 끓이고, 밥도 해 놔놓고, 절도 해보고, 그래도 안 들어. 그것도 몇 번을 했어. 삼신에다가. 그래도 안됐고. 아이 그래서는 어른들이 그전에 보니 그렇대 보니. 그래서는 삼신에다가 하루 저녁에 세 번을 해서 밥을 떠놓으면 앓는 애가 낫는다고. 그렇게 까지 해봐도 목욕제계를 허고 그렇게까지 해봤어요.

그렇게 해도 안들어. 결국은 아이, 정월 그믐날 저녁에 애가 죽어버리네. 죽어버렸어.

근데 우리 당숙네가 내가 시집갈 적에 삼촌네 집에 갔다고 했잖아. 삼촌내외는 다 돌아가시고 사촌이잖아요. 사촌 시숙이 자기네 아들 둘 데리고 살지. 그 집이서 우리집은 여기만 저 건너편에야. 우리집은 냇물이 있지. 가운데. 어르배기 이렇게 올라가야지 있지. 애가 밤날 가서 놀아. 저기 아버지가 거기 가서 놀았어. 성한테로. 우리 시숙이 선생이에요.

그 때는 선생노릇도 안하고 아버지 계실 적에 한 4-5년 선생노릇을 했어요.

담배농사를 했어요. 동네에서 허면 은 저기 담배 그 청에서 나오잖아. 담배 심그라고 가르치는 사람이 나오잖아. 그거 지도해주는 지도원이야. 우리 시숙이, 동네 지도원이야. 그러니까 동네에서 큰 양반이지. 아거기만 맨날 가서 놀고 집이는 나 혼자 아픈 애기 혼자 데리고 있고. 한 달이 그럭저럭 보름이 넘어갔잖아. 정월 대보름날 저녁에 병난 애가 그믐이 됐으니까. 보름이 됐잖아요. 보름만에 애가 죽은 거야.

그날 저녁에는 내가 그래도 그날 밤에,

"오늘 저녁에 마실가지 말아요. 야가, 오늘 저녁 못 넹길 것 같애."

안가더라고 마실을. 안가더라고. 세상에 무정도 허지. 이런 애를 나 혼자만 데리고 있으라고. 산중이니께 가만히 외딴 집 우리 집 하나 사촌네 집 하나 뜨문뜨문 있는데 누가 오냐고. 야속도 하지. 보름을 데리고 있었는데,

"오늘 저녁에도 갈려고 그래? 어떡헐려고 그려."

아홉시 넘으니께 애가 죽어요. 그래서 저희 아버지가 지게는 하나 있었어. 아홉시가 넘으니께 죽어. 아홉시 한 이십분되니께 숨떨어지더라고. 딸꾹허더니 그냥 가버렸어. 둘러서 업고 댕기던 까만 포대기를 씌워놨어. 그걸 어떻게 알아서 사람이 죽으면 바깥쪽으로 머리 두는 거. 안쪽으로 머리 안두고 안쪽에서 앓던 애를 바깥 문 쪽으로 누워놨어. 제 포대기로 싸서 덮어놓고.

둘이 앉아서,

"아이 어떡허면 좋아."

내가 그러니께,

"당신이 여기 있갔어? 내가 가서 성님을 데리고 올게. 가서 냇물을 건너 가

가지고 사촌을 데리고 와야 잖아. 당신이 가서 데리고 오갔어? 둘이는 다 못가고 데리고 오기는 데리고 와야고. 나 혼자 가서 못 올수도 없고 어떡허겄어?"

"내가 가는 게 좋겠어."

숨 떨어지니까 거기 있기가 싫어. 한 오리 있다 보면, 한 오리 돼. 몇 마장돼요. 그 동안 어떻게 혼자 있을 생각허니께 싫여.

"내가 가서 시숙 모시고 올게."

"당신이 갔다 오갔어?"

"갔다 올게."

"그려! 그럼 내가 있을게."

자기가 있고 날 더러 가라고 홰를 내준대. 횃불을 들고 가고 가다가 불 꺼지면 도중에 불이 다 타서 없어지만 더 깜깜해. 애초에,

"난 눈빛에 갈 거야. 눈이 있으니 훤허잖어. 눈빛이니께 그믐이니께."

달도 없잖아요.

"갈 거야."

그러면서,

"그럼, 갔다 와."

나갔어.

무서운 게 없어. 사람이 그 환경이 되면요, 호랭이도 안 무서워. 거기가 호랭이가 지글지글허는 데야. 거기가 마당에도 호랭이가 오는 데야. 그런데 안 무서워. 호랭이가 불밝혀주면 오히려 훤허지. 그냥 가는데 가다가 언덕을 내려 갈 때에 이렇게 빙판이 있었잖아요. 눈이 이렇게 쌓여가지고 거기는 엄청이 눈이 안녹아. 산중에 황해도 이북이라 추워서 안 녹아요. 질질질질 미끌어져서 내려가고. 미끌어져서 내려가고. 또 가다가 일어나서 걸어가다가 언덕받이 갈때에는 앉아서 지르르르 미끄러져 내려가고.

그러다 냇물이 닥치데. 냇물에 버클이가 져가지고 고드름이 나가지고 냇물이 요만허면 저만쳐 벌어져서 넓어졌잖아. 거기를 얼음지치기해서 찍찍찍찍해서 건너갔어. 그 땐 젊으니께, 애들이니께, 들어서서 쭉쭉 쭉 미니께 얼음지치기해서 저만치 건너가지더라고.

그렇게 해서 건너가서는 올라가야 돼. 집을 들어가니까 딱딱 문 대문을 두드렸더니 바깥에 시숙이 주무시다가 먼저 알아내고,

“누구세요?”

“저에요.”

허니께,

“재수씨가 어떻게 이 밤중에 왜 지금 오셨어요?”

그래. 애 이름을 대며,

“애가 죽었어요.”

노발대발허네. 앓은 적에는 알았나 어떡했는데.

“앓을 적에는 얘기 한 마디 없고 죽으니께 데리러 왔느냐?”고.

“지 아빠가 맨날 와서는 놀며 얘기 안해요?”

애가 보름동안 앓았는데 한 마디도 안허드랴. 그렇게 남자가 무관심해요. 한마디도 안하드랴. 들었으면 내가 왜 안가봤겠느냐.

“죽었어요.”

“지금 죽은지 얼마나 됐느냐?”

“한 시간 좀 못됐지요. 한 시간 얼추 다 되 가네요. 조금 앉았다가 내가 나와서 왔는데 여기 오는 시간이 있으니께 한 시간 얼추 다 되가네요.”

나오시더니 광문을 열더니 낫을 하나 꺼내더라고. 그러더니 동쪽으로 마당 아래 담을 이렇게 쌓아 올려서 집을 지었는데 담밑에 복숭아 나무가 하나 섰어요. 그런데 동쪽으로 그런데 거기 가서 복숭아 나무 동쪽으로 뻗은 회초리를 세 가지를 낫으로 치더라고. 손에다 들고. 나도 죽빵에다가 갖다 놓고,

“어서 가십시다.”

그래.

“기왕 죽은걸 어떡해. 할 수 없지. 기왕 죽은걸 내가 미련은. 소용이 있나.”

혼자 군담을 하시면서,

“가십시다. 시숙이 먼저 가세요. 제가 뒤따라 갈게요.”

가서 들어가니께 담배만 거기서 피워서 담배연기가 꽉 찼네.

문을 열어놔서 담배연기를 빼고, 성이 그러면서 동생보고,

"야! 이사람아. 애가 아프면은 걱정을 하고, 상의를 해야지. 어쩌면 사람이 그렇게 되먹은 사람이 있는가? 여적지 같이 살아도 그런 중을 몰랐네. 동상의 마음을 몰랐더니 오늘 보니 알아보갔네. 어쩜 무관심하나?"

탁 앉더니 포대기를 덮어 놓고 요렇게 머리를 요만큼 이마에다가 내놓고 요렇게 덮고서는 복숭아채로다가 애 머리맡에를 탁 치고서는 진혼을 하시더라고. 우리는 모르지 뭐이라고 뭐이라고 한번 탁 치고. 또 진혼을 한번 하고 또 탁치고. 또 진혼을 하고 세 축을 뚝 꺽어서는 문을 열고 내치고는 또 하나를 집어가지고 그러고. 세 번씩 그렇게, 아홉 번.

다 꺾어서 문밖으로 던져서 애들 포대기를 끌어서 폭 덮어놓고 그래서 형제간끼리 상의를 허는 거야. 이제 뭐 어떡허나. 어디다 갔다 묻어야겠는데, 손없는 쪽으로 가야하는 거며, 땅이 얼어서 추워서 불을 얼마를 놔야, 장작을 몇 짐을 놔야, 내일 낮에 불을 놔가지고 우리 산에다 갖다 죽은 나무 해 놓은 게 많으니까 거기다가 하자고. 양달에다가 해줘야지. 그러고 상의를 허시더라구.

시숙이 날더러는,

"애 입혀서 갖다 묻을 옷이 찾아보세요."

그러더라도. 솜둬서 저고리마다 꼬매 놨잖아요. 하나를 분홍을 들여서 해 놓은 게 있어. 하양은 하나도 없고 다 분홍물 들여서 해 놓은 게 있는데,

"분홍물 들은 것도 돼요?"

된디야. 괜찮다고.

"옷고름 동정만 뜯어요."

그러고 솜을 빼라고 그러더라고. 옷고름 동정을 뜯고 도로 뒤집어 가지고 솜을 쏙 빼내서 겹저고리를 뒤집어서 바지도 그렇게 해놓고 바지는 꺼멍 바지 입던 거. 솜 둬서 해 놓은 건데 쪼끼 허리 달아서 이 앞에도 터 놓고. 애들 그렇게 입혔잖아요. 솜빼서 그래서 단추도 띠고. 그렇게 해놓고 있는데,

"물이라도 뭐라도 끓여다가 물 잡숫게 해드려."

그러더라구. 성님 추운데 오셔서 먹게 뭐 해드리라고. 나도 이렇게 문고리 잡으려고 하는데,

"캑!"

해요. 애가 시간을 보니까 시간이 그 때 아홉시 좀 넘어서 아홉시 한 이십분에 숨 떨어진 애가. 열두시가 넘었어요. 열두시 반이여.

"몇 시 됐어요?"

"열두시 반이요."

내가 인저. 시숙이,

"옳지."

그러면서 덮어준 이불을 확 걷어 치더라고. 가슴에다가 이불을 덮어 주니께,

"와서, 야 와서 물 좀 떠먹어 보라."고.

해서, 따뜻한 물을 화로불에 놔서 애 떠먹여 주던 식은 물 있는데 수저로 갖다가 입을 적셔주니께 안 들어가. 바짝 탔는데 바짝 코까지 아주 바짝 타. 코가 턱꺼정 올라갔는데 넘어가가지고 또 한참 그러고 있더니,

"콱!"

"옳지."

젖을 수저에다가 짜가지고 갖다가 입술에다가 대니까 안 들어가. 이빨을 딱 다물여 물고. 숨이 젖는데도 어쩌 갔어. 수저로 그렇게 했는데 안 돼. 또 한참을 마르더니 또,

"캑!"

해요. 아이고 그러더니 그 때는,

"와아악!"

하고 우네. 아이고 그런 것도 봤어요.

살아나는 시간이 한 시간이야. 한 시간. 그렇게 살아나 캑 허고는, 한참 잊어버리고 있다가, 또 잊어 버리고 있다가 캑 허더니, 갈려나 그러고 있으면, 세 번째 캑 허더니 눈을 요렇게 뜨면서 으악 허고 울어. 그래서 막 우는 거야. 그 때는 으악 하더니 막 우는 거야. 젖을 짜서 젖꼭지를 입에다 갖다 대니까 콱 물어. 아파서 얼른 빼고 이름을 불르니,

"뭣이야, 엄마야, 엄마야."

허고 눈동자가 똑바로 쳐다봐. 눈동자를 요렇게 몇 번을 둥글리더라고. 요렇게 쳐다보더라고. 젖을 먹여주니께 젖을 먹어. 아 그래서 살았어. [조사자 : 큰아드님이시죠 그렇게 살려가지고.]

그런데 육십에 갔어요. 육십에 갔어. 그 아들이 육십에 갔는데 그 동안 얼마나 영리해요. 얼마나 영리하고 똑똑해요. 지아버지가 산중으로 끌고 다녀 핵교를 못가르쳤어요. 한글만 저기 천자하고 그것만 가르쳤어. 지아버지가 핵교를 못가르쳐서 걔를 황해도서 여기 나올 적에 여기서 살면서 데리고 나올 적에 그 아래 동생은 작년 섣달에 낳으면 오월 오일 초여릇날 두 남매를 데리고, 내가 스물네 살 먹어서 나왔어요.

스물네 살 먹고서 고향에서 나와 가지고 어디다가 지아버지가 와서 자리를 잡는데, 우리 친정 큰 오빠허고 이월 달에 나오더라고. 나는 고향에다 놔두고,

"우리가 나가서 먼저 자리를 잡아놓고 너희를 데리러 올 것이니 그런 줄 알고 애를 잘 기르고 잘 있어라."

오빠가 그랬는데. 오빠네는 농사는 아버지가 짓고 오빠는 여기 나오시고 처남 남매가 쌀 한말 방아에 찧은 것도 절구통에다가 내 고물을 찧어서 미음 같이 가져가서 도롯이 해서 이렇게 집이서 난 명베로다가 자루를 맨들어서 거기다 담아서 오빠가 자루에다가 쌀을 한 말 내가 절구통에다 찧었어. 담아서 데리고 낫을 낫투갈하고 도끼 자루 다 빼서는 구녕에다가 끼어서는 요렇게 해서 동여메서는 쌌어요. 보자기에다 비어지지 않게 다 보자기에다 싸서는 푸대 자루에다가 담아서 지고 그러고서는 처남 남매가 여기를 찾아온 거야.

오는 데 어디로 갔냐 하면 연산 와 내려가지고 저기 저기 연산 와서 기차역으로 와가지고는 내려가지고서는 저기로 들어갔어요. 벌곡으로 들어갔어요. 벌곡면 저 벌곡으로 들어가서는 벌곡 옆 황금산 태고사 옆에 거기다가 대둔산은 이럭허고, 황금산은 이럭허고, 거기다가 자리를 잡으셨어. 거기서 숯구뎅이를.

산에다가 일본경치 땐데 그때는 숯이 잘 팔렸어요. 그 일본 전장에서 숯을 썼는가봐. 숯이 세가 났지. 그래서 숯구덩이를 파가지고 와서는 공주 사는 김허생이라는 사람을 만나가지고 그이를 같이 손을 잡고 산을 타고. 서사야. 순

일 허는 서사 선생이야. 그 사람 앞에서 숯을 구웠 드라고. 처남남매가 나와가지고.

그래서 허다가 이월 초 사흣날 떠난 사람이 오월 초 열흘안에 돌아 왔더라구. 다 걷어 와서 팔던 거 살던 거 해가지고, 나만 먼저 나왔지 나는 농사 안 짓고 살았지. 우리 아버지는 살림이 크고 농사를 벌여 놨으니께. 오빠네는 추수를 해가지고 동짓달에야 이사를 오셨으니께.

[4] 친정오라버니의 도움으로 절에서 일하다.

그래서 나만 먼저 와가지고 숯 굽는데 뒷바라지 하고 그렇게 같이 살림을 하고 어디다 와서 자리를 잡았냐 허면, 내가 얼추 들어와서는 태고사 밑에 중궁절터라고 있어. 옛날에 절자리, 중궁절터 거기에다가 빈 집이 있더라고. 그 집에서 살기 시작을 했어. 살았어요.

살림을 허고 그러다가 두 처남남매가 비오는 날이면 쉬잖아. 숯일을 못 허고 쉬면은 비 맞아 가며 산에 싸리를 세러가. 우장 삿갓을 허고 햇사리 요만큼씩 크는 것 있죠? 회초리 햇사리. 그걸 쪄서는 이렇게 얼마나 많아. 산중이니께. 사리가 이렇게 빈그릇통서 돋아서 햇사리 묵은 사리가. 그걸 비어다가 나무떼기로, 수수떼기로 집게를 만들어서 훑어요. 쭉쭉 훑으면 짝짝 갈라져.

옛날에 벼도 그렇게 훑어 먹었어. 낟알도 짝짝 갈라져. 껍데기는 이렇게 벗겨서 껍데기 대로 말리고, 싸리는 싸리대로 말려요. 그 싸리를 가지고 보고를 맨드는 건, 쌀을 넣어서 요렇게 요렇게 해서 보고리를 맨들고, 통싸리는 이렇게 쫙 빠들러 가지고 돌려 가지고. 껍데기는 비서리라 그러지. 그거는 말려가지고 노를 꼬으면 짚처럼 쓰는 거야.

그거로 허고 맨드는 것도 그거로 허고, 베기는 것도 그거로 허고, 짚으로 쓰고 껍데기는 짚으로 삼아서 끈 만들어 쓰고, 알맹이는 보고리도 맨들고. 옛날에 술독에다가 엿을 질러서 맑은 술 뜨잖아요. 그것도 맨들고 차반도 맨들고 광아리도 맨들고. 요만큼씩 보고리도 맨들고 뭐 그냥 그렇게 맨들어요. 아,

그러면 내가,

"어떡헐려고 그것만 맨들어요?"

그러면,

"팔지. 팔면 돈 되잖냐?"

오빠가 이렇게 했으니께.

"먹고 살 궁리를 해야지. 우리는 인쟈 고향에 못간다. 고향에 갈 생각은 말아라. 지금 이렇게 내년도 지나가면 우리 고향 못살게 돼. 거기 공산당 돼서 못살게 된다."

그 때는 우리는 나올 적에는 얼마나 땅이 좋아서 심어 놓으면 이렇게 (원을 그리며) 돼요. 거름을 안 해도. 그래서 녹두도 못 허는 사람이라야 조끔씩 녹두도 한 가마니야. 몇 평이나 심어도 몇 말은 해 이렇게 허고. 수수도 그렇고. 뭐 팥도 그렇고.

모든 것 콩도 그렇고 수도 없이 수수농사가 하나가 이렇게 빠져와. 수수밥에 팥삶아서 해 놓으면 수수도 차져요. 여기 수수는 먹을 수도 없어. 깔깔해서. 여기 수수밥은 못 먹어. 깔깔해서. 메수수 밥, 거기거는 차져요. 메수수도 차져요. 그렇게 해서 농사 들어가면 메수수 밥만 해도 여기 찰밥 섞어서 헌 것 같애요.

여기 나오니께 세상에 뭐가 있어. 이사 나올 적에 바깥양반이,

"거기는 쌀도 못 팔아 먹어. 쌀 못 가지고 가. 쌀 가져갈 생각 말어. 다 조사해가지고 다 뺏겨. 못 가지고 가. 쌀도 팔아 먹을려면 얼마나 고생인줄 알아? 아주 친소 있는 사램이라야 쌀 팔아 먹어."

그래요. 그러면,

"어떻게 먹고 살아?"

"배급 타 먹어야지. 배급주는 거 먹고 살아야지."

"배급주는 거 뭐이 배급이야?"

허면,

"소금도 배급, 뭐이고 여기는 배급이라야 배급."

와서 이렇게 얘기를 허더라고. 한 해 여름 살아보고, 한 해 봄 여름나고

왔으니께, 살아보고 그렇게 얘기를 허더라고. 그러면,

"어떡해? 어떡해?"

내가 그 소리를 듣고, 그래서 내가 보따리를 쌀 때 쌀 삐져 나올까 다 꼬매고 그렇게 싼거지. 와서 털으니께 한 말 밖에 안돼. 그것도 괜신히 갖고 나온 거야. 근데 그거 역을 얼마나 많이 거쳐요. 헌데 다 노리까이 해서 다 조사허잖아여. 역마다. 쉬는 데마다 노리까이 하면서 역장들이 다 차에 들어와서 조사해요. 이렇게 찔러 보고 이렇게 뭐 가지고 다니며 푹 찔러서 빼보고. 옷은 안 그럭허더라고. 옷은 그냥 쿡 찔러서 찰대로 찌르면 구멍나서 버리잖아.

그래서 가지고 와서 터니께 한 말이야. 그건 어디야. 거시서는 그까짓것 했는데 여기서는 한가마니보다 더 귀해. 남의 쌀 한가마니보다 내 쌀 한말이 더 소중해.

이사를 와 가지고서 살다가, 그 보고리를 맨들어 가지고 하루는,

"이걸 갖다 팔아야 한다."

오빠가 그래.

"네가 가서 팔아야 해. 우린 맨들어만 주지."

맨들면서도 그래.

"이건 너 팔라고 맨들고, 우리는 숯으로 돈 벌어야지. 이걸 팔러 댕기고 있어? 이건 너 팔라고 하는 거야."

"이걸 어디다 갖다 팔어? 여긴 동네도 없는데."

허면,

"산에다 갖다 팔어?"

"그렇지! 산에다 갖다 팔어."

아! 웃는 말씀도 잘 허셔. 오빠가. 내가 슬퍼서 어떤 때 이렇게 앉아 있으면 눈물이 지르르 흘러요. 그러면 와서 머리를 내려서 등어리를 토닥토닥 해주며 우리 오빠가,

"좋게 생각해. 마음을 활발허게 가져. 활발허게. 나는 인저 좋은 충청남도 계룡산 앞에 인저 피난왔으니께 잘 살지. 이렇게 용기를 가져. 그러지마. 그러면 안돼. 그러지마 잘 왔어. 잘 온거야. 지금은 고생해도 나중에 봐라. 얼마나

좋을까 모른다. 거기 남은 사람은 다 죽는다."

아이고, 아버지 그러시지, 오빠 그러시지, 아버지는 동짓달에 이사 다 오셨어요. 하루는 그걸 지게에다 짊어. 오빠가 맨들언 걸. 밑에다가 광어리를 놓고 착착 다 얹고 이렇게 그냥 바작을 놓고, 바작에다 그냥 이렇게 짊어지고. 오빠, 그때는 오라버니야.

"오라버니, 어디로 가세요?"

"너 가 애기 업어. 애기 업고 가. 큰 애 너는 집이서 너희 아빠허고 집에 있어. 나하고 엄마하고 니 엄마 데리고 갔다 올게. 엄마 없다고 울지마. 엄마와. 가자. 그래 가자."

그러니께 가야지. 어떡해? 명인데. 오빠를 어떻게 거슬러. 옛날이면 남자의 말이라믄 진짜 냄편이 안될 거 저기 소골자리 여기다 끼내. 여기다 끼내야 돼요. 한마디도 거역허면 안돼. 못 살어. 살겠어요? 싸우면 못 살지. 그러면. 못 살면 친정으로 못 가. 친정으로 가면 못 들어오게 해. 문 딱 닫아걸고.

"죽어도 그 집의 문턱에 가 죽어야지. 우리 집엔 손이 없어. 우리집에 오지마. 우리 식구 아니야. 아무게 귀신이야. 우리 귀신 아니야. 그 집이 귀신이지."

못 들어오게 허는데 그러니께 그 집 떠나면 못 살겠으니께 소골성을 물 끓이라 그러면 끓이는 시늉까지 해야지. 어떡해. 그럭허고 살았어요. 옛날에 얼마나 가엾어요. 옛날 우리 시대에 난 사람은 진짜 가엾어요. 먹을 것도 못 먹고, 입을 것도 못 입고, 길쌈해서 입고 살고.

중간에, 광목도 중간에 났어. 옛날에 광옷이 어디가 있어? 순 길쌈해서. 중간에 광목도 떠다 해 입고 광목도 중간에 생기고 삼베 그런 것도 중간에 생기고, 옛날에 다 삼도 심거서 다 내 손으로 맨들어야 입고. 모시도 내 손으로 맨들어야 입고. 명주도 누에쳐서 고추 따서 맨들어서 입어야지. 지금은 돈만 가지고 나믄 안 생긴거 없잖아요? 명주고 뭐이고 다 있잖아. 비단. 이전엔 안 그래 그렇게 살았어.

그러다가 그렇게 해서 그걸 짊어졌는데 쫓아가야지. 쫓아가니 태고사 절로 들어가네. 산에다 판다더니 산속에 거기사 한참 올라가요. 태고사가. 그 때 처음 간 거야.

들어가니께 주지 스님이,

"혬-."

하고 나오시더니,

"어디서 이렇게 오셨는가요?"

우리 오빠는 가봐서 아는가봐. 날 보고는,

"어디서 이렇게 오셨는가요?"

허더니 우리 오빠 보더니,

"아이고 처사님 오셨습니까?"

우리 오빠 보고 백운처사라고. 부처님 앞에서 백운처사라고. 아이고 숨도 안 나오더라니까. 내가 말도 안 나오고 숨도 안 나와. 그 때 당해서 눈물밖에는 안 쏟아져. 어떻게 할 수가 없어서. 그런 체를 안 하고 있었더니,

"앉으세요."

마루에다가 자루를 갖다다 주데. 앉아서는 이 스님께 주지 스님 부인이 나오더니 애기를 받아. 애기 업은 거를 받아서는 마루에다가 뉘여 놓고 앉아서는 조잘 조잘 나를 말을 시켜요. 고향에서 피난 나온 얘기, 그냥 거기서 집짓고 사는 얘기. 오빠가 오신 건 그렇게. 오라버닌데 처남남매 보고리 만들어 가지고 날 더러 팔라고 한 얘기를 다 했지요. 그러더니 깔깔 웃어. 깔깔 웃더니,

"잘 오셨습니다."

우리 오빠 보고,

"백운처사님! 잘 오셨습니다."

그러더니 다 내려놓아. 다 들여가. 광으로 다 들여가는 거야. 광을 열더니 금방 필요한 거는 쓴다고 내놓고, 뒀다 쓸 것은 광으로 들여가고. 차반 같은 건 부엌으로 들여가고 광 한 켠에다가 걸어 놓고. 얼마나 좋은지 몰라. 내 마음이.

그렇고는 오빠 가시고 날 보고 묻는 거야. 그 부인이,

"애기 엄니, 채소 솎아 봤어요?"

그랴.

"솎아 봤죠. 왜요?"

그러니께,

"우리 저렇게 봄 배추를 심어가지고 저렇게 해서 군데군데 뽑아다만 먹고, 저걸 못 솎아 가지고 저렇게 수북허게 있는데, 저걸 다 솎아서 뽑아 먹고 저기다가 김장을 해야 하는데 저렇게 있어요."

그렇다고 그랴.

"해 드릴게요."

그랬어.

"어딘가 가 보세요."

밭을 대 주더라고. 땅이 있는 덴 다 파고 심어놨드라고. 이래 무배추가 다 솎아서 쏙고 메고, 쏙고, 메고, 풀반 배추반, 무반 풀반인데, 솎고 메고, 한두렁 솎고 메어 놓고, 한두렁 솎고 메어 놓고 싹 허니께 솎아 놓은 게 이렇게 산으로. 다 갖다가 쌓아 놓고 깨끗이 해 놨더니 보고서 좋아 죽갔디야.

"아이고, 색시 내일도 또 와요."

그랴,

"아, 그러세요? 내일도?"

이제 취직헌거야. 거기다가 가서 또 해 주고, 또 해 주고, 또 해 주고. 얼마나 많이 줘. 그 놈을 다 다듬어서 먹게 해 주면, 내가 가져와서 반은 나 줘. 가지고 내려가라고. 우리 식구는 겉절이 안 먹어. 고향에서는 겉절이를 안 먹어봐서 겉절이는 안 먹어. 익혀야 돼. 익혀서 담아 놓고 가서 또 인저 해 가지고 와서는 먼저 헌거 먹으면 또 담아놓고, 담아놓은 거 먹으면 살 길이 생겼더라고.

'살 길이 이렇게 생기느나.'

싫어. 있는 것 없는 것 다 나와요. 밥도 이렇게 손님이 와서 해 먹고 남으면 나중에는 쌀도 가져가라고 이렇게 주지. 기장쌀도 이렇게 주지. 살 때가 터지더라고. 그래서,

"아이고, 오라버니 고마워요. 산에다가 판다더니 이렇게 다 살길이 생기네요. 그게 그냥 되는데."

"아니다. 산신령님이 이렇게 돌봐서 살게 해 주시고, 절에 부처님이 절의 부처님이 다 이렇게 해서 주시는 거지. 그게 그냥 되는 것이 아니다. 그렇게 알아라."

그러지. 지극히 그러니께 부처님도 지극허게 위해지고 산에 사니께 산신령님도 지극허게 위해지고. 뭐 항상 맨날 머리 감아야 되고 맨날 목욕해야 되고 맨날 빌어야 되고 어딜가나 빌어야 되고 그렇게 살아지더라구요. 그래서 잘 그 해 가을은 김장 해 먹을 것도 먹고 살 것도 걱정 안 하고 겨울꺼정 잘 났어요.

그 이듬해에 노송으로 나오게 된 거야.

[5] 징용에 끌려간 남편을 데려오다.

노송에 어떻게 나오게 된거냐 하면, 우리 친정은 큰 살림이니께. 노송에다가 큰 집을 짓고 큰 집을 장만하시고 노송면 죽림이구에 동네 이름이 새편이야. 거기다가 자리를 잡고 나도 그리 나가게 됐어. 그기다 갖다 우리 집도 거기다 장만허고 그리 갔어요. 산에서는 숯만 굽는 사람들만 있고 우리는 거기가서 인저 애들도 거기가서 농사도 거기 가서 허고 노송 죽림지구 새편에 가서 살았어요.

그랬는데 아이 또 인저 지났는데 숯굽는 사람만 안온다 해서 지냈는데, 우리가 거기 가서 살림을 허고 사니께 돈 서마지기를 누구라 부치라 그러대. 그게 일본 사람 땅이든가봐. 동네에 구장 반장이 그러더라고. 그래서 그걸 부쳤어요. 논 서마지기를 모심으라. 나와라.

사월달에 오월 초순이야. 오월 초하룻날, 우리 할머니 친정 할머니 제삿날인데 제사를 지냈어요. 우리 친정에서 제사 지낸다고 숯굽는 이들이 다 왔어. 제사 지내고 그 이튿날 완 김에 우리 모를 심고 간다고. 내가 소를 얻어서 다 놓고 했어. 논을 가다놓고 했으니께. 완 김에 모를 심어 놓고 갔어.

내가 그 때 그러니께 스물여섯 살이에요. 그 때 스물여섯 살인데 모를, 와서

들 제사를 지내고, 그 이튿날 아침밥을 먹고 논 서마지기 여름에 네 명 다섯 명이 있으니께 일찍허니 다 심었잖아. 한 다섯 시도 못돼서 그랬는데.

한 네 시 되었는데, 밥들을 먹고 숯 구으러 총 팔십리길이에요. 거기를 걸어가는데 저녁에 거길 걸어가려고 허는데, 저녁밥을 먹는데, 담임서기가 오더니 마당에 오더니, 우리집 양반을 불러내는 거야. 우리 방에서 저녁을 먹는데 나왔으니 그냥 데리고 노송읍내로 가는 거야. 왜 그러냐니께 징용 어디 가야 헌디야. 데려간디야.

그 때 서른 두 살인가? 나보다 여섯 살 더 먹었으니께. 내가 스물여섯 살인게. 근데 지났는데. 징용모집이 지났는데 서른살꺼지라 그랬는데 데려간다고 허는 거야. 다 오빠랑 친정 사촌동생도 있었어요. 다 숯들 구으러 산으로 대둔산으로 들어가고. 태고산 밑에 거기로 가고. 우리집 양반은 노송읍내 붙잡혀 간 거야.

근데 우리 아버지는 내가 모시고 있었어요. 아버지네 집의 사랑방에 아버지는 거기서 주무시고, 진지는 내가 해 드리고, 빨래 내가 다 해 드리고 내가 모시고 거기가 있었는데 우리 올케언니는 대둔산에 거기 가서 숯굽는 이들 뒷바라지허고 밥해주고 살림하고 있고. 나는 여기에 아버지 모시고 노송에 있고.

그런데 저녁에 암만 생각을 해도 이상해. 내 마음에 그래. 잠이 안 와요. 그래서 열두시가 인저 다 되가는데, 갔어. 아버지한테 갔어요. 사랑방엘.

"아버지 저 암만 해도 잠도 안 오고, 징용모집은 비꼈는데 암만 해도 담임서기가 돈을 먹고 누구 대신으로 보내는거 같은데, 외로운 사람 돈도 없고 객지에 온 사람이라고 징역이고 이런거 같은데, 내가 한 번 면청에를 가봐야 되갔다."고.

하는데,

"지금 가면 뭣 헐래?"

"지금 가야죠. 아침에 만나죠. 지금 가야지. 아침에 면서기를 만나지. 어떻게 허면 만나볼 수 있어요."

그러니께,

"너 알아서 해라. 나는 모른다."

"아버지는 그냥 여기서 주무시고 저희 집에 애들만 좀 돌봐주세요."

생각을 허니께, 애들도 데리고 가야지 나 혼자 가서는 말발이 안서지 싶더라고.

'면청 주임 앞에서 대화를 할 적에, 애를 데리고 가야 대화를 허면 말발이 서지. 애들을 집에다 재워 놓고 나 혼자 가서 무슨 말을 헐라.'

이러나 생각이 나더라고. 머리에 확 떠올라요.

"애들도 제가 데리고 갈게요."

자는 애들을 깨워서 밥을 해서 식기에다가, 옛날에는 놋 식기잖아요. 놋 식기에 이렇게 담고 담아 보자기를 씌워서 보구리에다 담고, 조기 한 마리를 구워서 비린 거는 안먹고 조기밖에 안 먹어. 우리 집 양반은. 그래 담아서 싸고 물은 거기 가믄 있을 테고 아무데나 물을 담고 수저 젓가락허고 중의 적삼 한 벌 새거 담아 가지고 떠났어.

애는 하나는 업고 하나는 걸리고. 애 둘을 갔어요. 가가지고서는 들어가니께 깜깜허고. 지금은 아무데나 전깃불이 있어 환하지만 그 때는 면청 앞에만 전깃불이 딱 하나 섰지. 다 동네는 다 깜깜허지 뭐.

그래서 들어가서는 전깃불이 있으니께 휘이 둘러보니께 등그나무가 있더라고. 등그나무 밑에 들여다 보니께 초저녁에 밀짚대 방석 주르르 피고 앉아서 놀다가 말 안 허고 들어가니께 그게 있더라고. 주르르 피고서는 애들 거기서 자라고 내 놓고 밀짚 화기로 맨들은 부채 화기. 그걸로 옛날에 화기로 엮어서 부채 맨들어 썼잖아요. 그거 하나 들고 갔었으니께 그걸로 날려 주고.

"모기 날려줄게."

애들 재워놓고 있으니께 잠깐 새벽되더라고. 얼마 있으니께. 닭이 꽥교꽥교 울어. 날이 훤허게 세니께 소사가 먼저 들어오대. 자전거 타고 청년하나가 쪼르르 오더라고.

"아이고 어떤 아주머니가 이렇게 오셔서 찬이슬을 맞고 애들 데리고 계세요?"

사실 얘기를 쫙 했어.

"어제 네 시 넘어서 다섯 시가 다 돼서 징용모집 간다고 최아무것이 담임서기가 데리고 갔죠 그이 어디 갔어요?"

"논산으로 엊저녁에 갔지요. 오늘 아홉시 되면 뜰건데요. 일본으로 갈려고 벌써 배타고 뜰건데."

이랴.

"안돼요. 내가 안돼요. 그 사람 오라고 해야 해요. 우리집 식구는 징용모집 갈 나이가 넘었잖아요."

이거는 분명히 남의 돈 있는 사람이 돈먹고 최아무개씨 서기, 담임 서기 최서기 담임서기 빨리 부르라고. 얼른 얼른 빨리 여기 주임 헌테로 주임 어른 헌테로 빨리 전화하라고.

"아홉시 돼야 들어와요."

아이 사람이 죽을 시간은 무슨 지나간 시간은 언제면 되느냐고 빨리 오라고. 막 서둘렀어. 내가 서두렀더니 전화를 허더라고.

"모시모시."

일본 전화로 전화를 허니께 전화를 따르릉 받더니 주임이 뭐라뭐라 허나봐.

"안된데요. 지금 부인이 애들을 둘이나 데리고 찬이슬을 맞고 계시는데 팔팔 뛰어요, 빨리."

그래 간다고.

"오신다."고.

좀 있으면 오실 거라고.

차를 타고 왔더라고. 쫓아 들어갔어. 하나에서 열꺼지 열에서 스물까지 백까지 죄 애기를 했어요. 내가 고향에서 나온 애기서부터 쭉 애기허고 세상에 이렇게 살았는데 타관객지에서 나온 사람 봐주고. 뭐이고 공출만 허라는 대로 해 주면 이 사람 살려준다고 허더니, 징용모집을 보내요? 주임 어른 그게 무슨 일이냐고. 안된다고. 얼른 오라 그러라고.

"보낼려면 우리 다 보내줘요. 쫓아 갈려고 우리 식구 다 왔어요. 다 보내줘요. 차 태워서 얼른 보내줘요. 논산으로 보내줘요. 죽어도 한 고장에서 죽고 살아도 한 고장에서 살지, 어떤 사람은 대전은 거기가 죽는데 우리는 여기서 살아요? 여기서 뭐 먹고 살아요. 대지 없이 뭐 먹고 살아요. 얼른 보내줘요. 볶아치듯 다 볶아치고 농사지은 거 다 뺏어가고 목화농사 지은 것 다 뺏아가고 길쌈도 못 해입게 허고 보리농사 밀농사 다 뺏어가고 공출허는거 내가 볶아 말려가지고 치마풀어 가지고 내라는 수량 다 냈어요. 왜 그래요? 가마니도 쳐내래니께 다 쳐 냈어요. 석죽 쳐 내래는데 석죽. 여덟살 먹은 우리 아들 손바닥 보세요. 이거 손 사매기 꽈서 손바닥 좀 보세요. 눈이 있으면 한번 보세요."

헐 말이 없는가봐. 혀를 척척 치더니,

"알았어요. 부인. 저기 가 앉아 계세요. 알았어요."

소사보고,

"물 한 컵 갖다 줘라."

하고 물 한잔 갖다 줘요. 진정허고 물을 먹고 앉아 있으니께 전화허더라고. 담임서기보고 막 호통을 치더라고.

"너 누구 돈을 먹고 누구 대신으로 강아무것이 보냈느냐?"고.

누구 대신으로 강아무것이 보냈느냐고. 징용모집 지난 사람 보냈느냐고. 얼른 그 사람 얼른 데려다가 갖다가 일본으로 가게 허라고. 아무것이 빼놓으라고. 지금 난리 났다고. 지금 맨 목숨이 죽게 생겼다고 그렇게 헐 수가 있느냐고 막 호통을 치니께,

"아이마, 이 놈 네 목숨 달아나. 네 목숨. 네가 가야돼. 이놈아. 그 사람 안데리면 대리로 네가 가야돼."

데려 온다, 허는가 봐.

한참 있더니 앉아 있으라고 그러더니 해가 불끈 제꼈어. 인저 해가 높았죠.

"부인 애들 데리고 집으로 가세요. 인제 한 세시경이면 집에 들어갈 거예요."

대준이 엄마 집이 들어갈테니께 얼른 가시라고.

"가세요."

"안가요. 우리 남편 와야 같이 가지. 안가요. 안 간다니께요."

차를 갖다 대놓고 타래네. 틀림없어 손가락을 내미는 거야. 주임이,

"나하고 맹세헙시다. 내가 맹세합시다."

할 수 없이,

"그러면, 감사합니다."

그러고 차를 갖다 놓고 옛날에 지프차잖아요. 갖다놓고 타라고. 우리 문 앞까지 실어다 주고 갔어. 기사가. 그래서 나는 소 품에다가 그 때는 내가 같이 일해주면 사흘을 해줘야 돼. 소하나 데려다 부린데 쇠 품에다가 사흘 사람 딸려오잖아요. 사람 딸려서 데리고 와 일해주면 나흘을 해줘야 해. 소 품이 사흘, 사람 품 하나, 나흘을 해줘야 소하나 데려와 부린거 받는다고.

여자는 그렇게 해줘야. 그렇게 해서 그 집에 목화밭을 베러 가기로 했어. 보리베어내고 목화밭에 목화심기로 했어. 목화밭을 솎아 골라 세워야지. 목화밭 아씨를 베러 가기러 했어요.

그때 난리가 난거야. 그 전날. 그 날은 왔으니께 늦어도 가야지. 고맙다고 거기서들 고맙다고 고맙다고 그러데. 우리집 양반이 온댄다고 했더니 고맙다고, 고맙다고, 좋다고. 밭을 메었는데 점심을 먹고 시간만 기달려 지는데 세시가 훌떡 넘어가. 네시가 되도 안오네. 막 내가 우는 거야. 거기서 막 호미로다가 밭메다가 찌르면서. 막 그냥.

"세상에 주임이 나를 속였다."고.

주임이 속였다고. 나를 속였다고. 인자 우리집 남편은 일본 동경가 죽으면 난 어떻게 사냐고.

반장이 와서 그게 반장네 일이여. 반장이 와서 달래고 반장댁이 와서 달래고. 밭 메는 사람이 밭도 못메고 열다섯 사람이 메다가 다 못 메고 다 그냥 난리가 났네.

아 그러고 얼마 있으니께 왔더라고. 오니께 그 때 고만 둔거야. 다 일어나서 다 우리집으로 들어가서 우리집 마당에 멍석을 깔고 잔치가 벌어진 거야. 반장네가 술을 받아오고 그냥 옆집에 가서 술을 가져오고. 먹을걸 해 오고 그냥 잔치가 벌어져 그렇게 했어요. [조사자 : 할머니 살리셨어요. 남편 구하셨네. 대단하시다.]

그렇게 헌 예가 있어요. 좋지도 않죠? 이런 얘기가. [조사자 : 이제 그 다음 얘기.] 하나도 안 잊어버려.

[6] 산신에게 치성을 드리다.

산중에 들어가 고생한 얘기 좀 헐게. 다 이렇게 고생으로 살았어요. 내가, 내가 만국 형상을 다 겪은 사람이에요. 지금 얘기 한 것만으로도 얼마나 고생했어요. 그런데 또 고생이 있어.

인저 팔월에 해방이 됐잖아요. 스물일곱 먹어서 팔월 십오일에 해방이 됐어요. 인저 사는 거야. 인제 그 때 남의 논. 그게 일본 사람의 논이야. 서마지기 하고 밭도 한 천평허고 그랬어요. 어른 안 계시고 애들 데리고 허니께 조금씩 벌어 보태고만 먹고 살지 않겠어요. 돈은 못 모아도 그냥 밭이 한 천평 되니까 거기다가 밭곡식 먹고 살건데.

우리 집 양반이 그럭허고 와 가지고서는 아주 일본 놈이라면 지겹데요. 일본 놈이라 하면 아주 지겨워 일본 사람 땅 안 지어 먹는데 그 땅에 농사져서 그거 빼서 자식들 안 기르고 자기도 안 먹고 산대. 자기 논산에 끌려가서 고생한 생각 허면 하룻밤 멀지 않은 거라도 고생한 생각허면 아주 지겹대요. 농사 안 져먹고 자기가 내 힘으로 해서 벌어먹고 해서 살지 그 사람 힘으로 안산대. 아 그런다고 산중으로 들어갔어요.

산중으로 들어갔는데 그게 동짓달이야. 동짓달인데 저기 우리 해방둥이 아들을 하나 낳았어. 지금 같이 사는 아들이 해방둥이 아들이야. 그 해 시월 초나흘날 난 애가 해방둥이야. 해방되던 해, 팔월에 해방됐는데, 시월 초 나흘날 낳은 애가 해방둥이 지금 예순 네 살이에요.

그 애를 거기서 낳아가지고 시월에 얘기를 낳아서 그 이듬해 내가 스물여덟 살인데 일본 사람 땅을 한 해 농사 지었어요. 일년 농사 지었으니께 안 산대. 아 동짓달에 동짓달 초순에 구경간다고 산에 가서 구경허고 온다더니 저 대둔산 이짝에 그 황금산 태고산 이짝에 다리성이라는 산이 있어요. 황금산 허고 한 줄기야. 산 줄기야.

이짝이고 저짝이고 가운데로 길이 있어요. 산 복판으로. 길이 어 무슨 길이냐 허면 금산 마전 거기서 인내 논산 노성 그리 빠져서 나 댕기는 큰 길이 있어요. 산 아래로 거기가 재 이름이 무수재야. 이짝에도 시오리 저짝에도 시오리. 삼십리길이, 재를 삼십리길을 걸어야 그 재를 벗어나요. 저짝으로 넘어가나 이짝으로 넘어오나 삼십리길을 걸어야 산을 벗어나지. 이짝에는 태고산이 있는 산이고 대둔산이고, 이짝에서 다리성이야. 다리성쪽에 산다고.

거기 들어가서 거기다가 집을 지어놓고 왔더라고. 열흘만에 왔는데 열흘을 있다가 왔는데 좋은 데 가서 자리 잡아 놓고 왔다고. 집을 하나 지어놓고 왔다고. 산속에다가 기막히지.

아름드리 소나무가 요렇게 내가 안아보면 다 이렇게 돼. 소나무가 다 요렇게 돼. 별걸리듯 했는데, 거기거기 거기서고 거기서고 했는데 이짝에는 얼마나 크게 커서 올라갔나. 이파리는 가지는 부댕겨 가지고서요. 이렇게 쳐다보면 하늘이 조금 새파랗게 빠끔허게 비치지. 해도 안 들어요. 해도 안 봬요. 빠끔빠끔 해가 뵈지. 그런 속에다가 소나무 여나믄게 베어 제쳐 놓고 거기다가 집을 지었어.

집을 지어 놓고 열 개 베어 놓은 것도 용치. 그 큰 소나무로 어떻게 이렇게 베어 제쳤나 몰라. 힘도 약허게 생겼는데. 아이 그렇게 해서는 베어서는 저기 제쳐놓고 둥글려 내 놓고 가운데 토막으로다가 땅을 팠잖아요. 땅을 파고서는 땅속에다가 방돌을 놨더라고.

땅을 파내곤 양둑이 높을 거 아네요. 이렇게 산이 그 가운데다가 방돌을 놓았드라고. 흙을 이겨서 돌을 주어다가 방돌을 놓고 여기는 아궁이를 맨들고. 방돌을 해서 말리면서 그 나무떼기를 갖다가 대림박을 만들었더라고. 나무 토막 그걸 재가지고 그 잘라가지고 갖다놔서 이렇게 놓고 이렇게 잘라 이렇게 놓고. 요 앞에는 요만큼씩 잘라서 가운데는 문내고. 여기는 부엌이니께 그렇게 해서 집을 지어 놨어요.

기맥히지. 그 안에를 발랐더라고. 흙으로 발랐어. 벌건 흙으로. 말랐어. 불을 떼면서 했으니 말랐지.

열흘 했으니 바짝 말려 놓고 지붕은 소나무 참나무고 뭐이고 가는 나무를 갖다가 섯가래를 소나무를 베어낸 꼬투리 있잖아요. 그걸 갖다가 지붕을 덮었어. 척척 그리고 그 위에는 삿대기. 산에는 샛대기 많잖아여. 산을 베어다가 칡가지 떠다가 껍데기 그걸로 엮어가지고 흙 이겨서 놓고 솔가지 얹고 엮어서는 새오박은 그 위에다 샛가지로 엮어서 지붕을 맨들은 거야.

아주 그럴듯하게 해놨어. 비가 와도 안 세고 눈이 와도 안 세요. 두텁게 해놨어. 바짝 말랐어. 안에는 발랐어. 흙으로 바르니께 대룽박도 바르고 뜨뜻허기는 엄청 뜨뜻허데. 열식구는 문제없이 앉아서 자고 살게 해 놨어요. 열식구는 문제없어. 누가라도 손님이 오면 잤어. 어떻게 집이 없는데 거기서 그냥 집이 넓으니께 우리식구 한 귀짝에서 자고 정 가지 못헐 손님이 오면 그렇게 했어요.

그렇게 해선 인저 언제 이사를 들어갔냐 허면 동짓달 스무날에 이사를 들어갔어요. 초순에 가서 지어 놓고 왔는데 동짓달 스무날에 이사를 들어갔는데 음력 얼마나 춥갔어요. 눈은 그 때 왜 이렇게 많이 와. 추워가지고 식구가 애가 셋이잖아여. 다섯 식구잖아요.

우리 큰 아들, 고밑에 딸, 고 밑에 딸. 스물 세 살 먹어서 낳은 딸 걔가 일곱 살인가 먹었어. 아들 아홉 살이지. 걔가 아홉 살이지. 걔가 여섯 살인가? 딸이. 네 살 터울이야. 또 낳았으니께. 두 살 먹었지. 딸은 인저. 저희 아버지가 이삿짐 싣고 다 싣고 그 이삿짐은 노송으로 돌아서 저 큰 길로 들어간 거야. 달구지 댕기는 길로. 달구지 싣고 나는 애 둘을 데리고 큰 아들은 앞세우고 지름길로 찾아서 들어갔어요.

가가지고 무지태라는 동네 그 잿더미를 넘어서. 무지태가 우리 친정 조카들이 한 세 집이 살았어요. 먼 촌 조카야. 가차운 열촌 넘어서 조카들이 살았는데 그 집으로 찾아 들어 간 거야. 거기 가서 자고 올라가려고.

거기 먼저 기별을 해놓고 아무 날 간다고 해놓고, 저희 아버지는 이삿짐을 싣고 딸을 하나 구루마에 싣고 자기까지 싣고 타고서는 인저 저리 큰 길로 돌아서 해서 연산으로 연산으로 인저 논산으로 연산으로 해서 벌곡으로 해서 찾아 큰 길로 들어가고 그렇게 헌거야.

아이 근데 들어간 날 저녁에 날에 흐리더라고. 들어가는데. 이사를 가는데 그 날 저녁부터 눈이 푸득푸득 쏟아지기 시작허더니 그 이튿날 해전 눈이 쏟아지네. 눈이 이렇게 쌓였어요. 친정집이 집안에 조카집에 가서 잤는데 그 집에서 못 올라가게 해.

난 우리집이라 해도 안 가봤으니까 처음이니께 산속이라 못 찾아가는 거야. 바깥 양반이 내려와야 데려가야 가지. 못 가지. 눈이 쏟아지니까 안 내려오는 거야. 산에서. 딸애미 혼자만 내버려 둘 수 없어서 안 오는 거야.

그러니께 그 집에서 이틀밤을 잤어요. 그 집이 조카가 조카라도 나이를 많이 먹었어. 나보다 노발이 허얘요. 나이를 많이 먹었어. 그 때 한 오십이 되었나봐. 조카라도 내가 항렬이 높아서 내가 아주머니니까. 자기가 길을 치면서 고루메를 가지고 빗자루를 가지고 올라가면서 고루메가 아니라 넛가래. 이 눈치는 넛가래 있지? 그걸 가지고 빗자루를 가지고 대나무 빗자루를 가지고 가면서 넛가래로 쳐놓고 빗자루로 쓸고 가고 가고. 설렁속으로 바위쪽으로 길을 닦으면서 한 나절을 올라간 거야.

가서는 하우덕에 올라갈 적에 우리 아들을 올려 놔야지. 그래선 걸어선 올라갔어. 가니께 그 큰 소나무 속에 어떻게 집이냐고 뵈지도 않는데 요렇게 들여다 보니께 뵈는데 낭속으로 연기가 퐁퐁 나. 연기가. 그런데가 집을 지어 놓고 그래 거기 가서 사는데 그 조카는 올라갔으니께 밥해 먹여 보내야지. 밥해 먹여서 내려 보내고.

우리 식구는 그 날 처음으로 올라갔으니께 내가 정성을 들여야지. 이제 돌을 모아다가 요렇게 쌓아놓고 산신당을 맨들어 놨더라고. 남자가. 산신당을 만들어 놓고 거기다가 정성을 혼자서 얼마나 맨날 들이면서 그 집을 짓고 했갔어요. 이사를 와서도 거기다가 밥을 지어 놓고 정성들이고 다 했대.

우리 딸이 그래,

"어머니, 아버지가 밥해다 놓고 절허고 그랬어."

그래 딸이.

그래서 저녁에 내가 처음으로 갔으니께 정성을 들이고 맨날 하루에 한 번씩 목욕을 허곤 정성을 드리네. 내가 바깥양반도 그러지만. 내가 이렇게 바깥 대주가 하느님 아버지 지금은 하느님 아버지를 믿지만, 그 때는 산왕대신 산신령님이야. 산신령을 믿고 여기 들어왔으니께 살게 해달라고.

"어떡허던지 삼남매를 데리고 바깥양반이 여기 들어와 살아야 마음이 편하다고 산왕대신을 믿고 찾아왔으니 잘 살게 해달라."고.

맨날 공을 들였어요. 무릎이 깨지는 무릎팍 같으면 깨지게 절을 했어요. 공을 들였어요.

아침에 나가면, 새벽에 나가면 살짝 샘물이 얼었어요. 땅에서 솟아오는 샘물이라도 살짝 콩꺼풀처럼 얼어요. 바가지로 툭 치면 얼음이 없어져. 그 물을 갖다가 목욕을 헌거야. 솥에 물을 안 퍼다 처음에 두 바가지 끼얹을 적에는 서쩍해. 자꾸 끼얹으면 뜨거운 바람이 확 나요.

몸에서 그렇게 목욕을 허고 머리를 감고 밥을 해다가 그 물을 퍼다가 밥을 해서 갖다가 정성을 들이고. 그 물을 떠가지고 올라가서 청소 올리고 내려와서 그 물을 떠다가 밥 해 올리고. 맞이에 올리고 장사를 나갈려고 해도 그렇게 해서 나가고 했어요.

가만히 생각을 허니께 쌀 가지고 들어간 건 세 가마니 밖에 없는데 쌀 세 가마니 다 먹고 떨어지면 우리가 뭘 먹고 사나 싶더라고. 없잖아요. 밭도 없고 논도 없고 소나무밖에 없는 데를 들어갔으니 난감허지.

내가 생각헐 적에 그래서 내가 여기서 쌀도 못 올려 와요. 한꺼번에 그 아래상에 윗상에, 아랫상래가 있는데 아랫상에 인내서 올라 갈려면 장터에서 올려 갈려면, 아랫상에 중턱에 못가서 이렇게 주막 한 집이 있어. 주막 한 집이 있어. 그이가 거기서 술장사 허더라고.

할머니 하나가. 거기 광을 하나 얻어가지고 빌려가지고 우리 이삿짐을 거기다 들여놨어요. 달구지가 거기밖에 못 들어가니께. 거기다가 들여놓고 거기서부터 지어 올리는 거야. 끌어올려 가는 거야. 쌀도 거기 쌓아 놓은 거야. 우선 먹을 거 한말 밖에 못 올려갔어. 그러니 없는 거나 매 한가지야. 내 집에 없으니께.

[7] 군인이 목숨을 구해주다.

그래서 내가 바깥양반 보고 이거 가지고 늘려 먹어야 하는데 뭐 어떻게 딴 거는 할 수도 없고. 이 놈을 가지고 있는 쌀을 한말씩 엿을 고아야겠다고 그랬어. 쌀을 한 말씩 엿을 고아 가지고 다니면서 팔아 가지고 늘려 먹어야지, 어떡허냐고 했어요. 재주대로 허라고 그러더라고. 거기다 갖다 놓고 날 더러 재주대로 허래.

그래서 엿을 고았어요. 엿을 고아가지고서는 까만 엿으로, 갱엿으로 맨들어서는 콩을 한 대 볶아서 맷돌이 있으니께 맷돌에 갈았어. 고운 체로 곱게 쳐가지고 고운 채를 콩고물에다 무쳐가면서 갱엿을 맨들었어.

밴대기엿을 지금으로 말허면 천원짜리 오백원짜리 맨들듯이 백원짜리도 맨들고 몇십원짜리도 맨들고. 그렇게 해서 달달허게 인저 밴대기를 지었어.

내놓으면 바짝 솔아 가지고 달그락달그락 해요. 안붙고. 콩가루 요렇게 케켜놓으면 요런 도방구리가 있어서. 동구리. 나 시집올 적에 폐백동구리 해 가지고 온 거지. 폐백동구리 해 가지고 와서 그런 장사할 줄을 누가 알어? 그렇게 허라고 우리 아버지가 나를 곱게 곱게 길러서 그렇게 시집을 보냈갔어요? 어려서 시집 보내는 건 가서 편히 잘 살라고 보냈겠지.

헌데 사람 사주팔자는 모르는 거야. 못 속여. 그것으로다가 장사 엿 동구리 맨들은 거야. 동구리 깨끗허지 새거지 쓰나 어쩌나 그냥 둔거 거기다가 엿 한켜 놓고 콩고물 한켜 얹히고 한 동구리에 담는 거야. 위에다간 콩고물을 많이 얹혀. 이렇게 보자기다가껨 싸서 꽉줘메. 광어리에 안에다 담아서 이고 나가요. 댕기면서 파는 거야. 동네다가 내려가서 큰 동네를 찾아가야지. 산중에서 큰동네를 찾아가야지 하루에 못 들어와요. 내려가기만 해도 하루해 걸려.

이쪽으로 벌곡으로는 시오리를 내려와야 동네가 있고 양천면 저쪽으로는 이십리를 내려가야 동네가 있어. 이십리 왔다갔다 허기도 겨울에 해지면 어떻게 올라오겠어요. 팔아가지고 오겠어요. 한번 나가면 그거 다 팔아야 오는 거야. 며칠이고 일주일이고 팔리는 대로. 오일이고 일주일이고 그 놈 다 팔려야 들어오니께 쌀 한말 고아가지고 나가면 다 팔려야 들어오니께.

그래서 이고 애 업고 두 살 먹은 애 업고 큰 아들 아홉 살 먹은 거 앞세우고 나가. 왜 앞세우고 나가냐? 집에다가 두면 편안헐꺼 아냐? 뜨뜻헌데 지 아버지랑 있으니께. 편안헐꺼 아냐? 내가 앞이 허전해. 내가 나이가 스물여덟밖에 안 먹었잖아요. 앞이 허전허더라고. 어려서 저 아이를 앞세우고 나가야 내가 앞이 든든해서.

'내가 아들 둘을 데리고 다녀야지 할 수 없다.'

싫어. 고생스러워도.

"너 나 따라가자."

데리고 나가. 데리고. 나가서 어디가서 방 얻어 잘 적에는 방을 정해 놓고 업은 애를 맡겨서 주인집에다 놔두고 밥을 얻어다 먹어야지. 밥을 사먹으면 장사가 되갔어요. 그러니께 밥을 얻으러 나가는 거야. 주인보고 얘기허면 밥 얻어 오라고 이만한 바가지랑 보자기랑 반찬 얻을 그릇을 주는 거야.

가지고 나가서 동네 한 바퀴 돌면 밥 헐 적에 댕기면,

"이따 오세요. 이따 오세요."

다 해. 두 번째 들어가면 밥을 줘요. 그 때만 해도 인심이 좋았어요. 밥을 어떤 집에는 자기 먹을려고 떠놓은 데서 한 숟갈 덜어주지만, 어떤 집에서는 따로 떠놔. 그 밥을 쏟아줘. 대게 조금씩 떠놨다가 한 주걱씩 떠놨다가 주는 집이 많아요. 어떤 집에는 밥이 적으니까 그렇겠지. 자기 먹을려고. 퍼 놓은 밥을 덜어주고 어떤 집에 들어가면 먹잖아. 자기 먹는 밥에서 덜어주려고 그래.

"주지 마요. 안줘도 돼."

그이가 안 되가지고 붙잡아 놓고서는 반찬이라고 담아줘.

"나 먹는 밥을 안 가져갈려고 그러니께 반찬이라도 가져가시오."

그러고 반찬이라도 주면,

"감사합니다."

하고. 먹는 밥에서 덜어주면 못 가져 오겠더라고. 나 주면 못 먹잖아. 내가 딴 데 가서 얻으면 된다고 그냥 가면 그래 꼭 되불러 반찬 가져가라고. 그러면,

"그러세요."

반찬을 가져오면 그렇게 몇 집 얻으면 요만한 바가지로 하나 돼.

'이것만 가지고 실컷 먹겠다.'

가져가서 애들 데리고 먹고 남으면 덮어서 놔두었다가 아침에 먹고 그렇게 장사를 했어요. 그렇게 댕기면서 다 팔면 돈도 나오지만 쌀 나오고 콩 나오고 팥 나오고 별거 다 나오지. 보리쌀도 나오고 수수쌀도 나오고. 올망졸망 올망졸망 아무리 생각해도 곱장사는 되는 거 같애. 쌀 한말 가지고 팔면 쌀 두 말 서말까지는 되는거 같애. 곱장사가 넘어. 괜찮기는 괜찮더라고. 늘거 먹는데.

한번은 섣달, 그게 초여름께야. 내가 참말로 너무 나이가 어려가지고 지혜가 없었어요. 사람이 나이를 좀 먹어야 여기서 지혜가 좀 생기나봐. 나이가 삼십살도 안됐으니 무슨 지혜가 있갔어? 한번은 또 댕긴대니까 또 가기는 나쁘잖아.

'댕긴 데는 내년 봄에나 가고 겨울에는 저 멀리 나갈 거다.'

허고 전라도땅을 건너갔네. 우리 사는 데는 충청돈데 전라도는 거기서 한참 가가지고 냇물을 건너가야 전라도 땅이야. 고산 이매야. 고산 이매라는 동네를 갔어. 고산 전라도 고산 이매라는 동네야. 거기를 갔네.

아이 그런데 들어가는 날 저녁부터 눈이 쏟아져요. 진눈깨가 이상스럽게 삼일동안 사일동안. 날이 궂는데 세상에 물건을 다 팔았어. 동네가 크고 인심이 좋아서 물건은 잘 팔리더라고. 엿이 잘 됐다고. 저녁에도 노름방에서들 노름허고 놀다가 사러와요. 그냥 사가요.

삼일 파니께 물건을 다 팔았는데, 삼일만이면 집이를 오갔는데 일주일이 걸려도 물이 안 빠져. 냇물을 못 건너. 일주일이 됐는데도 집에서는 얼마나 기다리고 나는 얼마나 궁금해요. 집에는 가야겠는데 일주일이 되던 날, 이레째 되던 날 오늘은 어떡허던지 꼭 가야지 싶어가지고 점심을 먹고 나왔어요. 거기서들 못 간대. 오늘도 못 건너간대.

"나가보고 못 건너가면 되려 들어와요."

그래. 주인집이서. 아줌마가,

"되려 들어와요. 애기 엄마, 위험헌 짓 허지 말고 되려 들어와요."

"네."

그러고 나갔는데 되려 안 들어가져.

'한참 동네에서 한참 빠져 나왔는데 가진 곡석은 많지, 안 들어가져. 해는 바락바락 넘어가는데 어떡허냐?'

하고. 산꼭대기는 해가 넘어가 내려오는데 어떡허나 하고. 참 난감허더라고요. 죽겠더라고. 여기서 죽누나 싶어.

'나 죽는건 괜찮은데 애들을 어떡허나. 아들 형제를 여기서 죽이느나.'

싶어서. 진짜 악독이 오르니까 눈물도 안 나오대. 눈이 막 또랑방울같애져. 막 초랑허니 그냥 겁이 나서 독이 올라요. 해는 점점 산그늘은 자꾸 내려오지. 해는 없어지지.

산이 맥혀서 컴컴해 들어오는데 어떡해야 옳으나 저기를 건너다보니까 군인이 하나 건너와. 군인복 입은 사람이. 하나 키도 안 커. 저기 군인이 하나 오누나 거기는 해져서 다 그늘이여 컴컴해요. 산밑에는. 해만지면 컴컴해져. 산그늘에 왔어. 냇물에를 왔어. 와가지고 훌훌 벗더라고. 군복 벗어서 똘똘 말더니 허리끈, 군인들 끼는 허리끈 있잖아. 그거 허더니 쫙 여며더니 어깨에다 메더라고. 군화 벗더니 손에다 탁 들어.

그러더니 건너왔어. 건너와보니께 내가 그러고 있지.

"아주머니, 어쩐 일이에요? 들어가시는 길이에요? 나오는 길이에요? 어디를 가시는데?"

"지금 나서도, 어떻게 아이고 점심을 먹고 나왔는데 여기를 못 건너서 지금까지 이러고 있어요."

그러니께,

"어디를 가시는데?"

"내가 사는 동네이름은 다리성 산인데 상리꺼정은 들어가야죠. 윗상리는 못 들어가도 아랫상리꺼정은 들어가야 거기서 자고 우리 집에를 가야하는데 어떻게 해야 건너가는지 몰라 이럭허고 있어요. 빠지면 죽을 것만 같아서요."

"예. 잘허셨어요. 내가 건너들이께."

"이렇게 추운데 건너오셨는데 어떻게 또 건너가요?"

"건너드려야지, 살려 들여야지. 내가 군인인데 군인이 안 살려드리면 누구를 살려요."

아이 딱 장담을 허더라고. 처음에 자기 군화를 탁 놓더니 그 맨 것도 벗어서 군화위에다 얹혀 놓더니 우리 큰아들을 내게 업혀라. 그래. 거기다가 한 말 곡식을 해서 짊어졌어요. 아홉 살 먹은 거한테다가. 거기 지고선 거기가 앉아 있는 거야. 언덕 밑에다 다리를 놓고 언덕에다가 그 짊어진 걸 놓고 앉아있으니께.

"내게 업혀라."

올려 끌여선 언덕에다 얹져 놓고 업혀라 업는 거야. 짐채 업더니 뭐 하나를 더,

"자루 하나를 내 머리에다가 얹혀 주세요."

머리 그 모자 썼잖아 모자 쓴 위에다가 자루 하나를 얹혀 달라고 그러더라고.

"아이고 안돼요. 너무 무거워서 안돼요."

"아니요. 얹져주세요. 얹어주세요."

얹어줬어. 허니께 건너가. 아이고 건너가더니 갔다가 내려놓고 또 건너왔어.

아이 그런데 그 광어리가 있잖아. 곡식이 하나도 안 넣은 광어리가. 그 광어리를 내가 애기를 업고 그걸 이고 나왔다고. 근데 거기서 자루 하나를 꺼내서 머리위에다 놓고 가서도 내가 못이고 애기 업고 못 건너가.

그러니께 광어리를 어깨에다가 딱 올려 놓으면서,

"가만히 계세요. 이거 제가 갖다 놓고 와서 아주머니를 업고 갈게."

그래.

"아니에요. 아니에요. 나는 내가 건너가야 돼요. 어떡허던지 건너가야 돼."

"건너오실래요? 건너오실 수 있어요? 속에 얼음이에요. 물만 있어여. 얼음 위에 물 나가는 거지. 얼음이 쪽 깔렸어요. 그러니께 한발 까딱 잘못허면 거기 주저앉아요. 요렇게 보고 저 디디는거 보고 나 디딘 발자국마다 따라 디뎌야 돼요. 딴 데 디디면 금방 넘어져요."

그러니께 다리를 맘껏 디뎌가지고 여기 디디고 나 발자국을 따라 디뎌야지, 얼음 없는데 여기 디딜수 없다고. 여기 디디면 금방 넘어져요. 맞더라고. 말을

들으니께. 거기만 녹았지 여러번 댕겨서 고기만 녹았어. 발자귀만. 발자귀를 진짜 거기는 얼음이 없어. 녹았어. 군인 디딘 자리만. 아이 그래서 건너갔어요.

애기를 업고 건너가고 광어리를 어깨에다 메고 건너갔는데 그렇게 해서는 그 추운데도 다 담어서 거기가서 정리해 가지고 내 머리에다가 그걸 이어주고. 나는 양말 버선 신었지, 어쨌지 신 신었지, 맨발로 건너간거 다 신었지 어쨌지. 그러고 연후에 내 머리에다 이어주고 애들 짊어지고 그럭허고 그이가 또 건너갔으니,

"이름 좀 일러줘요. 여기 댕겨 나왔으니께 누구네 집 자손인가 일러줘요."

안 일러줘.

"아주머니는 잘 가셔서 잘 사시면은 그걸로 나는 행복허니께 그걸로 가세요. 어여 가세요. 잘 가세요. 잘 가세요."

열 번도 더해.

"잘 가세요. 잘 가세요."

아이고 그이도 지금 살아있을 거 아녀. 아이고. 세상에 이렇게 덕을 입고 내가 살았어요. 이런 덕으로 첫째는 산왕대신 덕으로, 산왕대신이 군인을 불러들인거 아냐. 빨리 가서 인간 살리라고. 산왕대신이 보내서 온거고 군인이 살려준거고. 그런 적도 있어요.

그리고 상네동네 들어가서 자고 댕겨서 아는 데니께 재워주지. 그래서 자고 그 이튿날, 거기다가 하나만 가지고 올라갔지. 맽겨놓고 우리집 양반이 내려와서 지고 올라가고. 그렇게 살았어요. 그렇게 살다가 오년을 거기서 살았잖아요.

근데 또 이상한 일이 있어. 또 이상한 일 거기서 농사를 지었잖아요. 산에 들어가서 농사를 지었는데 나무를 그걸 어떻게 했어. 밭을 맨들어놨어요. 맨날 산왕대신헌테 치성을 드렸어요.

"어떻게 여기 살게 들어왔으니께 살게 좀 해 주세요. 산왕대신 살게 좀 해 주세요. 우리 대준 양반 소원 좀 풀어주세요. 우리 바깥양반 소원 좀 풀어주세요. 일본 사람 땅 안 부쳐먹는다고 여기 들어왔는데 바깥양반 좀 살려 주세요."

거기가 국유지야. 그러니께 지배헐 사람은 없어.

근데 오월 섣달에 그렇게 가서 내가 물을 못 건너고 고생을 했는데 장사를 해 가지고 돌아와서는 그 달에는 장사를 안 나갔잖아요. 안 나가고 인저 그냥 내년 봄에나 장사를 해야지 허고서 있는거 아녀. 근데 눈이 그렇게 쏟아지더라고. 그냥 눈이 오는데 그냥 눈이 아니라 진눈깨야.

비가 오다, 눈이 오다, 비가 오다, 눈이 오다 허니께. 눈이 확 녹지도 않고 진눈깨니께 얼어붙으면은 소나무에다 끼어서는 거기서 얼어붙고, 얼어붙고 해가지고 나무 위가 눈이 이렇게 얹혀서 얼었어.

얼어가지고 바람이 하루는 시루루 부니께 소나무가 돌아가는 소리가 삐까 삐까 허다가 착 내려앉고, 부러지고, 또 삐꺽삐꺽 허다가 또 착 내려앉어. 부러져. 그 큰 소나무가. 아이고 중둥이 어떻게 그렇게 맥없이 부러져요. 눈에 쓸려서 얼었으니께 소리가 삐꺽삐꺽 삐꺽삐꺽 몇 번 허다가 척 내려앉고선 탁 부러지는데.

우리 밭 해 먹을 자리가 그게 성이 쌓여져 있어. 거기에 옛날에 다리 장군이 다리 성을 쌓고 거기서 살았대요. 그런 성턴데 성터 안에다 우리집 양반이 집을 지었더라고. 판판한데다가 샘물도 옆에 있고.

그런데 그 가서는 위이로는 문이 세 군데 밖에 없어요. 어디가 문이 있냐, 동쪽으로 내려가는 문, 남쪽으로 나가는 문, 서쪽으로 나가는 문, 북쪽에는 문이 없어. 바위천백이에요. 천야만야한 바위천백 북쪽에는 산이 빼액. 병풍같이 거기서 보면 병풍같이 돌려쳤는데 거기 올라서서 그 아래를 내려다보면 천길만길이여, 바위둑이. 산이 천길만길이여.

못 내려가요. 거긴 세상 어떤 사람도 못 댕겨. 그럼 내려가면 그 밑에는 냇물이에요. 인내. 인내. 그 냇물이야. 벌곡 합치는 냇물이야. 벌곡에서 인내로 합치는데 그 냇물이 났어요.

그런데 아이 그러더니, 아이 그러더니, 그냥 쏴악 부러졌어. 성문안에만. 성문 날맹이서부터 안으로만 싹 부러지고, 저짝으로는 올라가 보니께 하나도 안 부러졌더라고.

'이상허다. 산왕대신 조화는 조화다.'

치울게 걱정이잖아. 부러지긴 잘 부러졌는데 치울게. 아 인저 막판에는 아이 우리집 옆에 소나무가 섰는게 그게 삐꺽삐걱허네. 저놈이 우리 지붕으로 넘어지면 집이 허물어지게 생겼어.

근데 저녁인데,

“아이, 어떻게 해. 여보? 저게 넘어지면 꼭 우리집으로 쓰러지게 생겼는데 우리집 허물어지면 우리 다 죽잖아.”

바깥양반이,

“걱정 말아. 산왕대신이 살려줘. 안 죽어. 살려줘. 걱정 마.”

믿느냐는데 믿는디야.

잤지 뭐. 어떡해요. 거기서 그냥 잤지. 불끄고 잤지. 아 어느 때나 됐나? 아직. 아니나 달라 우지끈, 우지끈, 찰싹 해요. 근데 우두두허네. 흙 쏟아지는 소리. 일어나서는 보니께 내려앉았어. 천정이. 내려앉았어. 내려앉긴 내려앉았는데 떴어.

호롱불을, 성냥을 찾아서 호롱불에다 불을 켜 놓고 보니께 저기서 이렇게 소나무가 넘어가니께 우수수허고 대들보가 내려앉다가 문턱에 고줏대 있잖아. 문위 고줏대. 요렇게 세워놓은 문지방위에 고줏대 이렇게 세워서 대들보를 이렇게 걸었죠. 거기가 걸려서 안 내려앉았네. 그게 그 위가 탁 걸려 대들보가 내려앉다가 문지방 위에다 탁 걸려 문지방에다 안 내려 앉아.

‘살린다는 말이 맞구나.’

내가 그러고서는 아침에 일어나가지고 나가서 부엌에 갠신히 문을 열고, 갠신히 문 열고 나가가지고 톱으로 잘라가지고 다 치운 다음에 우리가 나갔어요. 바깥 양반이 혼자 도로로 나가가지고 그 문을 톱으로 가지고 나가서 썰어서 잘라서 다 이리저리 치우 놓은 다음에 우리가 문을 열고 나갔어. 그거를 그날 곤치니께 되더라고. 고치니께 돼.

그럭허고 살았는데 그 소나무는 어떻게 치웠느냐? 동네에서 소문이 나가지고 그게 벌곡으로 들어요. 그 산이 기생면으로 양천면으로 안 들고, 벌곡으로, 벌곡산이야. 그게 벌곡으로 들었어. 벌곡서 우리 독반장이 있었어. 우리 이장이 기별해 주라.

"너희 집에 산에 사는 사람헌테 기별해주라."

허면, 우리 친정 조카야. 맨 조카가 셋인데 맨 끝에 조카, 막내 그 사람이 무슨 일이 있으면, 구장이 이르면 꼭 우리집에 올라와서 기별해 주고 나무 한 짐 지고 내려가고 그래요. 그 사람이 왔어. 와서 보고 내려가가지고서 이장헌테 가서 동네가 얘기허니께, 다 나무가 부러졌다고 얘기허니께, 이장이 가서 얘기를 했어요. 구청 시청으로 다 인제 전화를 해서 일러줘서 얘기를 했어.

근데 다 논산군에서 그걸 다 알고 그 소문을 듣고 왔어. 와가지고 구경을 허고 가가지고서는,

"이 나무를 고냥 치우지 말고 하나도 낫도 대지 말고 도끼도 대지 말고 댕기기 어려워도 나들기 어려워도 그냥 둬뒀다가 내년 삼월달에 치우셔."

그러는 거야. 삼월달에. 삼월 몇칠날인데 날을 잊어버렸네. 그 날에 우리가 와가지고 산림계에서도 오고 시에서도 오고 군에서 오고 다 왔어.

"그 날 우리가 허가를 내줄테니께 여길 치우고 밭을 일궈 먹으로라."고.

우리가 그날 와서 잔치를 허고 여기를 허가를 내주지 그냥 안내준다고. 그러니께,

"그 때꺼정 참으시오."

하고 이르고 내려가잖아.

그래서 가만뒀다가 그 때 왔더라고. 통돼지를 잡아 가지고 술을 막걸리를 몇 통 가지고 인내 양천면 사람, 벌곡면 사람, 와가지고 잔치를 허는데 흐드러졌데. 난 피난 나갔어. 나는 그 시중 안헐려고 장사허러 나갔어. 애들 데리고 동네로 내려갔어.

이건 우리 바깥양반이 혼자서 그 손님 많은 걸 다 받고 기산거를 데리고 와서 잔치를 허고 노래를 부르고 그냥 시청에서 구청에서 다 그냥 면에서 다 와가지고 그럭허고 고기도 많이 냉겨 놓고 갔더라고. 떡도 많이 냉겨 놓고 밥해 먹는다고 쌀도 가지고 왔다가 쌀도 그냥 놔두고 갔더라고.

"얼마든지 이 나무 다 치우고 해 잡술 재간만 있으면 해먹으라."고.

그러드랴. 그래가지고 허가를 내주고 내려갔지.

그러니께 우리집 양반이 다 치우고 장작이 그게 얼마나 많이 나오겠어요?

아래 상례 사람, 오미 사람, 상례 사람, 상례 아래 윗 동네 둘 오미가, 아래 윗동네 네 동네 사람이 올라와가지고선 같이 톱질 허는 거야. 해가지고 자기네들이 장작 패 다 맨들어 놓고 내려가는 거야.

그러면 딴 사람 손 못 대지. 자기네들이 와서 장작 패서 빠글러서 이렇게 마르라고 쌓아놓고 내려 간 거는 네평을 해 놓고, 가든 딴사람은 못 가져가. 그걸 그 사람들 그냥 줘야지. 그러니께 수월허더라고. 우리는 치우기가, 치우기가 수월허잖아요. 그러니 얼마나 고마워. 우리는 고맙다고 그렇게 해서 자기네가 쌀 가지고 와 우리집에서 밥해 먹고 그러더라고.

그래. 살 일은 다 나서는 거야. 그렇게 해서 거기다가 치우고서는 가래기가 그냥 소나무가 또 떨어지고 썩고 또 떨어지고, 썩고 타도록 그냥 가래기가 썩은 거야. 소나무 치우니께 밭해 먹을 자리, 그걸 댕기며 다 갈퀴로 들춰내고 작대기로 들춰내고, 낫으로 이럭허고 해서 말려가지고서는 바짝 말려 가지고, 하루는 비가 올려고 허더라고.

그러니께 오늘 불을 놓자고 날이 인자 바람부는데 불 못 놔요. 큰일나요. 불 놓으면 홀딱 산이 홀딱 타지. 저 꼭대기에서 이만큼은 금초를 해야 돼.

여기가 밭해 먹을 자리면 여기 다 불을 깎아야 돼. 나무없이 다 긁어야 돼.

그리고 저기가서 저 바깥이 산처럼 놔두고 그놈아이 여기다가 밭 해먹을 자리믄 여기다 불을 놔 여기다 불을 놓으면 불꽃이 암만 가도 여기는 가도 괜찮잖아. 나무가 없으니께. 다 금초를 해놨으니께. 그렇게 해서 불을 노니께 다 타니께 비가 쏟아지더라고. 비가 쏟아지기 시작허더니 그 이튿날 밤새도록, 그 날 밤새도록 그 이튿날 해전 비가 내리네. 그 재가 고만 가다 먹었어.

고기 그게 거름이 되가지고 감자를 한가마니를 옛날 장터에 나가가지고 감자 한 가마니를 사서 지고 올라가가지고서는 그걸 두 번에 져 올려갔어요. 한번에 못 가지고 두 번에 올려간 거니 내가 이고 올라가고 우리집 양반이 지고 올라가고 했으니께. 두 번에 가지고 간 거죠.

혼자 그걸 풀러가지고 눈을 따서 그 많은 자리를 괭이로 파고 거기다가 감자를 놨어 감자를 심었더니 그럭허고서는 요렇게 됐을 적에 비료 한 가마니를 사다가 거기다가 주었더니, 세상에 감자가 얼마나 잘돼요. 그러고 북을 줬더니 감자 한 개, 한 개가 이래. 하얀 감자를 늦감자를 사다가 심었는데 한 구덩이 파면은 이런 바가지씩 하나씩 돼. 감자농사를 잘 해놓으니께 얼마나 부자 부럽지 않아. 천석군 부자 저리가라야.

고놈이 요만큼씩 알맹이가 들었는데 하루 저녁은 산돼지가 내려 왔어요. 저기서 산돼지소리가 나. 그래서 여보 저기 산돼지 감자밭 머리에 산돼지 소리 났는데 어떻게 불을 놔? 어떡해. 모타불을 그냥 마당에다가 그냥 막 그 밭머리에다 마른 풀 깍아다 말려 놨던 걸 그냥 갔다가 불을 되질러 놓곤 부엌 구석에서 삽 허고, 무소, 그것 무쇠 낫 그것 허고 가지고 나가서는 삽을 두드렸어. 돼지를 쫓으며 삽을 두드렸어.

돼지는 다 쫓겨 올려가고 몇 마리가 내려와서는 다 쫓겨 가고 낫 동댕이가 뚝 부러지네. 얼마나 삽을 두드렸는지 그렇게 해서 돼지를 쫓고.

그 이튿날 아침에 가서 밭을 한 바퀴 둘르니께 그래도 댕기면, 여기저기 댕기면 물어놓은데 몇 배기 안했는데도 그래도 주우니께 이만큼씩 헌거를 몇 구리고 하나를 주워가지고 그래도 괜찮아. 그 놈을 여름에 가서 캐니께 감자를 통가리, 통가리 마당에다가 어디 들여놓을 데가 있어요? 마당에다가 밑에다가 쇗대기 그걸 깍아다가 그냥 말려서 솔가지 갖다가 이렇게 쌓아놨다가 말려서, 미리 말려서 마른 걸 이렇게 갖다가 쌓아놓고 그 위에다가 솔가지 착착 이파리 놓고선 거기다 감자를 발은 인제 산에 회초리 나무 이런 거 큰 거 많잖아. 그놈 찌고 싸리나무 찌고 이렇게 해다가 발을 엮었어요. 크게 발을 저기로 비소리 껍데기로 꼬아가지고서 발을 엮어서 그 위에다가 통가리를 돌려치는 거야.

통가리 돌려치고 앞에 문만 내 놓고 문에 요렇게 요렇게 풀 마른 걸로 요렇게 막아가면서 감자를 갖다가 들이면 수없이 들어먹지 뭐. 수없이 통가를 해놨으니 얼마야? 그게 닷가마니 열가마니야. 그렇게 해놓고. 그냥 잔챙이 감자는 얼마나 많아요? 산에 오는 사람은,

"다 들어와 감자 잡숫고 가라."고.

쪄서 주는 거야. 주면 김칫국허고 주면 하아 단꿀같이 잘 먹어.

그러곤 자시고들 나무꾼은 나무 해가지고 가고, 지관은 산보고 먹고 가고.

잔챙이 감자는 또 요런 감자도 많지. 감자가 암만 크게 들었다고 해도 얼마나 많겠어요? 다 닦어가지고 항아리나 올려 와서, 항아리나 많아야지, 큰 항아리가 하나밖에 안 올려왔는데 저 아래 이삿짐 갖다 쌓아놓은데 거기 다 있고. 항아리가 다섯 개인데 그 아래 다 있고 큰 항아리 하나밖에 안 올려 왔는데.

거기다가 그냥 요런 거 담고서는 물 부어 놨더니 썩잖아. 썩지. 썩여가지고서는 걸러지니께 녹말 돼. 그렇게 해서 녹말 만들고 썩여내곤 또 썩여내곤 또 한 항아리 담아 또 썩이고. 썩여내곤 한 항아리 담아 또 썩이고. 다섯 항아리를 썩혀.

그렇게 해서 허니께 녹말이 많더라고. 이만헌걸. 녹말은 아무거나 해 먹어도 좋아. 감자 녹말은. [조사자 : 감자를 썩혀서 만드는 건 처음 들었어요.] 어. 그러고 그냥 아무거나 먹어도 좋아. 그렇게 쪄서 식잖아요. 식으면 암만 맛있는 감자도 식으면 누린내가 나. 아리지 않으면 누린내가 나. 조금 누린내가 나. 돌화기 있는데 거기다 쪄. 다 찌면 인절미가 돼. 아주 그렇게 인절미가 돼. [조사자 : 찰지게 되나봐.]

인절미를 만들어서 콩고물만 묻혀서 잘라 놓으면 찹쌀 인절미같애. 보기에.

이렇게 놨다가 산심사 댕기는 이들 여자고 남자고 들어오라 해가지고 앉혀놓고 물 한 그릇허고, 김치국 한 그릇 허고 내 놓으면, 얼마나 잘 먹나 몰라.

[조사자 : 그걸 팔지는 않으셨어요?] 팔기는 어디다 갖다 팔아요? 그러면 사람들이 씨때, 씨 헐적에 씨 헌다고 가질라고 올라와. 올라오는 사람은 지게에다가 쌀 짊어지고 올라와. 딴 거 안 짊어지고. 쌀이 귀헌 중 알어. 쌀 짊어지고 돈도 안 가져와요. 쌀 짊어지고 와. 지게에다가. 감자 짊어지고 내려가고 그렇게 살았는데, 그 해 유월에 감자 이제 중간이지, 내가 얘길 이제 앞서 헌거야.

[8] 축지법 쓰는 남자가 뱀에 물린 아들을 구해주다.

한때기 감자 다 캐고 한 때기가 조금 안 되고 한때기가 따로 요 부엌 모퉁이로 있어서 조금 더 있다가 캔다고 너무 많아서 다 캐다가 감자에 아주 지쳐서 더 있다 캔다고 안 캤는데 비가 올려고 그러더라고. 하루는.

'감자는 비 맞으면 썩으니께 캐야겠다.'

싶었어. 캐면서 싸리치러 나간다고 우리집 양반이 그 전날 가더니 안 왔어요. 하룻밤을 자고 처갓집에 들어가서 잤는가봐. 태고사 옆에. 우리 친정이 있었어요. 처갓집에 들어가서 자고 안와서 그래서 인저 두 살 먹은 애를 아홉 살 먹은 애한테다 업혀주면서 그랬어.

"야 너 애 업고 저 산에 올라가서 성자리에 올라가서 국국 해봐라. 아버지 어디서 오나."

그랬어. 아버지 자고서 싸리 져가지고서 어디서 오나 국국 해봐라. 삼남매가 올라갔지. 하나는 업혀서 올라가고, 딸은 걸어서 올라가고, 하나는 업고 올라가고. 올라가 바윗덕이 성자리 옆에다가 바윗덕을 성을 쌓으면서 바윗덕을 놓고 끼워서 쌓았대. 참 뭐 갖다 놀기도 좋아. 성자리가 올라섰데 올라서가지곤 국국했디야. 뭐. 여기 따끔허더래요.

아 보니께 구랭이가 물고서 내려가는 게 꼬랭이가 툭 치는데 뵈더래내. 꼬랭이가 뵈더래내. 구랭이가 물었어. 그런 산중엔 뱀이 물면 큰 뱀 독한 뱀만 있지 시시한 뱀은 그 산중에 없어요. 그러니께 큰 뱀이 물은 거여. 바른쪽인데, 여기를 물었는데 여기가 이빨자리가 얼마나 큰 게 물었나 이래요.

똑 여기를 물었는데 복숭아뼈 옆에 여기를 이렇게 물었는데 이빨자리가 이렇더니 거기서 그냥 새파랗더니 차차로 차차로 요렇게 요렇게 되더니 금방 여기까지 올라 오네.

독이 그래가지고, 애들을 인저 내려와서 울면 데굴데굴 굴러 내려와서 애 업은 걸 받고서는 방에다 데려다가 데굴데굴 구르며 죽는다고 어머니 나 살리라며 우는데 어찔 줄을 모르갔어. 어떡해. 사람이라곤 여름이니께 하나, 나무꾼도 없고 농사들 하느라고 농사철이라 아무도 없어요. 나 하난데. 어쩌면 좋아. 지 아버지조차 전날 어디 가더니 안 오고 없으니 어떡허면 좋아. 죄 모르겠어.

그래서 뒷문을 열어놓고, 앞문을 열어놓고, 뒷문 열어놓고. 뒷문 열어놓으면 저기 뒤에 산왕 산신각이 뵈요. 산신각만. 그 방에 앉아서 바라다보며 산왕대신만 찾았어, 내가.

"산왕대신, 산왕대신, 내가 어떡헐려고 산왕대신 믿고 여기 산중에 들어와서 이렇게 사는데 아들을 이렇게 아무것에 뱀을 물려서 죽게 맨들어 놓느냐." 고.

어떡허냐고 낫게 해달라고. 어떡허냐고. 산왕대신 낫게 해줘야 된다고. 누구라 있냐고. 여기 인간이라곤 하나밖에 없다고. 나 밖에 없다고.

막 빌었더니 한 삼십분 됐는데 뭐이 밖에서 쿵해. 밖에 문을 이렇게 내다보니께 선비 하나가 한 스무 몇 살 먹었을까? 선비가. 참 얼굴도 이쁘게 생겼어요. 근데 요렇게 해서 하이 칼라를 냉겨서, 옆으로 하이 칼라를 냉겨서 빗고. 모시 중의 적삼을 입고 대님을 착 묶었는데 옥색 대님을 착 묶었더라고. 그러고 모시 두루마기를 홑두루마기를 착착 접어서 단장에다가 끄나플로 딱 잡아 멨네.

어깨에다가 탁 메고 그렇게 하고 와서 서서는 들여다보는 거야. 그래서,

"누구세요?"

내가 확 일어나서 쫓아가니,

"누구세요? 사람이세요? 산신령이세요? 산신령님 찾았는데 요렇게 오셨으니께 산신령님이시겠지?"

내가 그러니께,

"근데 왜 그렇게 요란스럽게 울어요?"

그랴. 그래서 얘기를 했어요.

"들어 와 보세요. 우리 애기 좀 낫게 해 주세요. 뱀을 물려서 지금 구랭이가 물렸나봐요. 저 위에서 물리고 내려와서 울어요. 어떡허면 좋아요. 독이 이렇게 요기까지 올라 왔어요. 머루다래 찐게 있어서 그걸로다가 짜맸는데 그게 너무 올라오게 생겼어."

그랬는데,

"보세요."

그랬더니 들어오더라고. 들어오는데 보더니,

"내가 고쳐드릴게. 걱정 마세요."

우는 애 보고 뚝뚝 허니께 뚝 그쳐서 니끼만 켁켁켁허고 소리 못내서 울고 있어.

"울지마. 내가 낫게 해 주러 왔잖아. 내가 낫게 해 줄게."

"산신령님이세요?"

또 그랬어.

"산신령님이에요?"

"아니요. 사람이죠. 산신령님이 어떻게 여기를 와요."

그래. 그이가 웃으면서 그래.

"어떻게 이렇게 오셨어요? 내가 찾았는데. 산신령님 찾았는데 어떻게 오세요.?"

허니께,

"왔어요. 아무 말씀마시고 들기름 있어요?"

그래.

"들기름이 요것뿐인데."

요만치 남은걸 가져갔으니께 찌꺼기지 병에 가라앉았어.

"그거 가지곤 안 되는데. 들기름을 한 병 들고 올 걸. 아이고 잘못했다."
이래.
"가서 구해올까요?"
허니께.
"어딜로 가서 구해오실려고?"
"상리로 내려가야지. 그래도 멀어도 상리로 가야 발치가 빠르지. 이리 가믄 돌로 순 바윗독으로 걸어 내려가서 더 더뎌요. 시월이라 이짝은 이십리 가는 게 빨라요."
그러니께,
"그러세요. 그럼."
그러더라고. 내려갔어. 내려뛰는데, 뭐 내려뛰는데 정신없이 내려뛰었지. 내려가믄 첫 집이 있어요. 첫 집이 맨 산 밑에. 산에 집이 있어. 거기가 양씨여. 양씨 아저씨인데 지관이야. 가끔 우리집에를 오셨어요.
"아주머니, 왜 이렇게 오세요?"
그래. 아 그런 얘길 했어. 들기름병을 얼른 부엌에 걸린 걸 주며,
"얼른 가져가시라."고.
투가리를 요만한 걸 들고 내려가서,
"여기에다가 반 투가리만 가지고 갈게요."
"다 쏟아지고 질금질금 언덕받이 올라갈라믄 다 쏟아지고 뭐가 남아요? 병 체 가져가셔. 가지고 가셔요."
그냥 가지고선,
"고맙습니다."
허고 올려 뛰는데 올라갈 적에 못 뛰어. 뛰어지질 안 해. 숨이 차서. 조금 가다가 천천히 허다가, 뛰다가 또 뛰다가 천천히 갔다가 뛰다가 올라갔더니, 우리 딸이 어린 것이 화롯불이 어디 있나봐 했나봐.
"화로가 저기 있어요."
허니께 산밑에다가 화로 안쓰니께 여름에 갖다 엎어놨잖아. 산에다가 그걸 갖다가 흙 묻은걸 떨어가지고,

"숯이 없냐?"

허니께,

"숯가마니 저기 있어요."

했든가봐. 숯을 갖다가 피워놨드라고. 숯불을 이글이글허게 피워놔. 그래서 가져가니께 투가리에다 나 들고 나갔던 투가리에다가 기름병을 반을 떨궈서 이글거린 불에다 놓고서는,

"머리, 아주머니 난거 빼세요."

이걸 빼니께 그 땐 망태 꽂았는데 빼니께 머릿결이 따아서 이렇게 따았는데 끄트리를 요만착을 딱 가세로 잘라 가더라고. 딴 걸 요렇게 풀어가지고 한가닥 한가닥 내면 꼬챙이로 싸리 꼬챙이로 이렇게 저으니께 들어가는 대로 녹대. 기름에 끓는 기름에 머리카락을 놓으니께 그냥 녹아요. 녹아서 다 녹으니 없어졌네 하고 보니 기름이 새까만데 이렇게 보니께 아궁이의 매운재 같애. 매운재 같이 가라앉았어. 머리가 녹아가지고 재같이 됐더라고. 팔락팔락거리니께,

"이제 됐어요. 이제 솜이 있어야 되는데 솜이 있어요? 당태 솜이래야 하는데 당태솜 약솜, 당태솜 있어요?"

그러고선 그전에 솜이 있는 게 그냥 말아놓은 게 있는데 갖다 줬더니 그걸 뜯어서 싸리꼬치를 산에서 하나 쪄가지고 요렇게 요렇게 빠글르더라고. 칼로. 빠글러가지고 솜을 요렇게 끼고 요렇게 끼고 허니께 솜방망이가 되돼.

그래가지고 그 기름을 방으로 가지고 들어가서는 애를 이렇게 뉘어놓고서는 여기에다 수건을 하나 깔아놓고 이렇게 놓고 여기 부운데서부터 여기서부터 이렇게 내려 발르데요. 이렇게 애를 내가 비스듬허게 안고 앉아 있는데 또 바르고 또 바르고 허니께 여기서 탁탁탁탁 꽈리같이 불어나요. 여기서 독오른데서 이렇게 꽈리같이 불어나.

그러니께 저 음나무 까치 그 이렇게 굵은 걸 따다가 우리 딸더러 따오라고 해서 마당까지 나와 따와. 쭉 밀치면 주르르르 흘러. 시커먼 누런 물이 주르르르 흘러. 또 그치면 주르르르. 수건이 하나가 펵 젖어 또 내놓고 딴 걸레를 갖다 놓고서 허니게 아 이게 금방 훌쭉 해지는 거 같애. 부은게. 그렇게 해선

우리가 그럭허고 있다 또 바르면 또 불어나고. 또 바르면 또 불어나고. 또 닦고. 또 닦고.

"이거 기름 이것만 가지만 애가 다 나을테니께 딴 약 먹이지 말고 헐 생각 아무것도 마세요."

그이가 그래. 그거 가지고 다 쓰니께 다 낫더라고. 그 물려서 아무 약도 안바르고 아무 것도 먹이지도 않고 그냥 밥만 먹이고 했는데 그냥 일주일 지나가니께 열하루 되니께 일어나서,

"어머니! 내가 인저 뭐 짓고 작대기 짓고 화장실에 걸어 갈게요."

그 새는 업어다 놓고 업어다 놓고 했는데,

"인제 내가 걸어갈게."

그러더라고. 그래 열하루 되니께 걸어가기 시작했어. 그냥 낫더라고. 그걸로 그냥 나았어. 근데 그이가 윤날 미투리를 신고 왔는데, 짚새기 미투리를 신고 왔는데 벗어 놓고 들어갔는데, 내가 요렇게 보니께 이 신바닥에 털도 밖에 뜨잖아요? 그거 하나 흙도 안 묻고 털도 안 앉았어. 디디고 와서만 여기 흙이 묻고 뭐 그냥 풀이 묻고 굉장헐거 아냐? 그래,

"아니 어떻게 오셨어요?"

"오는 재주가 있죠."

축지법하는 사람이더라구. [조사자 : 아! 진짜요?] 어.

"축지법해서 어디로 무슨 문으로 왔어요?"

허니께,

"북문으로 왔지요."

그래. [조사자 : 북문은 없잖아요?] 아.

"북에 문도 없는데 어떻게 북문으로 와요?"

껄껄 웃어. 축지법해서 올라 온 거야. 그러니께,

"어디서 오셨어요? 공주서 왔어요? 아이 공주서 어떻게 이렇게 빨리 오셨어?"

내가 그러니께 축지법해서 날아다닌데. 공주 계룡산에서 왔대. 하도 이상스러워서 해가 얼추 다 졌잖아요. 저녁밥을 해서 내가 감자 캐논 걸 밭에 캐논

걸 담아다가 씻어 가지고 그 놈을 삶고 강낭콩 깐 거 있는 걸 섞어서 삶아가지고,

"우리 먹는 게 이거니께 이거나 해 드려야지. 쌀은 없어요."

그러고 밀 갈아논 걸 막하려고 갈어논 걸 소금물 물을 삼삼허게 간 맞게 타가지고, 고걸 치면서 방울방울 버무리면 반댕이가 이렇게 져요. 가루가 다 반댕이 지도록 이렇게 비벼서 반댕이를 지워 그렇게 놓고서는 감자허고 강낭콩허고 삶아놓고 밤댕이도 이렇게 놓고 또 불을 떼면 끓잖아요? 그 뭉쳤던 감자가 물이 끓으믄 거기다가 소루루루 가루를 가운데다 들이부어. 감자위에다가 버무린걸. 그리고 덮고서 떼면은 그게 물이 끓어서 그리 올라와. 그게 익잖아. 퍽 잘 익지 김이 올라가서 다 익지. 익은 연후엔 나무조각으로 툭툭 감자를 치면서 이렇게 허면 감자범벅도 되고 밥도 되고. 그게 감자범벅이잖아.

그게 그렇게 해서는 그릇에다가 이렇게 푸고 오이냉국은 타고 봄배추로 김치 담아뒀던걸 한 접시 놓고 했더니 다 먹어요. 이렇게 담아줬는데 다 먹어. 어떻게 이렇게 맛있게 했냐. 이런거 처음 먹어 본디야.

"어떻게 이렇게 맛있게 했어요?"

"아이 도사어른이 그런 걸 잡쉈겠어요? 그런 걸 도사님이 어떻게 이런 걸 잡쉈겠어요? 좋은 떡만 잡숫고 좋은 밥만 잡쉈지. 이런 걸 도사어른이 어디서 잡숴."

그러게,

"처음 잡숩지."

껄껄 웃으면서 잘 먹더라구.

그러고서는 자꾸 물었어. 내가 이상스러워서,

"고쳐주셨으니께 한 마디만 일러주고 가셔."

궁금허니께 한마디만 일러주고 가시라고. 내가 찾아가진 않는다고 찾아올까봐 안 일러주시나 본데 안 찾아가다고. 일러주시라고. 벼농사는 어디께서 사시는데 그렇게 잘 허시냐고 허니께 얘기를 해요.

세 살 먹어서 어머니 아버지가 다 돌아가셨대. 세 살 먹어서 다 돌아가셨는

데 하루는 갈 데가 없어서 앉아서 누굴 기다를 사람도 없고, 성도 없고, 동생도 없는데, 삼촌밖에는 없는데 삼촌도 나를 데릴러 안오고 그래서 그냥 문밖에 앉아서 울고 있었대. 울고 있으니께 누구라고 와서 탁 안드래요. 요렇게 보듬어 안드래요. 수염이 노발이 허연 스님이더라. 그래서 이렇게 울다가 그쳐서 이상해서 세 살 먹었으니께 무섭기도 허니 이렇게 쳐다보니께,

"너는 오늘 나하고 가는 거다. 내가 너 데릴러 왔다. 너는 나하고 가는 거다. 간다. 가자."

그러면서,

"가자."

그러면서,

"가자."

그러니께,

"예."

그랬디야. 하도 댈모가 없어서 그저 헌청 나오는 말이,

"예."

그랬디야. 그러니께 데리고선 가드래.

갔는데 그렇게 계룡산에 그렇게 가선 산속으로 올라 가드래요. 올라가더니 어떻게 허니께 바위덕인데 문이 열리더래. 근데 그리 데리고 들어가서 거기다 놨는데 바위덕이 집이 됐드래요. 방이. 근데 거기가 놓고 보니께 이짝에도 문이 있고 이짝에도 문이 있고 이짝에도 문이 있드래. 그랬는데 오줌 마렵고 똥 마려우면 여기가 눠라. 열어줬는데 화장실이더래. 근데 거기가서 눠라 해서 거기가 누고 그랬는데.

선생님이 하루는,

"너 오줌 마려우면 여기다 누고, 똥 마려우면 여기다 누고, 먹고프면 여기 문 열면 여기 있으니께 나갈 생각마. 여기 있어. 울지도 말고 내가 여기 아무 때 있다가 올테니께. 여기 기둘리고 있어."

그러더래. 그러고선,

"예."

허고 있었는데 아 무섭기도 허고 적적허기도 허고. 바위덕 속에 그럭허고 있으니께. 그래서 그 때 들어간 문을 자기가 가서 열어보니께 안 열리드랴. 데리고 들어간 문을 열어보니께 안 열리고 선생님 나드는 문을 문마다 다 열어봐도 안 열리드랴. 화장실 문만 열리고. 자기 먹으라고 놔둔 데 벽장같은 데 그 문만 열리고. 그 문은 열면 열리고 먹고프면 먹고 또 거기다가 여넣고 허면 되는데 딴 덴 아무도 안 열리더래요.

그래서 나가지고 못허고 거기 그냥 있으니께 선생님이 오더래. 선생님이 와서는 잘 해주더래요. 해주고,

"나 일러주는 대로 해라. 해라. 가르치는 대로 해서 허고."

그렇게 가르치더래요. 그렇게 해서 무얼 가르쳤나 안 일러줘. 가르쳤다고만 허지 안 일러줘.

[조사자 : 축지법을 어떻게 배웠는지.] 고렇게만 일러줘. 고렇게만. 고렇게만 일러줬어. 고렇게 해서 거기서 커가지고 한번은 나가라고 그래서 내보내주더래.

"네 멋대로 가서 살아라."

허고 나왔대요. 나와가서 어디 어디 가서 산디야. 어디 어디 가서 사는데 그 선생님을 일 년에 한번씩 밖에 못만난대. 근데 무슨 일이 있으면 그 선생님 목소리가 안 봐도 귀로 느낀대. 그 선생님이 일러줘서 왔디야.

어, 날보고 사모님이 산왕대신 찾는 소리 그 선생님이 들으시고 날더러 빨리 가서 고쳐주라고 해서 빨리 가라고 빨리 가라고. 아무데 아무데다 빨리 가라고. 그러라고. 빨리 가라, 빨리 가라고 그러더랴. 그래서 왔다고 그러잖아.

그래서 아,

"어떻게 북문으로 넘어왔어요?"

허니께,

"아이구 넘어오긴 어떻게 넘어와요?"

축지로 해서 축지법으로 날아왔다 소리 그런 것도 봤어요. 그런 것도 그런 소리 처음 들으시죠?

[조사자 : 근데 이렇게 보면 사람하고 좀 다르게 느껴져요.] 예. [조사자 : 어땠어요 그 머리로 하얀 칼라로 했다면 되게 세련됐을 것 같은데 근데 또 윤남 미투리를 신고 왔다고 그러나 옷을 뭘 입고 왔어요?] 진짜 도지지도 않고 뱀 물린 게 그 자국도 없어지더라고. 크니께 그래.

[조사자 : 그 때가 할머니 나이가 몇 살 때인 거예요? 그 때 나이 할머니 서른이 안 됐을 때 연세가 어떻게 되셨을까? 서른 정도 됐을 때에요 아들이 뱀 물렸을 때.] 내가, 아니 내 나이가 그 때 스물아홉이에요. 그 남자도 맨 젊은 남자고 서른 갓 안됐어. [조사자 : 스물아홉.]

[조사자 : 옷을 뭘 입었어요?] 옷을, 옷은 글쎄 모시 중의 적삼에다가 파란 대님을 멨드래니께. 파란 인조 대님을 멨드래니께. 그러고 짚새기를 윤날 짚새기를 미투리를 신었는데 아 흙도 안 묻었어. 바닥에가. 이렇게 신고 왔으면 이게 깎은 게 털 깍아낸 게 다 닫았을 텐데.

[조사자 : 신기하네요 그 산신 목소리를 산신 부르는 소리를 듣고 선생님이 빨리 가라고.] 그러드랴. 그것만 일러주고 아무 것도 안 일러주고. 하도 궁금해서 물어봤으니께 일러준거야. 아! 다시는 못 만나본거야.

[조사자 : 할머니 인생에는 그런 사람들이 몇 있네요? 구해주는 젊은 남자분들이 그러네. 군인도 그렇고 개울가에.]

우리 아들은 그 때 뱀에 물릴 적에 열 살이고, 나는 스물여덟이고, 우리 딸은 일곱 살이지. 여섯 살인가? 네 살 더 먹었으니께. 여섯 살이네. 그렇죠? 열 살이니께 여섯 살이지 우리 딸은. 아들은 두 살이고 지금 여기고 데리고 있는 아들이야. 그 아들. 데리고 있는.

[조사자 : 아드님이, 지금 모시고 막내 아드님이 모시고 계신 거예요?] 막내 아들이 아니에요. 막내아들은 또 있어요. [조사자 : 또 있어요?] 쉰살. 예. 그 아들은 큰 아들이고 삼형제인데 막내 아들은 그 아들 다음에 낳은 게지. 그 다음에.

[조사자 : 그럼 나이가 좀 드셔서 나은 거예요?] 마흔 하나에 낳는데. 마흔 하나에 낳은 쉰살이에요. 막내가.

이제 고만 들으셔도 되잖아? [조사자 : 할머니. 하실 얘기 더 많으시죠?] 예.

많죠. 다음에 또 오셔. [조사자 : 예. 저희가 꼭 다음에.] 그 때는 수수께끼도 해달라고 허시대. 그 때도. [조사자 : 이번에는 시집살이 이야기, 살아온 이야기 이런 거 듣거든요.]

※ 두번째 구연

자 료 명 : 20081130신씨2(대전)
조 사 일 : 2008년 11월 30일
조사시간 : 1시간 26분(13:30-14:56)
구 연 자 : 신씨, 여·89세(1919년생)
조 사 자 : 박경열, 나주연, 김아름
조사장소 : 대전광역시 서구 탄방동 (둘째 아들의 식당)

조사과정 및 구연상황

신씨와의 두 번째 만남이었다. 앞선 조사에 이어 스물아홉 이후 살아온 삶의 내력을 듣기 위함이었다. 사전에 약속을 했고, 둘째 아들이 운영하는 음식점에서 이야기판을 펼쳤다. 식당으로 손님들이 드나들었고 그 바람에 신씨가 자연스럽게 인사를 나누기도 했지만, 조사에는 별다른 영향을 주지 않았다. 이 날은 손녀가 함께 이야기판에 자리하며 할머니의 이야기에 귀를 기울였다. 신씨는 손녀에게 고생한 이야기를 들려주고 싶지 않다며, 그에 대해 적극적으로 구연하는 것을 꺼려했다.

이야기 개요

꿈에 돌아가신 시아버지가 나타나 오후 두 시에 길을 나서면 절대 인민군을 만나지 않을 테니, 시간을 맞춰 피난을 가라고 알려주었다. 시아버지의 말대로 길을 떠나 안전하게 피난을 나왔다. 가족이 살던 마을은 온통 불바다로 변했다. 난리 중에도 먹고 살아야 했기 때문에 떡을 만들어 팔러 다녔다. 살림을 꾸리고 자식들 뒷바라지하느라 고생하며 살았다. 큰아들은 병으로 세상을 떠났고, 막내아들은 사고를 당했다. 남편이 세상을 떠난 뒤에는 합이 맞는 둘째아들과 살고 있다. 장사하는 둘째 아들이 어려움에 처할 때면 꿈을 꾸게 되는데, 꿈을 꾼 뒤에는 일이 잘 풀렸다.

[주제어] 고생, 꿈, 자식, 장사, 한국전쟁

[1] 시아버지가 꿈에 나타나 피난길을 알려주다.

옛날 얘기, 그래 옛날 얘기. 뭔 얘기를 해 갑자기 얘기가 안 나오네 아버지 한테 들은 얘기 글쎄 응 뭔 얘기를 허까 또 생각을 해봐야지 가만히 있어요 생각을 미리 해놔야 중간 얘기 하나헐게 중간 중간 어.

그러니께 내가 몇 살 먹었냐 서른두 살 먹었어. 서른두 살 먹어서 인민군 난리가 났거든. 서른두 살 먹어서 서른두 살 먹어서 인민군 난리를 서른두 살 먹어서 오월달부터 인민군 경치가 됐거든. 인민군 경치가 인민군 지혜로 농사도 짓고 했잖아요.

그래 근데 오월달부터 양력 오월달부터 음력 사월달에 거기서 살았는데 사월달에 우리가 삼월달에 산중에서 살다가 동네를 내려와 집을 지었어. 동네다가 갔다가 산중에서 오년을 살았는데 동네로 내려가야 한다고 동네로 내려가야 된다고 집을 짓고 동네에 내려 앉아 사는데 오월달에 인민군 난리가 났더라구.

인민군 경치가 되가지고 농사 짓는 것도 벼이삭 줘이삭 다 세어보라고 해서 한 이삭에 몇 알이 달렸는지 다 세라고 해서 인민군들이 그렇게 해서 농사를 지었는데 칠월 팔월 열이렛날부터 팔월 보름이 추석이잖아. 음력 추석 열이렛날부터 후퇴하기 시작했어.

후퇴를 해서 후퇴를 허는 머리에 산중에 우리가 그 때 산중에 살았어요 산중에 대둔산 밑에 황금산이 있는데 황금산 태고산 밑에 살았어.

태고산 절 밑에 근데 인민군이 그 때 막 들이밀려 열이렛날 그래 가지고 열 이렛날 애들 데리고 도토리를 따러 갔어. 산에 도토리가 무척 많이 열렸어요. 그 때 익었는데 도토리를 땄는데 그 무수재라는 재빼기가 논산서 금산으

로 가는 재빼긴데 큰 길이야. 금산으로 가는 재빼기가 그걸 넘어야 논산서 인내 양천으로 오미 상해 허는 산을 넘어서 넘어서 넘어오면 무주태라는 벌곡인데.

무주태라는, 거기가 우리가 살았어. 무주태, 무주태이 동네이름이 무주태야. 거기는 벌곡면이에요. 거기서 살았는데 산에서 바라다보니까 인민군이 가마귀떼처럼 넘어오더라고.

그래 우리 아들을 열 네살 먹은 걸 데리고 가서 열 네살 먹은걸 데리고 가서 도토리를 땄는데,

"어머니, 어머니, 어머니."

"그래, 왜 그러냐?" 니께,

"저 인민군들 봐. 저 인민군들이 저렇게 우리 동네로 다 넘어오니 저거 어떡해?"

도토리 안 따고 들어왔어요. 집으로. 산에서 내려왔어. 집으로 돌아왔어.

우리 동네나 아랫동네고 윗동네고 아랫동네로 가운데로 큰 길인데 무수재 거기 넘어오면 그 우리동네 가운데 큰 길로 거쳐서 저기 마전 금산 그리 그냥 막 대전으로도 나오고 허는 길이여 거기가.

근데 그리 막 그리 가노라고 들이 밀리는 기야 산중이니께. 또 들여밀리고 또 들여밀리고 또 들여밀리고. 그 이튿날 아침에 자고 나니께 동네 구장이 댕기며 북을 쳐요. 둥둥둥둥 북을 울려.

“왜 그러냐?”고.

그러니께 여기 손님이 많이 오셨으니께 밥해 드려야 헌다고. 인민군이. 인민군이 많이 들이밀렸어. 백명이 들어왔대. 구장네가 그냥 대문을 열어 놓고 독에서 쌀을 퍼다가 솥을 내다가 한데 똘갓에다가 솥을 걸어 놓고 걸어놓고 한 솥에 국 끓이고 한 솥에 밥허고 백 명을 다 먹였어.

근데 아 들이밀려요. 그 때는 그냥 그 때부터 동네 사람은 꼼짝 못허는 거야. 어디 나가지도 못해. 나가면 붙들리면 죽는 거야. 그 사람덜헌테 붙들리면 그냥 물어. 대전 금산 어디로 가냐고 물으면 몰른다고 허면 죽이고, 마전 어디로 가냐고, 마전 가는 길 모른다고 허면 죽이는 거야. 무조건 죽이는 거야.

악이 올라서. 끄트머리 밀려 들어갔잖아. 인민군이. 우리 국방군헌테 밀려서 저 이북으로 들어갈 적에 막 죽이는 거야. 그냥 악이 올라가지고 닥치는 대로 죽이는 거야. 총도 안 쏴요. 그 사람들은 칼로 목치고 아니면 독자로 찌어 죽이고 그냥 독자 큰 독자 갓 눌러놔서 그럭허고. [조사자 : 할머니 그거 보셨어요?] 아 물론 보다 말다. 그 동네 살았는데.

그런데 애들을 내보내요? 감도 익었지 대추도 익었지 밤도 익었지 다 익어서 만살려는데 애들이 그걸 줏어먹으러 나가잖아 내보내면 붙들고 안 보내는 기여. 집으로 안 보내. 붙들어. 그러니께 못 내보지. 집안에다 꼭 가둬놓고 자물통 바깥으로 잠궈놓는 거야. 문을. 그러곤 나만 댕기면서 뭐 먹을거 마련해서 애들 먹으라고 들여놔주고.

동네 사람들 아무 것도 못해. 일을 못해. 그 사람들 밥해 먹이는 것만 일을 삼아야지. 채소밭에 가 채소해다가 김치 담고 뭐허고 뭐허고 반찬 장만해서 또 해먹여야 되고 저녁해먹여야 되고 점심 해먹여야 되고 그 이튿날 아침 해

먹어야 되고 밥해 먹이는게 일이야.

한 무리는 가고 가며 들어오며 가며 들어오며 허니께 하루 아침에 그 이튿날 아침에 이백명이 돼. 삼일째 되는 날은 삼백명이 돼. 사일째 되는 날은 사백명, 오일째 되는 날은 오백명. 안 나가는 거야 그 때는. 그 사람이는 거야 그 못 살게 구는 거야. 거야 그 사는 거야. 만날 밥을 해 먹어야돼. 뭘 허갔어요? 일을 못 허지. 일을 못 허지. 밭에도 못가요. 논밭 먼 사람은 못 가요.

가믄 와 그일일이 붙들고 조살조살 물으면 모르니께 모른다고 허지 어떻게 일러줘. 세상일 물으믄 모른다고 해야지 어떻게 안다고 해. 모른다고 그러면 왜 모르냐고 죽이는 거야. 그러니께 못 나가지. 나가질 못 허고 갇혀 있는 거야. 젊은 사람들은 더군다나 못 내보내. 가둬놔요 광에다가 가둬놓고 죄인 마냥 가둬놓고 밥만 해서 먹이는 거야. 못나가.

그러니 활동을 못허니 뭐가 돼. 농사 거둬 들일 때 농사를 못 거둬들이니. 밭에 농사 비어야 되는데 못 비고, 과일도 하나도 못해. 우리가 농사 지어 놓고 논농사는 없어도 밭농사는 많아 가지고 어 산중에 우리 살던 데다가 내가 아까워가지고 땅 아까워가지고 메밀씨 한 말을 받아가 뿌려서 뿌리고 그래서 메밀이 이렇게 됐어요. 저 집이 삼년 먹을 농사를 지어놨다고 그래서 그 식구가 삼년 우리가 그 때 애들이 셋 닛 다섯 식구 아냐. 삼년먹을 농사를 지었다고 그래.

그랬는데 하나 낫도 못 걸어봤어. 그냥 거기서 그놈들이 거기다가 그냥 발통기 갖다 놓고 움막 치고서는 발통기 갖다 동네 소 걷어다가 다 잡아먹지 그냥. [조사자 : 발통기가 뭐에요 할머니?] 발통기, 방아. [조사자 : 방아?] 어 기계방아 발통기 방아 이렇게 시계줄 돌리면 탕탕탕탕 쨰지는 발통기 기계.

그거 갖다놓고 동네에서 그냥 먹는 벼니 뭐니 수수니 다 그냥 다 걷어다가 저희 그 기계에다가 찧어먹고 해먹고 거기서 살림허고 사는 거야. 거기 우리 농사지어 놓은 데다가. 그러니 들어가갔어여? 못 들어가지. 우리가 나오길 잘했지. 우리 정월에 나오고서는 그 해 가을에 팔월 들이밀렸는데 목숨은 살았지.

그래가지고 어 팔월 그러니께 팔월 열여렛날부터 후퇴해 들이 밀리기 시작했는데 스무여드레가 됐어. 스무여드렛날 저녁에 꿈을 꿔니께 내가 꿈을 꿔니께 우리 집 시아버님이 돌아가셨는데, 이북에서 돌아가셨는데 오셔가지고 문을 확 열어젖혀 꿈에 방문을.

"아유 아버님이 어떻게 오셨어요?"

허니께,

"피난 나가지 왜 피난 안 나가고 여기와 이럭허고 있느냐?"고.

호통을 쳐.

"그래 피난을 어떻게 나가요?"

그러니께,

"인민군이 무서워 인민군 때문에 새암길에도 못가고 농사지은 것도 못 거두는데 어떻게 피난을 가요?"

허니께,

"피난 가야 살지 여기 있으면 죽어. 내일 모레면 다 죽는다. 피난가거라."

"어떻게 가요?"

"내일 오후 두시에 나서믄 오십리 아니 삼십리를 사십리 아니 오십리를 가도 인명을 하나도 못본다. 가거라."

그래.

"어디로 가요??"

허니께,

"어디로 가냐 아버지헌테로 가야지."

확 문닫고 가요. 문을 열어젖히며 더 일러주고 가라니께 없어 어디로 갔는지 시아버님이. 아버지헌테로 가래. 우리 친정이 사십리밖이여 사십리밖이여 여기, 여기 대덕군 기성면 살아서 어 우리 아버지가. 사십리 아니 오십리를 가도 내일 오후 두시에 나서면 하나도 안 본디야. 그래 거기를 어떻게 가나 허고 깨니게 꿈이야.

그래가지고 그 이튿날 오후 두시에 나섰어. 나섰어. 나와서 살았어요. 피난을 그렇게 해가지고 피난와 가지고 이렇게 살았는데 맨몸데로 나왔잖아. 피난 온 사람이 뭘 가져가. 꿈을 어떻게 믿고 뭘 가지고 떠나갔어요.

그렇게 바깥 양반은 대전은 추석 세 가지고 열엿세날 처갓집이 여름내 못 가봐서 처남허고 아버지 만나보러 간다더니 열엿세날이니께 못 오지 열이렛날이니께 열엿세날 가서 하룻밤 자고 노는 데니께 쉬어가라고 했는가봐. 안 왔어. 나만 애들허고 우리 애들이 셋 나 네 식구만 떨어져 갇힌거야. 못나가 애들도 못 내보내. 내보내믄 죽으니께.

그래서 농사지은 건 하나 뭐하나 배추 한패기 추석김치 담을려고 가서 무수 다섯 개 뽑아다가 담아먹곤 고만 내버린 거야. 무가 이렇게 됐는데, 메밀이 이렇게 되고 삼년 먹은 농사졌다는 걸 하루도 못 먹게 못 갖다 먹고 그냥 다 그 사람들 좋은 일 했거야. 인민군들. 거기다 갖다 집짓고 발통기 들여놓고 방아 찧어서 소잡아서 막 먹는데 어디를 근처나 가요? 못가지. 그래서 못 들어 가서 그냥 갔지.

열여드렛날 피난 나왔어. 열이렛날 저녁에 꿈꿔고 열여드렛날 두시에 떠나서 나왔어요. 나오는데 어떻게 나왔냐허면 우리 큰아들은 옛날에 밀가루 자루 광목자루 있었잖아. 밀가루를 광목자루에다 담아서 팔았죠. 그걸 하나 사다먹고 자루가 있었어. 거기다가 어 보리쌀 댓대를 밑창에다가 담고 열여네살 먹은 걸 뭘 많이 지우갔어요? 어 보리쌀 닷대를 담고 그 위다가 종이 한 장 깔고 도토리 따다 놓은 걸 한바가지 들어 부었어.

“도토리 따가지고 집이 간다.”고.

이러고. 그래 가지고 묶어서 지우고 나는 요만한 보고리에다 도토리 따다 놓은걸 하나 담아놓고 이 아들 여섯 살 먹은 걸 못걸어댕겨. 여름내 앓아서 들어 없고 그걸 어깨에다 미고 떠나고, 우리 아홉 살 먹은 딸은 요만한 종구리에다 도토리 서너주먹 담아서 들렸어.

가다가 왜 그렇게 했냐허면, 가다가 산중에서 나오다가 도중에서 만나믄 그 사람들은 여기 쭈욱 식구대로 놓고서 말 시키는게 아냐. 하나 하나 끌고가요. 저리 한사람 한 사람. 인민군들이 살았으니께 알지. 그 사람들 성격을. 가을에 당했으니께 알 거 아냐. 인민군들 성격을 내가. 그래 애들도 각각 끌고가 말시키믄 가짜로 말을 허믄 다 죽여. 말헐 것도 없이. 그러니께 내가 이른 거야.

"가다 모르니께 인민군 만약 길에서 만나서 너희들 하나씩 저리저리 끌고 가서 말시키믄 나 시킨대로만 해야지 너희들 살지 내말 시킨대로 안허고 너의 주장대로 말허면 다 죽인다. 그 자리에서. 인민군이 붙들고 말 시킬 적에, 어디 가냐고 허걸랑은, 산에 가서 도토리 따가지고 우리 집이 가요, 그래. 도토리 주서가지고. 너희 집이 어디냐 허걸랑은, 솔골재요. 솔골."

거기서 내려와서 한참 내려오면 솔골 동네가 있어.

"솔골이 우리 집이라고 그래라."

각자를 다 일렀어. 너도 그러고 너도 그러고 너도 그러고. 아들도 시키고 딸도 시키고 등허리에 업힌 아들도 여섯 살 먹은 것도 시키고 다 시켰어.

"고말대로 딱해라. 나가 그럴테니께 너희들 고대로 다 해야 산다. 그런 중 알고 놔주지 말이 다르게 나오면은 죽인다. 너희들 안 보낸다. 허니께 내 말대로 꼭해라."

"예! 예!"

"아주 명심했지?"

"예. 예."

그러고 떠나서 내려왔는데 인민군은 안 봤어 도중에서. 쭈욱 솔거를 지내서 산으로만, 산으로만 오는 거야. 솔거를 지나서 말거리재라고 재가 이렇게 있는데 그 재를 넘어 나와야 창던 동내라고 동내를 건너가지고 우리 친정에를 가는 거야.

그런데 아이 그 말거리재에가 인민군이 가-뜩 자빠졌어 솔밭 속에가. 그러니께 우리 큰 아들이 가다가 쉭 떨어지믄,

"어머니!"

그래.

"왜 그러냐?"

"저 솔밭 속에 다 인민군이야. 저거다 저 인민군인데 다 자는가봐. 다 드러누었어."

그래 애들이 이렇게 눈이 맑으니께 얼른 보더라고 내가 요렇게 보니께 가로도 백히고 모로도 백히고 바로도 드러눕고 거꾸로도 백히고 허니께 보니께

죽은 놈들이야 죽은 놈들이. 뒤로 자빠진 것도 있고 한데다 쌓아놓은 것도 있고 죽은 놈들이야.

"다 죽은 놈들이다."

허니까,

"죽은 놈은 사람을 해꼬지 안해. 산 놈이 그 중에 산놈이 세여 손을 내놔 모르니께 조심해야 헌다."

신을 번짝, 짚새기를 신고 갔는데 모래밭에 발만 자박자박 고무신보단 짚새기가 더 소리가 나잖아. 벗어서 손에다가 들어서 맨발로 양말도 안 신었어. 맨발로 모래밭을 걸어갈래니 발이 얼마나 아프겄어요? 그래도 거기를 걸러서 거기를 딱 당도했는데 다 죽은 놈이야. 몇백명 죽였나 몰라.

아군도 있고 뭐 하얀 바지 저고리 입은 건 다 애국인이잖아 치안대도 있을 게고 뭐 다 인민군도. 굴치가 이렇게 오면 굴치를 딱 돌아서면 굴치에가 성황당에 옛날엔 성황당에 많았지. 성황당에다 나무에다 뭐 무슨 옷가지도 걸어놓고 뭐 헝겊데기도 걸어놓고 거기에다가 돌을 이렇게 쌓아놓고 절허고 지나가믄 성황에다가 침 한번 밭고 간다허면 침 퉥 뱉고가고 옛날엔 그런데가 많았잖아요. 그렇게 된데야 거기가.

여긴 성황당인데 이짝엔 산인데 여기가 길인데 이렇게 쌓아놨어 길에다가 송장을. 애가 기가 맥히니께 못가고 싸악 내 아랫도리를 싸악 붙들고 매달리는 거야. 큰 아들이 어깨에다가 짐을 지고. 그래서 가만히 있어. 나는 애를 업었지 여섯 살 먹은 거를 업었으니 독 지은 것 같잖아. 그렇지? 아홉 살 먹은 딸은 거길 어떻게 오냐고. 비아래는 맨 명같데 아가씨나 무슨 싸리나무 도토리나무 이 산에는 이런데 맨 나무잖아.

그런데 그냥 먼저 인저 큰아이 먼저 짐 받아서 냉겨다 놓고 딸 냉겨다 놓고 나 넘어가고. 나는 밟거나 말거나 막 넘어갔어 그냥. 나중에 악이 오르대. 그래서 미친 짓허며 하나도 안 무서워 사람이 악독이 오르면 안 무서워요 안 무서워. 거기를 밟고 넘어갔어 그냥 넘어갔어.

쭈욱 내려가니께 어두워. 사십리길을 넘는 데를 두시에 떠났으니 가을에 두시에 떠났으니 어둡지. 아이 아직도 한 십리를 더 가야 친정이야. 우리집이.

아이 어두워. 냇물을 건너는 거야. 징검다리를 놨어. 건너가더니 가운데 들어가더니,

"엄니?"

"그래. 왜?"

"저기 인민군 있어."

아주 인민군헌테 디었어 그냥.

"어디가?"

"저 물속에. 저."

"너가 걸어봐라."

"내 그름자야. 우리 그름자야. 우리 건너가는 그림자지. 인민군이 물속에가 왜 있냐? 안 있는다. 걸어가니께 걸어가잖아."

허니께,

"봐라 우리 건너갔어."

한참 건너서 동네를 걸어가니께 보초스잖아.

"누구에요?"

"예. 길가는 사람이에요."

"어디서 이 난리통에 어디서 어디를 가느냐?"고.

그래. 그래서,

"네. 저 무주태에서 나오는데 나 피난와요."

허니께,

"어디로 피난을 오느냐?"고.

"이 위의 잿논에."

잿논이 우리 친정 사는데가 동네 이름이 잿논이야.

"잿논에 우리 신선생님 계시잖아요. 우리 친정아버지에요. 우리 피난 오는 거예요."

그러니께 아줌마가 나오대. 집이서. 저렇게 집 있는데 아줌마가 나오는데,

"아이고, 애기엄마가 오느냐?"

늘 댕기니께 알지. 아이고 아들보고 자기 아들보고,

"야, 신선생님 딸이다. 신선생님 따님이다. 얼마나 좋은 어른들이냐. 야!"

마루에 여기와 앉으라고 허더니 밥도 못먹고 이렇게 오냐며 밥 남은걸 다 내다 주더라고. 먹고 애 먹여가지고 가라고. 밥도 안 들어가요. 그 때는 암만 굶어도 배도 안 고파. 악이 올라서 사람이. 그래가지고 그래도 내다 주니께 먹고 애들 멕이고 이래가지고 거기서 쉬어가지고 물어서,

"어디로 가요? 이리 가면 큰 길이고 저리가믄 산속으로 올라가는 질경길인데 어디로 가야 인민군이 없을까요?"

허니께,

"큰 길로 가지 마요."

큰 길로 가지 말고 산속으로 올라가래.

그래 산속으로 솔밭속으로 올라 길을 잡아서 아니께 올라갔어. 바윗독만 큰게 있어도,

"어머니 저기 인민군 있어!"

아들이 아이들이. 소나무만 죽은 소나무만 있어도,

"어머니 저기 인민군 있어."

"아니다. 나무다 바위다. 여긴 인민군 없디야 여기는 안 들어왔디야. 마음 놓고 올라가자."

한참 올라가 산을 넘어서 가니께 우리 친정이야. 불이 뵈더라고. 그래서 구국했더니 아버지가 사랑방에서 먼저 알아 들으시고 나오면서,

"누구냐?"

그래,

"네."

우리 아들 이름을 부르면서,

"아무것이에요."

허니께,

"어서 오라."고.

그냥 있다가 다 뛰어 나오더라고 저희 아버지도 와 있다고 다 있다고, 어떻게 이렇게 왔느네? 어떻게 이렇게 왔느네?

“꿈에 부모가 순몽해줘서 꿈꾸고 나왔는데, 당신은 그것도 몰랐지?”

내가 영감보고 남편보고,

“그것도 몰랐지? 순몽도 안 해. 당신헌테 피난와 있으니께 순몽 않지. 나헌테 일러줘 아버님이 일러줘 왔어.”

“잘 왔어.”

그 이튿날 거기 불질렀어. 대둔산에 우리집 동네. 그 이튿날. [조사자 : 나온 이튿날.] 미군이 휘발유 갖다 들어붓고 비행기로 휘발유 들어부으니께 불 떨어부리니께 쑥대밭이야. [조사자 : 인민군 많으니까.] 어 인민군 잡으로. 며칠 전부터 며칠 전부텀 삐이라를 한 달전부터 뿌렸다 이거야. 삐이라를. 비행기로 피난 나가라고.

근데 그 동네사람들이 못 나온 거야. 가을이니께 거둬들일걸 농사져 놓은거 아깝고 뭐 아까워 못 나와. 못 나온 사람은 다 죽은 거야. 나온 사람은 살고. 구명구명해 나온 사람은 난리 가라앉은 연에 국방군이 점령허기 전에 들어가니께 날보고 몰라도 어떻게 그렇게 나갔네. 어떻게 그렇게 어떻게 그렇게 쥐도 새도 모르게 그렇게 피난을 갔네.

그래서,

“누굴 보고 얘기를 허고 가요. 꿈을 꿔고 나가는 사람이. 누굴 보고 나를 못 믿는데 내가 꿈을 꿔서도 내가 그만 살 건가 죽을 건가 떠나는 사람이 두판치고 떠나는 사람이 누굴 더러 나 피난 간다고 가요?”

그니께, 그말이 옳대. 그 말이 옳지.

[2] 온 산을 다니며 떡을 팔다.

그래서 살았어요. 친정에 나와가지곤 옆에다가 오빠가 빈터에다가 움막집을 하나 지었어. 우리 집을. 움막집을 하나 짓고선 거기서 그냥 내가 겨우내 이고간 팔월에 가니께 내가 질쌈해서 해 입은지 이년된 치마저고리. 명치마저고리 그거 입고 나온거 그거 입고 그냥 단벌치기로 어디가 있어? 하나 없어.

지금은 내버린건만 주서다 입어도 뭐 너무 많이 입어. 그 땐 없어. 그거 인저 저녁으로 빨아서는 풀해가지고는 솔가지 쳐다가 푹 쳐대면서 말려 이렇게. 시골에선 다 그렇게 해서 입었어. 겨우내 해서 말려서. 반비덕지게 해서 꼭꼭 밟아가지고는 대리미로 싹 대려선 입고 대리미가 있어? 친정 대리미지 친정 대리미지.

그래선 떡을 해가지고 친정에서 몇 대박 주더라고. 그 놈을 밥해먹으라고 줬는데 그걸로 다 댓되박 주는걸 두 되박은 밥해먹고 세되는 방아타고 빻아가지고 체로 치며 빻아가지고 그건 시루떡을 했어. 팥한되 삶아가지고 시루 켜내며 시루떡을 해서 뜨끈뜨끈헌걸 그냥 쏟아서 도방굴에다 담아서 보재기에다 싸아서 가지고 나갔어요.

그냥 동냥은 못 댕기고 어떡해. 내가 애들 댕기면서 동네로 댕기면서 쌀 한되씩 보태달랬어. 그러니께 다덜 그거 한주박씩 주믄 쌀을 푹 퍼다 퍼주고 푹 퍼다 퍼주고 그러더라고.

그렇게 해가지고 그걸 밑천을 삼아가지고서 밥해 먹으며 떡장사해며 또 떡장사는 또 일궈가지고 일궈가지고 나중엔 저짝 큰동네로 가서 벌곡면 거기 세재래는 동네 큰 동네야. 안팎동네 큰 동넨데 갔는데 저짝에는 도남면 두개 저기 논산으로 나가는 두개 연산 논산허는 두 개 거기가 왕들하고 뒷산에서는 아군이 굴파서 집짓고 지키는 거야.

저짝에 큰산 구건 뒷산이라고 허는데는 이리고 땡기만 허면 한 삼십리거리 될거야. 이렇게 걸어댕기면 일수로 따지면. 그 산 말로에는 인민군이야. 인민군이 점령허고 맞불질허는 거야. 서로 싸우는 거야.

그 속으로 난 장사를 댕기는 거야. 그 속에가 다 집이 있으니께,

"어떡해요. 아이고 아줌니 저 인민군 봐 인민군 총탄을 봐. 인민군 총탄을."

"괜찮아요. 총탄알도 사람 알아보고 쏘는 거야. 나 무슨 죄있가뇨? 난 죄라곤 안졌어 나는. 산중에 살면서 나는 산신님만 믿고 살은 사람인데. 나 머리위에 산신이 있어요. 나 살려요. 이리지나고 저리지나고 총탄을 해도 안쏘아. 진짜 안쏘아."

팔만은 누가 떡먹고 떡사와 어떤집은 가믄 아들이 죽었다고 막울어. 우린

그 속에 그걸보믄 먼 떡팔정신이 있어. 나와. 나오믄,

"아이고, 아줌마 왔다. 그냥 가면 어떡해."

붙들어선 꽝아리 내려노라고 부어줘요. 거기서 퍼서 부어줘요. 그러믄 그래도 이고 나와야지 어떻게 나와야지 이고. 먹을걸 줘.

그러면 그 어린 마음에도 그거 초상집 음석 주는거 갖다 애들 맥이기 싫대. 식구 매기기가 싫더라고. 그 때 불교믿을 적엔데. 싫어. 그래선 안가지고 가요. 안가져왔어. 안가지고 가고 먹고 가라고해도 먹지도 안 허고.

"배 안 고파요."

허고선 그냥 곡석 주는거만 뭐이고 곡석주는 것만 가지고 그냥 나와. 나와선 또 딴집에로 가고 또 딴집에로 가고 딴집에로. 그렇게 팔면은 그래도 두말 곡석 서너말 곡석 나와. 그럼 떡 요만큼 해가지고 나가고. 그렇게 줘 곡석을. 허면 가지고 와선 그 이튿날 또 해가지고 밤에 떡해가지고 또 그 이튿날 도와주믄 그렇게 겨우내 그렇게 먹고 살았어.

하 이놈의 맨발로 양발 한착도 못신고 맨발로 짚새기 바깥 양반이 짚새기 삼아주믄 그걸 신고 댕기믄 얼었다 녹으믄 물이 쿨쩍쿨쩍허잖어. 길에서 눈오고 빙판지고 얼었다 녹으믄 맨 길에 물이니께 만 어딤에 가면은 논가운데 이런데마른 논가운데 짚낫가리덜 쌓잖아.

짚낫가리 쌓아논 그 밑구녕에 가 손으로 이렇게 파면 붙땡이 나와. 붙땡이 젖차 먼지는. 그 속 붙땡이 이렇게 뽑으믄 고구쟁이 나오잖아요 깨끗한 거. 그놈을 발에다가 이렇게 양말을 그냥 싸아. 이렇게 싸아. 싸고서는 꼭 여기 잡아 메. 여기까지 올려서 싸서 잡아메. 짚쌔기 신어. 젖은 짚새기를. 그럼 발 안시려워 뜨뜻해. 야 버선 신은거 모냥 뜨뜻해. 한참 걸어댕기다 젖은 물로만 발이 시려워. 그러면 또 뽑아내뜯어. 그러면 또 또 마른 짚낫가래가 또 그럭허고.

(웃으며) 그럭허고 살았어요. 그럭허고 살고 그렇게 한 해 겨울을 보냈어.

눈 올적에 어드럴 때 바람이나 불고 추우믄 이놈이 얼어가지고 장작개비야. 집이 들어가믄 내 살이 살인지 아닌지 얼어서 몰라. 그러믄 이거 다 훌훌 벗어놓고. 우리 아버지가 그래요. 따슨 물에다 씻지 말아. 따슨 물에 씨믄 안돼

얼음 배긴다 얼음 배겨. 따슨 물에다 씻지 말래.

새암에 가서 찬물 가운데서 새암 솟아오르는 물은 뜨뜻허잖아. 퍼다가 다라에다가 놓고 들어서서 활활 시쳐 몸댕이를 다. 그러믄은 처음에는 차다가 나중에는 몸이 뜨뜻해져. [조사자 : 아 그러는 거예요?] 어!

아 그렇게 해서는 내키곤 이불속에 들어가서 이불이나 있어? 이불도 없지. 다 태우고 나왔는데. 모다 누구라 저 껍데기는 아파서 눕지. 솜 저 명주낳고 저 명주 허드래기 알아요? 그걸 이렇게 솜 맨들은거 그거를 한 채 주더라고. 아이 그놈이 갖다가 덮고 그 놈 덮고 살았어. 겨울에 그 놈 덮고. 그럭허고 살았지. 그래서 죽지않고 그래도 벌어먹고 살았어요.

어떤 날 그냥 아척에 나오면 눈은 이렇게 셋는데 어드럭해. 먹을 건 없으믄 날이 한참 궂어서 나오니. 밥 얻으라 밥. 산넘어 저동네 큰 동네야 진천이라고. [조사자 : 아 충북 진천?] 진천, 진천. 우리 사는 이 동네믄 저 산너머는 큰 동네가 있어. 막 내려가는 거야 막. 둥그려 내려가. 찍찍찍찍 미끄러지믄 그냥 나무새로 미끌어지면 산인데 그냥 얼음지치기해 내려가. 내려가 동네가 개바닥에가 뚝 떨어지면 동네야. 산 밑에 동네. 집집마다 일르고 밥을 풀 적에 댕기면요. 이런 말바가지로 하나야.

그러믄 삼보 보재기. 그것도 삼보 보재기가 어디가 있어? 한 집이 가니께 주더라고. 말바가지로 하나 주고. 이거 갚은 바가지 있다 하더라고. 그래서 거기다 얻어가지고 주는 보재기에 싸가지고 이고서 올라오믄 땀이 펄펄 나요. 거기로 거기 부텀은 올라와야 돼요. 그래 갖다 놓고는 애들 어른 어떻게 그렇게 살았어. 그렇게 살았는데 아이 여태 사는 거야.

[조사자 : 아이고 대단하시다.] 여태 살았어.

[조사자 : 그러면 그 때쯤에 그 전쟁은 다 끝난 거예요? 그때쯤에.] 전장이 끝났지.

전장이 끝나고 헐 것이 없었어. 그 때. 전장 육이오 사변 끝나고 한 일년은 뭐헐거 있었어요? 장자도 못했어. 헐 것도 없어 남자덜. 뭐 어듬에 뭐 뭘 저기 허는 거 다 불났잖아 인민군이. 무슨 도챙이건 시청이고 그냥 어수룩헌덴 다 불났잖아. 인민군이. 후퇴머리 들어가믄 이제 약올르니께 다 쫓겨들여가며 다 불놓고. 그런 속에서도 나도 여적 살았어.

[3] 큰아들은 세상을 떠나고, 막내아들은 사고를 당하다.

엄청은 고생했어요. 엄청은. 그래도 사람의 명이 무서운 줄 알아. 그래도 우리 아들 다 알지. 아들도 알고 딸도 알고 고생헌걸 아니께 지금은 아무것도 허지 말라고. 나 먹고 놀기만 해 맨날. 다 알잖어 애들이 그니께 우리 엄니 고생헌 거 말도 못헌다고.

"우리 엄미 고생한 거, 하늘이나 알고 땅이나 알지 누가 아냐."고.

아이덜이 이 아덜이 특히 저를 등어리에다 업고 댕기느냐고. [조사자 : 그 여섯 살짜리 아들이요.] 어 이 아들 제 아빠. 두 살 먹어서부터 내가 업고 댕기면서 장사한. 스물아홉 접 때 저번에 얘기했잖아. 거 업고 댕기며 장사헌거 내가 얘기했잖아. 저번에 먼저.

그 아들이 이 아빠야. 냇물 못 건너서 죽을 건데 군인이 건네주고 헌거 그래. [조사자 : 그 아드님들이 그 일 다 기억하세요? 기억난대요? 어렸을 때 일? 기억난대요 아드님들이.] 예. 기억나지. 우리 큰아들이 없잖아요. 우리 큰아들이 갔잖아. 큰아들이 있으믄 내가 아무 걱정도 없죠. 큰아들이 육십에 갔잖아요. 그게 열아홉에 난 아들이여. 고생도, 고생도 많이 했어요. 그거 갸 생각을 하믄 내가 지금도 가슴이 찢어지지. 그래도 어떡햐.

근데 어제 왔었어. 그 손자며느리가. 우리 며느리가 저의 며느리 손자 아들 다 데리고 왔더라고. 어제 와서 여기서 저물게 갔어요. 와서 점심 해 먹고 저녁 해 먹고 저물게 놀다가. 할머니 보러 왔다고 허면서 왔더라고 손자며느리가. 증손자가 낳는데 오월에 돌 지나갔는데 어쩌면 그렇게 똘망똘망헌지. (웃음)

손자는 서른여섯, 소띠. [조사자 : 어 맞아 서른 여섯 소띠.] 인제 이 집의 손자만 장게가믄 막내 아들네는 애가 공부를 잘 해가지고 재주가 있어. 공부를 잘 해가지고 취직을 잘했어. 막내아들은 남맨데 아들은 지금 스물아홉이고 딸은 이제 대핵교 삼학년. 공주대학가고. 아덜은 그 무슨 뭐 땅파서 이렇게 올리는 기계 그 기계 맨드는 기술이래.

근데 그 애가 재주가 있었나 충남대학 나왔는데 그 과를 댕겼는데 그게 잘 되가지고 대핵교 졸업허기 전에 기술로 갔어요. 지금 저 마산 가있어 개는. 마산 근데 지금 삼년짼가? 기술 거기 들어가서 돈 벌은지가 만 이년인가 돼요. 그런데 외국에 갔다 왔을 거야. 저번에 어디 갔다 왔더라고.

거기 가서 인저 기술 저 일허는 기술자 데리고 갔어. 저는 시키고 그 사람은 일허고 그런대. 한달 있다 온대더니 왔을 게야. 바짝허면 외국으로 가더라고. 걔네는 걱정 없어, 근데 야네가. [조사자 : 왜요? 걱정 없을 것 같은데.] 아니야 야네가. 야네가 쟤들도 시집을 가야 허는데. 삼남매가 아직 그냥 있잖아. [조사자 : 천천히 가도 돼요, 할머니.] 기도나 자꾸 해야지 뭐 어떡해. 하느님 아버지헌테 맽겨야지. [조사자 : 여기 또 교회에 기도하면은.]

(식당에 온 마을 분에게) 맛있게 잡숴. 난 얘기허느라고.

손님들 오셨으니께 어떻게 손님대우해야지. 친구도 좋지만 친구는 맨날 보는 친구고 손님은 오늘 모처럼 오셨는데 그렇잖아? 내말이 맞지? 언니 말이 맞으면 맞다 그래?

[조사자 : 증손자 오셨네.] (증손자에게) 밥 먹어라.

[조사자 : 그러면 그 때 어 그 이후로는 계속 그 친정아버지랑 같이 사신 거예요?] 어? [조사자 : 친정아버지랑 그 때 피난 와서.] 어? 우리 아버지? [조사자 : 같이 계속 아버지랑 같이 사신 거예요? 그 쪽에서.] 따로 살았지. [조사자 : 피난가서는 얼마간 같이.] 아니 피난와서도 따로 살았지. 따로따로.

우린 우리대로 피난은 오기는 인저 그 때 내가 얘기했을건데. 이월 달에 피난나오는데 우리 친정오빠, 제들 할어버지 그렇게 처남 남매가 따로 살았지. 고향에서도. 따로 살다가 처남남매가 여기 있으면은 죽고 황해도 평산에 그때 여기 있으믄 죽고 충남 충정도 충청남도로 피난을 가야 계룡산 앞에 삼십리 이내에 살아야 산다는 거를.

비결, 비결 그 옛날엔 그 비결때 빼결 감동댁이 있었잖아. 그거를 아버지가 보시고 인저 처남남매를 인저 사위허고 아들허고 먼저 내보낸 거야.

"네가 가서 자리를 잡아라."

그러고 인저 그래서 둘이가 나오고 이월달에 나오고 우리는 농사를 안졌잖아. 그냥 가마니치고 이렇게 해서 돈벌고 오빠네는 농사를 지었어. 그러니께 아버지가 농사허시고 며느님 데리고 아버지가 농사허고 품 사서 부리고 농사허시고 대농을 허셨지 아버지가.

우리는 농사를 안허고 애들 데리고 그냥 애들이 둘이여. 우리 그 딸허고 딸 아홉 살 먹어서 이제 피난 나올 때는 딸이 그 때 작년 섣달에 난거. 오월 오월덜이고 피난가 작년 섣달에 난게 오월덜이었고. 또 저기 아들이 여섯 살 먹은 큰 아들이 여기 와서 열 네살 먹어서 피난 댕긴 아들이 그 때 여섯 살이고, 남매 데리고 나왔어.

그러니께 그 때 거기는요. 그 때 먹을 게 많았어요. 아주 살기 좋았어요. 거기는 곡석도 많고 땅이 좋아서 뭐이고 심어놓으면 그냥 이렇게 돼. 그래서 밭곡도 흔허고 논곡도 흔허고 그냥 먹고 사는 거는 뭐 참 풍족허고. 세상에 백이라는 것도 말도 못 들어보고. 뭐 바가지 강아지 이런거 판대는 것도 말도 없어 거기는. 그냥 서로 주고 강아지도 서로 하나씩 노나서 길르고, 바가지도 그냥 몇 통을 허든 그냥 다 노나서 쓰고 이러지.

여기 나오니께 세상에 강아지도 팔고 바가지도 팔고 뭐 호박도 팔고 뭐 다 팔더라고 이런 걸. 배급이 있고 이렇게. 근데 우리 피난 나올적에 쌀 다섯가마니를 그냥 집안덜 다 없는사람덜 먹으라고 놔두고 나왔어요. 누가 사먹는 사람이 있간? 근데 쌀을 가지고 나올라니께 못 가지고 나간대. 영감이 남편이 이제 이월 달에 왔다가 오월 달에 나 데릴러 왔더라고. 오월달에. 이월달에 와서 자리잡아 놓고.

그 해 오월 달에 오월 초순에 나를 데릴러 왔는데 우리는 농사 안했으니께 먼저 가야허고 처갓집은 농사했으니께 그놈 걷어가지고 가을에 추수해가지고 아버지랑 오다 살림은 같이 허고 오빠는 거기가서 있으니께 여 여기와서 있으니께 그러니께 우리를 먼저 가서 데려오라고 오빠가 그래서 보내서 왔어. 제들 할어버지가 왔더라고.

그래서 우리가 먼저 오는데 쌀을 못 가지고 간대. 하나 못 가지고 가니께 갈 생각 가져갈 생각말래. 들키믄 집이도 이사도 못가고 큰일난디야. 벌금만 불고 그러니께 못가지고 간다고. 그래 요런 옷 이런거 옷보따리다가 갈피갈피 쌀 한되박 씩을 요걸 돌려 꿔메고 꿔메고 했어. 그래 쌀 못 싸가게 바지고 저고리에 이렇게 싸고싸고 싸고싸고 해서 딱 잡아메서 미수꾸리해서 붙이고 붙이고 여기 나와서 붙이고 그랬는데.

아이 보따리 그 가지고 나오는 이불 보따리 뭐 옷 보따리에다 쌀 한되박씩 넣었는데 저 호연정거정 배천정거정 호연정거정 저 개성에 다 거쳐야 오잖아요. 서울에 오잖아요. 정거정마다 살대로 찔러서 끄집어 내 조사허는데 아이 간이 쫄패(졸아) 죽을뻔 했다니께. 그 쌀 나올까봐. 그런데도 쌀은 안 나와서 안 들켰어.

쏟으니께 한 말밖에 안돼 그 쌀이. 그그렇게 많은 쌀 그냥 내빌고 나오면서 못 가지고 나왔어. 장도 항아리에 항아리에 담아도 그것도 하나 못 가지고. 아이고 소금을 내가 인저 한 병 사다가 요만헌 외간장 한 병 사다가 소금 한되박 사다가 물 두 양철 그 간장을 풀고 거기다 소금을 한데 이여서 소금을 타가지고 끓여. 솥에다가 대려.

그걸 장이라고 항아리에 담아놓고 먹었다니께. 그걸 장이라고 소금을 타고 외간장 한 병 사서 소금 한되박 사서 풀어가지고 대려서 근데 불그스름허니 간장겉애. 외간장 한 병 푸니께. 그렇게 살았어요. 기가 맥혀요 기가 맥혀.

어 그럭코선 그래도 굶어죽지 않고 얼어죽지 않고 그래도 살아가지고 우리 큰 아들 어 스물 세 살 먹어서 집을 지었어. 돈 벌어서. [조사자 : 아 할머니 큰 아들이 스물세 살에.] 어 스물세 살 먹어서. 열네 살 먹어서 그렇게 저기서 산중에서 살다가 인민군 난리에 고생허고 피난 나왔잖아.

어 근데 여기 대덕군 기세면 운명리에 피난와가지고 거기서 돈벌어가지고 거기다가 집을 짓고 거기서 우리 그 큰 아들 스물 네 살 먹어서 장개 들이고 또 그 아홉 살 먹은 딸 데리고 나온 거 스물 한 살 먹어서 시집보내고 또 이 아들이 서울 올라가서 취직해가지고 올라오라 해서. [조사자 : 마포, 마포.] 어 그래 같이 올라간 거야. 따라 올라간 거야.

올라가서 거기가서 살면서 이 아들 걷어주고 이 아들 서른 살 먹어서 거기서 장개가고 서울서. 또 작은 딸 또 서울에 지금 하나 사는 놈 갸도 서른 두 살 먹어서 예우고 고등핵교꺼정 나왔지 예우고. 그래서 이제 다 그렇게 헌거야. 막내 지금 재는 중핵교 밖에 못 나왔어. 중핵교 밖에 못 나오고 재가 기술을 배운디야.

"어머니 우리 고등핵교 가르쳐 주지는 말아요."

고등핵교 상업고등핵교 시험보다가 떨어졌어. 그래서 이미 고등핵교 보낼 생각 말래.

"고등핵교 보내야 누구라 돈을 내서 고등핵교 나오믄 대핵교를 가야 허는데 누가 날 대핵교 보낼 사람 있어요? 어머니, 아버지 늙었는데 뭘 해서 나 대핵교 보낼거야. 성들 믿지 말아요. 자기네 자석들 가르치기도 바빠. 성들을 왜 믿어. 내가 내 자작으로 벌어서 살 거야."

기술 배운다고 허더라고. 어 중핵교 전에 벌써.

"나 기술 배울 거여."

"어, 그래."

기술 배웠어. 양재기술 배워가지고 하루는,

"나 가서 자리 보고 들어올게. 내 차비만 줘요. 네? 어머니 차비만 좀 줘요."

"어."

그래서 차비를 그 때 삼십 원을 줬어. 차비를 삼십 원을 줬어. 가지고 나가서는 중핵교 보믄 중핵교 모자 써 중핵교 책가방 들고 나가서는 하루 돌아댕겨서 오더니 명동 가는데 거기 어디다가 자리잡아 놓고 왔어. 명동 못가서. 그래서,

"어디가 자리 잡았냐?"

허니께,

"예. 자리는 잡아야 허는데 돈이 들어야 해요."

어머니, 돈이 들어야 헌다고 돌이 들어가니께 싫지.

"어, 돈이 얼마드는데?"

"삼만원을 가지고, 돈 사만원을 가지고 와야 취직시켜 준대요."

그랴.

"뭔 취직이?"
"양장점에 재단사."
[조사자 : 근데 사만 원을 가져와야 된데요?] 어. 재단사 배우는 게 그 때 사만원이면 그 때 큰 돈이야. [조사자 : 진짜 큰돈인데.]
그래서,
"가거라."
내가 그랬어.
"내가 대줄게. 가거라."
그랬어. 일수를 얻어서 사만 원을 저녁에 가 일수집에 가서 달래니께 주더라고. 일수를 얻어서 갖다 제 아버지헌테 들려주면서,
"내일 이거 가지고 당신이 데리고 가서 취직시켜 놓고 와요. 애만 어떻게 돈을 줘서 그냥 주인도 안 만나고 애말만 믿고 돈을 줘서 보내? 당신이 데리고 가."
가서 주인허고 확인허고 주인말을 듣고 주인허고 얘기허고 그리고 애를 잘 봐달라고 맽겨놓고 오라고 그러고선 보냈지. 했더니 갔다 취직 딱 했어. 육개월 배우고 사만원 갖다가 선돈 들여놓고 육개월 재단 배우고 어 그거 끝나니께 안내보내고 거기서 여기 수위로 있으라고 허더라고. 그렇게 거기서 있으면서 점원으로, 점원으로 있으면서 시장에 댕기는 천 끊어오는 [조사자 : 그런 일을] 그거를 맽겼어.
그래서 댕기며 재단해며 시장 봐다주며 그 천집이 댕기는 이제 재가 착실히 마치니께 육개월 지내보고 돈 덩어리를 맽겼어. 가서 천 집이 댕기는 천을 가져오라고 허지. 못댕겨봤으믄 시키갔어요? 애를. 그 때 열여섯 살, 열다섯 살, 먹은 걸 시키갔어? 안 시키지.
그래 가지고 그렇게 해서 여적지 그걸로 벌어먹고 살어. [조사자 : 아 지금은 그럼 옷을 만드세요?] 예. 만들어요. 만들고. 저기 집이서 그 전 옛날에 그 때는 잘됐어. 그런데 지금은 옷 맞춰 입는 사람이 없고 전부 저 사입잖아. 기성복. 그러니께 뭐 지금 댕겨. 저기 일을 허러 댕겨. 그 아이. 양장점에 가서 일을 해줘. 재단사로. 재단사로 취직을 했어. [조사자 : 기술이 있으니까.] 취직을 했어.

저기 여섯시에 퇴근허면 집이 와가지고 저녁에 또 여자가 못해 놓은 일 밀려 놓은 거 그거 해 주고. 며느리가 허고. 그렇게 둘이 이제 양장점 들어오는 거나 특히 들어오는거나 해 주고. 저 세탁소 며느린 세탁소허고 수선 바느질 들어오는 게 모아놓았다가 저녁에 와서 그거 수선바느질 해 주고. 곤치는 거.

[손님 : 가요, 가요, 아줌마.] 잘 잡쉈어요? [손님 : 입맛이 없어.] 입맛이 없어? 사는 게 그래요.

또 그 아들은 저기가 작년에 또 사고가 났어. [조사자 : 어떤 사고요?] 차사고. [조사자 : 막내아들?] 어.

쉬는 날 밤에가 낚시질 허고 오다가 새벽에 오다가 인저 새벽에 오다가 남의 트럭 세워 놓은 걸 들여 받아가지고 트럭 속으로 차가 쏙 들어갔대. [조사자 : 아 그래서 많이 다쳤어요? 할머니.] 몬딱 부셔졌어. [조사자 : 많이 다쳤어요?] 어. 그래도 정신을 차려가지고,

"사람 살리라!"고.

소리 질러서 앞이서 연기 풍풍 올라오니께 죽을꺼 같으니께 사람 살리라고. 지나가던 사람이 와서 일일구로 전화해 가지고 와가지고 차키 내주고 저리 충남대학병원으로 갔어. 육 개월 만엔가 나왔어.

[조사자 : 그래서 괜찮아요? 어디 다친 데 없고?] 전부 다 다리 조금 저는 거. 다쳐도 이 다리 여기가 바짝 부서지고 정갱이가. 이 팔 부러지고 이 왼쪽 다리허고 바른 저 팔허고는 괜찮아. 여기는 괜찮고.

그러니께 나섰어요. 나서서 어 양력으로 팔월 달에 다쳤는데 작년에 재작년에 양력으로 팔월 달에 다쳤는데, 겨울나서 정월달 양력 정월달 되니께 또 데려갔어. 재단허는 사람 없어서 일 못 헌다고 그 기술로 와서 또 데려갔어. 와 앉아서 재단만 저기 해 달라고. 그렇게 재단허러 댕겨요, 그 때.

[4] 어려울 적마다 꿈을 꾸다.

[조사자 : 그럼 할머니 요새는 꿈 안 꾸세요? 아까 그 현몽 같은 거 있잖아요.

피난 갈 때 그 시아버지.] 어 근데 지금은 꿈도 없네. 그 때는 꿈도 잘 꿔었는데. [조사자 : 아 좀 이렇게 상황이 어려울 때 이럴 때 그런 꿈을 잘 꾸시나봐요.] 예. 잘 꿔어졌어.

옛날에는. 여기 이사 와서도 내 꿈이 맞았어요. 여기 이걸 이거를 세놨었는데 세가 안 나가고 여기 그냥 몇 달 묵더라고. 그러니께,

"아이고 장사 해보지 그러냐? 해보지 그러냐?"

내가 그랬어. 그러니께 이게 그 때 세탁소 됐어. 뜯어서는 두 칸을 뜯어서는 한 칸으로 맨들어 가지고 이렇게 다 수리를 허곤 추어탕가게 헌다고 해놓고 저 씽크대를 들여놨어. 씽크대 대놓는 날 저녁에 꿈을 꿔니께 저 뒤에가 전부 집이 없고 우리 밭이야. 네모가 반듯허게. 네모지라게 우리 밭이야. 아 그런데 아유 팥을 심었는데 팥 한낭고가 요렇게 생겼어. 팥이 열었대. 국수발 늘어지듯헌데 팥이 노랗게 여물었어요.

아 그래서 한 패기를 쑥 뽑아보니께 아이 빨갛게 익었어. 까보니께 아 이거 팥, 가을에 허야겠다. 우리 다리가 그래. 해가 다 갔어요. 내일 허지 뭐. [조사자 : 이거 할머니가 하던 얘긴데.] 그러고선 깼어. 깨니께 꿈이여. 그래서 팥을

뒤에다가 팥을 갈았더라. 뒷밭에다 팥을 갈았어, 그래.

스님헌테 내가 그 때 절에 댕겼어. 고만둔 지가 얼마 안 돼서. 그러니께 물어봤지? 그랬더니,

"참 꿈이 발그치허네."

팥은 잡귀를 다 물러긴데라. [조사자 : 맞아요. 맞아요. 동지 그 때도.]

"참 잘허셨네. 아 그 터에서 부자 되겄네."

그래. [조사자 : 이 터의 악귀를 다 물리친 거예요?] 어. 주위가 그렇게 팥밭이더라고. 그래서 꿈꿔고.

또 한번은 꿈을 꿔니께 아유 여기 삼층에서 내다 보니께 그냥 물이 풍당잼겼어. 집이 우리 집이 우리 집만.

"아유 웬일이야? 우리 집만 비가 와서 왜 저래?"

했더니. 사람들이 그래.

"아유 거기가 깊어서 그렇지."

깊어서 비가 왔는데 그게 다 달려들어서 거기만 그렇게 물이 괬대. 깨니께 꿈이여. 그것도 잘 뀐 꿈이래. 그것도 물이 차인 것도.

또 한 번은 꿈꿔니께 삼층에 그 요렇게, 요렇게 무슨 놓은 데가 있어. 테레비 상 놓고 요렇게 테레비 놨거든. 근데 고 속에가 뭐가 아물아물 허더라고. 그래서 이렇게 들여다보니께 아이 요런 봉이, 봉이 새끼래. 노란게. 아 일곱 마리가 거기가 있대.

[조사자 : 무슨 새요?] 봉 봉 봉 봉이래 봉. 어 봉황 봉황. 봉황 새끼래. 봉황 새끼가 거기서 새끼를 쳤대. 봉황이. 근데 요런게 그냥 막 아물아물해. 세보니께 일곱 마리야. 애미가 애미는 있구. 그래서 아이고 아 근데 저기다 알을 낳고 깠디야. 그러고 깨니께 꿈이여. 근데 그것도 좋은 꿈이래. 그렇게 꿈꿨어.

[조사자 : 그러면 할머니 한 마흔 이 때는 그냥 편안하게 사셨어요? 마흔 이때는? 할머니 마흔.] 그렇지. 애들 예우고 이제 편안허게 장사했잖아. 항상 장사했어요. 항상 농사짓고 장사허고. 저기서.

[조사자 : 마흔살 그 때쯤에는 어디 계셨어요?] 여기 대덕군 기성면. 거기서

살았어요. 거기서 살면 산에 팔밭이라 팔밭 묵은 밭은 내가 다 댕기면 억세게 파가지고 피난 저기서 피난 와서 집장만허고 살적에 그냥 무우도 심고 배추도 심고 그냥 들깨도 심고 참깨도 심고 그냥 그런걸 했어.

해서 그냥 대전으로 뽑아내고 채소는 대전으로 뽑아내서 팔고 또 갈고 팔고 또 갈고. 남의 묵은 밭들 해 먹던거 그런거 삼년은 도지를 안 붙어도 돼. 삼년은 그냥 해먹고. 도지가 없지.

[조사자 : 근데 삼년이 지나면 이제 도지를 무는 거예요.] 어. 사년째 되는 해는 이제 사년째 농사지면 물어야돼. 평으로 따져서 몇평에 얼마씩 물어야 돼. 콩 닷되씩 한 말씩 인제 물어야 돼. 그래서는 삼년은 그냥 해먹었으니께. 그것도 혼자 헌거지 뭐.

[조사자 : 할아버지랑 같이 안 하셨어요?] 아 있었어요. 같이. 같이. 같이 살며 했어. 예우살이도 다 시키고 서울로 올라가서는 서울 가서도 그렇게 장사를 했다니께. 장사했는데 내가 안해본 거 없어. 서울 가서. [조사자 : 아까 도토리묵 그런거 묵 이런 거 파셨다고 그러셨죠?] 어. 그거 팔다가 일 댕기다가 일자리 나서믄 일 댕기다가 뭐 채소밭에 일 댕기도 뭐 논도 메러 댕기고 뭐 댕기고 안 해본 거 없어. 안 해본 거.

우리 둘째 아들 거기서 예우고 작은 딸도 거기서 예우고. 육십일곱에 내려왔다니께. [조사자 : 거기서도 꽤 오래 계셨네요?] 예. 육십일곱에 내려왔는데 어떻게 그것도 안 내려 올건데 어떻게 내려왔냐허면 내가 아프더라고. 어. 아파서 장사를 못허고 내려왔어요.

시장 좌판가지고 장사했는데 못허고 내려왔는데 보니께 담석증이야. 쓸개가 돌이 배겨서 근데 그걸 모르고 그때만 해도 병원들이 그걸 못 집어내. 삼년을 고생했어, 그래가지고. [조사자 : 삼년동안 계속 그냥 아픈 걸 참으신?] 예. 육십삼 년을 앓어서 수술을 했어요.

수술로 이렇게 건강해진거야. 육십여덟에 수술했어요. 육십여덟에 수술했어. 더 건강해진 거야.

[5] 합이 맞는 자식과 살다.

[조사자 : 그거 외에는 아픈 데는 없으시고?] 그 때부터 편안허게 사는 거야. 그 때부터 이 아들허고 살면서부터.

[조사자 : 할머니 이 건물이 할머니네 건물이에요?] 예. 이 집이 우리 집이여. 이 아들집이여. 우리 아들 며느리가 중천동에서 장사해서 산거야. [조사자 : 아 다른 데서 장사하다가 여기로 오신거구나.] 장사 거기서 중천동에서 여서 건너 [조사자 : 충천동?] 중천동. 중천동 거기는 서구가 아니라 중구야. 여기 나가믄 기차 버스 타믄 냇물을 건너가야 돼. 다리 놨어.

[조사자 : 그때도 추어탕집 하셨어요?] 아니. 그냥 슈퍼. 슈퍼를 허는데 막 잘됐어요. 아 슈퍼가 잘됐어. 그래서 거기서 돈 벌어가지고 여기다 땅 사가지고 집 지은 거야.

[조사자 : 이제 편안하게 사시는 거구나.] 여기 지금 십이년짼가? 집지은지가. 순 우리 아들이 우유장사허고. 우리 매느린 슈퍼허고. 그래서 벌었어. 슈퍼를 허는데 운만 돌아오믄 돈벌기 일도 아니더라구. 운이 닿아야돼.

선화동에서 살면서 선화동에서 어려웠어요. 거기서도 슈펀데. [조사자 : 똑같은 슈펀데?] 쪼그맣지. 거기는. 가게가 쪼끔해. 근데 방이 두 칸이야. 가게 장사허는 방 있고 뒤에로 한 칸이 있는건 고건 세 놓고 가게 방 하나 가지고 사는데 나는 태평동에서 살았어요. 영감 있을 적에. 영감님허고 서울서 내려와가지고 아프니께 내려왔다 허잖아.

그래 거기서 태평동에서 세 얻어가지고 둘이 살고, 막내아들은 거기서 양장점허고 인제 딸허고 가게 얻어 가지고 태평동에서 근데 막내아들이 인저 매느리가 인저 밥도 해 주고 했지. 내가 아프니께. 아침, 저녁도 해 주고 거기가서 밥 먹고 와선 우리 얻은 집에 와서 그냥 잠만 자고 밥은 며늘래 집에 가서 먹고 이랬어요. 영감하고 거기가 먹고 영감은 인저 경로당으로 가고 나는 아프니께 뭐 그냥 집에 있고 할머니들이랑 놀고 이랬는데, 영감이 거기서 세상

뜨더라고.

세상 뜨니께 한 해 겨울 구월달에 세상 떴는데 그 해 겨울에 나 혼자서 있는 집이서 있었는데 동네 할마이들이 뫼여가지고 내가 아프니께 뫼여서들 놀고 그냥 그러고 세월 보내고 한 해 겨울을 났는데 이월달에 이월 그믐날 선화동에서 며느리 아들 며느리가 장사허고, 쟈들 거기서 중앙국민핵교 댕기고 야들 인저 그랬는데. 우리 아들은 거기서 인저 우유허고 근데 이월 그믐날 저녁에 땅거미가 졌는데,

"어머니."

허며 문을 펄썩 열어. 그래서,

"누구냐?"

했더니,

"제에요."

그래.

"왜 이 시간에 장사허고 밥헐 시간에 왔냐?"

내가 그러니께,

"어머니 모실러 왔어요. 저희 집에 가세요."

"가다니? 무슨 소리야. 내가 어떻게 갑자기 너희 집에 가냐?"

"왜 못가요. 어머니 문 잠궈 놓고요. 이 방문만 해서 잠궈놓으면 방 하나 세 살게 했으니께. 방문 잠궈놓고 저 택시타고 와서 택시 그냥 길거름에 있어요. 못 가게 하고요. 내가 나간다고 어서 나가서 타고 가셔요."

그러니께,

"어머니 가세요. 어머니 안 가시면 애비가 맨날 끼석마다 맨날 밥상마다 앉으면 눈물바람허고 울어서 어머니는 저녁을 밥을 잡쉈나 굶어서 그냥 계시나 아프니께 못 해 잡숩고 그냥 주무시나 어쩌나 몰르겠다."

"아유, 왜 여기 내 동생 옆에서 가끔 밥해다 주고 왔다 갔다 허는데 왜 그런데."

그러니께,

"아니에요. 우리가 모셔야 한대요. 어머니. 저 따라 가자고 가세요. 가세요."

방에 있는 빽 하나만 들고 나왔어. 택시 타고 갔어. 선화동에를. 가서 거기서 자고 그 이튿날 아침에 아침 먹고.

"어머니 놀러 가세요. 태평동 경로당으로 놀러 가셔요."

그래 메느리가.

"그래도 돼?"

내가 그러니,

"예, 가세요. 여기와 잠만 주무시고 밥 잡숩곤 그리 놀러가시고 그래요. 어머니 그러시면 되잖아요. 우리 그 집 뺄 동안은 그렇게 해고 낮에는 가서 어머니 계시던 방 관리허시고 살림 다 그냥 있으니께 관리허시고, 저녁 때는 오셔서 여기서 주무시고 밥 잡숩고 아침 잡숩고 또 거기 가시고 그래요. 점심을 거기서 잡숩고. 그러면 되잖아요."

그렇게 했어. 그렇게 허고 한 달이 지나갔는데 다 물어봐도 다 이 아들허고 살래.

"큰 아들도 합이 안 들고, 작은 막내도 합이 안 들고, 둘째 아들허고 사세요. 사세요."

그래. 합이 들어서. 그래서 삼월그믐 그 이튿날이 그러니께 이월 그믐이니께 그 이튿날이 삼월아냐 삼월 초하루아냐 삼월 한달을 그렇게 있다가 삼월 그믐에 앵겼어요. 이 아들네 집으로. 한 달을 그렇게 오고 가고 살고.

그러고선 그 해 봄에 거기서 인저 살았는데, 아이 돈이 팔백밖에 없어. 야가. 팔백 그 집세 사는 거 그것밖에 없어. 밑천돈이 하나도 없고. 그래서 애들 가르치느라고 삼남매 가르치느라고 그래서 나 수술해줬지. 그래,

"어떡허냐?"

그랬더니 어 그 집임자가 서울에 사는데 내려오더니 집을 빼달래. 아 오월 덜이에요. 음력 오월덜에 오더니 유월 그믐에 집을 빼달래. 그런데 돈이 없으니, 백만원밖에 없으니 그거 가지고 어드레 앵겨요? 못 앵기지. 야들이 큰 걱정을 해. 어떡허면 좋냐고.

"집은 빼달래는데 어떡허면 되냐?"고.

"빼줘야지. 뭐 어떡해. 빚이라도 얻어 빼줘야지."

"가게를, 그렇게 맞는 가게가 어디가 있느냐?"고.

없지. 돈 쪼금 주고 들어가는 가게가 어디가 있어. 그래가지고서 어떡허냐고 한 걱정을 허고 그래서 내가 태평동에를 하루 놀러왔더니 그래. 낮이믄 자고 낮이믄 오는데 왔더니 한 사람이 그래.

"형님 팔공산 귀경하실래요? 그래 팔공산?"

"팔공산이 어딘데 나는 말만 들었지 안 가봤네."

했더니 대구 팔공산이요.

"거기 돈 가져야 가잖아."

"돈 만원만 가지면 썼다 벗었다 해. 냉겨가지고 온다."

그래.

"만원 어디가 있어? 나 한 푼도 없는 사람이 천원 하나도 없는데."

내가 그랬어.

"에이 달라고 허지뭐. 메느리보고, 메느리 장사허는데 달라고 하믄돼."

"글쎄 그게 마음대로 될려나. 가서 얘기해 봐서 가래믄 가고 말래믄 말거야. 나는 권리가 없어. 내 몸은 아프고 내 몸은 아픈 사람이 내가 어떻게 내가 이래라 저래라 해."

그러곤,

"오늘 가서 꼭 오늘 저녁에 가믄 꼭 물어봐요?"

그래.

"그래 물어볼게. 내일 아침 일러줄게."

저녁에 와서 저녁상을 갖다놔서 먹는데 며느리 아들 나 셋이 애들 뭐 애들은 아직 핵교에서 안 오고 셋이서 먹는데 내가 얘기를 해봤어.

'되나 안되나 얘기는 해보자.'

"팔공산을 가자고 허는데 돈 만원이 들어야 간다는데 어떡허면 좋갔냐?"

허니께,

"거기 가면 좋대요?"

"그래 한 가지 소원은 빈대."

"가세요."

돈통을 확 열더니. [조사자 : 만원을 주시는 거예요?] 장사허는 돈에서 백원을, 만원을 끼내서 여기다 딱 놨어.

"어머니 이 돈 가지고 갔다 오셔. 우리 소원만 빌어요. 딴 사람들 소원 빌지 말고 우리 소원만 빌어요."

그래. 그래서 빌어줬어. 가서. 가서 빌어줬더니 방이 얻어지더라고. 금방에. 아 뒤에가 있는데 몰랐어. 아 뒷줄에가 있는데 가니께 아주 딴집겉이 주인네허고 뚝 떨어져서 딴 집겉이 있어. 한 대들보 밑이라도. 방 두 칸에다가 우유짝 들여쌀 광있고 우리 대문 따로 있고 부엌도 따로 있고 아주 딴집겉애. 그 얻어가지고 이사해서 거기서 돈 벌었어요.

거기서 돈벌어가지고 중천동으로 이사를 왔어. 중천동으로. 하루는 저녁에 장사허고 자고 아첨에 세시에 와서 우유를 돌리기 시작을 허믄 아침 여덟시꺼정 돌아야 다 돌려. 아들이. 여덟시에 우유짝 마저 돌리고 밥을 먹으믄 딴날보다 더 늦어. 그래서,

"야 오늘 더 늦냐? 딴날보다 시장해 어떡허냐? 어서 먹어라."

그러니께 사월덜인데 문밖에다가 이렇게 들창 마루를 놓고 거기서 밥상을 받아 안고 먹는데 내가 그랬어.

"어이 먹어라 먹고."

"어머니 나 오늘 일 저질렀어."

"그래 뭔 일을 저질렀냐? 그래, 늦게 왔어?"

"예. 그래서 늦게 왔어요."

중천동에 가니께 집질려고 기초박는 데가 있는데 아 거기가 그렇게 자리가 좋아뵈네. 장사헐 자리가 좋아뵈네. 들판이야 그냥 들판. 아이 이 건너 파출소허고 저 무슨 동사무소허고 밖에 없어. 그 두 집만 있고 저짝에는 들판이야. 집도 하나도 없어. 이 한참 나와야 핵교 있고 고등핵교. 아이 근데 거기다가 이 기초 쌓는데 백만원을 아척에 우유 돌리러 돌아댕기는데 그렇게 수금이 잘 되더래. 백만원이 수금이 되더래. 그래서 거기다가 백만원을 보증금을 내니께 걸고 왔디야. 그 기초 박는데 이사 간다고. 그 집 지으믄 이사 간다고.

"잘했구나!"

내가 내 말이,

"으이, 잘했구나. 살려고 허는 게 잘헌 일이지. 뭐. 잘못헌거냐? 뭔 일을 저질렀냐 잘했다."

가만히 생각해보니께 거기가 북쪽이야. 근데 그 해에 대장군이 북쪽에 섰어요. 작년에 들어와가지고 한 해 묵잖아. 대장군이. 그 해 거기서 묵어. 그래서 내가,

"대장군이 거기가 묵는다."

그랬더니, 아들이 밥을 몇 숟갈 먹더니,

"몰라. 앞으로 나는 이제 어머니는 내가 모실 테니께 어머니가 말년에 복이 있으면 내가 잘 될테고, 어머니가 복이 없으면 내가 안돼. 못 살어."

아이 여기 가슴이 딱 맥히는데 아유 겁이 번쩍 나. 그래도 하늘을 치다보고 대문 밖이니께 하늘이 있잖아. 하늘을 치다보고 껄껄 웃었어. 내가 웃고서,

"잘 되갔지. 잘했다. 잘했다."

이랬어. 그래서 마침 잘 됐어. 이렇게 살게 됐잖아요.

[조사자 : 할머닌 말년에 복이 있으시니까. 아까 그 지금 장군이 북으로 들어왔다고 그게 오방장군 중에 북장군이 들어오면 일 년을 쉰다는 거예요? 그걸 어떻게 아셨어요? 장군이 북으로 들어온다는 게?] 동서남북에가 저게 있잖아. 대장군 방호가 있고 오고 삼살 방호가 있고 허잖아. 그게 삼년은 대장군은 삼년이 이 북쪽에가 오래 스면은 내후년꺼지 대장군이 서고 있고, 오호고 삼살방호는 한 해 있으면 또 딴 데로 돌아가고, 돌아가고, 돌아가고 바뀌는 거야. [조사자 : 그 해에 북쪽에 든 장군이.] 아 그게 묵든해야. 묵든해. [조사자 : 장사나 이런 게 잘되는 건가봐.]

그래서 거기가 정북은 아닌가 보다 내가 그러고,

"이사 갈 적에 한번 돌아서 들어가라. 이삿짐을 싣고 돌아서들."

[조사자 : 그거를 저기 북한 계실 때 거기서 마을에서 민속으로 알고 계셨어요? 그렇게 한다는 거를 돌고 들어가는 것을?] 어.

그러허고 그게 또 있어요. 이사 가믄은 무우를 하나 사가지고 가서 무우를 떼굴떼굴 떼굴떼굴 툭 차서 굴리고 툭 차서 굴리고 안방에서부터 그냥 막 사랑방 뭐 옆방 뭐 이런 거실에 탁 굴려서 광있으면 광에 뭐 해서 계단 있으면

계단으로 툭툭 차 내려와 가지고 저 길가로 탁 차서 내비려. 그러면 무방허게 잘사는 거야.

그렇게 허라고 시켰어. 그렇게. 그렇게 했어요. 해서 아직꺼정은 괜찮어.

이제 고만 헙시다. [조사자 : 어쩜 그렇게 잘 하세요? 이야기를.] 어이 이야기 많이 했네. [조사자 : 힘드시죠? 진짜 힘드시겠어요.]

※ 세번째 구연

자 료 명 : 20090218신씨3(대전)
조 사 일 : 2009년 2월 18일
조사시간 : 2시간 23분(13:03-15:26)
구 연 자 : 신씨, 여·90세(1919년생)
조 사 자 : 박경열, 유효철, 나주연, 김아름
조사장소 : 대전광역시 서구 탄방동 (구연자의 집)

조사과정 및 구연상황

신씨와의 세 번째 만남이었다. 지난 2차 조사 당시 손녀가 이야기판에 함께 자리했었는데, 신씨는 조사팀에게 손녀가 자신의 고생한 이야기를 듣는 것이 싫다며 그 이야기는 다음에 하겠다고 했었다. 조사자들은 미리 연락을 드려 시간 약속을 하고 신씨의 집으로 찾아갔다. 신씨는 복지회관에서 수업을 마치고 돌아와 조사팀을 기다리고 있었다. 신씨는 이번에도 특유의 입담으로 긴 시간동안 호흡을 유지하며 이야기꾼으로서의 면모를 보였다. 이번 조사에서는 이전과 이야기내용이 중복되는 부분이 있었다.

이야기 개요

열 살 되던 해에 어머니를 여의었다. 어릴 적부터 어머니가 키워서 결혼시킨 큰올케는 은공도 모르고 어린 시누이를 때리고 구박했다. 그녀는 아버지나 오빠에게 알리면 가정의 불화가 생길까 염려하여 내색하지 않았다. 결국 아버지에게 외가에 보내 달라고 부탁하여 1년 동안 외갓집에서 지냈다. 열넷에 중매로 결혼을 했고, 징용을 피하기 위해 산속에서 숯을 구우며 지냈다. 그러던 중 남편이 다른 사람 대신 징용에 끌려가게 되고, 신씨가 면장을 찾아가 사정한 끝에 남편은 돌아올 수 있었다. 한국전쟁 당시 돌아가신 시아버지가 현몽하여 피난 떠날 때를 알려주었다. 아들이 뱀에 물려 죽을 위기에 처했을 때는 축지법을 쓰는 선비가 나타나 치료해주었다.

[주제어] 건강, 꿈, 시아버지, 어머니의 죽음, 피난, 한국전쟁

[1] 큰올케의 구박을 견디다 못해 외가로 가다.

수업하고. [조사자 : 뭔데요?] 모르겠어. 그냥 우리 배우는 거지. 여기 불을 켜 놓을까? [조사자 : 잘 나와요, 할머니.] 저거를 좀, 카텐을 가서 확 밀어봐, 환하게. [조사자 가운데 한 명이 커튼을 쳤다.] 옳지. 이짝에 것도. 옳지.

[조사자 : 할머니, 여기 집 지은 지는 몇 년 됐어요?] 십 년 넘었어요. 십이 년 됐나?

[조사자 : 이년 전에 몇 번 왔었는데 기억나세요?] 예. [조사자 : 기억 안 나시나봐.] [모두 웃음]

말 좀 들으라 오셨는데, 무슨 얘기를 해야 할까요?

[조사자 : 저희, 손녀 분 계셔가지고 얘기 안 한 이야기 있어요?] 열(이리)로 올라앉아요. 어떤 걸 해달라고 그래요? [조사자 : 할머니, 그때 말씀하시다 마신 게, 그, 시누이? 시누이였나? 시누이가 아니고, 오빠분 아내 되시는 분. 새언니하고 관련되어가지고 얘기를 하시다가, 그때 손녀분이 계셔가지고 다음에 올 때 얘기를 하겠다고 하셨어요.] 그게 뭔가, 기억이 안 나네.

[조사자 : 할머니, 오라버니 분 아내 되시는 분 있잖아요? 새언니.] 우리 저기 오라방댁. [조사자 : 오라방댁하고 조금 갈등이 있었는데 그 얘기를 손녀분이 계시니까 안하시겠다고 나중에 손녀 없을 때 얘기하겠다고 하셨어요.] 아, 그때, 어려서. 우리 어머니 돌아가시고 살 적에. 갈등 같은 거. 그거 좋지도 않은

얘긴데. (웃음) 고생, 고생해서 좋지도 않은데.

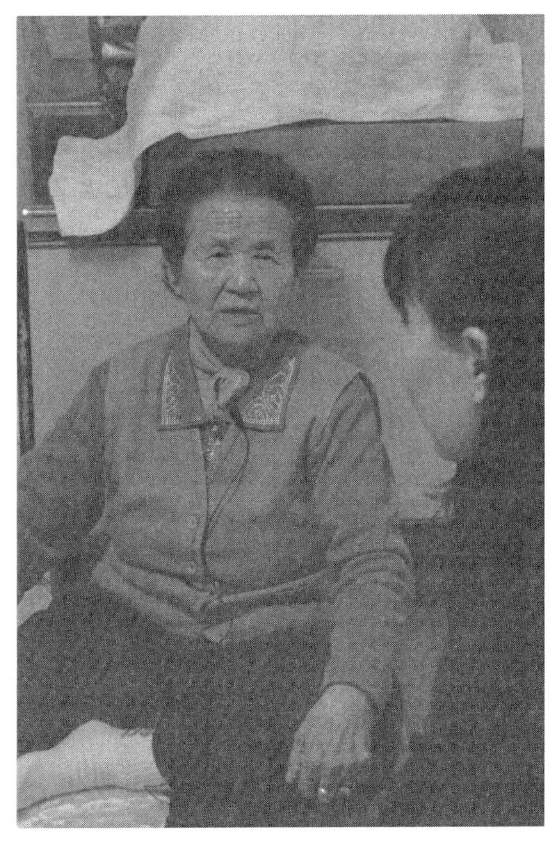

어, 열 살 먹어서 내가 어머니가 돌아가셨어요. 열 살 먹어서 어떻게 이렇게 쉽게 돌아가셨냐면, 우리 오빠가 삼형제였는데, 둘째오빠가 그 때 열일곱 살인데, 장개를 들었어요. 그랬는데, 수들 초열흘날에 결혼식을 했는데, 옛날엔 주당이라고 있었어요. 주당. 시집장개를 가면, 주당이라고 있었어. 그 주당이라는 게 무슨 못된 사린가 봐.

그게 시어머니에게로 가면 시어머니가 안 좋고, 시아버지에게로 가면 시아버지가 안 좋은데, 그 이제 장개 들라 처갓집으로 가잖아요? 가서 옛날엔 가서 첫녀식 대례 지내고, 결혼식을 하고서 신랑 집으로 오잖아. 색시는 가마타고 오고, 신랑은 말 타고 오고. 와가지고 들어올 적에, 집에 들어올 적에 그 주당이 가면은 가는 부모가 집에 있지 말고 딴 데를 피해야 햐.

그런데 그걸 모르고 우리 어머니가, 어머니에게로 주당이 가는데, 날잡이 하는 사람이 잘못 해가지고, 어, 아버지한테로 간다고 해서 아버지가 저리 산 너머로 피난을 했어요. 그리고 어머니는 집이 가 계셨어. 그러니께 주당이 어머니한테로, 어머니한테로 바짝 찧어가지고, 초열흘날, 결혼식을 해는데, 열하룻날 저녁에 우리 어머니가 병환이 났어요.

인저 옛날에는 지금은 없지만 사당 차리라는 게 있었어. 인저 시집을 가면, 사당에다가 인저 삼일날이면 사당 있는 집에 무슨 조상이지, 그게? 사당 문을 열고 거기서 제사를 지내잖아요, 음식을 차려놓고. 그리고 또 사당 없는 집이는 그냥 지방을 써 붙이고 그냥 부모님을 또 제사를 지내잖아. 새 사람 이제 장개들어, 새 사람 들어왔다고. 이게 맞이는 조상한테 맏이는 제사야.

'인저 잘 살게 해 달라.'고.

그런데, 그 인저 삼일날 인저 초열흘날이 잔치니까, 열하루, 열이튿날이 삼일이잖아요? 그러니께 삼일날 우리 큰댁이로 사당을 모시로, 제사를 지내러 갈라고, 열하룻날 저녁에 다 음식을 새로 차렸어요. 떡도 새로허고, 쪼금씩 쪼금씩 철질도 새로 다 허고, 식혜, 조청 그런 거 다 새로 장만하고.

다 차려놔서 그 이튿날 아침에 가지고서 큰댁으로 제사지내러 가고, 또 우리 할아버지 할머니는 우리 집이서 이제 큰댁에 가 사당문 열고, 사당에서 제사지내고 집이로 와가지고 우리 집에서 또 지방 써 붙이고, 할아버지 할머니는 우리 할아버지 할머니는 또 사당 차리는 걸 해야 돼요.

그렇게 다 해놓고 주무시는데, 못 일어나서 아침에 깨니께 어머니가 막 몸이 끓고, 병환이 대단해서 못 일어나신대야. 그래가지고 저 큰댁에만 가서 색시, 신랑색시만 가고 딴 사람들만 갔지, 우리 어머니는 못 갔지, 아파서. 그러고서 가서 사당문 열고 사당 차리고 집이 와가지고 집이는 제사를 못 지냈어요. 어머니가 병환이 있으니까 제사를 못 지내고, 그냥 그러고서.

그러다 앓으시는 거야. 그냥, 그냥 막 정신없이 앓으시다가 돌아가셨어. 스무하룻날 아침에 돌아가셨어. 꼭 열흘 만에. 응, 열하룻날 병나가지고 스무하룻날 돌아가셨어.

그래가지고 초상을 치르고, 그 때는 전부, 지금은 삼일장이지만 그때는 어려운 사람도 오일장이여, 오일장. 오일장을 치러서 장례식을 다 하고 나서, 지방들은 다 가고 사는데, 그 새 올케는 뭐, 새로 들어온 언니는 말도 못하지, 구박이. 맏동서한테, 우리 큰 올케언니가 구박을 하는 거야, 새동서를.

"들어오자마자 시어머니 돌아가시게 했다."고.

맘대로나 구박을 하고, 나도 그렇게 몹시 하는 거야. 그냥 그러고.

명절을 새가지고 봄에, 이월 달에 새언니 친정에서 오십 리 길인데, 거기 우리는 평산댁네고 거기는 해주댁네여, 황해도. 거기는 해주댁넨데.

그래 친정에서 그 기별을 듣고 와서는 가마를 가지고 와서 태워갔어. 데려갔어. 우리 저 새 올케 언니를. 친정으로 데려다가 자기네가 살린다고. 오빠도 데려가고 그냥 신랑, 각시를 우리 오빠, 언니를 다 데려갔어. 처갓집이서, 데려가서, 어, 작은 오빠는 거기 가서, 처갓집에서 살고.

나만 인제 큰집이 큰 올케언니한테 있는데, 에 우리 또 내 위이로 바로 손위 오빠가 하나 있는데 삼형제니까 둘째오빠가 장개 가고, 나보담 네 살 터울이여. 네 살 터울인데 네 살 더 먹었는데 열네 살이고, 나는 열 살이고. 어머니가 돌아가셨는데 하도 올케언니가 못되게 하니께 아버지가,

"일가집으로 가서, 가래기나 긁어다가 쇠물이나 끓여주고 소나 거들라."고.

보내버렸어, 우리 오빠는.

어머니가 돌아가신 게 그냥 자식들이 풍지박산이 되고 그냥 막 졸지에 그냥 막 뭐, 고아가 된 거예요.

그래서 나는 어리니께 갈 데도 없고, 그냥 여자애고, 그러니까 그냥 집이서 올케언니한테서 그냥, 아버지도 계시고 그냥 그렇게 사는데, 올케언니가 그때 스물일곱 살이야, 그 때 애기도 안 낳았어요. 첫 애기도 안 낳았어요. [조사자 : 구박하시는 거예요?] 어, 구박하거든. 스물일곱이여, 나는 열 살이고.

그런데 그 언니는 열세 살에 시집왔어. 열세 살에 시집와가지고 우리 엄니가 키우다시피했어. 민며느리고 아니고 결혼식 하면서 왔는데 그 때 옛날에 처녀 공출이 있었어요. 그러니께 공출에 안 보낼려고 친정 부모들이, 무남독녀 외딸이여. 그런데 그냥 외딸을 시집을 보냈더라고. 처녀공출에 안 팔려 보낼려고.

그렇게 해서 시집을 와서 우리 집에 와서 우리 어머니 손에 참 사람돼서 컸건만, 그걸 모르고, 저 사람 되라고 가르쳐 놓은 걸 모르고 나를 때리면 어떻게 때리는고 하니,

"내가 너이 어머니한테 얻어맞고 고생하고 컸응게 그 보복을 한다."

그러는 거야. 그 앙갚음을 한다는 거야, 내게다가. 그런다면서 때리고 막

말도 못해요. 그 고생은 말도 못해.

그런데 그 얘기를 누굴더러 하냐고, 내가. 아버지더러 하겠어, 오빠더러 하겠어. 오빠더러 하면, 가정은 자꾸 풍파가 나서 막 안산다고 그러고 마누라 쫓아 보낸다고 할 거 아니야, 그러면 어떻게 해? 그러면. 그렁께 말도 못해요, 나는. 올케 손에 얻어맞아도 그 맞을 때까지 인저 우리 아버지도 인저 일하러 나가지, 오빠도 일하러 나가지, 소가지고 논 갈고, 밭 갈러 댕기는데, 일가시지.

그러면 하루종일 일하고 저녁에 들어오면, 이런 데 얻어맞아서 퉁퉁 붓고 그냥 주먹같이 나오고 그래도,

"왜 그러냐?"

그러면 넘어져서 다쳤어요, 어디 언니가 때려서 그랬다고를 못 하겠어. 쌈 붙이고 그냥 그 안 산다고 헤어질깜시 어린 마음에도 말을 못했어요.

그리고 참, 이리가도 신씨네, 저리가도 신씨네고 사방천지 신씨네고, 남 타씨는 어쩌다가 한 집씩 있어요, 우리 고향에. 그런데 그 집안들이 다 알고 물어. 내가 나가면,

"애기씨, 언니가 어디만큼 때리지? 때리지? 어떻게 하지?"

그러면,

"아니에요, 안 때려요, 왜 때려요, 안 때려요."

"밥도 안 주고 때리기만 하지?"

"아니에요, 밥 잘 줘요. 나 배부르게 잘 먹어요."

이러고 다 감췄어요. 그 올케언니가 허는 거를. 그냥 뭐이고 옆에서들 다 알고 소문이 나서 그냥 그런데 우리 집안에만 무섭거든. 그게 소문이 그렇다고 그러면은 막 쫓아요, 옛날에 쫓아버리지. 그냥 집안에다 그냥 두질 않애. 그러니까 쫓는 거 무서워가지고 내가 그 어린 마음에도,

'내가 나하나 때문에 올케언니가 쫓겨나가면 누가 살림을 하고, 내가 누구한테 그런 밥을 얻어먹고 누가 살림을 하고 사나?'

싫어서, 입을 딱 다물고 아무 소리도 안 하고 그냥 살았어.

살아봐. 하루 넘어가, 이틀 넘어가, 한달 넘어가, 두달 넘어가, 그 세월이

흐르니께 삼년이 흐르니께 그 때는 어머니가 돌아가시면 삼년상이잖아요? 첫 해 겨울에는 어머니가 이렇게 혼상을 이렇게 윗목에도 방 윗목에서 혼상을 모셔놓고 식상을 놓고 거기다 혼상을 해놓고 광목으로 주름을 해서 이렇게 치잖아요? 어, 그게 소쟁이라고 이렇게 광목으로 주름을 해서 치잖아요? 그게 소쟁이라고 이렇게 해서 쳐놓잖아, 그러면 향식 놓을려면 주름을 걷어치고, 거기다가 책상 위에다가 밥상을 놓고, 이렇게 혼상 뚜껑 열어서 이렇게 향식을 놓잖아요?

지금은 그런 게 없으니께 저 학생들 모를께야. 그런 거 보도 안했어. 말만 들었나 모르겠는데 옛날엔 그랬어요. 삼년상을 했어요. 삼년이 되어야 그거를, 삼년상, 돌아가신 해가 이 년이 제사가 넘어가야 그 혼백을 불을 놓고 탈상을 하고, 흰 땡기를 둘르고 흰 옷을 벗고, 남자들은 상옷을 안 입고 댕기고 그랬어요. 삼년을 반갓을 쓰고 상옷을 입고 막대 짚고 그렇게 하고 댕겼어, 그 전에.

그랬는데 그럭허고서는 인제 세월이 흘러서 내가 열세 살이 먹었어요. 열세 살이 먹었는데 봄에 이월달이야. 이제 섣달에 어머니 제사가 넘어가고, 그 이듬해 이월 달, 열세 살, 이월 달인데 아버지더러 그랬어,

"아버지, 저 외갓집에 갈 거예요."

그러니까,

"니가 외갓집엘 어떻게 가냐? 혼자?"

그려. 해주 오금메라고 해주댁한테 동네 이름이 오금메에요, 멀어, 오십 리 길은 돼요, 그런데 거기를 어떻게 가냐고 못 간다고

"내가 인자 나중에 데려다줄게."

못 간다고.

"아버지 찾아갈 수 있어요."

"아유, 니가 몇 살에 외갓집을 가봤는데? 느이 엄마 살았을 적에 너 아홉 살 먹어서 갔었는데 어떻게 거기를 갈려 그러냐?"

그래서,

"찾아갈 수 있어요."

그랬어.

"아버지, 보내만 주세요, 오빠더러 얘기 말고, 올케 언니더러 얘기 말고, 아버지만 알고 저를 보내주세요, 보내주세요."

그러니까,

"그럼 가거라."

그러면서,

"갈 수 있냐?"

그러는데, 어디로 해서, 어디로 해서 어디로 가는걸 아버지 듣는데 다 얘기를 했어요. 어디에서 무슨 고개로 해서, 무슨 들로 해서, 무슨 동네 앞으로 해서 가면 된다고, 그랬더니 아 가겠구나, 그랬어요.

"그럼 가거라."

그래서 내 손으로 인제 옷섬을 빨아서 입던 걸 벗어서 빨아서, 그땐 광목옷이지 어머니 돌아가셔서 흔옷섬 입던 거를 다 흔거잖아, 하얀 거. 거기다가 저고리에는 분홍물을 들이고, 치마에는 옥색물을 들여서, 풀을 해서 뚜드려가지고서는 내가 내 손으로 다 꼬매입었어요. 내가 내 손으로 다 꼬매 입고서는 하루는,

"며칠 날 갈게요."

이러니까, 그게 며칠이냐면 이월 초열흘날이야. 이월 초열흘. 날도 안 잊어버려. 음력 이월 초열흘날. 춥죠, 그때. 물도 꽁꽁 얼고 그럴 때야.

근데 그 때 저고리를 꼬매서 그 전날 다 해서 데리미로 싹 데려서 저녁에 해 놓고 자고, 그 이튿날 아침에 아침을 해 주니께 먹고서는 일곱 시 좀 넘었어. 그랬는데 나섰어요, 옷을 입고. 그러니께 아버지더러 사랑방에 가서,

"아버지, 저 댕겨오께요. 아버지 염려마세요."

그리고 떠났어. 가가지고서는 걸음아, 날 살려라, 얼마나 빨리 걸었던지, 오십 리 길을 갔는데 걸어가니께 점심 때가 안됐어. (웃음) 얼마나 빨리 걸었던지.

예, 인제 옆으로, 큰 대문 말고 옆문이 이렇게 있는데 옆문을 갔어요, 옆문으로 가가지고서는 문을 활딱 열고서는 마룽에 쿡 들어서면서,

"외숙모."

그러니께는 외숙모가 방에 있다가 나와.

"아이고, 아무 것이 아니냐, 니가 어떻게 오냐. 너 혼자 오냐."

"예, 혼자 왔어요."

"어떻게, 어떻게 혼자 왔느냐? 왜 아버지한테 데려다달라고 그러지."

"아버지 이제 나중에 오신대요. 지금 못 온대요. 나 혼자 와도 잘 찾아왔는데요, 뭐."

들어가서 그냥 외숙모가 나를 그냥 껴안고 막 울더라고. 그래서 외사촌올케가 베틀을 놓고 베를 짜다가 베틀에서 내려갖고서는,

"작은아씨 왔어요."

그냥 그렇게 잘하고, 밥을 갖다 주고 그렇게 먹고, 못 가게 하는 거야. 그래서 거기서 일년을 있었어요. 외갓집에서 일 년을 있는데 우리 외사촌 올케가 작년에 애기를 하나 낳고 올해 또 낳았어. 그러니까 년년생 아냐? 그러니께 둘 다 어린애야.

그걸 길러 줬어요, 내가. 큰애는 등허리에다 업고, 작은 애는 옆구리에다 껴안고 댕겼어. (웃음) 일 년을 길러줬어요. 그랬더니 그냥 거기 더 있으면 허는데 또 우리 또 큰댁이 시월 달에, 큰댁이 칠촌 조카딸이 시집을 갔어. 나보덤 더 먹었어요, 나이가. 열여덟 살이 됐어요, 그때. 시집을 간다고 결혼식 한다고 전화가 와가지고서는 또 우리 외숙모가 그렇게 연결이 되어가지고 또 우리 육촌 올케에, 칠춘 조카니까 딸이잖아?

근데 육촌오라방댁 친정이 이씬데, 우리 외숙모하고 이렇게 연결이 돼, 또 뭐 친척이. 또 결혼식을 해서 식구가 됐더라고. 우리 외숙모가 되고, 또 우리 친정으로는 육촌올케가 되고, 그렇게 됐더라고. 그래서 결혼식에 간다고 허니께는,

"나도 가요."

그래서 친정을 왔어. 친정을 오니께 또 보내? 안 보내지. 맘 먹고 오기는 왔다가, 인저, 외숙모 가는데 또 쫓아 갈라고 맘 먹고 왔는데 외숙모도 데리고 왔는데 보내냐고, 올케언니가. 안 보내지. 답답하니께 안 보내지. 일 부려먹을라고. 그래서 그 때는 아버지가,

"가지 말고 집에 있어라. 있어라."

해서 집에 있어야지 어떻게 해요? 그래서 집이서 인제, 그 때는 시월달이 왔응게 한창 타작 해들이고 할 때잖아요? 그래서 못가고서는 친정에서 겨울을 나고, 그 이듬해 또 일 년을 또 있어야 하는데, 어, 정월그믐에 시집을 보내대? 열네 살 먹어서. 열네살 먹어서 정월그믐에 시집을 보내더라고, 나를, 우리 친정에서. 그렁께 시집보내니까 가야지 어떻게 해요?

또 가서 그 해 가서 시집살이를 해고 사는 거야, 그 해부텀. 여, 강씨네 집으로 들어와 가지고 신천 강 씨에요, 나는 신씨고. 우리 시집이 우리 아이들은 신천 강씨여. 그래가지고 강씨네 집에 들어와 가지고 이 날, 이 때 이만큼 늙었어. 뭐 말도 못하지 뭐.

[2] 남으로 피난을 떠나다.

시집오니께 신랑이 아홉 살 먹어서 어머님이 돌아가셨대요. 나는 열 살 먹어서 돌아가셨는데, 신랑은 열 살 먹어서 황해도 연백에서 집인데, 아버지가 어, 아들딸 오남매를 데리고서는 상처를 허셨대. 그러니께 맨 큰아들이 열아홉 살이래나? 그리고 그 다음에 열여섯 살, 그 다음에 열세 살, 그 다음에 아홉 살, 우리 신랑이 아홉 살, 또 그 밑에 여섯 살 먹은 딸, 아 이렇게 오랑조랑 놓고서는 어머니가 돌아가셨대요. 어, 이월 달에.

그래가지고서는 시삼 저기, 우리 시삼촌이지. 형수님이 돌아가셨당게 저 산중에 황해도 평산도 산중에 아주 산골짜기에 거기서 살다가 초상을 치르러 나와서 보니께 기가 맥히잖아요, 먹을 것도 없고, 오랑조랑, 자슥들만 소복히 놓고, 형수가 돌아가서 형이 그렇게 애들을 데리고 어떻게 사나 싶어, 아들로 셋째야,

"아무 것이는 나 따라가자, 내가 데리고 가서 내가 잘 먹으나 못 먹으나 나 먹는 대로 너를 길를 테니께 너는 나 따라갈래?"

그러니까,

"따라 간다."고.

나서더래. 작은 아버지 따라간다고. 그렇게 해가지고 데리고 산골짜기로 들어가 가지고서 우리 신랑이 아홉 살 먹어서 어머님 돌아가시고 그닥 삼촌 쫓아가가지고 그닥 삼촌네 집에서 큰 거야. 그래 스무 살이 먹어서 장갈 간 거여. 나한테로 인자. (웃음)

그러니께 어떻게 그렇게 결혼이 됐냐하면 우리 열한촌 아저씨가 인저 신씨네 열한촌 아저씨가 그 집이 사촌시누남편이야. 사촌시누남편. 그 작은아버지네 맏딸이여. 맏이로 딸을 낳아서 시누남편인데 그 아저씨가 나를 중신을 한 거야. 열한촌 조카딸을 갖다가 자기네 인저 처남에 댁을 삼았네.

그렇게 되어가지고 결혼을 해가지고서는 살았어요. 살다가 오늘날까지, 말도 못하지, 뭐. 그동안에 살아 나온 건 말도 못해요. 그 말을 어디다 다 해?

[조사자 : 할머니, 그러면 할머니 서른 살 때 기억나세요? 할머니 서른 살 때.] 서른 살? 서른 살 때는, 저기 저, 서른둘에 저. [조사자 : 피난 가셨다고요?] 서른둘에 육이오 사변 났잖아.

서른 살 때는 내가 한-창 산중에서 고생하고, 괭이로 파서 농사지어먹고 살 때가 서른 살 때. 그때 장사하고 뭐 말도 못해. 장사해 먹고, 괭이로 그냥 몇 살 먹어서, 그리고서는 몇 살 먹어서 여기를 나왔냐면 스물네 살 먹어서 남한에를 피난을 나오는데, 우리 아버지가,

"여기서면은 공산당한테 인저, 공산당 인저 난리나면 죽고, 남한에 나가야 산다, 충청도 땅으로 피난을 가야 산다. 계룡산이 있는데 거기 신도 안에 계룡산 삼십 리 이내에 가서 살어야 피난을 하지, 여기 있으면 다 죽는다, 다 죽는다."

해가지고 중감록 비결을 보시고서 그 아버지가 우리 자식들을 다 데리고 피난을 나오셨어요, 이리. 그래가지고 내가 스물네 살 먹어서 그래도 친정 근처 가서 살자고 했으니까 따라 나왔지, 연백.

나는 아버지는 평산에 계시는데, 나는 연백이 시집인데, 연백에서 살았으면 못 따라 나오죠. 먼 데 어떻게 데리고 나오간? 당신만, 아들들만 데리고 나오지, 딸은 나 하난데. 내가 멀리 있는데 어떻게 데리고 나오나? 옆에 가서 살았

으니께 같이 이제 데리고 피난을 나오는데.

이제 스물네 살 먹어서 나는 오월 달에 나왔지만, 스물네 살 먹어서 이월 달에, 스물세 살부텀 여기를 피난을 나올라고 처남 남매가 매부하고 처남하고, 낮에 일하고 저녁에 앉으면 둘이 공론하느라고 잠을 못자요. 밤을 세우고, 세우고, 둘이 피난 갈 궁리를 하느라고. 이리 이사 나올 궁리를 하느라고.

그래가지고 이리 이사를 나왔어요. 이월 초사흗날. 나오더라고. 명절을 새서. 이제 나 스물세 살 먹어서 처남 남매 궁리를 하고 짜더니, 나 스물네 살 먹으니께 이월 초사흗날 거기를 떠나서 남한으로 넘어오는데 어떻게 왔냐하면, 어떻게 왔냐 하면,

"어, 쌀을 절구통에다가 벼를 찧어서 한 말 해달라."고.

하더라고, 날더러.

"근데 왜 방아에다 안 찧고 절구통에 해달라고 해요?"

내가 물었어. 그러니까 정성껏, 정성껏 해달라고 하는가봐. 방아에 가서 찧으면 그 쌀이 부정탈 수도 있고, 오래 방앗간이 밀리면 오래도 찧어올 수 있고 그러니까 내 손으로 절구통으로 찧는 거는 금방 당일로 다 찧을 수가 있잖애? 그러니까,

"멍석에다 말려가지고 절구통에다 찧어라."

그래가지고 쌀 한 말만 정성껏, 누에 없이 해서 돌 없이 해서 광목으로다가 자루를 맨들어서 거기다 담았어.

달라고 오빠가,

"그러세요."

그래서 그렇게 해드렸지. 그러니까 그렇게 하고, 도끼 하나, 낫 두 가락. 저기 짜귀. 그런 거 자루를 다 빼더라고. 자루를 빼선 구녕에다 산내끼를 이렇게 (손으로 꼬는 시늉을 하며) 끼워. 꼬아가지곤 끼워가지고서는 잡어매고 낫은 낫에다가 짚풀을 대고선 가는 산내끼로다가 감더라고. 그래서 잡어매고 나서 망태기를 이렇게 짚으로 맨들어 가지고 거기다 다 담았어, 연장을, 이렇게 딱 담아서, 연장을.

이렇게 딱 묶어서는 한 사람은 짊어지고, 한 사람은 내가 해준 거를 해서,

그거를 똘방을 짊어지고 둘이 떠나더라고요. 이리 남한으로 나올려고. 그래 떠나서 여기로 온 거야. 아무도 몰라. 지방서 식구도, 같이 사는 식구만 알지, 멀리 사는 떨어져 사는 동생들도 우리 작은오빠도 모르고 큰댁이도 몰라. 우리 당숙도 모르고 육촌들도 하나도 몰라요.

그렇게 그냥 당신들끼리 처남남매 그렇게 하고서는 아버지, 우리 식구들하고만 얘기하고, 가서 자리 잡아놓고 데릴러 올탱게 잘 있으라고, 날보고 어린 애들 데리고 잘, 일하고 먹을 생각 하지 말고 그냥 있는 양식으로 밥만 해먹고 애들 데리고 있으라고. 그러고 떠나더라고.

그래서 떠나서 저, 이월 초사흗날 떠났는데 이월 한 달, 삼월 한 달, 사월 한 달, 오월 한 달 오월 초열흘이 되니께는 왔어요. 와가지고 집이를. 오빠는 안 오고 우리 집 신랑만 왔어. 와가지고 우리는 농사를 안 짓고 아버지네는 농사를 벌였잖아? 농사를 다 지어났응게 가을에 추수 지어나야 이리 남한으로 이사를 하신대.

근데 우리는 농사를 안 하고 그냥 내가 있는 쌀만 해먹고 내가 애들 두 남매 데리고 있었으니께 그냥 우리만 데리고 이사를 나온 거예요. 오월에. 그럭저럭 하는데 열흘이 걸리대. 그래서 오월스무날 남한에를 나왔어요.

그래가지고 아휴. 쌀도 못 가지고 간대야. 쌀은 다섯 가마나 되는데, 우리 집이. 어, 못 가지고 간대. 사 먹는 사람도 없어, 거기는 곡식이 흔해서 그래요. 지금은 그렇게 없어서 뭐 먹을 게 없다고 하잖아요? 그 때는 그냥 땅이 좋아가지고 아무 때나 심기기만 심으면 그냥 잘 돼. 밥? 뭔 때기고 먹을 거 입을 거 걱정이 없었어, 그 때는 이북에, 황해도 평산에. 황해도 봉산도 그렇겠지 뭐.

그런데 나는 가보지는 않았으니까 황해도서만 컸으니까. 다 그냥 두고 나왔어요. 장광에 고추장, 된장, 간장 그냥 두고 살던 집도 그냥 둬두고 누구나 사는 사람이 있나 어쩌나 그냥 둬두고 그냥 나왔어, 그냥. 이불 옷섬만 보따리 다 싸가지고 보따리에다 쌀 못 가지고 가게 해. 못 산다고. 근데 내가 갈피갈피 그렇게 저고리갈피, 적삼 갈피 그냥 그런데다가 혹은 도령을 돌려서 꼬매고 꼬매서 가지고 왔어.

그랬더니 그렇게 해서 보따리에다 싸서 짊어지고 이제 갔다가 호연역으로 인자 연백에서 호연역으로 부치고서는, 기차로 부치고는 와가지고서 호연역에서 기차를 타고서는 회천읍을 지내고, 인자 저기를 해서 개성에를, 개성역에를 왔는데 조사를 하는 거야, 개성역에서.

"보따리, 보따리 다 풀러보라!"고.

이제. [조사자 : 경찰이?] 어.

경찰이 인제 저기 헌병들이 그러지 이제. 올라와서 역마다 역장들이 조사를 하는 거야. 살대로 쿡 찔러보고, 쿡 찔러보고 그러는 거야. 옷이고 뭐 어디고 살대로 쿡 찔르면 뭐 끼어 나오지 않아야지 끼어 나왔다면 들키는 거야.

살대로 쿡 찔르면. 아이고, 그냥 조마조마해 죽겠더라고. 아이고 저놈의 거 괜히 싸, 쌌나, 갈피로 한 대박씩 쌌는데 저놈의 거 살대로 끼어나오면 어쩌나, 했는데 아이고 안 끼어나오대. 안 끼어나와. (웃음) 개성서 허지, 서울 와서 허지, 저, 저기 나와서 연산에 와서 떨어졌는데 연산에는 안하더라고. 그래서 연산 저기.

[조사자 : 그 왜 짐을 다 해봤을까요? 거기에 뭘 넣어간다고?] 뭐. 비밀 저거 싸가지고 갈깜해.

[조사자 : 일본 놈들은 아니었어요?] 아이, 일본사람이지. 일본정치지 그 때. 다 일본정치지 그 때. 그 때 나 스물네 살 먹었응게, 일본 놈들 한창 강성했을 때여.

그 때 나와 가지고 내가 고생을 얼마나 했나 몰라. 막 아독 올랐을 적에 나와 가지고 삼팔선을 넘어 와 가지고 얼마나 고생을, 고생을 했는지 그냥 공출이란 공출은 다 그래.

[3] 숯을 구우며 살다.

그냥, 그래가지고 어디 가서 자리를 잡았냐면, 저기 대동산에 와서 자리를 잡아가지고 태고산 밑에 자리를 잡아가지고 산에 숯을 구웠어요. 숯을 굽는 사람은 징용 모집을 안 데려갔어. 그러니께 처남남매가 거기 와가지고 자리를 잡고 그 산에서 숯구댕이를 묻어가지고 숯을 굽더라고.

그러니께 거기다 기록을 해 놨응게 징용 모집은 안 가고, 돈을 벌었어. 돈을 벌어서 먹고 살고 이제 그러는데, 세상에 배급을 줘요? 아무 것도 배급을 안 줘. 근데 이북이는 배급 말도 없었어, 근데 여기 나오니까 배급이래. 아이고, 배급이 뭐야? 배급이 뭐야? (웃음) 배급이 쌀 타먹는 거래. 배급도 쌀도 배급, 소금도 배급, 석유기름도 배급, 뭐이고 배급이여. 근데 석유기름이 없어 불도 못 켜요.

어, 그렇게 하고서는 사는 세상인데, 또 가마니를 쳐서 공출을 허래. 근데, 불도 못 키는데 가마니를 어떻게 치느냐고, 석유기름을 한 병 살려면 못 사. 아주, 청을 들고, 청을 들고, 아주 그냥 끼니 좋아야 요만한 사홉짜리를 한 병 사오는 거야. 아이 그런데 그거 어떻게 어디 가서 사. 피난민이 어디 가서 사오냐고. 황해도서 가족 이사 온 사람이 어디 가서 그걸 살 생각이나 해?

그래가지고 불도 못 키고, 광솟 갔다가 광솟불 키고 살고, 들기름, 들깨 농사 해서 들기름 해서 심지 끼워서 거기다 불 키고 살고, 인제 이럭하는데, 숯 굽는 데서는 이년을 살고서는 노성으로 이사를 했어요. 인제 우리 아버지가 나는, 오월 달에 이사를 나왔지만 추수해가지고 가을에 동짓달에 이사를 하셨잖아? 우리 친정식구는 그 때 다 이사를 나왔으니까 논산으로 이사를 했어요. 노성으로. 그러니까 논산으로 해서 이리 오셨어요.

논산역에 내려가지고 풀어가지고서는 노성으로 이제, 노성서 사니께 인제 나도 노성으로 나갔어. 노성으로. 친정 따라서 그리 가고, 인제 산중에서 숯 굽는 데서는 인제 우리 올케언니가 가서 연세가 많응게 우리 올케, 나는 논산에 노성에 가서 살림을 하고 아버지를 모시고 살고 대동산에서 숯 굽는데서 우리 올케언니가 일꾼들 밥을 해주고 거기 가 일꾼을 했어요.

근데 아이, 논산에 노성에서 인제 사는데 별거 다 허래. 별 거 다 공출허래야. 그저 허라는 대로 다 하고, 가마니로 쳐 내라면 쳐 내야하는데, 불이 있어야지? 낮에만 할려니까 겨울에 해는 짧고 뭘 가마니를 어떻게 쳐. 그래서 숯 굽는 데서는요. 콩깨묵 배급도 많이 나오고 일꾼들 먹으라고 쌀 배급도 그

때, 안남미쌀, 배급도 나오고, 또 저기 쇡유기름도 배급 주고 그러는데 쇡유기름이 배급이 많이 나왔다고.

우리 오라버니가,

"쇡유기름 좀 와서 갖다가 써라."

그리고 편지 왔는데 그걸 인자 가질러 그게 이쑤가 얼마나면 백리 길이여. 노성에서 대동산이 백리길이여, 백리길인데 아침에 해 불끈 솟기면 떠났는데 여기 대동산에 들어오면요, 어두워요. 어두워. 깜깜한데 들어가서 그렇게 해서 가서는 인제, 쇡유기름을, 저 한사발짜리 유리병이 있었잖아, 옛날에. 요런 거.

그거 한사발짜리 세 병을 담아서는 요만하게 싸리를 다가 둥글버거리를 맨들어서 거기다가 콩깨묵을 밑에다 좀 담고, 거기다 병 세 개를 요렇게 놓고 거기다 콩깨묵을 들어부으니까 한 보거리가 됐어. 흔들흔들 해서 병이 안 나오게 이제 콩깨묵을 가득 담아서 이제 보재기로다 이렇게 꼭 뚜껑이를 덮고 이고 가라고 그놈을 해주더라고.

그놈을 이고서는 그때가 언제냐면 동짓달이여, 동짓달 인저 한 초열흘께 됐는데, 해를 걸어가지고서는 그놈 가서 노성 읍내를 들어섰는데 노성 읍내서 중림2구 시오리 더 가야 우리 집이여. 우리 사는 동네여, 세편이라고. 중림2군데 우리 사는 동네는. 아, 근데 순 솔밭으로 길이 났어요. 동솔밭으로 이렇게 길이 났어.

그래서 솔밭 가운데로 해서 이제 가는데 어두워서 깜깜한데, 노성읍내가 저렇게 있는데 가는데 저벅저벅하네, 일본놈들이 형사가. 칼 차고. 번득번득하는 모자 쓰고. 그 때 오더라고. 그래서 이제 나는 아함, 하면 맞은 기척을 하면서 가니까 딱 마주쳐서 이부가니 뭐냐고 내려놓으래. 팍 내려놓으니까 길에다가. 탁 내려놓고 뚜껑이 확 열어 재쳤어. 보자기 잡아맨 거 풀으고. 뚜껑을 여니까 콩깨묵이잖아?

"이걸 어디서 가지고 오느냐?"

"이러저래해서 우리 오라버니가 식구랑 대동산에서 숯 굽는데 배급 나온 거 못 다 잡수고 갖다먹으라 그래서 자지고 옵니다."

그랬어.

"이고 가라."고.

하더라고. 아, 그래서 서슴없이 덮었어.

"예, 고마워요."

그러고서는 이고서는. [조사자 : 고맙네.] 아, 그거 헤쳐 본다고. 더듬더듬하면 수상하니까 손으로 헤치면 어떻게 해? 작대기로 헤치면. 옆구리다 칼 차고.

그렇게 해서 피난을 해서 와가지고서는 그 불을 키곤, 문도 못 열어놔. 문도 막아야지. 그러고 가마니 쳐야 돼요. 불빛이 바깥으로 나가면, 저집 쇡유 어디서 나는 불 켜냐고, 헌병이 조사 댕기다간 문구녕 뿌수고 달려 든다니께. 그렇게 심했어요.

[4] 징용에 끌려간 남편을 데려오다.

그렇게 해가지곤 그 고생을 다 냄기고, 가마니를 쳐내고, 그렇게 했는데, 어, 어어 그게 어, 아 우리 집 양반이 징용 모집으로 가게 됐잖아? 내가 스물네 살에 나와 가지고 스물다섯, 스물여섯 살 먹어서, 스물여섯 살 먹어서 여름인데 오월, 음력 오월 초하룻날이 우리 친정할머니 제삿날이여.

그런데 에, 우리 오빠는 숯 굽는데 가서 계시고, 내가 아버지를 모시고, 노성서 아버지네 집에서 내가 살고 있으니께 제사를 내가 받들어야잖아. 아버지가 우리집이 내가 모시고 있으니까. 할머니 제사니께, 그래서 제삿날이 돌아와서 미리미리 조금씩 장만해서 제삿날이 오월초하룻날이 되니까 숯 굽던 어른들이 다 인제 제사지내려 왔더라고. 그래가지고 인제 제사를 저녁에 오월초하룻날 저녁에 제사를 딱 모셨어요.

모시고는 그 이튿날 인자 모를 심고 갈라고, 우리 논 서마지기를 일본 사람 논 서마지기를 농사를 지으라고 누가 줘서 그거 이제 내가 이저 남자 없어서 이건 질테지, 허고서는 인제 논은 소 가진 사람한테 갈아 달래서 심을라고, 모 길러놓고 했으니께 제사 지내러 와가지고 모 심어놓고 갈라고, 모를 삼었

어. 엊지녁에 제사지내고 인제, 그러니까 오월초이튿날이지. 제사를 지냈는데, 초이튿날 모를 심었어, 이제. 논 서마지기니께 이제 대여섯이 심으면 한 나절이면 다 심잖아요?

(목소리를 고른 뒤에) 그래서 일찌가니 모를 다 심어서 심고서는 한 네 시 됐어, 이제 모를 다 심고 떨어졌는데 저녁을 일찌가니 해서 먹고, 인제 갈려고 저녁을 일치가니 해서 이제 들 모심고 돌아서서는 손발 씻고 먹는데 이제 밥 두 숟갈 뜨고 시 숟갈째 뜨는데 단엽성이가 마당에 와가지고서는 우리 집 주인을 불러내더라고. 밥 먹다가 숟갈 걸쳐놓고 나가니까, 그냥 데리고 노성읍내로 가는 거야. 그래서,

"왜 그러냐?"니께,

징용 모집 데리고 간대. 징용 모집. 그래서,

'참 이상하다, 도기공출 그런 것도 허래는 대로 다 하고 했는데 왜, 왜 징용모집을 데려가나, 가마니도 수량 다 쳐내고, 뭐 내가 못 먹어도 곡석도 벼도 뭐이고 목화고 공출 다 했는데, 왜 징용모집을 비켰는데 왜 데려가나, 왜 데려가나?'

그러고서는 인저. [조사자 : 다 하면 안 잡혀갔어요?] 어, 데려가고 인제 우리 오빠랑 사촌이랑 모다 고향에서 온 사람들 다 숯 굽는 사람들 와서 모심고서 인제 저녁을 먹었는데 다 떠났어. 다 갔어. 대동산으로 걸어서 갔어요. 인제 우리 집 주인양반 하나만 노성읍내로 붙잡혀 간 거야.

근데 저녁에 한 자정이 다 됐어. 그랬는데 잠도 안 오고, 잘까 말까 그랬는데 이상해, 내 예감이. 그래서 사랑방에 아버지 주무시는데를 갔어. 집이 사랑방 떨어져있는데, 가서는 아버지를 불르니께는 아버지가 주무시다 일어나셔선 문을 여서.

"왜 그러냐?"

"아버지, 제가 암만 해도 제가 노성읍내를 가보는 거예요. 지금."

"너 가면 어떻게 할려고, 다 잘건데 지금 가면 있냐?"

"아이 없어도 가야지 어떻게 해요, 가봐야지. 그냥 이럭허고 그냥 사람만 놓치고 그냥 천연히 여기 집이 있을 수가 있어요? 가봐야지."

그러니까,

"너 알아서 해라."

그러셔. 그래서 아버지가 처음엔,

"내가 갈란다."

그러셔.

"아버지가 가면 놀아요, 말빨이 아버지가 가면 서나, 내가 가야지."

그래서,

"그럼 그래라."

그랬어.

그래서 집에 와서 밥을 해서, 주인양반 밥그릇에다가 밥을 하나 담아서 고춧가루 푹 식어서, 그 때 놋그릇이에요, 놋식기. 아직 안 꺾어갔어. 안 뺏어갔을 적에. 다 뺏어갔잖아, 놋그릇. 근데 아직은 안 뺏어간 거, 놋그릇. 식기에다 밥을 담고서 고춧가루 식고 보재기로 싸서, 모심으면서 먹던 남은 조기가 한 마리 구워서 비린 걸 아무도 안 먹고 우리 집 양반은 조기 한 가지밖에 안 먹어. 생선 꽁댕이 하나 안 먹어. 그래서 조기 한 마리를 싸고, 김치 좀 싸고,

해서는 물은 그 때 저기 아무데서나 퍼 먹으니께 그냥 이렇게 짜고 수도를 이렇게 하면 올라오잖아, 그때는.

'아무데서는 물을 빼먹으니께 물은 거기 있을 테지.'

그렇게 가는데 애들을, 아들을, 이제 큰 애가, 어어어 여덟 살이야. 일곱 살인가? 일곱 살인감네. 여섯 살 먹어서 데리고 나왔으니께 그 이듬해 일곱 살이여. 고걸 앞세우고, 또 세 살 먹은 딸을 등허리에다가 업고 그러고서는 밥을 이렇게 들고 갔어요.

가서, 면청 앞에를 가니께 딱 인제 둥그나무 밑에 저기 밀짚대 방석 깔고 앉아서 놀다가 그거만 있지, 다 들어갔지. 뭐. 다 자지 뭐. 그걸 쫓아놓고 애들을 내려놓고선,

"여기서 자라."

엎어놓고 밀짚대로, 그땐 부채 맨들어서 썼다고. 엮어서 부채를 만들어서 썼다고. 그때는 부채도 없어. 파는 데도 없고, 사는 데도 없고. 그래 그걸로다가 툭툭 모기를 날려주고 인제 나는 그냥 앉아서 밤을 새우고 있는데 닭이 꾀끼오, 꾀끼오 울더라고.

그러더니 날이 점점점점 새더니, 환하게 먼 동이 트더니 있으니께 소사가 자전거를 타고 쭈르르 오대요. 오더니,

"아니, 웬 아주머니가 오셔서 여기서 찬 이슬을 맞고 여기서 밤을 새우셨어요?"

그래서 사실 얘기를 다 했어.

"어제, 다섯 시 경에 중림이구에서 아무 것이 징용모집 데려간다고 데려왔는데 어떻게 됐어요?"

그런게,

"아휴, 논산으로 갔지요."

그래.

"엇저녁에 논산으로 갔죠. 인제 오늘 아홉시 되면 차 뜰건데. 배가 뜰건데 배 타고 인제 일본으로 건너가요."

그래,

"안돼요, 빨리 저 면장 저 중림한테로 전화하라."고.

오시라고.

"아이고, 아홉시 되어야 오시죠."

아이고, 아홉시가 뭐냐고, 사람 죽을 시간에, 죽으는데, 아홉시가 뭐냐고 말이야, 아홉시 되면 놓칠텐데 빨리 오라고 해야 된다고, 우리 집 영감은 배 못 타게 해야 된다고, 우리 집 양반은 징용모집 안 가야 한다고, 그 딴 사람 명의로 단엽성이가 보낸 건데, 단엽성이도 오라 그러고 빨리 빨리 오라고. 그러니께,

"모시모시."

전화를 하더라고. 일본 전화를 하더라고. 허니께 면장이 받는가봐. 그러니께,

"아, 저기 중림지구에서 어제 징용모집 간다고 가신 식구가 애들 데리고 와 밤을 새우고 계시는데 빨리 오라고 하는데 어떻게 하냐?"고.

그러니까 면장님 빨리 오시라는데 어떻게 하냐니까 간다고 전화를 하나봐.

"조금 있으면 오신대요. 기둘리세요."

그래 왔더라고. 그래서 그냥 사실을 묻잖아. 면장이 들어오더니 사실을 묻잖아. 면장이 들어오더니 사실을 물어서 그냥 하나서 열까지, 열에서 스물까지, 스물에서 서른까지 그냥 마흔까지 쉰까지, 그냥 [모두 웃음] 백까지 전부 얘기를 했어.

그러니까 손을 척척 치면서 듣고, 듣고 해. 그러더니 적으면서 책에다 기록을 해면서 듣더니,

"알았다."고.

하더니 전화를 하대. 단엽성이한테로. 전화를 해서 최아무개씨 빨리 오라고 하니까,

"너 누구 내선으로 강용석씨를 누구 내선으로 보냈느냐? 강용석씨 누구 내선으로 징용모집 보냈느냐? 빨리 강용석이 이 앞으로 오게, 얼른 저 그놈 얼른, 잡아서는 논산으로 보내라."고.

빨리 가서 잡아서 그놈 논산으로 보내고 강용석이 빨리 빼놓으라고 전화를

했는가봐.

그러고서는 면장이,

“여기 앉으세요. 앉으세요.”

자꾸 위로를 시키는 거야. 나를. 위로를. 그래서 어,

“나는 주인 오기 전에는 못 가요. 나는 주인 오기 전에는 못 가요. 집이를 못 가요. 죽어도 같이 간다, 우리 집 영감 일본으로 보낼려면 우리 네 식구 다 보내줘요. 다 보내줘요, 죽어도 한 구덩이 가 죽고 살아도 한 구덩이 가 살테니께 타관객지 충청남도에 나올 적에는 살려고 나왔어요. 피난 나왔어요. 그런데 왜 죽을 구덩이에 갔다가 여요, 무슨 죄 지었어요? 은제는 공출 낼 거 다 내면은, 일일이 뭐이고 하라는 대로 다 해서 단엽성이 말 잘 듣고 다 해 내면은 살려준다고 하대요? 징용모집 안 보낸다고 허대요? 근데 다 했는데 왜 보냈어요?”

그리고 그 최아무개씨 단엽성이 얼른 내 앞에 갔다 놓으라고 막 소리를 지르고 그냥 두 발을 동동 구르고 내가 난리를 쳤어요.

“고정하세요. 부인, 고정하세요.”

자꾸 안심을 시키더라고. 그러더니 전화를 또 하고 또 하고, 보냈다고 하는가봐. 보냈다고 하는가봐. 단엽성이가 그놈 잡아서, 저기 논산으로 보냈다고 하는가봐.

“거짓말이지, 이리 데리고 와서 보내야지 이놈아 어디로 네 맘대로 보내, 이놈아. 이, 이놈 나쁜 놈. 거짓말, 지금도 거짓말, 너 지금 목숨이 성해서 거짓말 살살 하고 있느냐! 빨리 이리 데리고 오라고 이놈아. 어디로 네 맘대로 보내느냐.”

하니께 데리고 왔어. 아이, 그렇게 해서는 보내고, 나는 차를 태워서 우리 집 마당에다 갔다가 놔줘요. 내려놔 줘요.

그래서 논 서마지기 소 품 얻어서 갈아서 빌려서 모 심었잖아요. 그 품을 갚아주러 가야 돼. 그날. 목화밭을 내려가게 됐어, 목화밭을. 늦어도 가야지, 호미를 들고, 아침밥도 안 먹고, 목화밭 메는 데를 찾아 갔어.

찾아가서는 어떻게 사실을 물어보고 밭 메는 주인이랑 일꾼들이 사실이 어

떻게 됐냐고 사실 얘기를 하고 밭을 맸어요. 메고는 오후 다섯 시 되면 온다고 했다고 그러고서는 점심을 먹고, 또 밭을 메고, 아이 한참을 쉬어도 안 와.

"내가 또 속았다."고.

거기다 대고, 내가 또 속았다고. 내가 또 속았다고, 면장한테 또 속았다고, 내가 거기서 막 울었어. 막 호미로다 땅을 치면서 우니까 조금만, 조금만 시간이 아직, 조금만 아이 그러고 있는데 진짜 오더라고요, 주인양반이.

그래가지고 밭을 그 때에 손을 띠고 마당에다가 어, 그 동네 반장네 마당에다가 몸소 두님을 갖다가 깔고 막걸리를 받아다가 잔치를 했어. [조사자 : 마을 잔치 하는 거지, 뭐.] 잔치를 했어. 잔치를 해줬어. [조사자 : 할머니가 살렸어, 할아버지.] 아유, 그런 세상을 살었어요. 에, 그런 세상을.

[5] 시아버지가 현몽하여 피난길을 알려주다.

[조사자 : 아까 그 선생님이 뭐 여쭤봤냐면, 할머니께서 나이별로 해가지고 서른 살 넘어서까지 해가지고 서른 살 넘어서 얘기를 안 하셨어. 그때 육이오 나고 피난 가거나, 그런 얘기.] 어, 인저 이게 인저 이게 스물일곱, 그러니께 스물일곱에 해방이 됐어요. 그리고, [조사자 : 해방하고 산에서 내려오죠?] 어.

스물일곱에 이거 지금 한창 일본놈들한테 부대낄 때 얘기야. 그리고. [조사자 : 서른 살 넘어서, 그러니까 전쟁 되고 산에서 내려온 다음에는.] 산에서 내려온 거는 산 속에서 오년을 살고, 어, 인민군 정치되니께 그게 피해서 인제 동네를 내려다가 집을 지었잖아요. 집을 짓고 살다가, 인제 인민군이 후퇴몰이 다 후퇴해서 들어가고 인자, 살 수가 없잖아. 전부 인민군 소리야.

그냥 인민군 후퇴해 들어갈 적에 약이 올라가지고 막 닥치는 대로 죽이는 거야. 닥치는 대로 죽여요. 바깥에 나가서 이 안에 있다가 정문 밖에만 나오면 남자 하나만 있으면 붙들고 가서 죽여, 동네 남자가 없어. 다 죽였어. [조사자 : 그냥 끌고 가서.] 어어.

저이가 이제 쫓겨 가니까 이제 악대기가 올른 거야. 저희 정치 맨들어서 잘살라고 했는데 저이가 졌잖아? 저이가 져서 인제 국방군한테 쫓겨 들어가는 거야, 인제. 그러니까 약이 올라서 막 죽이는 거야. 그러니께 나는 애들도 못 내보내. 밖에다가.

에, 열이렛날부텀, 음력 열이렛날부터 후퇴하기 시작해. 산도 밀리는데 농사는 가득 지어놨어, 내가. 밭농사는 뭐 저 집이는 삼년 먹을 농사지었다고 그랬다고. 그런데 콩이고 팥이고 뭐 메밀이고 무이고 배추고 무척, 농사를 많이 해놨어요.

그런데, 아이 인민군 때문에 하나도 못 뽑아다 먹고 한 이삭도 못 짤라 보고 고냥 인민군 보내고 그냥 틀어먹고 알몸으로 쫓겨나왔어요. 식구도 나나 하니께 조금 하지, 딴 사람은 다 죽었어. 그 동네 있던 사람들, 허다해요. 살은 사람들 몇 집 안 돼. 다 죽었어. 한 삼십 집 넘어요, 동네에. 그런데 다 죽고 몇 집 안 돼. 동네에.

어떻게 그렇게 됐냐하면요, 뱅기로 댕기면서 인제 미군이 인제 뱅기로 자꾸 삐라 갖다 뿌리고 피난 나가라고, 피난 나가라고, 여기 이제 한 달도 안 간다고, 여기다 휘발유 뿌리고 불 지르면은 인민군 잡아야 하니께 아군 잡을려고 하는 게 아니라, 인민군 잡을 려고 하는 거니께 수원수구? 말고 피난 나가라는 거야. 피난 나갔다 여기 해지되면 도로 들어와 살라는 거야. 인민군 잡고. 다 해지되면은 나중에 들어와서 집 짓고 살라는 거야.

그런데 말을 안 듣고 농사 진 것들 아까워가지고 고 살림살이 아까워가지고 차일피일하고 있으니까 다 죽었어요. 나만 살은 거야. 나만 어떻게 살았냐면요, 열이렛날, 열엿세날 추석 새 가지고 처갓집에 온다고 오더라고? 대동골 여기가 친정이야. 나는 대동산에 사는데 여기가 친정인데 처갓집이 장인도 여름내 못보고 처남도 여름내 다정한 처남도 못 만나봤응게 만나본다고 오더라고. 열엿세날. 가라고 그랬는데 하루 쉬어서 가라고 하니까,

"노는데 쉬지 뭘 그러냐."고.

못 가게 했던가봐, 오빠가. 처남네 만나면 그렇게 다정하게 얘기가 많아.

그래가지고서는 노는데 인민군이 후퇴했잖아요. 인민군이 밀리기 시작하니까 길이 꼭 맥혀. 인간은 못 댕기는 거야, 못 댕겨요. 그 인민군, 인민군만

댕기다가 다 걸리면 죽는 거야. 안 보낸다니께 길에서도 그냥 만나면 그냥 죽이는 거야. 악독이 올라가지고.

그래서 열엿세날 처갓집에 간다고 가고 열이렛날 나도 열엿세날 애들 데리고 뒷동산에 올라가지고 도토리를 몇 말 땄어요, 따다가 놓고, 열이렛날 도토리 또 따자 그러고서는 아들을 열네 살먹은 아들을 데리고, 작은 거 둘은 집에 있으라 그러고, 딸하고 아들하고 놔두고선 큰 거만 데리고선 뒷동산에 올라가 도토리를 쌀푸대로 하나씩 땄어.

그런데 우리 아들이 저 무수재 큰 재가 있는데, 거길 바라다보더니,

"어머니, 저거 인민군 아냐?"

그래. 바라다보니께 가마귀떼같이 날라 넘어와요. 인민군들이. 큰일 났구나. 우리 동네를 다 날렸구나, 이제 그리 넘어오면, 동네 가운데로 큰 길이 있어. 우리 사는 동네 가운데로 큰 길이 있으면 그리 들어 와가지고 저 마전으로 빠져나오고 금산으로 가고 마전으로 가고 그런 길목이에요, 그런데 거기가 우리가 살았는데 아이 그래서, 산에서 내려서 내려와서 도토리 딴 걸 묶어서 가져와서 슬멍슬멍 내려와 들여놓고 방문 꼭꼭 걸어 잠그고 방에 애들 데리고 앉어 있었어.

그랬더니 착, 착, 착, 착, 그 사람들 발소리는 뭐 그냥 착, 착, 착, 착, 착, 착 하잖아. 그 앞에 냇물이 있는데 냇물 건너 산빙회가 있어 돌아서 길이 났는데 저렇게 해서 동네 가운데 복판으로 길이 나서 빠져나오고, 빠져나오고 우리는 길 밑에 동네야. 길 윗동네가 아니고. 우리 동네 끝트머리에는 냇물이 있어요. 냇물 건너편에 이렇게 길이 있어. 사람들 오는 길이. 아니, 얼마나 산이 울려서 발자국 소리가 잘 들려.

그렇게 해서는 그 사람들이 넘어가고는 그 이튿날 아침에 구장이 북을 동동 동동 댕기며 치는데 일어나서 나가니께, 백 명이 손님이 오셨으니께 밥해서 대접해야 한대야. 구장이. 인민군이여. 인민군이여. 인민군이라고 허겠어요? 손님이라고 해야지.

"동네 백 명의 손님이 들어오셔서 여기서 잤으니께 밥해서 대접해야 된다."고.

자기네 집으로 오래야. 동네서 다 모여가지고. 솥단지, 동네 큰 솥단지는 다 빼다가 냇물가에다 걸어놓고 자기네 곳간문 확 열어놓고 쌀 그냥 퍼다가 밥 하라는 거야. 구장이. 구장이. 구장이니께 잘못하면 다 죽잖아요. 구장이니께.

그러니까 곳갓문 확 열어놓고 쌀 그냥 맘대로 퍼다가 저 사람들 밥 실컷 맥이고, 쌀 뒀다 뭘 하느냐고 그냥 죽으면 뭘하냐고 먹고 죽자고. 아이고 그렇게 해서 해 먹이는 걸 시작을 했는데 그 이튿날 아침저녁 삼시시때 해 먹이지, 그 이튿날 하룻저녁 자고나면 이백 명, 또 하룻저녁 자고나면 삼백 명. 또 하룻저녁 자고나면 오백 명. 아유- 나중에 칠백 명, 팔백명 까지 가. 쌀을 한가마니씩 밥을 해야 돼. 한가마니씩.

그래서 맥이고 맥이고 구장네 쌀 퍼서, 구장네 빵문 열어놓고 그렇게, 그렇게 사는데, 하루는 흠, 애들 못 내보내요. 애들 그냥 방 안에다가 앉혀놓고 그냥 방문 꼭 걸어 잠궈놓고 나올려면 나만 나와서 거기 가서 밥 해주고, 밥 얻어다가 애들 맥이고, 거기서 밥 가져와서 애들 맥이고, 나 거기서 먹고 그러고 사는 거야.

그럭저럭 사는데 열이렛날부터 후퇴해서, 열이드렛 날 아침부터 밥 해주기 시작해서 삼시 시 때 그 사람들 해 먹이는데 스물여드레가 됐어. 꼭 열흘 됐잖아. 스물여드레가 됐어.

그랬는데 스무이렛날 저녁에 꿈을 꾸니께 내가, 우리 조상이 왔어요. 우리 시아버니가 이북에서 돌아가셨거든. 근데 아버님이 한손에다가 담배 쌈배를 들고 한손에다 담뱃대를 들고 옷갓을 하셨어. 방문을 확 열어 제쳐. 아버님이야. 보니까 우리 시아버님이야. 딱 술 취했어.

"아이고 아버님 어떻게 오셨어요?"

그러면서 내가 방안에서 인사를 하니께,

"피난을 해야지. 피난을 해야지. 여기만 이렇게 하고 있으면 어떻게 하냐, 살려고 나왔으면 피난을 했으면 피난을 해야 피난이지, 여기 있으면 다 죽는데 여기 있으면 어떻게 하냐?"

그렇게 호통을 치시는데 뭐 집이 떠나가게 소리를 지르셔, 꿈에. 그래서,

"아버님, 인민군 때문에 어디로 못가요, 꼼짝도 못 가요."
그러니까,
"내일 오후 두시에 나서면 사십 리 아니라 오십 리를 가도 인민군 하나도 안 본다. 가거라."
사십 리, 오십 리를 어떻게 아느냐고. 묻지도 않고 일러주지도 않았는데 내일 오후 두시에 나서면, 문밖에 나서면 사십 리 아니라 오십 리를 가도 인민군 하나도 안 보고 피난 잘 갈턴게 가래. 가래. 식구가 다 피난가래. 그래,
"어디로 가요, 아버님?"
또 묻기도 잘 물었지.
"아버님, 어디로 가요?"
그러니까 ,
"어디로 가냐. 너희 아버지네 집으로 가라."
그래. 친정아버지 따라가래. 너희 아버지네 집으로 가래.
"그래야 살지, 딴 데로 가면 죽는다."고.
문을 콱 닫아요. 여는 문을 도로 내가 열어젖히니 없어 어디로 가시고. 아버님, 더 일러주고 가라고 악을, 악을 쓰며 우니까 옆에서 아들이 깨우는 거야, 아들이.
"엄니, 왜 그래, 왜 그래."
할아버지가 오셔서 피난 가라는데 어떻게 하느냐고,
"세상에 너희 아버지는 어디로 가서 오지도 않고, 아이고 이렇게 된 것도 모르고 어디 가 죽었나 살았나, 어떻게 하냐, 어떻게 하냐."
"아버지는 살았지, 외갓집에 갔는데 아버지는 살아있지 뭘 그래."
아- 그래서 그날 오후 두시에 나섰어요. 애들 데리고. 그게 우리 혹시 꿈을 몰르니께 어떻게 꿈만 믿어요, 사람이? 그래서 옛날에 광목자루, 밀가루 푸대 잖아. 밀가루 푸대가 광목자루야. 거기다가 밀가루 사다먹고 광목자루가 있었어. 거기다가 밑에다 보리쌀 있는 걸 대여섯 박 퍼 부어서 그 위에서 옷 헝겊 대기 깔고선 거기다 도토리 들이부었어요, 따다 놓은 걸.
어, 그래가지고선 묶어선 아들을 지웠어, 띠로다가 똘방을 해서 지웠어. 나

는 요만한 보굴에다 도토리 담아서 어깨에 메고 애기 업고, 그러고서는 여섯 살 먹은 애가 영 앓고 나서 걷지도 못해. 그래서 갸를 여름포대기 둘러서, 띠 둘러서 업고 우리 아홉 살 먹은 딸은 요만한 바가지다 도토리 담아서 들리고 그렇게 하고서 떠났어요.

떠나서는 애들보고 그랬어. 내 시키는 대로 너희들 가다가 인민군 만나면 인민군들은 인민군 정치에 한 여름을 살았응게 알잖아요, 그 사람들 성질을. 그 사람들 성격을. 인민군들은 만나면 따로따로 하나하나 세워놓고 요렇게 얘기를 하지, 우리처럼 여럿이 놓고 얘기 않는 성질을 알죠, 우리 큰아들이. 예, 예, 그래.

"인민군 만나면 분명히 다 세워놓고 물어보지 않고, 너희 하나하나 끌고 가서 물어볼텐게 내가 시키는 대로 고대로 해야 살아. 말이 이동나면 죽여, 거짓말을 하고, 알았지?"

"예."

"딸도 알았지?"

"예."

"아들도 알았지?"

"예."

등허리 업힌 애도 알고 그래서,

"고대로 가다가 어디 가다 묻걸랑 산에가 도토리 따가지고 집에 간다 그래. 저 말목 넘어가서 그러걸랑 솔거지 우리 집이라고 그러고, 솔걸 넘어가서 그러걸랑 창돌이 우리 집이라고 그래야."

그러니까 아, 인민군을 안 만났어, 진짜. 인민군을 안 만나고 그냥 이렇게 솔거들 비켜서 산을 하나 넘어서 창들을 건너오는데, 창들이라는 동네가 있어요. 솔거들 지나서 창들을, 산을 넘어야 창들이야. 솔밭 속에가 인민군이 가득 있어. 근데 큰아들이 앞에 가다가,

"어머니, 저게 다 인민군이야. 저기 바로 솔밭 속에 다 인민군이야. 주욱 있어."

근데, 포개진 놈도 있고, 거꾸로 백힌 놈도 있고 바로 선 놈도 있고 그런데,

죽은 놈들이지. 바로 서고, 안 죽었는데 자빠져 자는데 옳게 자빠져자지, 거꾸로 자빠져 자겠어? 사람 위로 자빠져 자겠어?

"죽은 놈들이다, 죽은 놈들, 틀림없이 죽은 놈들이다, 허니께 죽은 놈 속에 산 놈이 박혀있을 수도 있으니께 우리가 신을 벗자."

짚새기를 신었는데 벗어서는 손에다 짚새기를 들었어요. 그러고서는 맨발로 걸은 거야. 맨발로, 이놈의 발이 얼마나 아파. 모래방인데, 돌인데, 휴, 장간, 장간, 장간 걸어서 거기를 비켜서 굴치를 삭 돌아성게 서낭당이 옛날엔 서낭당이가 많죠? 돌 이렇게 쌓아놓고 이렇게 빌고 뭐 하는 거, 침 뱉고 가고 그러는 거, 그 서낭당에가 있는데 여기 산 있고, 송장을 이렇게 쌓아놨어. 아, 인민군인가 아군인가 죽은걸 이렇게 쌓아놓고 우리가 가마니때기 뜯어가지고 푹푹 덮어놨어요. 가마니때기 뜯어가지고 덮어놨다고.

그래가지고 그걸 안 밟고 갈라고 산으로 빼돌려서 그냥 막 가시낭구를 휘어잡고, 이런데 가시가 찔려 피가 철철 나고, 그런데 하나 갖다가 내려놓고 하나 갖다가 내려놓고, 하나는 등허리 업었으니께 업은 놈 저기 갖다가 내려놓고 하나 와서 끄집어 가고, 하나 와서 끄집어가고, 다 난 막 밟고 댕겼어. 얼릉얼릉 밟고가야지 어떻게 해? 얼릉얼릉 밟고가야지 어떻게 해? 가마니 덮어놨는데 밟고 넘어갔어. 속에서 아야, 하고 일어나는 거 같애. 밟고 건너가는데. 그래 또 저기 나오진 않더라고. 다 죽은 놈이니까 안 나왔겠지.

그래서 내려가서 숙 내려가서 냇물을 건너가는데 어두웠어요. 그때 가을해가, 거기가 오후 두시에 떠났으니 안 그래요? 산을 넘고 넘어서 거기를 오십리길을 걸으니 안 저물어?

아직 한 시월이나 됐는데 어두워서, 근데 냇물을 건너가는데, 아이가 징검다리를 건너다,

"어머니, 인민군."

"어디가?"

"저기."

"아니야, 너 움직여봐. 너 그림자야. 움직이니까 움직여지거든. 그림자가. 그러니께 제 그림자지. 우리 건너가는 우리 그림자야. 인민군 아니야. 인민군

이 왜 물 속에가 있나, 아니야."

그러니까 동네 앞에를 착 들어서니까 보초막 지어놓고 탁 보초 서잖아요? 어디 가느냐고 막 묻잖아. 그래서 거기서 살다가 피난 나와서 친정으로 피난 간다니까 얼마나 세밀히 묻갔어요. 자기 엄마가 안에 있다가 뛰어나오더니,

"야야야."

저기 아이들 보고,

"야야, 거 신선생님 딸이다. 신선생님 딸이다. 야, 문초하지마. 아이고 피난 오느라고 애쓰네요, 애쓰네요, 애쓰네요."

애들 내려놓고 쉬어가라고 자기네 집으로 데리고 들어가더니 마룽에다가 애들을 앉혀놓고 밥을 내다가 주더라고 먹고 가라고. 그래서 거기서 애들 밥을 먹여가지고 산골짜기로, 산골짜기로 이 큰길로 가지 말고 산으로 질경길로 가래야. 큰길에 인민군이 있을려나 모릉게 질경길로 가래야. 질경길로. 산으로.

솔밭 속으로 올라가서 넘어가는데, 휴, 소나무만 죽은 놈만 봐도,

"엄마, 저기 인민군."

돌만 바우만 선 거 봐도,

"엄마, 저기 인민군." (웃음)

애들이 인민군에 놀래가지고.

그래서 거기를 시간이 얼마나 걸렸던가 거기를 가서 올라서서 내려다보니까 친정집인데 불이 빤히 켜졌더라고. 후후후후훅 하니께들 나오더라고. 아이고 어떻게들 살아서 오느냐고 반가워서 막, 저이 아버지는 거기 있다가 그냥 뛰어나오더라고, 그냥. 날더러 자꾸 우리 아버지, 참 장담하대야.

"어떻게 왔냐, 어떻게 왔냐, 어떻게 왔냐, 어떻게 왔냐? 타관객지 갔다 놓고 다 죽이는 줄 알았더니 어떻게 왔느냐."

아버지도 울고 오빠도 울고 식구가 그냥 울음바다가 되는 거야, 그 때는.

그렇게 울고 삼일 만에 거기 불 났어. 우리 나오고 삼일 만에 불 나오더라고. 다 탔어. 다 탔어. 나중에 들어가니까 장광에 장단지가 어디가 있어요, 박살이 났지. 다 폭팔하고 다 총맞고 다 없어져, 장도 다 쏟아져. 동네 사람들 다 죽고, 어, 그렇게 서른두 살이여, 그게. 그 때가 서른두 살.

[조사자 : 그리고 나서 아버님 집에서 지내시다가 어떻게 또 살림을 내셨어요?] 그 다음에 인제 그렇게 허고서는 여기 와서 친정에 와서 그 해 겨울에, 팔월에 나가니께 홑적삼에 명도 적삼도 명적삼에 길쌈해서 해 입은 거라 다 날깃날깃허게 다 물렀잖아. 그런 거 입고 치마꼬쟁이 적삼 그냥, 양말 한짝 신어도 못 보고 그냥 겨울 났어요. 그냥 겨울났어.

그냥 겨울나는데 그래도 병신 안됐어. 눈오는 날은 눈 맞고 장사하고. 장사 뭐 있간디? 그 때 무슨 시장하면 시장이 섰어요? 대전에 나와도 아무것도 없었는데. 떡 장사했어. 쌀 누가 한됫박씩 주면 그거 담궜다 빻아가지고 고물 장만해서 캐떡 놔서 쪄가지고 댕기면서 내가 요새도 홧투방에가 앉아서 화투 칠려면 그 얘기를 한다고.

그 때는 댕기면요, 뜨뜻한 방에 앉아서 화투치는걸 보면,

"저런 사람은 무슨 복이 있나?"

싶어.

"저런 사람은 무슨 복이 있나. 아주머니들은 무슨 복을 타고 났대요?"

이러고 쉬어가래. 앉아서 인제 이구 댕기던 걸 옆에다 놓고 화투치는데 들여다보면서,

"저 사람들은 뭔 복인가, 난리도 안 만나고 이렇게 하고 살고, 날더러 뭔 복이래요? 뭔 복이래요? 어떻게 복을 타고났나? 그렇게 복을 타고 났나? 그렇게 복을 잘 타고난대요?"

물어 그러면 내가 얘기를 좌악 하면, 아휴, 즈이까지 그래.

"아휴, 야야 딱하다, 딱하다, 이 새댁 딱하다."

새댁이지 그 때. 어.

"아휴, 이 새댁 딱하다. 팔아주자."

아이 그냥 쌀도 퍼가지고 와 그냥 부어주는 거야. 그러면 내가 먹으라고 주면 조금만 줘요, 우리는 밥 먹으니까,

"가지고 가. 애들 줘. 먹여."

그래가지고 딴 데 가서 또 그렇게 팔고, 그래도 나와서 하루 쌀 한됫박씩 빻아서 나오면 그놈 다 없애면 쌀이 두 말씩 돼. 쌀이 두 말씩. 맨 콩도 나오고

팥도 나오고.

그렇게 해서는 그러면, 총탄알이 팽. 저 구건이라고 큰 산이야. 구건이라고 큰 산. 그게 어디냐면 두만면이야. 두계의 팥걸이 두계. 여기서 연산 갈려면 두계 지나야 돼요. 흑석리 지나고 원정리 지나고 두계 지나고 그래야 논산 저 연산 논산 나가. 거기서 이짝에는 이짝엔 벌곡이야. 벌곡 뒷산 구건이라고 큰 산이야. 저기는 두만면에 왕뒤 뒷산이야. 아주 맞불질을 하는 거야, 이짝에.

구건은 인민군이야. 인민군이 있고, 저 짝엔 우리 아군이 인제 굴 파고선 거기서 굴 지키는데, 아이 저놈에 대서 인민군이 자꾸 쏘니께 굴로 총탄알이 떨어지잖아, 서로 맞불질을 하는 거야. 그 새로 인제 내가 장사를 지내는 거야.

그러면 사람 사대? 총탄알 봐. 총탄알도 안 뭐서워요. 나는 총탄알도 안 뭐서워요, 총탄알도 사람 봐가면서 쏴요. 내가 무슨 죄 있간요? 난 죄라곤 없어요, 남 못할 짓은 안했어. 세상을 못 타고 나서 내가 고생하는 것뿐이지, 나 못 할 짓 안 했어. 요리 엥-, 지나가고 요리 엥- 지나가고 그래도 (웃음) 안 맞아. 그렇게 살았어요. 벌어먹고. 이날 이 때 사는 거야.

[조사자 : 영감님이 그 때 같이 계셨어요?] 살았지, 같이. 같이 살다 지금 한 이십년 돼. 돌아가신 지.

[조사자 : 아버님이 먼저 돌아가시고?] 우리 친정아버지? 에에, 나 마흔여섯에 돌아가시고, 나 마흔 여섯.

[조사자 : 그러면 그 때까지 같이 계속 사셨어요?] 아버님, 우리 친정 오빠니, 아버지니 작은아버지니, 신도안 이짝에 상치동, 하치동 하는데 거기 계셔요. 산이 거기여, 다 산소가 거기지. 두 개 맞은 바닥이야. 저긴 두계고 이짝에 상치동, 하치동 하는 산이야, 큰 산. 산소가 다 거기 있어.

[조사자 : 할머니, 큰 아드님 장가들고?] 우리 큰아들 장가가고 잘 살았어. 우리 큰아들은 갔어요. 어어어어. 큰아들은 육십에 갔어. 지금 오남매야. 딸 넷에다가 아들 하나 오남매. 오남매 다 잘 살아요, 여기 저 유촌동에. 우리 며느리 유촌동에. 큰아들네 집이 유촌동. 유촌동이 여기 얼마 안돼요. 거기서 살고, 막내 하나는 저기 용문동에 맨션아파트 거기서 살고, 둘째, 딸 하나는, 저 서울에 있고, 하나는 유촌동에 있고.

[조사자 : 큰아드님 장가가셨을 때 할머니랑 같이 안 사셨어요?] 처음에? 처음에 이 년은 같이 살았지.

[조사자 : 그 다음엔 왜 같이 안 사셨어요?] 그 다음엔 따로 내놓고, 둘째하고, 둘째가 서울로 가자 그래서 서울로 가서 살았다니까. 큰 아들은 여기다 따로 내 놓고. 따로 살었어.

[조사자 : 둘째는?] 둘째 여 아들이야. 내 그때 얘기 했는데. [조사자 : 했는데, 또 여쭤보는 거예요.] 산에서 살 적에 고거, 어어어, [조사자 : 돌아가실 뻔 해가지고.]

세 살 먹은 걸 업고서 어, 쉬는 날 동네를 상고시대에는 동네 한참 내려가. 평지 이쑤로 따지면 한참 내려가. 평지 이쑤로 따지면 한 삼십리 길 돼. 그런 데를 내려갔는데, 아이 한 집에 들어가니께 막 비가 쏟아지잖아. 그래서 젖 먹여가라고 그래가지고 그 집 외상을 주고 외상값을 받아가지고 마룽에 앉아서 젖 맥이고 있는데 젖 먹다가 빨리 일어나라고 등갑을 이렇게 때리잖아? 휙 돌아가더니 여기를 빨리 일어나라고 그래서,

"왜 소변볼라고?"

그랬더니 빨리 가재.

"빨리 가자."

아 그래 업고 나왔응게 막 비가 쏟아져. 그 집이 물이 채여서 그 여자가 둥둥 떠나갔어. 내 그때 얘기 했는데, 그래서 살았잖아. 개 때문에. 아 시방 여기 있는 아들인데 가가 지금 육십다섯 됐어. 해방둥이. 해방둥이. 육십다섯 됐어.

그렇게 영리해, 얘가. 걔가 아니면 죽었당게? 막 퍼 부어. 막 쏟아 붓는 거 같이 쏟아지더니 마당 깊은데 물이 채여서 못 빠져나가니까 그냥 막 건너편에 노짓돌이 있는데 노짓돌이 탁 터지더니 물이 막 마당으로 달려들잖아, 개울물이. 그래서 그냥 막 그 집이 다 떠나고 여자가 떠나가서 죽었당게. 사람 살리라고 소리를 질르는데 둥실둥실 떠내려가는데 어떻게 해?

[조사자 : 할머니는 떡 장사를 오래 하셨잖아요. 그거 말고, 예전에 마포 쪽에서는 오뎅, 덴뿌라 장사도 하셨다고 하셨죠?] 덴뿌라는 이제 그거는 이제

서울 가서. 서울 가서 살며, 그거는 이제 살게 됐었지. 그 때는 괜찮았지. 서울서 살 적에는. 그 때는 뭐 내가 돈 벌어가지고 야들도 장개가서 여기서 살고. 딸도 하나도 서울서 시집보내고. 오뎅 장사 할 적에.

그때에는 살게 된 거야. 죽을 고비 백만번 훌쩍 넘겼어요. 죽을 고비. 산중에서 살면서 장사 댕길 적에 나 물에 떠나가 죽을 뻔 하고, 죽을 뻔한 게 한두 번이 아니야. 그래도 명이 긴 게.

[조사자 : 그래도 이제 편하다, 생각하고.] 방으로 들어갈까요? 추우네. 방으로 들어가실까? (마이크를 가리키며) 이것 좀 뺐다 끼워요. 나 소변 좀 보고.

[신씨가 화장실에 다니러 간 사이 잠시 이야기가 중단되었다. 신씨가 돌아오고 나서 거실에서 신씨의 방으로 이야기판을 옮겨갔다.]

[조사자 : 궁금해서, 뭐 하나 여쭤 볼게요.] 에. [조사자 : 할머니는, 이제 며느리가 셋이잖아요? 아들, 삼형제니까.] 아. [조사자 : 그죠?] 메누리가 셋이여. [조사자 : 에, 셋이니까. 그래두 그래두 그래두, 그 며느리 셋 중에두 이쁜 며느리가 있죠?] 어. [조사자 : 그죠?] 여, 여 우리 데리구 있는 메누리가 제일 나. [조사자 : 아, 제일 나아요?] 아, 그 참, 마음씨는. 근데, 말은 잘 안 해요. [조사자 : 좀 무뚝뚝 하세요?] 어, 어어, 입이, 입이 무거워. [조사자 : 아-.]

근데 생약해기는, 어어어어. 생약허고, 영리허기는 (목소리를 낮추어 작은 소리로) 큰메누리가 나. [조사자 : 어-.] 질, 질 잘 허고, 어어어, 사글사글허고, 어, 뭐, 곰보담 뭐, 여수가 낫다구 그래지? [모두 웃음] [조사자 : 어, 네에.] 말이, 곰보단 여수가 낫다구 그러지, 말이.

근데에 큰메누린 그러쿠, 또, 이 둘째 메누리는 듬직-허니, 에에에, 말이 읎어. 어, 어. 참 크맘크맘 먹은 맘, 변덕이 없어. 그리께, 그런 사램이 좋지. [조사자 : 아 그러셨구나.] 어, 어, 그런 사램이 좋지. 그르구, 막내 며느리두 서글-서글 허니, 애가 상략허구 에 미련허진 않애, 다. 미련 헌 사람은 없어요. 다, 메누리, 사람들이 그래. 남들이. 아, 저 할머니, 어떠실켄 메누닐 잘 봤냐구 그래. 에이, 메누리허구 속 썩는 일이 읎으니께. [조사자 : 그러셨구나.] 에.

[조사자 : 할머니가 워낙에, 인품이 좋으시니까.] 에, 잘 본거지. 좋아요, 내가? [조사자 : 예, 그럼요.] 내가 뭐 좋아? [조사자 : 살아온 얘기를 들어보면.]

어? [조사자 : 살아온 애기를 들어보면, 그 사람을 알 수 있잖아요.] 에, 에, 에. [조사자 : 그러니까.] (웃음) 나쁘진 안 해? [조사자 : 아, 그럼요.] [모두 웃음] [조사자 : 그러니까, 저희가 이제 세 번씩 찾아 왔잖아요. 좋으니까.] (웃음) [조사자 : 아, 그러셨구나.] (웃으며) 감사합니다.

[조사자 : 응. 근데 왜, 어른들이, 왜, 왜, 아이 그니까 뭐, 형제나 뭐, 이렇게 많이 있으면 시샘을 하잖아요, 형제끼리는.] 에. [조사자 : 엄마는 뭐, 응? 누구를 더 이뻐해, 큰 형을 더 이뻐해, 뭐 이런 식으루 얘길 하잖아요?] 에. [조사자 : 그러면 이제, 본인들이 그렇게 얘기하시잖아요? 열 손가락 깨물어서 안 아픈 손가락 없다구, 뭐, 그런 식으루 얘기하잖아요?] 어어. [조사자 : 근데 제가 생각하기에는 그래두 이쁜 자식이 있는 것 같애요. 이쁜 며느리가 있는 것처럼.] 어어. [조사자 : 그리구 또 어려운 자식두 있을 것 같구. 근까, 저기, 뭐지, 엄마가 다 품어서 낳은 자식이지만, 응, 자식들두 보면 성격이 각각이잖아요?] 그렇죠, 다 순각각, 전각각이제. [조사자 : 어, 그러니까.] 에. 순각각 전각각. 다 그래치.

[조사자 : 할머니는 어떠신가, 하고.] 나, 그래, 그래요. 순각깍 전각깍 다 한가지 숭 없는 사람은 없고, 담 어떤 사램이고, 나 부텀이라두 한 가지 숭은 다 있어. 그럼. 어, 아이, 회초리루 털먼 먼지 안 나는 사람 없드라구. [조사자 : 그죠, 에, 에.] 다, 쩌, 한가지 숭은 다 있게 마련이야. 에, 에.

[조사자 : 그래두 이제 아드님 중에도 그렇게 마음이 가는?] 예에, 아. [조사자 : 자식이.] 아, 아, 아들은 뭐 내 자식인께 다 좋고. [조사자 : 아. 다 좋아요?] 어, 메누리두 다 좋아. [조사자 : 다 좋구.] 에.

[조사자가 조사 장비에 필요한 부품 때문에 잠시 밖에 나갔다 돌아왔다. 그 사이에 이야기가 중단되었다가 다시 이어졌다.]

[조사자 : 밑에 가서 며늘님하고 손녀님하고 놀다 왔어요.] 여이, 거기 앉아요. [조사자 : 아, 할머니, 아니에요, 사진찍는 게 여기 편해요. 저기, 손녀님이 하, 한 분 더 계세요? 그죠? 손녀, 손녀, 두 분이에요, 손녀가?] 뭘. [조사자 : 지금, 여기 둘째 아드님.] 여기 둘째 아들. [조사자 : 손녀 두 분.] 어, 두 부, 둘, 둘이지, 인저. 셋인데, 하나 갔으니께. [조사자 : (다른 조사자에게) 여자가 둘이야?] 셋인

게 하나 갔으니께 둘이지. [조사자 : 맞어, 맞어. 인사했어, 지금.] 에.

그리 올라 앉어요. [조사자 : 아이, 괜찮아요, 할머니.] 어, 올라앉어, 요만치. 올처. [조사자 : 아니, 아니에요. 저, 저이. 밥을 먹어가지구, 잠이 와서 추워야 돼요, 저는.] 에. (웃음) 워, 여, 여리 오든지, 여리. [조사자 : 여기 따듯하네요, 여기는.] 어, 고리 올라 앉으면 따뜻해. 올라 앉어요.

[6] 잃었던 건강을 되찾다.

[조사자 : 그러면, 마포에서 오뎅장사 할 때는, 별로 그렇게 어렵진 않았어요?] 어, 어, 어렵진 않았지. [조사자 : 어, 그러니깐 뭐, 이전에.] 어, 벌어서 먹구 사니께.

[조사자 : 산 속에서 살 때나, 피난 갈 때만큼은 어렵진 않으셨어요?] 아, 그려 둘이가 버니께, 그 때는. [조사자 : 응.] 바깥에두 벌구, 나도 벌고, 인자.

[조사자 : 그리구 나서 아프셔서 내려오셨다구 그러셨다구, 그러셨잖아요?] 어. 어, 여기, 인자. [조사자 : 그래서, 수술하구.] 어, 내가 아파가지구 내려왔다, 어, 어파, 아파가지구. 아파가지구, 내려와 가지구우, 내가, 이저, 죽을 꺼야아, 죽을 껀데 암만 저, 병원에 가서, 진찰해두 병, 병명이가 확 못 끼집어내, 그 때만 해두우. 대학 병원에 가두 그렇구, 저, 선병원에 가두 그렇구. 성모 병원에 가두 그렇구. 확 못 끼집어내.

그런데에, (헛기침) 조외과 병원이라구 있어요. 조외과 병원이라구, 저, 홍량삼가 열짝으루우. 어, 지금은 거이가 뭐, 참, 조은 무슨 병원이 됐대드만. 바꼈대애. 그 때 조외과에서 내 병을 곤쳤어요. 병명을. 수술을 해서.

어, 그래서, 우리 그, 그 병원이, 누구냐 하며, 우리 사둔이, 저, 하츠크, 거 원장이 에, 우리 크, 저기 이 큰 오빠에 작은 딸. [조사자 : 어.] 큰 오빠에, 딸이 둘인데, 큰 딸 말구 작은 사우의, 이이, 매형이야. 아, 그 원쟁이. 에, 미국가서 으학박사 따가지구 나와 가지구, 거 조외과에를 차렸는데, 그렇게 연금허게 했어요. 그에 사우가 으사구. 쟁인은 원장이구, 사우가 으산데, 사우가 수술을 허는데, 그렇게 잘 해주더라구.

여기에, 담석중 수술허는 게, 알어내기는, 우리, 저, 조카 사우가. 으산데, 공주 있었어, 그 때. 그랬는데, 아무데서두 다 못알아내요. 그래서 이, 그냥 죽는다구 그냥, 아이 삼년 동안이나 그러니께에 점, 마흔, 저 아니, 유, 육십, 다섯서부텀 그러는데, 육십다섯 봄부턴, 그랬는데. 아, 그게, (헛기침) 육십 여덟, 여덟이 됐으니, 삼년이, 아들이, 요 때나 조 때나 죽을 때나 기둘른 거야. 밥을 못 먹구 그냥 막, 막, 메식메식해서, 토허만 그양 피, 만 이렇게 털퍽 떨퍽 나와요. (목소리를 고르며) 간이 망가져 가지구.

그러니께, 뭐 못 먹어, 음식물 내려가지 아내서. 소화가 안 돼서. 그양, 되나오고, 먹으먼 되나오고, 되나오고, 고 그래. 그랬는데, 저거, 죽을께 생겼응께에, 오늘만 내일만 했어. 그랬는데, 우리, 위 아들이, 저기, 그 때 선화동 살았어요. 우리가 (웃으며) 선화동 살었는데 아들이,

"매형, 오셔서 우리 어머니 진찰 좀 해보셔. 아유, 진찰 해봐도 병명을 못 끼집어 내구, 어머니는 돌아가시게 생겼어. 그리니께 매형이 오셔가지구, 어, 어머니, 진찰 줌 한 번 해 주셔."

그러커구 공주루 전활 했어. 그리니께, 왔어요. 와가지구, 저, 기구를 이렇게 가방에다, 가 담아 들구 왔드라구. 그래가지구, 진찰을 허드니,

(목소리를 고르며) "아이구 아이, 어, 엄니는 아무 병두 아니구, 담석증인데 그래 씰개에 돌 백여서 그런걸, 그 돌만 끼내 드리먼, 그냥 괜찮은데, 그, 그러케 고생을 시키구, 어머닐 생우로 돌아가시게 놔 두느냐."구.

그러드라구. 그러니께, 아유 그러냐구. 아이 그러머는, 얼른 저, 조외과루 얼릉, 저, 모시라구.

그 조외과럴 갔더니, 원쟁이 워, 수술을 안해준대잖어. 맥이 다섯 살 먹은 애, 맥 만두 못헌데, 수술허먼 못깨나요. 허, 못헌대. 안헝께 우리 애들이 다 달라 붙네.

"아, 돌아가셔두 이래두 돌아가시구, 저래두 돌어가시구, 인저는 돌아가실 판이니께, 인저는 원이나 없지, 여즉지, 이 나이 잡숫도록 병원에, 이. 한 번, 입원 한 번 안 해보고, 잘 있다가, 이러, 이런데. 원이나 없게 해야 한다."고.

아, 우리 조카 사우도 그냥 수술 해드래요. 아, 원장님, 원장님, 저희 매형헌테 달라 그러더라구. 우리 초본. 아, 그래서 나한테두 뭘 갖다 디리대면, 지장 찍으라구 그더라구. 아이, 지장 안 찍어 줬지. 그래, 때게 허니께 열 사흘만에 좋아지는 누무걸. 으으, 에아.

[조사자 : 옛날에는 그렇게 많이 죽고.] 에에, [조사자 : 그러기도 했을 거예요.] 열 사흘만에 좋아졌어, 그냥. 이룽케 뭐, 여적. 한 번 뭐, 어디매 뭐 아프다구 뭐, 머리싸구 드러눠보들 안했어.

재작년에, 낙성해 가지고. [조사자 : 재작년에요?] (목소리를 고르며)] 재작년에 교회에 갔다가, 인저, 저. [조사자 : 겨울에?] 에, 교회에. 이, 이저, 일월떨이여. 어허허, 양력으루 일월 딸에. 교회 가다가, 그날 첫 눈이 왔었는데, 미끄러져 가지구, 넘어져 팔주 잔전. 여기가, 여 여기, 여기가, 그냥, 싹 망가졌대. 어, 뒤에루 뻬가, 척추가 그렇게 되가지구.

조외과 병원에, 여, 안이, 이 아래, 저 외꽈 병원에 가니께 수술허래요. 어, 어, 저이, 척추가 망가졌으니께. 무슨. 무, 무슨 에무란 사진인가, 뭐, 비싼거. [조사자 : 엠알에이? 엠알아이?] 어, 어, 그거 찍어가지구 수술해야 헌대. 척추를 구녁 뚤러서 수술해야 헌대. 그런다구 수술허래. 내, 그래서 워차,

"수술 못해요. 왜 그러냐. 첫째는 나이 많죠, 둘째는 돈 읎어요. 나, 돈 벌어 논 거라군 하나두 없어서, 어, 우리 아덜한테 읃어 먹코 사는데, 무슨 염체루 수술해 달라고 그래요. 이? 이제 살 만큼 살았으이께 죽게 놔 두세여. 그냥. 임시, 좀. 통찡 멈추는 약이나 쫌 주셔어."

그래니까 약씨 이틀 분 주드라고. 그래, 가주구 와가지구 왔는데, 그거 가지구 나와가지군 에나 집이루 가 드루누으믄 다시는 못 일어나아. 못 일어나와. 여, 여기도 갠신히 기어 왔으니께.

지금, 못 일어 나니께, 내, 내꽈에나 어디, 한 번 더 들어가 본다. 여기, 이, 농협 옆에. 빵찝 이층에 내꽈 있어요. 거게 가터. 거기서 혈압약 가타 먹어요, 거기서. 그래, 거기 들어가 가지구서, 어, 인제, 그 원장이, 내꽈 원쟁이,

"아이 외꽈에서 수술허래는 걸, 왜 내꽈에루 오셔 가지구선 그러세요. 아이, 수술 허세요, 허세요."

"아이, 나, 여, 수술 안 해요. 주사나 한 대 놔 주셔. 나, 통쫑이나 인저 멎으게, 멈치게."

그래, 궁뎅이에다 주사 한 대 놔 주구, 또 약, 이틀분 주드라구. 그놈 받아가지고 나와선 약은 그러니께 메여, 멫이야? 이틀뿐, 이틀분. 어, 그서 사, 나흘분 받았네. 저기서 받구, 여기서 받구. 아이, 또 나와 가지군 인저,

"에라, 마지막으루 어디, 저이, 한방에나 들어가 보자."

농협, 사, 삼층으루, 한방으로 올라갔어요. (웃음) 에리베타 타구 삼층으루 올라갔어.

선생님이 나 곤쳐 줘. 침으루 곤쳐 줘. 나 몰라, 인저, 인저, 죽구 사는 건 인저. 에. [조사자 : 그 사람한테 달렸구나. (웃음)] 어, 원장님 손에, 달렸네. 그러군, 가 드러눴더니, 사실을 물어. 그래 얘길 했더니, 치료를 해 주대요.

앞 뒤루, 끈을, 뜨건 방석을 갖다 놔 주구. 한참, 지지구 나니께 와서 침 놔주구, 갖다가 피 빼데. 아, 피 빼니께 그러케 시원허네. 놀란 피 빼니께에. 그 이튼날 또 가서 피 빼고, 그 이튼날 또 가서 피 빼. 일주일을 댕기면서, 침맞고, 열흘 침맞고 나니께, 엉간이 일어서 걸어 댕기겄대요.. 그래, 침이루 나샀어. 순 침이루, 거기서. 거기서 나았어. 그 한방에서. 대단허대. 날 보구. (웃음)

여, 여, 이 저 복지 회관에서두요, 다 영허대, 저 어른을 누구라 말리네. (웃음) 저, 에헤. [조사자 : 어, 지금은 좀, 지금은 괜찮으세요? 허리?] 예에, 괜찮어요. 그니까. 아, 치료허잖아요. [조사자 : 아주 건강하셔야 되는데.]

복지회관에서. (목소리를 고르며) 짱아, 찜질. 오늘도 했는데, 뭐. [조사자 : 매일 매일 하시는 거예요?] 예헤, 아침나절 가서 오늘도 했어요. 오늘도. 나, 점슴먹군 못나 오니께, 아츰나절 치료해 줘요. 다 짜졌대. 아이, 짜져서두 쫌 딴 사람 오후에 해주고 나 좀 해 줘요. 선생보고, 사정했지 어떻게 해. 그랬더니 해주대.

[조사자 : 그런 방이 있어요?] 에헤. [조사자 : 아.] 에, 해 주드라고. 해주드라구, 그래서 허구, 왔어요. 그래 와서, 가게 와서 앉아 있던 참이야. 마늘도, 그, 꼭 네 개, 그 까만 거. 그걸, 따다가 놔뒀대. 그래서 그거 따구 앉아 있었어, 아까. 다 따고 요만칙 남어. 제희가 마저 땄을테지.

인제 또 뭔 얘길 해드려? 뭔 얘기가 좋겠어요? [조사자 : 그러면 오라버니는, 오빠, 할머니의 오빠.] 예. [조사자 : 응, 언제 돌아가셨어요? 올케는, 올케랑.] 우리, 우래, 우리 올케, 올케? [조사자 : 예.] 그 올케 여, 남한에 왜, 적, 나왔따구 했잖아요? 나는 오월에 오구. 그 올케는 추수 해가지구, 가을에, 동짓딸에 이사 오구. 마 살치다가, 아둘이 읎꺼던. 아둘이 읎이, 딸만. 그 낳는데, 그, 고대, 내가 얘기헌 그 병원 의사. 그 딸! 으, 데리고, (잠긴 소리로) 그 딸네 집이서 살다가, (목소리를 고르며) 돌아가신지 오래 됐어요.

근데, (목소리를 고르며) 팔씹. 팔씹 넷에 돌아가셔서. 팔씹 넷에 돌아가시는데, 또, 우, 운명두 내가 시켰는데 뭐. 그래, 그러케 해서두 내가 아, 자석노릇 했어, 시누이라두, 내가. 아무래두, 그래두 내가 다둑거리구, 집안에서두. 어, 우리, 어, 저, 동세들이 여럿이니께, 육춘간두 여럿이구, 사촌간두 여럿, 여러 동세들이 말이 많잖아요, 거. (웃음)

큰일 때두 그러구, 명절 때두 그렇구. 오라버니 댁 얘기허면 듣기 싫드라구. 어, 팔이 디굽, 디려굽지, 내굽는 버릇은 없으니께. 그래, 그렇게 말라 그래서,

"육촌 성님들. 성님덜. 그리케 말어. 그렇게 해지 마. 그래두, 우리 성님이 최고야. 하하! 성님들 알만 내게다 잘해두 우리 성님만 못해."

모두들 옳다해, 내 말이. 아이, 어떻게 저렇게 어려, 어려운 사램이 말을 저렇게 잘허네. 꼬꼬시 뭐 이렇게 헌다구. 어째 이렇게 말을 잘허냐고 아이, 그럼 무얼 배와. 말 허는 거나 배워야지. 공부두 못 배우구, 뭘 배와, 그래. 응, 공부는 못 배와. 공불 좀 가르쳤으먼, 얼마나 좋갔어요? 어, 고생두 들 했지. 내가 공부했으면 사는데 고생을 들 했다구. 공부를 못해 가지구. 고생을 더 했지.

[조사자 : 그도, 시대가 그래서.] 에, 고생을. 고생, 말두 못허게 했어요. 고생. 그, 장사를 해두 주먹구구루, 암산으로 해서, 장사 해먹구 사느라구 얼마나 고생 해깠어요, 내가. 네. [조사자 : 할머니, 건강의 비법이 뭐에요? (웃음)] [조사자 : 운동, 운동이죠?] 근강해. 근강의 비뻡은, 어, 걸음 많이 걷구, 나물 많이 먹쿠. [조사자 : 나물.] 채, 채소. 채수만 뜯어먹구 살었잖어, 산에 살면서. 바깥 양반이 비린 걸 안 먹으니께, 순 채수만 먹구 살어.

[7] 다리성에 얽힌 전설을 이야기하다.

그냥 저기, (목소리를 고르며) 산중에서 살언 얘기, 내가 한가닥 더 해주께. [조사자 : 아, 산중에서 산 얘기.] 예. 산중에서. 산중에서 살 쩍에, 다리장군이, 지구 살던 거게 이름이, 산 이름이 다리성이야. [조사자 : 예.] 아, 다리 장군이, 거기 들어가서 다리 성을 쌓구. 그, 거기서 다리 장군이 살았대요. 그래, 거기가 이름이 다리성이야, 우리 살든 데가. 어, 다리 성이에요.

그랬는데, 그 다리성에 성이, 다리 장군이 살쩍에, 아들 하나, 딸 하나, 남매를 뒀대요. 그 다리 장군이. 남매를 두구서, 거기서, 다리성을 싸면서 사는데, 아 이게 참. 아들두 재조가 좋은데, 딸이 재주가 더 좋더랴. [조사자 : 아, 그 장군의 딸이?] 어. 공부두 잘허구, 뭐 그냥, 한자 가르치면 두 자 알구, 슥자 알구 그냥 마 그러케, 이제, 저 공부를 잘 허고, 재주가 좋더래요. 두 남매가. 그래가지고, 참, 크게 돼서 (목소리를 고르며) 크게. [조사자가 전화를 받으러 나갔다가 이내 들어왔다.]

크게 되가지구서는 참 크게 사는데. 아이, 서울로 벼슬을 허러 가는데 그, 다리장군 아들이 이름은 몰라, 뭔가 이름은 안 일러. 어, 못 배왔어. 그래, (목소리를 고르며) 딸은 집이가 있고, 딸하고, 아들허고, 인제에, 두 남매가 서루 헤질쩍에, 아들은,

"내가 서울 가서 과거 봐서 장원급제 해가지구 내려오께, 너는 그 동안에 여기 성을 싸라."

여기 성을 다 돌려 싸라. 어, 그럭허기루, 인제, 여동생은 성을 쌓고, 인자 어, 오빠는 인저 나, 장원급젤 허러 올라가고. 인제, 이렇게 갈렸대요, 헤졌대요.

그랬는데, 아이 가만히 부모들이 보니께에, 에, 장원급제는 해가지구 인제에 한날 내려오고, 한날 이게 저, 끝나는데, 시간이 끝나는데. 아들이, 아직, 두 시간이 더 이씨야 오겄는데, 이에, 딸은 다 했드래, 성을. [조사자 : 어, 딸이

이기게 생겼네.] 어어, 딸이 인저, 더 기운이 쎄고, 인제, 더, 저, 부지런히 했지.

그래서, (목소리를 고르며) 어머니가 허는 말이,

'우리 집안에 그래도 아들을 더 세워야지. 재주가 좋아서 딸이 이기면 어, 어떡허냐.'는.

생각에 들어가서, 아들이 이기야지. 옛날에는 아들이 최고잖아. [조사자 : 예, 그렇죠.] 어, 딸은 아모 것도 아냐. 옛날엔 아들이 최고지.

(목소리를 고르며 조사자에게) 추워요? [조사자 : 아니, 아니, 따뜻해요, 할머니. 얘기하세요, 죄송해요.] 요리 올라 앉어요. [조사자 : 아니, 괜찮아요.] 추워. (웃음)

그래가지구서는, 인저 어머니가 그랬대. 딸보군,

"야, 너 머리가 헝클어져 따야 해. 너, 점 쉬기두 헐겸 아직 오빠는 올려면 멀었어. 그리니께, 너 머리 좀 곱게 빗고 단장허고, 마저 해라. 그래도 넉넉허겄다."

아, 오빠 맞먹게 허라고. 그리니께,

"그러까요?"

그래면서, 머리를 빗고, 쉬어서 인자, 진차, 단장을 허구, 그러구서, 어, 인저 가서 주서가지고 와서, 돌을 치매패다 주서다가, 성을 돌려 쌌는데, 에, 시 처맙을 주서다가 놓고, 하처마만, 갔다가 부우며는 다 된대애. 헌데 한처마를 뭐가지구서, 왔는데, 아들이, 말이, 워구구구구구구구구구, 허면 (웃으며) 어. [조사자 : 소리쳐봐서요.] 문턱에 저기 오드래네. 근께, 아유 속상해! 화악 뿌렸대애, 돌을. [조사자 : 어머.]

(웃으며) 어, 누이동생이, 오빠가 저기 말이, 막 소릴 질르면 두루오니께, 아유 속상해매, 확 뿌리니께 그 돌이 제다루 안 싸지구, 저기루 내려 뿌려져 때낸데, 오 그 다리성. 우리 살던 데서 돌을 홱 뿌렸는데, 저 아래, 중버슬, 상버슬꺼정 내려갔어요, 돌이. (웃음) [조사자 : 어, 돌이.] [조사자 : 돌이 거기두 있어요?] 네. [모두 웃음]

[조사자 : 아유, 기운이 굉장히 쎄네요.] 그래. 그, 그, 전설을 얘기해 주드라구. (웃음) 허, 아휴. 어.

[조사자 : 누구한테 들으신 거예요?] 예? 전설을, 그 얘기를? [조사자 : 누구한테?] 어, 얻어. 할아부지가 오셔서 그렇게 얘기해주대요. [조사자 : 응.] 네. (웃음) 그랬어. [조사자 : 아. 재밌는 이야기네요.]

(목소리를 고르며) 에해, 들었어요. 안대치네, 그럴듯허게에, 돌이 그냥 저 (웃으며) 아래까지 갔어요. 아, 그래, 초, 한초마 빌이 이렇게 많아요? (웃으며) 내가 그랬더니, 그렇디야. 그 할아부지가. (폭소)

[조사자 : 어, 거기 성이 무너져 있겠네요, 지금도? 성이 그때 할머니 살 때 무너져 있었어요?] 아이 있지요. 거기 가만히 있어요, 거 다 있죠. 에.

[조사자 : 오빠가 이겨서 어떻게 됐어요?] 우레레, 잘 살았깠지요, 뭐. 에, 잘. 그렇게만 얘길해 주드라구요. 그 할아부지가. [조사자 : (웃으며) 재밌다.]

그게 거기가 유명해긴 유명해요. 길이. 동문 있구, 서문 있고, 남문 있고, 북문에두 있어야 허는데 북문엔 문이 읎어요. 북문엔, 그냥 돌 비앙이 그냥 말두 못 허는 바우 청벽. 그 아래는 냇물. 으, 이에, 여기, 벌곡. 그, 중버슬, 상버슬, 그 냇물에서 그냥, 그, 거기꺼지 그냥 돌이 천백이 쌓아진 거야. 그냥, 막. 문이 읎어요. 뒤로는, 북문에는. 동문, 남문, 서문, 그렇게만 문이 있어. 시 군데만. 북문엔 문이 읎어. 맥혔어.

[조사자 : 그럼 그 성안에 사는 그런 거죠?] 에, 그 안에 성이 싸졌어. 거기서 우리가 살았어요. 거기서 오년을 살았어.

[8] 죽을 위기에 처한 아들을 산신이 구해주다.

거기서 오년을 살었는데, 글쎄, 우리 큰 아들이, 비암에 물려서. [조사자 : 음, 맞아요.] 어, 비암에 물려가지구, 그, 저기. [조사자 : 산신이.] (웃으며) 열 딸 먹었어. 비암에 물려가주구, 그냥. 그니 우러케, 어떡허면 좋냐구. 아무두 없는데. 여름이라, 유월달이라, 산심새, 꾼두 하나두 없구. 주강 남시래기두 그러케 많이 댕기드니, 그 날은 우웁써. 그루구 인자, 바깥 양반꺼정, 싸리 째라 간다구 그 전날 가더니 워디 가서, 자꾸 안 오구, 그냥 나 혼자 애덜 데리구 있으면, 날이 잔뜩 흐려가지구 비 쏟아지면 감자 썩을까봐. 그 한 때기 안 캔거, 그 놈 캘려고, 새벽버텀 나가서는 감자 캐면서 애를 에펴줬잖아. 그래, 큰애게다가 에펴주구, 제 동생을, 여기, 이, 두 살 먹은 이 아들을 에펴주군, 야 업구,

"저 말랭이에 가서 성에 올라서서 저기 국-국 해봐라. 너 아버지, 어데 오나. 국국 해봐라."

그러니께 올라가선 그 성에 서서,

"구-욱, 국-."

허고 있으이, 뭐가 따끔 허드래잖아. 베니께, 비앰이 와서 물군 아래루 내려 가드래잖아. 꼬랑지가 퉁 치구 가는 게 베드라잖아. 그래가지군, 그렇게 나 죽는다구. 그냥 막 아파 죽는다구 울구.

그냥, 금방 비암 눈이 돼요, 어어, 애 눈이 그냥. 금방 비암 눈이야. 그래가 지구 이냥 새파래가지구 이냥 마, 금방, 머냥, 금방 죽을 꺼 겉애, 애가 비암 똑이 올라서. 그냑 크은 구랭이가 물었는가 봐. 독사가 물었나, 구랭이가 물었나. 이빨짜리가 이래요, 이렇게. 어떡해. 피가 폭! 솟아 올랐잖아.

어, 그래가지군 그냥, 아유 오드로케 해, 댈 뭐가 있어야지. 애는 데굴데굴 구르며, 나 죽는다구,

"어무니야 나 살려줘, 나 살려줘."

그렇게 울구. 어드케 살리나. 글쎄. 어, 앉어서 그냥 사낭대신만 불렀지, 어뜩햐.

"사낭대신 나 좀 살려줘요, 우리 아들 좀 살려줘요. 산왕대신, 산왕대신. 이 우리 아들 좀 살려줘요. 우리 아들."

산왕대신만 믿구 여기 들으와 사는데, 이룧게 왜 비암을 물리게 해요? 왜? 얼렁, 무슨 약좀 얼렁, 뭐, 어떡해야 낫는가. 우리 아들 좀 살려 주라구, 카~악 불르구 있으니, 마당에서 휑 허잖어.

내다보니께 글쎄, 저, 호적헌 선비가, 그 모시 중의 적삼에다가 모시 두루매기, 에, 진설 머시 두루매기 해서, 단장에다 칭칭 낄탑으루 감어서 척 미구 와선 서선 그루구 있잖아.

"왜, 그러케 울어요?"
그르잖아. 그래서,
"아이, 누구세요? 산왕대신 불렀는데, 산왕대신이에요? 사램이에요?"
허니께 사램이래. (웃음)
"아, 그러면 두루오세요. 야가 이러케, 말랭이 올러갔다가 저기 비암에 물렸는데, 뭔 뱀이 물렸나, 이릏게 독이 올라서 이르네요. 어떡허믄 좋아요?"
이런께 이제,
"낫게 해 드리께요, 걱정마세요. 허허."
애, 우는 애를,
"뚝, 뚝!"
허니께, 뚝 끊쳐서.
"아, 아이, 들기름 있어요?"
허니헤,
"들기름, 찌깨기만 남았는데요."
갖다주니께,
"이거 가지군 안되갔는데, 아이그, 내가 들기름을 한 병 가지구 온대는 게, 더 있는 중 알었지."
이랴. (웃음) 저 혼자. 있는 중 알았지. 그러데,
"아유, 어떡허먼 좋아요? 그럼 내가, 저 아랫동네 가서 가지구 오께요."
이런께,
"갖다 오시갔어요?"
그래.
"갔다 와야지, 어떻게 해요?"
이런께,
"그럼, 갔다 오시오. 어, 넘어지지 말구, 잘 갔다 오시어. 내가 기둘루구 있으게요."
그더니, 갔어. 정신 없이 내려 뛰었는데, 뛸 적엔 뛰었는데, 가서 인제, 그 첫집이 가서, 병을 달라구 그러니께, 이홉짜리 요고만한 거. 요, 요만차그로

어깨에, 요만헌데 요만치 딸궈 먹었드라고. 근데, 이거 그냥 가주가래. 아이 투가리 가주구 왔대,

"거그다 쏟아가지구 먼 질근질근 다 쏟아지구. 길은 언덕빠진 데 뭐가 남아요, 이 병채 가주 가요. 가주 가."

그 지관 할아버지가 주셔. 가주구 올라와서는 그걸. 그 딸궈 가지구서는 투가리에다 딸궈 가지구 올라오니께, 숯을 찾어다가, 화래불을 찾아다가 숯을 펴 놨어.

그래서, 거기다가 투가리에다 딸카 디려노니께, 금방 끓어. 바글바글바글 끄르니께, 내 머리, 낭잘 뽑으랴. 낭잘 뽑으니게, 가세 가져와 끄트리를, 요만 착을 싹 짤르드라구. 그래서, 딴 걸 풀러 가지구서는 요로케, 오로케 엮꾸, 꼬챙이를 주스니께 다 녹아요. 즛는대루, 머리캐락이 기름에다 넣고, 싸리 꼬챙이루 저스니께. 읎어지구, 읎어지구 해. 머리카랙이. 물이여, 그냥 기름이여. 다 없어지구.

아유, 새카만데, 팍팍 긁은 걸 내놓곤,

"아, 인저 솜이 있어야 되는데요."

그래.

"예, 솜은 있어요."

"약솜이에요?"

"예, 약솜이에요."

약솜을 끼내다 주니께, 싸리꼬챙이를 하나, 산에서 쪼가지군, 요로케 요로케 긋더니, 요로케 빠둘러 가지구 요로케 끼구, 요로케 끼구 허드라구. 방맹이가 됐어. 고걸 요러케 기름에다 징궈가지군, 이러케, 여기다가 수건을 깔아놓곤, 이렇게 발르니께, 탁악 뿔어나구, 이마큼 탁 뿔어나구, 탁 뿔어나구, 탁 뿔어나구. 이마큼씩 뿔어나요.

아, 그래떠니 뿔어난 데를, 저, 대초나모 까시루다가 요로케 뚱글치니께 누렁물이 푹 쏟아지구, 푹 쏟아. 수건 하나가 다 젖어. 그 타월 수건 하나가 펑허게 다 젖어. 아이 그 땐, 또 발루먼 또우, 뿔어나구, 또 발루먼 또 뿔어나. 그걸로 낫었어요.

그러니께, 그냥, 애가 그냥 잠이 들어서, 그냥 자아. 독이 빠져서 그걸루 나섰어. 그걸루, 열해루만이니께 이냥 제 발루 걸어서 화장실에 가요. 열하로 되니. 그래, 그걸, 그걸로 나섰어요. 그걸로. 별 일이 다 많지요? (웃음) 별 일이 다 많아요. 그게 참 무, 무슨 일인가 몰라. [조사자 : 에.]

그런데, 그이 신을 보니께 미투리, 짚쎄기이, 저 미투리 신인데, 털도 안 가라앉었어요. 요롷게 요롷게 짤라 신은 거 고냥 있어. 흙도 안 묻었어.

"근데, 어뚷게, 어드, 어드렇게 오셨길래 신, 아이 바닥에 흙이 안 묻었어요?"

허니께,

"오는 방식이 있지요."

축지법 해 왔드라구. 그, 북문으루.

"어드로 오셨어요?"

북문으루 왔대.

"북문에 사람두 못 댕기는데 어뗳게 와요."

허니게, 날라, 축지법해서 올러 왔대. 공주, 계룡산에서 왔대잖아. 차, 그래서 나섰어요. 그래서 우리 아들, 에, 비암 물린 거를 그래서 나섰어요. 그래, 그래서 나서가지구 진짜 편안히 잘 살다 갔어요.

[조사자 : 그 분은 그러니까, 돌아가실 때는 어떻게 가셨어요? 그냥 걸어서?] 에? [조사자 : 낫고, 병 치료하고?] 에. [조사자 : 갈꺼 아니에요? 그 선비가.] 아, 선비가, 갈 쩍엔 그냥, 우리 보기에는 그냥 나갔지. [조사자 : 그냥 걸어가는 모습이?] 우리 보기엔 그냥. 우리 안 보는 데가 축지법 허지. (웃으며) 우리 보는데서 축지법 해여? 에헤.

[조사자 : 그, 왜, 피난 나갈 때, 아버지가 무슨 책을 보신다고 그러셨잖아요?] 에?

[조사자 : 아버지가 무슨 책?] [조사자 : 서당, 서당.] [조사자 : 정감록.] [조사자 : 정감록 얘기하신 거예요? 정감록? 책 보시는.] 우리 아버지? 우리 친정 아부지. [조사자 : 예.] 예. 정감록. [조사자 : 정감록 보고 이, 일루 도망오셨다구요?] 에.

그래 피난 오셨지. 에, 고향에서 나오실 적에. 정감록, 비결책. 에, 옛날에,

그 정감록, 비결책. 가지구서는 나를, 스물네 살 먹은 걸 데리구, 어른애를 데리구 나오셔가지군, 타관 예식장에 갖다 놓곤 맘이 안 뇌시니께, 벌어야만 먹구 살구. 장사를 허라 댕기믄 나을려, 뭘 허라 인저 항상 일르는 말쌤이,

"선비는, 오얀나무 밑에 가머는 과, 관이 삐뚤어져도 관을 바로 안씻느니라."

어, 그냥 걸어 댕길 적에 오이밭 머리 지나갈래믄 신짝이 벗어져도,

"신을, 엎져서 신지 마라. 줏어가지구 건너가서 신어라."

항상 이런 걸 그렇게 말 했어, 말씀을 허셔.

논두렁으로 다 댄 거 없어, 떨어지니께, 빨리 간다구, 집이 빨리 온다구,

"논두렁으로 댕기지 마라. 콩꺼터리, 뱉꺼터리 발에 갬기머는 다 떼서 읎어지느니라. 그러머는 그것도 죄이니라, 그것두 죄가 돼서, 피난해기 어려우니라."

항상 그런 말씀.

"남에 저, 부잣집이 들어가먼 남, 잘 사는 거 보믄, 그거 탐내서 보지 마라."

뭐 있으면, 탐내지 말라고, 항상 그런 말씀 허셔. 항상. 착헌 자순은, 그게, 그게 명심보감에 있는 건데,

"착한 자슥은, 착헌 아들을 낳고 악헌 악헌 사람은 악한 아들을 낳느니라. 어, 그걸, 어, 그런 거를 생각해라. 그걸 믿지 못 하겠으면 저 집의 치마 끝에, 물 떨어지는 걸 봐라. 점점 떨어져서, 이렇게 팽기니라. 그게 욂김이 읎느니라. 고 팽기는 자리만 팽기지."

진짜 그래. 물 떨어지는 걸 보믄 그 자리만 팽기지, 이게 여그와 팽기구 여그와 팽기구 안 해. 요 자리만 팽기지. 카- 그런 말씀만 허세요. 그런 말씀을 허셔. [조사자 : 아주 점잖은 양반이셨어요.] 에.

"그거를 안 믿걸랑은 그 착허구 그런 거를 내가 말하는 걸 안 믿걸랑은, 너, 저 산에 봄똥산에 풀 봐라. 나는 걸, 가만히 봐라. 그게 하루 아춤에 시퍼렇게 안 돼도, 두구 두구 보마는 나중에 파랗게, 수, 풀이 수북허게 커서 올라오지 않냐. 악한 사람은 자석을 나먼 악허게 되구, 착헌 사람은 자석을 나머, 그 봄동산에 풀 돋듯이, 그롷게 자식이 크게 되느니라. 악한 거를, 그런 걸, 안 믿걸랑은 마라. 안 믿걸랑은 숫돌, 낫 가는 숫돌을 봐라 그러셔. 또. 날

까는 숫돌이, 어, 그게, 츠음에 어디가 딱 떨어져 나가젠 안 해두, 한참 두구두구 칼을 갈아 쓰다 보면, 그 숫돌이 우묵허게 가운데가 닳아져 팽기지 않느냐? 악헌 사람은 그렇게 된대. 악허게 하믄. 그 자식이 그릏게 된다."

그런 말씀만 (웃으며) 그리니께, 아허, 아유 참말로.

[조사자 : 할머니, 무수재를 무주태라고도 해요?] 에? [조사자 : 무수, 무수재.] 무수재? [조사자 : 에, 무수재를.] 에. [조사자 : 무주태라고 하기도 해요?] 무주태는 동네 이름이고. [조사자 : 무수재는 인제.] 어, 무주태는 사는 동네 이름이 무주태이고, 무수재는 재에요, 재빼이. 이, 이짝으루, 이짝으루 십오리, 저짝으루 십오리. 재빼이가 삼십 리여. 삼십 리.

에, 삼십리를 내가 아들 여섯 살 먹어서, 짚똥겉이 부어서 죽게 생겼는데, 어, 삼십 리를 엎구 거길 넘어 갔어요. 넘어 가가지구, 에, 인내 양천, 인내 병원엘 가서, 곤쳤어. 이 아들을. 이 애들. 여섯 살 먹어서. 어, 칠월에.

사월덜에 돼지 고기를 요만첰 사다가, 찌개를 해 먹었는데, 아이, 그걸 맛있게 먹더니 어떻게 그걸 체했는가봐. 체해 가지고, 애들이, 배에가 기름끼가 없으니께, 평상에 비린 걸 먹어야지. 즈이 아부지가 비린 걸 못 먹으니께, 으른이 비린 걸 먹어야 사다가 애들도 먹구 으른두 먹구 허는데. 으른이, 장정이 안 먹으니, 내나, 애들이나 비린 걸 어떻게 우리만 사다가 먹을 수가 있이야지. 못 먹었어요. 평상에 못 먹으니께. 그 한번 사다가 해줬더니, 그게 먹구 체해 가지구.

그눔이 시름 시름 병을, 안 낫구 병을 잡더니, 여름내 앓드니 칠월에 가서는 칠월 그뭄정께 가서는 이눔에 애가 죽갔네. 짚똥겉이 붜가지고오. 죽게 생겼네. 그래 좋대는 한약방에 댕기면 침을 마치고 했드니 안돼요. 좋대는 한약방, 소용 읎어요. 그래서는 하루는 업구서 병원에를, 밤에. 낮에는 갈래니께, 못가게 해. 사람덜이. 그래가지구 그 해두 즈이 아버지가 집에 읎었어요. 어, 객지에 나갔어. 돈 벌러 간다고 가서 없었시요.

그래가지구 나 혼자 데리구 있는데, 이거 나 혼자 데리구 있으면,

'아들을, 애를 죽이면 어떡하나, 즈이 아버지 오만, 무슨 소리를 듣나.'

싶어, 죽갔더라구, 내가. 그래서, 둥구나무 밑에, 노인덜이 앉어 있다가 열

이먼 열, 다 못 가게 허네, 병원엘. 그 높은 잿빽이를, 무수재. 거기를. 이짝에 십오 리, 저짝에 십오 리. 삼십 리라구 해두 평지낄 오십리 낄은 되는 데를. 거기서 내려와 가지구, 이 인내 장터에를 갈려만, 육칠, 칠미 가야 되는데, 어떻게 거기를 업구 갈려구 그러냐구, 가다가 일 만난다구. 길에서 일 만난다구. 다 뭇 가게 허네.

그르니, 나가 나이는 어리고, 어, 들어야 하잖아요, 으른 말을. 그르니께, 애 되로 엎고 돌아서는, 집이다 뉘여 놨다, 그날 밤중에. 수, 수무날, 새벽 달이 올라 오드라고. 그래서 그냥, 새벽 잠에, 달 땀에 엎구선 떠났어. 아참, 내가. 병원엘 간다, 허구서. 그냥 그 밤충에 엎구 넘어가니께, 그 잿빽이를 너머 가는데, 꿩이 푸두둑 워, 놀랬어. 어, 날아다니구 그러먼 등허리에서 애가,

"응?"

이래. [조사자 : 놀래가지구.] 어어, 놀래서. 그랴.

"꿩이 그런다. 우리 가니께, 꿩이 그래. 놀랬어?"

그래.

"괜찮아."

그러구, 어,

"죽지마라."

그러먼,

(작은 소리로) "어 어 어 안 죽을게."

이랴.

"안 죽으께. 엄마, 안 죽으께."

어, 이르구. 가서, 주사 시대 맞히니께 애가 그냥 괜찮은 놈으걸 그렇게. 아아, 병원은 잘 갔어요. 인내에. 인내 병원에 가서 그래서 살렸어. [조사자 : 그 아드님은 그거 기억하세요, 그 때?] 예, 다 얘기 허지.

그런데, 간호원이 있는데 소변 뵌다구, 소변을 뉘라구 그래. 주살 놓구선 소변을 뉘서 가져오라구 허대, 의사가. 그래 병을 갖다 주드라구. 내가 그래서 병을 간호원이 병을 갖다준께 그렇게, 다리를 이걸 안, 벌릴려 그래. 그래, 왜 그러냐니께, 아, 아가씨 저리 가라구 허랴. (웃음)

[조사자 : 다섯 살인데?] 여섯살 먹었으니께 이렇게 짚똥걸이 붜가지구, 눈두 이러해 가지구선 그러더라니께. (웃음) 그래서, 아가씨 좀 저리 가라구 그랬더니, 가니까 오줌을 눠요. 내가, 그 소릴 지금두 허잖아. (웃음) 아가씨 있던데 오줌 눠래니, 내가 오줌이 나오냐고. (웃음)